汉译世界文学名著丛书

安徒生
童话与故事全集

下 册

〔丹麦〕安徒生 著

石琴娥 译

商务印书馆

目 录

下 册

演木偶戏的艺人	1055
两兄弟	1061
教堂的古钟	1064
十二个搭邮车来的	1071
蛤螂	1078
老爷爷做事总是对的	1088
雪人	1095
在鸭场里	1102
新世纪的缪斯女神	1110
冰姑娘	1119
蝴蝶	1182
普赛克	1185
蜗牛和玫瑰	1203
鬼火进城啦	1207
风车磨坊	1223
银先令	1227

伯格隆姆的主教和他的武士	1233
在儿童室里	1242
金宝贝	1248
狂风刮跑了招牌	1259
茶壶	1264
民歌之鸟	1266
绿色的小东西	1270
小精灵和夫人	1273
贝得、彼得和皮尔	1279
隐藏着,但没有被忘记	1285
看门人的儿子	1289
搬家日	1314
夏天的报信花	1320
姨妈	1325
癞蛤蟆	1333
教父的画册	1342
零碎布头	1377
汶岛和格兰岛	1380
谁是最幸福的	1383
特里亚德仙女	1389
养鸡婆格丽思一家	1418
蓟草的经历	1436
你能想出什么主意来	1441
好运就在一根木签里	1446

篇名	页码
彗星	1449
一星期的每一天	1455
阳光的故事	1458
曾祖父	1462
蜡烛	1468
最令人无法相信的事情	1472
全家人说了什么话	1478
跳吧，跳吧，我的娃娃	1482
去问阿玛奥妈妈	1485
大海蛇	1487
园丁和主人	1499
跳蚤和教授	1508
老约翰妮讲了些什么	1514
大门钥匙	1534
跛脚孩子	1549
牙痛姨妈	1561

演木偶戏的艺人

在蒸汽轮船上,有一个上了点年纪的乘客,他长着一张笑脸,若不是强装出来的,那么他必定是世上最快活的人了。他确实是这么说过的。他是丹麦人,是我的同胞,一个巡回演出剧团的经理。整个剧团的人员全都由他随身携带着来来去去,放在一个大木箱里,因为他是一个演木偶戏的艺人。他的好心情是天生的,这是一个工艺学院的应届毕业生测验出来的,这次检测使得他幸福透顶。我一时间听不明白他说的是什么意思,等到他坐定下来,把整个事情向我和盘托出后,我才弄明白了。这就是那桩事情的前后经过:

那是在斯劳厄尔瑟,他说,我正在邮政局的院子里表演木偶戏。那栋用来当戏院的房屋非常宽敞,来观看演出的观众也很多,除了两个挺体面的老太太之外,全都是还没到领受坚信礼的孩子。后来,有一个身穿黑色衣服、模样像是大学生的人来了,他坐了下来,在该笑的时候他总是哈哈大笑,在该鼓掌的地方他也总是使劲地鼓掌。真是一个不寻常的观众!我想打听明白他究竟是什么人。我终于问清楚了,原来他是哥本哈根工艺学院的应届毕业生,被派到这里来给当地人传授知识的。

钟敲八点,我的演出就结束了,孩子们都是很早就要上床的,我该为观众着想。九点钟的时候,那个应届毕业生开始他的讲座和试验示范,于是我成了他的听众。我听着他讲授,看着他做示范,不禁啧啧称奇。他所讲到的东西多半超出了我的理解范围,或者就如常言所说的那样:越过了我的头顶而钻到牧师的脑袋里去了。不过这也使得一个念头在我的头脑里油然而生:既然我们人类连这样的东西都发明得出来,我们就应该会想出法子来活得更长久,要远比我们在这人世间活的时间长久得多。他做的试验尽管只是一些小小的奇迹,然而他做起来是那么得心应手,那么顺乎自然。在摩西和先知们的时代里,这样一个工艺学院的应届毕业生想必会成为这个国家的一个智者,而在中世纪,他却会被活活地烧死。整整一夜,我无法入眠。

第二天晚上,我在那里演出的时候,这个大学应届毕业生又来看戏了,我随之精神大振。以前我曾经听说过有个演员在扮演情人的角色的时候,他心里只有观众席上的某一位女士,他只是为她而表演,把剧院里所有其他人全都抛在一旁。如今他这个工艺学院的毕业生便成了我心目中的"她"——我为之演出的唯一的观众。

演出结束之后,我被那个毕业生邀请到他的房间里去喝一杯酒。他谈论起我的喜剧,我询问起他的科学,我相信我们俩都觉得十分投缘。尽管我们谈兴很浓,我有不少话头还是到了嘴边就忍住了,毕竟在他的试验里有许多东西连他自己都还说不清楚。比方说吧,一根铁棒经过线圈这么一绕,怎么就会变成磁铁了?还有,这么一来,铁棒上就带有磁力,那磁力又是怎么附上去的?磁性又是从哪里来的呢?这大概就像当今世上的人一样,我想，我们的上帝让人钻过时代的线圈，那股磁力就附了上去，于是就产生出一个拿破仑，产生出一个路德，或者是别的类似的人物。

"整个世界充满了一连串的奇迹，"毕业生说，"只不过我们已经司空见惯，才把它们当作日常琐事的。"

他一边讲述，一边解释，到了后来，我豁然开窍了，如同醍醐灌顶。我不得不坦率地承认，我若不是一个老头子的话，我就会马上去工艺学院上学，去刨根究底，把这个世界仔细钻研个遍，尽管我已是世上最快活的人了。

"你是最快活的人了？"他说，好像在品着话中的味道。"你真的快乐吗？"他问。

"是呀，"我说，"我快活极了，凡是我的剧团所到之处莫不大受欢迎。当然，我时不时地也会冒出一个愿望来，它就像一个小精灵那样附在我身上，像一只野兔那样扰乱我的好心情。这个愿望就是要当一个名副其实的剧团的经理，要带领一个由真人演出的剧团。"

"你希望你的木偶都具有生命，你希望他们都变成真正的演员，"他说，"而你自己就当他们的经理。于是你就心满意足了，难道不是这样吗？"他一点都不相信，而我却非常自信。我们两人翻来覆去地讨论，喋喋不休地争论，尽管我们依然各说各的，我们照样干杯不误。那酒十分醇厚，不过酒里一定装有什么魔力，要不然我就酩酊大醉了。我一点也没有醉，我仍然头脑清楚。这时候好像有太阳光忽然照进房间里来，把那个应届毕业生照耀得神采奕奕，我不禁想起了那些古老传说中的神仙，他们青春永葆，而且常常在人世间的各个地方现身。我这样对他说了，他哈哈大笑起来。我敢发誓，他肯定是个乔装改扮的神仙，或者是神仙家族中的一个成员。倘若他真是如此，那么我最高的愿望便会得以实现，木偶们就可以变成活人，我就可以当上真人的剧团经理，我们还为此干了杯。

然后他把我所有的木偶都装进箱子里去，把箱子绑在我的背上，接着让我钻过一个线圈，我还听得到钻过线圈时发出的乒乒乓乓的响声。我伏在地上，抬起头一看，千真万确，只见全体木偶一起从箱子里蹦了出来，磁力已经附到了他们每个人身上，所有的木偶都变成了才艺出色的艺术家——他们全都这么称呼自己来着。而我当上了剧团经理。

第一场演出已经一切准备就绪，这时候整个剧团的人都要找我谈话，连观众也要找我谈话。女舞蹈家口口声声说，如果她不情愿跷起一条腿来站着的话，那么这剧场早就关门大吉了，只有她才是支撑全团的台柱子，只有她才是全团的顶尖大师，所以也该得到相应的待遇，否则的话，她就不会登台排演。那个扮演皇后的木偶也要求在台下仍然受到皇后的待遇，否则她也退出排演。甚至那个在戏里只出场送过一封信的木偶也振振有词地说，自己和头号角色一样重要，因为从艺术的整体性来讲，角色不分大小，都同样重要。男主角放出风说，他只肯演压轴的那几段戏，因为那才是观众鼓掌喝彩之处。女主角只肯在红色灯光下表演，因为红色才同她相称，她不愿意在蓝色灯光下表演。这帮人如同关在瓶子里的苍蝇那样嗡嗡乱叫，而我却在瓶子的正中，我是经理嘛。我喘不过气来，头晕目眩，脑袋发涨，成了一个要多可怜就有多可怜的狼狈不堪的人。我真希望把他们统统再塞回到箱子里去，我决计再也不要当什么经理了。我对他们直截了当地说了个明白，告诉他们，他们全都不过是木偶而已，于是他们就把我活活打死了。想不到，我那样就得救了。我竟然发现自己躺在房间里的床上，至于我是怎么从那个工艺学院毕业生那里回来的，就不得而知了，恐怕只有他知道。

月光照进了房间，照到那只装木偶的箱子翻倒的地方。大大小小的木偶散落了一地，七横八竖地乱作一团。我不敢有稍许懈怠，赶紧跳下床来，马上把它们统统塞回到箱子里去。它们有的头朝上脚朝下，有的脚朝上头朝下。我猛地把箱子盖紧，自己坐到箱盖上。那真是一个值得画下来的场面，你看见过吗？我是亲身领教过的。

"这下子你们老老实实地待在里面吧。"我说，"我再也不希望你们成为有血有肉的活人了。"

我的心情极为轻松，这会儿我才是最快活的人。工艺学院的那个应届毕业生使我的心灵得到了净化。我幸福地坐着，后来就在箱子上睡了过去。第二天早上——其实已经是中午了——我仍然在呼呼大睡，睡得出奇地长久。等到我醒过来的时候，我还是快快活活地坐在箱子上。我这才发现早先困扰着我的那个唯一的愿望其实是愚蠢透顶的。

我去打听那个工艺学院毕业生的下落，可是他已经走了，消失得无影无踪，就像昔日希腊和罗马的神仙一样。

从那时候起，我一直是个最快活的人，我是一个走运的剧团经理，因为我剧团里的全体人员从来不曾跟我发生过争论，我的观众也不曾对我抱怨过，他们发自内心地认为，戏看得快活过瘾。

我可以毫无顾忌地从所有剧目中节选出一段段精彩的折子戏来上演，没有人会对此提出疑问的。那些剧目如今的大剧院都不屑上演，可是在三十年前观众们争着要看，而且还看得感动不已，泪流满面。

我把这些剧目拿了过来，演给孩子们看。孩子们就像他们父母当年一样，看得津津有味，他们也像大人们一样，感动得泪流满面。我上演过《约翰娜·蒙特法肯》和《迪维克》这两部名剧，不过都是经过删节的，因为孩子们不爱看唠叨不休的爱情表白，他们希望不幸的事情很快就过去。

现在我已走遍了丹麦各个地方，我认得大家，大家也都认识我。现在我就要到瑞典去演出了。如果我在那里的日子也过得快活开心，也能挣到不少钱的话，我就不妨当一个斯堪的纳维亚人，否则就只好回来算啦。这些话我对你讲，因为你是我的同胞嘛。

我作为他的一个同胞，自然又把他的话讲给别人听，不过仅仅是讲故事而已。

两兄弟

在丹麦的一个岛屿上,古代召集会议的地方有一块议事石,它高高地突出在麦田里。山毛榉树林的浓荫深处掩映着一个小镇,镇上房屋低矮,全都红瓦铺顶。就是在一栋这样的房屋里,火塘里的熊熊烈焰和烧得发白的灰烬上炖着一些稀奇古怪的东西。玻璃杯里的东西有的被煮得沸腾翻滚,有的被掺和在一起,有的在蒸馏提炼。一些草药被放在研钵里用杵棍捣碎。有一个老者正在忙碌着这些事。

"处世行事务必遵循法则。"他说道,"是呀,法则是正确无误的,因此人们应该弄明白每桩事物之中的真谛所在,并坚持真理,遵守法则。"

在房间里,温存体贴的主妇身边坐着两个孩子,这是他们的儿子。他们还年幼,却已少年老成,思维敏捷得可以赶上成年人。对于法则和准绳,母亲总是对他们谆谆教诲,要求他们坚持真理,因为真理就是上帝在这个世界上的化身。

两个孩子中年长的那个长相似乎粗壮些,他身上有一股锐气。他的兴趣是阅读关于大自然的力量、太阳和星星的书籍,任何童话故事都不能使他觉得更有趣味。哦,出门去旅行探险,或者仿造出鸟类的翅膀,再上天飞行,那是多么痛快啊!是啊,就是要探索出事物的真相，父亲的话是至理名言，母亲的话也很有理。真理把世界联系在一起。

年幼的那一个较为文静，他全神贯注地埋头读书，当他念到雅各披上羔羊皮冒充以扫①，把长子继承权哄骗到手的时候，他义愤填膺地攥紧了自己的小拳头，表现出对诈骗者的满腔怒火。当他念到暴君，念到世上的一切不平之事和邪恶勾当的时候，便不禁双眼噙泪，正义和真理最终必将获得胜利的想法充满了他的胸怀。有一天深夜，他已经上床睡觉，但是窗帘没有拉严实，月光照亮了他的床头，他便拿起书来把梭伦②的故事念完。

他的思绪引领着他冉冉升起，飘荡到神秘陌生的远方。他睡着的那张床似乎变成了一艘大船，船上的风帆被风吹得鼓鼓的。他究竟是在做梦，还是真有其事呢？他劈波斩浪，飞驶在波涛汹涌的大海上。那是时间的大海，他听到了梭伦的喊声，虽然是外国语言，却能够听得懂。这声音喊出了丹麦大选的名言："法律乃立国治国之本。"③人类天才之神来到了这间简陋的房间里，他朝着床弯下身子，吻了一下那个孩子的前额："愿你坚强地守住荣誉，坚强地在生活中战斗；胸中怀着忠贞，飞向真理的国土。"

哥哥还没有上床，他伫立在窗前，眺望着草原上升起的蒙蒙

---

① 《圣经旧约·创世记》第二十七章：以撒临终前要为长子以扫祝福，妻子利百加得知后，便让次子雅各披上羊皮冒充身上多毛的以扫，从而哄骗到了继承权。

② 梭伦（约公元前638—前559），古代希腊政治家和诗人，起草了雅典的新法典。

③ 这是丹麦1241年所制定的《日德兰法典》的序言中的名句，在丹麦大选时，往往被用作口号。

雾霭。难道是精灵们在翩翩起舞吗？有个年老的仆人曾经千真万确地对他这样讲述过，可是他却有自己的见解，他明白其中的道理。那只是湿热的潮气在作怪，热气总要往上跑，所以它会冉冉上升。天际有颗流星一划而过，这孩子的思路便一下子从地面上的雾霭飞到那闪烁着光芒的高高的星体上去了。天空中繁星闪耀，仿佛有一根根长长的金线从那里垂到了我们的地面上。

"随我去翱翔吧！"这声音一直响彻这个孩子的心底。人类天才之神用比箭、比鸟，还有比世上任何能飞的东西都快得多的速度把他一下子带到了太空之中，把他带到了一颗颗星星用发出的光芒把各个天体联结在一起的那个空间里。我们的地球在稀薄的空气里转动，各个城市好像靠得很近。有一个声音从各个天体之间穿过来，响彻天空：

"当精神上的天才之神把你高高托起来的时候，什么是近？什么又是远呢？"

那个小孩重又站到窗前朝外张望，弟弟仍躺在床上。母亲在叫着他们的名字：

"安德斯和汉斯·克里斯蒂安！"

丹麦知道他们，全世界都知道他们：奥斯特两兄弟[①]。

[①] 奥斯特两兄弟日后均为丹麦历史上的名人。哥哥汉斯·克里斯蒂安（1777—1851）为丹麦著名的物理学家，他发现了电流的磁效应，因而磁场强度便以他的姓氏奥斯特为单位。弟弟安德斯·桑德（1778—1860）是丹麦著名的法学家和政治家。文中提到的地点为两兄弟的故乡丹麦朗厄兰岛的鲁兹奎宾镇。

教堂的古钟

为《席勒纪念册》而作

在德意志的符腾堡公国，金合欢树在大路两旁盛开着鲜花。到了秋天，苹果树和梨树被成熟的果实压得枝杈低垂。那个地方有一座叫作马尔巴赫的小城，本是那种名不见经传的小得可怜的小市镇，不过它位于内卡河畔，风景十分优美。那条河蜿蜒流过一些城镇、一些古代骑士的城堡和葱郁翠绿的葡萄园之后便急不可待地把自己的碧波注入浩茫的莱茵河之中。

已是暮秋时节，葡萄叶虽然还挂在枝梢，却已变成绛红色。秋雨阵阵，寒风乍起，对于贫苦人家说来，这正是最难受的日子。大白天都是阴沉沉的，而在那些古老陈旧的低矮房屋里，就更加昏黑了。有一栋这样的房子，它的山墙朝着街道，窗户开得很低，一望而知，在这样的陋屋里居住的必定是贫穷人家。果真如此，这里住的是一对穷夫妻，可是他们很正直、很勤劳，而且心里总是满怀着对上帝的爱戴和崇敬。上帝很快就要赐给他们一个孩子，分娩的时刻已经来到了，母亲躺在房里，遭受着阵痛的折磨。

这时候从教堂的钟楼上传来了钟声，那么低沉，又那么欢快。这是一个庄严的时刻，钟声把虔诚和信仰倾注给这个祈祷者，她的心灵升华，飞向了上帝。就在这一刹那，她的儿子呱呱坠地，她感觉到无比的喜悦。教堂钟楼里的那口大钟仿佛要把她的欢乐表达出来,钟声回荡在整个城市,回荡在整个国土。一双婴儿的眼睛望着她,那颗小脑袋上的头发闪闪发亮,像满头黄金。在那个灰暗阴沉的11月的白天里,人世间用钟声迎接了那个孩子的降生。父亲和母亲连连亲吻着婴儿,他们在自己的《圣经》上写下:"1759年11月10日,上帝赐给我们一个儿子。"后来又添上了一句:"他在受洗礼时起名:约翰·克里斯托夫·弗里德里希。"

这个小家伙后来成了什么样的人了呢?这个来自不值一提的马尔巴赫小城的穷人家的孩子,当时谁也不知道他日后竟会引吭高歌,唱出了《钟之歌》①这样的动人诗章,甚至连那口挂在高处、为他的降生第一个放声鸣唱的教堂古钟也意想不到。

小家伙在长大,世界也在他眼前长大。他的父母搬迁到另一个城市去居住,不过亲朋好友还是留在马尔巴赫小城里。由于这个缘故,母子俩有一天回到老家来探亲了。那时候这个男孩只有六岁,然而已经能够背诵《圣经》里的一些章节和许多首圣洁、动听的赞美诗。有许多个夜晚,他都坐在自己的小摇椅上,倾听着他父亲朗诵盖勒特②的寓言和长诗《救世主》③。在听到耶稣为了拯救我们世人而在十字架上蒙难的时候,小男孩流下了热泪,而比他大两岁的姐姐不禁哭出声来。

---

① 指席勒的叙事诗《钟之歌》。
② 克里斯蒂安·盖勒特(1715—1769),德国诗人和寓言作家。
③ 《救世主》为长篇宗教史诗。该诗系德国启蒙运动作家克洛卜施克所作,从基督出生到升天救世共二十章,风格上模仿《失乐园》,为德国家喻户晓的宗教作品。

在第一次回马尔巴赫小城去探亲的时候，这个城市变化不大，那时离他们搬走的时间还不算太长。房屋依然如故，尖尖的山墙、倾斜的墙壁，还有低矮的窗户，只是教堂墓地里又增添了几座新坟。那口旧钟如今躺在墙脚下的草丛中，它从高高的教堂钟楼上跌落下来，摔出了一道裂缝，不能再发出响声了。一口新钟已经安装上去取代它了。

母亲带着儿子走进教堂墓地，他们俩站立在这口古钟面前。母亲告诉自己的孩子，这口钟在过去的几百年间做了哪些好事：它曾为孩子洗礼而鸣奏；为婚礼带来欢乐；为葬礼志哀；它还为节日增光添色；为火灾发出警报。是啊，钟声鸣奏出人生的全部经历。那个孩子再也没有把母亲讲的话忘掉，这话语如同钟声在他的胸中铿锵奏响，直到他长大之后才放声唱出了《钟之歌》。母亲还告诉他，这口古钟如何在她最担惊受怕的时刻给她带来了安慰和欢悦，在上苍把她的小儿子恩赐给她的那一瞬间，钟声为她鸣响。孩子怀着虔诚的心情看着那口巨大的古钟，他蹲了下去，亲吻了它，尽管它已陈旧斑驳，裂开了缝，被遗弃在杂草和荨麻丛中。

这口老钟一直保存在那个孩子的记忆之中。那个男孩在贫困中长大起来，他长成了一个挺拔的高个子男孩，满头红发，脸上有稀稀拉拉的雀斑，不过他的一双眼睛清澈明亮，像深沉的大海一样。那么他有出息吗？他还真挺有出息的，前程远大，值得人羡慕。他受到了上苍的最高恩赐：他非但被军官学校所录取，而且进入了只有达官贵人的子弟才能上的系科。这是一种荣誉、一种幸运。他足蹬长筒马靴，戴着高高的硬领和扑了粉的假发。他学到了知识，知识是在"开步走""立定""向前看"的口令之下得来的，也只有在这些口令之下才能派得上用场。

那口古老的旧钟被忘却已久，它总有一天要被送进熔炉中去的。那么在这以后又会怎样呢？是呀，那就没法子说了。同样没有法子说的是，在那个年轻的胸膛里，那口钟究竟又会做些什么。要知道，那毕竟是一块矿石，它能够发出轰鸣声来，它的铿锵之声必将在广阔的世界里回荡。学校围墙之内的天地愈来愈显得狭小，而"开步走、立定、向前看"的口令声却又愈来愈响亮了。这个年轻人胸中的轰鸣声也愈来愈洪亮。于是他在学子中放声歌唱，歌声传播得很远，越出了国界。不过他被录取入学，穿上制服，有伙食供养，当然不是为了这个缘故。他已经被列入军队的编制，被指定成为那架硕大的机器里的一颗位置明确的螺钉，那架机器是我们每个人都必须依附并为之效劳的。我们连对自己都知道得太少，那么别的人——即便是最好的人——又怎么能够总是理解我们呢？所有的宝石都是在压力底下形成的，这股压力已落了下来，但不知随着时光的推移，这个世界是否会见到那颗宝石的出现。

在这个公国的首府举行节日庆祝的狂欢之夜，成千上万盏灯火流光溢彩，朵朵烟花把夜空照耀得花团锦簇，整个城市一片火树银花，这辉煌的景象使他终生难忘。就在这个晚上，他噙着眼泪、怀着忧伤想方设法去往异国他乡，他不得不离开祖国，离开自己的母亲和所有的亲人，否则他就会在平凡庸碌的浊流中沉沦。

那口古老的旧钟日子倒过得很舒坦，它静静地躺在马尔巴赫教堂的墙根下，受到了墙壁的庇护。它被人忘却，完全被遗忘了。

风阵阵吹来,刮过古钟,告诉它那个在出生时它曾为他鸣响的人的遭遇:那个人这时已筋疲力尽,一头栽倒在邻国的森林里,寒风又把他吹醒过来,他随身携带的财产和对未来的希望仅仅是几张已经完成了的《斐爱斯柯》①的手稿。风本来还可以叙述一下,肯收留他的都是些艺术家,然而在他朗诵自己作品的时候,他们却溜出去玩九柱戏了。风还可以再讲述一下,那个脸色苍白的流亡者在一家蹩脚的小客栈里住了许多个星期,许多个月。客栈老板一天到晚骂骂咧咧,酗酒求醉。他要歌唱理想,而这里却只有庸俗下流的寻欢作乐。沉重的日子,黑暗的日子啊!不管心里要歌唱什么,必定先要忍受苦难的磨炼和考验。

黑暗的日子,寒冷的漫漫长夜,那口古钟都一天天度过去了,它毫无感觉,然而人胸中的那口钟却感觉到了难熬的岁月。那个年轻人怎样了呢?那口古钟又怎样了呢?唉,那口钟已经远去,到比当年它在高处鸣响时能够让人听见的更远的地方去了。而那个年轻人胸膛里的那口钟发出的响声却传到了比他腿脚能及、比他双眼能见的要远得多的天涯海角,钟声响彻了五洲四海,钟声传遍了整个世界,钟声从那时鸣响到现在,还将会一直鸣响下去。

不妨先听听那口古钟的遭遇吧!

它来自马尔巴赫小城,却被当成破铜烂铁卖到了巴伐利亚公国,投入了熊熊燃烧的熔炉里。它是怎样以及何时辗转到了那里?若是古钟能开口的话,还是由它自己来讲述为好。不过事情就是这

---

① 指席勒1782年的作品《斐爱斯柯在热那亚的谋叛》。席勒不堪符腾堡公爵的迫害,在他逃离斯图加特去曼海姆流亡时,随身携带了这部作品的手稿。

样,它到了巴伐利亚君主的都城,那已经离它从教堂塔楼上摔落下来不知有多少个年头了。现在它要被熔化掉,浇铸成一尊纪念铜像——一个德意志人民和国家为之骄傲的伟大人物的形象。

听听这桩事情是怎样进行的吧!

在这个世界上,奇妙而美好的事情真是层出不穷啊!在北边丹麦的一个绿草如茵的小岛上,遍地长着山毛榉树,许许多多古代的武士墓散落在各处。有个相当穷苦的男孩[①],他脚上穿着木屐鞋,用一块旧布包着饭食给自己的父亲送去,他的父亲在岛上到处张罗着木雕活计。这个穷苦的男孩日后成了自己国家的骄傲,他用大理石雕刻出来的精美绝伦的艺术品,令全世界倾倒。正是他获得了这项殊荣:要先用黏土塑出一个伟人的壮观的形象,再用青铜把这伟人像浇铸成型。这个伟人的父亲曾经把他的名字写在自己的《圣经》上:约翰·克里斯托夫·弗里德里希。

炽热的铜水明晃晃地流进了模子,那口教堂古钟熔化而成的铜水浇铸成塑像的头部和胸部。没有人会想得起来它来自何方,它的铿锵钟声早已成了绝响。那尊塑像现在已经揭幕,矗立在斯图加特城旧王宫前的广场上,铜像所代表的那个人昔日曾英姿焕发地在这个地方匆匆走过。他在奋斗,在抗争,在反抗外部世界的压迫。他就是马尔巴赫的那个小男孩,卡尔学校的学生,背井离乡的流亡者,德意志伟大而不朽的诗人。他曾经为瑞士的解放者[②]和受上帝

---

① 指丹麦著名雕塑家多瓦尔生。
② 指席勒的名剧《威廉·退尔》。威廉·退尔是领导瑞士人民与奥地利统治者斗争的英雄人物。

鼓舞的法兰西姑娘①而放声歌唱。

这是一个阳光明媚的日子,国王的都城斯图加特的塔尖和屋顶上全都旗帜飘扬。所有教堂都为这个欢庆的日子而钟声长鸣,唯独有一口钟却默不作声,它在明媚的阳光中闪闪发光,在铜像的头部和胸部闪闪发光。这就是马尔巴赫的那口钟。一百年前的这一天,这口钟曾经为那位在陋室里受尽痛楚生下这个小男孩的母亲而长鸣,为她带来了安慰。后来,这个小男孩成长为一个非常富有的人,他所拥有的财富造福于整个世界,他就是那位心地善良、高尚、伟大、光荣的歌手:约翰·克里斯托夫·弗里德里希·席勒②。

---

① 指席勒的名剧《奥尔良的姑娘》中的圣女贞德。该剧描写了英法百年战争中法国女英雄的事迹,被认为是德国1813年和1815年解放战争的前奏曲。
② 席勒(1759—1805),德国与歌德齐名的诗人、剧作家。作品有《强盗》《斐爱斯柯》《阴谋与爱情》《奥尔良的姑娘》《威廉·退尔》以及其他许多长诗和历史著作。

十二个搭邮车来的

霜凝大地，满天星斗，夜空如洗，万籁俱寂。砰的一声，一个瓦罐摔到了大门上。啪的一声，迎来了新年。这是除夕之夜，时钟敲响了十二点。

马蹄声嘚嘚，邮车来了。那辆大邮车在城门外停了下来，车上载着十二个乘客，再多一个也坐不下了，所有的座位都有人坐。

"新年好，新年好！"家家户户都在高声叫喊，喜气洋洋地迎接新年的到来。此刻，人们高高举起斟满美酒的酒杯，为庆祝新年的到来而干杯。

"祝你在新的一年里身体健康，幸福快乐！"他们这样祝贺道，"祝你有娇妻做伴，生活美满；祝你财源滚滚，金钱成堆；祝你消灾祛难，万事如意。"

是呀，人们都是有这样的心愿。酒杯叮当……那辆邮车正好在门口停住，车上有十二个陌生的乘客。

他们究竟是一些什么人呢？他们全都随身携带着护照和行李，他们还带着给你、给我、给城里每个人的见面礼。这些从异国他乡来的究竟是些什么人呢？他们究竟想来干什么？他们又带了点什么来呢？

"早上好。"他们对在城门口站岗的哨兵说道。

"早上好。"哨兵回答道,可时钟已经敲过了十二点。

"您的姓名?您的职业?"哨兵问第一位下车的先生。

"看看护照好啦,"那位先生说道,"我就是我嘛。"他真是一个气度不凡的男子汉,身上披着熊皮大氅,脚穿高筒雪橇靴。"我就是被人寄予许多希望的那个人,等到天亮以后来找我,你就会得到一个新年礼物!我会大把大把地撒出铜板和银币来,我会送出许多礼物来。是呀,我举行盛大的舞会,不过只能不多不少三十一个舞会,再多的夜晚我就没有了。我的船只常常被冻住,可是我的办公室里却是暖融融的。我是个批发商人,名字叫一月。我随身只带着账单。"

接下来是第二个。他是个经营娱乐行业的经理,凡是喜剧、化装舞会等娱乐活动都有他的份儿。他的行李是一只大桶。

"那是忏悔节①才敲的,如今敲出来的可不止一只猫②啦。"他说,"我想要让别人高兴,也要让自己开心。我是我们全家寿命最短的一个,只有二十八天。不错,有时候人们会给我加上一天,不过那也差不了多少。好哇。"

"您不可以如此大声喧哗。"哨兵说道。

"我当然可以这样做,"那人说道,"我乃是狂欢节的嘉年华会③上的王子,我用'二月'这个名字到处旅行。"

---

① 复活节前四十天为四旬斋期,斋期第一天为圣灰星期三,而圣灰星期三的前三天即为忏悔节。
② 在忏悔节,人们将一只活猫放入木桶里,木桶悬挂在街头任人敲击,击破木桶使猫逃出来的人即为幸运儿。
③ 狂欢节举行的化装舞会。

第三位到来了，此人形销骨立，一副斋戒期禁食太久的模样，不过却鼻子朝天，架子不小，因为他同"四十骑士"[①]沾点亲，又是个天气预言家——不过那并不是什么肥缺美差——所以只能满口称赞斋戒。他的装饰是在扣眼上插了一枝紫罗兰，不过花儿都小得可怜。

"三月，快走吧！"第四个喊了起来，并且推搡了一下第三个，"三月，快走吧！在看守的屋子里有一盆调好了的潘趣酒，我已经闻到了酒香。"其实这并不是真的，四月这家伙只不过存心骗他一下，他是以愚弄人开始的[②]。他看上去机警狡黠，一副游手好闲、不干正事的模样，不过那个月份里节假日真是多得很。

"我的心情时好时坏，"他说，"一会儿下雨，一会儿出太阳；一会儿抬出来，一会儿又搬进去。我既是搬家行业的经纪人[③]，又经营着殡葬业务。我的脸变化无常，又哭又笑。衣箱里有一套夏装，不过我要是现在拿出来穿上也太不合时令了。我来啦，逢到要着装的隆重场合，我会脚上穿着丝袜，双手插在裘皮手筒里的。"

现在，有一位女士从车上走了下来。

"我是五月小姐。"她说。她穿着夏装和雨靴。她的长裙是山毛榉叶那种翠绿色的，头发上插着一枝银莲花。她身上散发出一

[①] 公元320年3月9日，有四十名基督教骑士因拒绝叛教而被处死，因而"四十骑士"就成为3月9日的代名词。据传说，3月9日那天的天气可持续四十天不变，因而有天气预言家之称。

[②] 4月1日为愚人节。

[③] 丹麦自18世纪起将4月的第三个星期二确定为房屋租赁的起讫日，因而这一天搬家者很多，被称为"搬家日"。

股车叶草的清香,所以哨兵不禁嗅了又嗅。"上帝保佑你。"她说道,这是她在打招呼。她真美艳动人啊!又是个女歌唱家。可她不是站在剧院的舞台上演出,或者走街串巷在集市、棚屋里卖唱的那一类,她喜欢在森林深处一展歌喉,在清新、碧绿的林间一边走着一边纵情高唱。她的针线袋里有一本克里斯蒂安·温特的诗集《木刻》①,那些诗篇就像山毛榉叶那样翠绿,还有一本理查德②的《小诗》,那些诗篇就像车叶草那样清新。

"现在夫人该下车啦,年轻的夫人!"车上的人一齐呼喊道,于是夫人娉娉婷婷地走下车来。她年轻美貌,举止优雅,神情高傲。她生就一副慵困的模样,如同睡在"七个沉睡者"之日③。这是一眼就可以看得出来的。她在一年当中白昼最长的那一天举行宴会,这样人们就可以有充足的时间来大嚼那么多美味佳肴了。她本来可以乘自己的马车来,不过还是和别人一起乘邮车来了,她想表明自己并不是那种爱摆架子的势利之辈。不过她并不是独自一个人出门旅行的,她有她的弟弟七月跟随着。

他是一个体态臃肿的胖子,穿着一身夏装,头上戴着巴拿马草帽。他的随身行李很少,在炎热的天气里,行李多了未免太累赘,所以他就只带了一顶海滨浴场用的遮阳草帽和一条游泳裤,

---

① 温特(1796—1876),丹麦著名诗人,他的诗集《木刻》于1860年出版。
② 克里斯蒂安·理查德(1831—1892),丹麦诗人。
③ "七个沉睡者"之日,指6月27日。据传说,德西乌斯大帝(201—251)迫害基督教徒,曾将七个教徒投入山洞监禁,这七个教徒从247年一直睡到447年才苏醒过来。后来便用这一典故隐喻爱睡懒觉的人,即在6月27日那天睡懒觉的话,则整年都会如此。

真不算多。

他们姐弟俩的母亲接着下了车。八月夫人是大宗水果交易的批发商,她有许多鱼笼,还经营那种有衬架支撑的裙子。她心宽体胖,为人热忱。她干什么事情都要亲自动手,甚至自己扛着啤酒桶将酒送到田里去给干活的雇工们喝。"你必汗流满面才得糊口。"①她说,"《圣经》上就是这样写着的,只有在干好了活之后,才能举行林间舞会和欢庆丰收的酒宴。"她真不愧是妈妈。

在她的后面走下来一位男士,他的职业是画家,是擅长调配色彩的大师。森林知道他一来到,树叶就要改变颜色,只要他愿意,那些叶子可以变成赤红、金黄、棕褐色,整座森林会显得分外好看,却也带上了一股肃杀之气。这位大师吹着口哨,发出黑色欧椋鸟鸣叫的声音。他是一个干活利索的人,一会儿就把绿中带褐的蛇麻草蔓缠到了他自己的啤酒杯上,成了装饰的图案。他有眼光,善于装饰布置。现在他站在那里,手里拎着一个颜料桶,这就是他的全部行李。

接着下来的是一个田地经营者,他一心想着的是在这个播种月份里②耕耘播种,先要着手的是犁地翻土,是呀,还想着一点打猎的乐趣。他有猎狗,有猎枪,手提包里装着干果,嘎嘎地发出响声。他随身带的东西真是多得吓人,居然还有一把英国犁。他谈论着农业经济,不过大家没有听到多少,因为他的话被一阵咳嗽声和哮喘声打断,那是十一月来了。

---

① 《圣经旧约·创世记》第三章第十九句。
② 丹麦人把10月称为"播种月"。

他感冒了，患着很重的感冒，所以他用床单而不是手绢来擦鼻涕。然而，他还是不得不带领着女佣们满山遍野地转悠，去砍点柴火。他说，只要动手劈柴火，他的那一点点小病很快就会熬过去的。他是锯木行业的能工巧匠。到了晚上，他切削溜冰鞋的木头鞋底来消磨时光，因为他知道，过不了几个星期人们就会溜冰取乐，到那时这些木鞋底就派上用场了。

最后的那个也姗姗来到。这是一个随身带着取暖火钵的小老太婆，她在瑟瑟地发抖，一副抗不住冻的样子。不过她的双眼却像两颗星星似的闪闪发亮。她手上提着一个花盆，盆里栽着一棵幼小的枞树。"我要精心地照料它，保护它，这样它到圣诞节的时候就会长得很高大，可以从地上一直伸到天花板。树上挂满点亮了的蜡烛、金苹果，还有各色各样的剪纸。取暖火钵烧得暖融融的，同壁炉差不多。我从衣袋里掏出一本故事书来高声朗读，于是，房间里所有的孩子都安静下来了。圣诞树上挂着的那些玩具娃娃都变成活的了，树顶上的那个蜡制小天使扇动着他那对用金箔做的翅膀，从绿色的树上飞下来，亲吻房间里的所有大人小孩，是啊，也亲吻了站在屋外歌唱伯利恒上空的星星的那些穷孩子们。"

"行了，马车可以走了，"哨兵说，"我们的十二位乘客都已经下来了。让下一辆旅行车过来吧。"

"先让这十二位进来了再说。"值班的哨兵队长说，"每次只进一位！护照由我代为保存，人人都是如此。在这儿逗留的有效期为一个月。在那一个月快结束的时候，我会把每个人的表现都填写在护照上。请吧，一月先生，您先进来吧。"

于是,一月先生就迈步走了进去。

等到一年过完了,我会告诉你这十二个乘客到底带了什么见面礼给你,给我,给我们大家。现在我还不知道,也许连他们自己都不知道,因为我们正生活在一个奇妙的时代里。

蛶螂

皇帝的御马钉上了黄金马掌,每只马蹄上钉了一个。

为什么它会得到金马掌呢?

它真是一匹最漂亮的骏马,马腿又长又细,眼光机警而敏锐,长长的鬃毛像一条丝巾一样披在马颈上。它曾经驮着自己的主人在疆场上冒着枪林弹雨来回奔跑,子弹带着呼啸声在它的耳边飞来飞去。当敌人包围上来的时候,它就用嘴咬,用脚踢,同围在身边的敌人展开殊死拼搏。它曾经驮着自己的皇帝一跃而起,跳过正在倒下去的敌人的马匹,冲了出去,保全了皇帝的赤金皇冠,拯救了比赤金皇冠更为贵重的皇帝的性命。因为这个缘故,皇帝的御马才荣获厚赏,钉上了黄金马掌,每只马蹄上一个。

蛶螂往前爬了过来。

"先给大的钉,再给小的钉。"它说,"不过个头的大小并不是什么问题。"说着它就伸出了那些瘦小的细腿来。

"你想要干什么?"铁匠师傅问道。

"金鞋子!"蛶螂回答说道。

"莫非你头脑发昏了吧!"铁匠师傅说,"你居然也想要钉上金掌?"

"金鞋子!"蛶螂又说了一遍,"难道我有哪点比不上那头大牲口吗？它倒有人侍候，给它用梳子刷毛梳洗，精心照料，还端来了吃的和喝的。难道我不也住在皇帝的马厩里吗？"

"可是这匹马究竟为什么才得到金马掌的呢？"铁匠问道，"你难道不清楚吗？"

"不清楚？我很清楚，这分明是没有把我放在眼里。"蜣螂说，"这是对我的侮辱……所以现在我要出去闯荡大千世界。"

"滚一边去吧！"铁匠说道。

"真是个粗暴的家伙！"蜣螂说道，然后它就走了出去。飞了一小段路，它来到了一个可爱的小花园，那里飘溢着玫瑰和薰衣草的芳香。

"这里不是很漂亮吗？"一只小瓢虫说。小瓢虫拍着盾牌一样坚硬的、带着黑点的红翅膀飞来飞去。"这里的气味多么芬芳，景色又多么美丽。"

"我住惯了更好的地方，"蜣螂说，"你竟然说这个地方美丽！这里连一堆大粪都没有。"

于是它继续往前爬去，爬进了一大丛紫罗兰的阴影中。那上面蜷缩着一条毛毛虫。

"世界真是美好，"毛毛虫说，"太阳是那么温暖，一切都是那么令人愉快。有朝一日我睡过去了，就像人们说的那样死掉了，那么再醒过来时我就会变成一只蝴蝶了。"

"亏你想得出来！"蜣螂说，"现在我们就像蝴蝶一样飞来飞去了。我是从皇帝的马厩里来的。可是在那里，就连那匹被皇帝视如性命的、马蹄上钉了我弃之不要的金掌的御马也不会有这样的非分之想。长上翅膀！飞呀，飞呀！是呀！现在让我们飞吧！"

于是蛱蜡飞了起来。"我不想生气，可是我还是忍不住生气了。"它说道。

它落到了一块大草地上，想在这里躺着休息片刻，却熟睡过去了。

天哪，好大的一阵雨呀，雨声把蛱蜡吵醒过来，它马上想到要钻到泥土里去，可是却钻不进去。它在雨中翻来滚去，一会儿肚皮朝下一会儿背脊朝下地往前游了一段路。要在雨中飞起来，那是连想都不敢想的事情。看起来它是无法活着逃出这块草地了，于是它就干脆在那儿躺着不动，就那么躺着。

后来雨小了一些，蛱蜡眨眨眼，把蒙住眼睛的雨水抖搂掉。它影影绰绰地看见了一块白色的东西，那是人家铺在草地上晾晒的亚麻布床单。它爬到了那里，钻进了床单的一个褶缝里去。这毕竟不如钻在马厩的粪堆里那样暖和，可是眼下要比这里更舒服的地方是找不到了。它在那里待了一个整天，又过了一个整夜。雨一直不停地下着，直到翌日清晨，蛱蜡才钻出身来，它对天气真是恼火至极。

床单上蹲着两只青蛙，它们瞪大着眼睛，那里面充满了欢乐的光芒。"这天气真是太舒服啦！"一只青蛙说，"那么清爽，那么惬意，床单又兜了这么多水，我不禁后腿发痒，想要游泳了。"

"我真弄不明白，"另外一只青蛙说，"那些燕子干吗要一次次地飞往远方，真不知道它们在旅行之中究竟有没有发现过比我们这里更好的天气。这样的蒙蒙细雨，这样湿漉漉的空气，这种滋味真是和躺在一条潮湿的水沟里一样。若是有人不为这样的天气而欢天喜地的话，那么他必定一点都不热爱自己的祖国。"

"你们从来就不曾到皇帝的马厩里去过吧？"蜣螂问道，"那里既暖和又舒适，我习惯了那里的气候，那才是我所喜欢的天气，可惜我无法带着它出门。这个破园子里连个粪堆都没有，像我这样有身份的人难道可以在这儿住下去吗？"

但是青蛙们却听不懂它在讲些什么，也许根本就不想听它的话。

"我是从来不肯再多问一遍的。"蜣螂在一连问了三遍而没有得到回答时这么嘟囔了一句。

于是它又往前爬了一段路，那里躺着一块花盆的碎片，这块碎片本来就待的不是地方，不过既然来了，那么这儿就成了可以避风躲雨的栖身之所了。有几家蠼螋已经在这里落了户，它们并不要求住房宽敞，只想要全家挤在一起享受天伦之乐就可以了。蠼螋妈妈都是母爱十足的，所以它们的孩子都是最讨人喜欢和最聪明的。

"我们的儿子订婚了，"有一个妈妈说道，"那个天真可爱的孩子！他最大的愿望就是有朝一日能够爬到一个牧师的耳朵里去。他真是又可爱又淘气，订了婚对他会有所约束，这是当妈妈的非常高兴的事情。"

"我们的儿子，"另外一个妈妈说道，"刚孵出来就调皮捣蛋，他精力充沛得不得了，到处乱跑乱窜，把自己的触须都碰丢了，做妈妈的心里简直太高兴了。是不是这样呢，蜣螂先生？"它们从它的长相上把它认出来了。

"你们两位说得都很对。"蜣螂说道。于是它就被邀请到它们的房子里去，那是在花盆碎片底下很深的地方。

"现在您应该看看我们的小蠼螋了。"第三个、第四个妈妈说道,"他们都是最招人欢喜的孩子,长相又非常俊俏。他们从来不惹是生非,除非患上了肚疼病,不过他们这点年纪肚子疼是常有的事情。"

接着一个个妈妈都大讲起自己的孩子来,它们的孩子也跟着它们一起嘀咕,还用它们尾巴上长着的钳子来捋捋蜣螂嘴上的触须。

"他们总想什么东西都摸摸,这些混账的小东西。"几个妈妈都大声喝道,可声音中却充满了母爱。蜣螂觉得实在太烦了,便向它们打听离开这里多远才有粪堆。

"那真是远在天涯海角,在水沟的另一侧。"蠼螋说道,"那么遥远,我真希望我的孩子不会到那边去,否则非把我急死不可。"

"尽管路那么远,我还是要试着去一下。"蜣螂说完便不辞而别了。这大概算是最彬彬有礼的骑士风度了。

在水沟边上,它邂逅了几个自己的同类,它们也都是蜣螂。

"我们住在这儿,"它们说,"我们过得十分舒坦自在!热烈欢迎您来到这片肥沃的土地上!旅途谅必使您受累了。"

"一点不错,累得够呛。我在大雨之中睡在晾晒着的亚麻床单上过夜,那份干净劲儿简直要了我的命。我站在花盆碎片底下挨风吹,那强劲的穿堂风害得我一个翅膀的关节受了风寒。能够遇见自己的同类,那真叫人精神大振。"

"您大概是从粪堆里来的吧?"最年长的那只问道。

"比那里高档得多,"蜣螂说,"我是从皇帝的马厩里来的,我一生下来就穿上了金鞋子。我这回出门旅行是肩负秘密使命的,你们不必向我打听来打听去的,我是不会泄露秘密的。"

蜣螂说着就爬到了那堆肥沃的烂泥上去，有两三个蜣螂小姐坐在那里偷偷地笑，因为它们不知道说些什么才好。

"她们都还没有订婚呢。"母亲说道。蜣螂小姐们又笑了起来，不过这一回是由于难为情的缘故。

"就是在皇帝的马厩里，我也不曾见到过比她们更美丽的姑娘。"这位不速之客说道。

"千万不要把我的孩子们娇惯坏啦，请不要同她们说话，除非你真心实意地打算成个家。你若是真的有这一打算，我会成全你们的。"

"好啊！"其他蜣螂全都欢呼起来。于是这个蜣螂便订了婚，先是订婚，接着就举行婚礼，这是不可以耽搁的。

结婚之后，第一天过得十分美满，第二天也还潇洒自在，可是到了第三天，它就不得不为妻子甚至子女的吃食而操心了。

"我让这意外的麻烦纠缠住了。"它说，"我也不妨让她们感到点意外。"

它真的那么做了：它失踪了，整整一天都不见踪影，整整一夜都没有回来。那个妻子成了寡妇。别的蜣螂说，原来它们收留的竟是个不折不扣的浪荡子，如今它的妻子成了它们的累赘了。

"不过她还是可以当没有嫁出门的姑娘，"母亲说，"还可以当我的女儿在家里待着。那个坏家伙居然抛弃了她，偷偷溜走了！"

那只蜣螂仍旧在继续它的旅程，它乘坐着一片白菜叶子渡过了水沟。天亮时分，走来了两个人，他们看到了这只蜣螂，把它抓了起来，翻来覆去地细细观察。他们两个人都很有学问，尤其是那个男孩子。

"真主在黑色山丘上的黑色石头上看见了黑色的蜣螂,《可兰经》里不是这么写着的吗?"他说道,又把蜣螂这个名词翻译成拉丁文,还讲解了它的属类和自然特性。那个稍大一些的有学问的人却反对把它带回家去,他说他们家里已经有了同样好的标本了。

哼,这句话说得太无礼,太令人生气了,蜣螂这么想道。于是它就从他们的手中飞走了。它飞了很长一段路,因为它的翅膀已经干了,可以飞到远一点的地方去了。它飞进了一个温室里,有一扇窗子打开着,它便很轻松地溜了进去,一头钻到新鲜的粪堆里去了。

它很快就睡着了,还做起梦来,梦见皇帝的那匹心爱的御马死了,他把金马掌都赠给了蜣螂先生,并且允诺说,它还可以再得到两只。这是令人兴奋的大好事情,所以蜣螂一醒过来就爬出来朝四周看看。这间温室多么有气派呀,巨大的棕榈叶在高处舒展,阳光把它们映照得几乎成了透明的。在棕榈树下,一片翠绿之中盛开着五彩缤纷的鲜花,有的红得似火焰,有的黄得像琥珀,有的洁白得就像刚下的新雪。

"这真是一个举世无双的地方,等到这些花草腐烂了以后,那滋味必定鲜美无比。"蜣螂说道,"这是一间上好的餐室,这里一定会有我的同类住着。我要去寻出他们的踪迹,看看能不能找到个把能够与之交往的。我为人很孤傲,这正是我可以自豪的地方。"

于是它走开去了,一门心思只想着刚才梦见的那匹死马和那些能够稳稳到手的金马掌。

就在这时候,一只手伸下来逮住了这只蜣螂,它被紧紧地捏住,翻过来又翻过去。

园丁的小儿子和一个伙伴在温室里看到了这只蜣螂，便对它产生了兴趣。它被卷在一片葡萄叶里，又被塞进了一个暖烘烘的裤兜里面。它在裤兜里拼命挣扎，乱抓乱挠，那个小男孩就用一只手使劲地压住它。男孩子飞快地朝着花园尽头的一个湖泊奔过去。这只蜣螂在这里被放进了一只鞋面踩丢了的旧木屐里，鞋上插着一根木棍当作桅杆。蜣螂被一根毛线拴在这根木棍上，它成了船老大，船要开航了。

　　那是一个很大的湖泊，蜣螂却以为是大海洋，它吓得仰面朝天，腿脚乱踢乱蹬。

　　木屐在湖面上漂流，湖面底下水流汹涌，那艘船便驶得越来越远。那个小男孩见势不妙，便挽起裤腿蹚水过来，想要把船拖回去。那条木屐船打了个滑，又往前漂去。正当小男孩要再伸手去抓的时候，猛听得有人在喊他，而且口气是那么严厉，他只好匆匆离开，听凭那只木屐自生自灭了。那只木屐往前漂去，离开陆地愈来愈远，蜣螂吓瘫了，它想飞，可是飞不起来，因为它被拴在桅杆上了。

　　一只苍蝇飞过来看看它。

　　"天气真是不错，"苍蝇说，"我可以在这里休息一下，晒晒太阳。你倒真是惬意得很。"

　　"你讲话好像不动脑子！难道你没有看见我是被绑在这里的？"

　　"我可没有被绑住呀。"苍蝇说着就飞走了。

　　"现在我才看清了这个世道，"蜣螂说，"这是一个卑鄙的世界，我才是唯一正直清高的。起初是舍不得给我金鞋子，然后又让我躺在潮湿的亚麻布床单里,还挨穿堂风吹,闹到最后又硬塞给我一个妻子;等到我匆匆溜出来一步踏进这个世界,刚看一眼别人是怎么过日子,想想我自己该怎么过日子的时候,来了个小崽子,把我绑在这里漂到大海里来了。而在这段时间里,那匹皇帝的御马却足踏金马掌,神气活现地走来走去!这正是让我最难受的事。可是在这个世界上,休想指望有人表示同情。我的经历是十分有趣的,可是没有人赏识又有什么用!这个世界也不配赏识它,要不然早就应该在皇室的马厩里给我穿上金鞋子了,哪怕在那匹皇帝心爱的御马钉上了金马掌之后我再伸出脚去也行。我要是穿上了金鞋子,那是马厩的光荣。现在倒好,我要完蛋啦,世界缺少了我,所有一切都要完蛋啦。"

不过所有一切并没有就此完蛋。有一条船驶过来了,船上有几个年轻姑娘。

"那边水面上漂着一只木屐。"有一个姑娘说道。

"上面还绑着一只小甲壳虫呢。"另一个姑娘说道。

她们来到了木屐旁边,把它打捞起来。有一个姑娘从身边掏出一把小剪刀来,把那根毛线剪断,她剪得很小心,没有伤着那只蜣螂。她们一上岸就把蜣螂放到青草上。

"爬呀爬,飞呀飞。飞吧,如果你可以的话,"她说道,"自由是一桩大好事。"

于是蜣螂就飞了起来,它一直飞呀飞呀,从一扇打开着的窗子飞进了一栋高大的房子里。它筋疲力尽地落到了站在马厩里的那匹皇帝的御马那细柔飘逸的长鬃毛上,那个马厩原本就是御马和蜣螂的家。它抓住了长长的马鬃毛,吸了口气,使自己镇定下来。

"我骑在皇帝的御马上啦!我当上了骑士!我是怎么说来着?是呀,我终于明白过来啦!这真是个很好的想法,而且是非常正确的。要知道,这匹御马为什么能钉上金马掌?那个铁匠曾经问过我。现在我省悟过来了,那是由于我的缘故,这匹马才会得到金马掌。"

于是蜣螂心情转好起来。

"出门旅行真是能够使人头脑清醒呀!"它说道。

阳光照射进来,马厩里显得明亮又好看。

"世界毕竟还没有糟糕透顶,"蜣螂说,"只要你知道怎样去对付它!"

世界是美好的,因为皇帝的御马获得了金马掌,因为蜣螂成了它的骑士。

"现在我要爬下去寻找别的蜣螂,告诉他们那些人究竟为我做了多少事情。我也要告诉他们我此番出国旅行的所有令人愉快的经历。我还要说一句:现在我要在家里待下去,一直待到那匹马把它的金马掌全都磨光。"

老爷爷做事总是对的

现在我来给你们讲一个我在小时候听到过的故事,后来每逢想起这个故事,我就觉得它比以前更耐人寻味,因为故事也和许多人一样,随着年龄的增长而变得越来越美丽动人,听起来是那么畅快尽兴。

你一定到乡间去过吧!你看见过那些用干草铺顶的真正古老的农舍吧!那样的干草屋顶上会长出青苔和杂草来。屋脊上有一个鹳鸟的窝,因为人类是离不开鹳鸟的。房墙已经倾斜,窗子开得很低,是的,而且只有一扇可以打开来。烤炉从墙上凸出来,像个肥胖的肚皮。接骨木树斜倚在篱笆上,篱笆旁边有一个小水塘,有几只鸭在戏水,还有一只看家狗,不管见到什么都要狂吠一通。

在田野上恰恰有一栋这样的房子,里面住着一对老夫妻——一个农夫和他的老伴。他们家徒四壁,屋子里的东西已经少得不能再少了,然而有一样东西他们是不能没有的,那就是一匹马。它会到大路边上的水沟里去寻草吃。老头儿骑着它进城去,邻居们借它去使唤,老爷爷靠这匹马给别人家干活来挣点钱用。不过若是把它卖掉,或者换点什么东西回来,却更为合算,但是究竟要换点什么呢?

"这种事情你最在行,老头儿,"妻子说,"现在城里正好有集市,你快骑上马去吧!把马卖出点钱回来,要不然换点什么东西回来!反正你做事总是对的。快点骑着马到集市上去吧!"

于是她替老爷爷系好领巾,因为干这类事情她毕竟比他在行得多。她给他打了一个双蝴蝶结,看上去十分神气。她用手掌心把他的帽子转来转去擦拭干净,又在他温暖的嘴唇上吻了一下。于是他就骑着那匹要去卖掉或者换回点东西的马儿上路了。是呀,老爷爷心里明白他要去干什么。

太阳晒得火辣辣的,天空中连一丝云彩都没有。大路上尘土飞扬,赶集的人纷至沓来,有的乘车,有的骑马,有的步行。烈日当空,路上却连个遮蔽的地方都没有。有一个人赶着一头母牛过来了,那头母牛模样很好看——母牛应该就是那副样子。

"这头母牛保准能挤出好牛奶来。"老农夫盘算道,"用这匹马去换那头牛倒真是划得来。"

"喂,牵牛的,"他喊道,"我们两个人谈谈好不好?你要知道,这是一匹马,马比牛要值钱得多,不过那不碍事,我更用得着一头牛。我们两人对换一下吧!"

"行呀。"赶牛的人说道,于是他们两人就交换了。

这笔交易做完之后,老农夫本应该转身回家去了,反正他要办的事情已经办完了。可是他既然拿定主意要到集市上去,那么他就非去不可,哪怕只到集市上去兜个圈,看看热闹。于是他就牵着牛朝集市走去。他走得很快,那头母牛也跟在后面快步走着。他们不一会儿就赶上了一个牵着一只绵羊的人,那只羊看起来膘肥肉厚,而且一身好羊毛。

"我倒宁可要那么一只羊。"老农夫盘算道,"我们那儿水沟边上有的是青草,不愁没它吃的。到了冬天,可以把它挪进屋里来和我们一起过冬。说到底,养一只羊要比养一头牛划得来。喂,我们来换吧。"

"行啊。"那个牵羊的人当然求之不得,于是他们做成了这笔交易。老农夫牵着那只羊沿着大路走去,不一会儿他看见篱笆门的旁边站着一个男人,胳膊底下夹着一只大鹅。

"你的这只鹅真是壮实,"农夫说,"羽毛非常丰满,身体又很肥厚。用根绳拴住了养在我们的水塘里,真是再好不过了。让老奶奶收集点菜帮、果皮来喂它,她常说:'我们要有一只鹅那有多好啊!'这下子她可以有鹅了。她应该得到这只鹅!喂,你肯换吗?我用这只羊换你的那只鹅。你肯啦,那么就多谢啦。"

那人当然巴不得这样做,于是他们做成了这笔交易。老农夫得到了那只鹅。现在他已经来到了城边上。大路上这时也热闹起来了,又是行人,又是牲畜,十分拥挤。他们不全在大路上走,也在路边沟壕里走,一直挤到收税人的土豆堆边上。收税人的一只母鸡就用绳子拴在那里,那是怕它受到惊吓而跑掉。那是一只秃尾巴鸡,模样很好看。母鸡在咯咯叫着,究竟它在想些什么,谁也不知道。可是老爷爷却想道:这只母鸡可是我这辈子见过的最漂亮的母鸡啦,它比牧师的那只生蛋鸡还要好看,我真想得到它!一只母鸡总是能找到谷子吃的,它自己就能照料自己。我相信用鹅去换这只母鸡是很划得来的。

"我们交换一下好不好?"他问道。"换!"那个收税人说,"这个主意真是不赖。"于是他们就做成了这笔交易。收税人得到了鹅，而老农夫得到了母鸡。

他这趟进城办成的事情真是不少。天气很热，他也累了，想要喝上一杯酒，吃点面包来解解饥渴。他来到了一家小酒馆前，刚要进去，酒馆伙计走了出来，他们两人在门口遇上了。那个伙计背着一大袋不知道什么东西，走起路来晃悠晃悠的。

"你麻袋里装的什么东西？"老农夫问道。

"烂苹果！"那个小伙子回答说，"满满一麻袋都拿去喂猪。"

"这真是多得不得了，真该让老奶奶看看。我们堆泥炭的棚屋旁边的苹果树去年才结了一个苹果，这个苹果就被保存起来了，就藏在食品柜的抽屉里，一直放到它裂开来。我的那个老伴儿说，这怎么说也是一笔财产嘛！现在她可以看到一大笔财产啦，我要让她开开眼。"

"行啊，你拿什么来换呢？"酒馆伙计问道。

"拿什么？我拿我的母鸡来换！"于是他拿他的母鸡做成了这笔交易，得到了这一麻袋苹果。他走进屋子，一直走到卖酒的柜台前，把他的那一麻袋苹果靠在壁炉上。壁炉里烧着火，这倒是他不曾想到的。屋里有许多陌生的客人，有马贩子，有牛贩子，还有两个英国人，他们都非常有钱，衣袋里装满了金币，把口袋撑得鼓鼓囊囊的。他们打起赌来。究竟发生了什么事，且听分明：

"嘶……嘶……"壁炉那边传来了什么声音，原来是苹果烤熟啦！

"里面装的是什么东西？"是呀，老农夫对他们说了他干的事，他们就知道了一切：从马换成牛，直到换成了这堆烂苹果。

"可不得了，你回家后，保准老奶奶要闹得天翻地覆。"英国人说,"你会挨一顿狠揍的。"

"我会得到亲吻,而不是一个耳光。"老农夫说,"我的老伴儿会说:老爷爷做事总是对的。"

"我们来打个赌吧,"那两个英国人说,"用满桶的金币,一磅对一磅。"

"一斗金币就够了。"老农夫说,"不过我只拿得出烂苹果来对你们的金币,倘若分量不够,把我自己和我的老伴儿都算进去。这总可以了吧!"

"好极了,不许反悔!"两个英国人喊道,这一次非要赌出个输赢不可。

酒馆老板的马车驶了过来,英国人上了车,老农夫上了车,烂苹果也上了车。他们一起到老农夫的家里去。

"晚上好,老奶奶。"

"谢谢你,老爷爷。"

"我总算把东西换回来啦!"

"是吗?你真在行!"老奶奶说道,她伸手搂住了他的腰,压根儿忘记了那个大麻袋和陌生人。

"我用马换来了一头母牛。"

"感谢上帝,这下我们能挤牛奶啦!"妻子说,"现在我们可以有牛奶喝,桌上还会有黄油和奶酪了。这真是一笔好交易。"

"是呀,不过我又用母牛换回了一只羊。"

"这一定是更好了。"妻子说,"你把事情总是想得那么周到,我们有足够的青草来养一只羊。现在我们有羊奶,有羊奶酪,有羊毛袜子,对啦,还有羊毛睡衣。母牛可产不了这么多东西,就只会掉毛。你真是一个把事情都考虑周全的人。"

"不过我又拿羊换了一只鹅。"

"那么我们今年圣马丁节①有烤鹅吃了。老爷爷,你总是想要让我高兴,你这个想法真是再好不过了。那只鹅可以先拴起来,到圣马丁节就会更肥了。"

"不过我又拿鹅去换了一只母鸡。"丈夫说道。

"母鸡,真是换得太好啦!"妻子说,"母鸡会下蛋,等到孵出来,我们就会有很多小鸡,我们就可以有个养鸡场。这正是我一直所想要的。"

"是呀,不过我又把母鸡拿去换了一麻袋烂苹果。"

"现在我真的要亲吻你一下了,"妻子说,"谢谢你,我的好丈夫!现在我来告诉你一件事。在你走了以后,我就一直在想着给你做一顿真正的好晚餐:香葱煎鸡蛋。鸡蛋我们自己有,却没有葱。我就过去找那个小学校长,我知道他家里有香葱,可是他的妻子小气得要命,那是个模样儿长得很甜、心眼却不大好的女人!我恳求她借点儿给我。'借点儿?'她哼哼唧唧地说,'我们的园子里什么都没有长出来,连个烂苹果都没有,所以我连一个烂苹果都没法借给你。'这下子好啦,现在我可以借给她十个,是呀,满满一麻袋!我一想到这个,就不禁要咧开嘴来哈哈大笑,老爷爷。"说着她就对准他的嘴巴亲吻了一下。

"我真是喜欢这一切。"英国人说道,"分明是越来越糟,可总是开开心心的。这才值钱呢。"

---

① 圣马丁节的日期为11月11日。

于是他们将满满一桶金币全都给了那个非但没有挨耳光反而得到一个吻的老农夫。

　　是呀，如果妻子总是认定而且当众宣布自己的丈夫是最聪明的，他做事总是对的，那么她总会得到好报的。

　　瞧，这就是我小时候听到过的一个故事，现在你也听到了，也知道了老爷爷做事总是对的。

雪 人

"天气真是冷得让人高兴,"雪人说,"我的浑身上下都在嘎嘎作响。大风把生命吹进我的身体里。哼,那个灼热发光的东西,她还在朝我瞪眼睛呢!"他说的是正在徐徐落山的太阳,"她要让我眼睛发花,休想!我一定能够保住碎瓦片的。"

原来他的眼睛是用两块三角形的碎瓦片做成的,嘴巴是用一截破旧的钉耙做的,所以他就有了牙齿。

他是在孩子们的欢呼声中诞生的,又受到了雪橇的叮当声和马鞭的噼啪声的欢迎。

太阳落下去了,一轮满月冉冉升起,又圆又大,在湛蓝的天空中显得分外皎洁。

"她又从另外一边上来啦。"雪人说,他以为那是太阳重升露出脸来了,"我已经把她那直瞪瞪地盯住人看的毛病治好了。现在她可以挂在那里照个亮,这样我就可以看得见自己了。我要是知道怎样才能挪动一下身体就好了,我很希望能挪动挪动。要是能够的话,我真想到冰上去溜一下,就像那些男孩子所做的那样,可惜我连走路都不会。"

"滚吧,滚吧。"那条被铁链拴住的老看家狗在叫,它的声音十分嘶哑,自从它晚上躺在火炉底下睡觉后,嗓子就变得嘶哑了,

"太阳一定会教你学会跑的。去年冬天我见到过你前面的那一个是怎样跑掉的，还看见过在他前面的那一个是怎样跑掉的。滚吧，滚吧！他们全都滚蛋啦！"

"我听不懂你在说些什么，好伙伴。"雪人说，"难道挂在上面的那个东西竟会教我怎样奔跑吗？"他指的是月亮，"不错，我在盯住她看的时候，她的确是在奔跑。这会儿她又从另外一边钻出来了。"

"你真是一窍不通，"被铁链拴住的看家狗说道，"不过你也只是刚刚才堆起来的！你这会儿看到的那个东西是月亮，而刚才落下去的是太阳。她明天一清早就会回来的，她一定会教你怎样跑到护沟堤底下去。马上就要变天了，我从我左边的那条后腿上感觉得出来，酸疼得很。天气快要变了。"

"我真的听不懂它的话，"雪人说，"不过我有一种感觉，那就是它在讲一些不愉快的事情。那个灼热发光的、刚才落下去的东西，她叫作太阳。她也不是我的朋友，我有这样的感觉。"

"滚吧，滚吧！"看家狗又叫了几声，它在原地一连转了三圈，然后就钻进自己的狗棚里去睡觉了。

天气果然变啦，拂晓时分，一层又厚又浓的雾笼罩了整个草地。到了天大亮的时候，浓雾渐渐散去，开始刮起风来，凛冽的寒风冰凉刺骨，到处结起了冰霜。可是当太阳出来的时候，那是什么样的景观啊！所有的树木和灌木丛上都覆盖着一层白霜，四周像是一大片白珊瑚林，所有的枝条上都开满了晶莹剔透的白花。夏日里被密密麻麻的叶子挡住而让人无法看见的嫩枝现在都一览无余，就像一排排流苏，那么白，那么亮，似乎每一根树枝里都流动着光芒。白桦树低垂的枝丫在风中摇曳，显得生机焕发，就如同夏日里的树木一样。这真是美丽无比！太阳照耀在大地上，到处都闪烁着光芒，仿佛是铺上了一层钻石的细尘，上面又嵌进了一颗颗巨大的钻石，也可以说是点燃了无数支小蜡烛，那烛光比白雪还要晃眼。

"再也找不出来这样的美景啦。"一个年轻姑娘说。她和一个年轻的男子走进花园里，恰好站在雪人的身边，眼望着那些晶莹剔透、光芒闪烁的树木。"比这更美的景色在夏天里是找不到的。"她说，她的双眼也闪烁着光芒。

"像他这样的彪形大汉也找不到的。"年轻的男人这么说道，"他真是好看极啦。"

年轻姑娘咯咯地笑了起来，她朝着雪人点点头，和她的那个朋友在雪地上跳起舞来。雪地在他们俩的脚下发出嘎嘎的响声，就好像踩在淀粉上一样。

"他们两个是谁？"雪人问看家狗，"你在这个花园里比我待的时间要长得多，你认识他们吗？"

"认识的，"看家狗说，"她拍过我，他给过我一根肉骨头，所以我不咬他们。"

"那么他们究竟是什么人呢？"雪人问道。

"是一对恋……恋……恋人，"看家狗说，"他们要搬进一间狗棚里去一起啃骨头。"

"他们同你我是不是一类呢？"雪人问道。

"他们是主人。"看家狗说，"这个昨天才刚刚出生的家伙，真是什么都不知道。我已经从你身上看出来了。我上了岁数，也见多识广,这个园子里所有事情我全都知道,再说我还过过不被铁链拴着也不用站在冰天雪地里的日子呢。滚吧,滚吧!"

"寒冷点才舒服呢。"雪人说,"你叫吧,叫吧,只是别把铁链弄得哐啷哐啷响,因为那声音震得我浑身咔吧咔吧响。"

"滚吧,滚吧。"看家狗叫了几声,"想当初我是一只漂亮的小狗,他们说我娇小玲珑,讨人喜欢。那时候我是睡在正房里的一张天鹅绒扶手椅上的,躺在主人的膝盖上。我的鼻子受人亲吻,脚爪子用绣花毛巾擦拭,我的名字叫'小宝贝''小乖乖'。后来他们觉得我长得太大了,便把我送给了女管家,于是我就搬到地下室去了。从你现在站着的地方可以一眼瞅进那个地下室里面,我曾经是那里的主人,因为我毕竟是同女管家住在一起的。那个地方当然要比上面的正房寒碜得多,可是住在下面倒更舒服一些,用不着像在正房住的时候那样挨孩子们的揪打和拖拽。我的饭食和早先一样好,甚至还多得多。我有自己的睡垫,而且还有火炉。火炉那东西在这个季节里是世界上最美妙不过的东西了。我蜷缩成一团,钻到火炉底下暖暖和和地睡个好觉。哦,那个火炉,我至今还能梦见它呢。滚吧,滚吧。"

"火炉真的那么好看?"雪人问道,"它长得像我吗?"

"它的长相刚好和你相反,它浑身漆黑,有一个长脖子,凸着一个黄铜的大肚皮。它吃的是木柴,所以肚子里一直燃烧着,火焰还会从嘴巴里喷出来。若是站在它的身边,或者干脆钻到它底下去,那真是舒服极啦。从你站的地方,可以一眼望得见它。"

雪人瞅了瞅,他果然看见了一个擦得锃光瓦亮、凸出大肚皮的东西,火光不时地从它的下半截钻出来。雪人一看见它,身上就有一股子异样的感觉,只觉得一阵阵发怵。他自己也说不清这是什么怪东西在他身上作祟,不过所有人都知道这是什么样的感觉——只要他不是雪人的话。

"那么你为什么要离开她呢?"雪人问道,他觉得那东西必定是位女性,"为什么你舍得离开那样一个地方?"

"我不得不离开那里,"看家狗说,"他们把我赶了出来,用铁链把我锁在这里。我在主人最小的儿子的小腿上咬了一口,因为他把我正在啃的骨头一脚踢走了。我也啃了他一口,以骨还骨嘛。却不曾料到,这一下把他们惹火了,从那时候起,我就一直被锁在这里,我本来清脆的声音也变得嘶哑了。你听听我的声音有多么难听。滚吧,滚吧!一切都完蛋啦。"

雪人再也没有听下去,他的眼睛不断地瞄向地下室,朝着女管家的那间房间望进去。但见火炉挺胸凸肚、四脚着地站立在房间里,看上去个头同雪人差不多大。

"我浑身莫名其妙地咔吧咔吧作响,"他说,"难道我真的永远进不了屋里去吗?这是一个天真无邪的愿望,而我的愿望是应该得到满足的。这是我最大的愿望,也是唯一的愿望。如果说这一点点都不能得到满足的话,那也未免太不公平了。我一定要走进屋去,我一定要在她身上倚靠一会儿,哪怕打破窗户也在所不惜。"

"你反正永远也进不去的,"看家狗说,"你若是走近火炉,那么你就完蛋啦。滚吧,滚吧!"

"我已经和完蛋差不多了,"雪人说,"我觉得我快要爆裂开来了。"

整整一天,雪人都站在那里望着窗子里面。到了夜幕降临时,四周的黑暗将屋里衬托得分外明亮诱人。火炉里发出的火光是如此柔和,既不像月光也不像阳光,一点也不相同。只有在燃烧时火炉才会发出这样的光芒。若将炉门打开,火焰便会蹿出来,这已是司空见惯的了。火焰明晃晃地映在雪人白色的脸上,把那张脸也映得红红的,一直红到胸口。

"我再也忍不住啦,"雪人说,"她舌头伸出来的样子是多么好看啊。"

漫漫长夜,难熬得很,可是对雪人来说却并非如此。他站在那里,沉浸在自己美好的想象之中。由于天寒地冻,他身上发出咔吧咔吧的响声。

清晨来到,地下室的窗户上结起了一层坚冰,出现了任何一个雪人都非常想见到的最美丽的冰花。但是冰花却把火炉遮住了,玻璃上的冰花一直不肯化开,所以他也就无法再见到火炉了。他的身上咔吧咔吧作响,这又是一个本来应该使得雪人十分欣喜的滴水成冰的天气,可是他却一点都不觉得快乐。他快活不起来,他患上了对火炉的相思病。

"这对于一个雪人来说可真是一种可怕的病,"看家狗说道,"我也曾经害过这种病,不过总算挺过来了。滚吧,滚吧!现在又要变天啰。"

天气又变了,到了冰雪消融的天气。

天气越来越暖,雪人却越来越小了。他蔫头耷脑,闷声不吭,什么话都不说,甚至连一句抱怨的话都没有,这正是他病入膏肓的征兆。

有一天早上,他终于坍塌了。在他原来站立的地方,只插着一根扫帚把儿之类的东西,孩子们就是用它作为支撑,堆起了那个雪人。

"现在我才明白过来,为什么他会害上相思病了。"看家狗说道,"原来那个雪人的身体里插着一根火炉上用的扒火棍,这东西使他对火炉动心了。现在这一切都已经过去啦。滚吧,滚吧!"

不久之后,冬天也就过去了。

"滚吧,滚吧!"看家狗使劲地叫着。不过在院子里,小姑娘们唱起了儿歌:

> 快快长出来吧,车叶草,
> 又新鲜,又娇嫩;
> 柳丝青青长又长,
> 羊毛般的细枝往下垂;
> 杜鹃、云雀都来唱,
> 早春就在二月末;
> 亲爱的太阳出来吧,
> 要时常露面天天到!

这时候再也没有人想起那个雪人了。

在鸭场里

有一只鸭子是从葡萄牙来的,也有人说是从西班牙来的,反正都差不多。她被称为"葡萄牙鸭",她生了蛋,后来又被宰了,做成一道佳肴,这就是她一生的经历。所有从她生的蛋里破壳而出的后代都叫作葡萄牙鸭,这就大有讲究了。现在这个家族只有一只留在鸭场里。这个院子里鸡也可以进去,而且就有一只公鸡在里面趾高气扬地踱来踱去。

"他拼命地大声啼叫,吵死我啦!"葡萄牙鸭说,"不过他长得真雄壮,这是没话说的,尽管他不是一只公鸭。他应该把声音压低一些,控制一下自己的嗓门,可是要使得声音抑扬顿挫,那可是一门艺术,能够显示出更高的修养。隔壁邻居花园里椴树上栖着的那些会唱歌的小鸟就有这样的修养。他们唱得多么悦耳动听呀,他们的歌声感人之至,我把这称为'葡萄牙式的'唱法。如果我有这样一只会唱歌的小鸟的话,我真愿意当他的妈妈,对他倍加疼爱,为他鞠躬尽瘁,这是我的葡萄牙血统里生来就有的感情。"

就在她说这句话的时候,一只会唱歌的小鸟真的来了,他从屋顶上头朝下地栽落下来,有一只猫在追逐他。小鸟总算逃了出来,不过一只翅膀折了,栽到鸭场里来了。

"真是流氓成性，这只为非作歹的猫。"葡萄牙鸭说道，"自从我有了自己的小鸭子以来，我就熟知他的所作所为啦。这么一个小流氓竟然可以活得好好的，而且在屋顶上横行霸道，真是咄咄怪事，我想这在葡萄牙是找不出来的。"

她很可怜这只会唱歌的小鸟，别的鸭子也很怜悯他，尽管他们都不是葡萄牙鸭。

"可怜的小家伙。"他们一只又一只地走过来看他，"虽然我们自己不会唱歌，"他们说，"可是我们身体里有着内在的歌唱本能，或者类似本能的东西，我们能够感觉得到这点，尽管我们嘴上不说出来。"

"那么我不妨说说吧。"葡萄牙鸭说道，"我想为他做点什么，这是一只鸭子义不容辞的责任。"说罢她就纵身跳进水槽里，用自己的双翅使劲拍打水面。那一阵倾盆大雨般的水流劈头盖脑地浇下来，险些儿把那只会唱歌的小鸟淹死。不过鸭子这样做本来是出于一番好意。"这样做才会有好处呢。"她说道，"大家都看着，要照这个样子做才行。"

"叽叽，千万不要！"小鸟的一只翅膀折了，所以要把身上的水珠抖落下来是十分费劲的事，不过他也晓得朝他身上泼水是出于一番好意。"您真是一位好心肠的人，夫人！"他说道，心里着实不情愿再挨一次水浇。

"我从来不曾想过我的心肠如何，"葡萄牙鸭说道，"但是我知道疼爱我身边所有的同伴，除了那只猫之外。没有人会指望我去喜欢他，因为那只猫已经吃掉了我的两个孩子。不过你可以把这里当作自己的家，不要有什么拘束。我自己就是一个从国外迁移过来的外来户，你从我的举止和这身羽毛上就可以看得出来。我的公鸭老伴倒是本地的土著，没有我这样的血统，可是我并不因此而飞扬跋扈。要是说这里有谁能了解你的话，我敢说那是非我莫属了。"

"她的肚子里塞满了葡萄烂芽！"一只貌不出众却很机灵的小鸭子说道。别的貌不出众的鸭子觉得"葡萄烂芽"这字眼用得真是妙不可言，同"葡萄牙"谐音，又同饲料有关。于是他们你推我搡，一齐嘎嘎地叫了起来。他真是一个机灵鬼。然后他们就和那只会唱歌的小鸟寒暄起来。

"那只葡萄牙鸭子确实能说会道，"他们说，"我们的嘴里讲不出这样的话来，可是我们的同情心却和她一样。如果我们无法为你做点什么，我们便会悄悄地走开去，我们觉得这样最得体了。"

"你有很好听的声音，"有一只年岁大一些的鸭子说，"你给那么多人带来欢乐，想必心情一定很舒坦。我却一点都不能动嘴，所以我就不开口了，不过比起某人对你说那些愚蠢话，要好得多啦。"

"行啦，行啦，不要再去烦他啦。"葡萄牙鸭打断了他的话头，"他需要休息和护理。会歌唱的小鸟，我再拍水浇你一遍好吗？"

"哎呀，千万不要，还是让我把身子晾干吧。"小鸟说道。

"水疗对我来说几乎是包治百病的，"葡萄牙鸭说，"玩玩水、散散心也是大有益处的。现在隔壁的那几只鸡马上就要来啦，是来登门拜访的。有两只是中国鸡，她们穿着灯笼裤，都很有修养，也算是外来户，我对她们很尊敬。"

母鸡们来了，公鸡也跟着来了。他今天很有礼貌，没有像往常那样撒野。

"你是一只真正会唱歌的小鸟,"他说,"你放开你那细小的歌喉,已经用足劲头把你的声音全都唱出来了。不过若是要让人听得出是一只公鸟,那么气还要再足一些。"

那两只中国母鸡看到那只会唱歌的小鸟的模样,不禁心醉神迷起来,因为他刚挨了一顿水浇,羽毛蓬松松的,看上去活像一只小中国鸡。

"他真是英俊潇洒。"她们说道,于是她们同他交谈起来。不过她们的声音都是娇滴滴的,而且满口上流中国官话。

"我们才是和您同一种类的,那些鸭子——即便是葡萄牙鸭——都是属于泅水禽类,您大概早已注意到了。您对我们还不熟悉,可是究竟有几个对我们熟悉呢,或者甘愿自找麻烦来认识了解我们呢?没有,就连母鸡也没有。虽然我们一生下来就栖在比他们要高出一级的梯阶上,不过这也没什么,我们仍然按照我们自己的生活方式在他们中间平静地过我们的日子。他们的想法同我们是不一样的,然而我们尽量看到他们好的一面,也尽量拣好的说。可是明明没有什么好的地方,却硬要去找出个好来,真是一桩烦恼不堪的事。整个鸡棚里,除了我们俩和这只公鸡之外,其余的都没有什么天赋,不过都很安分守己。对于鸭场里的住户们,那就不能这样说了。我们要告诫您,会唱歌的小鸟,千万不可相信那只秃尾巴母鸭,她非常狡猾奸诈。那只身上有花点、翅膀上有翼斑的,她是个不认输的泼妇,从来不肯让别人说了算,尽管明明是她的错。那只胖乎乎的肥鸭婆到处搬弄是非,说别人的坏话,这是同我们的性格背道而驰的,如果我们说不出什么好话来捧场,那么我们就会干脆把嘴巴闭上。只有那只葡萄牙鸭是唯一有点修养的，可以同她交往，不过她太容易动感情，而且讲葡萄牙语未免讲得太多。"

"那两只中国母鸡怎么有那么多话，她们啰唆个不休！"有两只母鸭说，"她们真叫人腻烦，我从来不曾同她们搭过腔。"

现在公鸭来了，他以为会唱歌的小鸟是一只麻雀。"唉，我哪里分得清呢！"他说，"反正就是那么一回事，无非是让人听着取乐的八音匣，既然有人肯留下他那就留着呗。"

"千万别在乎他说的话，"葡萄牙鸭悄声说道，"他精于盘算，因此很受器重，而盘算对他来说是高于一切的。不过现在我要躺下来休息了。务必要保养自己，那么等到塞满了苹果和李子去烤的时候，才会肉质肥嫩，味道鲜美呢。"

她说完就在太阳底下躺了下来，眨着一只眼睛。她躺得十分自在，感觉十分舒服，以至于一躺下来就睡熟过去。那只会唱歌的小鸟用嘴梳理了一阵子自己那只折断了的翅膀，然后紧挨着他的那个女保护人躺了下去。太阳当空照着，又暖和又舒服，这里真是一个过日子的好地方。

隔壁的母鸡们踱来踱去，不停地用脚爪扒土。说到底，她们到这里来不是为了登门拜访，而是为了觅食果腹。那两只中国母鸡先走掉了，后来别的母鸡也陆续离去，那只说话诙谐的小鸭说，那只老当益壮的葡萄牙鸭马上就要变成"鸭崽"啦，于是别的鸭子一齐嘎嘎地大笑起来。"鸭崽"！他真是个妙不可言的机灵鬼。他们又重新讲了一遍他早先说过的那个名词——"葡萄烂芽"。真是太有趣啦！然后他们全都躺下了。

他们刚躺了一会儿，马上就有人朝着鸭场里扔进来了一些饲料,是菜帮烂叶之类的大杂烩,啪的一声扔在了地上。于是所有鸭子都一下子惊跳起来,拍着翅膀奔跑过去。那只葡萄牙鸭也猛然惊醒过来,她翻了个身,却不料重重地压住了那只会唱歌的小鸟。

"叽叽,"那只小鸟叫了起来,"您压得我好疼呀,夫人。"

"你干吗要躺在那里挡住我的道?"葡萄牙鸭说,"你用不着这么娇里娇气的,我也有脾气,会使性子,可是我绝不叽叽叫。"

"不要光火嘛,"小鸟说道,"那是我脱口而出的。"

葡萄牙鸭不再理睬他,而是朝着那堆大杂烩直扑过去,痛快地大嚼了一顿。吃完之后,她又躺下身来。那只小鸟走过来想要讨好她,便轻声歌唱起来:

> 啦啦啦啦啦……
> 我要为你歌唱,
> 歌唱你的一片好心,
> 再飞向远方,远方,远方……

"现在我吃饱了,要休息啦。"她说,"你既然在这里,就必须遵守这里的规矩。现在我要睡觉了。"

小鸟感到十分惊讶,因为他是出于好意才唱歌的。当那位鸭夫人醒过来的时候,小鸟站在她的面前,嘴里衔着一根他找到的小小的谷穗。他把谷穗放到她的跟前。哪知道她方才睡得并不安生,没有睡好觉,心情自然就很糟糕。

"你把这玩意儿拿去给小鸡吃好了,"她说,"不要老是在我面前晃来晃去的。"

"可是您千万不要对我发脾气,"小鸟说,"我究竟做错了什么呢?"

"做错了什么!"葡萄牙鸭说,"用这种口气说话不太文雅,我提醒你注意点。"

"昨天这里还是阳光灿烂,"小鸟说,"可是今天却一下子变得阴森黑暗。我心里真是难过极了。"

"你没有资格来评点天气,"葡萄牙鸭说,"这一天还没有过完呢!不要这样傻头傻脑地站在我的面前。"

"您的眼睛这会儿怒气冲冲地瞪着我,就像昨天把我追逼得跌落到这个院子里的那双恶狠狠的眼睛一个样。"

"真是无法无天啦!"葡萄牙鸭说,"你居然敢说我同那只恶猫、同那只野兽一个样。我身上可是连一点邪恶的血都没有。既然我把你收留下来,我就要对你严加管教,教你学会礼貌。"

说罢她就把小鸟的脑袋一口咬了下来,那只小鸟立即一命呜呼。

"这是怎么回事?"葡萄牙鸭说,"他怎么那么娇气,什么都经受不住,真是不配在这个世上活下去。我还像母亲那样照料过他,我的这一片好心只有我自己知道。"

隔壁的公鸡把头探进了鸭场,发出了几声穿云裂石的高亢啼鸣。

"你这么一叫,真是要吵得人送掉性命!"她说,"这一切全都是你造成的,害得他丢了脑袋,连我也差一点丢了性命。"

"哦,他躺下来还是那一点点大!"公鸡说道。

"你对他要尊重点!"葡萄牙鸭说,"他会控制音调,他会唱歌，他有很高的修养，他温柔可爱。这些品质非但在动物中，而且在被称为人类的那些家伙中也是不可多得的。"

所有的鸭子都聚集到那位英年早逝的小鸟歌唱家身边，他们都来吊唁，因为他们都很动情，不管是出于嫉妒还是出于怜悯。况且这已经没有什么值得嫉妒的了，所以他们全都显得怜惜不已，连那两只中国母鸡都是如此。

"像这样的小鸟歌唱家真是空前绝后，我们永远不会再有了，他几乎就是一只中国母鸡。"说着她们就失声痛哭，抽噎得咯咯叫个不停。可是鸭子们却走开去了，他们的眼睛都是红红的。

"要知道我们也是一片好心，"他们说，"谁都不能不承认的。"

"一片好心，"葡萄牙鸭说，"我们大家全都有，就像在葡萄牙一样。"

"我们还是先去寻觅食物，吃饱了肚皮再说，"公鸭说，"这才是至关紧要的大事哪。这只八音匣虽然被打碎了，不过我们还有的是呢。"

新世纪的缪斯女神

新世纪的缪斯女神,我们的重孙或者更远一些的后代会认识她,然而我们却无缘同她相识。她什么时候才出现?她将是什么样子?她将歌唱些什么?她将会拨动什么人的心灵之弦?她将会把她的世纪提高到什么样的高度呢?

在我们这个忙碌的时代里,问题何其多,况且如今诗已经几乎成了道路上的绊脚石。人们清楚地知道,有许多出自当代诗人之手的"不朽巨作"到了将来恐怕只会被人用炭涂写在监狱的牢墙上,只有几个好奇心很强的人才会看见并且阅读这些诗句。

诗应该砥砺自身、奋发图强才行,起码不能置身于党派斗争之外,姑且不论到底流的是鲜血还是墨水。

有许多人说这是片面之词,在我们的时代里,诗并未被忘却。

没有,至今还有人在他们的"休闲的星期一"要读点诗篇来放松放松,于是就必然地出现了这样的状况:他们当中在情趣上较为高雅的人,在精神上感觉到饥肠辘辘的时候,他们就会派人去书店把那种四先令一本的诗集整套买来,这是最为可取的了。有些人只喜欢欣赏那些作为礼品得来的诗集;还有些人满足于念一下杂货店包装纸袋上印的那么几句,这就更便宜了,而在我们这个忙碌的时代里,便宜与否是务必要加以考虑的事。就我们所见，这种欲望还是存在的，这就足够了。至于未来的诗，如同未来的音乐一样，要去对它加以评论，那就未免是堂吉诃德式的了，不亚于谈论去天王星探险这样的话题。

时光太短促太值钱了，不能耗费在幻想游戏上。什么是诗呢？我们不妨相当理智地探讨一番究竟诗为何物。诗乃是感情和思想的铿锵有声的迸发，也是神经的震荡和颤动。那些学问家告诉我，所有的情绪变化，所有的机体活动，都来自于神经的震荡，而我们人人都是一把可供弹拨的乐器。

可是这些琴弦由谁来拨动呢？是谁能拨得它们震荡和颤动呢？是精神，是肉眼看不见的神圣的精神。人们通过它们把自己的情绪和感觉用声音表达出来。而这种声音被别的乐器听懂了，于是它们也都共鸣起来，要么是情感融洽的和谐音调，要么是排斥对立的不和谐音。在伟大的人类憧憬着自由而阔步向前的征途上，过去如此，今后也是这样。

每个世纪——也可以说每个千年——都会有用诗篇来表达的辉煌巨著，它们诞生在行将结束的那个时代，又阔步踏进并将盛行于即将来到的新时代。在我们的喧嚣繁忙、机器声轰鸣的时代中，她已经诞生了，新世纪的缪斯女神。我们向她致以敬礼，表示欢迎。她迟早会听到和见到我们的敬意的，就像我们在本文前面所提到的那样，在用炭书写的文字中。

她的摇篮从人类在北极探险中脚步所到的最远地点开始摇起，一直摇呀摇，摇到了如今人类能用眼睛看得见的极地天空中那"黑洞"最深邃的地方。不过我们听不见她的摇篮晃动的声音，那是因为它被机器的轰鸣、火车的呼啸、矿山的爆破，还有古老的精神枷锁的炸裂声所淹没。

她诞生在现代的大工厂里，在那里，蒸汽机正在施展它的威力；在那里，号称"无血工匠"的各种机器正带领着它们的学徒在日以继夜地辛勤劳作。

她有着女人的充满伟大母爱的心灵，胸怀女神维斯塔①的贞洁火焰和灼热激情。她具有智慧之光，可以闪现出三棱柱折射出的千百年来变化万千的全部色彩，最终变成当时最流行的那种色彩。用幻想做成的巨大天鹅羽衣是她的光辉和力量，这是由科学织成的，"原动力"给了它挥舞翅膀的力量。

在父亲血统方面，她是人民的儿女，心智和思想都很健康，眼光坦荡真诚，言谈诙谐风趣。她的母亲却是一个出身高贵的、受过学院教育的外国移民的女儿，身上带着辉煌的洛可可②时代的痕迹。新世纪的缪斯女神在心灵和血统上都将这两者全部继承下来了。

她的摇篮里放满了受洗礼时人们送给她的各种各样的礼物，大自然里隐藏着的五花八门的谜语和它们的谜底像糖果一样堆放在那里。潜水员用的大玻璃罩里放着许多来自大海海底的奇珍异宝。摇篮里的小被子上印着天体图。将那幅图悬挂起来，就像无边无际的平静的大海，数不清的天体就像大海里的无数岛屿，每一个岛屿都是一个世界。太阳为她画画，刚发明的照相术又给她

---

① 女神维斯塔系罗马神话中的女灶神，以贞洁著称，罗马的维斯塔神庙里点着永不熄灭的火。

② 洛可可系法国18世纪路易十五时期盛行的艺术风格，以纤细、华丽和烦琐为特点，这种风格也见于当时法国的文艺之中。

送来了新的玩具。

她的保姆为她吟唱吟游诗人埃汶①和菲尔多西的诗歌,为她吟唱德国抒情歌手们的诗歌,吟唱海涅②以他真正的诗魂写出来的那些带点孩子气的诗歌。她的保姆已经告诉她许多许多,甚至太多了。她知道了《埃达》③,那是古时候不知道哪辈子的老祖母们的令人毛骨悚然的传说。在这些传说里,害人的咒语拍着血淋淋的翅膀呼啸着横扫过天空。整部东方的《一千零一夜》她只用了一刻钟就全听完了。

新世纪的缪斯女神至今还只是一个孩子,不过她已经跳出了摇篮,她满怀雄心壮志,却不晓得自己究竟要干什么。

她至今仍在她保姆的那间大房间里玩耍,那里摆满了洛可可式的艺术珍品,有希腊的悲剧、罗马的喜剧,全都用大理石雕来表现。各国的民歌像是晒干了的花草一样悬挂在墙壁上,只要吻它们一下,它们就会膨胀起来,又变得新鲜水灵、芳香四溢。她的四周回荡着贝多芬、格鲁克④、莫扎特的永恒的交响乐,这是所有的大师们用乐曲表达出来的思想。书架上摆满了在各个时代已成为不朽的巨著,而且还有地方可以容得下更多的名著,作者的名字我们在不朽的电报中听过,不过电报也通报了他们的死讯。

---

① 埃汶(约935—1025),冰岛酋长、诗人。
② 海涅(1797—1856),德国著名诗人。
③ 古代冰岛著名的文学巨著。
④ 格鲁克(1714—1787),德国音乐家,一生写了四十多部歌剧,致力于反对巴洛克式的装饰性歌唱风格,开创了音乐从属于剧情的新型歌剧模式。

她念过的书籍真是多得吓人，实在太多了。她既然出生在我们的时代，那些充斥于世的多得吓人的东西应该被忘掉才行。缪斯女神自有主见，她明白哪些是应该忘却的。

她没有去想自己的诗歌，这些诗歌如同摩西的诗文和比得派伊关于狐狸的狡诈和运气的美妙寓言①一样世代相传。她也没有去想一下自己的使命和自己轰轰烈烈的未来。她仍然在玩耍嬉戏，而在这同时，各国之间的厮杀声正响彻云霄，羽毛笔和大炮在天空中勾画出来的音符乱作一团，它的形状要比北欧的古代楔形文字更让人难以辨认。她头上戴着一顶加里波第②式的帽子，念的却是莎士比亚，还停下来思索片刻，想着等她长大的时候他的戏仍旧可以演出。卡尔德隆③已经长眠在他的作品的石棺之中，墓碑上刻着歌颂他的碑文，霍尔堡也是如此。缪斯女神是个世界主义者，她把他的作品同莫里哀④、普劳图斯⑤和阿里斯托芬的合订成一册，不过她念得最多的还要数莫里哀的。

她已经摆脱了驱赶阿尔卑斯山羚羊的那种骚动不安的情绪，然而她仍在孜孜不倦地追求生活的情趣，就像羚羊追求高山的欢乐一样。她的心中充满了一种安详和平静，如同希伯来古代传说中的那样：在繁星满天的晴朗而安静的夜空下，绿色的原野上响

---

① 这是古印度梵文寓言集《五卷书》中的一个故事，这一古典文学作品对东西方国家的文学产生不小的影响，安徒生童话中有些故事即来自该书。
② 加里波第（1807—1882），意大利的民族英雄。
③ 卡尔德隆（1600—1681），西班牙剧作家。
④ 莫里哀（1622—1673），法国喜剧作家。
⑤ 普劳图斯（约公元前254—前184），罗马喜剧作家。

起了游牧者纵情歌唱的声音，而她的心也在歌声中起伏，比古希腊太萨里山中的激情奔放的武士们更为剧烈。

她的基督教信仰处于什么状态呢？她已经学完了哲学的大大小小的理论，啃书本崩掉了她的一颗乳牙，好在她的新牙又长了出来。她在摇篮里就已经啃过知识之果，她吃了下去，变得聪明起来，于是"不朽的光辉"便作为人类最富有天才的思想在她的面前闪耀着光芒。

诗的新世纪什么时候才能来临？缪斯女神什么时候才能为人所知？她的声音什么时候才能让人听见？

在一个美丽的春天的早晨，她乘着火车头拉的长龙飞驰而来，隆隆地驶过隧道和桥梁，或者骑在打着喷鼻的海豚背上，再不然就是骑着蒙戈尔费埃①的洛基鸟从空中飞来，缓缓降落在田野上。她将在那里用神圣的声音第一次向人类致敬。

那声音究竟来自什么地方呢？难道是从哥伦布发现的那片自由大陆来的吗？那里的土著居民遭到野蛮的追捕和杀戮，非洲黑人像牲畜般受到奴役，也就是在那片大陆上，我们听到了《海华沙之歌》②。难道是从对极的那个大陆③来的吗？那个洲是南太平洋上的黄金岛屿，一切都同我们恰恰相反，我们这里是黑夜，那里却是大白天，在那里的含羞草丛中，黑天鹅引吭歌唱。难道是从

---

① 法国蒙戈尔费埃兄弟于1782年发明热气球，并于次年首次作空中飞行。洛基鸟为神话中的巨鸟。
② 《海华沙之歌》是美国诗人朗费罗的作品，发表于1855年，描述了印第安人领袖海华沙的英勇事迹。这是描写印第安人的第一部史诗。
③ 指澳大利亚。

会发出声音的门农石柱①屹立着的地方来的吗？在那里，斯芬克斯发出如怨如诉的歌声，只可惜我们永远也解不开这尊狮身人面像的千古之谜。难道是从那个煤窑遍布的岛国②来的吗？那里从伊丽莎白时代起就是莎士比亚的一统天下了。难道来自第谷·布拉赫的家乡？那里却容不得他留在自己的故土家园。难道来自加利福尼亚的奇妙仙境？那里的惠灵顿杉树高高地伸展着枝叶，俨然是世界森林之王。

那颗星星将在什么时候亮起来？那颗缪斯女神前额上的星星。那是一朵花，花瓣上写着本世纪流行的式样、颜色和香味。

"请问这位新的缪斯女神以什么为纲领？"我们时代的老练的议会议员先生问道，"她打算干什么？"

与其提这样的问题，倒不如打听一下她不打算干什么！

她不打算作为已经消逝的时代的幽灵来登台亮相！她不打算沿用舞台上早已被搁置在一边的那些传统来创作戏剧，或者用抒情诗歌做成令人眼花缭乱的帷幕来遮盖戏剧结构上的缺陷。她飞在前头指引着我们，就像以往把我们从忒斯庇斯的草台班子的马车上引领到大理石砌的罗马圆形剧场一样。她不打算把发音健全的人类语言砸得支离破碎，再把它们黏合在一起，成为一个可以供人任意摆布的八音盒，让它发出那些唱民谣的歌手们在对歌比赛中所用的那种讨好而带有诱惑的声音。她不打算把诗体语言说成是贵族的，而把散文语言说成是平民的，其实它们在音响、内

---

① 门农石柱系古埃及泰布兹城的两根二十米高的石人像，站立在阿蒙霍特普三世石棺的两侧。据说它们在日出时会发出音乐声，但修复后已不再发声。

② 指英伦三岛。

涵和力量上都是旗鼓相当的。她不打算在冰岛萨迦的皮料上刻下古老的神祇,他们都已经死亡,新时代不会给他们丝毫同情和怜悯,与他们也没有丝毫的家族渊源。她不打算让自己的同代人把他们的思想停留在法国长篇小说的书脊之间,也不打算用日常生活的麻醉剂使自己对世事不闻不问。

她带来的是一剂救治生命的灵丹妙药!她的歌声无论是诗体还是散文体,都是简洁明了、鞭辟入里和丰富多彩的。各个民族的脉搏在人类发展的文字中都只是一个字母,而她却以同样的爱把每个字母都紧紧抓住,把它们组成词句,并将音节排列起来,创造出她的新时代的颂歌。

那么这个时代什么时候才能完美呢?

对于我们这些还停滞于过去的人来说,那将是遥遥无期的;而对于那些一直飞在前头的人来说,则是不远的将来。

欧洲的铁路将会修筑到亚洲的大门紧闭的文化宝库里,这两股文化潮流将会汇合。到那时,这股汇聚在一起的洪流会带着深沉的轰鸣倾泻直下,最终发出惊天动地的咆哮声。我们这些新时代里的老人们会在这轰鸣声中颤抖,会感到这就是一场"拉格纳洛克"[①]的来临,古老的众神全都在这场劫难中丧生,我们却忘了各个时代和种族也会荡然无存。每个时代和种族都只剩下了各自的一幅小小的图像,包裹在文字和语言的胶囊之中,如同一朵朵莲花在永恒的长河上漂浮,并且告诉我们说,他们所有的人——无论过去的还是现在的——都是同我们一样的芸芸众生和血肉之

---

① 意为诸神的黄昏。

躯，只不过衣着打扮不同而已。犹太人的图像由于《圣经》而熠熠生辉，希腊人则有《伊利亚特》和《奥德赛》。那么我们的图像呢？去问新世纪的缪斯女神吧！在经历了"拉格纳洛克"大浩劫之后，古老的众神必将幡然醒悟，重新站立起来。

蒸汽的所有动力和当代的一切压力都是提升他们的杠杆。号称"无血工匠"、貌似我们时代强大的统治者的各种机器和忙碌的学徒们其实只不过是仆役、用人，只不过是黑奴，他们要为这场盛大的酒宴装饰厅堂，端来各色宝物，铺好桌布。缪斯女神将在这场欢宴上以童稚的天真，以少女的欣喜和主妇的安详与才智，高高举起诗的奇妙的明灯，用上帝的火焰来充实人类的心灵。

向你致意，你这位新世纪诗的女神！我们的致敬声会高得让你能听得见，就像蚯蚓的感谢歌声也可以被人听见一样。蚯蚓被犁头斩断，而这时一个新的春天也已经到来。犁头翻松土地，耕出一道道犁沟，把我们这些蚯蚓斩断，好让未来的一代人幸福地成长。

接受我们的致意吧，新世纪的缪斯女神！

冰姑娘

一 小鲁迪

让我们到瑞士去游览一番吧！让我们在这个连悬崖峭壁上都长满树的景色美丽的山国里放眼四顾，极目远眺。让我们登上白雪皑皑的高原，然后再来到芳草如茵的大草地上，那里大河小溪一齐奔流，似乎迫不及待地要流入大海。骄阳似火，烘晒着深山峡谷，也烘晒着高山上的厚厚的积雪。积雪一年又一年融化开来，凝结成闪闪发光的大冰块，随着雪崩滑落下来，日久天长便堆积成冰川。在小小的山城格林德尔瓦尔德旁边的"恐怖尖角"和"晴雨尖角"下面的深谷里，就躺着两道这样的冰川，它们真是值得看看的一大奇观。于是到了夏天，就会有许多外国人从世界各地前来观赏。他们先要翻过白雪覆盖的高山峻岭，再爬下很深的山谷，然后又朝上攀登几个小时。他们越朝上爬，山谷就越显得深邃。他们低头往下看，那真像从热气球上往下看一样。山顶四周浓雾笼罩，仿佛被一块厚实沉重的帷幕盖住了，而底下的深谷依然被太阳的余晖照亮。那里有许多深褐色的小木屋，零星散落在各处。阳光照耀在谷底的草地上，把草地衬托得分外翠绿，绿得几乎透明。谷底的溪流奔腾而过，发出哗哗的响声，而泉水却从峡谷顶端缓缓地流下，发出淙淙的声音，仿佛是从悬崖上垂下的一根摇曳的银带子。

在通往山上的路两旁坐落着一些用圆木搭建而成的小屋，每栋房子都有个种土豆的小园子，这是非有不可的，因为家家都有不少张嘴巴在嗷嗷待哺。这里孩子成群结队，而且个个都胃口极佳，吃起饭来都是狼吞虎咽的。遇到有游客来了，不管他们是步行还是乘车来的，这些孩子就会蜂拥而来，把游客团团围住。孩子们个个都会做生意，人人都能兜售雕刻得十分精致的木头小屋——就像人们在山里建造的那种。不管刮风下雨还是烈日炎炎，这成群成堆的孩子都带着自己的商品前来兜售。

二十多年前，有个小男孩时常站在这里，不过他总是离别的孩子远远的，他也想要做生意。他站在那里，脸上一本正经，双手捧着盛满木头小屋的匣子，捧得那么紧，似乎不愿脱手。正是由于他满脸一本正经的神情和他幼小的年纪，所以他反倒惹人注意，而且被叫过去，时常能做成一笔最好的生意，连他自己都弄不明白这究竟是什么缘故。在山上的高处，住着他的外祖父，这些精巧可爱的小木屋就是他雕刻出来的。在山上的屋子里有一只旧柜子，里面塞满了这类木雕玩意儿，有胡桃夹子、刀叉，还有刻着美丽的树木花草和跳跃的羚羊的木盒，那真是琳琅满目，凡是能逗得孩子们高兴的玩物这里应有尽有。可是这个大家都叫他鲁迪的小男孩却用喜欢和渴望的眼神盯住了挂在房梁下的那支老来福枪。他的外祖父亲口答应，他可以得到它，不过要等到他长大之后，身体壮得能使用它时才行。

小男孩尽管年纪小，却已被差遣去放羊了。若要当个好羊倌，除非能够同它们一起爬高，而小鲁迪便是一个好羊倌，他甚至可以比羊爬得更高一些。他喜欢爬到树梢上去掏鸟窝。他既大胆又勇敢，但是只有站在倾泻而下的瀑布前，或者是听到了雪崩的响声，他才会绽出笑颜。他从来不和别的孩子在一起玩，只是在外祖父叫他下山去做生意的时候，他才和他们在一起。而鲁迪自己却并不愿意这样做，他喜欢去爬山，或者坐在外祖父身边听他讲老辈子人的事，讲讲他的老家梅林根那一带发生的事。那里的人并不是当地的原始居民，他们是迁移到那里去的，是从老远的北方迁过去的。那个种族的人至今还居住在那里，他们叫作"瑞典人"。

知道这些事真是可以使人聪明起来，而鲁迪恰恰就知道了。他还从别的地方学到了更多的本事，那是从家里养着的动物那里学来的。家里有一条很大的狗，名叫阿约拉，是鲁迪的父亲留下来的；还有一只公猫，这只猫对鲁迪来说意义是非同寻常的，正是它教会了鲁迪爬树的本事。

"跟我上屋顶吧。"猫儿说道，它发音吐字十分清晰，叫人一听就懂。当一个人还不会说话的时候，是非常能懂鸡呀鸭呀、猫呀狗呀的话的，它们对我们说的就像父母亲的话那样一听就懂。不过要真正很小很小的时候才行。在那个时候，老祖父的手杖会嘶鸣，会变成一匹马，有脑袋也有尾巴。有些孩子的这种想象力要比别的孩子保持得更久，于是大人就说这孩子太迟钝，开窍得太慢了。大人真是说话太多啦！

"跟我来吧，小鲁迪，上屋顶吧。"这是猫开口讲的第一句话，鲁迪听懂了。"有人说什么那会摔下来的，真是胡说八道。只要不害怕就不会摔下来。来吧，把你的一只爪子放在这里，把另一只放到那里。伸出前爪去探路。你必须睁大眼睛朝上看，四肢要灵活，遇见裂缝就要一下子跳过去，再紧紧抓牢。我就是这样做的。"

鲁迪照着做了，所以他时常和猫一起坐在屋脊上，也和猫在一起坐在树顶上，是呀，他还坐到了高山的悬崖上，那里猫是从来不去的。

"爬高点，再爬高点。"树木和灌木丛说，"你看见了吗？我们爬得有多高呀！我们长在那么高的地方，我们甚至可以长在山顶上最小的石缝里。"

小鲁迪常常是在太阳还没有爬到山顶时就已经先到了那里，他在山顶上享用他的清晨饮料，就是那清新浓郁的山的气息，这是上帝才会配制的饮料。人类看到了它的配方，上面写着：高山上各种花草的清新芳香，还有幽谷中的留兰香和百里香。所有这些香气，不管它们多么浓烈，都被低垂在天空中的云朵吸收进去了。风儿驱赶云朵掠过枞树林，那些芳香的精华便弥漫在空气之中，既轻盈又清新，而且越来越浓，这就是鲁迪的清晨饮料。

太阳的光线——太阳的那些造福的女儿——亲吻着他的脸颊。晕眩精灵虽然潜伏在近处，却不敢靠过来。而只有居住在外祖父家的燕子才飞到山顶，朝着他和羊群靠过来。外祖父家起码有七个燕子窝。它们唱道："我们和你在一起，你和我们在一起……"它们带来了家里的祝福，甚至把那栋房子里唯一的家禽——两只母鸡的祝福也带上来了，可是鲁迪却不同它们亲近。

不管他年纪多么幼小，他已经出门旅行，到过好多地方，而且对于这么一个小孩来说路程还不算太短呢！他出生在瓦利斯州，被人抱着翻山越岭送到了这里。不久之前,他曾徒步前去观赏离这里不远的"飞尘瀑布"①,这道山间瀑布从积雪覆盖的白色的少女峰②的正面直落下来,水珠迸溅,似一条银色的轻纱在空中飘荡。他曾经去过格林德尔瓦尔德的那道大冰川,说来真是个伤心的故事,他的妈妈就是死在那里的。

"小鲁迪就是在那里,"外祖父说道,"失去他童年的欢乐的。那时候小男孩还不满周岁,他妈妈写信来说,小鲁迪不大哭,却老是笑。可是自从落进了冰缝里去之后,他就完全变了个样。"外祖父很少谈到这件事,可是山里所有的人全都知道这件事。

我们知道,鲁迪的父亲是个赶邮车的车夫,当年他们家的那条大狗总是跟随在他的身边来往于辛普朗和日内瓦湖之间。瓦利斯州的罗纳峡谷里至今还居住着小鲁迪父亲那一边的亲戚。鲁迪的叔叔是一个老练的捕羚羊的能手,也是一个有点名气的向导。鲁迪还在襁褓之中就失去了父亲,他的妈妈想带着幼小的独生子回到伯尔尼山地去投靠自己的娘家人。她的父亲就住在离格林德尔瓦尔德不过几小时路程的地方。他是个木雕匠人,干这一行钱挣得不少,所以他的日子还过得去。

那是六月的一天,她怀抱着孩子跟随着两个羚羊猎手动身踏上回家之路。他们一行人翻过盖默山,直奔格林德尔瓦尔德而来。他们已经走完了最长的那一段路程,已经翻过雪原上高山的山脊,她家乡的那道峡谷已经遥遥在望,甚至可以看得见散布在

---

① "飞尘瀑布"落差三百米,为阿尔卑斯山的著名景观。
② 少女峰高 4158 米,位于伯尔尼高地,为阿尔卑斯山的著名山峰。

山谷里的那些很熟悉的木房子，最后的难关就是要翻过那道大冰川的最高处。刚刚下过的新雪覆盖在冰川上，把一道裂缝挡住了。这道裂缝虽然没有一直裂到急流的底部，却也有一人多深。这个抱着自己孩子的年轻女人竟然就在这里滑了一跤，跌倒在那道裂缝里，顿时就不见了踪影。她的旅伴连一声尖叫或者一声呻吟都不曾听见，只听见了孩子的啼哭声。她的两个旅伴赶紧到山下最近的人家去求救，还找来了绳索杠棒，可是已经一个多钟头过去了。他们费尽力气才从冰缝里把两具已经冻僵了的躯体拽了出来。所有的救生法子都用遍了，总算把孩子救活过来，而母亲却救不过来了。于是年迈的外祖父家里来了一个外孙而不是女儿。那个小孩以往老是笑，不大哭，现在却一下子改变了习惯，这种变化是他落到冰川的裂缝里、跌入那个冰冷而奇特的世界里以后才出现的，那里永远幽禁着那些遭受诅咒的灵魂，这是瑞士人都相信的。

　　冰川原先是奔腾的水流，如今冻住了，并被挤压成绿色晶体，一层又一层地堆叠起来，一大块坚冰压在另一块的上面，就这样形成了冰川。而在冰川的下面，融化了的冰雪汇成的汹涌激流却依然奔腾不息。激流经过的地方冲出了一个个深洞和一道道裂缝，形成了一座光怪陆离的水晶宫殿。在这座宫殿里居住着冰川女王——冰姑娘，她能置人于死地，能以千钧之力摧毁一切。她一半是空气的孩子，一半是河流的强大的统治者。因此她能够以羚羊的速度奔上雪山的最高峰——即使是最勇敢的登山者，也要先刨出一个个可供蹬踩的洞，才敢挪步向上攀登。她又轻巧得能够踩在一根杉树的细枝上顺着咆哮的急流匆匆而下，能从一个悬崖跳到另一个悬崖上,只见雪白的长发和蓝绿色的长裙在她身边摇曳飘荡,那件蓝绿色的长裙就像瑞士的深水湖泊那样闪闪发光。

"压垮它,抓住它,这就是我的威力。"她说,"有一个可爱的小男孩被人从我手里偷走了,一个我亲吻过但是还没来得及吻死他的男孩。他又回到了人间,如今还在山上放羊。他能够爬高,而且越爬越高,不断地往上爬,把别人都甩在后面,可是却甩不掉我。他是我的,我要把他抓回来。"

她请晕眩精灵去执行这项使命。那时候正好是夏天,皱叶留兰香生长得十分茂盛,一片碧绿,而这对于冰姑娘来说却是闷热难当。晕眩精灵飞身升空,又降落下来,先来了一个,后来一连来了三个。晕眩精灵兄弟姐妹多得很,有一大群。冰姑娘选了他们当中最强壮的那一个。这些精灵个个都能在屋里屋外施展威风:他们坐在阶梯的栏杆上和钟楼的围栏上;他们像松鼠一样沿着悬崖峭壁奔跑;他们纵身跳到山崖之外的空中,像游泳者踩水那样,把他们的牺牲品引诱出来,跌落到深渊之中。晕眩精灵和冰姑娘都喜欢抓人,就像水螅抓住在它身边移动的所有东西一样。如今晕眩精灵要来抓小鲁迪啦。

"噢,去抓住他。"晕眩精灵说,"不过我没有这样的能力。那只该死的猫把它的全身技艺都传授给了他。那个小人儿有一种独到的本领,他可以驱赶我们,我压根儿就不能靠近他。这个小鬼倒悬在一根伸在深渊之上的树枝上时,我也无法去搔搔他的脚掌心,或者猛然地推他一下,叫他从空中栽下去。我真做不到哇。"

"我们一定能做到。"冰姑娘说,"不是你就是我,我们一定能做到。"

"不行，不行……"一个声音传到他们的耳畔，仿佛是在群山之间回荡的教堂的钟声，不过那是歌声，是说话声，是大自然精灵的齐声合唱，音调柔和，可爱动听。她们都是太阳的女儿，每天傍晚，她们都在群山之巅嬉戏游玩，把她们的玫瑰红色的羽翼伸展开来，这些羽翼随着夕阳的下沉而显得愈来愈红，仿佛是高耸的阿尔卑斯山在熊熊燃烧，所以人们把这样的美景称为"阿尔卑斯火焰"。夕阳沉没之后，她们都隐没在山顶上的积雪之中，在皑皑的白雪中一直睡到朝阳升起，于是她们又重新出现了。她们对花朵、蝴蝶和人类都极其热爱，她们对小鲁迪更是特别疼爱。"你们抓不到他！你们抓不到他！"她们唱道。

"更大更强壮的我都抓得到！"冰姑娘说。

于是太阳的女儿们唱起了一首流浪者之歌：旋风把他的帽子卷起来，打了个转转就无影无踪，狂风可以吹走他身上的东西，但是吹不走他的身体。她们又朝着冰姑娘和晕眩精灵唱道：你们这些倚仗威势的家伙，你们可以抓得到他，但是却不能抓得牢他。他比我们更强大、更神圣！他会比我们的母亲——太阳升得更高。他有约束狂风恶浪的咒语，可以迫使它们听从他。你们只能帮他解脱那份不堪负荷的重量，而他可以升得更高。

那钟声一般清脆的合唱真是悦耳动听。

每天早晨，阳光从外祖父的房子上唯一的一扇小窗户里照进来，照耀着那个安详、沉静的孩子。阳光的女儿们亲吻着他，她们要把那个冰之吻融化和驱散掉。那是他躺在自己已经亡故的生母怀里落进冰缝的时候冰川女王赐给他的，而他竟然活过来了，真是一个奇迹。

二 到新家去

现在小鲁迪已经八岁了。居住在大山另一边的罗纳峡谷里的叔叔想要把小男孩接到他那边去，这样可以让他受到更好的教育，日后可以有出息。外祖父也是这样想的，所以就让他走了。

小鲁迪要动身出门了，要同许多人告别，除了外祖父，首先就是那条老狗阿约拉。

"你的爸爸是个赶邮车的车夫，我是跟随邮车的狗。"阿约拉说，"我们一起同来同往，我结识了山那一边的狗，还有它们的主人。唠唠叨叨不是我的习惯，不过我们现在没有多少时间在一起交谈了，所以我想要比平日多讲几句。我要讲一件我一直藏在心里、反复琢磨却想不出个所以然来的往事。说不定你也弄不明白，不过那没有什么关系。我毕竟从中悟出了一个道理，那就是在这个世界上并不存在那么公平无欺的分配，对狗对人都是如此。并不是所有的狗和人都一生下来就可以躺在人家的双膝上或者有牛奶喝，我就从来不曾享受到这种优裕的生活。可是我曾亲眼看到过一只小卷毛狗居然乘着车出门旅行，而且还占着一个人的座位。它的主人——那位贵夫人——随身带着奶瓶来喂它牛奶，还给它吃甜面包，它却连一口都不肯吃，只是用鼻子嗅了嗅，于是那位夫人只好自己吃掉了。我却要用自己的脚跟在邮车旁边拼命奔跑，肚子饿得咕咕叫，就像一条饿狗。我暗自思忖着，这世道真是太不公平了，可是世上不平之事多着呢！但愿你也能被人抱在双膝上乘坐着马车，这种生活是可望而不可求的，我就没有能过上，不管我柔声地叫还是高声狂吠都不抵事。"

这就是阿约拉要讲的肺腑之言。小鲁迪抱着它的颈脖，对着它湿润的嘴巴亲吻了一下，然后他把那只猫抱到自己的双臂里，然而它却挣脱出来。

"你把我抱得太紧了，我又不想用爪子来对付你。你只管放心地翻越大山好啦，我不是已经教会你怎么爬来着吗！千万不要相信你会摔下去，你就一定能站得稳！"说罢那只猫就一溜烟跑掉了，因为它不想让小鲁迪看到它双眼里闪现出悲伤的神色。

母鸡们在地上踱来踱去，有一只尾巴秃掉了，那是有个游客自以为是猎手，一枪把那只母鸡的尾巴打掉了，因为他把母鸡误认作了野鸟。

"小鲁迪要翻过大山去啦。"一只母鸡这么说道。

"他总是闲不住。"另一只母鸡说，"我可不喜欢道别。"说罢，两只母鸡就摇摇摆摆地走开去了。

山羊祝他一路顺风，它们叫道："咩，咩，咩……"声音是那么凄惨。

这时候，正好在当地居民中有两个十分精干的向导要翻山到那边的盖默城里去，鲁迪就跟着他们一起徒步前去。对于一个小孩子来说，这一趟长途跋涉真是艰难的历程，然而他有力气也有勇气，他是累不垮的。

燕子陪他飞了一段路。"我们和你……你和我们……"它们唱道。他走的那条路要越过水流湍急的芦奇纳河，这条河的源头是由从格林德尔瓦尔德冰川黑黝黝的缝隙里冒出来的许多涓涓小溪汇流而成的。倒下来的树干还有溪流里的石头正好用作过河的桥梁。他们已经走过了桤木树丛，开始往山上走了，紧靠着冰川已融化的那一侧行走，所以他们一会儿踩着冰块，一会儿又绕过冰块在冰川上行走。小鲁迪干脆就爬一段又走一段。他的双眼流露出兴奋的光芒——只有兴奋而没有别的。他脚上的那双钉着铁掌的爬山鞋牢牢地踩在冰上，每走一步都要留下自己的足迹。山间湍流冲刷下来的黑色泥土堆积在冰川上，使它带上了一层炭色，然而蓝绿色的、晶莹得像玻璃的冰块却依然闪闪发光。遇到冰块中间凹陷下去的水洼，他们也只好绕道而行。在这条路上，他们来到了一块巨大的岩石旁边，那块巨石横在冰川的裂缝边上，不停地晃动，最后终于失去平衡，突然滚落下去，轰隆隆的回声从冰川的深沟中传来。

往上爬，一直不停地往上爬，冰川在他们面前一直朝上伸去，仿佛是一条由冰块胡乱堆积而成的、被两边陡峭的山崖紧紧夹住的大河。小鲁迪猛然想起了他曾听人讲过的往事，说是他和他的母亲曾经跌进一条这样的阴冷的冰缝中。不过这个想法一晃就过去了，就像他听别的故事一样。有好几回，那两个同行的大人以为那段路对这个小家伙来说是很难爬上去的，便伸出手来拉他，可是他却一点也不觉得疲劳，还是一步又一步地挪动着，像一只羚羊那样牢牢地站在光滑的冰上。

后来他们总算来到了石山上。有时候他们走在连苔藓都不长的石头上，有时候却走进低矮的杉树丛中，后来又走到了绿油油的牧场上。身边的景致不断在变化，不断有新的东西出现。在他们的四周高耸着雪山，他同这里的每一个孩子一样，非常熟悉这些雪山的名字:"少女峰""僧侣峰""艾格峰"……

小鲁迪过去从来不曾爬得那么高,从来不曾踏上大海般的莽莽雪原。放眼望去,这儿仿佛是一片静止不动的雪的波涛,大风有时吹走上面的片片雪花,就好像是吹走海水上的泡沫一样。一道冰川紧挨着一道冰川,可以说它们是相互手牵着手的。每一道冰川都是冰姑娘的一座水晶宫殿,她有着强烈的愿望:抓住和埋葬每个生灵。

太阳照得暖融融的,皑皑白雪耀眼生辉,宛如在上面撒过一层细小而闪闪发光的淡蓝色的钻石。数不清的昆虫——特别是蝴蝶和蜜蜂——成堆成堆地冻死在积雪上。它们或是因为过于冒险飞得太高,或是被大风吹得冻死的。在晴雨角山峰四周,一团团似梳理过的黑色羊毛般的乌云低垂下来,乌云里孕育着名叫"芬恩"的焚风①,因而显得沉甸甸的,它一旦胀破云层冲了出来,就会迸发出雷霆万钧之力。这次出门,一路上的所有见闻全都在小鲁迪的记忆之中留下了难忘的印象:在高山上露宿,不断朝前延伸的山路,溪流以令人一想起来就头晕的悠久时间在岩石上冲割出的一道道深沟,被水滴凿出的一个个贯通的洞孔,等等。

茫茫的雪原那一边有一座被人废弃的石屋,他们就在那里过夜。屋里有些木炭和杉树枝,很快就生起火来。他们尽量把睡觉的地方铺垫得舒适一些,然后大人们坐在火堆旁边抽着他们的烟,喝着他们自己冲泡的带点香料的饮料。小鲁迪也得到了一份饮料。他们讲起了在阿尔卑斯山里出没的神秘精灵;讲到那些栖居在深

---

① "芬恩"是阿尔卑斯山脉常见的干热风。

不见底的湖泊里的凶猛巨蟒；讲到在深夜出来作祟害人的鬼怪，它们会把熟睡的人背起来飞到空中，把他们扔到那座奇妙的水上城市威尼斯；也讲到了那个赶着自己的黑色绵羊群经过草原的野人羊倌，虽说人们并没有亲眼看见过这个野人羊倌，可是却曾经亲耳听见过那群羊颈上挂铃的叮当声和令人感到不祥的嘈杂声。小鲁迪怀着好奇心听着他们讲，他一点都不害怕，因为他向来都不知道害怕。正当他听得起劲的时候，忽然有一种鬼哭狼嚎的怪声隐隐约约传入他的耳朵里，那声音愈来愈清晰，连那两个大人也听见了，他们停下来不再讲话，而是侧耳听着，还吩咐小鲁迪不要睡着了。

那是"芬恩"来了，那狂暴凶猛的焚风从山顶上朝着山谷直吹下来，所到之处有摧枯拉朽的力量。巨大的风力把树木纷纷折断，好像它们是一根根芦苇，还把圆木筑成的木屋从河流的一边刮到另一边，就像我们挪动一个棋子那么轻松。

一个钟头后，大人们告诉小鲁迪说，焚风已经刮过去了，现在他可以睡了。小鲁迪赶了一整天路，已经疲乏不堪，听到这一声令下，立刻就睡熟了。

第二天大清早，他们就动身出发。太阳为小鲁迪照耀出这一天的新的山峰、新的冰川和新的雪野。他们已经踏进了瓦利斯州，已经翻越过从格林德尔瓦尔德那边可以望得见的山脊，来到了大山的另一侧，不过离新的家还有一大段路要走。眼前呈现的依然是别的山岩缝隙、别的草地森林和林间小路，还有别的房屋和人。可是他看到的是什么样子的人啊！是畸形的人，模样看起来非常令人难受：肥胖臃肿、脸色蜡黄、颈脖肿胀得很大，还垂着一个沉甸甸的、形状很难看的大肉瘤，原来他们都是呆小病①的患者。他们十分吃力地走过来，用失神的双眼呆呆地盯住这几个外来的陌生人。女人们的样子更是吓人。新的家里的人是不是也都这副模样呢？

三　叔叔

小鲁迪来到了他叔叔的家里，总算上帝保佑，他所看到的人都是他看惯的那种模样。唯一的呆小病患者是一个可怜的痴呆孩子，是瓦利斯州那些可怜的畸形儿中的一个。这些孩子因贫困或是被遗弃而轮流到每个村民家里去寄养，在每家过上一两个月。小鲁迪来到的时候，可怜的萨帕利正好在那里。

他的叔叔是个身强力壮的猎人，也是个做木桶的手艺人。他的婶婶是个身材矮小、精力旺盛的人，脸蛋长得同鸟儿一样，有一双鹰眼，还有一条毛茸茸的长脖子。

对小鲁迪来说，一切都是新的：衣着打扮、风土人情、生活习俗都不一样，甚至连语言也不相通②。好在孩子们的耳朵很灵，过不多久就能听懂他们的话了。这里看起来要比外祖父家富裕得多，他们居住的房间都很大，墙壁上挂着羚羊角和擦得锃亮的毛

---

① 呆小病是阿尔卑斯山区的多发病，系因缺碘而引起的甲状腺肿大症。
② 法、德、意三种语言均为瑞士的官方语言。格林德尔瓦尔德为德语区，而瓦利斯州为法语区。

瑟枪，房间上端挂着圣母像，画像前面放着阿尔卑斯山杜鹃花和一盏长明灯。

正如前面说过的那样，叔叔是这一带最精干、最出色的羚羊猎手之一，也是最好的向导。小鲁迪一来就成了这栋房屋里的宝贝蛋了，不过这里早就有了一个宝贝，就是一条又瞎又聋、再也派不上用场的老猎狗。它曾经为猎手奔走出力，早些年的功劳不曾被人忘记，所以它成了这个家庭的一员，被供养起来，过着清闲的日子。小鲁迪拍拍这条狗，可是这条狗却不大搭理这个陌生人。一点不错，小鲁迪至今还是个陌生人，然而用不了多久，他就会在这栋房子和这家人的心里扎下根来。

"我们在瓦利斯州日子过得还不错呢，"叔叔说，"我们有的是羚羊，它们还不会很快就灭绝，不像野山羊那样。如今这里的光景要比早先好得多，尽管人们赞不绝口地大讲过去怎么好，可我们现在的日子毕竟好过得多。如今就好像是把口袋张开了，外面的空气也吹进了我们这个闭塞的峡谷里来。当陈旧的事物衰落下去的时候，总归会有更好的东西来到的。"

叔叔这样说，他的谈兴一上来就没个完。他从自己的童年岁月讲起，那刚好是他父亲最强壮有力的年头。用他的话来说，当时的瓦利斯州就是一个封闭的口袋，里面装满了可怜的病人，呆小病患者真是太多啦！"但是那些法国士兵们来了，他们是真正的医生，他们很快就把疾病消灭了，连病人们都一起消灭了。法国的男人们真是能打，他们会想出许多计策来打仗，而法国的姑娘们打起来也真厉害呢！"

叔叔在说这句话的时候，会意地朝着自己法国出生的妻子点点头,诡谲地笑了起来。"那些法国佬还会开山劈石,而且说干就干。辛普朗大路就是他们从山崖上开凿出来的。多亏了他们开凿出这么一条道路,所以现在我才可以对一个三岁的小孩子说:你只要顺着这条大路一直走下去,就可以走到意大利了。"说完后叔叔又唱了一首法国歌,还为拿破仑·波拿巴而欢呼。

这是小鲁迪第一次听人讲到法国,听人讲到罗纳河畔的那座大城市里昂,叔叔曾经到那里去过。

过不了多少年,小鲁迪就可以成为一个优秀的羚羊猎手。他有这方面的素质,叔叔这么说。他还教小鲁迪怎么端毛瑟枪,怎么瞄准和射击。在狩猎的季节里,他把小鲁迪带上山去,还允许他喝热的羚羊血,为的是防止猎人晕眩。他教会小鲁迪在高山的不同侧面来推测雪崩暴发的时间是在中午还是在傍晚,因为发生的这一切都和太阳光的照射有关;他教小鲁迪认真地观察羚羊的跳跃动作,从羚羊的弹跳中学会在落地的时候两条腿能稳稳当当地站住。如果在山崖的缝隙里没有什么东西可以踩脚的,那就必须用双肘来支撑住自己,用大腿和小腿的肌肉扒住,在万不得已的时候甚至用颈脖靠着什么东西。羚羊非常机智,它们常常派出哨探来瞭望四周,可是猎人更聪明,他根本不会让羚羊嗅出气味,他蒙混羚羊的办法有的是。叔叔把自己的外套和帽子挂在自己的登山手杖上,羚羊便误把这些衣服当作了人。有一天,他带着小鲁迪去打猎的时候就用上了这种障眼法。

山路十分狭窄,其实根本就没有什么路,只是一道冻结在山崖边缘上的薄薄的雪檐,突出在令人晕眩的无底深渊之上。那道雪檐的边沿已经有点解冻,而那些岩石只消脚一踩上去就会松脱崩塌下来。于是叔叔就趴了下来，把身体放平，匍匐前进。一块块岩石崩落下来，一路上磕碰撞击，弹跳蹦跃，骨碌碌地滚下去。它们要从一处崖壁蹦到另一处崖壁，最后才平稳地躺在漆黑的深渊里。小鲁迪站立在叔叔身后一百步开外的一块最稳固牢靠突出在外的岩石上，他看见空中飞来一只巨大的秃鹰，它在叔叔的头顶上盘旋，只消俯冲下来振翅一击，就可以把这个正在爬着前行的猎人打入深渊，然后飞下去啄食尸体。叔叔聚精会神地盯住了那只出现在崖缝另一侧的带领着小羊的羚羊。小鲁迪目不转睛地看着那只大鸟，一下子明白过来它想要干什么了，于是他就把手放到毛瑟枪上，准备扣动扳机。就在这一瞬间，那只羚羊纵身跳了起来，叔叔开枪射击了，那只羚羊被致命的子弹击中，几只小羊四散逃窜。它们似乎已经从多灾多难的生活中得到磨炼，深知一遇到危险便飞快逃走才能保全性命。那只可恶的大鸟受到枪声的惊吓，转过身去飞走了。叔叔是后来听到小鲁迪讲起，才晓得自己当时处境的危险。

他们叔侄两人兴高采烈地走回家去，叔叔用口哨吹起一首他童年时唱的歌。蓦然间从不远处传来了一阵阵奇异的声响，他们举目朝四周观望，又朝着山上看，只见从陡峭的山坡高处，积雪正沿着倾斜的山崖在起伏波动，仿佛大风吹进了一条平铺在地的床单下面。大理石板一样光滑的雪壳由于上下起伏而破裂开来，积雪如同汹涌的激流，水花迸溅，泡沫乱舞，发出闷雷般的巨响，铺天盖地倾泻下来。这是一场雪崩，虽然没有把小鲁迪和叔叔埋住，却也离他们很近，而且太近了。

"站稳啦，鲁迪！"叔叔喊道，"用足全身力气站稳了！"

小鲁迪抱住了身边的一棵树干，叔叔又爬到他的上边，紧紧撑住那根树干。崩裂出来的积雪散落在他们身边，掀起的一股气流如同大鱼扇动它的巨鳍一般，将周围的东西全都横扫干净。那些树木和灌木丛像枯萎的芦苇秆一样纷纷折断，折断了的树枝散落四方。小鲁迪蜷缩成一团趴在地上，他牢牢抱住的那棵树干仿佛被锯子锯断了，树梢已被抛到老远的地方，而在被风折断的枝叶中躺着叔叔，他的头颅被击碎了，双手还是温暖的，面目却再也辨认不出来了。小鲁迪站在那里僵住了，他面色铁青，浑身颤抖，这是他有生以来所经历的最恐怖的场面，也是他第一次感觉到恐惧。

直到夜色很深的时候他才回到家里，带去了这一噩耗，全家人陷入了悲哀之中。女主人站在那里一句话都说不出来。那个可怜的呆小病患者趴在自己的床上，第二天整整一天都没有露面，到了晚上他来找小鲁迪。

"替我写一封信吧！萨帕利自己不会写！萨帕利会到邮局去把信寄走。"

"你要发信？"小鲁迪问道，"寄给谁呀？"

"寄给上帝。"

"你说的是谁？"

那个半傻的痴呆者——人们都把呆小病患者叫作痴呆者——用叫人心酸的眼神瞅着小鲁迪，他将双手交叉在自己胸前，庄重而虔诚地祈求道：

"耶稣基督啊！萨帕利要写信给他，求他让萨帕利去死掉，不要让这家的当家男人死去。"

小鲁迪紧紧地握住了他的双手说："这封信没有法子寄到那边去，也没有法子让他回到我们身边来。"

小鲁迪很难向他说清楚这一切都是无法做到的。

"现在你是支撑这个家的顶梁柱了。"婶婶说道。于是鲁迪也就当仁不让地撑起了这个门户。

四　芭贝特

谁是瓦利斯州最优秀的射手？是呀，羚羊都知道。"千万要提防着鲁迪！"它们说道。谁是最漂亮的射手？"是呀，是鲁迪。"姑娘们说道。可是她们却不说："千万要提防着他。"连那些严于管教的母亲们也不说这样的话，因为他对她们同对年轻姑娘们一样地亲切，照样十分友好地点头招呼。他是那么勇敢大胆，整天乐呵呵的。他的面颊是棕色的，他的牙齿洁白，双眸漆黑明亮，他是一个英俊的小伙子，才二十岁。他下水游泳，哪怕是冰水他都不会觉得冻得受不了，他可以在水里像一条鱼儿似的翻来滚去。他登山的本领更是无人能比，可以像蜗牛那样紧紧吸附在崖壁上，他不但有强壮的肌肉和筋腱，而且还具备跳跃的技巧，这些窍门起先是猫教会他的，后来羚羊又教了他。他是值得依赖的最佳向导，他靠着当向导就可以挣下一笔家当。他叔叔也教给了他制作木桶的手艺，可是他却没有把心思放在这些行当上。他的兴趣和愿望是猎取羚羊，这也很能挣钱的。鲁迪真是个结亲的好对象，可惜他的眼界太高，大家都这么说。在跳舞的时候，他是姑娘们梦寐以求的舞伴,她们甚至连醒着的时候、在走路的时候都惦记着他。

"在跳舞的时候他亲吻过我。"小学校长的女儿安妮特告诉她最亲密的女友。可是她不应该亲口去告诉别人这件事情,哪怕是亲密的女友。这类事情是保守不住秘密的,就像沙子装在有洞的口袋里那样会泄漏出去。时隔不久,这事就闹得沸沸扬扬,不管鲁迪多么稳重,大家都知道他在跳舞的时候亲吻过姑娘,然而他根本就不曾亲吻过那个他最想要亲吻的姑娘。

"提防着他,"一个老猎人说道,"他亲吻了安妮特[①],那就是说他要从第一个字母 A 开始,要把整个字母表上所有字母全都吻遍的。"

直到现在为止,只有在一次跳舞的时候有过一次亲吻,这就是对鲁迪的所有闲言碎语的由来,不过即便他亲吻过安妮特,她也根本不是他心头上的鲜花。

在山下的贝克斯城那边,在大片的核桃林之中,紧靠着一条湍急的溪流边上,居住着富有的磨坊主,他的住宅是一栋三层楼的大木屋,周围耸立着几座小塔楼,屋顶全都是用木板铺成的,外面还裹着一层马口铁皮,所以在太阳光和月亮光底下总是闪闪发亮的。在最大的那座塔楼顶上有一个箭形的风向标,箭头穿透了一个苹果,这大概是为了纪念威廉·退尔射出的那一箭[②]。

---

① 安妮特的第一个字母为 A。

② 威廉·退尔是瑞士传说中的反奥地利统治的民族英雄、神箭手。他因在见到奥总督时不脱帽行礼而被罚射放在他儿子头上的苹果,结果他射中了苹果,他的儿子也安然无恙。

那座磨坊看起来十分整洁，也很漂亮，因而不少人把它画成图画或者撰文称颂。不过磨坊主的女儿却用不着让人来画或者写——起码鲁迪是这么说的——她的画像已经被他画在自己的心里了，她的一双眸子在他心里闪耀着，仿佛是一团明亮的火焰。那团火焰是一下子就蹿起来的，如同别的火焰一样。但那个磨坊主的女儿——美丽的芭贝特——连想都没有想过，再说她和鲁迪也从来不曾交谈过。

磨坊主富甲一方，这笔偌大的财富使得芭贝特变得高不可攀，然而鲁迪对自己说道：世上再高的东西总归可以攀登的，只要你肯爬，总归可以到达那里。倘若你不相信自己会摔下去，你就摔不下去的，这是他在老家那边就已经学会的道理。

后来有这样一桩事情发生了。鲁迪长途跋涉，到贝克斯去办点事，而铁路还没有修筑到那里。从辛普朗山脚下的罗纳冰川起，宽阔的瓦利斯山谷顺着巨大的罗纳河朝前延伸出去，山谷两侧起伏着许多形状各异的山峰，罗纳河时常泛滥成灾，洪水漫溢到田野和道路上，把这一带全都淹掉了。山谷在锡雍和圣毛里斯这两个城市之间拐了一个像胳膊肘那样的弯，所以自圣毛里斯市往下就狭小得只容得下河床和那条马车道。一座古老的塔楼雄踞在倾斜的山坡上，这就是瓦利斯州尽头处的岗哨，它俯视着河上的一座砖桥和河对面的税务所，那边就是沃州了。离开那里不远的地方就是贝克斯，这是最靠近沃州边界的城市。从这里开始，越往前走周围的地方就越是富饶，到处是生机蓬勃，到处是硕果累累，仿佛置身于栗子树和核桃树的果园里一样。举目所见，都是松柏树和石榴树。这里像南国一样暖和，像是进入了意大利。

鲁迪来到了贝克斯,办完了他手头上的事情,却没有见到磨坊上的哪个伙计,更不用说见到芭贝特了,这真是大煞风景。

到了傍晚,空气中弥漫着百里香和椴树花的芳香,树木苍翠的群山好像笼罩在一层明亮的蓝色轻纱之中,四处一片静谧安详,那种安静不是沉睡,也不是死亡,那好像是整个大自然屏住了呼吸,为的是要以蓝色的天空作为背景,把自己的模样拍成照片。在树木之间,在芳草如茵的田野上,耸立着一根根电线杆,支撑着电报线,把电报线拉进了寂静的山谷中。而就在这样的一根电线杆上,有一样什么东西斜靠着一动也不动,人们会把它误认为是一根枯死的树枝,但那是鲁迪,他倚在那里,就和此刻的整个环境一样沉寂。他没有睡熟,更不是死掉了,而是陷入了沉思,就像电报线,它们虽然纹丝不动、闷声不响,可是世界上的大事、个人生活中的要紧事情都是通过它们飞速传递出去的。鲁迪一生的幸福,从现在起就在他的脑中强烈地涌现出来。他的双眼牢牢地盯住了树叶之间的一个亮点,那是磨坊主住宅里芭贝特的闺房,房间里透出了一线灯光。鲁迪默默地站立在那里,使人觉得他正用枪瞄准着羚羊。但是此时此刻恰恰是他自己成了一头羚羊,因为羚羊在短暂的瞬间也会像石雕那样静立,而逢到有一块石头滚落下来的时候,它便会纵身蹿起,飞快地逃开去。鲁迪这会儿正是这样,有一个想法在他的脑子里翻滚着。

"决计不能示弱!"他自言自语道,"要去登门拜访磨坊主!向磨坊主去问个晚安,向芭贝特去问个好。只要不相信自己会摔下去,你就不会摔下去的。芭贝特迟早会同我相见的,只要我想成为她的丈夫。"

于是鲁迪笑了起来,他兴冲冲地朝磨坊走去。他心里很清楚他要干什么,他要得到芭贝特。

小河里浑黄的河水在湍急地流着,河岸上的柳树和椴树的枝叶低垂到奔流着的河水里。鲁迪沿着小径朝前走去,结果却像儿歌里唱的那样:

　　……走向磨坊主人的房子,
　　没有人在家,只有一只小猫。①

房子的主人喂养的猫站立在台阶上,弓起了背叫道:"喵,喵!"可是鲁迪没有心思去听猫要告诉他什么。他敲了敲门,里面没有人应声。如果鲁迪还是很小的孩子,那么他就听得懂动物的话,听得出来猫在说:"没有人在家!"

不过他到磨坊去打听了,他在那里得到了音讯,说是主人家出门旅行去了,到因特拉肯城去了。这个城市的名字按照学问广博的那个小学校长(也就是安妮特的父亲)的说法是:因特拉肯一词源自于拉丁文"INTER LACUS",就是湖间的意思。磨坊主人出远门去的时候,把芭贝特也带上一起去了。那里将举行一场盛大的射击比赛,从明天开始一连举行八天。瑞士德语区的人都要到那里去。

可怜的鲁迪,你可以说他这一回来到贝克斯真不是时候,他只得无功而返,也只能如此了。他沿着原路穿过圣毛里斯和锡雍,回

---

① 丹麦儿歌《坐在爸爸膝上的男孩》中的歌词。

到了自己的峡谷,自己的深山。但是他没有泄气,第二天太阳升起来的时候,他的心情立即好转了。他的情绪从来就不曾低落过。

"芭贝特在因特拉肯城,离这里有好几天的路程呢,"他自言自语地说,"要是沿大路走,到那里去的路程太遥远啦。若是翻越高山过去,就不大远了。这条翻山越岭的近路正是一个羚羊猎手才能走的,况且这条路我以前曾经走过,山那边就是我的老家,我小时候就跟着外祖父住在山那边。那场盛大的射击比赛要在因特拉肯城举行,我非去不可,去争个第一名,在芭贝特面前露露脸,先同她交往起来。"

鲁迪背着装有星期日穿的漂亮衣服的轻便行囊,又带上了猎枪和打猎用的挎包,就出门了。他翻山越岭抄近路走,虽说走的是捷径,可是路途还是相当长的。射击比赛今天才开始,要进行整整一个星期。人家曾告诉他,在这段日子里,磨坊主和芭贝特都会住在因特拉肯的亲戚家里。鲁迪翻越盖米高山,在格林德尔瓦尔德那里朝山下走去。

他精神抖擞、心情愉快地往前走去,大步流星地在蓝天底下的幽谷中行进。山间的空气轻盈、清爽,令人心旷神怡。山谷愈来愈低落,视野也愈来愈开阔,积雪的山峰突兀壁立。过了不久,耀眼的阿尔卑斯山峰全都呈现在他的眼前,他认得出每一座雪峰,于是他就朝"恐怖峰"走去。"恐怖峰"将它沾满了白粉的指头伸向蓝天云端。

他终于翻过了最高的山脊,面前是大片绿色的草地,朝着他老家的那道峡谷倾斜下去。空气十分清新,他的心情十分轻松。山上谷里都繁花似锦、枝叶苍翠,鲁迪的心里充满了青春的思绪:

人绝不会老，人绝不会死。要好好过日子，要奋发有为，要享受欢乐。他就像鸟儿那样自由，像鸟儿那样轻松。一群燕子从他的头顶上飞过去，高唱着他童年时代的儿歌："我们和你……你和我们……"一切都是那么轻松和欢快。

山脚下是一片天鹅绒般的草地，草地上散布着一栋栋木头房屋。芦奇纳河蜿蜒其间，流势汹涌，水声潺潺。他一眼瞅见了冰川，那脏脏的雪堆有着绿色玻璃一般的边沿；他看到了一道罅隙，也看到了山顶最高处的和山下最底处的冰川。教堂的钟声飘入他的耳中，仿佛在欢迎他回到老家来。他的心跳动得越来越快，扩张得越来越剧烈，连藏在心里的芭贝特一时间竟也不知去向了。他的心如此宏大，里面充满了对往昔的回忆。

他走上了孩提时代同别的小伙伴站在沟边兜售木雕小屋的那条道路。在山坡上，在云杉树的后面，外祖父的木屋依然立在那儿，不过里面住着陌生人了。男孩子们在大路上跑来跑去，他们还在兜售着东西。他们当中有一个递给他一朵阿尔卑斯蔷薇，鲁迪就把它买了下来。这是一个好兆头，于是他想起了芭贝特。他很快走到山脚下，蹚过河去。芦奇纳河两股支流在这里汇合，从这里起，阔叶树就越来越多了，核桃树投下一片阴影。现在他可以看见飘扬的旗帜了，鲜红的底色上一个白十字，瑞士和丹麦的国旗都是这个图样。因特拉肯城展现在他的眼前。

这是一座鲁迪从未见过的漂亮城市，是一座穿着瑞士节日盛装的城市。它不像别的商业城市那样矗立着一大堆笨重的石头房屋，那石头房子沉闷死板，让人觉得高不可攀。而这里不是这样的，这里看起来就像是山上的那些木头房子一齐奔跑下来，在这碧绿的山谷里安家落户了。它们在水流如箭一般飞速的河边排列成行，形成街道。房屋排列得并不整齐，有些参差不齐，也正因为如此，才别具风韵。鲁迪觉得有一条街是所有街道之中最美丽的，是呀，自从鲁迪小时候来过这里以后，这座城市又有了很大的发展，就好像是用外祖父亲手雕刻出来的精美木头小房子组合而成的。这些木雕小屋曾经把老家的柜子塞得满满的，如今被安放到这里来了，它们就在这里扎下根来，长得像年迈、华贵的栗子树一样茁壮。每一栋房子都是一家旅馆，大家都这么说来着。每栋房屋的窗户上、阳台上都有精美的木雕，房屋前面都有一个鲜花盛开的花园，花园一直伸展到砾石铺就的宽阔的大路旁，而且都是沿着一侧伸展的，所以不会让房屋挡住眼前的那一大片碧绿的草地。草地上，颈上系着铃铛的母牛在走来走去，那铃声就好像在阿尔卑斯山的高原牧场上那样叮当作响。这一片草地被高山环绕着，它正面的山峦间却露出了一个豁口，所以人们照样可以观赏得到白雪覆盖的"少女峰"，那是瑞士群峰之中形状最美的一座。

从外国来的身穿漂亮衣衫的先生们和女士们多得不得了，从各个州的乡间来的人更是成堆成群。参加比赛的射手们都把自己的号码标签插在帽子的花环上。这里到处是音乐和歌声，手摇风琴、吹奏乐器发出的声音和各种叫喊声、嘈杂声汇成一片。房屋上和桥梁上都用诗文和徽纹装饰起来，三角旗和彩旗到处迎风招展。枪声一下又一下地响起来，在鲁迪的耳中，这是最美妙动听的音乐。他在这热闹的场面之中又把芭贝特暂时忘记了，而他到这里来正是为了结识她。

射手们都聚集在射击靶场上，鲁迪很快就来到他们中间，他是他们当中最出色、最走运的,他总是枪枪命中靶心。

"那个年轻的外地射手究竟是谁呢?"大家相互打听。"他说的是一口法语,就像瓦利斯州人说的那样。他也会讲我们的德语,而且咬字十分清楚正确。"有人说。"他小时候曾经在这里生活过,就住在格林德尔瓦尔德。"另一个知根知底的人说。

这个小伙子朝气蓬勃,双眼炯炯有神。他的目光镇定,手臂稳健,因而每发必中。幸运给人带来勇气,而鲁迪总是有勇气的。不久,就有一群朋友围在他的身边。人们向他致意,为他欢呼,芭贝特几乎被他抛在脑后了。这时候,有一只手重重地拍了拍他的肩头,一个嗓门粗大的声音用法语对他说:

"喂,你是从瓦利斯州来的吗?"

鲁迪转过身来,看见一张讨人喜欢的紫红色脸庞,一个身材魁梧的壮汉,此人就是贝克斯城的那位磨坊主。他宽阔的身躯把苗条秀丽的芭贝特全都遮挡住了,不过她很快就用自己的那双明亮乌黑的眼睛望过来了。富有的磨坊主感到非常自豪,因为这个被大家认为最出色的射手而且受到每个人称赞的小伙子是从他的那个州来的。鲁迪的确是个幸运儿,他走了那么长的路途特意赶到这里来,而到了这里,被他忘却了的那个人竟然自己来找他了。

一个人在离家很远的地方遇见来自老家的同乡,自然备感亲切,他们一下子就熟识了。鲁迪以自己优异的射击成绩赢得了本届射击比赛的第一名,正像磨坊主在自己家乡贝克斯城以自己的钱财和磨坊成为当地首富一样。两个男人紧紧地握起手来,这是他们以前从未有过的。芭贝特也由衷地握住了鲁迪的手,他也紧握住了她的手,双眼望着她,以至于她的脸庞一下子红了起来。

磨坊主讲到他们出门来到这里的那次长途旅行，讲到他们沿途看到的许多大城市。这真是一次漫长的旅行，他们先是乘坐蒸汽轮船，随后又乘坐火车，后来又坐了邮政马车。

"我可是步行抄近路而来的。"鲁迪说，"我翻越了大山，那里地势太高，根本就没有什么道路，不过终归有法子过来的。"

"可是也会摔断脖子的。"磨坊主说，"你这个人胆子这么大，看来总有一天会摔断脖子的。"

"只要自己相信不会，那就摔不下去！"鲁迪说道。

磨坊主和芭贝特在因特拉肯城的亲戚邀请鲁迪到他家去看看，因为鲁迪同他的亲戚是来自同一个州的。这一邀请对于鲁迪来说真是再好不过了，幸运总是跟随着他，为他开路，只要他凭借自己的力量去奋斗，并且牢记住这句谚语："上帝恩赐给我们坚果，不过他并没有为我们把它敲开。"

鲁迪在磨坊主亲戚家里如同在自己家里一样。大家举杯为这位最出色的射手祝酒，芭贝特也同他碰了杯。鲁迪回敬了大家，以示谢意。

到了傍晚，他们全都出去，沿着装饰得美轮美奂的旅馆大道在老栗子树下走着。路上行人很多，拥挤得很，鲁迪不得不伸出手臂挽着芭贝特。他说他很高兴见到沃州，因为沃州和瓦利斯州是两个友好、相邻的州。他高兴时是如此真诚，以至于芭贝特为了这个缘故非要紧握住他的手不可。他们像是朋友一样并肩漫步。芭贝特这个娇小玲珑的美人儿是十分风趣的。她一针见血地指出，那些外国女士们的穿着打扮还有她们的走路姿势是何等可笑和夸张，鲁迪觉得她讲得透彻极了，她完全不是在讥讽她们。这些女士可能都是正派高尚的人，是呀，有些人甚至十分可亲可爱，芭贝特对此很清楚，她的一个教母就是这样一位高贵的英国夫人。十八年前芭贝特受洗的时候，这位教母也在贝克斯，她送给芭贝特一枚价值昂贵的胸针，并且把这枚胸针别在她的胸前。这位教母已经两次写信给芭贝特，说今年她们一家本来打算要到因特拉肯来看她，她还要把自己的几个女儿带来。这几个女儿都是老姑娘，都近三十岁了，而芭贝特说她自己才十八岁。

那张甜蜜可爱的小嘴一刻不停地絮絮叨叨地说着，芭贝特讲的每一句话对鲁迪来说都是至关重要的。他也滔滔不绝地讲述起来，把一肚子想讲的话全都讲了出来。他讲到他时常要到贝克斯去办事情，所以对磨坊十分熟悉；他常常看见芭贝特，可是她从来就不曾留神到他；他最近满怀着他不敢说出口的许多想法又去了一次磨坊，可是她偏巧跟着她父亲出门去了，到很远很远的地方去了，不过并不是远得他翻山越岭都无法找出一条路来，并不是远得他无法越过隔开他们的那座悬崖峭壁。

是的，他就是这样倾吐了衷肠，他说得很多很多，他甚至说出了她在他心目中是多么美好，他是为了要见到她才赶到这里来的，而不是为了来参加射击比赛。

芭贝特一声不响地听着，这些话已经多得太过分，而鲁迪却以为她能够承受得住。

他们漫步的时候，夕阳沉没到高山背后，唯独少女峰仍光辉灿烂地屹立在云蒸霞蔚之中，在附近的峰峦上，苍翠的树木像一个花环环绕着它。许多人都站在那儿欣赏着，鲁迪和芭贝特也陶醉在这样壮丽的美景之中。

"再没有比这里更美的地方了。"芭贝特赞叹道。

"再没有了。"鲁迪附和道,双眼却望着芭贝特。

"明天我就要离开这里了。"过了一会儿,鲁迪这样说道。

"到贝克斯来看望我们吧,"芭贝特悄声细语地说,"我爸爸会很高兴的。"

五 在回家的路上

哦,有多少东西呀,第二天鲁迪翻越高山返回家去的时候,他身上背着许多东西。是呀,他赢得了三只银杯、两支好枪、一把银咖啡壶。这些东西在成家的时候是很有用处的,但是这些都还不是最要紧的。他背着的——或者说他翻山越岭带回家去的——还有更重要、更有分量的东西。

可是天气十分恶劣:天色昏暗,细雨蒙蒙,空气潮湿沉闷,乌云低垂着,像是吊丧的黑纱,笼罩住了高山的顶端,把亮闪闪的峰顶遮盖得不见踪影。从森林深处传来了最后几下斧子砍伐的声音,接着树干便沿着斜坡滚落下来。远远望去,仿佛是从山顶上滚落下来一根根细木签子,然而靠近一看,那是一根根可以做船桅的粗大树干。芦奇纳河奏着一成不变的曲调,大风呼呼地吹,乌云缓缓飘动着。

突然间,有一个姑娘走到了鲁迪的身边,而在她走近他之前,他竟然毫无察觉。她也要翻越大山,她的眼中有股子独特的邪劲,引得人不得不盯住它们看。那双眼睛明亮得出奇,像玻璃一样晶莹，而且十分深沉，深得如同无底深渊。

"你有一个最亲爱的人吗？"鲁迪脱口而出，这会儿他满脑子想的都是那个最亲爱的人。

"我没有！"她说着笑了起来，可是她讲的话听起来好像并不是真实的。"我们不必去兜个大圈子，"她接着说，"我们应该挨着左边走，这样就近得多。"

"是呀，这样走也更容易摔到冰缝里去。"鲁迪说，"既然你并不熟悉路途，何苦想当向导呢？"

"我恰恰对这条路熟悉得很。"她说道，"再说我的心思还在自己身上，而你的心思却全掉到那条山谷里去了。在这里你千万得留神冰姑娘，大家都说她对人可是不那么和蔼可亲。"

"我不怕她！"鲁迪说，"我还是个婴孩的时候，她居然让我滑了过去。如今我已长大成人，该由我自己来对付她了。"

天色更暗，雨下得更大更密，而且雨中夹着雪花，雪花在雨水中闪烁着，分外耀眼。

"把手伸给我，我来帮你登山。"那个姑娘一边说，一边用冰凉的手去拉他。

"你帮我登山？"鲁迪说，"我还用不着一个女人来帮我爬山呢。"他大步流星地往前走去，把她远远地撇在后面。

雪花纷纷扬扬飘下来，像是一层帷幔裹在他的四周，大风在呼呼地刮着，他听到从他背后传来那个姑娘的狂笑和歌唱声，声音是那么古怪。这一定是冰姑娘差遣来的精灵，鲁迪曾经听说过有这种妖怪，那是他小时候在高山上过夜时听向导们讲的。

雪下得更大了，乌云已经堆积在他的脚下。他回过头去望望，却看不见有什么人影，但是他仍然听得见笑声和歌唱声，那声音一听就知道不是人的声音。

当鲁迪终于登上高山的最高峰之后，山路开始朝下倾斜，蜿蜒伸向罗纳河那边的峡谷。他看到在蔚蓝的天空中有两颗明亮的星星从沙蒙尼峡谷那边冉冉升起，星星发出耀眼的光芒，于是他想起了芭贝特，想到了自己和自己的幸福，他的心里充满了温暖。

六　到磨坊去拜访

"你带回来这么多贵重的东西！"他年迈的婶婶说道，她的那双奇怪的鹰样的眼睛闪现出了光彩，她那干瘦细长的颈脖也比平时扭动得更加古怪。

"鲁迪，你交了好运，我必须吻你一下，我亲爱的孩子。"

鲁迪只得让她亲吻了一下，不过从他脸上的表情可以看出来，他是很勉强的，是为了应付家里的这种小麻烦。

"你是多么英俊啊，鲁迪！"老妇人说道。

"别惹得我胡思乱想了。"鲁迪说道，可是心里却很得意。

"我再说一遍，"老妇人说，"你交好运了。"

"是呀，我相信你的话。"鲁迪说道，心里却想起了芭贝特。

他从来没有像现在这样牵挂那一条深深的山谷。

"他们应该回到家里了，"他对他自己说，"超过他们预定回来的日期两天了。我必须到贝克斯去。"

鲁迪到贝克斯去了，磨坊主父女俩果然已经回到家里。他受到了热情的接待，因特拉肯城的那一家人也向他问好。芭贝特没有说多少话，她变得沉默寡言了，可是她的一双眼睛却在说话，这对鲁迪来说已经足够了。磨坊主本来就十分健谈，他习惯于别人都聆听他滔滔不绝的言谈，他以自己的讲话技巧来博得大家哈哈大笑，因为他是富甲一方的磨坊主嘛。可是这会儿他却似乎更情愿听鲁迪讲述他打猎的冒险生活，听他讲述羚羊猎手在高山峰顶上所遇到的那些艰难险阻，听他讲述怎样沿着由于狂风和酷寒天气而冻结在山崖边缘上的毫不牢固的雪檐爬行，以及怎样爬过由冻雪凝成、横悬在深渊之上的最危险的桥梁。鲁迪在讲到猎人生活，讲到羚羊的聪明敏捷和最惊险的跳跃，讲到猛烈的狂风以及滚滚而来的雪崩的时候，总是情不自禁地流露出大无畏的勇敢气概，他的双眼闪现出了光芒。鲁迪清楚地留意到，每一次他描述新的内容，磨坊主便听得劲头十足，尤其是讲到秃鹰和鹫的故事。

在离这里不远的地方，在瓦利斯州的腹地，有一个鹫巢。这巢被这只极其狡黠的鹫筑在兀立的悬崖顶下凹进去的空隙里。鹫巢里有一只小鹫，那是人们休想抓得到的。几天以前，有一个英国人掏出一大把黄金来恳请鲁迪去把这只小鹫逮来。

"可是干什么事情都要有个分寸。"鲁迪说，"那只小鹫是捉不得的，只有疯子才去干那种傻事。"

酒一杯杯地喝尽，闲话也滔滔不绝地讲了许多，可是鲁迪依然觉得那个傍晚实在太短促了。他第一次拜访磨坊主后回到家里已经时过半夜了。

磨坊窗前的树枝之间，灯光仍在闪亮，客厅里养着的那只猫穿过窗户跳到外面的屋顶上，厨房里喂着的那只猫也沿着水管爬上了屋脊。

"你知道磨坊里出的新鲜事儿吗?"客厅里的猫说,"在这栋房子里有人悄悄地订了婚,那个当父亲的至今还不知情。鲁迪和芭贝特整个晚上都在桌子底下踩对方的脚,连我的脚爪也被他们踩上了两回,可是我不敢喵喵叫,否则会被人发觉的。"

"要是我就会叫出声来。"厨房的猫说。

"在厨房里可以做的事情,在客厅里就不见得可以做。"客厅的猫说,"我倒真想知道磨坊主听到了订婚的风声会说些什么!"

是呀,磨坊主会说些什么,鲁迪也非常想知道,可是他却不能长久地等待,他熬不住了。当行驶在瓦利斯州和沃州之间的公共驿车上路的时候,鲁迪早已稳当当地坐在车上了,他像任何时候一样满怀着勇气和得到允婚的憧憬。对,就在今晚,但愿就在今天傍晚。

傍晚时分,公共驿车又循着原路驶回去。一点不错,鲁迪也端坐在车上顺着原路返回家去。可是客厅的猫却带着天大的消息跑了出来。

"喂,你这个从厨房里来的家伙,磨坊主已经什么都知道啦!总算是一个皆大欢喜的结局。鲁迪在今天下午快到黄昏的时候来了,他和芭贝特悄声地说个没完。这两个人就站在磨坊主房间外面的走廊上,我躺在他们俩的脚跟前,可是他们俩根本就不理会我,既不用眼睛看我一下,也没有想着我会在那儿。'我这就进去找你的父亲,'鲁迪说,'这是最正大光明的事情。''要我陪你一起去吗?'芭贝特说,'这会使你更有勇气的。''我有足够的勇气,'鲁迪说,'不过有你在我身边,他会更温和一些,不管他同意还是不同意。'于是他们俩就一起进去了。鲁迪一脚就踩在我的尾巴上,他那会儿一举一动都笨拙极了。我喵地叫出声来,可是不管他还是她都像是没有长耳朵似的,一点都听不见。他们打开房门,两人一起走了进去,我走在他们前面,跳到了一张椅子背上。我不知道鲁迪这一脚究竟会是怎么个踢法,不过磨坊主却已经踢了过来。这真是狠狠的一脚,非但要把鲁迪踢到门外去,还要把他踢到高山上的羚羊群那里去。他气势汹汹地说,鲁迪可以爬到高山去盯着那些羚羊,但是不许盯着我们的小芭贝特。"

"那么他听到他们俩说了些什么?"厨房的猫问道。

"说了些什么?他们俩把话都说尽了,凡是人们在求婚时该说的话他们俩全都说了。'我喜欢她,她也喜欢我。桶里的牛奶只要够一个人喝,也就够两个人匀着喝。'鲁迪说道。'可是她坐的地方对你来说未免太高啦!她坐在沙堆上,是黄金的沙堆上,这你是知道的,所以你根本就高攀不上!''天下没有什么地方是高不可攀的,只要下定决心,哪怕再高都能够攀得上去!'鲁迪说道,他向来都是毫无畏惧的。'可是那只小鹫你就够不着,你上一回明明说过的嘛!芭贝特坐的地方要高得多呢!''我要把两个都够着!'鲁迪说道。'那很好嘛,你去把那只活的小鹫抓来给我,我就让你娶到她。'磨坊主说着便哈哈大笑起来,连泪水都笑得流到了脸上,'行啦,谢谢你来看望我们,鲁迪!明天再来吧,你会吃个闭门羹。再见吧鲁迪!'芭贝特也向他说再见,不过带着哭腔,她可怜巴巴的,活像是一只找不到妈妈的小猫崽。'男子汉说话算话。'鲁迪说,'别哭,芭贝特!我会把小鹫抓来的。''我倒宁愿你摔断脖子,'磨坊主说,'那样一来,我们就免得再让你纠缠不休啦。'我把这句话叫作'踢了一脚'。鲁迪走了,芭贝特坐在那里嘤嘤地哭,磨坊主却唱起了德语歌曲,那是他这次出门旅行才学会的。我不想为这桩事情费心劳神了,再说那也毫无用处。"

"不过他毕竟还有一线希望。"厨房的猫说道。

七 鹫巢

高山的幽径上传来了一个人的口哨声,那声音欢快有力,听起来吹口哨的人心情很好,勇气十足,那人便是鲁迪,他正前去找他的好友弗辛南德。

"你非帮我这个忙不可,我们还要把拉格利找上。我要爬到山崖檐子上去抓那只小鹫。"

"你要不要登上月亮去把那块黑斑剥下来?反正也是同样轻而易举的。"弗辛南德说,"你的心情真是太好啦!"

"一点不错,因为我正在张罗婚礼呢!可是说正经的,你不妨听我说一下我眼下的境况。"

弗辛南德和拉格利很快就明白鲁迪想要干什么了。

"你真是一个胆大包天的冒失鬼。"他们说,"那办不到的,你会摔断脖子的。"

"只要你相信自己不会摔下去,你就摔不下去的!"鲁迪说道。

到了半夜时分,他们动身出发了,扛着长杆子、梯子,还带了绳索。山路在杂树和灌木丛中蜿蜒伸展,穿过一片砾石地带,不断地朝上伸去,一直伸展到黑夜之中。溪流在他们的脚下奔腾,泉水从他们迎面的山顶上倾泻而下，潮湿的云朵在夜空中飘荡。这几个猎手爬到了陡峭的山崖檐子上，这里更加阴暗，两侧的陡壁几乎合拢到了一起，只是在顶上有一道狭窄的缝隙，露出一线天光。他们的身下就是万丈深渊，只听得水流在那里汹涌翻腾。他们三人静悄悄地在那里坐等天明，要等到晨曦微露鹫才会飞出巢来。先要把它射中，才能再想法子去抓那只小鹫。鲁迪蜷曲在一块岩石上，纹丝不动，就好像是岩石的一部分。他面前摆好了猎枪，装好了子弹，随时都可以举枪击发。他的双眼一动不动地盯住了最高处的那条缝隙，那鹫巢就藏在那块兀出的崖岩下凹进去的地方。三个猎手就这样久久地等待着。

后来，在他们头顶上响起了一阵吓人的嗖嗖声，一个庞然大物飞了起来，把那一线天光都遮蔽了。就在那只黑色的鹫飞出鸟巢的那一瞬间，一支双筒毛瑟枪朝它开了一枪。那只鹫张开双翅扑扇了几下就慢慢地落下去，好像要用它的巨大身躯和张开着的双翅把整个山谷都填满，还要在落下去的时候把三个猎手一起横扫下去。鹫终于坠入深渊之中，它把山谷里的树枝和灌木砸断了一大片。

这会儿猎手们忙碌起来了，他们将三把最长的梯子连接在一起，捆绑结实。梯子必须要够得到上面，梯子只能支在山崖最外边才能立得稳当，可是依然够不到那上面。山崖上有很长一截光溜溜的，像是一堵又陡又滑的墙壁，而鹫巢就被遮掩在这山崖顶上那块兀出的岩石底下。他们三个商量了好半天，最后一致认为最好的办法是从顶上的缝隙里朝下放两把连接在一起的梯子，再将这两把梯子和下面往上竖的那三把已经连接在一起的梯子相连接。他们费尽力气才把那两把梯子拉到悬崖顶上，用绳子把它们捆绑结实之后就往底下放,梯子吊在那块兀出的岩石外面,在深渊的上方摇来晃去,而鲁迪就倒挂在这悬空的梯子的最底下一级。

这是一个滴水成冰的清晨,潮湿阴冷的浓雾在黑色的缝隙里自下而上慢慢升起。鲁迪待在那里,就像一只苍蝇停在一根摇晃不停的干草上,而这根干草又像被忙于筑巢的鸟儿失落在一座工厂高大烟囱顶端的边沿上。不过干草若是飘落下去的话,苍蝇随时可以飞走,而鲁迪却只能摔断脖子。狂风在他身体周围呼啸,下面深渊里,融化了的冰川涌出来滚滚洪流,那是从冰姑娘的宫殿里流出来的。洪水汹涌澎湃,波涛翻腾。

这时候鲁迪有了动作,他不停地摇晃梯子,像蜘蛛在自己网上要抓牢那长长的细丝一样,俯下身子,伸手去抓下面竖起来的已经连接好的长梯子的顶端。当他第四次触摸到底下的那张梯子时,终于抓到了它。梯子的两头被他稳当而有力的双手连接到了一起。梯子一直在摇晃,就像铰链松脱了。

那用五把梯子连接而成的云梯笔直地倚靠在石壁上的鹫巢底下,像一根细长的芦苇秆在不停地摇来晃去。现在要着手去干那件最危险的事情了,就是要像猫一样地爬上去。不过鲁迪可以做得到,因为猫曾经教会他怎么爬。鲁迪攀着梯子往上爬去,一点都没有感觉到那个晕眩精灵踩着空气,在他身后伸出了水螅一样的众多触手,想把他抱牢抓住。他爬到了云梯的最顶端,觉得还不够高,看不到鹫巢里面。他试了试垫在巢底的那些纠缠在一起的粗大树枝究竟有多结实。当他探明有一根固定不动的粗枝可以承受得住的时候,便从梯子上一跃而起,他的胸和头都高过了巢沿。一股令人窒息的腐烂尸体的臭味迎面扑来,巢里面散落着撕烂了的绵羊、羚羊和鸟儿。那个对他无计可施的晕眩精灵一个劲儿地把巢里有毒的臭气朝他脸上扇过来，想将他熏倒。在底下那个黑色深渊翻腾的水面上，冰姑娘就端坐在那里，她披着一头绿色的长发，瞪着两只像双筒毛瑟枪的枪孔一样的眼睛。

"这下子我总算把你抓住啦！"她说道。

他在鹫巢的一个角落里看到了那只小鹫，那只小鹫蹲在那里，虽然还不会飞，可是长得健壮硕大。鲁迪双眼盯住它，一只手用力把自己吊在那根粗枝上，另一只手将结了活扣的绳套投了出去。这次捕获的是活的猎物，这绳索一下子拴住了它的一条腿，他又把拴着小鹫的绳索甩过自己的肩头，这样一来那只小鹫就悬在他身体底下不远的地方。同时他抓牢了那根系在粗枝上的绳索，顺着这根绳索往下爬，直到他的双脚又踩到了云梯最上一级。

"牢牢抓住，只要你相信自己不会摔下去，你就摔不下去的。"这句话又在他耳际响起，他遵照这条教诲，抓得牢牢的，再往前爬，确保自己不会摔下去，而他也确实没有摔下去。

随后爆发出一阵欢乐的笑声，那么爽朗有力，又那么欢畅痛快，鲁迪终于带着那只小鹫稳稳当当地站在山崖的地面上了。

八　客厅的猫讲了什么新消息

"这就是您渴望得到的。"他一踏进贝克斯城的磨坊主家里就这么说。他把一个大篮子放在地上，揭开遮在篮子上的罩布。一双有黑圈的黄眼睛，明亮又凶残，像火焰一样燃烧着，要把看在眼里的每样东西都狠狠啄一口；短而有力的嘴张得很大，像是要咬人；血红的颈脖上长满了绒毛。

"小鹫！"磨坊主喊出声来，芭贝特惊呼一声就跳到一边去了，可是那双眼睛却既没有离开鲁迪，也没有离开那只小鹫。

"你真不知道害怕！"磨坊主说道。

"你们也会信守诺言的，"鲁迪说，"各人有各人的特点嘛。"

"那么你为什么没有摔断脖子呢？"磨坊主问道。

"因为我抓得很牢，"鲁迪回答道，"我现在还抓得很牢，我牢牢地抓着芭贝特。"

"先得到了她再说吧。"磨坊主说着便哈哈大笑起来。芭贝特明白过来，这是一个好兆头。

"快把小鹫从篮子里拿出来吧，它看样子是非常危险的，你看那副怒目圆睁的吓人模样。你是怎样把它逮住的呢？"芭贝特问道。

鲁迪从头到尾讲述了一遍，磨坊主听得眼睛都瞪圆了。

"凭你这么大的勇气和运气，你可以养活三个妻子啦。"磨坊主说道。

"谢谢，谢谢！"鲁迪喊了起来。

"好啦，不过你现在还没有得到芭贝特呢。"磨坊主说，他开玩笑似的拍拍这个阿尔卑斯山的年轻猎手的肩膀。

"你知道磨坊里的新鲜事儿吗？"客厅的猫对厨房的猫说，"鲁迪给我们带来了小鹫，作为交换，他得到了芭贝特。他们俩当着那个父亲的面相互亲吻，这就算是订了婚。那个老头子非但没有踢他们，反而把脚爪收了回去，他去睡了个午觉，让那两个年轻人在一起亲热。他们俩有说不完的话，说到圣诞节怕还说不完呢。"

真的到了圣诞节也没有说完。大风卷起枯黄的树叶，满天飞舞，高山上鹅毛大雪纷纷扬扬。冰姑娘端坐在自己宏伟的宫殿里，这座宫殿在严寒之中显得越发壮观。夏日里泉水像水幔一样从山崖上流下来的地方如今在山壁上凝结了一层厚厚的坚冰，还形成了像大象一样笨重的冰锥。奇异美妙的雾凇在枞树枝上闪闪发亮。冰姑娘驾着呼啸的狂风飞过最深的山谷。积雪一直铺到了贝克斯城，她一口气飞到那里，看着屋子里坐着的鲁迪。如今鲁迪已经习惯于坐在房间里，陪伴在芭贝特身边，他们到了夏天就要举行婚礼，他们的朋友都在谈论着这个热门话题。

阳光灿烂，最美丽的阿尔卑斯山杜鹃花盛开了，满脸挂着微笑的芭贝特美丽得像春天一样。早春已经来到，所有的鸟儿都在歌唱夏天，歌唱婚礼。

"他们俩总是坐在一起说悄悄话，"客厅的猫说，"现在我已经腻烦听他们俩说话啦。"

九 冰姑娘

春天用娇嫩翠绿的枝叶把核桃树和栗子树装饰起来，沿着罗纳河，从圣毛里斯的桥头到日内瓦湖畔这一带更是满眼翠绿。罗纳河从自己的源头滔滔而下，奔流不息，那源头来自绿莹莹的冰川底下，也就是来自冰姑娘居住的宫殿。冰姑娘有时候驾着劲风飞到最高的雪原上，在强烈的阳光中躺在轻柔的白雪软垫上。她坐在那里极目远眺，居高临下地朝底下的山谷看去，山谷里的人们就像在被太阳烤热的石头上的蚂蚁那样来来往往忙个不停。

"这些太阳之子都自称是拥有精神力量的，"冰姑娘说，"然而却只不过是一些小虫子而已。只要一个雪球滚下去，就可以把你们、你们的房屋和城市都砸个稀巴烂，全都毁灭掉！"她把自己骄傲的脑袋抬得更高，用散发着死亡恐怖的眼光朝四周、朝底下望过去。从下面的山谷里传来了隆隆的岩石爆破声，这是人类的工程，是为铺设铁路而修筑路基、开凿隧道。

"他们在玩鼹鼠的游戏呢！"她说，"他们正挖地洞，所以才听得见这种碎石乱飞的响声。要是我挪动一下我的宫殿的话，那轰鸣声可是比打雷还要响呢！"

山谷里升起一根烟柱，像一条轻纱缓缓向前移动，更像火车头上缀着的飘动的缨子。这一列火车正在新铺设的铁轨上疾驶，长长的列车如弯曲的长蛇，一节节的车厢便是这条长蛇的身体。火车像离弦之箭一样飞速前进。

"哼，这些自称有精神力量的家伙居然在下面冒充起主人来啦。"冰姑娘说，"可是主宰一切的仍然是大自然的威力。"她狂笑不止，她纵声歌唱，于是山谷里发出了山崩地裂的轰鸣声。

"又是一场雪崩来啦！"下面山谷里的人惊呼起来。

可是太阳之子们的歌唱得更为响亮，他们放声歌唱人类的思想，而人类的思想才是主宰一切的，它能制服海洋，它能移走高山，它能填平沟壑，它才是大自然的主人。就在这时候，正好有一批旅行者走过冰姑娘躺着的那片雪原。他们的脸上全都用绿色的轻纱罩着，免得被白雪的光芒弄伤眼睛。他们用绳子一个接一个地连接在一起，在深渊旁的光滑冰面上形成了一个整体。

"爬吧，小虫子，"冰姑娘说，"你们居然要当大自然的主人！"她朝着他们背过身去，向底下的深谷里啐了一口，一列火车刚好疾驶而过。

"他们全都坐在那里，这些有思想的人，他们处在暴力的约束之下。我看得见他们每一个人。有一个人傲气十足地坐在那里，像个国王，他独自一人，坐得宽敞舒服，而别的人全都挤在一起，有一半的人在睡觉。等到那蒸汽长蛇一停，他们就爬下去，又用脚走自己的路了。这些有思想的人就这样出去闯荡世界！"于是，她又狂笑起来。

"又来了场雪崩。"山谷里的人们惊呼道。

"它崩不到我们这里的。"两个坐在那喷着蒸汽的长蛇背脊上的人说道，他们就是人们常说的"两个灵魂，一个思想"的情侣，就是鲁迪和芭贝特。磨坊主也和他们在一起。

"算随身行李吧，"他说，"我是他们必不可少的东西。"

"他们俩倒逍遥自在地坐在那里，"冰姑娘说，"我不知压死了多少只羚羊，不知连根拔起过多少阿尔卑斯山杜鹃丛。我非要毁灭他们不可，这些有精神力量的家伙。"她又狂笑起来。

"又来了一场雪崩。"山谷里的人们惊呼道。

十　教母

在日内瓦湖东北部一带，克拉伦斯、维尔奈克斯、克林这些城镇形成了一个绕着湖畔的花边,其中最靠近的那座城市是蒙特勒。芭贝特的教母——那位高贵的英国妇人——和她的几个女儿以及一个年轻的亲戚都住在那里。她们是新近才搬过来的,不过磨坊主已经去登门拜访过她们了,并且告诉她们芭贝特订婚的消息,也告诉了她们鲁迪和小鹫的事情,还有去因特拉肯城之行。总而言之,告诉了整个事情的前后经过。她们都为鲁迪和芭贝特,也为磨坊主感到由衷的高兴,并很关心他们。她们全家一定要他们都来做客,所以他们就来了。芭贝特要看看教母,教母也要看看芭贝特。

在日内瓦湖一端的湖畔小镇维勒纳弗停泊着汽船,只要驶上半个钟头就可以到达维尔奈克斯,就在蒙特勒附近。这是诗人们歌颂的一个湖畔,湖水又蓝又深,湖畔的核桃树下,拜伦写下了他的那首描述被囚禁在阴暗锡雍城堡里的囚徒的诗[①]。在垂柳倒映在湖面上的克拉伦斯,卢梭曾漫步在岸边,脑中构思着爱洛漪丝[②]的形象。罗纳河从萨沃伊高原上的白雪覆盖的群峰之间流淌出来,不远处的湖里有一个小岛,它是那么小,从湖岸上望过去,还以为是湖里停泊着的一艘船,它是一块露出在湖面上的礁石。一百多年前,有个贵妇人把这个岛屿开垦出来,铺上泥土,又种上了三株金合欢树,如今这些树木已经遮蔽了整个小岛。芭贝特非常迷恋这个小岛,这是她心中最美丽、最可爱的地方,应该去游览一下,而且非去不可。这必将是整个旅程之中最美好

---

① 指拜伦的长诗《锡雍的囚徒》。
② 指卢梭的小说《新爱洛漪丝》中的女主人公。

的，可惜汽船一下子就驶过去了。按老规矩，必定要到维尔奈克斯才能停船。

这一小群人沿着被阳光照亮的白墙往前走去，这些白墙都是一个个葡萄园的围墙，在来到小山城蒙特勒之前，沿途比比皆是。这一带的农舍前都种着无花果树，绿荫掩映着房子。花园里则长着月桂树和柏树。半山腰有一个客栈，教母就住在那里。

他们受到了衷心的欢迎。教母是个身材高大、和蔼可亲的妇人，她有着一张圆圆的笑脸，小时候谅必像拉斐尔①笔下的那些小天使的脑袋，不过如今她只有一个满头银发的老天使的脑袋了。几个女儿穿着得都十分高雅，她们个个身材颀长、苗条。年轻的表哥也和她们在一起，他从头到脚一身雪白，头发金黄，黄色的胡须特别浓密，可以分给三个绅士。他立即对小芭贝特显出了特别的关注。

大桌子上摊着许多装帧精美的书籍，还有乐谱和画册。阳台面向美丽而开阔的湖面，湖面上如此平静明亮，萨沃伊的群山、山上的村庄、树林和雪峰全都清晰地倒映在水里。

向来是勇敢、活泼而且直爽、开朗的鲁迪这会儿却十分拘束，就像人们所说的那样，发蔫了。他觉得在这里浑身不自在，如同在撒满豆子的光滑地板上行走一样。时光真是难熬呀，就像踩着踏车慢慢地向前移动。还要出去散步，大家慢吞吞地挪动着脚步，鲁迪只得往前迈两步再倒退一步才能同别人走在一起。到了锡雍，他们登上石岛游览那座阴森的城堡，参观刑具和死囚牢房，还有

---

① 拉斐尔（1483—1520），意大利文艺复兴时期的画家、建筑师。

钉在石墙上的已经生了锈的脚镣和石床。那里有扇上下开启的活动石门，那些不幸的囚犯就从这里被扔下去，摔在烧红的铁扦子上活活被戳死。他们居然把参观这些作为一种乐趣。其实这个刑场倒是值得参观的地方，拜伦的那首诗使它进入了诗的世界。鲁迪觉得它只是个刑场而已，他把身子贴近牢房窗口的巨大石框，朝下俯视那片湛蓝的湖面，目光越过湖水，看到了那个长着三棵金合欢树的孤零零的小岛。他希望到那里去，他想摆脱这伙喋喋不休的人，可是芭贝特却觉得非常开心，她后来说，她觉得简直好得不能再好了，而且她觉得那位表兄也是十分完美的。

"是呀，一个只会耍嘴皮子的家伙。"鲁迪说道。这是鲁迪第一次说出令她觉得不顺耳的话来。那个英国人送给她一本小书作为这次到锡雍来的纪念。这是拜伦的长诗《锡雍的囚徒》的法文译本，芭贝特可以读得懂。

"这本书也许非常好，"鲁迪说，"不过送书给你的那个油头粉面的家伙却叫我难受得很。"

"他的样子活像一只没有装面粉的空口袋。"磨坊主说道，并且为自己的这句俏皮话而哈哈大笑。鲁迪也笑了起来，因为这句话讲得恰到好处。

十一　表兄

两天之后，鲁迪又到磨坊去拜访，他发现那个英国人居然也在那里，芭贝特还亲手为他烧了一道鳟鱼，她还用芹菜把这道菜点缀了一番，使它看上去十分美观，其实这根本就没有必要。这个英国佬到这里来干什么？他要在这里得到什么？居然让芭贝特款待他，还为他烧美味的菜，鲁迪嫉妒了。芭贝特却十分快活，因为这让她看到了他内心的所有一切，既看到了他强有力的一面，也看到了他软弱的一面。对她来说，爱情至今还是一场游戏，而且她在耍弄鲁迪的整个心灵。可是必须要说明白：他才是她的幸福、她的生命和思想、她在这个世上最美好的东西。正因为如此，他越是阴沉着面孔，她便更加得意，她还真想要吻一下那个有着金黄色头发和胡须的英国人。倘若这样做能够激得鲁迪怒气冲冲拂袖而去的话，就更显得他是多么爱她。小芭贝特这样想是不对的，是不明智的，不过她才只有十九岁。她没有深思熟虑，更没有想到她的行为会被看成是轻浮的，绝不是磨坊主刚刚订过婚的千金小姐应有的举止，而且这也使得那个年轻的英国人更加放荡和轻率了。

一条大路从贝克斯城通往一座白雪覆盖的山峰，这个国家把这座山峰称作迪亚布勒雪山①。磨坊就靠近那里的一条湍急的山间溪流。这条溪流的水是浅灰色的，像泛着泡沫的肥皂水。推动磨坊水轮转动的不是这条溪流，而是另外一条更小一点的溪流，它在这条溪流的另一侧，从山上迅速地冲下来，经过一道石砌的水槽，急剧地灌进一个两侧都堵住了的大木槽里。水流从木槽里冲出来，推动那巨大的磨坊水轮。水槽非常宽大，容得下大量的水，但是也难免会有些水漫出槽边，结果弄得旁边又湿又滑，给那些

---

① 意为"妖魔峰"，是瑞士境内的名山之一。

想从那里抄近路到磨坊去的人增添了很大的麻烦。有一个年轻人——就是那个英国人——因此也遇到了很大的麻烦。他穿得浑身上下一色雪白，活像个磨坊里的小伙计。在黄昏时分，他循着芭贝特的闺房的灯光，一脚高一脚低地走在这条小路上。他不曾学过攀缘的本领，因此脚下一滑，几乎头朝下栽进水槽里去，不过他总算逃过了这一劫，只是衣袖全湿透了，裤子也弄脏了。他穿着湿漉漉的衣服，浑身水淋淋地来到了芭贝特闺房的窗下。他爬到了一棵老椴树上，学起了猫头鹰叫，因为别的鸟叫声他都不会。芭贝特听见了，她从薄薄的窗纱后朝外望出去，看到了那个浑身雪白的男人，一下子就猜想出那个人是谁，她的心不禁怦怦乱跳，既有点害怕，也非常气愤。她赶紧吹灭了灯火，用手摸摸窗户上的插销，看是不是都已插牢，然后她就听凭他去怪叫了。

芭贝特突然想到要是鲁迪此时也在磨坊里，那么局面就会十分吓人了，幸好鲁迪没在磨坊里。不过这却更糟糕，他正好就站在那棵椴树底下。两个男人相互对骂起来，语气非常愤慨，而且还动了拳头，说不定要闹出人命来。

芭贝特在惊恐之中打开了窗子，高声叫喊着鲁迪的名字，要他快点走开，她说要是他再留在这里的话她会忍受不住的。

"我待在这里你会忍受不了！"鲁迪吼叫着，"原来是一场约定好了的幽会。你在等待好朋友，他比我更好！真是可耻，芭贝特！"

"你真叫人讨厌！"芭贝特说，"我恨你，快滚吧！快滚吧！"她哭了起来。

"我不应该受到这样的对待。"他说完转过身去便走了。他的双颊像被烈火烤过一样，烧得通红，他的心也在燃烧。

芭贝特扑到床上号啕大哭。

"我爱你爱得那么深，鲁迪！而你却把我想得那么坏！"

她光火了，气愤极了。这样一来反倒对她很有好处，要不然她会伤心透顶的，而现在她一下子就睡着了，睡了一个能够使年轻人恢复精力的好觉。

十二　邪恶的魔力

鲁迪离开贝克斯城，沿着回家的路朝山上走去，一路上空气清新，却十分寒冷。四周都是积雪，这里依然是冰姑娘统治的地盘。从他站的高山上望下去，底下山谷里茂盛的阔叶树像是一株株土豆的枝和叶，而松树和灌木就更矮小了。阿尔卑斯山杜鹃在积雪边上生长着，积雪四下堆积着，好像是铺在地上晾晒的床单一样。有一株紫龙胆挡在鲁迪面前，他顺手用枪托把它砸断了。

高处出现了两只羚羊，鲁迪的眼中有了明亮的光芒，他的心思也集中在新的目标上。可是距离太远了，他命中的可能不大，所以他又往上爬了一段，爬到岩石之间长着草丛的地方。羚羊安详地在雪原上踱来踱去，他心急火燎地赶到那里。乌云在他的四周密布，他刚站到那陡峭的崖边时，忽然间下起瓢泼大雨来。

他觉得嗓子眼里像火烧一样干渴，他的脑袋在发烧，四肢却冰凉。他摸摸随身带着的猎人用的水壶，壶里是空的。在他急冲冲地往山上爬的时候，竟不曾想到这件事。他从来就没生过病，此刻他却有了生病的感觉。他浑身疲乏得一点劲也没有，很想倒下去美美地睡上一觉,然而四周都在淌水,他想要振作起来,可是周围的一切全在他的眼前摇晃起来。在天旋地转中,他忽然看到了从来不曾见过的东西:一栋新落成的低矮的小屋,那栋房屋依山而建,紧靠在悬崖旁,门口站立着一个姑娘。他本以为是小学校长的女儿安妮特,那个他曾经有一次在跳舞的时候亲吻过的姑娘,然而眼前站着的却不是安妮特,不过他倒还同她有过一面之缘,大概是在格林德尔瓦尔德,他从因特拉肯城参加完射击比赛后返回家里的那天晚上。

"你怎么到这里来啦?"他问道。

"我的家就在这里呀,"她回答说,"我在看守我的羊群呢。"

"你的羊群!那么草地在哪里呢?这里只有白雪和岩石。"

"你对这地方真是了如指掌呀。"她说着不禁笑了起来,"从山背后往下走一点就有一片很好的草地,我的山羊就跑到那里去吃草。我对它们照料得十分精心,我连一只羊都没有丢失过,我的东西就是我的。"

"你的胆子真大。"鲁迪说。

"你也不小嘛。"她回敬了一句。

"你有羊奶,给我喝一点好吗?我快要渴死了。"

"我有比羊奶更好的东西!"她说道,"我会给你喝的。昨天有一批游客跟着他们的向导路过这里,他们把半瓶子酒忘记在这里了。你一定没有尝过这种酒,他们不会回来取的,我也不喝酒,你就喝了吧!"

"这酒真醇哪,"鲁迪说,"我从来就没有尝过这样的好酒,喝上一口就让人像烤火那样浑身都暖和过来。"

他的双眼明亮起来，他浑身荡漾着一股活力、一种激情，仿佛他已经把所有的悲伤和忧愁一股脑儿抛到九霄云外了。一种狂躁的情绪在他身上沸腾起来。

"你一定就是校长的女儿安妮特。"他叫了起来，"你快亲吻我吧！"

"好的，把你手指上戴着的那只漂亮的戒指送给我！"

"我的订婚戒指？"

"正是这个。"姑娘说着又把酒斟到了碗里，把碗放到他的嘴边，他一饮而尽。他的血液里涌动着生命的欢乐，他觉得整个世界都是他的，干吗还要自找烦恼呢！世上所有一切不都是为了供我们享受，让我们快活吗？生命的源泉就是享乐的源泉，听凭它摆布，由它带着飘荡，这就是幸福和快乐。他看了看那个姑娘，她是安妮特，却又不是安妮特，更不像他在格林德尔瓦尔德遇见过的那个姑娘，他把她叫作妖怪魔鬼。而眼前在山上的这个姑娘清纯得像刚洒落下来的新雪，丰满得像阿尔卑斯山杜鹃花，轻盈得像一只小山羊，但她还是用亚当的肋骨做成的，和鲁迪一样是一个人。

他伸出自己的双臂把她拥进怀里，凝视着她那双亮得出奇的眼睛。只有一秒钟的工夫，就在这短暂的一瞬间，一切都明白了，都清楚了。要是用语言来表达他看到了什么，那么他看到了活生生的精灵，那就是死神，他感觉到它钻进了自己的身体里。他觉得自己被举了起来，然后又被扔进了那深不可测的、能置人于死地的冰渊之中。往下沉落，不断地沉落下去，他看到了青绿色玻璃一样的冰墙，冰墙四周都是豁开的口子，水流从那里渗出来，滴水的声音听起来就像清脆的铃声，水珠则像珍珠一样晶莹剔透，闪烁着蓝里带红的火焰。

冰姑娘吻了他一下，那股阴森的寒气从脊椎直透到脑门，几乎把他全身都冻僵了。他痛苦地喊叫，挣脱出来，刚走了几步便一个趔趄摔倒下去。他的眼前像黑夜一般漆黑，但是他又把眼睛睁了开来。邪恶的妖魔终于施展了魔法。

阿尔卑斯山的姑娘已经无影无踪，那栋能躲避风雨的小屋子也不见了。溪水从光秃秃的石壁上往下流淌，四周是厚厚的积雪。鲁迪冻得瑟瑟发抖，他全身都湿透了。他的戒指——芭贝特给他的订婚戒指——不见了。他的枪就在他身旁的雪地上，他捡了起来，想要放一枪，却打不响。潮湿的云层像结实的雪块，把峡谷塞得满满的。晕眩精灵端坐在云层之上，瞅着这个浑身没有半点力气的猎物。从深深的山谷里传来一阵阵轰鸣声，似乎有大块的岩石从山崖上崩落下去，一路上横冲直撞，把阻挡它的所有障碍全都击得粉碎，全都毁掉。

在磨坊里，芭贝特独自坐着落泪。鲁迪已经有六天没有在那里露面了。都是他的不对，他应该来请求她的宽恕，因为她全心全意地爱着他呢！

十三　在磨坊主家里

"人类真是些无法捉摸的糊涂虫。"客厅的猫对厨房的猫说，"芭贝特和鲁迪闹翻了，她一个劲儿地哭泣，而他却连想都不想她。"

"这叫我很难过。"厨房的猫说。

"我也不好受哇,"客厅的猫说,"不过我也不想再为这桩事情难过了,芭贝特反正可以成为那个长着黄色络腮胡子的家伙最心爱的人。自从上一回他想要爬上屋顶之后,就再没有来过。"

邪恶的妖魔施展它的魔法,非但在我们的身外,也在我们的心里。鲁迪觉察出来了,他反复思忖,那天在高山上,在他的四周,在他的身体里究竟发生了什么事情?难道仅仅是幻觉,或者是发烧时做的梦?他以前从不曾发过烧,也从不知道生病的滋味。他在责怪芭贝特的同时,对自己也作了一番反省。他想起了在心里的那场疯狂的逐猎和新近爆发出来的那阵炽烈的焚风。那么他能向芭贝特忏悔这一切吗?能向她坦白在受到诱惑时想做的每一件事吗?她的戒指被他丢失了,而多亏了这次丢失,才使得她重新赢得了他。那么她能对他忏悔吗?他一想到她,一勾起对往昔的许多回忆,就心碎欲裂了。他又看到她笑眯眯地站在他面前,像一个快活的孩子。她对他讲过许多情意绵绵的话,她的这些话像一缕阳光照进了他的心里,于是他的心中很快就充满了芭贝特的阳光。

她能够向他忏悔的,她会那么做的。

他终于到磨坊去了。两个人都作了忏悔。这是从一个吻开始的,结果是鲁迪承认了自己的过错:他竟然怀疑起芭贝特的忠贞,这就令人厌恶。这种多疑必将会给他们带来不幸,是呀,肯定会的,所以芭贝特教训了一下鲁迪。芭贝特觉得自己得到了最大的满足,这使得她容光焕发,模样十分可爱。不过她也承认鲁迪有一点看法是对的,那就是教母的那个亲戚是个只会耍嘴皮子的浪荡公子。她要把他送给她的那本书付之一炬，不留下一点点能使她想起他来的东西。

"现在风波总算过去啦。"客厅的猫说，"鲁迪又到这里来了。他俩相互很了解，这是最大的幸福，他们这样说的。"

"我今天晚上听到，"厨房的猫说，"老鼠在说：最大的幸福就是能啃到油脂烛，能大吃一顿发了臭的熏猪肉。那么叫我相信哪一个呢，相信老鼠还是那对情人呢？"

"哪个都不要相信，"客厅的猫说，"这才是最稳当的。"

鲁迪和芭贝特在等待最大的幸福的来临，也就是大家所说的大喜之日，他们俩举行婚礼的那一天。

可是婚礼却不在贝克斯城的教堂里举行，也不在磨坊主的家里举行。那位教母想要让婚礼在她那里，在蒙特勒的一座漂亮的小教堂里举行。磨坊主也认为她的这个要求应该得到满足，只有他一个人知道他们俩会从教母那里得到什么，那是一大笔嫁妆，所以作这么点小小的让步是很值得的。婚礼的日期已经定了，婚礼的前一天，他们就动身去维尔纳夫，以便次日凌晨乘船到蒙特勒。教母的女儿们还要给新娘梳妆打扮一番。

"婚礼的第二天还要在这边的宅子里举办喜庆酒宴呢。"客厅的猫说，"要不然我对这件事情一声都不吭了，也不喵喵叫了！"

"喜庆酒宴是在这里举行，"厨房的猫说，"鸭子已经宰好，鸽子也呛死啦。墙上挂了一只整鹿。看到这些，我就禁不住淌口水。明天他们就动身了。"

是呀，明天！这天晚上，鲁迪和芭贝特最后一次作为未婚夫妻坐在磨坊主家里。

屋外，阿尔卑斯山上空的晚霞把群山染得红彤彤的。晚祷钟声在回荡，太阳的女儿们在歌唱："愿最美好的事情来临吧！"

十四 当晚的幻景

太阳已经落山，暮云低垂在高山之间的罗纳河谷里。风从南方吹过来，那是一阵非洲的风，沿着阿尔卑斯的高山峻岭往下吹过来；是一阵焚风，吹得云层碎成了絮状。焚风吹过之后，又有片刻的安静。那些被撕碎了的云悬挂在从森林覆盖的群山之间蜿蜒流过的那条湍急的罗纳河的上空，形状千奇百怪，像远古世界里的海怪，又像是翱翔长空的雄鹰，也像在沼泽里蹦跳的青蛙。它们低垂到奔流的河面上，似乎漂流在河水之中，其实是飘浮在空中。河水里有一棵被连根拔起的枞树，被水冲着滚滚向前，冲撞出一个个漩涡。那是晕眩精灵在作祟，他们在汹涌的水流里转来转去。月亮映亮了山峰上的皑皑白雪，映照在黑沉沉的森林上，也映出了夜空中千奇百怪的云，形成一幅夜晚的梦幻景象。这些云朵都是大自然的幽灵，山间的农夫们从自己家的窗户里望出去，就会看到它们。它们成群结队地在冰姑娘前面游着。冰姑娘从她的冰川宫殿里出来了，她坐在那艘随时会倾覆的船上——也就是那棵被连根拔起的树干上，由冰川融化的洪水簇拥着，朝向开阔的湖泊滔滔而去。

"参加婚礼的客人们来啦！"她放声呼啸着，空中和水面上都传来这样的歌声。

外面是梦幻景象,身体里也是梦幻景象,芭贝特做了一个奇怪的梦。

在梦境里,她和鲁迪结了婚,生活在一起许多年了。鲁迪这时去捕猎羚羊了,她留在自己的家里。那个长着金黄色络腮胡子的英国男人竟然也和她坐在一起。他眼神灼热,言语有一股魔法般的魅力。他朝她伸出了手,她非跟他走不可。他们离家私奔了,一直往山谷下面走去。芭贝特感到她心头上有一块重重的东西压着,而且越来越沉,她对鲁迪犯了罪,对上帝犯了罪。

忽然,她发觉自己遭到了遗弃,她的衣服被荆棘撕烂了,她的头发变成了灰白色。她在痛苦之中抬头朝上望去,她看见鲁迪就站在山崖边上。她朝着他伸开了双臂,却又不敢呼喊他或者央求他,其实这也无济于事,因为她很快就看清楚了,那里并没有鲁迪,只有他出去打猎时穿戴的衣服和帽子,挂在一根阿尔卑斯山的树干上,是猎手用来欺骗羚羊的。芭贝特在极度痛苦中呻吟起来:

"哦,但愿我在婚礼那一天——我一生之中最幸福的那一天死去。主啊,我的上帝,这将是一种恩赐,是我毕生的幸福。这便是最美好的事情,对我对鲁迪都是最好的。没有人能知道自己的未来。"

在违背神灵的痛苦中,她朝向山底坠落下去,从山谷里传来了弦崩琴裂的响声,仿佛一曲伤心的歌在回荡着。

芭贝特一声惊叫苏醒过来,梦已经做完了,梦境也已烟消云散,但是她明白她做了一个非常可怕的梦,居然梦见了她几个月来一直没有见过面,也没有想起过的那个年轻的英国男人。难道他在蒙特勒吗？在婚礼上她会不会同他重逢呢？她的那张美丽的小脸上不禁掠过一丝阴影，两道眉毛也皱得打起结来。好在不久之后她的脸上又洋溢着笑容，双眼又闪烁出光芒。太阳在窗外照耀得十分明媚，明天就是她和鲁迪的大喜之日。

当芭贝特下楼走进客厅的时候，鲁迪早就在那里了。过了一会儿，他们便动身去维尔纳夫，他们都洋溢着幸福和快乐，磨坊主也一样，他笑呵呵的，显出了最为愉快的心情。他是一个好父亲，他有一个正直的灵魂。

"现在我们成了一家之主啦。"客厅的猫说道。

十五　结局

这三个快活的人到达维尔纳夫的时候，天色还不晚。他们吃过晚饭之后，磨坊主坐在圈椅上抽着烟斗，打了一个瞌睡。那一对快要结婚的年轻人挽着胳膊走出了城外，沿着蓝色的深水湖漫步在灌木丛生的山崖下的大路上。阴暗的锡雍城堡把自己的灰墙和模样笨重的塔楼倒映在清澈的湖面上。那个长着三棵金合欢树的小岛显得更近了，它看上去就像湖面上盛开的一簇鲜花。

"那边一定美得很。"芭贝特说，她又有了极大的兴致，要到对面的岛上去游览一番。这个愿望马上就可以得到满足，岸边就停泊着一条小船，而系船的缆绳很容易就能解开。他们没有看到船的主人，于是他们就自己登船了，鲁迪是能够划船的。

船桨像鱼鳍一样划着，湖水仿佛听凭人的摆布。水既那么柔顺，又那么强壮有力，它有着可以负重的脊背，又有着可以吞咽一切的嘴巴。尽管在平日里它总是露出温柔的微笑，但要是发起威来，那摧枯拉朽的力量真是吓人。小船的后面拖着一条泡沫四溅的尾波，不一会儿就把他俩送上了那个小岛。他俩走上岸去，那岛屿小得只够两个人跳舞。

鲁迪抱着芭贝特转了两三圈，然后坐在金合欢树下的木凳上。他们你看着我，我看着你，相互紧握着双手。落日的余晖把周围照耀得一片辉煌。

群山上的枞树林被染上了一层紫色，犹如鲜花盛开的石楠。树木稀疏的地方，岩石裸露在外，被燃烧的夕阳映得通红，好像晶莹剔透的宝石。晚霞似火，整个湖面就像一片新鲜娇嫩的玫瑰花瓣。

夜色愈来愈浓，阴影由下往上愈升愈高，投在白雪覆盖的萨沃伊山峰上，群山都渐渐地变成了黛色。然而那最高峰却依然像喷发的火山熔岩，这再现了混沌初开之时高山岩层创造出来的奇景，再现了那喷涌着火焰的庞大山体从孕育着它的大地的腹中迸出而尚未冷却的那一瞬间。这就是"阿尔卑斯山的火焰"，鲁迪和芭贝特从未见过比这更辉煌壮观的美景。此时白雪覆盖的登特·迪·米迪峰[①]就像从地平线上冉冉升起的一轮明月，将它的清辉洒向人间。

"多么美丽啊！多么幸福啊！"他们感叹道。

"大地给我的赏赐已经无法再多了。"鲁迪说，"这样一个良宵

---

① 瑞士名山之一。

真可以抵得上整整一生。我常常觉得自己有多么幸福,就像我现在的感觉一样,而且还想到倘若此时此刻一切都终结了,我仍会感到十分愉快!我过了幸福的一生,这个世界是多么美好啊!一天结束了,可是新的一天又开始了,我这才发觉原来新的一天还要美好。我们的上帝真是无限仁慈啊,芭贝特!"

"我多么幸福啊!"芭贝特说道。

"大地给我的赏赐已经无法再多了。"鲁迪高喊道。

从萨沃伊山中传来晚祷钟声,在群山中回荡着,沐浴着金色霞光的黛青色的汝拉山傲然屹立在西边。

"上帝会赐给你最神圣和最美好的一切的。"芭贝特说道。

"他会的,"鲁迪说,"明天我就会得到啦!明天你就是我的了,是我的娇小美丽的妻子啦!"

"船!"芭贝特突然惊呼起来。

那条本当要把他们载回去的小船忽然松开了缆绳,从小岛的岸边漂开去了。

"我去把它拖回来。"鲁迪边说边脱掉了他的外套,脱掉了他的靴子,纵身跳进水里,用力地朝着小船游去。

从高山冰川上流下来的清澈、湛蓝的湖水冰凉刺骨,而且深不可测。鲁迪朝水底下望去,他只瞥了一眼,竟看到一枚金戒指在水里晃动,幽幽地闪着光。他想起来了,那必定是他的订婚戒指。那枚戒指越变越大,变成了一个闪闪发光的大圆圈,里面现出了一道明晃晃的冰川,在它的周围是深不见底、张着大嘴的沟壑。滴水的声音像时钟一样响个不停,每一滴水都闪现出浅蓝色的火光。在这一瞬间他看见了我们要用千言万语才能讲述清楚的东西。年轻的猎人和年轻的姑娘,男人和女人,凡是以前失足沉入冰川深渊之中的死者现在都站立在这里,他们个个都生龙活虎,眼睛睁得很大,嘴角挂着微笑。在他们下面的深处,是淹没的城镇的废墟,从那里传出了教堂的钟声。教徒们都跪在教堂的穹顶底下,冰块塑成了管风琴,山洪奏鸣着响亮的琴声。冰姑娘端坐在清澈透明的水下,她朝着鲁迪升上来,亲吻了他的双脚。一阵麻木感像一股电流传遍了他的肢体,那是冰与火!在短暂的接触中,他无法分辨究竟是冰还是火。

"我的,我的。"一个声音在他的四周、在他的身体里回荡,"在你还是一个婴孩的时候我曾吻过你,那一次吻了你的嘴。现在我吻了你,从脚趾吻到脚后跟。你整个人都是我的。"

他在清澈、湛蓝的湖水里消失得无影无踪。

一切都沉寂下来,教堂的钟声不再回响,最后一下钟声同天际残留的云霞一起消失了。

"你是我的。"从深处传来了这样的声音。

"你是我的。"从高处传来了这样的声音。无垠的宇宙里回荡着这样的声音。

从爱情飞向爱情,从大地飞向天空,是多么美好,多么令人高兴!然而毕竟一根弦断了,悲哀的乐曲也响起来了。死神的冰之吻制服了血肉之躯。如今开场戏已经演完,真正的人生戏剧刚刚开始,和谐的乐曲之中融进了不和谐的声音。

你能把这叫作一个悲哀的故事吗?

可怜的芭贝特!对于她来说,那真是恐惧的时刻。小船越漂越远,而那边岸上却没有人知道这对即将结婚的新娘新郎到小岛上来了。夜色愈来愈浓了，晚霞已经全部消失，黑夜来临。她独自站在那里，绝望地哭泣着。乌云朝她的头顶压了下来，一场暴风雨马上就要来临。汝拉山上、瑞士大地上、萨沃伊山峰上闪电一个接着一个，雷声一阵连着一阵，每一阵雷鸣总要响上好几分钟。电光刺目，几乎同阳光差不多亮，让人可以像在中午一样，把每一根葡萄藤都看得一清二楚。闪电过后紧接着就是一片漆黑。闪电像树根、像弯弓交错着落在湖面上，照亮了周围的一切，雷声响得惊天动地。在岸上，所有的小船都被拉上来，系紧在湖滩上。每一样活的东西都寻到了藏身的地方。倾盆大雨落下来了。

"在这样的天气里，鲁迪和芭贝特究竟跑到什么地方去了呢？"磨坊主说道。

芭贝特席地而坐，双手放在膝盖上，低垂着脑袋，悲伤得再也发不出声来。她就这么呆呆地坐着。

"在深深的水里，"她自言自语道，"在深深的水下，在冰川的底下，他就在那里。"她回想起鲁迪曾经告诉过她，他母亲是怎样死去的，也告诉过她，他是怎样得救的。当时他是被当作一具尸体从冰缝里被人拉上来的，总算死里逃生。

"冰姑娘又把他夺走啦。"她喃喃地说道。

一道闪电突然落了下来，炫目刺眼，如同太阳光直射在白雪上。芭贝特吓得跳起身来。在这一瞬间，整个湖面升了起来，变成了一道明晃晃、亮晶晶的冰川。冰姑娘站立在冰川上，威严得如同君主一般。她周身淡蓝，闪闪发光，她的脚下躺着鲁迪的尸体。

"我的！"她喊道，四周又是一片漆黑，大雨哗哗地泼下来。

"多么残酷啊！"芭贝特叫道，"为什么在我们最幸福的一天刚要来到的时候,他却断送了性命。上帝啊,快快给我指点迷津,照亮我的心灵吧!我没有领会你的旨意,所以在你的光辉照耀下也只能到处碰壁。"

于是上帝的光芒照亮了她的心灵。这是一道仁慈的光,让她得到启示,她的脑际闪现出了一个念头。她想起了昨夜她所做的那个梦,那么活生生地重现在她的眼前。她记起来当时她说过的话,但愿她自己和鲁迪都能得到最好的结局。

"我真不幸啊!是我心里有罪恶的种子吗?我做的那场梦难道就是我今后的生活写照吗?为了使我得救才不得不把我的生活之弦猛然扯断吗?我太不幸了!"

她在漆黑的夜晚里痛哭。在沉寂中,她耳畔仿佛又响起了鲁迪说话的声音,那是鲁迪离开前对她说的话:"大地给我的赏赐已经无法再多了。"

这句话是在充满欢乐的时刻说的,却在悲痛的时候回响起来。

这件不幸的事情发生之后,又过了两三年。湖面上充满了欢笑,湖岸上也充满了欢笑。葡萄藤上结出了一串串沉甸甸的葡萄。飘扬着旗帜的蒸汽轮船疾驰而过。游船挂着两张风帆,像白色的蝴蝶翩翩飞过平静如镜的水面。经过锡雍的铁路已经开通,远远伸向罗纳河谷的深处。每个火车站都有外国人下车,他们手里拿着红色封皮的旅游便览,翻阅可供游览的风景名胜。他们游览了锡雍,来到那个长着金合欢树的湖心小岛上观光。他们从旅游便览上念到了在1856年的一个黄昏,有一对新婚夫妇划船到了小岛上,新郎溺水而亡,"直到次日凌晨岸上的人才听见新娘绝望的哭喊声"。

但是旅游便览上却只字不提芭贝特在她父亲那里度过了平静的余生——不是住在磨坊里，那里已经另有住户，父女俩搬到靠火车站旁边的一栋漂亮的房子里去了。多少个夜晚，她从窗户里望出去，眼光掠过栗子树的树梢，看到鲁迪艰难地越过的雪山，看到薄暮中阿尔卑斯山的夕照，太阳之子就在那满天燃烧的晚霞上嬉戏，他们重复地唱着流浪汉之歌。歌中唱到旋风卷走了流浪汉的外套，不过它只吹走了衣裳，没有把人也一起刮走。

山顶上的雪染上了玫瑰色的光芒，每个人的心里也闪着玫瑰色的光芒，他们想到的是："上帝总会让最好的事发生在我们身上！"不过并不像芭贝特在她的梦中所见的那样，向我们昭示得清清楚楚。

蝴　蝶

有一只蝴蝶想要给自己找个心上人,他当然想在百花丛中挑出一朵娇小俏丽的鲜花来。他朝她们举目观看,见她们个个都文静地端坐在自己的花梗上,一副窈窕淑女的模样。但是可供他挑选的花朵实在太多了,他看花了眼,竟然挑不出来了。蝴蝶不情愿为这桩事太费心劳神,便径直飞到春黄菊那里,这里的人们都把她叫作"法兰西的玛格丽特",大家都知道她擅长占卜算命,而且算得很准。

情人们总是把她的花瓣一片一片扯下来,扯一片就问一个关于爱情的问题:"真心的吗?""痛苦吗?""非常地爱吗?""仅有一点点爱意?""连最起码的爱意都没有吗?"全是诸如此类的问题。蝴蝶也来了,他却不把花瓣扯下来,而是亲吻每一片花瓣,他的想法是:态度友善就能得到好的回报。

"可爱的玛格丽特春黄菊,"他说,"您是百花丛中最聪明的妇人啦!竟连算命也懂。快告诉我,我该选哪一个,是这个还是那个?我究竟能得到谁?我知道后就可以马上飞到那里去求婚了。"

可是玛格丽特根本就没有搭理他。她不喜欢他把她叫成妇人,因为她还是处女,当然不乐意被人称为妇人。他问了第二遍,又问了第三遍。他从她那里连一个字都没有听到,他等得不耐烦了,便飞开去,直接去求婚了。

那是早春季节,满山遍野盛开着雪莲花和番红花。

"她们都非常娇小,"蝴蝶说,"是一群天真可爱的小女孩,不过未免太稚嫩了。"

他就像所有的年轻小伙子一样,要找个年龄稍大的姑娘。后来他飞到了银莲花那里,可是她对他来说未免味道苦涩了一点。紫罗兰太多愁善感;郁金香太艳丽;水仙花一股市民气;椴树的花朵实在太小,况且还有很重的家庭拖累;苹果花的模样虽说看起来挺像玫瑰花的,可是她们经不起风雨,今天还盛开着,明天却全都凋谢了,他觉得这样的婚姻未免过于短暂了。豌豆花倒是最令他中意的,她们红里透白,优美娴雅而又娇嫩纯洁,是那种长相标致、勤快能干,在厨房里可以大显身手的小家碧玉。他刚要向她求婚,忽然看见旁边挂着一个豌豆荚,荚尖上垂着一朵枯萎的花。

"那是谁?"蝴蝶问道。

"是我的姐姐。"豌豆花回答说。

"哎哟,你迟早也会变得和她一个样子的!"蝴蝶吃了一惊,头也不回地飞走了。

篱笆上悬挂着一株盛开的忍冬花,像她这副长相的姑娘真是太多啦,全都是面孔长长的,皮肤黄黄的。他一点也不喜欢这种模样,可是他究竟喜欢什么呢?那只有去问他自己了。

春天过去了,夏天也过去了,一转眼到了秋天,他却依然如故。花卉全都穿上了最美丽的盛装,可是这有什么用呢?她们都已不再新鲜娇嫩,芬芳的青春气息都已消逝了。然而正因为年岁不小了,她们才更加渴望芳香。如今大丽花和蜀葵花身上已经闻不出来什么香味了,所以蝴蝶就飞到卷叶薄荷那里。

"她现在一点儿花朵都没有了,可是也可以说整株都是花,从顶到根都是香味十足的,每片叶子都散发出花香。我就娶她!"

于是他向她求婚了。

却不料卷叶薄荷直僵僵地站在那里,大半天一声不吭,最后她开口了:

"交个朋友还可以,但只能这样了。我已上了年纪,你也老了,我们可以做个伴。不过结婚嘛,那可不行!我们都一把年纪了,犯不着再成为笑柄啦!"

结果到头来蝴蝶一个都没有找到。他挑来拣去地一直拖着,就成了一个大家常说的老光棍。

深秋时节,秋雨淅淅沥沥地下个不停,寒冷的秋风顺着老柳树的背脊飕飕地往下吹,柳树发出了吱吱嘎嘎的声音。在这样的天气里穿着一身夏装在室外飞舞未免太不合时宜,正像人们常说的:太爱卖弄啦。不过蝴蝶也没有总在室外飞来飞去,有一回他飞进屋里了。屋里的壁炉生着火,像夏天一样暖融融的,他可以在这里活下去。

"光活着是不够的,"他说,"阳光、自由,还有娇小的鲜花当妻子,样样我都要有。"

于是他要飞出去,却一头撞在玻璃窗上,结果被人看到了,那人赞叹不已,把他钉在了收藏盒里。这对他来说是再好不过的了。

"现在我像花儿一样坐在茎梗上了,"蝴蝶说,"可是这里一点也不舒服,大概婚姻也是这样受拘束吧。"他就这样自我安慰一番。

"这种自我安慰真是太没有意思了!"房间里的一株盆花说道。

"不过盆花的话是千万相信不得的,"蝴蝶说,"它们和人类的交往太多了。"

普赛克

天刚破晓，姹紫嫣红的朝霞中仍有一颗斗大的星星在闪烁，那是一颗最明亮的晨星。它的光芒映照在白墙上，不停地颤动，似乎它有千言万语要倾吐出来，让我们记录成文，似乎它要讲述它在这个旋转不停的地球上几千年里见到过的事情。

那么就让我们来听听它讲的一个故事吧。

不久前（星星说的"不久前"，对我们人类来说至少是几百年前），星星的光芒照耀着一个年轻的艺术家，那是在教皇的教廷之国——世界之都罗马。世事变迁真是沧海桑田，这里的许多事物都变了，但是这种变化不像人从孩提到年迈那么快。当年罗马历代皇帝的宫殿已成了一片废墟，就像今天我们看到它们的这副样子。无花果树和月桂树从圮塌的大理石圆柱之间，从荒芜的澡堂里长出来，断垣残壁上的镏金装饰仍然依稀可见。这些树长得很茂盛。圆形剧场成了一个巨大的废墟。教堂的钟声回荡，香炉里焚烧着的香烟雾缭绕。列队行进的信徒们高举长蜡烛和华盖缓缓走过大街。神圣的教会庄严肃穆，圣洁高尚。而艺术是崇高和圣洁的。世界上最伟大的画家拉斐尔就在罗马度过了他的一生，而我们时代首屈一指的雕塑家米开朗琪罗也曾在那里居住过，连教皇本人都对他们两位表示敬意，前去拜访他们。艺术是众所公认的，艺术家享有荣誉而且报酬丰厚。然而并不见得每一件伟大和精彩的作品都会为大众所赏识。

在一条狭窄而弯曲的小巷里，有一栋破旧不堪的房子，它过去是一座神庙，如今有个年轻的雕刻家住在那里。他一贫如洗，并且默默无闻。他自然也有朋友，年纪都很轻，也都是艺术家，就像他一样。他们都朝气蓬勃，心比天高。他们对他说，他的天赋很高，富有才华，可惜太迂腐，竟然从来不相信自己的才能。因为他把黏土雕塑成形后又不满意，一抬手就砸个稀巴烂，结果至今没有一件成品。可是，要得到公众的承认并且能挣到钱，必须拿出成品才行。

"你是个梦想家，"他们说，"这是你的不幸，你还没有真正开始人生之途，还没有尝到过生活的滋味，还没有享受过一番生活的乐趣。人生在世，趁年轻时，痛痛快快地享受生活吧。看看那位深受教皇赏识和世人崇敬的大师拉斐尔吧，他可是又能吃又能喝。"

"是呀，他把面包房师傅的妻子，美丽的福尔纳丽娜也一口吞了下去。"那个最年轻的无忧无虑的朋友安吉洛说。

是呀，他们都讲了许多道理，都是年轻人的生活哲理。他们想要把这个年轻的艺术家也拉出来，同他们一起去寻欢作乐，或者说去纵情放荡。有时他也想逢场作戏，玩乐片刻，因为他毕竟是血气方刚又会想入非非的年轻人嘛！他也参加那些轻佻的闲聊，和大家一起放声大笑，然而等到那种他们称为"拉斐尔的寻欢作乐的生活"在他面前像晨雾一般渐渐散去的时候，他的眼前会显现大师的名画放射出的上帝的光辉。当他站在梵蒂冈，站在千百年前大师们雕刻出来的千姿百态的石像面前的时候,他就会觉得胸中有一股热流在汹涌,这些雕像是那么崇高,那么圣洁,那么伟大,那么精练,真是令人叹为观止。他觉得有一股抑制不住的激动,他也要在大理石上雕刻出这样完美的人像。他要把在心头一闪而过的形象捕捉住,那是他心里产生的灵感精华。可是怎样才能把这种灵感雕刻出来呢?雕刻什么形象呢?柔软的黏土在他手指上捏成了美的形象,但是到了第二天,他就像往常一样把它砸个稀巴烂。

有一天,他走过一座华丽的宫殿,这样的宫殿在罗马到处都有。他在敞开着的气魄非凡的大门口站住了。大门里面是一个小巧的花园,四周有雕梁画栋的拱形回廊环绕。花园里到处盛开着最美丽的玫瑰花,大朵的百合花浮现在大理石的水池里,白色的花朵衬托在苍翠欲滴的叶子上。水池里是一泓清澈的碧波,喷泉的水柱向四周飞溅着水珠。一个年轻的姑娘从水池边走了过去,轻盈婀娜的倩影倒映在水中。她是这座豪门中的千金小姐,那么端庄高雅,那么雍容华贵。这样的绝色佳丽他从来不曾见过。哦,不对,看见过的!那是在拉斐尔的名画上,在画上成了普赛克,陈列在罗马的一座王宫里。一点没有错,她的画像是陈列在那里,可是她却活生生地在这里走过。

她活生生地留在他的脑海里。他一回到家,就迫不及待地在陋室之中用黏土捏出了一个普赛克,就是那个罗马的富家女。他第一次对自己的作品感到满意。对他来说,这真是意义非同小可,因为这是她。他的朋友们看见了这件作品,高兴得欢呼起来。这个作品显示出他们早已预见到的他的艺术才华,现在应该让它在世界上得到公认。

这个黏土塑像栩栩如生,如同血肉之躯一样动人,但是它没有大理石那种冰清玉洁的雪白颜色和天长地久的永恒质地,因此他们说只有用大理石凿出来的普赛克才能获得生命。他正好有一块贵重的大理石,它已经在院子里搁置了许多年,那还是他父母遗留下来的东西,碎玻璃瓶、蓬蒿的枯藤和蓟草的烂根都堆在它上面,弄得污秽不堪。然而大理石本身却像高山上的皑皑白雪一样,普赛克就要在这里诞生出来。

有一天发生了一件事。那颗明亮的晨星没有讲到这件事,没有看见这件事,可是我们却照样知道了。

一群衣着光鲜、仪表堂堂的罗马上流社会的人士徒步走进了这条狭窄而弯曲的小巷,马车只能停在巷口。这群人是特意来看年轻艺术家的作品的,因为在一个社交场合,他们听到有人谈起过这件作品。那么前来拜访的究竟是一些什么人呢?

哎呀,这个可怜的年轻人!或者可以说这个幸运的年轻人!

原来那位年轻的姑娘亲自来到这间陋室。

她的父亲对她说,这真是活生生的雕像,这时,她笑逐颜开,那种光彩照人的笑靥是雕刻不出来的,那妩媚的眼神是雕刻不出来的。她就是用这种说不出道不明的奇妙的眼神瞟了年轻的艺术家一眼,这种眼神是无坚不摧的。

"这个普赛克必须用大理石雕成。"那个贵族富翁说。这句话就使得那个没有生命的泥塑有了生命,使得那块沉重的大理石有了生命,同时赋予了这个心旌摇荡的年轻艺术家新的人生。

"这个作品完成以后,我就把它买下来。"那位贵族富翁继续说。

于是,这间小小的陋室里立时展现了一个新的时代。那里洋溢着人生的活力和欢乐,那里一片忙碌辛苦。那颗明亮的晨星看到工作正在一步步地取得进展。在她亲临这里之后,泥塑好像得到了灵性,它有了生命的气息,变得更崇高、更完美,和那个小姐的神态毫无二致。

"现在我明白什么才是人生了,"这位艺术家欢快地叫道,"这就是爱情,这就是崇高的自我献身,使得美在灵魂中露出它的曙光。我的朋友们所说的人生苦短,要及时行乐,那只是酿酒时酒槽里冒出来的浮沫,而不是祭坛上圣洁的美酒。"

大理石竖了起来,凿子在石头上凿下了一大片又一大片。尺寸量得毫厘不差,再用线和点做出标明位置的记号。接下去是手工一点一点地精雕细刻,大理石一点一点地变成了女性的躯体和四肢,显出人体的美感。渐渐地,普赛克就呈现在眼前,那是个化为少女形象的天神,美丽非凡,光彩夺目。笨重的大理石变成了飘逸秀美、轻盈起舞的普赛克,她嘴角上挂着圣洁的、天真无邪的微笑,那是印在这个年轻艺术家心灵上的一丝微笑。

黎明时分,在玫瑰色的朝霞中闪烁的晨星看见了这个雕像,也明白这个年轻人心里在想些什么,它明白为什么在他用上帝赐给他的灵感来创作时脸上的神色会不断变化,也明白为什么他眼睛里会闪现出那种光芒。

"你是一位大师,就像古希腊的大师一样,"他的那些兴高采烈的朋友们说,"用不了多久,整个世界都会拜倒在你的普赛克的脚下。"

"我的普赛克!"他重复了一遍,"不错,她是我的,她应该是我的!我是个艺术家,同已经去世的大师们一样的艺术家。上帝给了我仁慈的恩赐,使我同出身贵族的人没有什么两样。"

他双膝跪下,感谢上帝的恩赐,可是随即又把上帝忘记了。他的心里只有她的形象。那尊她的大理石雕像,普赛克的形象冰清玉洁地站在那里,似乎是用白雪堆起来的一样,沐浴在红色的晨曦中。

他回到了现实中,他一定要去见她一下,那个活生生的、走起路来飘逸如仙的普赛克,她说话的声音像音乐一样优美。他要把普赛克的大理石像已经完成的消息送进那个宏伟的宅邸中去。他走进那个大门,穿过那个露天的庭院,泉水从海豚的嘴里喷出来,流进大理石的水池中,花园里开着雪白的百合花和娇艳的玫瑰花。他走进高大的厅堂,厅堂的墙壁和天花板上都画着家族的盾形纹章和金碧辉煌的壁画。穿着鲜衣美服的仆役就像披着华丽鞍毯的拉雪橇的骏马一样神情傲然,他们逛来逛去,有几个人还随意闲坐在雕花的橡木座椅上,俨然是这家的主人。他告诉他们自己登门的来意。他被领着走上锃亮的大理石台阶,台阶上铺着柔软的地毯,台阶两旁排列着许多雕像。他穿过一间间陈设华丽、挂着画像的房间,拼花的地板擦得熠熠闪光。这样奢华的陈设和显赫的气派压得他心头很沉重,使他几乎喘不过气来。然而这样的不痛快很快就过去了,他不觉松了一口气。那位像王公一般的贵族富翁十分亲切而热情地接待了他。在他起身告辞的时候,主人还请他到小姐的闺房去一趟,因为小姐也想见到他。仆人们领他穿过更加富丽堂皇的房间，走进了她的闺房。在整个房间富丽堂皇的摆设之中，她显得是那么雍容华贵，光彩夺目。

她同他讲起话来，任何安魂曲和神圣的颂歌都不能如此使他的心灵融化，使他的心灵升华。他握住了她的纤纤素手，把她的手紧贴到自己的嘴唇上，没有一朵玫瑰能开得像这一朵那样娇艳，从这朵玫瑰里燃烧起一股火焰，刹那间熊熊的烈焰烧遍了他的全身。他觉得自己飘飘欲仙，纠结在胸中的千言万语都要汹涌而出。从他的舌尖吐出了一连串的话，但究竟说了些什么连他自己也不知道。这也难怪，本来嘛，火山口怎么会知道喷出来的是灼热的熔岩？他向她吐露了自己的爱情，她惊呆了，站在那里直发愣。然后她发火了，怒目圆睁，傲然而立，脸上泛起了一股厌恶的表情，就好像突然之间摸到了一条湿漉漉的蛇一样。她的双颊涨得通红，嘴唇却变得苍白，美丽的眼睛里射出了愤怒的烈火，两只眸子阴暗得像漆黑的夜空。

"疯子！"她叫嚷起来，"滚出去！滚下去！"

她把脸转过去背对着他，她那张美丽的脸上露出冷酷的表情。

他像是一个遭到当头棒喝、几乎要晕倒的人那样跌跌撞撞地走下楼梯，走出了宅邸，来到大街上。他像个梦游者一样失魂落魄地回到了家里，他清醒过来了。在极度的痛苦和暴怒之中，他抓过一把锤子，高高地举起来，想要把那尊美丽的大理石雕像砸个粉碎。他的心情是那样狂暴，竟没有察觉他的朋友安吉洛就站在他的身边。安吉洛用劲拉住他的手臂，叫道：

"难道你疯了？你想干什么？"

他们两人扭在一起，安吉洛力气要大得多，年轻的艺术家长叹一声,颓然瘫倒在椅子上。

"出了什么事?"安吉洛问,"要沉得住气!讲出来听听!"

可是,他能讲得出口吗?他怎么能说出一切呢?安吉洛盘问了半天也没有打听出什么来,于是只得怏怏作罢,说道:

"你患上了没完没了的梦想症,做梦做得连血都变得太稠了。你要像我们大伙儿一样好好地做人,不要生活在理想王国里!那样的人迟早都要发疯的。痛痛快快地喝个醉,快快活活地睡上一大觉!再找一个漂亮的姑娘给你当治病的医生,你就会百病俱消!从坎帕尼亚平原来的姑娘都长得很漂亮,同大理石宫殿里的公主没有什么两样,都是夏娃的女儿。她们到了天堂里,都分不出美丑。你跟上你的安吉洛去吧!你的天使就是我①,我是你生命中的天使。将来有一天你总会老的,那时候你背也驼了,腰也伸不直了,四肢都有气无力地耷拉着。于是在风和日丽的大好时光,万物都欣欣向荣,而你却苟延残喘地躺在病榻上,像一棵枯萎的干草,不会再有生气。我才不相信牧师们的话呢,他们说坟墓背后还有一条生命,那是想得太美的欺人之谈,是讲给孩子们听的童话。如果想要幻想一下,那也未尝不可,幻想总是很美的。可是我不能在幻想中生活,我是生活在现实中。跟我一起去吧!痛痛快快地做人吧!"

安吉洛拉着他走了,也只有在此时此刻才能拉得动他。这个年轻艺术家的血液里有一把火在燃烧,他的思想起了很大的变化,一种想要摆脱过去、摆脱他所习以为常的一切的渴望,一种想挣

---

① 在意大利语中,"安吉洛"意为天使。

脱旧的自我的逆反心理占据了他的心头，所以今天他乖乖地跟着安吉洛走了。

罗马郊外一个偏僻的地方，有一个意大利人称之为"奶酪餐馆"的小酒馆，这是艺术家们经常光顾的地方。小酒馆建造在古代公共澡堂的遗址上，黄色的柠檬挂在光洁的深绿色的叶子中间，把破旧的橙黄色的墙壁巧妙地遮住了。酒馆是一个很大的拱顶房间，像是废墟里的一个洞窟。尽头处的圣母像前点着长明灯，壁炉里燃烧着熊熊的火焰，火上烧烤和烹饪着食物。在酒馆门外的柠檬树和月桂树下，摆了几张放着餐具的桌子。

他们两人受到朋友们的欢迎。在这里，大家通常吃得不多，但喝得不少。气氛愈来愈热烈而欢乐，他们引吭高歌，吉他奏起欢快的音乐。萨尔塔莱罗民间舞曲奏响了，欢乐的舞蹈跳起来了，两个年轻的罗马姑娘翩然起舞，她们平时都是给这些年轻的艺术家们当模特儿的。她们也纵情欢乐。哦，酒神巴克斯的两个可爱的女祭司！她们没有普赛克那样优美的体形，不是娇嫩名贵的玫瑰，却是鲜艳得火辣辣的康乃馨。

那一天天气有多热呀！就在太阳落山后天气还是那么燠热。血液里有烈火在燃烧，眼光里有烈火在燃烧，到处都有烈火在燃烧。天空中闪烁着金色和玫瑰色的霞光。生活就像金色和玫瑰色的霞光。

"你总算和我们又一次在一起玩了，"他的朋友们说，"今后你就随你心里和你四周的波涛漂到哪里是哪里吧。"

"我从来没有这样欢畅过，没有这样痛快过。"年轻的艺术家叫喊起来,"你们是对的,你们都是对的。我真是个傻瓜,一个梦想者。人是属于现实的,而不是属于幻想的。"

那天晚上,这些年轻人唱着歌,弹着吉他,吵吵嚷嚷地从小酒馆回来,走进了狭窄而弯曲的小巷。那两朵鲜艳的康乃馨,两个从坎帕尼亚来的姑娘陪伴着他。

在安吉洛的房间里,彩色素描、速写、习作画稿凌乱不堪地摊着。他们把声音放低了一些,但是豪兴却丝毫不减。地上摊着的素描画中有不少张好像画的就是那两个坎帕尼亚姑娘,上的颜色显得过于艳丽刺眼。在画上她们虽然也很动人,可是远不如本人好看。那盏六枝形的灯上所有的火头都点燃着,各人心里的火焰也都点燃着。在跳动的火光映照下,人影摇曳,好像他们个个都是飞升在空中的神祇一样。

"太阳神阿波罗呀!主神朱庇特呀!我觉得自己飞升到你们的天空之中,同你们一起纵情欢乐。人生的鲜花此时此刻正在我的血管里绽开。"

是呀,鲜花绽开了,却又凋谢了,冒出了一股恶臭难闻的烟雾,使得他的视线变得模糊不清,使得他的思路茫然惶惑。理智的烟火倏然熄灭,眼前变得一片漆黑。

他回到自己的那间陋室,在床上坐了下来。他要聚精会神地想一想。

"下流!"这个字眼从他内心深处迸出来,再从他嘴里吐出来,"你是个邪恶的坏人了!滚出去!滚下去!"

他不由得喟然长叹,这声叹息发泄了他心头的痛苦。

"滚出去!滚下去!"这是她的话,是那个活的普赛克说的话，此时此刻从他的嘴里说了出来，在他的心里回荡着。他把脑袋深深地埋到枕头里，他的思路混乱不堪，终于他呼呼睡去。

第二天一大清早，他惊醒过来。他又镇定下来，把事情的经过回想了一遍。究竟发生了什么事？难道过去的一切都是一场梦吗？他去拜访了她，又到小酒馆里喝了个痛快，后来又同那两朵来自坎帕尼亚的紫色康乃馨在一起又喝又跳，通宵欢乐，难道这些都是梦？不对，一切都是真的，这是他过去从来没有经历过的。

那颗明亮的晨星在紫色的晨曦中闪现出来，它的光芒映照在他的身上，也映照在那尊大理石的普赛克身上。他一看到那尊不朽的石像就浑身颤抖起来，他觉得用自己不再圣洁的眼光去看它分明是一种亵渎。他用一块布把石像盖住，又去摸摸它，然后把布拿掉。他始终不敢正眼看一下自己的作品。

他就这样整整一天坐在那里发呆，心情郁闷，默默地陷入了苦思冥想，没人能猜出他心里在想些什么。

日子一天天过去，过了一个星期又一个星期，可是黑夜比白天更加漫长难熬。终于有一天清早，那颗明亮的晨星眨着眼睛看到，他从床上爬起来，面色白里透青，浑身发抖，像是在发烧一样。他脚步蹒跚地走向那尊石像，揭开蒙在它身上的布，无限伤心地用满怀深情的目光久久地注视着自己的作品。然后好像快要被重负压垮似的，他抱起石像来到院子里。院子的角落里有一口废弃的枯井，也可以说只是个大洞而已。他把普赛克扔到枯井里，再铲起泥土把它埋好，然后用树枝和荨麻把洞口封严。

"滚出去！滚下去！"这是简短的葬礼悼词。

晨星从清晨的云蒸霞蔚之中看见了这一切，它看到那年轻人死一样惨白的脸上滚动着两大颗泪珠,模样像是在发着高烧。不久他就一病不起,大家都说他快要死了。

伊格纳蒂乌斯修士作为朋友和医生前来探望他,带给他宗教信仰上的安慰,向他宣讲教会布道时的教谕:心净才能安宁,才能得到赐福。还讲了人类的原罪和上帝的宽宥。

这些话如同温暖的阳光照耀在湿润而肥沃的土壤上,土壤上立即被晒得冒出了水蒸气,如同轻雾一样。那些雾珠凝结成一幅幅图画,只有在想象中才能看得见的图画,然而它们又各自有它们自己的现实。他从这些水汽凝成的飘浮在空中的小岛上往下看去,这才看清了人类的生活中充满了歧途和失败,他自己以往的生活就是如此。艺术是一个女巫,她把我们引上虚荣之路,引上追求尘世间的情欲之路。她害得我们自己欺骗自己,对朋友虚伪,对上帝虚伪。她就像那条毒蛇不断地对我们说:"吃吧,吃了你就会和上帝一样心明眼亮。"[①]

他好像第一次理解了自己,找到了真谛和通往平安之路。教会里有上帝的光辉,只有在修道院的密室之中,他才能找到安宁,才能使人生之树常青,直至永恒。

伊格纳蒂乌斯修士非常支持他的想法,于是他下定了决心。一个尘世间的孩子变成了教会的仆人,这个年轻的艺术家看破红尘,进了修道院。

修士们兴高采烈、真心诚意地前来欢迎他,他进入修道院的

[①] 《圣经旧约·创世记》第三章里毒蛇引诱夏娃偷吃树上禁果时所说的话。

第一天像是过节一样热闹,他觉得上帝的阳光就在教堂里,从神圣的圣像和闪亮的十字架里映照出来。

黄昏时分,他独自站在自己的修室里,推开窗子朝外极目远眺,看到气象万千的古罗马,那些神庙的废墟、圮塌了的圆形剧场宏伟而壮观,但已经没有了生命。他又转过视线,看到刺槐树在初春的阳光下含苞吐蕊,常春藤依然娇艳嫩绿,玫瑰花盛开似火,柠檬和橙树一片苍翠,棕榈树的枝叶迎风摇曳。这时他的心头一惊,他觉得自己从来不曾这般深深激动过。坎帕尼亚平原广袤无垠,静悄悄地从峰顶覆盖着白雪的远山那边一直伸展到天边。那些峰峦隐现在轻雾之中,恍若画在天际一样。所有的景色融合在一起,使人得到精神的宁谧和美感,真像在梦中一样。

对呀,这个世界本来就是一场梦,这场梦可以做上几个小时,接着再做上几个小时,然而修道院的生活却是漫长的,年复一年,慢慢地熬吧。

原来使得人不圣洁的诸多邪念往往是从人的内心里产生的,他也不得不承认魔鬼由心而生是千真万确的。要知道有时候在他身体里燃烧起来,快要把他身体烧穿的是一场多么厉害的熊熊大火啊。那些违反他心愿不断喷涌而出的七情六欲又是一种多么邪恶的祸水呀!他可以惩罚自己的身体,但是那些邪念是从心里产生出来的,他就无法对付了。那些邪念就像毒蛇那样狡猾和灵巧,它能够顺势迎合,披上博爱的外衣,盘踞在良心的角落里,装成悲天悯人的模样给人安慰,说什么不要紧的,圣灵已经为我们祈求过了,圣母也为我们祈求过了,而圣子耶稣更是为我们献出了自己的鲜血。虽然他放荡了一回,但是,难道只是一时的冲动或是年轻人的浮躁，才使得他决心把自己奉献出来终身侍奉上帝吗？不是的，他想起了那些诺言。自己对遵守教规许下了诺言，而且允诺信守的清规戒律有那么多条。他想起了那是因为他已经摒弃了尘世的诸多虚荣。他想起了他已经是一个教会之子！

有一天，那是在许多年之后的一天，他遇见了安吉洛。安吉洛认出了他。

"是你这位老兄啊，"他说，"一点没错，就是你！你的日子过得还快活吗？要知道你在上帝面前是罪孽深重的，你把他恩赐给你的才华好端端地给糟蹋掉了。你把你来到这个人世间的使命毁于一旦。你不妨去念一下把钱托付给仆人的那则寓言①吧。那个讲这则寓言的主人说出了人生的真谛！那么你赢得了什么呢？你发现了什么呢？你难道还不是在过做梦一样的生活吗？你是在照着你脑袋里所想象的那样的宗教在生活，其实人人都是如此做的。眼前的一切只是一场梦，一种幻想，一切都是因为想得太美的缘故。"

"撒旦，退去吧。"②这个修士说，他从安吉洛身边走开了。

"有一个魔鬼来了，一个化为人形的魔鬼。今天我看见他

---

① 《圣经新约·马太福音》第二十五章说：主人按仆人的才干分别将五千、二千、一千银子托付给他们。前两个赚了与本金一样的多，后一个却把钱埋藏起来。主人回来后奖赏了那两个忠心能干的仆人，却夺过了那最后一个人所有的钱，"因为凡有的，还要加给他，叫他有余；没有的，连他所有的也要夺过来"。主人还把这个无用的仆人丢在屋外的黑暗之处。

② 《圣经新约·马太福音》第四章，耶稣在经受了魔鬼的种种考验后对魔鬼说了这句话。"撒旦"是魔鬼的别名。

了！"这个修士喃喃地说,"诱惑是得寸进尺的,有一回我退让了一个手指,结果他索取的是整个手掌。"

"不对,"他叹息着说,"邪恶就在我自己的身体里,邪恶也盘踞在他的身体里,可是那个人却分明没有被邪恶所摆布,他照样昂首阔步走在大庭广众之中,日子照样过得很潇洒,而我却在宗教的安慰之中苦苦寻求解脱。可是,如果这一切只不过是安慰呢?如果这一切就像我所摒弃的世界那样,也只是美好的幻想呢?就像满天色彩缤纷的晚霞,就像隐现在雾气里的青山那样可望而不可即!当你走近它的时候,一切都变了模样。哦,永恒呀!你就像那浩瀚无际的大海,一眼看去很平静,你向我们招手呼唤,你引得我们满怀憧憬,可是当我们投进你的怀抱时,我们就会被你淹没,沉底溺死。一切都是骗人的鬼话!滚出去!滚下去!"

他欲哭无泪,颓丧地倒在硬板床上。他又双膝跪下,可这是为了谁呢?难道只是为了挂在墙上的那个石头十字架吗?不是,他养成了动不动就要屈膝跪倒在尘埃中的习惯。

他越是深深地看透了自己,就越是觉得一片黑暗。"原来我心里是空虚的,我周围的世界也是空虚的,这一生真是虚度了。"这个想法犹如滚雪球一样越滚越大,以至于不可收拾,把他摧毁,把他吞噬。

"我心里承受的折磨不能对人说,我不能告诉任何人那条毒蛇是怎样在噬咬着我。至今我的秘密仍旧是关押在我心里的囚徒,我若是让它逃了出来,那么我就会成为它的囚徒。"

在他的心里,对上帝的虔诚仍然存在,他仍在苦苦挣扎。

"哦，主啊，我的主啊，"他绝望地高声叫喊，"发发慈悲吧！赐给我信念吧！我把你赐给我的才华给糟蹋掉了，我没有完成我的使命。我缺乏的是力量，而你却偏偏没有赋予我力量。我胸中的普赛克是永垂不朽的。哎呀，滚出去！滚下去！或者把她埋在坟墓之中，就像那另外一尊普赛克一样，让她埋在坟墓之中永远不见天日。"

那颗晨星在云蒸霞蔚的天际闪烁着光芒，这颗星星迟早有一天也会熄灭并消失得无影无踪，然而魂灵却永生不灭。星星颤抖的光芒映照在白墙上，却没有留下上帝圣洁至善的记载，也没有留下被圣灵的博爱所拯救的信徒们心情无比激动的记载。

"胸中的普赛克是永生不死的，难道她会在意识中一直存在下去吗？难道不可理解的事情终于会发生吗？是的，一定会的，不可理解的只是那个自我。哦，主啊，你是那么令人不可思议。你的整个世界都是令人不可思议的。那是权力、荣耀和博爱的圣迹显灵，是上帝创造的奇迹！"

他的双眼闪出了异样的光彩，随即又合上，再也没有睁开来。教堂的丧钟是在死者的上空回荡的最后一个声音。他被埋葬了，用来掩埋他尸骨的是从耶路撒冷运来的圣城之土，这泥土里还掺进了许多已故的虔诚信徒的骨灰。

在过了若干年之后，他的遗骸要被挖掘出来，像在他之前的许许多多修士一样，遗骸将被穿上棕色的法衣，手里将被塞进一串念珠，然后这具骸骨也将被放进这个修道院里其他亡灵留下来的一排排骸骨之间。遗骨放进那个圣龛里去的时候还举行了唱弥撒的仪式，修道院的教堂外面一片阳光灿烂，教堂里面香烟缭绕，氤氲四合。

时光流逝，许多年转眼就过去了。

那些骸骨散了架，亡灵的骸骨混杂在一起，分不清谁是谁的了。死人的骷髅积成了堆，几乎像是在教堂四周又形成了一圈外墙。那些尸骨里也有他的，他的骷髅暴晒在炽热的阳光之下。死人太多，已经没有人能够弄得清楚他们姓甚名谁，当然不知道他的名字。看看吧，这具无名的尸骨上，在阳光的照耀下有个活的东西在蠕动。有一样活的东西在已经没了眼珠的眼眶里钻进钻出，原来是一条皮色斑驳发亮的蜥蜴。这条蜥蜴就是这颗骷髅头骨里唯一有生命的东西，而那个脑袋里曾经产生出多少大而无当的想法，多少不着边际的梦想，以及对艺术的热爱和对真、善、美的执着追求。在这颗脑袋上曾经流下过滴滴热泪，在这颗脑袋里曾经充满了对永生不灭的希望。如今俱往矣。蜥蜴跳开去，跳到不知哪里去了。这个骷髅后来瓦解成了碎片，再后来就变成了尘土里的尘土。

多少个世纪过去了，那颗明亮的晨星依然是老样子，一点没有变化，它在天际闪烁着光芒，又大又明亮，就像它在过去的成千上万年里一个样。清晨的天空还是那样云蒸霞蔚，朝霞彩云还是那样娇艳得像玫瑰，红得像鲜血。

世事沧桑，在曾是狭窄而弯曲的小巷的地方，在原有的一座古老神庙的废墟上，如今建造起了一座女修道院。在女修道院的花园里正在挖墓坑。有个年轻的修女去世了，要在这一天清早安葬。忽然，铁铲碰到一块石头，那块石头洁白耀眼，看得出来是一块大理石。后来浑圆的肩胛渐渐露出来了，露出来的部分越来越多，铁铲也挖得越来越小心了。

一个女人的头露出来了，然后一对蝴蝶翅膀被人看见了。在玫瑰红的晨曦中，在这块要安葬年轻修女的地方，竟然挖出了一个美丽非凡的普赛克雕像，是用大理石雕成的。

"真是太美啦！雕刻得完美无缺！"人们不禁叫喊起来，"堪称艺术全盛时代的杰作。"

可是雕刻这件杰作的大师又是谁呢？没有人知道他，也没有人认识他，除了成千上万年来一直挂在天际闪烁着光芒的那颗晨星。这颗晨星熟知他生前在尘世上走过的道路，他经历过的磨难，以及他的软弱之处。是呀，他有弱点，只要是人嘛，总会有弱点的。这个人的生命之路早已走完，他的尸骨也早已化为尘土，可是他为之毕生孜孜以求、为之高尚献身的成果却是光辉照人的杰作，它把他内在的圣洁的素质体现得淋漓尽致。普赛克的雕像是永垂不朽的，将会世世代代传下去。那尊雕像将一直留在人世间，不管那个雕塑她的人去世有多久。她将一直光芒四射，受人瞻仰，永远得到赞赏。

那颗明亮的晨星在玫瑰色的晨空中把它的光线映照在普赛克身上，也映照在那些参观者的脸上。他们的眼神里和嘴角上都带着幸福的微笑，因为他们满怀崇敬地看到了用凿子一凿一凿地在大理石上刻出来的人类灵魂的化身。

那些属于尘世的东西终究会湮灭失传，被人遗忘。夜空中浩瀚无际的繁星知道这一点。那些圣洁的真、善、美的东西将会永远光照人间，永垂不朽。哪怕世世代代的人逐渐消逝了，但是普赛克仍将活下去。

蜗牛和玫瑰

花园四周环绕着一圈榛子树的树篱，树篱外面是田野和草地，成群的牛羊在草地上啃着牧草。花园正中央有一株玫瑰，枝叶繁茂、鲜花盛开。树底下有一只蜗牛。它的硬壳里有一堆东西，那就是它自己。

"等着瞧吧，"它说，"时候一到，我会比玫瑰、榛子树和牛羊们做出更多的事情来，岂止是开开花、结结果或者是产点奶。"

"我也对你抱有很大的希望，"玫瑰说，"请允许我大胆地问：你什么时候能做到呢？"

"我要等待时来运转，"蜗牛说，"你总是那样性急慌忙，但着急是做不成事情的。"

第二年，蜗牛还是躺在老地方，在玫瑰下晒太阳。玫瑰又含苞吐蕊，开出了鲜花，还是那样鲜艳娇嫩，那样美丽动人。蜗牛把它的半个身子钻出到硬壳外面，伸出它的触角探了一遍，然后又缩回到硬壳里。

"一切都和去年一模一样，连一点点进步都没有！玫瑰树照样开着玫瑰花，不会做更多的事情啦！"它说道。

夏天过去，秋天来了，玫瑰仍然结出蓓蕾，绽开鲜花，直到下起了大雪。天变得潮湿寒冷，玫瑰朝着泥土垂下了头，而蜗牛却已经钻进泥土里去了。

新的一年又开始了,玫瑰满树鲜花怒放,蜗牛也从泥土里爬了出来。

"如今你已经变成了一株老玫瑰了,"蜗牛说,"你很快就会枯萎老死。你把你所有的一切都献给了这个世界,可是究竟有多少用处呢?这个问题我没有时间思考,可是有一点是显而易见的,你一点点精力都没有用来使得自己兴旺发达起来,否则你就不会像现在这副模样,你会做出比开开花更加轰轰烈烈的大事来。你有什么说法没有?要知道过不了多久,你就会老朽得只剩下光秃秃的一根枯枝了。你明白我的话吗?"

"你是在吓唬我呢,"玫瑰说,"我倒从来不曾想过。"

"不曾想过。你难道从来就不曾费点神来替自己操心着想?你真的就连一回都不曾弄明白你花开花落究竟图点啥?你的花朵究竟怎样才能开得出来,要花多大的劲头?为什么要这样费劲而不是马虎应付?"

"没有想过,"玫瑰说,"我的欢乐就在于开花,因为我没有别的本事。太阳晒得那么暖融融的,空气那么清爽宜人,吮吸着晶莹的露水和强劲的雨水,我呼吸着,我生活着!我从泥土里获得了力量,我也从上苍那里获得了力量。我觉得自己浑身充满了幸福,任何时候总是有一股新的巨大的活力。就是这样,我才总是不断地开花。那就是我的生活,我只能这样生活!"

"你倒过着无忧无虑的安逸的生活!"蜗牛说。

"的确如此,"玫瑰说,"我已经得到了上苍的一切恩赐。但是你得到的要比我更多。你是一个善于动脑筋、思想深刻的智者,你才华卓越，必将做出一番惊天动地的事业来，使得世界都为之震惊哪。"

"现在我早已没有这样的志向和抱负啦！"蜗牛说，"那世界与我有什么相干？我同那世界有什么关系？我只要为自己多操点心就足够了，何况为自己着想已经够我费神劳心啦！"

"可是我们大家都生活在这个世界上，难道不应该把自己最好的东西拿出来奉献给别人吗？我们人人都各尽其能！不错，我只会开玫瑰花，可是你呢？你得到了那么多，你又奉献给了世界什么呢？你究竟给予了什么？"

"我给予了什么？我打算要给予什么？我厌恶这种想法。这种想法毫不中用。我才不想把自己赔进去呢！你愿意开玫瑰花，那么你就开去吧！榛子树愿意结榛子，那么就让它结去吧！牛羊要产奶，那么就产吧！它们各有各的天地，而我的天地就在我自己的硬壳里！我钻进自己的硬壳里，那里就是我的天地，外面的世界同我没有关系。"

蜗牛说着，钻进了自己的硬壳房子里，还把门关上了。

"真是可悲，"玫瑰说，"即使我心甘情愿与世隔绝，我也没有地方可以钻得进去。我才不干那样的事，我要一直开花，让玫瑰花盛开起来，哪怕花瓣掉落下来被风吹走，也在所不惜。我有一回看到一朵玫瑰花被夹在一位夫人的赞美诗集里，还看到一朵我的玫瑰花佩戴在一位漂亮的年轻姑娘的胸前，又看到一朵玫瑰花被一个初享人生快乐的孩子用嘴亲吻。这真是一种幸福，这使我心里非常舒服，为我送来了真正的福音。我把这些事情牢记在心，这就是我的生活。"

玫瑰仍旧一门心思地开着花,蜗牛却躺在自己的硬壳里,懒洋洋的,什么事情也不干。这个世界同它毫不相干。

时光好似流水,一年又一年地流逝。

蜗牛变成了泥土里的一抔尘土,玫瑰也化为尘土,连夹在赞美诗集里当书签的那朵玫瑰花也早已枯萎。而在花园里又有新的玫瑰开出鲜艳的花朵,在玫瑰底下又躺着新的蜗牛,它仍旧钻进自己的硬壳里,唾弃这个世界,因为这个世界同它毫不相干。

要不要我们把这个故事从头到尾再讲一遍?不过再讲也不会有什么两样。

鬼火进城啦

从前有一个人，他本来知道许多新的故事，可是它们却又从他那里溜走了——他是这样说的。原先自己找上门来的那个故事不再登门拜访了，不再来敲他的门了。那个故事为什么不来了呢？是呀，确实不假，这个人已经有整整一年没有想到过它了，也没有指望着它会来敲他的门，因为外面战火纷飞，而家里也遭受着兵荒马乱所带来的悲伤和饥馑。

鹳鸟和燕子都飞回来了，它们经过长途旅行，根本没有想到过什么危险。它们一回来，才发现巢已被烧掉了，连人住的房子都烧掉了。大门不见了，树篱毁坏了，到处狼藉不堪。敌军的战马践踏着古墓，那真是艰难黑暗的时世，好在这段时日已经到了尽头。

现在这样的日子总算过去啦，人们感到庆幸。可是那个故事却仍旧不来敲门，也听不到它的什么消息。

"它大概死掉了，和许多别的东西一样，消失了。"那人说道。然而故事是绝不会死掉的。

整整一个年头过去了，他苦苦地思念牵挂着。

"真不知道那个故事还会不会来敲门。"他清楚地记得，那个故事以各种不同的姿态出现在他的面前。它时而年轻漂亮，像春天的化身，头发上戴着车叶草编的花环，手里举着一根山毛榉的树枝，一双水汪汪的大眼睛明亮得如同阳光下林中深潭的潋滟湖光；时而又变成了一个走街串巷的货郎，一打开他的货箱，就会有写满了诗歌和美文的绸带飘逸出来，上面记载着古代的轶闻趣事。但是最令人心醉的是当它变成一个老奶奶的样子来到的时候：满头白发似银，眼睛又大又聪颖。她有一肚子年代久远的故事，而且知道怎样来讲这些远古时代的故事。她讲的故事都要比公主用金纺锤纺纱、恶龙和巨蟒在门外看守的时代要久远得多。她讲得那么生动，以至于听众们的眼前会有黑影在晃动，地面上也被人血染黑了。那真是可怕得叫人不敢听、却又听得那么津津有味的故事，反正这些事情都发生在很久以前。

"真不知道那个故事还会不会来敲门。"那人说道。他双眼盯住了大门，于是眼前又有黑影在晃动，地面上又出现了黑色的血迹。他也弄不清楚这究竟是血迹呢还是为那个沉重的黑暗时代志哀的黑纱。

他坐在那里，有个念头油然而生：莫非那个故事像那些古老童话里的公主一样，悄悄地躲藏了起来，等待着有人去寻觅芳踪？若是找到了，那么它就会焕发出崭新的光彩，比以前任何时候更漂亮。

"谁能知道呢？也许它就躲藏在那些随便扔在井边上的干草里。千万要留神！千万要留神！也许它就藏在书架上那些大部头书里夹着的一朵枯萎的干花上。"

这个人走过去，打开了一本书，一本最新的书，想要弄明白是不是这么回事。但是书里没有夹着花，里面可以读到丹麦人霍尔格的故事。他还知道，这个故事是由法国一个修道士编出来的，是一部"被翻译成丹麦文，再用丹麦文印刷出版"的小说，所以丹麦人霍尔格从来就不曾真正存在过，也不会像我们在歌谣里所唱的和相信的那样，他还会重返家乡。丹麦人霍尔格和威廉·退尔一样，都只是流传得神乎其神的民间传说，不能信以为真。这些话都是学识广博的智者写在这本书里的。

"是呀，我应该相信我所相信的东西，"那人说，"那些没有被脚踩过的地方是长不出车前草来的。"

他把那本书合上，放回到书架上，然后他走到窗台旁边，那里摆满了鲜花，说不定故事会躲在那朵镶有金黄色边的大红郁金香里，或者会藏在鲜艳的玫瑰花里，或者藏在娇嫩的山茶花里。那些花瓣之间有的是阳光，却没有故事。

"乱世中开出的鲜花益发美丽，可惜这些鲜花都被折下来编成花圈放到了棺材里，而棺材上面覆盖着国旗。说不定故事连同那些鲜花被一起埋入土中了，但是鲜花应该知道，棺材应该觉察得到，泥土也应该有感觉的，甚至连每一棵长出来的小草都会讲起它。故事是绝不会死的！"

说不定它已经来过了，也敲过门了，可是那时候谁有心思听它想它！大家的眼前都一片黑暗，心情沉重，几乎要朝着明媚的春光、啼啭的鸟儿和所有能令人心旷神怡的绿色草木发泄自己心中的怒火。连舌头都不唱那些古老而快乐的歌谣了，它们已经同许多我们所心爱的东西一起埋葬了。那个故事很可能来敲过门，然而人们听而不闻，也不说一声欢迎，所以它只好不辞而别了。

"我要去寻找它！"

"到乡间的田野去寻找！到开阔的海滨去寻找！"

乡间田野上有一座古老的贵族庄园，红色的墙壁，锯齿形的山墙，尖塔上旗帜飘扬。夜莺在镶着细边的山毛榉树叶底下歌唱，它们望着鲜花盛开的苹果树，还以为那些都是玫瑰花。在夏日的阳光下，蜜蜂嗡嗡地唱着，忙个不停，围绕着它们的皇后飞舞。到了秋天，狂风暴雨会讲述狩猎的故事，讲述人类家族的代代相传，讲述秋风和落叶。圣诞节来到时，野天鹅在开阔的水面上歌唱；老庄园里，人们围坐在壁炉旁边，兴趣盎然地倾听歌声和古老的传说。

在花园里古老的一角，两旁长着野栗子树的大路被遮蔽得幽静深远，分外令人心驰神往，那个寻找故事的人便沿着这条路走去。在这里，大风曾经呜呜咽咽地向他讲述过瓦尔德马·多伊和他的女儿们的故事。德雷亚德——那个林中仙女，也就是故事妈妈自己——曾经在这里讲给他听老橡树的最后一梦。老祖母在世的年代里，这里的树篱都修剪得整整齐齐，而现在却一片荒芜，到处长着蕨草和荨麻。它们蔓延开来，遮住了被遗弃在那里的古代石像的断肢残躯。石像的眼窝里长满了青苔，不过仍像以前一样视而不见。可是寻找故事的人却不能视而不见，他放眼四望，哪里见得到故事的踪影。那么它究竟在什么地方呢？

在他头顶上，在那些参天古树的树梢上，成百上千只乌鸦从那儿飞过，它们喊叫着："在这里，在这里。"

他走出花园，走过护庄河堤，走进一片桤木树林里去。那里有一栋六角形的小屋，还有一个养鸡和养鸭场。屋子中央端坐着一个老妈妈,她在管理着这一切,她准确无误地知道生出来的每一只蛋和从蛋里孵出来的每一只小鸡。不过她并不是这个人要寻找的故事,在这一点上,她可以拿出放在抽屉里的接受洗礼的证书和接种牛痘的证明来作证。

在外面离开这栋屋子不远的地方有一块隆起的高地,上面长满了红山楂和金雀花。这里躺着一块墓碑,那是许多年前从城里教堂的墓地里搬来的,是纪念城里一位德高望重的市政议员的。上面刻着他的妻子和五个女儿,她们双手交叉,穿着皱领衣服,站立在他的雕像的周围。人们可以长久地凝视着它,它似乎在左右着人的思想,而思想又对石头产生了作用,于是这块墓碑便娓娓动听地讲述起往事来,至少那个寻找故事的人是这么想的。他刚走到这里,便见到有一只活生生的蝴蝶落在石刻雕像的那位市政议员的前额上,它摆动起翅膀,飞了一小段,又落到墓碑附近,好像要向他显示一下那里长出了什么稀罕东西。那里长着一排四叶苜蓿,一共有七株。幸运要么不来,要来总是成堆来的。他把那些苜蓿都摘下来,放到衣服口袋里。

"幸运和钱财同样美妙,不过一个新的、好听的故事要更美妙一些。"那人想道,然而他却寻找不到,发现不了好听的故事。

太阳下山了,又红又大。草地上雾气迷茫,那是沼泽女人正在酿酒。

天色已经很晚,他独自站立在自己的房间里,眼望着窗外的花园,望着草地,还看到了沼泽和海滩。月夜清朗,草地上雾霭弥漫,看起来仿佛是一个大湖,而这一带过去还真是一个大湖,古老的传说中讲到过这里的沧桑变迁,这个湖泊在月光底下又呈现在人们的眼前。于是这个人不禁想起了他在城里念到过的那些故事,威廉·退尔和丹麦人霍尔格其实并不存在,可是民间传说却说他们确实存在过,就像那边的大湖一样,实实在在地出现在人们面前过。是呀,丹麦人霍尔格又回来啦!正当他站在那里陷入沉思之际,有样东西使劲地敲击着窗子。那是只鸟儿吗?是只蝙蝠,或者是猫头鹰?哼,尽管它敲打窗户,可不能把它放进屋里来。然而窗户竟然自己打开了,一个老妇人探进头来,看着里面的这个人。

"有什么事吗?"他问道,"你是谁?你怎么能一下子从二楼的窗户看进来,莫不是站在梯子上?"

"你的衣兜里有四叶苜蓿,"她说,"总共有七株,其中一株花是六瓣的。"

"你究竟是谁?"那人又问道。

"沼泽女人,"她回答说,"酿酒的沼泽女人。我正在酿着酒呢。本来酒桶用木塞子塞得好好的,偏偏有个沼泽崽子恶作剧,把木塞拔出来,扔到这边园子里来,打在窗上。现在啤酒从酒桶里哗哗地流出来,这对谁都没有好处。"

"麻烦你继续说下去。"那人说道。

"可以,不过等一会儿再说,"沼泽女人说道,"眼下我还有点别的事情要做。"话音刚落,她就不见了。

那人刚要把窗户关上,那个女人却又站在那里了。

"现在事情做完了,"沼泽女人说道,"不过有一半啤酒我可以留到明天再酿——如果天气还好的话。噢,你要打听什么事儿?

我又回来啦,因为我向来是说到做到的。你衣服口袋里有七株四叶苜蓿,其中一株花还是六瓣的。这是很受尊敬的,因为这是勋章上的图案。它生长在乡间大路边,不是人人都能够找得到的。喂,你究竟想打听什么事?不要像一根可笑的木棒似的站在那里发愣。我还要赶紧回去料理我的木塞和酒桶呢。"

于是那人便打听起故事的下落,询问沼泽女人一路上可曾见到过它的踪迹。

"哎呀,简直蠢得像个大酒桶,"那个女人说,"难道你听故事还没有听够吗?我相信大多数人早已听得腻烦透啦。他们都有点别的什么事要操心,有别的事情要料理。连孩子们如今也不高兴听那玩意儿啦!倒不如送给小男孩一支雪茄烟,送给小女孩一条有裙架支撑的新裙子,他们更喜欢这些实惠的东西。听故事,不行!这里确实有别的事情要操心,有更要紧的事情要料理。"

"你说这话是什么意思?"那人问道,"你对人世间究竟知道多少?你所见过的只不过是青蛙和鬼火罢了。"

"是呀,不过你对鬼火要多加小心才是,"那个女人说,"它们溜了出来,它们挣脱出来,跑掉了!这正是我们应该好好谈谈的事。要是你到沼泽地我那里去的话,我必须在场,我可以把所有一切原原本本都向你讲清楚。趁你的七株四叶苜蓿和那朵有六个瓣的花都还新鲜的时候,趁月亮还高挂在天上的时候,请你快点来吧!"

那个沼泽女人忽然又不见了。

钟楼的大钟敲响了十二点,最后一下还没有敲出来,那人已经走到屋外的院子里,然后穿过花园来到草地上。雾已经消散,沼泽女人停止酿酒了。

"等了这么久你才来。"沼泽女人说,"女巫就是比常人走路要快得多,我真高兴我生来就是女巫。"

"现在你要告诉我什么?"那人问道,"是关于故事的下落吗?"

"除了这个话题,难道你再也没有别的什么东西想问一下吗?"

"那么关于未来的诗歌,你能不能给我讲一讲?"那人问道。

"别那样做作,"沼泽女人说,"我来回答你吧。你满脑子想到的只有诗歌,你张口闭口问到的只有故事,就好像那才是凌驾于众人之上的贵夫人。她诚然是我们当中年纪最长的,可是偏偏总要装出一副最年轻的样子。我对她可是知根知底,熟悉透了。我也曾经年轻过,我知道她早已不是什么幼稚少女了。想当年我也是个风光一时的小女精灵,跟别的精灵们一起在月光下翩翩起舞,倾听夜莺歌唱,还跑到森林里去寻找故事小姐,她总是在那里游荡。她一会儿跑到一朵半开的郁金香或者别的野花里去过夜,一会儿溜进教堂里去,用祭坛蜡烛前面低垂着的黑纱把自己裹起来。"

"你讲的这些消息真是太妙啦!"那人说道。

"我起码应该知道得和你一样多吧。"沼泽女人说,"故事和诗歌,是呀,它们其实是同一块料子扯出的两块布,它们可以随意躺下身来,只要它们愿意。它们所有的言行举止都可以让人模仿,甚至会学得更好。你可以不花一分钱就从我这里得到它们。我有满满一柜子,全都是装在瓶子里的故事和诗歌,而且还都是精华,也可以说是又甜又苦的草药。世人所需要的诗歌我这里应有尽有,我把它们全都一瓶瓶装了起来，到了过节的时候我就在手帕上洒上几滴，让人们闻到香味。"

"你讲的这些事情真是奇妙无比，"那人说，"你真有装在瓶子里的诗歌吗？"

"多得怕你受不了。"沼泽女人说，"你谅必知道那个踩踏面包的小女孩的故事，她是为了不弄脏自己的新鞋而这么做的。那个故事已经变成文字印刷出版了。"

"我自己也讲过这个故事。"那人说道。

"是嘛，那你知道那个故事。"沼泽女人说，"你知道，那个小女孩一直沉到地下去，沉到沼泽女人那里。那天早晨魔鬼老奶奶正好到酿酒作坊来登门拜访，她一眼瞥见了这个正在沉落下来的小女孩，便要求得到她，用来做前厅里的雕像，也算是这次来访的留念。于是她得到了这个小女孩，而我也收到了回礼，那是一个对我没有什么用处的旅行药柜，里面塞满了装在瓶子里的诗歌。魔鬼老奶奶还指点我应该把这个柜子放在什么地方。就是那个柜子，至今仍放在那里。不妨去看看！你衣服口袋里揣着七株四叶苜蓿，还有一株花是六瓣的，你必定能看得见它。"

果真如此，在沼泽的正中有一棵粗壮的桤木树干，那就是老奶奶的柜子。它对沼泽女人、对所有国家的人在任何时候都是开放的，只要他们知道这个柜子在什么地方。这个柜子前后左右、每个侧面、每个拐角都可以打开，真是一件精致的艺术品，可是样子看上去却只是一块老桤木桩。世界各国的诗人——尤其是我们本国的诗人——都是在这里打造出来的。他们的灵感经过评估、创新、浓缩、精炼，再装到瓶子里去。即使人们不肯承认这是

"天才",最起码也有极大的悟性,那个老奶奶就凭借了这种悟性才把诗歌自然逼真的状态保住了,她汲取这个或那个诗人的原始灵感,再加上一点魔鬼之气,然后把他的诗歌装进瓶子里,就可以传之于世了。

"可以让我马上就看一眼吗?"那人说。

"好的,不过你要先听一下更要紧的事情。"沼泽女人说。

"我们不是已经站在柜子边上了吗?"那人说道,他朝着柜子里张望了一下,"里面全是大小不同的瓶子。这些瓶子里装的是什么?那些瓶子里又是什么?"

"这就是人们常说的五月香,"沼泽女人说,"我还没有用过它呢!可是我知道,只要在地上滴上一小滴,马上就会出现一个美丽的林中湖泊,湖面上长着睡莲、水芋和皱叶薄荷。只要在旧练习本上——哪怕是最低年级的——滴上两滴,那本小学生的作业本就马上会变成一整部芳香四溢的喜剧,可以上演它,还会被它熏得昏睡过去。瓶子上贴着写有'沼泽女人酿造'的标签,这是对我最大的恭维了。

"这是丑闻之瓶,它看起来只有脏水,而装的也确实是一些脏水,可是里面掺着城市里闲言碎语的发酵粉和三份谎言、两份真话,用一根桦树枝搅拌在一起。这树枝不是在盐水里浸泡过的能打得罪人皮开肉绽、鲜血淋漓的刑杖,也不是小学教师的教鞭,而是从扫大街的扫把上取下来的。

"这是虔诚的诗歌之瓶,这些诗仿效了赞美诗的腔调,每一滴都能碰得地狱之门乒乓乱响。这些诗是用遭受惩戒的鲜血和汗水写成的,也有人说只不过是用鸽子的胆汁写成的。可鸽子是最虔诚的动物,它们是没有胆的,那是些不懂自然史的人这样说的。

"这是所有瓶子里面最大的一个,足足占据了半个柜子的地方,里面装的是日常故事。它们都盛在猪膀胱里,再塞进猪皮口袋里,而且开口处都扎得牢牢的,因为它不能让自己的力量有半点流失。每个民族只要按照自己的方式来翻转这个瓶子,就可以得到自己本民族的汤汁。这里有添加了强盗丸子的德意志血汤,也有清汤寡水的苏格兰农夫汤,汤底下积沉着一条条蔬菜的茎,那是货真价实的宫廷参事,还有一双双油乎乎的哲学家的眼睛漂浮在上面。有英格兰的管家汤,也有法兰西的柯克式①浓汤,那是一道用鸡腿和麻雀蛋烹制而成的肉汤,用丹麦语来说,就是康康舞汤。不过最出色的还是哥本哈根汤,全家人都这么说的。

"这里有装在香槟酒瓶里的悲剧,它会爆炸,也应该爆炸。喜剧像撒到人们眼睛里的细沙子,这是指精致的喜剧,也有更为粗糙的。不过往往只有即将上演的戏剧的广告,这些剧目的名字起得倒是挺吸引人的,有不少是别出心裁的,像《你敢在作坊里吐口水吗?》《一记耳光》《可爱的驴子》《她烂醉如泥》等等。"

那人听到此处,不觉陷入了沉思,可是沼泽女人却有更深远的打算,她想把这事暂告一段落。

"你该把这个装满瓶子的货柜看遍了吧?"她说,"现在你知道里面都装了些什么货色。可是还有一桩你应该知道的更为重要的事情,而你偏偏至今还不知道鬼火进城来啦!那可是比故事和

---

① 保罗·德·柯克(1793—1871),法国通俗小说家,擅长描写巴黎市民阶层的日常生活。这里所说的各种汤是指这些国家的通俗文学作品。

诗歌重要得多。现在我该闭嘴了,然而冥冥之中却有一种力量在支配着我,是命运注定,使得我如鲠在喉,想要一吐为快。鬼火进城来啦,它已经挣脱了束缚。要提防它呀,你们这些大活人!"

"我连一个字都听不懂。"那人说道。

"请你坐到柜子上去,"她说道,"不过不要跌进去,不要把那些瓶子压碎了,你已经知道里面装着什么东西。我不妨把那件天大的事情讲给你听,那只不过是昨天的事情,以前也曾发生过这样的事情。还有三百六十四天可以度过。一年有多少天,谅必你是清楚的。"

沼泽女人讲了起来:

"昨天这沼泽地里热闹非凡,那是孩子们的大聚会,生下了一个小小的鬼火,其实那是一窝,总共有十二个。要是它们愿意的话,它们可以像人类一样,在人群中来回周旋,甚至颐指气使,好像生来就是世上的常人一样。这是沼泽地里的一件大事,鬼火们像一支支点燃的小蜡烛,在草地和沼泽的上方闪烁飞舞。所有的鬼火都赶来了,有男有女,也有不男不女的,不过这并不是我所要讲的话题。

"我当时端坐在这个柜子上,十二个刚刚生下来的小鬼火都坐在我的膝盖上。它们全都一闪一闪的,好像是一只只萤火虫。它们已经能蹦蹦跳跳了,而且每一分钟都在长大,结果不到一刻钟工夫,看上去就像它们的父亲或者叔叔一样大了。有一条古老的规矩,说是如果月亮在刚刚升起来的时候位置正好同昨天一个样,而且风也刮得同昨天一个样,这时生出来的鬼火全都会得到恩赐，可以变成人。它们可以在一年中的每一天里都行使它们的权力。鬼火可以跑遍全国各地，还可以跑遍全世界——只要它们不怕跌进大海里去，或者被猛烈的风暴所吹灭。它可以直接钻进人的身躯里去，让这个人代替它说话和做所有它想要做的事。鬼火可以变成任何一种形状，也可以变成男人或女人，以他们的神态行事，但事事都要按照它自己的愿望来做，结果也要符合它的设想。在一年之中，它必须懂得如何去把三百六十五个人引入歧途，而且必须用冠冕堂皇的方式把他们从真理和正确的道路上引开去。到那时它就功成名就，爬到它所能达到的最高位置——成为魔鬼专车前的一个跑腿。它可以披上闪亮的裙袍，从嗓子眼里喷出一团团火焰来。这是一个普通的鬼火非常想得到的，不过一个贪心不足的鬼火扮演起这么一个角色来，也会惹下极大的麻烦。若是人把眼睛睁大擦亮，看清楚它是什么货色，就能够一口气把它吹灭，那么它就完蛋了，只好回到沼泽地来。如果一年还没有到头，而鬼火又急于和家人团聚，径自逃回，那么它也完了，很快就会熄灭，再也不能发光。如果在一年结束时，它还没有能够引诱三百六十五个人误入歧途，使他们背弃真理和一切美好的事物，那么它就会被囚禁起来，关押在朽烂的树木里面，只许发光，不许出来走动，这对于一刻也闲不住的鬼火来说，真是十分可怕的惩罚。所有这些我全都知道，还告诉了坐在我双膝上的那十二个小鬼火，它们听得津津有味，快活得发疯。我对它们说，最保险的办法就是放弃这份荣誉，啥也不要操心。可是那些小鬼火却不乐意，它们眼巴巴地想要穿上那件发亮的闪光裙袍，能从嗓子眼里喷出火来。'跟我们在一起吧，'几个稍大一点的说道，'一起

去作弄那些人类吧!'另外几个说:'人类把草地的积水都抽干了,这样一来,我们的子孙后代怎么办?'

"'我们要喷火!'那些刚出生的小鬼火说道,于是就这样定下来了。

"这里马上就安排了一个一分钟的舞会,没法子再短了。先是精灵姑娘陪着大家转了三圈,为的是不显得骄傲自大,省得大家说她们只和同类跳舞。接下来就分发出生命名礼物,就是人们常说的'打水漂'。礼物像沙石一般飞过沼泽水面,每个精灵姑娘又给它们发了一条薄纱巾。'快披上吧,'她们说,'这样你马上可以跳更高级的舞蹈啦,在需要露一手的时候也能跳些扭摆和转身的动作,于是你就风度翩翩,可以神气活现地在最上流社会露脸了。'

"夜渡鸦教会每个年轻的鬼火说:'好哇,好哇,好哇!'告诉它们应在哪些场合把这句话说得恰到好处,这真是一份让人受益匪浅的厚礼。猫头鹰和鹳鸟也发表了它们的看法,不过它们两个都说这不值得一提,所以我也只好不提了。

"这时候瓦尔德马国王正好到沼泽地来狩猎,当他听说这里正在举行盛会,便送来了两条漂亮的猎狗。这两条猎狗飞奔起来可以追赶得上狂风,而且身上还驮着一个甚至三个鬼火。有两个年纪很老的梦魇知道了这个窍门,也骑着它们前来参加了昨天的酒宴。它们教会大家怎样把身体从钥匙孔里钻过去,学会了这套本事,所有的大门都畅通无阻了。它们还自告奋勇把那些小鬼火带进城来,因为它们对城里的情况了如指掌。它们平日里都是骑在自己颈背上的长头发上飞过天空的,而且还要在长发上打上一个个小结，这样就不会滑下来，可以坐得更稳当些。而这会儿它们两个都各自跨坐在凶猛的猎狗身上，那些一心只想着进城去迷惑人、把人引入歧途的年轻鬼火都坐在它们的膝盖上。

"嗖的一声，它们都不见了踪影。这还是昨天晚上的事情，现在鬼火已经进到城里来了，它们已经在施展身手、大显神通了，至于在什么地方、怎么个做法就不得而知了。哎呀，你快给我说说吧！我的大脚趾里有一根能预测天气的筋，说不定它能为我测出点什么来。"

"这简直就是一篇完整的童话故事。"那人说道。

"是呀，只不过是一篇童话故事的开头罢了。"沼泽女人说，"你能告诉我鬼火们是怎样到处乱闯的吗？它们要变成什么模样来骗人走上歧途？"

"我相信，"那人说，"真可以写出一部关于鬼火的长篇小说来，全书分成十二卷，每卷写一个鬼火。倒不如做得更好一点，干脆写出一整部民间通俗喜剧来。"

"那得有劳您啦，"沼泽女人说道，"要不然就甭去管它！"

"行呀，那倒更省心、更舒服，"那人说，"这就免得被报纸拴住了。那种处处受约束的滋味真和一个鬼火被关进一根朽木里所受的罪一样，看起来在闪闪发光，可是连气都不敢吭一声。"

"对我来说全都一个样。"沼泽女人说，"干脆让别人去写吧，甭管他能写还是不能写。我送给你一个我的酒桶上的旧木塞，它可以打开那个摆满了瓶装诗歌的木柜，你可以拣你喜欢的拿。可是我的好朋友，你在我看来，似乎手指头被墨水染得够黑的了，况且早已到了讲究稳重的年纪，犯不着到处奔波，去寻找什么童话故事，你在这里还有更要紧的事情要做呢！你现在总该明白正在发生什么事情了吧！"

"鬼火已经进城了，"那人说，"我已经听到了，明白过来了。不过你要我做什么呢？要是我见到了，对大家说：'千万留神，那边有个鬼火穿着华丽的袍子呢！'那岂不是等着挨一顿揍吗？"

"况且它们也许只穿一件破旧的衬衫！"沼泽女人说，"鬼火变化多端，它们会以不同形状在任何地方作祟。它会走进教堂，倒不是为了敬仰上帝，而是去附在哪个牧师身上；它可以在大选日慷慨陈词，发表演讲，倒不是为了国家的利益，而是为了它自己；它可以变成调弄色彩的画家或者在舞台上演出的艺术家，不过它若是一朝大权在握，那么一切艺术全都完蛋。我不厌其烦地讲了半天，非要把鲠在喉咙里的东西吐出来不可，哪怕会给我自己的家族带来危害。我现在成了拯救人类的女救星啦！这倒不是出于好心或者是为了得到一枚奖章。我做了一件最荒唐的事情，我把这些告诉了一个诗人，于是整个城里马上就会家喻户晓啦。"

"城里的人谁也不会在意的，"那人说道，"任何一个人都不会因此而担惊受怕的。他们都以为我是在对他们讲故事，尽管我以最严肃的态度，一本正经地告诉他们：'鬼火进城啦，沼泽女人说，你们千万要当心！'"

风车磨坊

有一座风车磨坊屹立在山坡上,看起来威势十足,连它也觉得自己非常了不起。

"我一点儿也不骄傲,"它说道,"我光明磊落,表里如一。太阳和月亮照亮了我的外面,也照亮了我的内心。除此之外,我还有蜡烛、鲸鱼油灯和牛脂烛,所以我敢说我里里外外都能发光。我是一个有思想的物体,构造如此完美,以至于成为一种观感享受。我胸中有一具很好的磨盘。我长着四只翅膀,它们都长在我的头上,就在帽子底下,而小鸟只有两只翅膀,还都要背在背上。我生来就是一个荷兰人,这从我的体形上就可以看得出来,一个漂泊的荷兰人①。它被看成是超自然的精灵,而我却是堂堂正正的自然之物。我的肚皮上环绕着一道围廊,我的下半部有可以住人的房间,我的思想就在那里安营扎寨。我的最强有力的思想——也就是可以发号施令的那个人——被称作磨坊老爹。

"他很明白他要做些什么,他总是高高地站立在成堆的面粉和

---

① 这是一个古老、美丽的故事。一个荷兰人因挑战上帝而被放逐,乘着一艘"漂泊的荷兰人"号船漂流四方。后来他与他心爱的姑娘双双升天。德国作曲家瓦格纳以此为题材,写成歌剧。

麦麸上。他有一个老伴,大家都叫她'奶奶'。她是这里的心脏,她从不到处乱跑,因为她知道她想要干些什么,她能够干些什么。她温顺得如一丝和风,却强壮得像一阵狂风。她是我温和的思想,而老爹是我强硬的思想。他们俩都是一半,合起来才成为一个,他们也彼此称呼为'我的那一半'。他们俩还有几个孩子,这些小'思想'们个个都会长大起来。这些小家伙还喜欢折腾。

"就在不久前的某一天,我身体里的五脏六腑都让老爹带着他的一班徒弟彻底检查了一番,查看我胸中的磨盘和轮子的状况。我很想知道究竟出了什么毛病,因为我明白,我肚子里哪个地方肯定有了毛病,应该检查出来才好。那几个小家伙马上动起手来,折腾得我狼狈不堪。这真让人下不了台,尤其是像我这样高高地屹立在一眼就看得到的山坡上的人。要记住我是沐浴在光明之中的,是否光明正大恰恰是评判一个人的名声的标准。可是我要说的是,他们这些小家伙把我搞得一塌糊涂,真叫我大失面子,下不来台。那个最小的居然还钻进我的帽子底下去大喊大叫,害得我浑身都奇痒难忍。

"这些小'思想'们将会长大起来,这是我早就预见到的。还有一些'思想'从外面走进我这座磨坊里来,样子一点也不像我这个家族的。反正我放眼望去还没有见到过我这个家族的成员。周围一带就只有我自己才是磨坊一族的。那种头上不长翅膀、身体里不发出嗡嗡的响声的房屋里也住着一些'思想'们,他们跑到这边来寻找我的'思想',他们还订了婚,就人们通常所说的那样。真是稀奇,是呀,世上的事真是无奇不有,连我身上或者说我身体里都在起着变化。磨坊里似乎也发生了变化,那个磨坊老爹似乎换了另外的那一半,找了一个脾气更温和、更体贴他的配偶。她显得那么年轻,那么脉脉含情。其实还是同一个人,不过岁月使她变得更温顺、更体贴了。原先她动不动就火冒三丈,如今早已对一切事情淡然置之了。一切要比以往安静和睦得多。

"日子一天天过去,过了一天,又迎来了新的一天,总是朝向光明和快乐。可是毫无疑问我的日子会过到头的,却也不会一去不复返。我将被拆除掉,还将被重新建造起来,而且会是一个更新更好的我。我将不复存在,可又重新存在,变成了另外一个,却又是同一个。这真叫我难以弄清,不管太阳、月亮、蜡烛、鲸鱼油还有牛脂烛把我点得多么明亮。我身体里原来的旧木料和砖头都可以从瓦砾堆里站立起来。我真希望能够保得住我的老'思想'们:磨坊老爹和奶奶老两口,还有那家的大人小孩。我把他们叫作一家子,他们人数真是不少,整整一个连队大小的'思想'们,我不能没有他们。至于我自己嘛,不管怎么变迁,必须保全我自己,那就是胸中要装着磨盘,头上要长着翅膀,肚皮上要绕着围廊,否则的话,我就认不出自己来了,别人也会认不出我的模样来,他们再也不会说:山坡上有一座风车磨坊,它看起来真是雄伟壮观,其实它倒一点儿也不骄傲!"

日子一天天过去,昨天过去,今天又来。

风车磨坊惨遭火灾,熊熊的烈焰蹿入空中,火舌把房梁和地板全都舔光了。磨坊倒塌下来,只剩了一堆灰。火灾的现场冒着余烟,大风又把烟吹走了。

磨坊里的人都幸存下来了,在这场火灾里毫发无损,他们还忙着泼水救火呢。磨坊这一家子——一个灵魂,许多个"思想",

合在一起仍是一个整体——又给自己建造一个新的磨坊，一个非常漂亮的磨坊，使用起来也很方便，不过它和那个旧的一样。大家都说："山坡上有一座风车磨坊，它看起来真是雄伟壮观……"这座新的磨坊构造要好得多，更符合时代要求，因为时代也在前进嘛。那些陈旧的梁柱全都被虫蛀掉了，如今也已经化为灰烬。那座新的磨坊躯体并不是从瓦砾堆里重新站立起来的，那只是字面上的意思，可是做起事情来是用不着抠字眼的。

银先令

有一枚银先令①,它容光焕发地从造币厂里跑出来,蹦蹦跳跳,又喊又叫:"好哇,我要出去,到广阔的世界里去啦!"于是它就走进广阔的世界里去了。

孩子们用温暖的小手捧着它;贪财的人用又凉又黏的手攥着它;老年人翻来覆去打量它;年轻人却毫不犹豫地把它花掉了。

这枚银先令是用白银做成的,只含了很少一点点铜,来到世界上已经整整一年了,也就是在铸造它的那个国家里转来转去地晃荡了一个年头。后来它真的到国外旅行去了,是那位动身出国去的先生的钱袋里仅存的最后一枚硬币,他自己也不知道有这枚银毫子,因为它是从他手指缝滑进去的。

"我竟然从家乡带来了一枚银先令!"他说,"那么就随身带着它去旅行吧。"当他把这枚银先令放回到钱袋里去的时候,银先令高兴得叮当作响。它就躺在钱袋里,和那些外国伙伴们待在一起。这些伙伴来了又去,腾出空来让给后来的,而这枚家乡带来的银毫子却一直待在那里,这是一种殊荣。

好几个星期过去了,银先令已经来到广阔的世界里很远的地

---

① 丹麦旧时使用的硬币。

方，而它自己却不知道究竟到了哪里。它听到别的钱币说它们是从法国、意大利来的；有一个说它们现在在某个城市，而另一个说它们是在另外一个城市。可是银先令却一点都想象不出来那究竟是什么地方，要知道一直装在袋子里是看不见外面世界的。有一天，正当它静静地待在那里的时候，它忽然注意到钱袋的袋口没有扎住，于是它就悄悄地滚到袋口上，想要往外张望。它本不应该这么做的，可是它实在太好奇了，而好奇心却给它带来了灾祸。它滑出了钱袋，跌进了裤子口袋里。当天晚上钱袋被取出来放在一边的时候，这枚银毫子仍旧原封不动地躺在裤子口袋里，连同衣服一起被送到了走廊里。它一下子跌落到地上，没有人听见，也没有人看见。

第二天早晨，那些衣服干净整齐地送了回来，那位先生穿上衣服就扬长而去，银先令却没有跟着去。它被人发现了，又重新投入使用，连同另外三枚毫子一起用了出去。

"在世界上到处逛逛，开开眼界，倒也是一桩开心事，"银先令想道，"可以认识一些别的人，知道一些别的风俗习惯。"

"这是一枚什么毫子？"有人这样说，"这不是咱们本国的钱币，它是一枚假币！不可以使用！"

是呀，银先令的故事就从这里开始，它后来一直在讲这个故事。

"假的！不可以使用！这话刺痛了我。"银先令说，"我知道我是用上等白银铸造出来的，能发出清脆纯正的响声，铸在身上的印记也是货真价实的。他们必定搞错了，他们说的不会是我，然而他们说的恰恰就是我，正是说的我！他们把我称为假币，不可以使用。

"'我必须趁着天黑的时候赶紧把它用出去。'那个得到我的人说道。于是,我就被偷偷摸摸地用了出去。到了光天化日之下,我又被痛斥了一通:'假币,不可以使用!必须想法尽快脱手。'"

银毫子辗转于人们的手指之间,每次都是被人想方设法、变着花招冒充本国货币使用,每当这时,它总是浑身发抖。

"'我是一枚多么苦命的银毫子呀。'我常这样自言自语地说。当我身上的银子、我的价值和我的印记全都一文不值的时候,还有谁可以来救我?世界认定你是什么,那么你在世界上就是什么。我原本是无辜的,如今落到这等地步,全都是我的外表长相惹的祸,害得我只好偷偷摸摸地走上邪路,而走上了邪路后,我就有了强烈的罪恶感。每一回把我掏出来的时候,我总是惴惴不安,想要避开那一双双的眼睛,而那些眼睛却偏偏盯住了我。我知道事情不妙,我会被扔回来,丢在桌子上,好像我是一个骗子。

"有一回我落到了一个可怜的穷老太婆手上,她辛苦地干活,我是她劳累一天挣来的工钱,可是她却没法子把我花出去,因为没有人肯要我,我成了她的一桩心事。

"'我实在是没法子,只得骗人也要把它用出去。'她说,'我可没有能耐,让一枚假的银先令白白地待在我手上。还是给那个有钱的面包店老板去吧,反正他消受得起。不过我终究是做了一桩错事。'"

"唉,我竟成了这个老太婆良心上的一块心病。"银先令发出了一声长叹,"难道我上了年纪,变化就真的这么大吗?"

银先令接着往下说:

"老太婆到那个有钱的面包店老板那里去了,可是他对市面上流通的银毫子再熟悉不过了。我没有被放到我应该放的地方去,反而马上就被扔出来,险些儿扔在老太婆的脸上。她最终没有能够用我来换回面包,我觉得自己竟然成了一枚惹得人家受到伤害的硬币,非常歉疚。想当初,我年轻的时候,也曾那么意气风发,那么充满自信,因为我深知自己的价值,我身上铸着真正的印记。到如今我变得消沉忧郁,一枚不中用、没人要的可怜的银毫子该有多么伤心我就有多么伤心。不过老太婆又把我带回家去了,她非常诚恳地打量着我,对我很温和,又很亲切。

"'不行,我不能再拿你去坑人了!'她说,'我要在你身上打个洞,让每个人一看就晓得是一枚假钱,可是我又觉得你说不定还是一枚会带来好运的吉祥钱币呢。是呀,但愿如此!这不会错的。我要在这枚银毫子上打一个洞,在洞眼里穿上一根细线,送给邻居家的小女孩,让她作为吉祥物挂在脖子上。'

"她当真在我身上打了一个洞,那种在身上钻出个洞孔来的滋味不好受,可是既然有了良苦的用心,再大的痛苦也要忍受下来。我身上被穿进了一根细线,如同一枚勋章,可以挂起来。我就挂在那个小女孩的脖子上,她看着我眉开眼笑,还亲吻我。我就在这个小女孩的温暖而天真的胸膛上躺了整整一夜。

"到了第二天清晨,小女孩的妈妈把我夹在手指缝里细细地打量了一番,她在动脑筋,我很快就尝到了她的想法所带来的苦头。她拿起一把剪刀把那根细线剪断了。

"'吉祥先令!'她说,'我现在来看看你究竟灵不灵。'她把我浸泡在醋里,我全身都变成了绿色,然后她把那个洞眼补好,又把我擦拭了一会儿。她趁着天黑来到卖彩票的人那里,用我买了一张应该给她带来好运的彩票。

"我心里难受极了,浑身都疼痛起来,好像要炸裂开来一样。我知道我又要被说成是假币,当着一大堆铸有可靠印记的毫子和硬币的面被挑拣出来,而它们却神气活现地躺在那里。可是我竟然蒙混过去了。卖彩票的地方人多得不得了,那个人忙得不可开交,只是粗略地瞅了一眼,我便叮当一响滚到了柜台抽屉里,夹在别的硬币之间。至于用我买去的那张彩票究竟是不是中奖了,我就不得而知了。可是我知道的是,到了第二天我会被认出来是一枚假币,会被尽快脱手,拿去哄骗别人,就这样一直哄骗下去。我自己本来是诚信可靠的,在这一点上我毫不否认,这样骗来骗去真是叫人难受。

"在整整一年里,我就这样从这个人的手上辗转到那个人手上,从这栋屋子辗转到另一栋屋子,总是受到呵斥和责骂,总是遭人白眼,没有人相信我,连我自己都不相信自己,也不相信这个世界了。这真是一段艰难的时日。

"终于有一天来了一个游客,我到了他的手上,而他深信不疑地把我认作是市面上流通的硬币。后来他要把我用出去的时候,我听到了一声棒喝:'不能用,假币!'

"'我是把它作为真币接受下来的。'这个游客说道。他这会儿认真地端详起我来。过了一会儿,他笑容满面,这样的笑容我很久都没见过了。

"'哎呀,这究竟是怎么回事?'他说道,'这分明是我自己国家的硬币嘛。从家乡来的一枚好端端的真正的银先令,却被当成

假币钻上了洞,真是令人发笑!我要把它保存起来带回家去.'

"欢乐一下子流遍了我的全身,我竟然被人称为一枚货真价实的银先令,要被带回家乡去了,在那里人人都认识我,知道我是用上等白银铸造出来,并且铸有真实的印记。我本来开心得要迸出火花,可惜我就是迸不出来,钢有这份能耐,而白银却没有。

"我被包在一张精致的白纸里,免得同别的硬币混在一起用出去。每逢和家乡来的同胞们碰头聚会的时候,我就会被拿出来让人称赞一番。大家都说我真是有趣。我居然用不着说出片言只字就被认为有趣,这也未免令人发笑。

"我终于返回故里了!我遭受过的一切苦难全都一去不复返了!我的快活日子开始了!我是用上等白银造出来的,铸有真实的印记,纵然被误认为是假钱而被打上了洞眼,我也并不觉得痛苦,反正是真的就假不了嘛!必须忍耐坚持,时光会为你讨还公道。这就是我的信念。"

银先令这样说道。

伯格隆姆的主教和他的武士

现在我们在日德兰半岛的最顶端,正好在威尔德荒野沼泽地的上方。我们可以听见"西海岸的狼嗥",那是北海的巨浪拍击日德兰半岛西海岸发出的独特的轰鸣。那巨响声声入耳,仿佛浪涛就在身边。然而在我们面前却高耸着一座沙冈,我们老远就看到它了,我们就是朝着这座沙冈驶过去的,车子在很深的沙子里行驶得十分缓慢。沙冈顶上有一座古老的大庄园,那是伯格隆姆修道院,它的最大的一侧至今仍是一个教堂。当天傍晚我们到达那里,尽管暮色苍茫,不过因为天气晴朗,夜色倒还清亮。放眼眺望四周,远近的景色都看得清楚,甚至可以越过田野和沼泽远远地望得见奥尔堡海湾,还可以掠过荒原和草地望得见湛蓝的大海。

我们来到了那座庄园,在库房和棚屋之间拐来拐去,绕过一个弯子,终于来到了正门,从那里走进这座古老的庄园。庄园里面,椴树沿着墙根成排地耸立着,有房墙替它们遮风挡雨,所以它们长得非常繁茂,树枝几乎把窗户都掩蔽掉了。

我们沿着盘旋的台阶拾级而上,从粗大的圆木房梁底下的长长的走廊里穿过去。这里的风声听起来分外古怪,说不清究竟是从屋里还是从屋外传来的,反正叫人弄不明白,于是大家就议论开来了。是呀,大凡有人心里害怕或者存心要让别人感到害怕的时候,他就会讲出和看出许多东西来。有人说,早已死去的那些唱诗班的亡灵悄悄地从我们身边溜进了教堂,来到了唱赞美诗的地方,人们可以从呜咽的风声中听到他们歌唱。这样一来把人搞得精神恍惚、心情古怪,叫人一下子想起了古代的岁月,想着想着,人们就不知不觉地回到了古代的时光之中。

海岸上有一艘船舶遇险搁浅,主教的下属们都到那里去了,他们对船上被大海饶过性命的幸存者毫不留情,连一条性命都不放过。大海把从被砸碎的头骨里流出来的鲜血冲刷得干干净净,船上的财物都成了主教的,船上的财物真是多。大海送来了一只只大小木桶,桶里盛满了价值昂贵的葡萄酒,这些木桶全都放进修道院的地窖里,而那里本来就贮满了啤酒和蜜酒。厨房里堆满了已经宰杀好了的牲畜、香肠和火腿,屋外的池塘里肥美的鲷鱼和鲤鱼在游来游去。

伯格隆姆的主教是个权势遮天的人物,他拥有大片土地,却还想要霸占更多的。在这位乌洛夫·格洛勃面前,人人都不得不低下头来。在蒂埃那边,他的一个富有的亲戚去世了。常言说得好:亲戚对亲戚最狠毒。这句话对那边的那个遗孀来说是再恰当不过了。她的丈夫生前拥有那里所有的土地,只有教会财产不在他的掌握之中。她的儿子在很小的时候就被送到外国,去学习那里的风土人情,因为这是他的志向。许多年都不曾听到他的音讯,说不定他早已躺在坟墓里,再也不会回来掌管如今由他的母亲掌管着的那份家当了。

"什么,竟由着一个女人来掌管?"主教说道。他发出文书,传讯她到庭受审,可是这又帮得上他多少忙呢?她向来不触犯法律，只是规规矩矩地过日子。

伯格隆姆的主教乌洛夫，你究竟使用了什么伎俩？你究竟在那张光滑的羊皮纸上写下了什么？你把那份文书盖上了火漆印，又用绶带扎紧，然后亲手交给骑士和仆人，命令他们千里迢迢地送往教皇所在的城市，那里面究竟罗列了什么罪状？

这是落叶的季节，也是海难频频发生的季节，接下来严冬就到来了。

严冬已经来过两次，而最后这一次也迎回了骑士和仆人，他们从罗马带回了教皇的训示，那是将寡妇赶出教门的敕令，因为那个女人胆大包天，居然敢于冒犯神圣的主教。敕令宣布："诅咒她和她所有的一切；将她从教会和教徒中逐出去；任何人都不准向她伸出援助之手；亲朋好友均应如同对待瘟疫和麻风病一般避开她。"

"不肯低头弯腰就折断砸烂！"伯格隆姆的主教说道。

人人都避开她，然而她却并不避开上帝，上帝是她的保护人和守卫者。

只有一个仆人——一个年老的女佣——对她忠心耿耿。她同这个老女佣一起扶犁耕耘，谷物生长起来了，尽管这块土地受到了教皇和主教的诅咒。

"你这个地狱里来的鬼东西，我非要实现我的旨意不可。"伯格隆姆的主教说，"现在我借教皇的手来镇住你，遵照敕令将你审判定罪。"于是她只得把她拥有的最后两头公牛套在大车上，带着她的女佣弃家出走。大车驶过了荒原，逃出了丹麦的国土。她作为一个不速之客闯进了异国他乡，那里讲的都是外国话，生活起居都是外国的风俗习惯。她们四处漂泊，走得很远，来到了一处靠近大山、草木葱茏、长满葡萄的高地。那些来自四方的商人们路过这个地方的时候都要忧心忡忡地从堆满货物的车辆上警觉地观察四周，唯恐遭到强盗的袭击。这两个穷女人乘坐着由两头黑公牛驾辕的破旧不堪的大车，放心大胆地在这条穿过阴森森林的、崎岖不平而又很不安全的道路上缓缓而行。她们来到了德意志的弗兰肯公国，在那里她们同一个气度不凡的骑士相遇。那个骑士身后有十二个全副武装的随从。他停下来，瞅瞅这辆形状奇怪的大车，便开口询问那两个女人是从什么国家来的，旅行目的地又是哪里。于是那个年轻一点的就提到了丹麦的蒂埃，又讲述了她悲惨而苦难的遭遇。不过她也总算熬到头了，在上帝引导下来到了这里。原来那位骑士竟是她的儿子，他朝她伸出双手，把她拥抱。那个母亲不禁失声痛哭起来，多少年来她都没有哭过了。她使劲地咬住嘴唇，任凭鲜血流淌下来。

那是落叶的季节，也是海上多难的季节。海水汹涌而来，把酒桶源源不断地送到主教的地窖和厨房里，那里熊熊的炉火上烧烤着野味。屋外已经寒风凛冽，而城堡里却依然十分温暖。有新的消息传来，说是蒂埃的延斯·格洛勃陪同他的母亲返回家乡来了。延斯·格洛勃提出诉讼，控告主教违背教规、破坏国家的法律和治安。

"那帮不了他的忙，"主教说，"还不如放弃这场官司吧，延斯骑士！"

第二年，又到了落叶的季节，又是海上多难之时，严冬接踵而至，雪像白色的蜜蜂漫天飞舞，叮在行人的脸上，直到自己融化掉。

今天空气清新得很,从外面进屋里来的人都这么说道。延斯·格洛勃却心事重重,他站在屋里苦思冥想,连火星迸到他宽大的长袍上都浑然不知,唉,烫出了一个洞来!

"你这个伯格隆姆的主教,我非制服你不可。在教皇的庇护下,法律拿你无可奈何,不过延斯·格洛勃却要收拾你。"

他给在萨林的姐夫乌洛夫·哈塞写了一封信,请他来维兹堡教堂做圣诞节前的晨祷。主教要亲自来做弥撒,所以他必须从伯格隆姆来到蒂埃,延斯得知了这一信息。

草原和沼泽都冰封雪积,有一队全都骑着快马的武士踏雪而来,原来是主教带着教堂的神职人员和他的随从从这里经过。他们策马疾驰,从干得发脆的芦苇秆之间抄近路前行。一路上,凄厉的寒风发出悲哀的呜咽声。

吹响你的铜号吧,穿狐皮外套的号手们!号声在凛冽的寒风中听起来分外嘹亮。这一行人越过草原和荒野往南而去,直奔维兹堡教堂。活跃在炎热的夏日里的莫甘娜仙女施展出她的法术,海市蜃楼出现了。

寒风吹响了它的号角,越吹越猛,还刮起了一阵风暴。在这上帝发怒的天气里,他们到上帝的屋子里躲避风暴。上帝的屋子屹立不动,可是上帝的风暴却横扫荒野和沼泽,掠过海湾和大海。伯格隆姆的主教来到了教堂,可是乌洛夫·哈塞却无法赶到,无论他怎样策马狂奔。他带领着手下人要渡过海湾,前来为延斯·格洛勃效力,叫那位主教大人接受审判。

上帝的屋子便是法庭,祭坛就是审判台。硕大的铜蜡烛台上,蜡烛燃得通亮。风暴在读控诉词和判决书,它的声音响彻整个天空,传遍了沼泽和荒原,呼啸在浪涛翻腾的海湾上。在这样的天气里是没有渡船穿过海湾的。

乌洛夫·哈塞站在奥德松德海峡边上,他在那里打发他的手下人全都回去,还赠送给他们马匹和器械,准许他们回家去和他们的妻子团圆。他宁可独自一人冒着生命危险去横渡这惊涛骇浪的海湾,不过他们必须为他作证,证明这并不是由于他的过失才害得延斯·格洛勃在维兹堡教堂里孤立无援。那些忠心耿耿的手下人不肯离开他,他们跟着他一起跳进了深水里。有十个人被海水卷走,他自己和另外两个年轻人到达了对岸。他们还有四里路要走。

这是圣诞之夜,已经到下半夜了。大风停止了,教堂里灯火通明,亮光透过玻璃窗照到了草地和荒原上。圣诞节前的晨祷早已结束,上帝的屋子里寂静无声,连蜡烛的烛泪滴到地上的声音也清晰可闻。这时候乌洛夫·哈塞赶到了。

在教堂的前廊里,延斯·格洛勃迎上前来。"你好,现在我已经同主教了结啦!"

"你居然如此,"乌洛夫说,"那么你和主教哪一个都不能活着离开教堂。"

利剑出鞘,乌洛夫·哈塞挥剑猛刺过来。延斯·格洛勃赶紧把隔在他和自己之间的那扇教堂大门关上。那扇大门也抵挡不住,被利剑砍裂了。

"住手,亲爱的姐夫,不妨先去看看这事是怎样了结的。我已经把主教和他的武士们都送上了不归路,他们对这件事情的前后经过不会再多吭一声，我也就不再去提我母亲所遭受的一切冤屈了。"

祭坛上烛光通红，但是地上流淌的鲜血更红。主教的前额被劈开，倒在血泊之中，他的随从也都横躺在周围。神圣的圣诞之夜，四周寂静无声。

圣诞节后的第三个晚上，伯格隆姆修道院敲响了丧钟。那个被杀死的主教和那些在厮杀中丧生的武士都被安放在一个黑色的华盖底下，四周是黑纱包裹的烛台。死去的主教身穿银线绣的袍子躺在那里，双手无力地捧着那柄杖头卷曲的权杖。当初这是一位何等显赫的人物。烟雾缭绕，香气浓郁，修士们唱着哀歌，那声音好像是委婉的诉说，又像是愤怒的谴责。这声音传遍远近四周，全国各地都能听得见，因为风在传送着它。风可以停歇，但绝不会消失。风总会再刮起来，唱起自己的歌，一直唱到我们的时代。风在这里歌唱起伯格隆姆的主教和他的顽强坚定的武士们，这声音在漫漫长夜里可以听到，那些赶着车在厚厚的沙子路上经过伯格隆姆修道院的农夫听见了，吓得惊恐不已。那些住在伯格隆姆的有着厚厚墙壁的房子里的居民们睡不着的时候也听见了，因为在通向教堂的那条能够发出回声的长走廊里总是回荡着这种声音。教堂的入口早已堵死，但是在迷信者的眼里却并非如此，他们看到教堂的大门仍然开着，教堂里的枝形铜烛台上依然烛光通亮，烟雾仍然在教堂的上方缭绕，教堂里依然保持着昔日的气派，修士们仍旧在为那个被杀死的主教做弥撒。他披着银线绣的袍子，无力的双手还捧着主教的权杖；他那白得发青却又不可一世的前额上露着血渍斑斑的伤口，像熊熊的烈火在燃烧，那是世俗的思想和邪恶的欲望在燃烧。

沉沦到坟墓里去吧,沉沦到遗忘中去吧,旧的时日留下来的令人不快的回忆。

不妨听听狂风的呼啸吧,它一阵阵地刮过来,怒号声盖过了大海汹涌的浪涛声。那边刮起了风暴,是会让人葬送性命的大风暴。大海并没有因为新时代的到来而改恶从善,今天晚上它张开大口吞噬人的性命,而明天早晨它说不定又成了能够倒映一切的澄澈明亮的眼睛,如同现在已经被我们埋葬的旧时代一样反复无常。先美美地睡个好觉吧,只要你能睡得着的话。

现在又到了早晨!

新时代的阳光照进来,把屋里照得十分明亮。可是狂风仍在肆虐,又传来了海难的消息,同过去一样。

今天晚上,在勒肯那个到处是红瓦房顶的小渔村里,我们从窗户里望出去,看到有一艘船触礁搁浅了,就在离海岸不远的海面上。好在救生索投射器已经在遇险船只的残骸和陆地之间架起了一道桥梁,船上所有人全都获救了,他们登陆上岸,被安顿到床上休息。今天他们被邀请来伯格隆姆修道院观光,在舒适的房间里,他们受到了殷勤的款待,看到的都是温柔友好的眼光,甚至听到用他们本国的语言向他们致欢迎辞,还用钢琴弹奏了他们国家的乐曲。在这些活动尚未结束之前,另一根弦又颤动起来了,尽管悄无声息,却又高亢嘹亮,使人放心。报平安的音讯已经通过电线传到了故乡,传到了家中,告诉家人他们都已获救,于是大家的心情都轻松了。今天晚上,伯格隆姆大厅里举行了宴会,大家都翩翩起舞,跳起了华尔兹和方步舞,唱起了歌颂丹麦和新时代的《勇敢的士兵之歌》。

祝福你呀,新的时代,乘着夏日清新的空气进城去吧!让你的阳光照进人们的心灵和思想里去吧!在被你的光芒所照亮的大地上,那些艰难时代留下来的黑暗的传说将被一扫而光。

在儿童室里

爸爸妈妈和哥哥姐姐们全都看戏去了,只有小安娜和她的爷爷留在家里。

"我们也来演戏吧,"爷爷说,"马上就可以开演!"

"不过我们没有戏台呀,"小安娜说,"再说我们也没有人来演呀!我的那个旧娃娃可不行,看着就叫人讨厌。新的那个娃娃也不行,不可以把她的新衣服弄皱。"

"只要把我们身边的东西拿来找一下,总可以找得出来的。"爷爷说,"我们先把戏台搭起来。我们在这里竖着放一本书,在那边放一本,再侧着放一本,在另外那边也摆上三本,这样就有了边幕了。把这只旧盒子平放在这里当背景,我们把它的底朝外放。戏台上的布景是一间房间,谁都看得明白。现在我们该去物色一些演员了。让我们看看玩具抽屉里可以找到些什么。先要有人物,我们就可以把喜剧排练起来了,一个跟着一个,一定会非常出色的!这里有一只烟斗头,这里有一只手套,它们可以扮演爸爸和女儿。"

"那才只有两个人物呀!"小安娜说,"这是我哥哥的旧背心,难道它不能演戏吗?"

"它倒是真够大的,"爷爷说,"这可以扮演情人。它的口袋里空空的，这就更有意思啦，口袋里空空如也的爱情多半是不幸的。我们还有一个干果夹子，真像是一只马靴，还带着马刺呢，扑哧、啪哒，跳个玛祖卡舞。它会蹬腿跺脚，摆出一副神气活现的模样，它应该扮演那个不讨人喜欢的求婚者，小姐连瞅都不愿意瞅他一眼。那么你想看一出什么戏呢？是悲剧呢还是家庭剧？"

"家庭剧，"小安娜说，"咱家里别的人都喜欢看这样的戏，你会演吗？"

"我会演一百多个这样的戏呢，"爷爷说，"最受欢迎的是照着法国戏改编过来的，可惜那些戏都不大适合你小女孩子看。不过我们可以演出最好看的，其实这些戏骨子里都一个样。那么我就要显显本事啦，变、变、变……变出崭新的来！行啦，一出崭新的戏变出来啦！先念一下海报吧！"

爷爷拿起一张报纸，装作在念的样子。

烟斗头和"聪明的脑袋"
——独幕家庭剧

人物：

烟斗头先生，父亲

手套小姐，女儿

背心先生，情人

靴子先生，求婚者

"现在我们开始啦！大幕慢慢升起，可是我们没有大幕，只好算是幕已经升起来了。所有的人物都已经在台上,我们就算他们全都登场了。我现在扮作烟斗头先生,就是那个爸爸,他今天在发火,一肚子的怒火可以看得见,他是烟熏的海泡石做的嘛。

"'啧、啧、啧,哎呀,哎呀!真是叫人烦恼透啦,谁叫我是一家之主呢!谁叫我是我女儿的爸爸呢!大家且听我把话说出来。冯·斯托弗莱先生——也就是那只靴子——是一位能够让人有面子的人物,他的上半身穿着摩洛哥山羊皮,下半截钉着马刺。啧、啧、啧,哎呀,哎呀,他应该娶到我的女儿。'"

"现在看看背心先生吧,小安娜,"爷爷说,"背心先生这会儿开口说话啦。他的衣领往下翻着,为人十分谦虚,可是却很明白自己的身价和权利。他可以说出他想说的话:'我身上绝无污渍,用的面料非常讲究,我是用真正的丝绸料子做的,我身上还系着带子。'"

"'在婚礼那天倒真是挺合适,可惜不能长久,又经不住水洗,洗了就褪色。'这是烟斗头先生在说话,'靴子先生却是不透水的。真皮做的东西不但结实,而且很柔软,尽管去踢去蹬好啦,马刺还会响,他还长着一副意大利人的相貌呢!'"

"不过他们的说白都应该是韵文诗呀!"小安娜说,"那样念起来才是最好听的呀!"

"他们也会呀,"爷爷说,"看戏的观众要他们这样做,他们就这样做了。看看那个娇小玲珑的手套小姐吧,看她是怎样伸出手指来的!

活了这么久,
手套连个伴儿都没有!

唉……

我真是受不了!

我的皮要开裂啦……

哎哟……

"后面那个'哎哟'是烟斗头爸爸叫出来的。现在背心先生说话了。

亲爱的手套小姐,

虽说你来自西班牙,

你还是要嫁给我,

丹麦人霍尔格许下这个愿。

"靴子先生气得跳了起来,在地板上乱蹦乱跳,马刺稀里哗啦一阵乱响,他一连踢翻了三块侧幕。"

"真是太好玩啦!"小安娜喝起彩来。

"安静,安静,"爷爷说,"不要大呼小叫,不要出声,才能显得你是正厅前排的有教养的观众。现在手套小姐要用颤音来唱她的伟大的咏叹调了。

我讲不出来,

所以我放声高唱,

啦啦啦,哎哎哎,

在高大的厅堂里。

"现在到了最激动人心的时候了,小安娜!这是整出戏里最重要的部分。你看见了吗,背心先生解开了他的纽扣,朝着你念他的台词,想要让你为他鼓掌呢。千万不要鼓掌!这样显得更高雅一些。你听,背心先生的丝绸衣料发出了响声:'我已经走投无路啦,您提防着吧!我要使出诡计暗算您啦!您是烟斗头,而我却有聪明的脑袋……呼啦一下子,您就不见踪影啦!'"

"你看,小安娜,"爷爷又说,"这是最精彩的场面,也是最逗乐的喜剧表演。背心先生一把抓住了烟斗头先生,把他塞进自己的衣兜里去,他只好待在那里。现在背心先生说话了:'您就待在我的衣兜里吧,待在我那个最深的衣兜里。若是您不答应我和您的女儿——就是那只左手手套——结成伴侣的话,您永远别想出来。我现在伸出了右手。'"

"真是有趣透啦。"小安娜说。

"现在烟斗头先生答话了。

　　我觉得头昏脑涨,
　　变得不像以前,
　　我的脾气怎么没有啦!
　　我失去了烟斗杆,
　　心里很不自在。
　　唉,
　　我从来不曾这么心烦。
　　哦,快把我的脑袋
　　从你的衣兜里拿出来。

你就订婚好啦,

同我的女儿!"

"戏演完了吗?"小安娜问道。

"还早呢。"爷爷说,"不过冯·斯托弗莱——就是那位靴子先生——可是没戏啦。那对情人跪了下去。有一个唱道:'父亲!'另一个接着唱道:'快快把脑袋伸出来,为你的女婿和女儿祝福!'"

"他们俩得到了祝福,举行了婚礼,所有的家具齐声合唱。

吱嘎吱嘎吱吱嘎,

多谢多谢真多谢,

演出到此结束啦!"

"我们鼓掌吧,"爷爷说,"请他们出来谢幕,连家具也一起上台来,它们都是红木做的呢!"

"我们的戏是不是和别人在真的戏院里看的戏一样好看?"

"我们的戏要好看得多,"爷爷说,"没有那么长,也用不着买票。现在该到喝茶的时间啦。"

金宝贝

鼓手的妻子进了教堂,她看见那座新的祭坛上有一些画像和天使的雕像。画在画布上的彩色画像头顶着光环,同那些木头刻出来的镏金的雕像一样美丽悦目。他们的头发像黄金和阳光一样闪闪发光,真是好看。然而上帝的阳光却更为美丽动人。太阳落山的时候,从树梢和枝丫之间照射过来的余晖显得分外红艳,分外灿烂。看到上帝的容颜真是让人开心不过的事情啦,鼓手的妻子看着红艳艳的夕阳,不禁陷入了沉思。她想到了鹳鸟即将要给她送来的那个小宝宝,心里泛起了一阵阵喜悦。她看了又看,希望那个孩子能够从这里得到光辉,至少要长得和圣坛上画着的天使一样。

后来,当她真的怀里抱着自己的孩子,并且把孩子举向他的父亲的时候,那个孩子确实看上去像教堂里的一个天使。他的头发像金子一样闪烁着光泽,仿佛落日沉没在里面。

"我的金宝贝儿,我的财富,我的太阳。"这个母亲说道,她亲吻着孩子那一头金光灿灿的鬈发。她的亲吻就像鼓手的屋子里响起了音乐和歌声,充满了欢乐、生气和忙乱。鼓手敲出了咚咚的鼓声,那是欢乐的旋风。那面火灾报警鼓的声音传遍了大街小巷:

"红头发,那个小孩长的是红头发!要相信我这面大鼓的话,千万不要相信你母亲的话。咚咚,咚咚,咚咚……"

整个城里都议论纷纷,讲着同报警鼓声一样的话。

那个小男孩来到教堂,受了洗礼,要起名字了。那是不用多说的,他的名字就叫彼得。全城的人,还有那面报火警的大鼓在内,都把他叫作彼得——鼓手的儿子红头发小男孩。可是他的妈妈却亲吻着他的红头发,把他叫作金宝贝。

在被车轮轧得凹凸不平的路上,在用夯实的泥土筑成的堤岸上,有许多人刻下了名字留作纪念。

"扬名嘛,"鼓手说,"终究是一件挺风光的事情。"于是他把自己和他的那个幼小的儿子的名字也刻了上去。

燕子飞来了,它们在长途迁徙时曾经见到过刻在岩石上的名字,在印度斯坦庙宇的墙壁上刻着显赫的君主们的丰功伟绩和他们千古不朽的名字。那些文字非常古老,老得如今已经没有人能念得出来或者辨认得出。

但风光岂能永久!

土貂在凹凸不平的道路旁筑起窝来,它们还在堤岸上打出洞穴,风霜雨露冲蚀了那些名字,鼓手和他幼小的儿子的名字也被冲掉了。

"彼得的名字毕竟在那里长达整整一年半之久呀。"那个父亲说道。

"笨蛋!"那面报火警的大鼓心想。不过它只说:"咚咚……咚咚……咚咚咚。"

那个小男孩活泼可爱,又快活淘气,他是鼓手的"红头发儿子"。他有一副悦耳动听的好嗓子，他喜欢唱歌，而且唱个不停，他唱起来就像树林里的小鸟一样美妙动听。他好像在唱什么曲子，却又听不出来是什么曲子。

"他应该去参加唱诗班，"母亲说，"在教堂里唱，站在那些模样像他一样美的镀金天使底下。"

"红毛猫！"城里那些头脑机灵的人说。那面大鼓是从邻居女人那里听到的。

"彼得不要回去，"街上男孩子呼喊道，"要是你睡在阁楼上，那最顶层就会失火啦，报火警用的大鼓就会敲响起来。"

"小心鼓槌！"彼得说。他人虽小，却一点不害怕，朝着身旁最近的那个男孩肚子上捣了一拳。那个男孩两腿一软，倒了下去，别的孩子全都拔腿跑了。

城里的音乐师是一个优雅而高尚的人，他是皇室银器总管的儿子，他非常喜欢彼得，常常把彼得带回家去一起待上个把钟头。他给彼得小提琴，还教彼得拉琴。彼得拉起来得心应手，似乎这个小男孩将来不会只当个鼓手，而会成为本城的音乐师。

"我想要当兵。"彼得说道。因为他毕竟还是个小毛孩子嘛，一心以为世上最美的事情莫过于扛上一杆枪，身穿制服，腰佩军刀，"一二，一二"正步走。

"你要学会听大鼓的话才对，大鼓的声音咚咚，咚咚……"大鼓说。

"是呀，他会一直向前走，直到当上将军。"父亲说，"不过要有仗打才行。"

"上帝保佑不要有这样的事情发生。"母亲说。

"我们又不会有什么损失！"父亲说。

"会的，我们有个孩子呢！"母亲说。

"如果他当上了将军回家来呢？"父亲说。

"要是缺了胳膊断了腿呢？"母亲说，"不行，我要我的金宝贝身上什么都不缺少。"

"咚咚，咚咚……"报火警的大鼓敲得震天响，所有的鼓也一齐响起来。仗打起来了，士兵们都上了前线，鼓手的儿子也跟着去了。"红头发！金宝贝！"母亲在哀哀地哭。父亲在牵挂他的时候，就盼着他能出名。音乐师觉得他不应该跑去打仗，而应该留在家里学音乐。

"红头发！"士兵们喊道，彼得粲然一笑。可是有一两个人叫他"狐狸皮"，他就会咬紧嘴巴，眼睛朝着广阔的世界看去。他对这种骂人话是不会理睬的。

这个孩子十分机警，又勇敢无畏。他的脾气很好，那些老兵们都说他是最好的"军用水壶"。

许多个晚上，他不得不栉风沐雨，露宿野外。他被雨淋得浑身湿透，然而他的心情很好，他用鼓槌敲着：

"鼓声咚咚，全体起床！"

一点不错，他是个天生的鼓手！

那是开战的日子，太阳还没有升起来，不过天已大亮了。天气寒冷，仗打得十分激烈，天空中乌云密布，然而硝烟更为浓密。枪弹、炮弹在头上呼啸而过，也飞进了脑袋、身躯和肢体，不过大家依然在前进。随时都有人踉跄一下摔倒下去,太阳穴里鲜血直流,脸色苍白得像石灰一样。小鼓手依然面色红润,没有受一点伤。他兴致勃勃地瞅着团队里养着的那条狗的脸,那条狗在他面前蹦来跳去,开心得很,仿佛这一切都是闹着玩的,满天子弹飞来飞去,只是来同它一起玩耍的。

"齐步走,向前进,齐步走!"这是命令,是战鼓发出的。命令是不能收回的,不过有时也可以收回,而且这样做还非常明智。于是就有人呼喊道:"往后撤退吧!"可是小鼓手却敲着:"齐步走,向前进!"因为他明白这是命令,士兵们都要服从。这鼓声响得正好,对那些想要退却的人来说,是给了他们前进的力量。

在这场战斗中,有人丧失了生命,有人损坏了躯体。炮弹炸得血肉横飞,把干草堆点燃。那些伤兵拖着伤残的身躯来到干草堆旁,原本只想躺在那里逃避几个小时,却送了性命。光想着这些是无济于事的,可是有人还是要想,即便在离这里很远的那个和平的城市里。在那里,鼓手和他的妻子都在想着:彼得还在战场上呢!

"那样愁眉苦脸,真叫我烦透啦。"那面报火警用的大鼓说。
又是开战的日子,太阳还没有升起,天光却已大亮了。

鼓手和他的妻子这时还没有醒来。他们几乎整夜不曾入眠,他们在谈论着儿子,他出门在外,"在上帝的手中"。父亲梦见战争结束了,士兵们都返回了家园,彼得胸前挂着银十字勋章;可是母亲却梦见她走进了教堂,看着那些木雕的金发天使,那就是她的金宝贝，她自己亲生的儿子。她的金宝贝身上披着一件白色的衣服站在天使中间，他们唱着歌，歌声婉转动听，只有天使们才能唱得出来。他同他们一起徐徐升起，飞向太阳，一面还亲切地朝着自己的母亲点头致意。

"我的金宝贝！"她呼喊起来，随即就惊醒过来。"上帝把他带走了！"她说道。她将双手合在一起，脑袋埋在床旁边的布幔里号啕痛哭起来。"他长眠在什么地方呢？是和许多人一起长眠在那个为阵亡者掘的大墓坑里吗？说不定躺在深深的沼泽水塘里面！没有人知道他丧生在什么地方！没有人在他的葬身之地为他祈祷！"于是她默默地呼唤着上帝。她的脑袋渐渐地垂下去，她实在太困了，又昏沉沉地打起盹来。

日子一天天过去，在生活里，在睡梦里。

傍晚时分，战场上空出现了一道彩虹，它触到了森林的树梢和沼泽上。有这样的传说，而且这个传说一直流传在民间，人们相信，彩虹所触到的土地上必定埋藏着宝贝。彩虹底下果真躺着一个金宝贝，不过没有人会想到那就是小鼓手，只有他的母亲在想着他，还梦见了他。

日子一天天过去，在生活里，在睡梦里。

他毫发无损，连满脑袋的头发都没有少一根。"咚咚，咚咚，就是他，就是他！"那面大鼓这样说。他的母亲若是亲眼见到或是梦见的话，她也会放声歌唱的。

在欢呼和歌唱声中，士兵们戴着胜利的花环回到家乡，战争终于结束了。团队的那条狗蹦蹦跳跳地跑在最前头，一会儿又往回跑，它的归途要比原本的路程长三倍呢！

许多天、许多星期又过去了。终于有一天彼得走进了父母亲的房间。他肤色棕黑，像个野人，不过双眼却十分明亮，脸蛋像太阳一样发光。母亲把他拥抱在怀里，亲吻他的嘴、他的双眼、他的红头发。她又有了自己的孩子，虽然他不像他父亲梦见的那样胸前佩戴着银十字勋章，但是他全身毫无损伤，这是他母亲所不曾梦见过的。他们全家乐成一片，又是欢笑，又是哭泣。彼得还拥抱了那面陈旧的报火警的大鼓。

"这个老家伙还在这里呢！"他说道。父亲随手就把鼓敲了一通。

"就好像着了火一样。"报火警的大鼓说，"屋顶在燃烧，心也在燃烧。金宝贝，咚咚，咚咚！"

后来呢，后来怎么样了呢？那就要问音乐师了。

"彼得已经长大，他不仅会敲鼓，"他说，"他要比我有出息得多。"这位城市音乐师是皇室银器总管的儿子，可是他一生所学到的本事彼得花了半年工夫就学会了。

彼得身上有某种气质，他无所畏惧，内心又很善良。他双眼炯炯有神，头发闪闪发亮，这是任何人都无法否认的。

"他应该把头发染上颜色，"邻居家的主妇说道，"那个警察的女儿就把头发染了，染得很成功，真是好看，她订婚了。"

"可是那头发染过不久就变得绿绿的，像浮萍一样，要一直染才行。"

"她有钱，染得起嘛，"邻居家的主妇说道，"反正彼得如今也染得起啦!他老到那些体面的大户人家去,还到市长家里去教洛特小姐弹钢琴呢!"

他会弹琴!他弹奏出自己心里的最美妙的音乐,而这些乐曲至今还未写到乐谱上去。他在明亮的白天弹奏,也在漆黑的夜间弹奏。这真叫人受不了,邻居和报火警的大鼓都这样说。

他弹着弹着,以至于思想豁然开朗,冒出了对未来的宏大计划:非要成名不可!

市长千金洛特小姐坐在钢琴前,她的纤纤十指在琴键上跳动。琴声征服了彼得的心。这琴声对他来说吸引力实在太大,大得叫人受不了啦!而且这不是一次,是许多次。终于有一天,他一下子握住了那纤秀的指头,还有那双娇嫩的手。他亲吻着那双手,望着她那双棕色的大眼睛。上帝才知道他说了些什么,旁人只能胡想乱猜。洛特小姐的脸蛋上一下子升起了红云,连颈脖和双肩也红了。她一句话也没有说。这时正好有人闯进了房间,那是市政参事的儿子,此人前额高阔、平展,脑袋老是朝天仰着,似乎要贴到后颈脖上。彼得陪着他们坐了很久,洛特小姐很温柔地望着他。

那天晚上,他回到家里,谈的都是外面广阔的世界,还有他的小提琴为他蕴藏的金宝贝。

"咚咚,咚咚,咚咚咚!"报火警的大鼓说道,"彼得真是脑袋发昏啦,我想这栋房子要着火啦!"

第二天,母亲到集市广场上去了。

"你听说这桩事了吗,彼得?"她一回到家就说,"一桩新的喜事!市长的千金洛特小姐已经同市政参事的儿子订了婚,是昨晚的事。"

"不!"他说着从椅子上跳了起来。可是母亲说那是千真万确的,她是从理发师的妻子那里听来的,而那个理发师又说是市长亲口告诉他的。

彼得的脸色一下子变得苍白,他又坐了下去。

"天哪,你怎么啦?"母亲问道。

"很好,没事儿,让我独自安静一会儿。"他说道,可是泪水却顺着面颊淌了下来。

"我亲爱的孩子,我的金宝贝!"母亲说道,她不禁也哭了起来。可是报火警的大鼓却唱了起来,是在肚子里唱的,没有出声:

"洛特小姐没到手,洛特小姐没到手!这首歌到此结束!"

这首歌并没有结束,反倒招来了许许多多的歌,很长很长的歌,一首首最美妙的歌,也就是金宝贝的人生之路。

"她高兴得简直要发疯啦,"邻居家的主妇说道,"全世界都该念念她的金宝贝写给她的那些信,再听听报纸上对他和他的小提琴说的那些话。他给她寄钱来,她正好需要钱,因为她现在已经是寡妇了。"

"他给国王们演奏。"音乐师说,"那样的好运从来不曾落到我的头上,不过他是我的学生,他不会忘记他的恩师。"

"他的爸爸做过这样的梦,"母亲说,"梦见他打完仗回家来,胸前挂着银十字勋章。他在战争中没有得到它,那实在是太难了。不过他现在得到了骑士勋章,他爸爸真该活着看到这一天。"

"成名啦!"报火警的大鼓说道。他出生的那座城市也这么说:"一个鼓手的儿子,红头发彼得。小时候穿着木屐的彼得,当过鼓手,也为舞会拉琴伴奏的彼得,如今他成名啦!"

"他是先给我们演奏过了再去给国王演奏的,"市长夫人说,"那时候他一门心思追求我们的女儿洛特。他有很高的抱负,那时他还很鲁莽、荒唐。我丈夫听说他追求我们的女儿,还大笑了一阵。如今洛特也当上了市政参事夫人。"

那个昔日困苦不堪的孩子的心灵里埋藏着金宝贝。他当鼓手的时候,在大家支撑不住即将退却的关头,为他们敲响了"齐步走,向前进"的号令。他的心里有一个宝藏,那是音乐的源泉。他在小提琴上把乐曲演奏得出神入化,使它听起来仿佛是一架完整的管风琴在演奏,好像夏夜里所有的小精灵都会聚在一根根琴弦上跳起了舞蹈。人们听到了画眉鸟的啼鸣和人类洪亮的歌声。这琴声令人心醉,也使得他名扬天下。这是一场大火,一场热情奔放的大火。

"况且他还长得那么英俊潇洒。"年轻的淑女说。连上了年纪的贵妇人也这么说,为的是能够求得他的一绺浓密而光亮的头发。那头发真是宝贝,金宝贝嘛。

儿子走进了鼓手的寒碜而简陋的旧居,他高雅得像一个王子,比一个国王还要幸福。他的双眼清澈明亮,他的脸庞就像太阳一样。他把母亲拥在怀里,她亲吻着他温暖的嘴唇,快活得哭泣起来,就像所有的人在快乐时流泪一样。他朝着屋里每一件陈旧的家具都点头致意,朝着摆放茶杯和花的橱柜,朝着他小时候曾躺在上面睡觉的长凳点头致意。但是他把那面报火警的大鼓搬到了屋中央的地上,他对母亲和大鼓说:

"爸爸在今天这样的场合一定会敲一通鼓的，现在只好由我来敲了。"于是他在鼓上敲出了一阵雷鸣般的声音。鼓声咚咚，报火警的大鼓觉得荣耀至极，以至于它的鼓皮嘭的一声裂开来了。

"他敲得真是出色，"大鼓说，"这样一来，我就可以永远保留着对他的回忆了。但愿他的母亲不要为金宝贝高兴得笑破了肚皮。"

这就是金宝贝的故事。

狂风刮跑了招牌

在早年间,当外祖父还是一个小男孩的时候,他头戴红帽子,身穿红外套,腰里束着长纱巾,帽上插着一根羽毛。他就这副打扮跑来跑去,因为在他的童年时代里,小孩子若是要打扮得真正漂亮的话,就非要这样一身穿戴不可。那时候和现在真是大不相同,街上时常有这样那样招摇过市的热闹场面,如今我们已经无法一饱眼福了,因为它们已经太过时,被取消了。不过听外祖父讲起这些热闹的场面来,还真是非常有趣。

那年正好鞋业行会迁移会址,鞋匠们搬动他们的招牌和幌子,叫人赶上看了一回大大的热闹。他们的绸旗迎风招展,旗子上画着一只大靴子和一只双头鹰。那些年纪最小的学徒们捧着欢迎的告示牌和行会的箱笼什物,衬衫的衣袖上飘扬着红白两色的缎带。年纪大一些的伙计手持出了鞘的利剑,剑尖上插着一个柠檬。还有整整一个乐队。乐器中最好听的是外祖父称之为"鸟儿"的东西——一根粗大的棍子上挂着一轮新月和各种叮当作响的敲击物。那是地地道道的土耳其音乐。"鸟儿"被举得高高的,来回晃动,发出了悦耳的响声。阳光照耀在所有这些金的、银的还有铜的东西上,把人刺得眼花缭乱。

在游行队伍的前头,一个打扮成小丑模样的人在奔跑着,他身穿五颜六色的用小块布料拼成的服装，面孔涂得漆黑，头上挂着许多小铃铛，就像一匹拉雪橇的马似的。他用他的响板打人，这种响板打起人来发出很大的响声，却一点不痛。人们蜂拥过来又推搡过去，有的要朝后退，有的要朝前去，挤成了一团。小男孩和小女孩站立不稳，一脚就踩进街边的水沟里去了。年老的女人们用胳膊肘开路，她们虎起了脸，有一肚子的怒气要发出来，嘴里还在骂骂咧咧。有些人在哈哈地高声大笑，也有几个人在喋喋不休地聊天。到处都是看热闹的，台阶上站满了人，窗口前挤满了人，连屋顶上都站满了人。阳光明媚，虽然也下了一点雨，不过这对农夫来说是很有好处的，要是这场雨真的把大家浇得浑身透湿的话，那么就给大地带来福音了。

哦，外祖父是多么会讲故事啊！他小时候亲眼目睹了这热闹的场面。年纪最大的行会伙计要站到搭起来的台子上去致辞，台子上面还悬挂着招牌。那人的演讲还很押韵，就好像在朗诵诗一样。而确实也是如此，这篇讲稿是由三个文人一起写出来的，他们在写文章之前还喝了一大碗潘趣酒，为的是要把讲稿写得精彩一些。台下的观众对这番讲话报以热烈的欢呼，可是当小丑登上台来做出种种怪模样的时候，他们喝彩的声音更为响亮。那个小丑把痴呆相表演得淋漓尽致。他用小烧酒杯喝蜜酒，喝完之后就随手将酒杯朝人群里一扔，让人们争先恐后地去哄抢。外祖父就有一只这样的酒杯，那是拌石灰的匠人伸手出去接到之后送给外祖父的。这种场面真是热闹极了。鞋业行会的新会址大楼外面挂起了招牌，还用鲜花和绿叶点缀。

这样的盛况是令人永远不会忘记的，不管你活多长久，外祖父说道。他的确一点都不曾忘记。尽管他看到过许多热闹场面,也讲起过那些盛况,但是最有趣的仍然是听他讲述在那座大城市里搬移招牌的故事。

外祖父小时候跟着他的父母亲到过那里,在那以前他还从不曾到过这个我们国家的最大的城市。街上面到处都是人,他以为又是要搬招牌了。不过要搬的话,那招牌也实在太多了。若是把挂在屋里或者屋外的那些画着画的牌子也算在内的话,那些招牌和幌子足可堆满上百个房间。裁缝铺的招牌上画着各色各样的服装,显示这个裁缝能够缝制所有的衣服——从粗布衣衫到精美服饰。烟草铺的招牌上画着一个小男孩在抽雪茄烟,还真是像模像样的。有的招牌上画着奶酪、腌鲱鱼,有的画着牧师的硬领和棺材,有的还写有文字和简要介绍。你可以花上一整天时间逛街,光是看招牌就看累了,这样你一眼就可以知道那些店铺里住着什么人,因为他们把自己的招牌挂在外面了。外祖父说这很有好处,在一个大城市里,可以一眼就看出屋子里住的是什么人。

可是就在外祖父进城的那一天,挂招牌却惹出了一场风波来。这是他自己讲的,而且"耳朵背后也没有藏着个鬼"。每逢他要我相信他说的话的时候,我妈妈总是这么说他来着。这一回他看起来是可信的。

他来到这个大城市的第一天晚上,刮起了一场吓人的风暴。人们从来不曾在报纸上念到这里有过这样猛烈的风暴,也记不起来这里曾经有过这样的坏天气。屋瓦被刮得满天乱飞,旧的栏栅被连根拔起,手推车为了逃命而满街乱窜。天空中只听得呼啸的风声和东西碎裂的响声,风暴让人感到恐惧。运河里的河水漫出了堤岸,因为它不知道自己该待在什么地方。风暴刮过这座城市,卷走了大大小小的不止一个教堂的古老而骄傲的尖顶,而且自那以后它们就再也没有修复。

在那位总是跟着最后一辆救火车一起姗姗来迟的受人尊敬的老救火队长的住所门前,有一个岗亭,可是狂风连这个小小的岗亭都没有放过,它被掀翻在地上,沿着街道骨碌碌滚过去。说来也奇怪,它滚到一栋房屋门前就翻转过来,笔直地站立在大门外,这栋房子里住着一个木匠,在最近发生的一场火灾中,这个木匠救出了三条人命。不过那个岗亭大概不会想到这些的。

理发铺的招牌——一个硕大的黄铜面盆——也被狂风卷了起来,落进了司法参事的窗洞里。那真是巧得不能再巧,就像一场恶作剧,周围的邻居都这么说。因为司法参事的夫人被大家叫作"剃头刀",连她最亲密的女友背后都这么称呼她。她为人非常尖刻,她知道的别人的事情要比他们自己知道的还要多得多。

一块画着干鳕鱼的招牌飞到了一个以给报纸写稿为生的文人的家门上。这真是狂风开的另一个令人哭笑不得的玩笑,它似乎已经忘记了:一个在报纸上舞文弄墨的人是开不得玩笑的,因为他是报纸之王,也是言论之王。

风信鸡飞到了对面邻居家的房顶上,趴在那里,活像一个为非作歹的坏家伙,邻居们都这么说。

箍桶铺里的木桶都飞了起来,挂到了"妇女饰物店"的招牌底下。

餐馆菜单本来镶嵌在一个结实的木框里,挂在大门旁边,如今被狂风刮到那家没有观众前来光顾的剧院的入口处,成了一张令人发笑的滑稽海报:"棘根汤和带馅白菜卷"。不过这样一来,倒有人前来光顾了。

裘皮店铺的狐狸皮原本是裘皮商人诚实无欺的招牌,却被挂到了一个年轻男子家的门铃拉绳上,就像一把收拢起来的雨伞。这个年轻人总是去做晨祷,孜孜不倦地追求真理,他的姨妈说他真不愧是"一个楷模"。

一块刻着"高等教育研究所"字样的招牌被搬到了台球俱乐部门口,而研究所门口却竖着一块"这里用奶瓶喂婴儿"的牌子。这真是既无趣又失礼的恶作剧,不过狂风的所作所为不是人力所能管束得住的。

那一夜真是吓人。到了第二天早晨,想一想吧,几乎全城的招牌都搬迁了地方,有些招牌挪了地方就显得邪气十足,用意刻薄至极,甚至连外祖父都不情愿提到这些,他只是暗自发笑。我完全看得出来,说不定他这时耳朵背后就藏着个鬼呢。

这个大城市里的可怜的居民们,尤其是外地来的陌生人,想找人老是找错。这也难怪他们,因为他们是按着招牌去找的,结果只能如此。有的人要去参加一个成年人的十分严肃的聚会,却一头跑进了乱哄哄的男童小学校,那里小孩子都蹦上了课桌。

有人把教堂和剧院弄颠倒了,那真是糟糕得要命!

我们这一辈子还没有碰上过这样的风暴,只有外祖父亲身经历过,不过那时他还年纪很小。这样的风暴说不定在我们的时代里不会发生,不过也许我们的孙子会碰到。那么我只能衷心地希望和祈祷:当狂风搬迁招牌的时候,他们都待在屋里吧。

茶 壶

有一个十分骄傲的茶壶,他为自己身上的瓷釉而自豪不已,为自己的长嘴巴而傲气十足,为自己的宽把手而自鸣得意。他的身体前后都有点东西:前面是壶嘴,后面是壶把。他总是要讲这些,却闭口不提他的壶盖。原来壶盖已经被摔裂,又用铆钉铆住了。这真是一个瑕疵,而人们对自己的缺点向来是不乐意谈的。可是别人却会对此津津乐道,茶杯、奶油罐、糖缸和整套茶具都一点不曾忘记他的壶盖是脆弱的,要比他漂亮的壶嘴和讲究的把手更记得清楚,茶壶对此也是心知肚明。

"我知道他们,"他在心里说,"我当然也知道我的缺陷,而且我也承认这正是我的谦虚之处。缺点人人都有,但是大家都有自己的天赋。茶杯有把手,糖缸有盖子,而我却既有把手又有盖子,我的前面还有一个他们绝不会有的东西。我长着一个嘴巴,它使得我成为茶桌上的国王,糖缸和奶油罐虽然被摆放在那里,却只不过是增加味道的女仆,只有我才是施主,是主宰一切的。我把幸福赐给那些口渴的人。在我的身体里,中国茶叶把毫无味道的白开水变成了上好的茶水。"

这些话都是茶壶在他血气方刚的青年时代说的。他站立在摆好了茶具的桌上,一只纤秀的手把他的壶盖揭开了。不过那个长着最纤秀的手的人却很笨拙，茶壶掉了下去，壶嘴摔没了，壶把摔断了，壶盖就更不用说了，反正已经讲它讲得够多的了。茶壶昏昏沉沉地躺在地板上，沸水从壶里流出来，淌了一地。他摔的这一跤非常厉害，最糟糕的是大家都取笑他，而不去取笑那双笨拙的手。

"这件事情我终生难忘。"茶壶后来在谈到自己的生活经历时说，"我被人称为破烂，被人扔在角落里。后来有一个老妇人来乞讨的时候，他们又把我给了她，于是我就沦为赤贫了，里里外外都是一副寒酸相，不言不语地站在贫民窟里。不过正是在那里，我的日子好过起来，生活一下子变了个样。我的身体里被填满了泥土，对于一个茶壶来说，那就是被埋葬了。不过泥土里种了一个花的球茎，至于是谁种的和谁给的，那我就不知道了。但毋庸置疑的是，它代替了中国茶叶和滚沸的开水，代替了被摔断的壶把和壶嘴。球茎躺在泥土里，躺在我的身体里，它成了我的心脏，我的一颗真正活着的心。我以前从来没有这样的心脏。我有了生命，有了力量，有了精神。生命的脉搏跳动起来了，球茎发了芽，产生了思想和感觉，它开出了花朵来。我看到了它，我支撑着它，我把自己融进它的娇美之中，而为别人忘却自己是幸福的。它没有感谢我，也没有想到我。它受到人们的欣赏和称赞，我也非常高兴，它肯定也一样高兴。

"有一天，我听见有人说该换一个好一点的花盆了，于是我就被人拦腰砸成两半。我疼痛极了，不过花朵却得到了一个更好的花盆。

"后来我被扔到院子里，成了一堆碎片，躺在那里。但是我还有着记忆，那是忘不了的。"

民歌之鸟

正是隆冬季节,大地覆盖着一层厚厚的积雪,仿佛铺了从山崖上凿下来的大理石一般。天高云淡,空气清爽凛冽,寒风犹如一柄由矮精灵铸出来的剑那样锋利。一棵棵树木像白色的珊瑚枝,也像繁花满枝的杏树那样迎风傲立。站在这里,就像站在阿尔卑斯山的高峰上一样。

暴风雪刮过来了,乌云冉冉升起,满天飞舞着片片雪花,就像天鹅的绒毛。这场大雪填平了坑坑洼洼的道路,覆盖了房屋,把开阔的田野和封闭的街巷全都包裹起来。我们坐在温暖的屋子里,围着烈焰熊熊的壁炉,讲述古代的故事。我们听到了这样一个传奇故事:

在浩瀚无际的大海边,有一座古代武士的坟墓。每到半夜时分,这座坟墓的顶上就端坐着被埋在里面的那位英雄的幽灵。他生前是一位国王,金环在他前额上闪闪发亮,他的长发随风飘扬。他浑身铠甲,却脑袋低垂,愁容满面,不断地长吁短叹,好像是一个无法得救的不幸冤魂。

有一艘大船驶了过来,水手们抛锚走上岸来。他们当中有一个吟游诗人,他朝着国王的幽灵问道:"您为何如此悲伤,莫非有什么心事在苦苦折磨着您?"

那个亡灵回答道:"没有人歌唱我的毕生事迹,以至于我的丰功伟绩无人知晓,被遗忘了。没有歌谣将它们传遍全国各地,送入人们的心里。正因如此,我才不得安宁,也无法长眠。"

于是他讲起了自己一生的战斗经历和立下的功勋。与他同时代的人都知道这些业绩,却没有人能编成歌谣来唱,因为他们都不是吟游诗人。

这个老吟游诗人拨动琴弦,唱起了那位英雄年轻时候的英勇无畏、壮年时代的力量和功绩。亡灵的脸上露出了光彩,就像月光照亮了乌云的边沿。幽灵心情舒畅、满怀喜悦地站起来,神情庄严肃穆,明亮的光辉一闪,便如同北极光一般倏地消失了,剩下的只是一座长满绿草的孤坟,连一块刻有鲁纳文字的墓碑都没有。不过在这座坟墓的顶上,琴弦发出的最后一个音符却依然余音缭绕,久久不散。在余音声中飞来了一只小鸟,仿佛是从竖琴的琴弦上飞出来的,这是一只可爱的小鸟。它的歌声像鸫鸟一样清脆悦耳,能唱出人类灵魂里的柔情伤感,能唱出候鸟留恋故土的乡愁。这只歌唱的鸟儿飞过高山,飞过深谷,飞过原野,飞过森林,它是民歌之鸟,它永远不会死亡。

我们听到过这歌声,我们是坐在一间房间里听到的,在暴风雪肆虐、雪花像白色的蜂群在天空飞舞的冬夜里听到的。那只鸟儿不仅为我们唱出了英雄的史诗,还唱出了丰富多彩、甜蜜温柔的情歌,唱出了北欧的信仰。它的曲调和歌词讲述了故事,也用了谚语和韵文,它们像藏在亡灵舌下的古代鲁纳文字,把这些故事痛痛快快唱了出来,于是人们就知道了民歌之鸟的家乡。

在信仰异教的古代,在北欧海盗时代,民歌之鸟把鸟巢筑在吟游诗人的竖琴上。在骑士时代，当拳头掌管着公正的天平时，强权就是公理。一个农夫只能同一条狗等价交易，民歌之鸟又在哪里能找得到栖身之所呢？凶残暴力和愚昧无知都不会收留它的。

不过在骑士城堡山墙的窗户里，贵妇人端坐在羊皮纸前，把对往昔的追忆写成诗歌和传奇，来自草屋的老奶奶和走街串巷的货郎成了她们的座上客，向她们讲述那些过去的事。那只小鸟在她们周围盘旋、歌唱，只要世上有一处地方让它们歇脚，它们就不会死去！民歌之鸟啊，它一直在振翅歌唱！

现在它为我们歌唱了，外面是狂风暴雨和茫茫黑夜。那只鸟把古代的鲁纳文字和乐曲塞到了我们的舌头底下，使我们认识了我们的祖国。上帝用民歌之鸟的歌声把我们母亲的语言讲给我们听，于是对往昔的追忆翩然浮现。已经褪去的颜色又焕然一新，那些传奇故事和歌谣如同一杯醇厚的美酒，给我们带来了祝福，使我们的心灵和思绪都飞升起来，于是这个夜晚就成了一个圣诞节的欢宴。大雪仍在飞舞，坚冰发出吱嘎的响声，暴风雪在大地上肆虐，它可以横行一时，但它却不是上帝。

这是隆冬的季节，寒风锋利得像矮精灵们铸出的利剑一般。大雪漫天飞舞，似乎一直不停地下了几天，甚至几个星期。积雪像一座巨大的雪山，把整个城市都压在底下，它又像是漫长冬夜里的一个阴暗沉重的梦。地上所有的东西全都被积雪覆盖住了，唯独教堂的金色十字架——信仰的象征——屹立在积雪的坟墓之上，在蓝色的天空中、在明媚的阳光下闪现出光芒。

在被雪掩埋的城市的上空，飞来了天国的鸟儿，有大的也有小的，它们啾啾地叫个不停，每只小鸟都张开嘴尽情地歌唱。

最先飞来的是一群麻雀，它们叽叽喳喳，唱的都是街头巷尾、鸟巢里和屋檐下的日常琐事。它们知道屋前房后左邻右舍的所有故事。"我们对这座被埋在雪底下的城市了如指掌，那里有口气的活东西都在……叽叽，喳喳，叽叽，喳喳……"

黑色的大渡鸦和乌鸦从积雪上飞过。"呱，呱，"它们叫喊着，"下面还找得到东西，还有剩饭可以吃，这是最要紧不过的事情啦。在地面上的大多数人也这么认为，这个看法就是……呱呱呱，呱呱呱！"

野天鹅拍着翅膀飞过来了，歌唱着被埋在积雪底下的城市里，从人们心灵和思想里萌发出的高尚和伟大的情操。

那里没有死亡，生命仍然存在，从教堂的管风琴发出的乐声中，我们可以感受到。这乐声像是从妖山传来的，是奥西恩①式的歌谣，是瓦尔基里氏拍击翅膀的声音。这些声音使我们深受感动，这是何等扣人心弦的和声啊！这种和声沁入了我们的心脾，使我们的思想得到了升华。我们听到的是民歌之鸟的歌声，而就在同一时刻，上帝温暖的气息自上而下地吹了过来。雪山崩裂了，阳光照进了裂缝之中。春天来啦，小鸟飞来啦，那是带着故乡之音的新的一代，唱着同样的曲调。

听一听这一年的英雄史诗吧！暴风雪的肆虐，漫漫冬夜的阴暗沉重的梦，一切都消亡殆尽，一切都在民歌之鸟的美妙歌声中重新升起，而这只鸟是永远不死的。

---

① 奥西恩是传说中的古代爱尔兰英雄和吟游诗人，以吟唱他父辈的功绩而著称。18世纪初，他的歌谣经改编后流行于爱尔兰、苏格兰，并被传入欧洲大陆，称为"奥西恩式的歌谣"。

绿色的小东西

窗台上站着一株玫瑰，不久之前它的花朵还十分娇艳，充满青春活力，可是现在耷拉着脑袋，看上去好像生病了。那么它受到了什么折磨呢？

它的身上来了一伙寄宿者，它们正在吞食它。顺便提一句，这是一伙穿着绿色制服的气宇轩昂的寄宿者。

我和这伙寄宿者里的一位作了交谈。它虽然出生只有三天，却已经是爷爷了。你知道它说些什么吗？它说的都是真话。它讲述了它自己还有别的寄宿者的事：

"我们是世界上生灵之中最为奇特的一个兵团。在温暖的季节里，我们一口气把活蹦乱跳的孩子生下来，因为那时天气好。我们订了婚，马上就举行婚礼。到了寒冷的季节，我们就产卵，让那些小崽子们睡得暖暖和和的。蚂蚁是世上所有生灵之中最聪明的，我们对它们非常尊敬。蚂蚁对我们做了研究，评估出了我们的价值。它们并不马上就把我们吃掉，而是把我们的卵搬走，搬到它们家族的蚁穴里，给我们做上记号，编上号码，一排排、一层层地码放起来。这样每天都有一个新鲜的小崽子从卵里孵出来。然后它们把我们关在栏里，抓住我们的后腿，像挤牛奶似的把我们的汁液挤出来，于是我们就死去了。这真是一种舒舒服服的享受,所以蚂蚁给我们起了一个最好听的名字:'甜蜜的小奶牛'。所有像蚂蚁那样有才智的生灵都这么称呼我们,只有人类除外。这对我们来说真是一种侮辱,以至于我们都失去了甜味。您能不能写点什么来表示反对呢?您难道不能指点他们改邪归正吗?这些人类!他们总是用眼睛瞪着我们,用居心叵测的眼神瞅着我们,无非只是因为我们吃掉了一片玫瑰花瓣,而他们自己却吃掉了所有的生灵,一切有生命的东西,一切绿色的会成长壮大的东西。他们给我们起了一个最卑鄙、最令人作呕的名字,我连提都不愿意提它,哼,一提就叫我反胃。我不情愿把这个名字说出口来,起码不要在我穿着制服的时候,而我却一直是穿着制服的。

"我出生在玫瑰的叶子上,我和我全家都是靠玫瑰养活的,可是玫瑰也活在我们的身体之中,因为我们是居于更高层次的生灵嘛。人类却容不得我们,他们跑来用肥皂水杀死我们。肥皂水真是一种可怕的饮料,我觉得我这会儿就闻到了它的气味。挨肥皂水浇淋的滋味真是吓人,要知道我们生下来就经不起浇淋的。

"人类呀人类,你们用恶毒得像肥皂水一样的眼神盯住我们不放,不过你们可曾想过我们在大自然里所处的地位,可曾想过我们奇特无比的产卵功能。我们得到过祝福:'生养众多,遍满地面。'① 我们在玫瑰丛里出生,也在玫瑰丛里死去,我们的一生就是诗。千万不要把那个你认为最令人作呕的、最丑的名字强加给我们!那个名字……我说不出口,我不情愿提到!还是把我们叫作'蚂蚁的奶牛''玫瑰丛兵团''绿色的小东西'吧!"

---

① 见《圣经旧约·创世记》第一章第二十八句。

而身为一个人的我却站在那里，呆呆地凝视着那株玫瑰，凝视着那些绿色的小东西。这些小东西的名字我不打算说出来，因为我不想伤害玫瑰丛上的居民们，那是一个大家族，既有虫卵，又有活蹦乱跳的孩子。我本来要用肥皂水浇淋它们的，因为我拿着肥皂水，来意是不善的。现在我只好把它搅得泛起泡沫，然后用来吹肥皂泡玩了。我看着那光怪陆离的肥皂泡浮想联翩，说不定每个肥皂泡里都藏着一个童话故事。

肥皂泡越吹越大，闪现着五光十色，有如霓虹，仿佛在每个肥皂泡里都藏着一颗银色的珍珠。肥皂泡轻盈地升起来，在空中飘飘荡荡飞向房门，可是飞着飞着就啪的一声爆裂了。门一下子被推开了，门口站着童话妈妈。

"行啦，我不肯说出这些绿色小东西的名字，现在由她来讲更好一点！"

"蚜虫，"童话妈妈说，"任何东西都应该叫出它的正确名字。如果平常不敢直呼其名，那么起码在童话故事里是可以叫的。"

小精灵和夫人

小精灵你是知道的,可是你认识那位夫人——园丁的夫人吗?她读书识字,还会背诵诗歌,是呀,她自己还会毫不费力地写诗呢!只是那诗句的韵律让她大伤脑筋,她把诗歌韵律叫作铿锵作响的东西。她有写诗的能力,也有讲话的口才,她本来可以成为一个牧师——起码是牧师的妻子。

"大地秀色可餐,总是披着节日盛装。"她说道。她把这个想法写成了文字,还押上了"铿锵作响"的韵,就成了一首韵文诗——一首美丽的长诗。

师范学校进修生吉斯鲁普先生——他的名字同这个故事毫不相干——是她的外甥,到她家来登门拜访。他聆听了夫人这首诗,觉得感人至深,他说,那真是动人心弦哪。

"你有灵感,夫人。"他称赞说。

"真是瞎说八道,"园丁说,"千万别再往她脑袋瓜里灌输这些东西啦。一个当妻子的,只要身体结实就行。快去照料你的锅子去吧,别让稀粥熬煳了。"

"我只要用一块木炭就可以把稀粥里的煳味除掉!"夫人说,"你身上的那股油烟味,我用轻轻的一个吻就可以除掉。人家以为你一心只惦记着白菜和土豆,不过你心里还爱着鲜花。"她亲吻了他一下。"花儿就是灵感呀！"她说道。

"去照看你的锅子吧。"他说着就走进园子里去了。园子就是他的锅子，他必须去照管它。

可是那位师范学校进修生却陪着夫人聊起天来。对她的那句"大地秀色可餐"的精彩诗句，他慷慨陈词，按照自己的方式发表了一大通议论。

"大地是秀色可餐的，我们被告知，要'治理这地'①，于是我们就成了主人，不过有人凭借了精神心智，而有人却以劳碌的身躯。有人降生到世上来就像是一个惊叹号，而有人却只像一个破折号。于是人们不禁要问：他究竟干什么来了？一个当上了主教，而另一个是师范学校的穷进修生。但是一切都在情理之中。'大地秀色可餐，总是披着节日盛装。'这真是一首振聋发聩的诗，夫人，这里面充满了感情和地理知识。"

"你很有灵感，吉斯鲁普先生，"夫人说，"非常有灵感。我可以向你保证，同你交谈，真是使人更清楚地了解了自己。"

他们继续交谈下去，谈兴不减，滔滔不绝，妙语如珠。但是在厨房里却还有另外一位在说话，那是小精灵在说话。那个身穿灰色衣服、头戴小红帽的精灵，你们都知道的。小精灵坐在厨房里，照看着锅子，他在说着话，不过除了被夫人称为"偷黄油的小偷"的那只大黑猫之外，没有人能听到他说的话。

小精灵对夫人怀着满肚子怒火，因为她不相信有小精灵存在。他知道她从来不曾见到过他，可是既然她那么有学问，按理说应

---

① 见《圣经旧约·创世记》第一章第二十八句。

该知道他的存在，至少该对他稍加注意吧。在圣诞前夜，她都从来不曾想到过要分给他哪怕一小匙稀粥，而他所有的祖先都吃到过这样的稀粥，分给他们粥吃的是昔日那些没有读过书的夫人们。那粥里漂着厚厚一层黄油和奶油，那只猫听到这些，不禁口水直淌，把小胡子都沾湿了。

"她说我只是一个空洞无物的术语，"小精灵说，"这就超出我的理解能力啦。反正她要把我一笔抹杀。我以前听她说过那些骗人的话，现在她又坐在那里对那个师范进修生——那个专门跟孩子过不去的家伙——瞎说一通。我方才对园丁老头说过，叫她照看好锅子，可是她却听不进去。现在我要让稀粥煮得溢出锅来。"

小精灵朝炉火吹着气，炉火顿时旺了起来，火苗往上直蹿。"咕噜咕噜，刺啦刺啦……"稀粥从锅子里溢了出来。

"现在我要进去，在园丁老头的袜子上咬出一些洞来，"小精灵说，"我要在脚趾和脚后跟的部位咬出大洞来，这样她就有东西缝缝补补了，省得她有空去写什么诗啦。写诗的夫人，去给老头补袜子吧！"

那只猫听到这里打了个喷嚏，它伤风了，尽管它总是披着那身厚厚的裘皮。

"我已经把食物储藏室的门打开，"小精灵说，"里面放着新熬好的奶油，稠得像糨糊一样，你要不要吃点？反正我是要去吃一点的。"

"是要让我去承担罪名，挨一顿打吧！"那只猫说，"要是那样的话，我宁可不吃。"

"先吃了再说，然后再挨打嘛。"小精灵说，"不过我现在要到师范学校进修生的房间里去一趟,把他的裤带挂在镜子上,把他的袜子扔进水缸里,这样一来,他就会觉得喝下去的潘趣酒实在太厉害,弄得他脑袋发昏了。今天夜里,我在狗棚里的柴火堆上过夜。我要把两条腿垂下来晃个不停,不管那条狗跳得多高,都够不着我的双腿,这样就使得它气急败坏,汪汪地叫个不停,它越叫得起劲,我越把双腿晃个不停。那声音吵死人啦,师范学校进修生一定会被吵醒,他一定会爬起身来,一连三次站在窗口朝底下张望,不过,尽管他戴着眼镜,却还是看不见我。他总是戴着眼镜睡觉的。"

"夫人来的时候赶紧叫一声,"那只猫说,"我的耳朵不大听得见,我今天生着病呢!"

"你生的是馋病,"小精灵说,"舔上几口就药到病除,治馋病一舔就灵!不过你要把胡子擦干净,千万别让奶油挂在胡子上。我现在要去听听他们在说些什么啦。"

小精灵站到了房门旁边,门半开半掩。除了夫人和师范学校进修生之外,房间里没别的人。他们正讨论一个问题,师范学校进修生非常潇洒地说,这是每个家庭都应该置于锅碗瓢盆之上的大问题,那就是灵感的由来。

"吉斯鲁普先生,"夫人说,"我要借此机会向你展示一些东西,这些东西我从来不曾给别人看过,更没有给男人看过,那是我写的几首短小的诗,不过有的还很长呢。我把它们称为《一个贤惠淑女的铿锵诗集》。我很喜欢古老的丹麦文字。"

"我们应该坚持用古老的丹麦文字,"师范学校进修生说,"必须把德文从我们的语言里清除掉。"

"我正是这样做的,"夫人说,"我从来不许自己讲'克莱约'或者'白脱挞',我总是说油糕和薄面饼。"

她从抽屉里取出了一本笔记本,绿色封面上还有两滴墨水渍。

"这个本子里的诗都是我呕心沥血写成的。"她说,"我对伤感的东西的感触最深。这里有《夜的长叹》《我的晚霞》和《当我得到克莱门逊的时候》,克莱门逊就是我丈夫。这一首你可以跳过去不念它,尽管它感情丰富,含义深奥。《家庭主妇的天职》是最好的一首!这些诗全都多愁善感,都显示了我在这方面的才华。只有一首是逗趣的,总会有些活泼快乐的想法嘛。你千万不要取笑我,那首诗写的是想当女诗人的种种念头,只有我和我的抽屉才知道其中的秘密。现在你吉斯鲁普先生也知道了。我钟情于诗,它使我心醉神迷,它可以戏谑我、主宰我、支配我。我在一首以《小精灵》为题的诗里表达了这种感情。你肯定知道那个古老的迷信,那就是每栋房子里都有一个看家的小精灵,它们总是在房子里捣鬼使坏。我暗自思忖,我自己就是这栋房子,而房子里的小精灵就是我内心的感受,也就是诗——那主宰着我的精神。我在《小精灵》这首诗里纵情歌颂了它的威力和伟大。不过你必须把你的手放在心口,向我发誓永远不向我丈夫或者任何人吐露风声。好吧,大声朗诵吧,让我听听你是不是真正看懂了我的作品。"

于是师范学校进修生便朗诵起来,夫人屏气凝神地倾听着。小精灵也在听,不过你知道,他是偷听,而且恰好是在念到题目的时候进来的。

"居然写到我的头上来啦!"他说道,"她会写出什么好话来呢?哼,我要拧她,我要捏碎她的鸡蛋,我要去拧她的小鸡,我要害得她的肥牛掉膘。看我怎么对付这位夫人吧！"

他噘起嘴巴、伸长耳朵细细听着。可是他耳朵里听到的都是小精灵的威力和荣耀以及他对夫人的主宰和支配。你是知道的，她的意思其实是指诗的创作，可是小精灵却只是从字面上去理解了，所以这个小东西越来越开心了。他高兴得双眼炯炯发光，嘴角上露出了笑容。他抬起了脚后跟，用脚尖站着，似乎比平时高出了一寸。他对说到小精灵的地方都很满意。

"夫人真的很有灵感，而且也很有教养。我真是错怪她了。她把我写进了她的'铿锵集'里，而这本诗集是要印刷出来供人阅读的。现在我不能让那只猫去吃她的奶油了，我留着自己吃，一个人吃的总比两个人要少一些。这算是一种节省吧。我说到做到，以此来向这位尊贵的夫人致意。"

"他是个什么人哪，这个小精灵！"那只老猫说，"只要夫人甜甜地叫一声，讲一讲他，他马上就晕头转向了。她真是狡猾透啦，那位夫人！"

不过那位夫人倒并不狡猾，因为小精灵毕竟也是一个人呀！

如果你不明白这个故事的意思，你可以去向人讨教，不过你千万别去问小精灵，也不要去问那位夫人。

贝得、彼得和皮尔

真是叫人无法相信,我们这个时代的孩子竟然无所不知,无所不晓,几乎找不出什么他们不知道的事情来。要说他们小时候是鹳鸟从水井里或者磨坊的水池里捞上来衔给他们父母的,这已是老掉牙的故事啦,他们压根儿就不相信这一套。然而这个故事偏偏是确有其事的。

那么那些幼小的婴儿是怎样到了水井里或者磨坊的水池里来的呢?是呀,这并不是人人都知道的,然而毕竟还是有人知道。要是你在一个星光灿烂的晚上全神贯注地凝视着夜空,你会看到许多流星,那些星星坠落下来就立刻不见了踪影,连最有学问的人都解释不了,因为他们自己都莫名其妙,可是只要知道了,就可以解释了。它就像圣诞节的小蜡烛一样从天上落下来,然后就熄灭了。这是一颗来自上帝的灵魂的火星,朝大地飞了过来,当它进入到我们稠密而混浊的空气之中的时候,它的光芒消失了,变成了我们肉眼所看不见的东西,因为它比空气还要难以触摸。那就是天上的孩子——一个小天使,不过他没有长翅膀,因为这个孩子是要长大成人的。他悄无声息地从空气中滑落下来,风把他吹到一朵花里,这花可以是紫罗兰,也可以是蒲公英;可以是玫瑰花,也可以是石竹花。他躺在里面健康地成长。他很轻很轻,一只苍蝇就可以把他驮起来飞走,蜜蜂就更不用说了。蜜蜂轮流到花朵里来寻找花蜜,而这个孩子躺在那里免不了碍手碍脚,不过它们不会把他踢出去,因为它们不忍心这样做。它们把他放到阳光里的睡莲花瓣底下,孩子就从那里连滚带爬地落到了水里。于是他在那里睡觉,在那里长大,直到鹳鸟看见了他,把他衔到一个盼望有个可爱小宝宝的人家。至于这个幼小的婴儿究竟可爱不可爱,那要看他是喝了清爽的泉水,还是被烂泥和浮萍呛住了嗓子眼,呛住的孩子就会变脏。

鹳鸟没有任何偏爱,总是把它看见的第一个孩子衔走。有的孩子被它送到一个好的家庭,交给慈爱无比的父母;有的孩子却被送到了穷苦人家,日子过得还不如待在磨坊的水池里。

那些幼小的婴儿完全记不起来他们在睡莲花瓣底下做过的梦,在那里,到了晚上青蛙就"呱呱"地为他们歌唱,而这在人类的语言中意思就是:"看看,现在你能睡着做个梦!"他们也完全记不起来他们最初躺在什么花里,或者那种花有什么样的香味,可是在他们的心中毕竟还多少留下了一点印象,所以当他们长大成人之后,就会说:"我最喜欢这种花了。"那便是他们很小的时候躺过的花朵。

鹳鸟是一种可以活得很久的鸟,它总是关心着自己送走的孩子,想知道他们的日子过得怎么样了,他们在人世间的表现如何。它当然帮不上他们的忙,也改变不了他们的处境,再说它也有自己的家庭要照顾,可是它却从来不会忘记他们。

我认识一只年老、受人尊敬的鹳鸟,它阅历丰富,见识广博,曾经送过好几个小孩,而且知道他们的故事,尽管这些故事里难免夹杂着一些磨坊水池里的污泥和浮萍。我央求它给我讲讲他们中间任何一个的生活经历,它说我可以听到不止一个,而且是贝得森家三个孩子的故事。

这个家庭——贝得森的家——是很不错的。男主人是这座城市三十二名市政委员中的一个,这是一个很荣耀的差事。作为三十二个委员之一,他不辞辛苦,埋头苦干。那只鹳鸟给他送来了小贝得——这是那个最大的孩子的名字。第二年鹳鸟又送来一个,他们给他起名叫彼得。后来第三个又送来了,他得到了皮尔这个名字。因为在贝得、彼得、皮尔这些名字里都包含着贝得森这个姓氏。

于是这三颗坠落下来的流星就成了一户人家的三个兄弟。他们都曾经躺在各自的花朵里,也曾经躺在磨坊水池里的睡莲花瓣底下。鹳鸟又从那里把他们先后衔到了贝得森的家里。贝得森的房子就在大街的拐角上,你一定是知道的。

他们的身体和思想都成熟起来,于是他们都想当比三十二名市政委员更有出息的人物。

贝得说他要当个强盗,他看过《魔鬼兄弟》[①]后,便认定了当强盗是世界上最了不起的事情。

彼得想要当个敲着木板运垃圾的人。皮尔这个可爱的小男孩脸蛋圆滚滚的,他彬彬有礼,可是老咬指甲,这是他唯一的缺点。他一心想当"爸爸"。当你问起他们时,他们就各自回答自

[①] 这是一部歌剧,于19世纪初上演,并风靡欧洲。故事取材于意大利强盗首领米契帕兹参与反对拿破仑的游击战,被法国占领军绞死的真人真事。

己的想法。

他们上了学。说到成绩,他们一个是全班拔尖的,一个是全班压尾的,还有一个是中不溜儿的。除此之外,他们几乎一样聪明,一样好,这是他们目光敏锐的父母说的,而事实也是如此。

他们三兄弟都去参加孩子们的舞会,在没有人看见的时候抽起了雪茄烟。他们的知识在增长,交际范围在扩大。

贝得从小就爱打架,想当强盗嘛,就免不了有强盗的本色。他是一个非常顽皮的孩子,但是他母亲说那是因为他肚子里有虫子的缘故。调皮捣蛋的孩子肚子里都有虫子,因为他们把烂泥吃进了肚里。他的倔强和好斗的脾气终于有一天发泄到了妈妈的新绸裙子上,害得那件衣服遭了殃。

"不许去推那张咖啡桌,我的上帝的小羊羔!"她说,"你会把奶油罐打翻的,我的新绸裙子就会沾上污渍。"

这只"上帝的小羊羔"用手抓住奶油罐子,一下子就把奶油全泼到妈妈的膝盖上。妈妈只得说:"小羊羔呀小羊羔,你做事太不稳当啦,小羊羔!"但是这个孩子是有意志的,妈妈不得不承认,就表现在这股倔强劲儿上。在妈妈眼里,这孩子将来会大有出息的。

他很可能成为一个强盗,但这只不过是说说而已,他只是看上去像个强盗:头上戴着一顶宽边软呢帽,光着膀子,披着一头蓬松的长发。他要当个艺术家,不过只是在服饰上像个艺术家,他看上去像一棵蜀葵。他笔下的所有人物都像蜀葵,都是那么个细高个儿。他十分喜欢那种花。鹳鸟说他在蜀葵里睡过。

彼得在一棵奶黄色的毛茛里睡过,所以他的嘴巴看上去就像黄油,连肤色也是黄的。你还会觉得,若是在他脸颊上划一刀,便会有黄油淌出来。他生来应该是一个卖黄油的商贩，因为他本人就是最好的招牌。但是他内心里——也就是心灵深处——却是个敲板的角色。他是贝得森家庭的音乐家。"不过对他们全家人来说，这音乐显得过多了。"邻居们这么说。他一个星期就写出了十七首新的波尔卡舞曲，而且还把它们编成了一出用小号和响板伴奏的歌剧。哈，有多么热闹！

皮尔白里透红，个子矮小，相貌平常。他在春黄菊里睡过。当别人的孩子打他的时候，他从不还手。他说他是最讲理的人，而最讲理的人总是要让步的。他起先收集石笔，后来又收集印章。他弄到了一个小小的动物标本匣，里面收藏着一副完整的棘鱼骨，用酒精浸泡的三只还没有睁开眼、刚生下来的老鼠和一只鼹鼠。皮尔很有科学头脑，并且具备欣赏大自然的敏锐的目光。这不仅使他的父母，连皮尔自己都感到欣慰。他更愿意到森林里去漫步而不去上学，他宁肯徜徉在大自然里，也不愿受到纪律的约束。

他的两个哥哥都订了婚，但是他却一心扑在收集水鸟蛋的工作上，他对动物的了解要远远多于人类。他认为在我们最看重的问题——也就是爱情问题上，人类还达不到动物的水准。他看到，当雌夜莺在孵蛋的时候，那快要当爸爸的雄夜莺会陪在旁边，并且整夜唱歌给自己娇小的妻子听："咕咕，叽叽，开心快乐，开心快乐。"反正皮尔是肯定做不到的，也压根儿没有这份雅兴。鹳鸟妈妈带着孩子在窝里睡大觉的时候，鹳鸟爸爸便用一条腿站在屋脊上守卫着，一站就是一整夜。皮尔却连一个小时也站不住。

后来有一天他仔细观察了蜘蛛网，当他看到网里的东西时就完全打消了结婚的念头。蜘蛛先生织网去捕捉那些到处乱撞的苍蝇，老的小的、胖的瘦的全要。他活着就忙于织网来养家饲口，可是蜘蛛夫人却仅仅是为他而活着，为了爱情的缘故，她要把他吃掉。她吃掉了他的心脏、他的脑袋、他的肚子，只有一双瘦长的腿还残留在那张他曾经为了养活全家而编织起来的蜘蛛网上。这是千真万确的事，自然史的书籍里有此记载。皮尔看到了这些，他陷入了沉思："竟然被自己的妻子爱到这般地步，以至于被她在狂暴的热恋中吞食掉了。不会，人类不会爱到这种地步，难道这值得吗？"

皮尔下定决心一辈子不结婚，决计不去亲吻别人，也决计不受人亲吻，因为亲吻似乎是结婚的第一步。然而他最终还是不得不接受了一个吻，那是我们人人早晚都会得到的亲吻，就是死神那声音清脆响亮的一个大大的吻。当我们已经活得足够长的时候，死神便会接到命令："吻他一下，让他死掉！"于是这个人便完蛋了。从上帝那里射来一道阳光，如此强烈耀眼，反倒让人觉得眼前一片漆黑。人的灵魂来时是一颗流星，去时仍是一颗流星。可是人去的时候不像来时那样躺在花朵里休息，或者在睡莲花瓣下做梦了，他有更要紧的事情去做。他飞进了广袤的永恒之国，不过那里究竟情形如何，是一副什么模样，就没人说得上来了，因为没有人曾经看到过。连鹳鸟也是如此，尽管它走遍天涯海角，尽管它见多识广。

现在它对皮尔的事情一点也说不上来了，而对贝得和彼得的近况却了解不少，还能讲出一些来。可是他们俩的事情我已经听够了，你们大概也听够了吧。于是我向鹳鸟一再致谢，可是它为了这么一个普普通通的小故事竟然开口向我索要三只青蛙和一条小蛇。它收取食物作为酬劳。你情愿付给它吗？反正我不干，再说我既没有青蛙也没有小蛇。

隐藏着，但没有被忘记

有一座古老的庄园，庄园外有一条泥泞的壕沟，上面有一座吊桥。吊桥吊起来的时候要比放下来的时候多，因为来的那些不速之客并不都是好人。屋檐底下还有许多枪眼，可以朝外放枪。若是敌人逼得太近了，还可以从这些枪洞里朝外泼滚烫的水和熔化了的铅。屋里的木顶很高，这倒很有好处，可以让壁炉中燃烧湿木头冒出来的滚滚浓烟都找到出路。墙壁上挂着身披铠甲的男士和服饰端庄、盛气凌人的贵夫人的画像。她们所有人之中最高傲的那一位至今还健在，还在周围走动，她的名字叫麦特·莫根斯，她是这座庄园的女主人。

有一天果然有强盗偷袭进来，他们杀害了她的三个仆人，连看家狗也杀掉了。他们又把麦特夫人用拴狗的链子拴在狗屋外面，他们自己却坐在大厅里饮酒作乐，喝着从她的地窖里搬来的上等啤酒。

麦特夫人被狗链子拴着，想叫都叫不出声来。

这时强盗里的一个小男孩来了，他蹑手蹑脚地走，一点声响都不敢弄出来。他不能被人发觉，否则他们会把他杀死。

"麦特·莫根斯夫人，"小男孩说，"你可记得你丈夫在世的时候,我的父亲受罚骑坐木马①吗?那时候你曾为他求过情,可是没有用,他不得不坐在上面,以至于落下残疾。幸亏你悄悄地溜到他那里,就像现在我到你这里来一样。你亲手在他的双脚下垫了一块石头,让他能够踏着。没有人看见,说不定他们装作没有看见。你就是那位年轻仁慈的夫人。我父亲告诉了我这件事情,我至今一直把这件事情隐藏在心里,从来不曾忘记过。现在我来把你放走。"

接着他们从马厩里牵出马来,在风雨之中疾驰而去,投奔友人,寻求帮助去了。

"我对那个老人只是帮了点小忙,竟然得到了这么大的报答。"麦特·莫根斯夫人感慨道。

"隐藏着,但没有被忘记!"小男孩说道。

后来那批强盗被处以绞刑。

有一座古老的庄园,它至今还在那里,不过并不是麦特·莫根斯夫人的产业,是属于另外一家名门望族的。

这是在我们的时代,太阳照得镀金的塔尖闪闪发亮。一座座长满树木的小岛像一个个花束似的浮在水面上,野天鹅在它们的周围游弋戏水,花园里盛开着玫瑰。庄园的女主人便是那朵最鲜艳的玫瑰花。她容光焕发,由于做了善事而满心喜悦,不过她从来都没有张扬过,而是放在心里。隐藏着,但没有被忘记。

---

① 丹麦中世纪时的一种刑罚。受刑者骑坐高凳,两腿悬空,双脚吊挂重物,不少人因此而致残。

现在她从庄园走向田野上一栋孤零零的小农舍，那里住着一个可怜的全身瘫痪的小姑娘。她的小房间窗户是朝北开的，阳光进不来，她只能看到被高高的壕沟堤岸隔断的那一小片田野。但是今天屋子里有了阳光，上帝的温暖的阳光照进来了。这阳光是从南边墙壁上新凿开的一个窗户里照射进来的，以前那边只是一堵墙壁。

瘫痪的姑娘坐在温暖的阳光里，眼望着森林和海滩，世界变得如此宽阔，如此可爱，而这一切都源于庄园里那位好心的夫人吩咐的一句话。

"说一句话真是太容易啦，而且事情又是那么小，"她说，"可是我得到的欢乐却无边无际。"

正是这个缘故，这位夫人做了许多善事，她心里总是牵挂着居住在穷人房子里和居住在富人房子里但遭受到不幸的所有人。这些善行是默默无闻的，不过却没有被上帝忘记。

有一座古老的庄园，坐落在那个热闹的大城市里。庄园里厅室多得不得了。不过我们暂且不进厅堂，先去厨房看看。那里温暖、明亮、干净、整齐，黄铜炊具都闪闪发亮，桌子像刚打过蜡似的，洗碗槽像刨刮干净的砧板。这都是一个女仆收拾整理的，她还要挤出时间来把自己打扮得像要去教堂一样。她的帽子上缀着一个蝴蝶结，一个黑颜色的蝴蝶结，这表明她在戴孝，可是并没有什么人要她戴孝。她父母双亡，既无家庭也无亲戚，她是一个举目无亲的穷苦女孩子。她曾经订过婚，和一个贫穷的光棍汉，他们俩真心相爱着。有一天他来找她。

"我们俩什么东西都没有,"他说,"那边的那个有钱寡妇到地下室来对我讲了许多情意绵绵的话,说是她要让我发财,可是我心中只有你,你说叫我如何是好呢?"

"你心里所相信的,便是你的幸福所在。"姑娘说,"要真心待她,不过务必牢记:从我们分手的时刻起,我们就不能时常见面。"

两三年工夫一晃就过去了。有一天,她在街上和那个昔日的朋友与恋人邂逅,他看上去愁容满面,一副病容,于是她忍不住要打听个究竟。她问道:"你日子过得怎么样?"

"发了财,有钱得很,应该说日子算得上很红火。"他说,"那个女人精明能干,为人很好,可是你却在我的心中,我一直苦苦地在跟自己过不去,斗争得很厉害。这场斗争很快就要过去啦!我们下次见面将会在上帝那里。"

过了一星期,早晨的报纸上登出了讣告,说是他已经去世。这就是姑娘戴孝的缘故。那个昔日情人撒手人世,留下了那个妻子和妻子前夫的三个孩子。丧钟的响声听上去似乎钟有了裂缝,但是铸钟的铜成色很好。

那个黑色蝴蝶结表示了哀思,可是姑娘脸上的表情更加哀伤。他隐藏在她的心里,永远不会被忘记。

是呀,这就是一连串的三个故事,是一根茎上的三片叶瓣,你还希望得到更多的叶瓣吗?要知道,在心中的书上有着许许多多这样的故事,它们隐藏着,但没有被忘记。

看门人的儿子

将军一家住在二楼，看门人一家住在地下室里。两家距离很远，隔着整整一层楼，而他们的社会地位更是天差地别。可是他们都住在同一个屋顶下，面向同一条街和同一个院子。

院子里有一块草地和一棵刺槐树，在开花的季节里，刺槐树上开满了花朵。树底下有时坐着那个衣着亮丽的保姆，她带着衣着更加漂亮的将军的千金——小埃米莉。看门人的儿子光着两只脚在她们面前跳舞，他长着一头黑色的头发，两只棕色的大眼睛。小姑娘一见到他就朝他微笑，把自己的小手伸给他。将军从窗口看到后会点点头，用法语说道："真可爱。"将军夫人由于结婚早，年轻得几乎可以当她丈夫的女儿。她自己从来不站到窗口朝院子里张望，不过她下过一道命令：住在地下室的那户人家的小男孩可以逗她的女儿玩，但是不许碰她一下。保姆严格地执行着女主人的命令。

太阳倒是一视同仁，既照进了二楼的那户人家，也照进了地下室里的那户人家。刺槐树花开花落，来年又长满了新的花朵。随着刺槐树花开花落，看门人的小男孩也茁壮成长，像绽开的花朵一样。他看上去像一朵鲜艳的郁金香。

将军的女儿长得很娇嫩，可是脸色苍白，有点像刺槐花的粉红色花瓣。现在她难得到院子里的树底下来,因为她要乘马车出去兜风,呼吸新鲜空气;而且她出去的时候总是和妈妈在一起,她一看到看门人的儿子乔治,就对他点头打招呼,有时还朝他送过去一个飞吻,直到她妈妈喝住了她,说她现在已经长大了,不许再这样做了。

有一天上午,乔治要把当天清早送到门房里来的信件和报纸送去给将军。他跑上楼梯,刚走过存放铺地的沙子的储藏室门口,忽然听见里面有轻轻的呜咽声,他以为有只鸡走进去出不来了,急得在那儿叫。他打开门一看,原来是将军的那个穿着漂亮花边薄纱裙的小女儿。

"你不要告诉爸爸和妈妈,他们知道了会生气的。"她悄悄地说道。

"这是怎么回事,小姐?"乔治问道。

"全烧起来了,"她回答说,"火光通红通红。"

乔治赶紧奔过去打开儿童室的门,小房间里的窗帘几乎全烧光了,挂窗帘的木棍上也蹿起了火焰。乔治跳上去把着火的东西全拉下来,然后又叫了人来。要不是他及时赶到的话,整栋房子就会变成一片火海。

将军和将军夫人盘问小埃米莉究竟是怎么回事。

"我只划了一根火柴,"她说,"火一下子就着了,窗帘也烧起来了。我朝它啐口唾沫想把火扑灭。我拼命啐唾沫,可怎么也浇不灭火,我只好逃出去,躲了起来,因为怕爸爸妈妈会生气。"

"啐口唾沫,"将军夫人叫起来,"这是什么话?你听见爸爸妈妈说过啐唾沫吗?这一定是从楼底下听来的。"

乔治得到了一枚四分钱铜板的奖赏。这个铜板没有花在面包房里，却塞进了他的储钱罐。过了不久，储钱罐里已经有了许多铜板，足够他买一盒颜料回来，把他画的画涂上颜色。他画了许多画，那些画就好像是从他的铅笔尖和指尖蹦出来的。他把画好的第一张彩色画送给了小埃米莉。

"好极啦。"将军用法语说道。连将军夫人也承认，人们很容易看出那孩子画的是什么。"他有点才气。"这是看门人的妻子从楼上带到地下室来的一句话。

将军和将军夫人都是地位显赫的贵族。他们乘坐的马车上饰有两个盾形的族徽，因为他们每人各有自己家族的族徽。将军夫人每件衣服的里外两面都绣有她家的族徽，连睡帽上和晚上放衣服的卸妆袋上都有。那两个盾形族徽中的一个，就是她家的那一个，真是昂贵，是她的父亲掏出大把大把的银币买来的，因为他并非生下来就是世袭的贵族。她自己也不是，她过早地来到了人世，大概比把族徽弄到手早了七年光景，许多人都把这件事记得一清二楚，这一家却把这件事忘得一干二净。将军的那个族徽倒是历史悠久的豪门望族的。当时只消有一个这样的族徽就能不可一世、架子摆得十足，更何况同时拥有两个。所以当将军夫人乘坐马车前去参加宫廷舞会的时候，总是身躯坐得笔直，仪态万方，为有两个族徽而心醉神迷。

将军年事已高，头发花白，他的骑术好得不得了，连他自己也知道，所以他每天骑马出去的时候，总要叫马夫隔开一段距离，不远不近地跟着伺候。他每次去参加社交活动时，总是骑在高头大马上。他身上佩戴着许多勋章，多得真是莫名其妙，不过那可怨不得他。他年纪很轻的时候,在军队里服过役,还参加过秋季大演习。那是在和平时期的两军对阵。有一桩往事将军常挂在嘴边,可惜也只有这么一桩:他属下的一个军官截获了一位王子,并把他俘虏了。这位王子不得不跟着一小批被俘虏的士兵一起骑马进城去,王子自己作为俘虏也跟随在将军的身后。这是一桩难以忘却的事,这么多年来将军总是津津乐道,而且还要再三重复他在把剑交给王子的时候讲的那句值得纪念的至理名言:

"只有我的下属才会做出俘虏殿下这类的事,我绝对不会。"

王子回答说:"将军,您真是勇冠三军!"

其实将军却压根儿没有驰骋疆场、真刀真枪地打过仗。当这个国家遭到战火的时候,他早已改行当了外交官,先后到三个国家当过使节。他说一口流利的法语,几乎连本国的语言也忘掉了。他舞跳得很好,马也骑得很好,他得到的勋章越来越多,上衣上都挂不下了。不但宫廷的卫兵举枪致敬,向他行注目礼,而且一位美貌出众的小姐也向他行注目礼,后来那位小姐成了将军夫人。他们生了一个美丽可爱的女孩,美丽得就像从天上掉下来的一样,真是天生丽质啊!在她刚刚懂事的时候,看门人的儿子就在院子里跳舞给她看,还把自己画的彩色画送给她。小埃米莉看到这些图画高兴极了,干脆用小手把它们撕得粉碎。她是那么美,那么可爱!

"我的小玫瑰花瓣儿!"将军夫人说,"你是天生要嫁给一个王子的。"

那个王子早就在门口站着啦,只不过他们不知道就是了。人们的视线总是看不见门外的东西。

"前两天我们的孩子把一只涂着黄油的面包分给她吃了,"看门人的妻子说,"面包上既没有干奶酪,也没有肉,可是她吃得那么香,就像吃烤牛肉似的。将军家里的人要是见到她在大口大口地吃这种食物,一定会大闹的,幸亏他们没有看见。"

乔治把自己的面包和黄油分给小埃米莉吃,他也情愿把自己的心掏出来分给她,只要能使她高兴就行。他是个好孩子,既活泼可爱又聪明伶俐。如今他正在美术学院的夜校里学习绘画。小埃米莉也在长知识,她跟她的保姆讲法语,还有一个舞蹈老师教她跳舞。

"到复活节的时候乔治就该领受坚信礼了。"看门人的妻子说。

"他该去当学徒啦,这才是最好的出路。"做父亲的说,"当然要学一门好手艺,这样他就可以离开这个家去自谋生计了。"

"不过晚上他还得回家来睡啊,"乔治的母亲说,"要找一个可以提供地方给他住的师傅是很不容易的。衣服还得由我们供给他。他吃的那点伙食我们还供得起,他只要有几个煮土豆吃就心满意足了。还是让孩子照他的心思去闯他自己的路吧!反正现在上学也用不着交学费。有朝一日他会有出息的,我们会因为他而非常快乐。教授也这样说过。"

受坚信礼穿的衣服已经做好了,那是乔治的母亲亲手缝制的,不过是由一个替人家做零活的裁缝裁的,他是一个很有本事的裁缝。

"这个人的手艺很高明,要是他时来运转,境况变得好一点,自己有个裁缝铺,再雇上一个帮工,说不定会当上个宫廷裁缝呢。"看门人的妻子这样说。

衣服已经缝好,坚信礼的领受者也准备好了。乔治在领受坚信礼的当天从他教父那里得到了一个很大的黄铜表。他的教父是一家杂货铺的老伙计,在乔治的几个教父当中,他是最富有的一个。这是一只历经沧桑的旧表,不过还靠得住,只是走起来总是太快,不过这比走得慢要好一些。这是一份很贵重的厚礼。

将军家送来了一本用摩洛哥鞣皮面装订的赞美诗集,是那位小姐送给他的,乔治曾送给她彩色画。书的扉页上写有他的名字,也写着她的名字,还写着"仁慈的庇护人"这几个字。这是按照将军夫人的口授写下来的,将军看后用法语说了一句"好极啦"。

"这样一位高贵的将军送了礼来,也算是看得起我们了。"看门人的妻子说。他们叫乔治穿上受坚信礼的衣服,拿着那本赞美诗集,亲自到楼上去答谢一番。

将军夫人身上裹得严严实实地坐在那里,她正害着很厉害的头痛病,心里一烦,脑袋就像裂开来那样疼痛。她很亲切地接待了乔治,祝他万事如意,而且不会害上她那样的头痛病。将军穿着睡袍,戴着一顶拖着绿穗的睡帽,脚上穿一双红色的俄罗斯高筒皮靴。他若有所思、若有所忆地在地板上走了三个来回,然后停住了脚步,说:

"现在小乔治长大成人了,已经是个受坚信礼的基督徒了。记住,要做个好人,要敬重长辈。等到你老的时候,你就可以说多亏当初将军给了我这个教诲。"

这番话已经比将军平时说的要长得多。他讲完后又陷入沉思之中,显出一副很庄严的样子。不过,乔治在这儿听到和看到的一切中,他记得最清楚的是小埃米莉。她是多么优雅,多么温柔,多么高贵，多么轻盈。要是能把她画下来，那一定要把她画在肥皂泡上才对。她的衣服、她的金黄色的鬈发都散发出一股初开的玫瑰花的芬芳。他曾经有一次和她一起分着吃一只涂了黄油的面包，她的胃口好得很，吃得十分香甜，每咬一口就朝他点点头。不知道她现在是不是还记得这些事？会记得的，她当然记得。正因为要"留念"，她才送给他这本漂亮的赞美诗集。在这以后，到了新年的第一次新月出现的时候，他就带着一片面包、一个铜板和那本赞美诗集到外面去。他打开赞美诗集，要看看他会翻到一首什么样的诗，那是一首赞美和感恩的诗；于是他再次打开诗集，看看他为埃米莉翻到一首什么样的诗。他当心不要翻到悼念、追思那类赞美诗，然而他却偏偏翻到一首关于坟墓和死亡的诗。他赶快安慰自己，心里想道："这类事不能当真。"谁知过了不久，这个漂亮的小姑娘竟然真的病了，不得不躺在床上。医生的马车天天停在大门口，他不由得心惊胆战，暗自难过。

"他们怕是留不住她啦，"看门人的妻子说，"我们的上帝知道要把什么人召回去。"

然而他们还是留住了她，没有被主召了去。于是，乔治画了许多画送给她。他画了俄国沙皇的宫殿，又画了莫斯科的克里姆林宫，模样跟真的一样，有尖塔，也有圆塔。它们看起来都像大黄瓜一样，有碧绿的，也有嫩黄的，至少在乔治的画上是这样的。这些画小埃米莉都非常喜欢，所以在那个星期当中乔治又送去了好几幅画，画的都是房屋，因为这样她就可以凭想象去布置门里头和窗里头该放些什么东西了。

他画了一栋中国房子，有十六层高，每层的屋檐上都挂着风铃。他画了两座希腊神庙，四周有细长的大理石圆柱，还有大理石的台阶。他画了一座挪威的教堂，你一眼就能看出来大梁都是用整根圆木制成的，还雕着花纹，而且形状很古怪，每一层就好像安装着摇篮的摇杆一样。画得最美的一张画是一座宫殿，他把它叫作"小埃米莉的宫殿"。她就住在这座宫殿里，乔治是这样想的，所以他把他认为别的房子里最美丽的东西都画在这座宫殿里了。它有挪威教堂的雕花圆木大梁，有希腊神庙的大理石圆柱，每一层都挂着中国房子上的风铃，最高一层的顶上有绿色和镀金的圆塔，就像沙皇的克里姆林宫一样。这是一座真正的孩子的宫殿！在每扇窗户底下还注明了每个厅堂和房间的用场，比方说"埃米莉在这里睡觉""埃米莉在这里跳舞""埃米莉在这儿玩'陌生人来了'的游戏"等等。这幅画很逗人开心，所以有不少人都来认真仔细地看了。

"好极啦。"将军用法语夸奖道。

但是那位年老的伯爵看了却一声不吭。这位老伯爵正好也在这院子里，他的地位比将军更显赫，他拥有自己的府第和大庄园。他听说这幅画是看门人的小儿子想象并画出来的，不过那孩子已经领受过坚信礼，就不能再算一个小孩子了。老伯爵看过画之后心里萌生了一个念头。

有一天，天是灰沉沉的，既阴暗又潮湿，可是对小乔治来说，那一天却是阳光普照，一片灿烂。学院的教授把乔治叫到他的办公室去了。

"听着，我的朋友，"教授说，"我们两个人好好谈一谈。上帝仁慈地赐给你才华，也仁慈地厚待你，让你有幸结识了热心肠的好人。住在大街转角上的那位老伯爵跟我谈起过你,我也看了你画的图画。这会儿我们不必多谈那些图画,因为需要修正的地方太多啦。从现在起,你可以每星期到我这里来上两次课,那样你的绘画技巧就会大有长进的。照我看来,你有天赋成为一个建筑师而不是画家,你还有时间可以考虑这个问题。不过请你今天到大街转角上的那栋房子里去拜见老伯爵,并且要感谢上帝赐给了你这样一个恩人。"

大街转角上有一座很大的房子,原来这就是那位年老的伯爵的府第。每扇窗户周围都有雕着大象和单峰骆驼的浮雕,全是从前留下来的古董。老伯爵最喜爱的却是新时代和新时代里的一切美好的东西,不管它们是来自二楼,还是地下室或者屋顶阁楼。

"我相信,"看门人的妻子说,"越是真正的贵人就越不会摆出一副贵人的架子。看看那位老伯爵有多厚道啊,待人多么和气,多么直爽,他从来不摆谱,不装腔作势,说起话来同你我没什么两样。将军家里的人就做不到这一点!昨天乔治在老伯爵家受到热情的款待,他回到家里高兴得不知怎样才好。今天我又同这位有权有势的大人物讲过话,有多体面呀!幸亏当初没有让乔治去当手艺人的学徒,他是一个有才气的人!"

"不过他要全仗别人的扶助才行。"父亲说。

"他已经得到别人的帮助了,"母亲说,"老伯爵已经把话讲明了,他愿意全力资助。"

"不过我想这桩事情是从将军那里起的头,"父亲说,"我们也要感谢他一番才好。"

"那么我们也对他表示一番感谢吧,"母亲说,"尽管我相信我们没有什么要感谢他的地方。我要感谢上帝,还要感谢他发了慈悲,让小埃米莉活了下来。"

小埃米莉的身体日渐康复,乔治也越来越有出息,在这一年里,他先得到了一枚小的银奖章,后来又得到了一枚大的银奖章。

"当初我们让他去当手艺人的学徒就好了,"看门人的妻子哭着说,"那样他就会留在我们的身边了。他千里迢迢跑到罗马去干什么?就是他回来了,我也永远见不到他了。再说他也不会回来的,我可爱的孩子!"

"这也是他的幸运和光荣。"父亲说。

"是吗?那我倒要谢谢你啦,我的老公。"母亲说,"你嘴上讲得挺好听,可是心里同我一样难过。"

儿子出门远行,做父母的心里自有离别的愁苦,这是真的。可是大家都说这个年轻人能出去留学深造,真是幸运。

乔治去向人家一一告别,他也去了将军家,可是将军夫人却没有露面,她那挺厉害的头痛病又犯了。将军在分别的时候,把他那个唯一值得大讲特讲的故事又搬出来讲了一遍,他讲了他对王子所说的话,也讲了王子对他所说的话:"将军,您真是勇冠三军!"说完之后他把手伸给了乔治,那是一只软绵绵的、无力的手。

埃米莉也把自己的手伸给乔治,她的样子看起来挺伤心,当然最伤心的还是乔治。

当一个人有事情忙着要做时,时光很快就会过去;当一个人没有事情要做时,时光也照样会过去。时间的长短都是一样的,可是用途的大小并不都是一样的。对于乔治来说，时光非常有用，所以他一点也不嫌长，除了偶尔想家之外。这么长时间了，家里的人不管是楼上的还是楼下的全都安好吗？是呀，家信里都提到过了。总算收到了一封家信，想不到一封信可以写进这么多事情，既有明亮的阳光，也有黑暗沉重的日子。在信里他们告诉他说，他的父亲已经去世，只剩下母亲孤零零一个人过日子。埃米莉像个天使一般使他母亲得到安慰，她时常下楼来陪伴她。对啦，信上还说，他的母亲总算得到准许，保住了看门人的位置。

将军夫人每天记日记，日记里记了她出席的每一次社交活动、每一个舞会、拜访和接待的每一个客人。日记本里还夹着一些外交官和显赫的大人物的名片。将军夫人对自己的日记本感到自豪，这本日记连续不断地记了很长时间，而且一年到头天天都记。她有过许多次很厉害的头痛病发作；参加过许多次宫廷舞会，直到深更半夜，那些夜晚是她大出风头的时候。

如今埃米莉也长大了，可以出去交际应酬了。她第一次去参加宫廷舞会，她的母亲穿着一袭鲜红色缀黑花边的西班牙式的长裙，女儿穿着一身雪白的衣服，显得分外妩媚，分外优雅；满头金黄色的秀发上戴着白色睡莲的花冠，绿色缎带像灯芯草那样在鬈发之间忽隐忽现地飘动；一双眼睛是那么蓝，那么水灵；一张嘴是那么小，那么红。她看上去真像一条小美人鱼，美丽得几乎难以想象。有三个王子争着和她跳舞，也就是说，第一个同她跳了，接着第二个就来跳。将军夫人高兴得整整一个星期都没有害过头痛病。

第一次舞会并不就是最后的一次，舞会多得叫埃米莉累得吃不消了。幸亏夏天到了，去野外休息休息，呼吸呼吸新鲜的空气无疑是一桩令人快活的事情。将军这一家人被邀请到老伯爵的庄园里去做客。

老伯爵庄园里有个花园，景色值得一看。花园的一部分完全按照复古的情调布置，风格古朴而雅致。一道道稠密的树篱好像是有数不清的窥视孔的绿墙一样，让人行走其间的时候，大有枝叶扶疏、花木弄影的感觉。黄杨树和紫杉树都修剪成星星或者金字塔的形状。喷泉从嵌有贝壳的石洞中喷涌而出，周围有许多巨大的石雕人像，从人像的衣服和面孔上可以看出来，那都是用最贵重的石头雕刻出来的。每个花坛的形状，有的是鱼，有的是盾牌，还有的是拼成的字。这是花园富有法国风味的部分。从那里走出来就到了一个不加任何修饰的森林之中，在这里树木可以自由地生长，因此它们千姿百态，又大又好看。草坪上一片绿色，可以在上面散步。它被定期修剪，碾压平整，还被扫过落叶，保护得很好。这是花园富有英国风味的一部分。

"旧时代和新时代，"老伯爵说道，"在这个园子里融为一体。再有两年光景，这个花园就会展现出它独特的风貌，那是一种更好更美的东西。我可以先拿图样给你们看看，我还可以领你们见见那位建筑师，因为他今天要在我这里吃晚饭。"

"好极啦。"将军用法语把口头禅又说了一遍。

"这里真是人间天堂！"将军夫人说，"那边还有一个骑士的城堡。"

"哦，那是我们的家禽屋，"老伯爵说，"鸽子住在尖塔上，火鸡住在楼上，楼底下住着老埃尔西，那里全归她来管。她的四周都是养鸡棚子，生蛋抱窝鸡、带着小鸡的母鸡都分开来住。鸭子有它们自己通向水边的出口。"

"好极啦。"将军又重复了一遍他的口头禅。

于是他们一起去看这个奇妙的地方。

老埃尔西站在那栋养禽屋中自己的房间中央，她的身边站着的是建筑师乔治。他和小埃米莉离别已经多年，现在又在养禽屋里重逢了。

哦，是的，他就站在那儿！他显得那么英俊潇洒，一张开朗的面孔英气勃勃，满头的秀发乌黑发亮，嘴角挂着一丝微笑，似乎在说：我的眼睛里有两个小精灵，他们认识你们每一个人，把你们里里外外都看个透。老埃尔西已经脱掉了她的木屐，只穿着长袜子站在那里，表示对贵宾们来访的敬意和尊重。

母鸡咯咯地叫着，公鸡喔喔地啼鸣，鸭子摇摇摆摆地走来走去，嘴里不断地嘎嘎叫。

那个娇嫩而苍白的姑娘，他童年的伴侣，将军的女儿，却僵立在那里，她苍白的脸上忽然泛起了红晕，眼睛睁得大大的，嘴角在抽动，好像有千言万语要讲，可是话到嘴边又发不出声音，连一个字都讲不出来。如果他们不是亲戚，或者从来没有在一起跳过舞，那么这要算一个年轻男子从一位年轻小姐那里得到的最亲切、热烈的表示了。她和这位建筑师的确从来没有在一起跳过舞。

老伯爵紧紧地握住他的手，向大家介绍说："我们的年轻朋友乔治，他倒不完全是个陌生人。"

将军夫人略略屈了屈膝，表示行过礼了。她的女儿刚刚要把手伸给他,却又忙不迭地缩了回去,再也不肯伸出来。

"我们的小乔治先生,"将军说,"我们是住在同一栋楼里的老朋友啦。真是好极啦。"他总是忘不了加上他的法语口头禅。

"你已经变成地道的意大利人了,"将军夫人说,"你大概会讲一口意大利语,讲得跟当地人一样流利吧?"

将军夫人会唱意大利歌,却不会讲意大利语,将军解释说。

在餐桌上,乔治被安排在埃米莉的右边。将军挽着她走到餐桌边,而将军夫人是由老伯爵挽着去餐桌的。

乔治先生在用餐时谈笑风生,妙语连珠,成了餐桌上富有生气的中心人物,而这个角色本来只有老伯爵才有能耐担当的。埃米莉静静地坐着,聚精会神地倾听着,眼里闪出惊喜的光芒。

但是她一句话也不说。

后来,她和乔治一起站在游廊的花丛中,玫瑰花的树篱把他们遮掩住了。又是乔治先开口讲话。

"非常感谢您好心关照我的老母亲。"他说,"我知道,我父亲去世的那天晚上,您下楼去看望她,一直陪着她,直到我的父亲闭上双眼。谢谢您。"

他抓起埃米莉的手吻了它。在这样的场合下,他是可以这样做的。埃米莉的脸涨得通红,可是她的手却紧紧地捏住了他的手,她的那双眼睛脉脉含情地注视着他。

"您母亲是个非常善良的人,"她说,"她是多么疼爱她的儿子呀!她要我把您给她的信念给她听,所以我对您总觉得很熟悉。记得我小时候您对我那么好,送给我那么多图画……"

"您把它们都撕掉了。"乔治说道。

"没有!我还保存着我的那座宫殿——那张画。"

"现在我要把这座宫殿真的造起来。"乔治说。他一边说,一边也为这句话感到兴奋。

将军和夫人在他们的房间里谈论着看门人的儿子。他举止大方,言谈得体,说出话来显得见多识广,学问渊博。

"他倒可以当一个家庭教师。"将军说。

"简直是天才。"将军夫人说,之后她再也没有说什么了。

在那个美好的夏天,乔治先生经常到老伯爵的庄园来,要是有一段时间不来,大家就会思念他。

"上帝赐给您的要比赐给我们这些可怜人的多得多,"埃米莉对他说,"难道您还体会不到吗?"

这位漂亮的姑娘如此看得起他,他真是受宠若惊,他觉得埃米莉是独具慧眼。

将军越来越确信乔治不可能是地下室里长大的孩子。

"他的母亲是个禀性善良的好女人,"将军说,"现在她已经长眠于坟墓之中,我们务必尊重她的名声。"

夏天过去,冬天来了。到处都在谈论这位乔治先生,他博得了上流社会的青睐,甚至最高层次的社交圈也接纳了他。将军曾在宫廷舞会上见到过他。

将军家要为埃米莉举办一次舞会,是不是把乔治先生也请来呢?

"他既然是国王的座上客,将军当然也可以邀请他。"将军挺直腰板，身材比平时足足高出了一英寸。

乔治先生受到邀请来了，王子和伯爵们也都来了。他们跳起舞来一个比一个好。可惜埃米莉只能跳第一个舞，她在跳这个舞时扭了脚，虽然不太厉害，却很疼痛，因此她只得小心为妙，不能再跳，只能坐着观赏别人的舞姿。她坐在那里看着，建筑师站在她的身边。

"我猜想你是在给她讲圣彼得大教堂的全部历史吧。"将军跳着舞经过他们身边的时候这样说，他摆出了一副庇护者的架势，面带矜持的微笑。

面带着同样矜持的微笑，将军在几天之后接见了乔治先生。这个年轻人肯定是因为受到抬举被邀请出席舞会而前来答谢的，还会有别的什么事呢？

岂知倒还真有一桩最出人意料的、最令人目瞪口呆的事情。他讲的真是一派胡言，将军简直不敢相信自己的耳朵。那是"站在金字塔尖上发表的宣言"——狂妄得不可一世，叫人无法想象：乔治先生居然登门求婚，要娶埃米莉为妻！

"你这个家伙，"将军吼叫起来，怒火直冒，"我简直听不懂你在说些什么！你想要干什么？我不认识你，先生！你闯进我家想干什么？难道我站在这里就是为了听你的一派胡言？"

他转身回到卧室里，把门锁上，只剩下乔治先生一个人站在那里。乔治一动不动地站了几分钟，然后转身走了出去。埃米莉早已站在走廊上。

"我父亲的回答是……"她问，声音在颤抖。

乔治握住了她的手。

"他从我面前跑掉了,"乔治回答说,"反正以后还会有机会的。"

埃米莉的眼睛里充满了眼泪,那个小伙子的眼睛里充满了信心和勇气。太阳照在他们的身上,为他俩默默祝福。

在卧室里,将军还在发怒,他冲口而出地喊道:"呸,真是在发疯!看门人的癫狂症!"

不到一小时,将军夫人就从将军嘴里听说了这件事,她把埃米莉喊来,只有她们母女俩坐在一起讲贴心话。

"你这个可怜的孩子,"将军夫人说,"他怎么可以这样来羞辱你,来败坏我们家的名声!你的眼睛里全是泪水,不过你这副含泪的样子反而显得更美了。你真像我在结婚那天的样子。你想哭就哭出来吧,小埃米莉。"

"是的,我真想大哭一场,"埃米莉说,"要是你和父亲不答应这门婚事的话。"

"孩子啊!"将军夫人失声大喊起来,"莫不是你生病了!你在说胡话吧!哦,我最厉害的头痛病犯了。天哪,不幸的灾难落到我们这家人的头上了。千万不要把你妈妈气死呀,埃米莉,那样你就没有妈妈了。"

将军夫人的眼睛里也噙满了眼泪,她一想到自己要死就受不了啦。

报纸上的通告栏里发布了一条消息:"乔治先生被任命为教授,第五等第八名。"

"真可惜,他的父母早已躺在坟墓里,读不到这条消息了!"

那对新的看门人叹息道,他们就住在将军家楼下的地下室里。他们知道,那位教授就是在这间地下室里出生并长大的。

"现在他得缴纳等级税啦。"丈夫说。

"是的,对一个穷人家的孩子来说,这不是天大的造化吗?"妻子说。

"一年得十八个里克达尔,"丈夫说,"那可是一大笔钱呢。"

"不,我说的是他高贵的地位,"妻子说,"你以为他会在乎那点钱吗?他挣的钱不知道要高出多少倍呢。再说他还会娶上一个有钱的妻子。喂,我说我们要是生了孩子,也要让他去当建筑师,当教授。"

住在地下室的人把乔治着实夸奖了一番,想不到住在二楼的人也夸奖了他一番。那是老伯爵挑头谈起来的。

话题是由乔治童年时代画的那些画引起的。不过怎么会谈到这些画的呢?他们原先在谈俄国,谈到莫斯科,这样就提到了克里姆林宫,说小乔治有一回曾经画过它,那是为埃米莉小姐画的。乔治小的时候画了许多画,老伯爵记得最清楚的是那幅《埃米莉的宫殿》,她在那里睡觉,在那里跳舞,在那里玩"陌生人来了"的游戏。

"这个教授真是个有本事的人,"老伯爵说,"他在死之前一定会当上王室参议大臣,荣获这个显赫的高位绝不是不可能的事,但是要等上一段时间。不过在这之前他务必要为那个年轻的小姐先建造一座真正的宫殿才行。为什么做不到呢?"

"这真是个异想天开的玩笑。"将军夫人在老伯爵告辞之后不以为然地说。将军却若有所思地摇摇头,出去骑马了,身后不远也不近地跟着马夫在伺候,他骑在高头大马上,身板比平时挺得更直。

埃米莉的生日到了,人们送来了鲜花、书籍、信札和名片。将军夫人吻了她的嘴唇,将军吻了她的前额为她祝福,他们也是充满爱心的父母嘛。他们和她一起接待了登门拜访的贵客,那是两位王子。他们交谈起来,谈到了舞会和剧院,谈到了外交使节的派遣,也谈到了国家大事及治理状况。他们少不了谈到当前叱咤风云的人和国内最有才华的人,这样就谈到了那位年轻的教授,建筑师先生。

"他造房子是为了使自己永垂不朽,"他们说,"他也是为了和一个望族拉上关系而造房子。"

"一个望族?"将军后来又向夫人重复了这句话,"这指的是哪个望族?"

"我知道他们指的是哪个望族,"将军夫人说,"可是我不说出来!我想不会是那样的。听凭上帝的安排吧,果然如此的话我真要大吃一惊的。"

"就让我也大吃一惊吧,"将军说,"我脑子里真是一点概念也没有。"于是他就陷入了沉思之中。

得到自上而来的恩宠就有一股魔法般的力量,一种无法形容的力量,宫廷的恩典和上帝的仁慈都是如此,而这两样小乔治都得到了。可是我们却把过生日的那档子事忘记了。

埃米莉的闺房里摆满了鲜花,芬芳扑鼻,那都是埃米莉的男女亲友们送来的。桌上堆满了漂亮的礼物,琳琅满目,美不胜收,上面都写着来自某人的致意或者某人的赠予以作留念等等。可是偏偏就是缺少了一件,这里面没有一件是乔治送来的,他没有法子送进来。不过那也没有关系,就是送不进来,这间房间照样充满了对他的记忆。就在楼梯底下存放铺地用的沙子的储藏室里,记忆的花朵已经绽开了,因为埃米莉在把窗帘烧着后曾经躲在那里啜泣,而乔治是第一个冲上来洒水把火扑灭的。从窗户往外看,刺槐树使她想起了童年时代。树上的花和叶子都凋谢了,但是披着白霜的树干却像巨大的珊瑚一样孤零零地立着。一轮明月挂在树梢,又圆又亮,这么多年来它落下又升起,周而复始,可是一点也没有变样,就像当年乔治把一只涂着黄油的面包分给小埃米莉吃的时候一样。

她从抽屉里拿出那些画着沙皇宫殿的画来,其中还有画着她自己的宫殿的画,这全是乔治留下来的纪念品。看到了这些画,一缕缕的思绪就油然而生。她想起了那一天,她趁父母没有注意的时候,悄悄地溜到楼下去,探望躺在床上奄奄一息的看门人的妻子。她坐在这个老女人的身边,握着她的手,听到她讲的最后的话:"祝福乔治!"那位母亲直到临终还牵挂着她的儿子。如今埃米莉懂得了这句话的意思。是呀,她过生日的时候乔治和她在一起,真的在一起。

说来也巧,第二天这家子又有一个人要过生日,是将军的生日。他比他的女儿晚一天出世的,当然出生的年份要早得多,这是不用说的。人们又送来许多礼物,其中有一副精致的马鞍,坐起来很舒服,价钱很昂贵。几个王子当中只有一个有类似这样的马鞍。这副马鞍是谁送的呢?将军喜出望外,非要弄个明白不可,可是马鞍上只附了一张小字条。如果字条上写的是"感谢昨晚盛情款待"之类的话，人家就可以猜到是谁送的，可是字条上偏偏写的是："一个将军不认识的人敬贺。"

"真见鬼，这个我不认识的人会是谁呢？"将军说，"这个圈子里的人我没有一个不认识。"他在脑海里把社交界的人士重新想了一遍，因为这个圈子里的每个人他都认识。

"这个马鞍是我妻子送的，"他最后说，"她要捉弄我一下，跟我闹着玩呢。"

可是她没有捉弄他，跟他闹着玩的日子早就过去了。

不久又有一次社交聚会，一次盛大的社交晚会，不过不是在将军家里开的。这是一位王子举办的化装舞会，应邀出席的人可以戴假面具。

将军打扮成鲁本斯①，穿着西班牙式的小皱领的服装，挂着佩剑，显得十分庄重。将军夫人化装成鲁本斯夫人，穿着一袭黑丝绒高领礼服，在她的颈子四周当然有一圈磨盘状的皱领。他们的服饰是按照将军收藏的一幅荷兰名画上的画像定做的。画上淑女的那双手特别可爱，就像将军夫人的手一样。

埃米莉化装成普赛克，穿着带花边的细花裙袍。她轻盈婀娜，像一只天鹅。其实她根本不需要插上翅膀，她插上翅膀只是表明她扮成了普赛克。

舞会上灯火辉煌，大厅里到处是争妍斗艳的鲜花。嘉宾如云，个个打扮得珠光宝气。这里一派富丽堂皇的景象。这么多美好的

---

① 彼得·鲁本斯（1577—1640），佛兰德斯著名画家。

东西真是看也看不完,因此没人注意将军夫人那双美丽的手了。

一个身披黑色多米诺斗篷的人,脸上戴着假面具,便帽上插着一枝盛开的槐树花,走过来同普赛克女神翩然起舞。

"那人是谁?"将军夫人问。

"那是王子殿下,"将军说,"我一点都不怀疑。刚才他和我握手的时候,握得紧紧的,我一下子就知道了。"

将军夫人却有点儿怀疑。

"鲁本斯"将军一点疑心也没有,他走到那个黑衣蒙面人的身边,用手指在他掌心里写出了王室姓氏的第一个字母。他得到的回答是否定的,不过那人也用手指画出了一个暗示性的短语:

"马鞍上的字条,一个您不认识的人。"

"哦,那我就认识您了,"将军说,"原来是您送给了我那个马鞍。"

那个身披多米诺大斗篷的黑衣蒙面人举起一只手来,旋即消失在人群中。

"刚才和你一起跳舞的披着多米诺斗篷的人是谁?"将军夫人问。

"我没有问他的姓名!"埃米莉回答说。

"你根本用不着问,因为你知道他是谁!他就是教授呀!"

"您的那位被保护人就在这里,伯爵先生。"将军夫人转过身去对站在身边的老伯爵说,"他穿着黑色多米诺服装,还戴着一朵槐树花。"

"很有可能,我仁慈的夫人,"老伯爵说,"不过有一位王子也是穿着这样的衣服呀。"

"我知道那握手的劲头,"将军说,"马鞍是王子送的,我一点也不怀疑我自己的判断,所以我要请他到我家共进晚餐。"

"请你这样办吧!如果他是王子的话,他肯定会去的……"老伯爵说。

"如果他是别的什么人,他就不会来了。"将军说。

他向那个身披多米诺斗篷、脸上戴着面具的黑衣人的身边走去。那人正和国王站在一起交谈。将军恭恭敬敬地邀请他,说"为了彼此能交交朋友"。将军很有把握地知道他在向什么人发出邀请,所以他满脸堆笑,声音既洪亮又清楚。

那个身披多米诺斗篷的人揭去了他的面具:原来是乔治。

"您愿意重说一遍您的邀请吗,将军?"他问。

将军的身子陡然长高了一英寸多,显得更加庄重。他朝后倒退了两步,又向前迈了一步,就像在跳小步舞一样。他从容沉着,凡是一位大将军的脸上应该有的表情,此时此刻在将军的脸上全都有了。

"我从来不会收回自己讲过的话!教授先生,我邀请您。"他鞠了个躬,又向那位肯定听见他们这番对话的国王瞅了一眼。

将军家里举行了晚宴,被邀请的客人只有两位:老伯爵和他的被保护人。

"我的脚一伸到他们的餐桌底下,"乔治想,"宫殿的奠基石就算安放下去了。"

的确,在将军和将军夫人家里的这顿晚宴是奠基石真正安放下去的隆重仪式。

被邀请的客人来了，他本来就是将军所熟知的。他是个最优秀的上流社会人士，谈吐优雅，而且非常风趣。将军有许多次不得不用法文说"好极啦"。将军夫人也常常谈论这次晚宴，甚至还讲给宫廷的一位女侍从官听。这位女侍从官是宫中最有才华的长者，她要求下一次教授来做客时也把她请去，因此，他们不得不再邀请他共进晚餐。于是他又得到邀请，并且也应邀前来了。将军又多次说"好极啦"，想不到他还是个棋艺高手呢。

"他不会是地下室里出生的那种人，"将军说，"他一定是一个出身名门世家的少爷。像这样出身名门的少爷还真有不少呢！这完全不能怪那个年轻人。"

教授先生既然受到王宫的接待，当然也可以走进将军的家门。但要在这个家里扎下根来是谈不上的，尽管全城的人早就议论开了。

他终于在那个家里扎下根来。仁慈的恩典像雨露般自天而降，洒落在乔治的身上。

因此，不用奇怪，当教授荣任王室参议大臣的时候，埃米莉也就成了参议大臣夫人。

"人生不是悲剧就是喜剧，"将军说，"在悲剧中他们死亡，在喜剧中他们终成眷属。"

他俩终成眷属。他俩还生了三个可爱的儿子，当然不是一下子生出来的。

这些聪明可爱的孩子来看外公外婆，他们骑着木马在客厅和房间里乱跑。将军也骑着他的手杖跟在他们背后，充当这几个小参议大臣的马夫。

将军夫人靠在沙发上看,即使她那厉害的头痛病又犯了,她还是微笑着。

乔治的故事就是这样的,当然情节还在发展,否则这个看门人的儿子的故事就不值得讲了。

搬家日

你们想必还记得守塔人奥勒吧！我曾讲过两次去拜访①他的经历，现在我要讲第三次拜访了，不过这也不会是最后一次。

我通常是在新年的时候到塔上去看望他的，而这一回却是在搬家日。因为在这一天下面城里的街道真是叫人心烦，街上东一堆西一堆的，遍地都堆满了垃圾、破碎的瓶罐，还有破布烂衫等，更不用提那些已无法用来铺床的干草了。人们不得不艰难地小心翼翼地踩着它们走。而我刚才路过那里时，只见脏乱不堪的废弃物品堆上有两个小男孩在玩耍，他们玩的是上床睡觉。这个游戏是再合适不过了。他们钻进一个烂干草堆里，拉过一块破碎的糊墙纸盖在身上当被子。"真是好玩极啦！"他们说道。这对我来说未免太过分了，于是我只好转身到塔上来找奥勒了。

"今天是搬家日！"他说，"大街小巷都成了垃圾桶——巨大无比的垃圾桶。但对我来说，有那么满满一车东西就足够了，我可以从那些丢弃的废物里找出一些东西来。圣诞节过后不久，我就下去找啦！我从塔上下来，到大街上去溜达了一圈，街上又肮脏又潮湿，冷得要让人感冒。清道夫把他的车子停在街边，车子

---

① 前两次拜访的故事请看《守塔人奥勒》一篇。

上堆得满满的。真是一幅哥本哈根街道搬家日的图景呀。车子的背后还载着一棵枞树，颜色碧绿，枝梢上还挂着金箔饰物。这棵枞树是用来布置圣诞节美景的，现在被扔到大街上来，被清道夫插在垃圾车的后面。这究竟让人觉得发噱好笑，还是叫人欲哭无泪呢！是呀，可以这么说吧，那都是一个样，全看你是怎么想来着。

"我想了想，车上的东西肯定也想了想，或者说它们曾经想过，反正大概就是那么一回事吧。车上有一只破旧的女用手套，它躺在那里，小指头刚好指着那棵枞树。它在想些什么呢？要我告诉你吗？

"'这棵树同我倒有点关系，'它想道，'我也参加了那天晚上灯火辉煌的节日盛宴，我一生之中就只参加过这么一次晚会。有只手用力一挥，我就裂开了一个口子！我的记忆中断了，再也没有什么值得我为它而活下去的东西了！'手套就是这么想的，或者说它曾经这么想过。

"'那株小枞树真是枯燥无味！'陶罐碎片说道，打碎了的器皿往往觉得所有一切都是枯燥无味的。'既然已经身在垃圾车里，就用不着再摆谱，也不必披着金箔片啦。我知道，我曾在这个世上出过力，那份功劳要比那根绿树枝大得多。'瞧，这也是一种想法，这种想法是大多数人都会有的。不过那株小枞树依然很好看，为垃圾车添了一份诗意。这类扔掉的东西有的是，街上随处可见，因为今天是搬家日嘛！底下的街道对我来说未免太杂乱不堪了，所以我一心只想回到塔上来，从这里居高临下地看街景。现在我就坐在这里俯视着下面街上的热闹景象，心情反倒十分舒畅。

"底下的那些人正在玩着把房子换来换去的游戏。他们又是拖又是拽，汗流浃背，累得要命，把他们的家当统统搬走。各家各户的小精灵们也坐在木桶里一起搬了过去。各栋房子里的闲言碎语，各家各户的口角龃龉、忧愁烦恼一起从旧家迁入新居。那么他们——还有我们——从整个这场搬家当中究竟能得到点什么呢？是呀，其实这早就已经说清楚了，是写在《地址索引报》的那首好诗里的：'想想死神的大搬家之日吧！'

"这是一个严肃的想法，不过你听了也不要觉得不舒服。要知道死神现在是、将来也还是最靠得住的公职官员，尽管他还兼了不少小差事。难道你从来不曾想过这一点吗？

"死神既是公共驿车的车夫，又是通行证件签发者。他把名字签在我们的操行簿上，他也是我们生命的巨大的储蓄所的经理。你明白吗？我们把我们在尘世间的所有行为——无论大小——全都存进那个储蓄所里去。于是当死神赶着他的公共驿车前来接人的时候，我们只得坐上车去，驶向永恒之国。死神便会在边界上把我们的人生操行簿发给我们当作通行证。他把我们存入储蓄所的这个或那个行为——也就是我们生前干过的最能代表我们为人的那件事情——挑出来，给我们当作这次旅途上的盘缠。这也许是一件令人愉快的事情，也许是令人害怕的磨难。

"至今还没有什么人能够逃避这趟公共驿车的旅行，倒真是有人讲过，有一个人没有得到搭乘这辆公共驿车的准许，就是那个耶路撒冷的鞋匠[①]。他不得不跟在那辆公共驿车后面奔跑，他若是

[①] 即永远奔驰的犹太人阿哈斯维鲁斯。耶稣蒙难后，他拒绝让耶稣在各各地埋葬，并且还亵渎耶稣，以致受到永远在人间不停奔跑的惩罚。欧洲一些诗人以此为主题进行了创作。

得到准许登上这辆马车的话，那么他就成不了诗人笔下的主题了。想象一下吧，如果朝这辆大搬家的马车里窥望一下，就会看见车里坐着各种各样的人，他们全都混杂在一起，国王和乞丐、天才和白痴并排坐着。他们全都要两手空空地离开尘世，走完这趟旅途，身上既没有财产也没有黄金，只带了那本操行簿，还有从那储蓄所里支出来的盘缠。不过从一个人毕生的所作所为中，究竟应该挑出哪一件来让他带走呢？也许挑了一件微不足道的小事，小得就像一颗豌豆粒，可是豌豆粒也会发芽生长、开花结果，长成一棵很大的植物。

"那个坐在角落里小矮凳上的可怜巴巴的贱民，他一生中受尽欺凌和打骂，他得到了允许，可以带着他的小矮凳一起去。这只小矮凳既是他身份的象征，又是他一路上的零用钱，也是把他抬进永恒之国的轿子。在那里它又变成了一个宝座，像黄金一样金光灿灿，像凉棚一样盖满了青枝绿叶。

"那边的那个人，他总是放浪形骸，不停地享受着人生加了香料的烈酒，为的是要把他在世上犯下的种种恶行全都忘个一干二净。他得到一个盛酒的木桶，可以在公共驿车上也一口接着一口地喝。桶里的美酒是那么纯正、醇厚，以至于喝了之后思路反倒清晰起来了，所有已经泯灭的良知和高尚的情操全都被唤醒过来。他看见并且感觉到了他以前所看不到的和感觉不到的，或者说他不情愿看到的事情，这样一来，他的内心就如同在自我惩罚，忍受着那条毒蛇永远的啮噬。若是生前的酒杯上写的字是'忘却'，那么现在的酒桶上写的字就是'回忆'。

"如果我读到一本好书，一本历史著作，我总免不了要想一想那些人物在登上死亡公共驿车时的情形；想一想死神会从储蓄所里挑出他的哪一件行为送给他；想一想他进入永恒之国是靠了什么作盘缠的。

"从前有个法国国王，他的名字我已忘记了。那些好人的名字往往容易被人遗忘，我也这样，不过大概还能想得起来。在闹饥荒的年代里，他居然成了自己子民的救命恩人，于是老百姓用雪花为他堆起了一座纪念碑，上面刻着这样的铭文：'你的恩情来得比这座雪碑融化得更快。'我可以想象：正是鉴于这座纪念碑的存在，死神会给他一片永不融化的雪花。这片雪花会像一只白色的蝴蝶，翩翩飞舞在国王高贵威严的脑袋上，一直飞进永恒之国。

"后来还有一个路易十一世，是呀，他的名字我记得，坏人的名字反倒被人牢记不忘。他的性格特征总是在我的脑际浮现，我真的希望人们会这样说：历史全都是谎言。他把他的枢密大臣斩首处死。且不管公正与否，他是有权做此决定的。可是枢密大臣的两个无辜的孩子——一个八岁，一个七岁——也被他弄上了断头台，让他们父亲的一腔热血全都喷洒在他们身上。然后他又把他们投入巴士底狱中，关在铁笼子里。他们连一条可以铺在铁笼子里躺一躺的床单都没有。每隔八天，路易十一世便派刽子手去把他们的牙齿拔掉一颗，要让他们受尽折磨。'免得他们日子过得太舒服了。'那个国王说道。

"'要是我母亲知道我的小弟弟遭受这么大的痛苦，她会伤心得死掉的。放过他吧，请你拔掉我的两颗牙齿好了。'刽子手听到这话不禁潸然泪下，但是王命难违，国王的旨意要比眼泪厉害得多。因此，每隔八天就有两颗孩子的牙齿盛在托盘里送到国王面前。他既然要这些牙齿,就非得到它们不可。我想死神肯定会从生命储蓄所里把那两颗牙齿取出来,交给那个路易十一世带到那个广袤无垠的永恒之国去。它们会像两只萤火虫那样飞在他的面前,发出萤光,燃烧他,叮咬他,这两颗无辜的牙齿!

"是呀,这是人生最为庄严的终极旅行,可是大搬迁之日的那辆公共驿车究竟什么时候来接人呢?

"而这正是问题的要害所在。要知道这辆公共驿车会在任何一天、任何一个时刻、任何一分钟内来到。死神会从储蓄所里取出我们哪个行为来给我们呢?让我们想一想吧!这个搬家日在日历上是找不到的。①"

---

① 以往有些欧洲国家只准在规定的日子搬家,各个城市规定的搬家日不相同。在丹麦,国王下令规定每年四月和十月的第三个星期二为搬家日。

夏天的报信花

那是严冬季节,天气寒冷,朔风刺骨,可是屋子里却温暖宜人。花儿也是这样,它要躺在积雪厚实的泥土底下的球茎里面。

有一天下起雨来了,雨水穿过积雪渗进泥土里来,湿润了花儿的球茎,还告诉它地面上已是阳光明媚的世界了。不久之后,太阳就用它的纤细却具有穿透力的光线射过积雪,射到花儿的球茎里,轻轻地刺了它一下。

"请进来。"花儿说。

"我进不去啊!"阳光说,"我还没有力气可以打开那层关紧的外壳,到了夏天我就有力气啦!"

"什么时候才到夏天呢?"花儿问道,每当阳光照射进来的时候它都要重复一遍这句问话。可是离夏天还远着呢,地面上还覆盖着积雪,在漫漫的长夜里,水面上仍结着冰。

"怎么这么久呀,怎么这么久呀!"花儿说,"我觉得浑身酸疼,焦躁不安。我必须要活动一下自己的肢体,伸展伸展自己的腰。我要把外壳捅开,我要出去,向夏天说声早安,那将是多么快活的时刻!"

于是花儿伸展自己的腰,活动自己的肢体,朝着那层薄薄的外壳捅了又捅。这层薄壳早已被外面的水分浸泡得发软了,被积雪和泥土温热了，被阳光刺破了几个洞。花儿就在积雪底下发芽生长了，渐渐地又在自己绿色的茎梗上结起了嫩绿的花骨朵儿，还长出了又窄又厚的叶子，像给花骨朵围上了一道保护它的屏障。积雪仍旧冰凉冰凉的，却被太阳光钻出了许多洞孔，这样就更容易冲破它。这时候，阳光的威力已经十分强大了。

"欢迎，欢迎！"每一缕阳光都在歌唱。花儿从积雪里探头出来，看到了外面光明的世界。阳光拍着它，还亲吻它，花儿完全绽开了，白得像雪一样，还有绿色的条纹点缀着。它又高兴又羞涩地低垂着头。

"美丽的花儿呀，"阳光唱道，"你是多么新鲜，多么娇嫩。你是第一朵花！你是唯一的花！你是我们的真爱！你带来了夏天，为可爱的夏天来到大地和田野敲响了钟声。所有的积雪全都要融化！寒风将被赶走！我们要来主宰大地，万物将披上绿色。这样你就有了伙伴：丁香花、金莲花和玫瑰花。然而你毕竟是第一朵花，那么柔嫩和细巧。"

这真是莫大的欢乐，空气像是在歌唱和奏乐，光线仿佛穿透了花儿的叶子和茎梗。它站在那里，显得那么娇嫩，似乎很容易被折断，却又那么苗壮，充满了青春的美丽。它站在那里，披着缀有绿色条纹的白色裙衫，在为夏天唱着赞歌。可是离开夏天还有很长的时日，还早着呢。太阳被乌云遮住了，凛冽的寒风朝它猛吹过来。

"你未免来得早了一点！"狂风和暴雨说，"我们威风不减，你会领教得到的，这一切够你受的！你本来应该安稳地待在自己屋子里，不该出来招摇。还没有到时候呢。"

天气寒冷刺骨，一连几天都乌云密布，见不到一丝阳光，这样的天气会把这株弱不禁风的小花冻成碎片的。但是它却有着一股连自己都不知道的力量，它由于快乐和对夏天的到来充满信心而坚强有力。它深切地渴望着，并宣告夏天必将来到。温暖的阳光也证实了这一点。于是它就这样披着白色的裙衫充满信心地伫立在那里，听凭鹅毛大雪纷纷落下，听凭刺骨的寒风吹过它的身体。这时，它垂下了自己的头。

"我非把你撕裂了不可！"暴风雪恶狠狠地说，"你必将枯萎，必将冻成冰坨！你跑出来干什么？你干吗要上当受骗？太阳只不过对你说了几句空话，现在你该尝到苦头啦！你这个夏天的谎报者！"

"夏天的报信花。"在这个寒冷的早晨，它自言自语地说。

"夏天的报信花。"有几个跑进花园里来的孩子兴冲冲地喊道，"那边有一株开了花，那么漂亮，那么可爱。这是第一朵花，也是唯一的一朵花。"

这几句话说得花儿浑身舒畅，如同沐浴在温暖的阳光中。花儿沉醉在自己的欢乐之中，连它被折了下来都没有感觉出来。它在孩子们的手里传来传去，被孩子们的小嘴亲吻着。它被带进了温暖的房间里。在柔和的眼神的注视之下，它被插进了水里。它的力气增长了不少，它的生命力更加旺盛。花儿以为自己已经一步踏进了夏天。

这户人家的女儿——一个年纪很轻的姑娘——已经领受过坚信礼，她心里爱着一个小伙子，他也已经领受过坚信礼。他一心读书，要靠学问来谋生。"他将是我的夏天报信花。"她说道，随手拿起了这朵娇嫩的花，把它放在一张香气扑鼻的纸上，纸上写着一首诗①。这首诗是描写花朵的，它以谎报夏天来到的雪花莲开头，也以雪花莲结尾。

"亲爱的朋友，你就忍受着冬天的愚弄吧！"她是在用夏天的报信花来对他旁敲侧击的。是呀，要说的都已经全写在那首诗里了，于是那张纸就成了一封信，而花儿就躺在信纸里。四周一片漆黑，黑得如同躺在球茎里一样。花儿开始旅行了，被放进了邮袋里，受到挤压和揉搓，一点也不舒服，不过会有熬到头的时候。

这次旅行终于结束了，那封信被那位亲爱的朋友打开来念了。他高兴得要命，连连亲吻着花儿。花被夹在信纸里，四周全被诗紧紧地裹住，塞进了一个抽屉里，里面已经放着好几封漂亮的信，不过所有的信里都没有花。它是第一朵花，唯一的那一朵花，就像阳光所说的那样。一想到这些它就不禁高兴起来。

它可以躺在那里琢磨很长的时间。它想呀想呀，夏天就过去了，漫长的冬天也过去了。后来又到了夏天，接着夏天又过去了，可是那个小伙子却一点也不快活。他狠狠拿起这封信来，把那首诗揉成一团，于是花儿就落到了地板上。它已被压扁了，枯萎了，但是也不能因为这个缘故就把它扔到地板上去呀，但这总比扔到火里去烧掉要强一些。小伙子把那首诗和信都烧了。那么究竟出了什么事情呢？其实也就是常见的那种事情。花儿给他报了个谎信，跟他开了个玩笑。不过那个姑娘向他报的这个信可不是开玩笑：她在仲夏季节又交上了一个男朋友。

---

① 当时丹麦有个风俗，年轻的恋人们互赠一年里最早开放的雪花莲，并附诗一首。信上不署名，以便让收信人猜花是谁送的。

清晨，阳光照进来，照到了这朵谎报夏天已经来到的花儿上，这朵已经扁平枯萎的雪花莲仿佛是被画在地板上一样。女仆来打扫房间，又把它从地上拾起来，夹在桌上的一本书里，她以为花儿是在她打扫的时候飘落下来的。于是花儿又躺在诗中间了，而且那都是印刷成书的诗，比手写的诗要高雅得多，起码花费要昂贵得多。

一转眼好几个年头又过去了，那本书仍旧竖立在书架上。后来它被人取下来翻阅了。这是一本好书，是丹麦诗人安布罗修斯·斯图勃的诗歌集，这个诗人的作品是值得一读的。那个人细细阅读着，翻了一页又一页。

"哦，这书页里还夹着一朵花呢，"那人说道，"一朵雪花莲！这倒真是很有意义的巧合啦，很有意义！可怜的安布罗修斯·斯图勃，他本人也正是一朵夏天的报信花，一朵诗坛上的雪花莲！他远远领先于他的时代，因而免不了遭到寒风和冻雨的摧残。他轮番地结交菲茵岛上的贵族，却像插在花瓶里的鲜花，像夹在书中的干花。谎报夏天来到的雪花莲、谎报冬天未去的香雪球，都与人们开了一场玩笑。不过那个充满着青春活力的丹麦诗人毕竟是最领先的一个，也是唯一的一个。好吧，就夹在书里当书签吧，小雪花莲，你夹在这本书里真是意义深远啊！"

于是那朵谎报夏天来到的雪花莲又被夹在那本书里，它觉得又荣幸又高兴，因为它知道自己成了这本可爱的书的书签，而这本书的作者是第一个讴歌他的时代的诗人，也是一朵受到冬天的愚弄、谎报夏天已经来到的雪花莲。花儿如今以它自己的方式明白了这样的事理，就像我们以各自的想法去明白事理一样。

这就是谎报夏天来到的雪花莲的故事。

姨　妈

你应该认识一下姨妈，她真令人着迷，是呀，就是说她不仅是人们通常所说的那种讨人喜欢的人。她为人慈祥，和蔼可亲，有自己独特的结人缘的地方，若是有谁想要聊天，或者找个人来开心一下，那么她便是最佳人选了。她本应该扮演喜剧里的一个角色，因为她似乎是为了喜剧院和一切同那里有关的事情而活着的。她是一个正直体面的夫人，可是经纪人法布却说她是个十足的戏迷。那个法布，姨妈则把他叫作法拉布①。

"喜剧院是我上学的地方，"她说，"那里是我知识的源泉，我在那里重新温习了圣经故事，像《摩西》啦，《约瑟和他的兄弟们》啦，等等。这些故事现在都编成了歌剧。我从剧院里还学到了世界历史和地理，还有人文知识。我从那些法国戏剧里知道了巴黎的生活——放荡而有趣。看了《吕格勒一家》后我不知道流了多少眼泪。那个丈夫想以酗酒来求得一死，以此来成全自己的妻子，让她可以得到那个年轻的恋人。过去五十年里我都订了年票看戏，真不晓得哭了多少回，流了多少眼泪呀！"

姨妈熟知每一出戏，对戏里的每一个场景、每一个人物还有

---

① 法拉布的意思是小狗。

他们哪个上场哪个下场全都一清二楚。只有在喜剧公演的那九个月,她才真正地在生活。在夏天剧院停演的那段时间里,她就会变得老起来,不过只要看一场持续到半夜以后的演出,又会让她焕发出生机,使她延年益寿。她不像别人那样说:"我们又要过春天啦,因为鹳鸟已经回来了。""报纸上登出消息说,今年的第一批草莓已经上市啦!"她是这样告诉人家秋天已经来到了:"你看到没有,现在剧院又在预售全年的包厢票了。公演马上就要开始啦!"

她是以与剧院的距离来评估一栋房屋的价值和地段的好坏的,所以当她不得不从剧院背后的那条小街上搬到离剧院稍远一些、对面又没有街坊邻居的那条大街去住时,会如此伤心。

"在家里,我的窗口就应该是我在剧院里的包厢。你总不能够光呆坐着想心事吧,总得要看看人吧!可是现在我好像把家搬到了乡下,我若是想要看看别人的话,就非得走进厨房里去,趴在洗碗槽上,这样才能够望得见街坊的房子。哪像我住在那条小街上的时候,一眼就瞅得见街面上杂货批发商的店堂。早先我上剧院只要走三百步,如今却要走三千步啦!"

姨妈也有生病的时候,可是她不管病得怎样,上戏院是绝对不能省的。有一天,她的医生嘱咐她用发了酵的湿面团敷在双脚的脚底上,她倒是按吩咐行事了,不过她是双脚敷着发酵的湿面团,雇了一辆车上剧院的。她要是在那里死去的话,那真是求之不得,这太幸福了。雕塑家多瓦尔生不就是死在剧院里的吗?她说这是"幸福的解脱"。

她不相信天国这样一个极乐之地会没有一家剧院。当然没有人向我们讲过那里一定会有,不过可以想象得出大概会有。既然那里聚集着那么多逝去的男女演员,那么也总该有个可以让他们施展才华的地方吧。

姨妈有一根从剧院直通到她房间里的专用电线,每逢星期天喝咖啡的时候,电报便源源而来。她的专用电线就是剧院舞台布置部的西弗德森先生,他是调度大幕起落和指挥布景、道具搬上搬下的人。

她从他那里事先就得知了对即将上演的每一出戏简明扼要却又一针见血的评论。莎士比亚的《暴风雨》被西弗德森先生说成是"一塌糊涂的东西:竟有那么多东西都要在舞台上搭建,而且从第一个场景起就要用水景",也就是说要造出波涛汹涌的场景来。相反,如果一出戏的五幕全都使用同一个房间布景的话,那么他就会说这是一个写得精彩的好剧本,因为这样可以让他歇个够,用不着更换布景就可以演下去。

早些时候,也就是姨妈常说的三十多年以前,她和刚才提到的那个西弗德森先生都还年轻,他那时已在剧院舞台布置部了,她把他叫作她的"恩人"。当时有这么一个习惯,在城里最大的也是唯一的那家剧院里有夜场演出的时候,观众可以坐到舞台顶上的用于悬吊幕布和布景的高台上去看戏,每个布景师都掌握着一两个位置。那高台上常常人满为患,而且都是体面的上流人士,其中有将军夫人和贸易参事夫人等。在幕后从高处往下看戏真是别有一番情致,可以看得清大幕落下之后人们是怎样在舞台上走动和站立的。

姨妈也曾经多次到高台上去看戏,看过悲剧,也看过芭蕾舞剧,因为只有在这些演出里才有大名鼎鼎的名角儿登台。而居高临下地从舞台顶上看下来,那真是太有意思啦。人们都要在黑咕隆咚的地方坐很久,所以大多数人都随身带着晚饭去吃。有一次,有三个苹果和一份夹着肉肠的面包卷从高台上掉下去,落在乌戈林诺①的囚牢里,而囚禁在那里的人已经快要饿死了,于是引起观众们的哄堂大笑。那个夹着肉肠的面包卷成了罪魁祸首,剧院经理便以此为理由谢绝闲人进入可以居高临下看戏的那个高台。

"不过我一共去过三十七次,"姨妈说,"所以我永远也忘不了西弗德森先生。"

在那个高台仍然对公众开放的最后一个夜场,演出的剧目是《所罗门的判决》②。姨妈还记得很清楚,她通过她的恩人西弗德森先生给经纪人法布弄来了免费入场券,尽管他本来是不配得到的,因为他一直在嘲讽戏剧,说风凉话取笑姨妈,可是她现在居然把他弄到舞台顶上去了。他要"从反面来看戏",这是他的原话。"只有他这样的人才说得出这样的话来。"姨妈说。

于是那个经纪人就居高临下地看起戏来,看着看着就睡着了。人们以为他刚从一个酒宴上出来,灌了不知多少杯的烈酒,所以才睡得这么香。反正他睡熟过去,而且被关在里面了,居然在舞台顶上度过了漫长的黑夜。他醒过来之后叙述了一番他的所见所闻,不过姨妈却一点也不相信。他说:《所罗门的判决》那出戏演完了,坐在舞台顶上和底下的人们纷纷散去,所有的灯火全都熄灭了。不过真正的好戏才开场哪,那出戏名叫《大结局》,

---

① 《乌戈林诺》系德国剧作家革尔腾贝根据但丁《神曲》的故事改编的悲剧。
② 《所罗门的判决》系法国剧作家盖涅兹创作的喜剧。

真是精彩至极。那个经纪人又说,那出戏全都取材于生活中的真事,不像《所罗门的判决》的剧情那样是早已确定下来的。真的,这审判之日就在剧院的现场。经纪人法布这样不顾脸面地胡说是想让姨妈相信他是在感谢她,因为毕竟是她把他弄到那个高台上去的。

那么经纪人究竟讲了一些什么呢?听起来未免荒唐可笑,不过他的话却充满了嘲讽和挖苦。

"那上面一片漆黑,"经纪人说,"不过大型魔术表演《剧院里的最后审判》开场了。检票员站立在门口,每一个观众都必须出示他的品德证明书,看着究竟是双手不受束缚地进场还是要把双手捆起来进场,究竟要捂着口罩进场还是不必戴口罩进场。那些在演出开始之后才姗姗来迟的大人们,还有那些素来不守时的年轻人全都被绑在场外,脚底下还垫上了毡鞋垫。等到下一幕开始时才让进去,嘴上还要捂着口罩。于是剧院的审判就开始啦!"

"真是恶毒透啦,但愿上帝不曾听见这些恶意中伤!"姨妈说。

绘制布景的画师若是想要进入天堂,他必须沿着一道他自己画出来的梯子爬上去,可是没有人能够沿着那样的一道梯子爬上去,因为那梯子画得完全违反了透视的原理。布景师费尽心机搭出来的乡间田野的布景,却把所有的树木和房舍都放错了位置,那个可怜的人若是想要进入天堂的话,就必须把布置好的景物重新放到正确的位置上去,而且要在鸡叫之前做好这一切。法布先生应该看看他自己究竟能不能进入天堂才对,因为他把所有的人都说得一塌糊涂。不管是喜剧演员还是悲剧演员,也不论是唱歌的还是跳舞的,只要到了法布先生这个小狗崽嘴里,就全都是一团漆黑,他真是不配坐到舞台顶上那个高台上去看戏。姨妈不情愿把他的话从自己嘴巴里说出来,可是他竟然扬言说他已经把所有这一切全都记录下来了,等到他不在人世的时候再出版,但是决计不会在他生前出版,因为他不肯冒遭到抽筋剥皮的危险,这个小狗崽子!

姨妈只有一次在她的极乐神庙里——也就是剧院里——感到心烦意乱和惊恐不安。那是一个冬日,只有两个小时天是亮的,即使在天亮的时候空中也是灰蒙蒙、阴沉沉的。那天天气非常冷,还下着雪,可是姨妈照样上剧院去了。那天上演的是《赫尔曼·冯·乌诺》,还加演了一出小歌剧和一场大型芭蕾舞剧,开场戏和结尾戏也照演不误,所以要一直演到深夜才散戏。姨妈既然非要上剧院不可,她的房客便借给她一双乘雪橇时穿的高筒靴,靴子里外都衬着皮毛,一直裹到她的小腿上。

她来到了剧院里,走进了她的包厢。那双高筒靴非常暖和,所以她坐下之后也还穿着。忽然猛听得一声惊呼,有人叫着"失火啦"。有一块幕布冒出烟来,滚滚浓烟从悬挂幕布的高台向四处弥漫。剧场里顿时大乱起来,出现了可怕的骚动,观众们如潮涌一般夺路而逃。姨妈是包厢里剩下的最后一个人了。"是在第二层的左边,从那里看到的布景最好看,"姨妈往往这么说,"因为布景总是布置得让王室包厢这一边看得最真切。"

这时候姨妈想要逃出去,可是在她前面奔跑出去的人吓慌了神,竟然随手把姨妈还待在里面的那个包厢的门扣上了。姨妈想要出来却出不来了,想要进去也进不去了——是进不到隔壁的那个包厢里。她想先跨到隔壁的包厢里去,再从那里逃出来,但这也做不到了，因为中间的隔板太高，无法跨过去。她高声呼喊，却没有人听见。她从上往底下一看，下面早已空无一人。楼层不高，看起来也离得不远，在惊恐之中姨妈觉得自己年纪轻了许多，身子也轻盈了不少，她要跳下去。她一只脚已经跨过了栏杆，另一只脚踩在座椅上，就像骑马似的跨在那里。她身上披着绉纱围巾，穿着花裙子，打扮得雍容华贵，却把一条长腿悬在外面晃个不停，而且竟是一条穿着不登大雅之堂的雪橇长靴的腿！这副滑稽相真是值得一看。这时候她被人看到了，她的呼救声也被人听见了，于是姨妈终于化险为夷，被搭救出来。不过剧院里那场火也只是一场虚惊，没有烧起来。

这是她一生之中最值得纪念的一个晚上，她说，她很高兴无法看到自己当时的那副尊容，否则她真要羞死了。

她的恩人布景师西弗德森先生仍旧每星期天都要来拜访她，不过从一个星期天到下一个星期天之间相隔的时间未免太长了，所以近来她干脆在一个星期中间的哪一天找个小孩子来"吃剩菜"，也就是吃那一天晚饭剩下来的东西。那是芭蕾舞班子里的一个小姑娘，正是最需要吃食的年纪。这个小姑娘扮演小精灵、贴身小厮一类的角色，而对她来说，最难演的莫过于歌剧《魔笛》里的狮子的后腿，不过她长高之后只能演狮子的前腿了。她扮演前腿只能挣到三个马克，而扮演后腿却可以挣到一个银币。不过扮演那个角色必须弯下身子，连新鲜空气都吸不到。姨妈说，听到这些花絮真是其乐无穷。

姨妈本来可以活得同剧院一样长寿，可惜她终于未能坚持下来，不过她也没有在剧院里死去，而是体面地在家里寿终正寝。

她在弥留之际讲的话也是一清二楚的,她问道:"明天他们演出什么戏呀?"

她去世之后,留下来大约五百枚银币。我们核算了一下,利息是二十枚银币。姨妈生前已经决定将这笔钱赠给一位正直的没有家室的老姑娘,每年专用于预订每个星期六的剧场里第二层左边的一个座位给她看戏,因为这一天演出的剧目通常是最好的。享受这笔遗赠的人只需要承担一个义务,那就是她每次上剧院去看戏时必须想起长眠在坟墓里的姨妈。

这就是姨妈的宗教信仰。

癞蛤蟆

水井深得很，所以就要用很长的井绳。人们把盛满水的木桶提出井沿的时候，井上的辘轳几乎都转不动了。太阳永远也照不到井水的水面上，也形不成倒影。不过只要阳光能照到的地方，石缝里就长出绿色的苔藓来。这里居住着癞蛤蟆的一家子，他们是从外乡迁移过来的。其实他们全都是在老癞蛤蟆肚子里跟着她一个倒栽葱跌进水井里来的。老癞蛤蟆妈妈现在还健在。那些早已在这里安家落户、在水井里游来游去的青蛙也承认他们是本家亲戚，并且称呼他们是"井中来客"。

他们打算在这里长期居住下去，因为他们觉得在那些"干地"上住得十分逍遥自在，所谓"干地"是他们对井里那湿漉漉的石头的称呼。

青蛙妈妈曾经背井离乡出门旅行过一次。那是正当木桶盛满了水往上提的时候，她一下子跳了进去，可是井上面的阳光亮得刺眼，把她的眼睛刺得生疼，她猛地一蹿跳出桶外，扑通一声又跌回井里来了。她的背摔疼了，只好一连躺了三天。水井上面的广阔天地，她实在讲不出多少来，不过她总算知道了原来水井并不是整个世界，所有的青蛙也都知道了。癞蛤蟆妈妈当然说得出一点名堂来，不过有人问起她来，她总是避而不答，于是大家也就不再多问了。

"她又胖又丑,满身肥肉,一副丑相。"小青蛙们说,"她的那些孩子将会和她一样丑。"

"大概就是这副模样啦。"癞蛤蟆妈妈说,"不过他们当中有一只脑门上长着一颗宝石,要不然的话就是长在我的头上。"

小青蛙们听得瞪圆了眼睛,因为他们不爱听这句话,所以他们扮了个鬼脸就蹦到井底下去了。可是小癞蛤蟆们却都伸直了后腿,个个都充满了自豪,因为他们相信自己一定有那颗宝石。然后他们趴在那里,脑袋纹丝不动。但是最后他们发问了,他们引为自豪的到底是什么,一颗宝石究竟是什么东西。

"它是一种价钱很贵又很美丽的东西,"癞蛤蟆妈妈说,"我无法把它形容出来。它是一种人们戴着自己觉得美滋滋而引起别人嫉妒的东西。不要再问长问短的啦,问了我也不回答了。"

"唉,我没有宝石。"最小的那只癞蛤蟆说,他长得要多丑有多丑。"我干吗要有这种贵重的东西呢?要是它引起别人嫉妒的话,我自己也不会快乐。不要,我只希望能够上到井边去往外看看就心满意足了,外面一定很美丽。"

"你最好还是待在老地方吧!"老癞蛤蟆说,"你对这里的一切全都熟悉。千万要当心那个木桶,它会把你砸碎的。要是你真的掉进水桶里去了,那么你也会摔出来的。并不是人人都像我这样走运,虽然跌下去了,却还保全了肢体,连肚子里的小崽崽都没有跌碎。"

"呱呱!"那只小癞蛤蟆叫了起来,这就和我们人类喊一声"啊"一样。

他非常想到井边上去往外看看,渴望着去看看上面的绿色东西。第二天早晨,当水桶装满了水往上提的时候,它在小癞蛤蟆坐着的那块石头面前正好停了片刻,小癞蛤蟆心里激动起来,就使劲儿蹦进了盛满水的木桶里,一下子沉到了桶底。他被提了上去,在把桶里的水倒空的时候,他才被倒了出来。

"哎呀,真是晦气,"那个看见他的雇工说道,"这是我见到过的最丑的东西!"他伸出木鞋一脚把小癞蛤蟆踢了出去。这一脚险些儿把小癞蛤蟆踢得全身都瘫痪了,不过他总算逃进了那些高大粗壮的荨麻丛中去了。他的眼前尽是一根根荨麻的茎,不过他还是一个劲儿往上瞅。太阳照在荨麻叶子上,那些叶子看起来仿佛是透明的一样。对小癞蛤蟆来说,这就像我们人类钻进了大森林里,看见太阳光从枝丫树叶之间照下来一样。

"这里要比在井里好得多,我想要在这里待上一辈子呢!"小癞蛤蟆说。他在那里趴了一个钟头,不,趴了两个钟头。"真不知道外面是什么样子。既然我已经跑了这么远,那么我不妨跑得更远一些!"他想道。于是他又蹦又跳、连爬带滚地往前去。在横穿那条大路的时候,太阳晒到了他的身上,滚滚的尘土弄得他就像浑身扑了粉一样。

"这才是真正到了干地。"小癞蛤蟆说,"太干燥了,只觉得浑身发痒。"

后来他爬进了大路旁边的沟渠里,沟渠边上长着勿忘我花和绣球菊,旁边是一道接骨木和山楂丛连结而成的树篱,那种被称为"玛丽亚的白色衬衫袖口"的小白花缠绕其中。这里真是五彩缤纷,令人目不暇接。有一只蝴蝶在这里飞舞,而小癞蛤蟆却以为这是一朵挣断了花茎的束缚、要到大千世界里到处看看的花朵。他这么想倒也合乎情理。

"要是我能像它一样四处遨游的话,"小癞蛤蟆说,"呱呱,啊,那真是再好不过啦。"

他在那条沟渠里待了八天八夜,食物有的是,一点也不缺。到了第九天,他想:"再往前走吧!"可是还有什么更美丽的东西呢?说不定能够碰到一只小癞蛤蟆或者几只青蛙。在最后一个晚上,风里似乎夹杂着一种声音,表明附近的地方好像有些同胞存在。

"生活过得真是快活!从井底下上来,在荨麻丛里藏身,连滚带爬地穿过了尘土飞扬的大路,后来又在潮湿的沟渠里休息。不过还是要往前走!看看是不是能找到一只青蛙或者一只小癞蛤蟆。朋友是生活中不可缺少的,光有大自然的风光是不够的。"于是他又一路往前漫游。

他来到了田野上,跳进一个四周长着灯芯草的大池塘,在里面寻觅起来。

"这里对你来说未免太潮湿啦。"青蛙们说,"不过很欢迎你来!你究竟是位先生还是位女士?没有关系,我们一样欢迎!"

然后他被邀请去参加夜间音乐会。那是一个家庭音乐会,大家都放开歌喉尽情歌唱,然而嗓音却单薄刺耳,这是我们都熟悉的。吃的东西一点都没有,饮料倒真不少,而且是免费提供。要是有能耐的话,可以喝满满一池的水。

"现在我要再往前去啦。"小癞蛤蟆说,他总有一股向往美好未来的劲头。

他看到了星星在眨眼，又大又明亮；他看到了一钩新月光芒四射；他看到了朝阳冉冉升起，愈升愈高。

"这么看来我大概还是在一口井里，只不过是在一口更大的井里。我一定要再往高处爬！我感到不安，有一种渴望。"当月亮变成一轮满月的时候，这只可怜的小癞蛤蟆心里想道，"但愿这是一只水桶，会徐徐地降下来，这样我就可以跳进去，一直升上去啦！再不然太阳就是那只大木桶，它有多大多明亮呀！它可以把我们个个都装进去，我非得找准机会才行。哦，我的脑袋在闪闪发光呢，我不相信宝石会更亮一些。不过我没有看见过宝石，也不会为它而哭泣。不会的！我要高高地升到光明和快乐中去！我有个坚定的信念，可是又担心害怕。这是艰难的一大步，不过是非迈出去不可的。前进，顺着大路往前去吧！"

他迈步向前，尽了一只爬行动物最大的努力往前去。后来他来到了人类居住的地方，在大路两旁有花园和菜园。他先在菜园边上休息。

"这里住着许多我素不相识的形状各异的生灵，世界真是大得不得了，而且那么千姿百态，因此必须到处看看，而不能老待在一个地方不动。"于是他便一蹦一跳地进入了菜园。"多么绿，多么漂亮呀！"他叫道。

"这个我知道，"菜叶子上的一条毛毛虫说道，"我的这张叶子是这里最大的，它遮住了半个世界呢，不过没有那半边世界我也不在乎。"

"咯咯咯，咯咯咯。"传来了这样的声音，随后走进来几只母鸡，她们在菜园里踱来踱去。走在最前面的那只是远视眼，她一眼就瞅见了躲在皱巴巴的菜叶子上的毛毛虫,便伸出嘴去啄它。毛毛虫跌到了地上,把身子扭来扭去,又蜷曲起来。母鸡眯起一只眼睛盯住它,因为她心里没有底,把身子这样蜷曲起来究竟是什么招数。

"它这么做反正不会安什么好心。"这只母鸡想道,于是她又昂起头来要再啄下去。小癞蛤蟆害怕极了,他竟晕头转向朝那只母鸡蹦过去。

"嘿,还有救兵来保驾。"母鸡说道,"我不稀罕这毛毛虫,"母鸡转过身去说,"我不在乎那一小口绿汪汪的吃食,它只会害得我嗓子发痒。"别的母鸡也都赞成这个看法,她们就都走开了。

"亏得我这么扭来扭去,"毛毛虫说,"这才躲过了这场劫难。处险不惊固然帮了我的大忙,可是麻烦的事情还在后头呢!那就是怎样才能回到那片叶子上去呢?那片叶子在哪里呢?"

小癞蛤蟆蹦过来表示同情,他很高兴他的丑相居然把母鸡们吓跑了。

"你说这话是什么意思?"毛毛虫责问道,"你明明知道,全凭我把自己扭来扭去才摆脱了她们。我一看到你就觉得恶心,难道我不可以在自己的地盘上待着吗?现在我闻到了花菜的味道啦!我现在要回到自己的菜叶子上去啦!外面千好万好,总不如自己待的地方好。不过我还会爬得更高一些。"

"是呀,更高一些,"小癞蛤蟆想道,"更高一些才好!它的想法和我倒是不谋而合的,不过它今天脾气不大好,大概是受了惊吓的缘故。我们大家都要往高处爬。"于是他尽力往高处看去。

鹳鸟们蹲在农舍屋脊上的鸟巢里。鹳鸟爸爸叽里咕噜在说些什么,鹳鸟妈妈也叽里咕噜地附和着。

"他们住得那么高呀,"小癞蛤蟆想道,"有谁能上得去呢?"

在那栋农舍里住着两个年轻的大学生,一个是诗人,另一个从事自然科学研究。一个为上帝所创造的一切以及反映在他心灵里的所有情感尽情地歌颂和写作,他用简洁明快、丰富和谐的语句书写;而另一个只管探究已经创造出来的那些东西,必要的时候甚至还解剖它们。他把上帝的创造当作一道道算术题,又是减又是乘,设法弄明白它的一切,再用理智的语言叙述出来。他本身就很理智,他总能讲出许多极富理性的话来。这两个人都是心地善良、开朗快活的人。

"那里有一个很好的癞蛤蟆标本。"研究自然科学的大学生说,"我要把它泡在酒精里。"

"你不是已经有了两个了吗?"诗人说,"让它安生地待着吧。"

"可是它丑得那么讨人喜欢。"另一个说道。

"对,我们要是在它的脑袋里能找得到宝石的话,"诗人说,"那么我也来动手解剖它。"

"宝石!"另一个说道,"你似乎挺精通自然史的。"

"民间不是流传着很美的故事吗?癞蛤蟆虽然是相貌最丑的动物,可是脑袋里往往藏有最贵重的宝石。我们人类难道不也是这样吗?伊索还有苏格拉底,他们长得丑,可是头脑里不也有着宝石吗?"

癞蛤蟆没有听到更多的东西,而听到的那些话他连一半都不懂。那两个朋友走开了,小癞蛤蟆总算躲过了被泡在酒精里的这一劫难。

"他们也在谈论宝石,"小癞蛤蟆说,"幸好我没有宝石,要不然我就遭罪啦!"

这时候农舍屋顶上又传来了叽里咕噜的声音,鹳鸟爸爸在向全家发表演说,他不屑地瞅着菜园子里的那两个年轻人,说道:

"人类是最爱胡思乱想的家伙,听听,他们在瞎说些什么!他们连个叽里咕噜的颤声都发不出来。他们在卖弄他们的口才和语言,他们的那种语言真是少见。只要出门走上一天的路程,他们的语言就听不懂了,彼此讲话都听不懂。而我们所讲的语言全世界都可以通用,不管在丹麦也好,在埃及也好,都能听得懂!再说人类连飞都不会,他们想要走得快点,就乘坐一种他们发明出来的、被他们称为'火车'的东西,还常常因此而折断了脖子。一想起这些,我的嘴就不禁颤抖起来。没有人类世界照样存在,没有人类我们照样过日子!我们只要有青蛙和蚯蚓就可以活下去了。"

"这真是一场精彩的演讲。"小癞蛤蟆想道。"那是一个多么了不起的伟人啊!他是多么高不可攀啊!我还没有见过有谁能登得更高!哦,他游泳游得多棒啊!"当鹳鸟张开翅膀飞上天空的时候,小癞蛤蟆这样叫喊起来。

鹳鸟妈妈在鸟巢里也絮絮叨叨地讲个不停,她讲到了埃及大地,讲到了尼罗河水,也讲到了在异国他乡才有的无比美妙的烂泥塘。小癞蛤蟆听了,觉得这一切都是那么新奇、那么令人着迷。

"我非去埃及不可!"他说,"要是鹳鸟肯带上我就好啦,哪怕是只小鹳鸟也行。我可以在他们的婚礼上出力,作为报答。是呀,我要去埃及,因为我是那么走运。哦,我有那种渴望和追求,那比脑袋里有一颗宝石要强多啦!"

而他恰好就有了这么一颗宝石:永无止境的渴望和追求,向上,不停地向上。这颗宝石在他脑袋里闪闪发光,放出欢乐的光彩。

就在这时,鹳鸟飞过来了,他看见了趴在青草上的这只小癞蛤蟆,便俯冲下来,毫不怜惜地把这只小东西叼了起来。鹳鸟的嘴紧紧地咬住他,四周风声呼呼,真不好受。可是他毕竟在往上飞呀!飞向埃及,这是他知道的,正因为这个缘故,他的眼里闪出了光芒,好像有一颗火星迸了出来。

"呱呱……呱呱……"

小癞蛤蟆的躯体已经死去,他被掐死了。可是从他眼里迸出来的那颗火星到哪里去了呢?

太阳的光芒把那颗火星摄走了。太阳光把小癞蛤蟆脑袋里的宝石搬走了,可是搬到哪里去了呢?

你不要去问那个研究自然科学的人,还是去问问诗人吧,他会把这件事情当作一个童话讲给你听,那个童话里还讲到了毛毛虫,也会讲到鹳鸟那一家子的。你只要想一想,毛毛虫后来会变成一只美丽的蝴蝶;鹳鸟一家子会飞越千山万水,飞向远方的非洲,可是他们又能找出最短的路程回到丹麦国土上,回到同一个地方,同一个屋顶上。是呀,几乎所有这一切都太像童话了,但却又是真实的。你不妨再去问问那个研究自然科学的人,他只得承认这些事实。你自己也知道,因为你已经看到了嘛。

那么癞蛤蟆脑袋里的宝石呢?

到太阳里去寻找吧,你会在那里见到它的——倘若你有这个本事的话。

太阳的光芒实在太耀眼了,我们直到现在还没有这么好的眼睛可以看得见上帝所创造的灿烂辉煌,但是我们会有的,那将是最美好的童话,因为在这个童话里有我们每一个人。

教父的画册

教父很会讲故事，会讲许多许多，还讲得很长很长。他还会剪纸，还会画画。快到圣诞节的时候，他会拿出一本用干净的白纸装订起来的笔记本，他把从书籍、报纸上剪下来的那些图画全都贴在这个本子上。如果这些画还不足以说明他要讲的故事的话，那么他就自己动手画。我小时候得到过好几本这样的画册，但这些画册中最好看的是那本《值得纪念的一年——哥本哈根用煤气灯代替老式的鱼油路灯》，题目这句话写在最前面的那一页上。

"这本画册一定要认真保存好，"父母亲都这么说，"只有在城里举行重大的庆典时才可以拿出来。"

可在这本画册中，教父却这样写道：

> 就算把这个本子撕得粉碎
> 也用不着大惊小怪，
> 因为别的小朋友干的事情
> 要比这糟糕得多。

最好是由教父和我们一起看这本画册，由他自己朗诵里面的诗句和别的文字说明，由他一边指点给我们看，一边说着许许多多的事情，这样一来，那些故事就显得十分真实了。

第一页上有一张图画是从《飞邮报》上剪下来的，在这张画片上可以看到哥本哈根的圆塔和圣母教堂一带的景色；左边贴着一张画着一盏老式路灯的图片，图上写着"鱼油"；右边是一盏枝形路灯，图上写着"煤气"。

"瞧，这是一张海报，"教父说，"这是你们就要听到的那个故事的开头。它可以编成一出戏来上演——只要有人能编写剧本的话。'鱼油和煤气，或者是哥本哈根的生命和生活'，这真是一个很好的标题。在这一页的最底下还可以看到一幅小画，这幅画不大容易看懂，所以我要向你们解说一番。这是一匹地狱之马，它本来应该在这本画册的结尾才出现的，可是它却先跑了出来。它匆匆地奔到前头来是想说：这个故事的开头、中间和结尾都没啥好听的。要是换了它来讲的话，它是会讲得更好一些的。再说它也有那套本事。我讲给你们听，地狱之马白天是拴在报纸上的，就像人们所说的那样，它在各个栏目之间、在字里行间走来走去，可是到了晚上，它就溜了出来，站在诗人的家门外放声嘶叫，为的是要那个诗人一命呜呼，因为只要它张嘴嘶叫，那里面的人就会立即死掉。若是那里面的人寿命还长，身体里还有真正的生命存在，那么即便叫了，那人也不会死掉。所以地狱之马几乎总是一匹可怜的牲畜，它既不安分守己，又没有挣食饲口的本事，于是它就只好四处奔跑嘶叫，弄点空气填填肚皮。"我敢肯定，它一定不会喜欢教父的这本画册，也正因为如此，教父把它画在那张纸上真是用心良苦。

"看看，这就是画册的第一页，那是一张海报。"

那刚好是老式鱼油路灯仍然点燃的最后一个晚上，城里已经有了煤气路灯,它的光线明亮得很,那些老式的鱼油路灯全都黯然失色,像是没有点着一样。

"那天傍晚我自己就在大街上。"教父说,"人们都走来走去,观赏新的照明设施,也看看那些老的。街上人头攒动,而脚的数目又比人头还多一倍。只有巡夜的人黯然神伤地站着,他们不知道自己什么时候会像鱼油路灯那样被辞退。那些鱼油路灯也是一样,它们能够想得起来很久以前的事,却不敢再对今后抱有什么想法了。它们记得那么多平静的傍晚和漆黑的夜晚,从中可以回忆起多少事情来呀。

"我倚在一根路灯的灯杆上,鱼油和灯芯燃烧着,发出很响的迸溅声。我听到了路灯所说的话,你们也都听听它说了些什么。

"'我们已经鞠躬尽瘁了,'那盏老路灯说,'我们对我们的时代恪尽职守,既照亮过欢乐,也照亮过悲伤。我们经历过许多稀奇古怪的事情,可以说我们是哥本哈根夜晚的眼睛。现在就让新的光焰来接替我们干活吧。不过他们究竟能够照多少年,他们能够照成什么样子,这都要走着瞧。他们会比我们这些老家伙要亮点,这是肯定的,但是既然人们为他们铸造了煤气灯座,又安装了那么多相互连通的管子,就算比我们亮一点,也就没有什么了不起啦。那些管子铺设到四面八方,可以从城内城外去获取力量,而我们鱼油路灯全凭我们本身所蕴藏的能量发出光来,一点都不靠别人帮衬接济。我们和我们的祖辈从没有记载的古代起就为哥本哈根照明。今天晚上是我们站在这里照明的最后一夜,同这些同行们并排站立在大街上。我们虽然比不上他们,但一点也不生气和嫉妒。不,一点也不。我们反倒觉得很快活,心里十分舒坦和欣慰。我们是已经值完班、站完岗的老哨兵，现在由刚刚铸造出来的、穿着比我们更神气的制服的新兵来替换我们。我愿意告诉大家：我们这个家族可以一直追溯到曾、曾、曾、曾……曾祖母那一辈，所看到的和经历的事情真是太多啦，那是整整一部哥本哈根的历史哇！但愿他们和他们的后代，直到最后一盏煤气灯，在有朝一日卸任的时候也能说得出同我们一样多的奇闻轶事来。早晚有一天他们也要离去的，所以最好还是有点准备，这是用不着挑明的。人类一定还能找到比煤气灯更明亮的光源。我听到一个大学生曾经说过，人们正在探讨能不能用海水来作燃料。'老式路灯在说这些话的时候，灯芯在迸溅着，仿佛里面已经渗进水去了。"

教父仔细地听着，他忽然冒出个想法，因为他觉得老式鱼油路灯说出了个绝妙的好主意，也就是说趁着今天晚上从用鱼油路灯过渡到用煤气路灯之际，干脆把哥本哈根的整个历史展现出来。

"这是一个好主意，不能让它溜走。"教父说，"我马上就抓紧时机，回去之后就动手为你们编了这本画册，它一直追溯到比鱼油路灯能够讲出的还要久远得多的那个时代。

"这就是那本画册，它是一本历史：哥本哈根的生命和生活。"

它是从黑暗开始的，一页涂黑了的纸，那是黑暗的时空。

"好吧，让我们翻过去一页吧。"教父说道。

"你们看见这张画了吗？只有汹涌的大海和呼啸的东北风在驱赶着沉重的浮冰。浮冰上没有人，只有从挪威的深山峡谷里滚落下来的大块岩石。东北风吹着浮冰往前去，它想要让德意志的高山峻岭开开眼界，看看北边有多么大的岩石。大块的浮冰漂流到了西兰岛海岸外的松德海峡，现在的哥本哈根就在那个地方，不过当时还没有什么哥本哈根。在海水底下有许多大沙坝，整块浮冰就搁浅了。东北风无法把这块浮冰吹离沙坝，所以它气得火冒三丈。它诅咒那个沙坝，把它叫作'贼地'，并且说，这块沙坝一旦露到海面上来，盗贼必将聚集在那里，绞架也会竖立起来。

"但是就在它恶狠狠地咒骂的时候，太阳破云而出，在它的一缕缕阳光之中，有许多明亮而温暖的小精灵在飘荡。那些光的孩子们在寒冷的浮冰上跳舞，直到冰块消融，那些大岩石都沉到海水底下的沙坝上。

"'这个该死的太阳！'东北风说，'难道这也算是本家的情义吗？我会记住这一切！我要报复！现在我就诅咒它毁灭！'

"'我们却为它带来了祝福，'光的孩子们说，'沙坝必将露出海面，我们将当作它的屏障，真、善、美就要在这里体现出来。''说说大话而已。'东北风讥讽道。

"瞧，所有这些鱼油路灯都不知道，也说不出来，可是我却知道，这些对哥本哈根的生命和生活具有至关重要的意义。"

"好吧，我们再翻过一页去。"教父说道。

"岁月悠悠，又不知道有多少年过去了，沙坝终于露出海面。一只海鸟栖息在突出在水面上的最大的一块礁石上，你可以在这幅图画里看到的。又有多少年过去了，大海把死鱼冲到沙坝上来，于是坚韧的披碱草长出来了，它们从生长到枯萎到腐烂，成为肥料滋养着沙土，后来又长出了别的许多新的青草和植物，沙坝渐渐变成了绿岛，于是维京人来到了这里，因为这里是通往西兰岛的交战双方必争之地，又是在西兰岛外的岛屿间下锚停船的最好地方。

"第一盏鱼油灯就在这时候点燃的。我相信他们曾在上面烤过鱼。这里有的是鱼，大群的鲱鱼游过松德海峡。要想在鱼群中间或者在它们上面行船真是一件十分困难的事。那些鱼群在水下闪闪发光，就像北极光一样明亮。松德海峡的鱼实在丰富，因而人们在西兰岛的海岸上盖起了房子，墙壁用橡树树干搭建，房顶是用树皮铺的。可以用来盖房子的树木多得用不完。船只在港口下了锚，鱼油灯挂在摇摇晃晃的绳索上。东北风刮起来了，它纵声歌唱：'呼……熄掉……呼……熄掉……'如果岛上还有一盏鱼油灯点燃着，那准是一盏贼灯，因为走私贩子和盗贼就行驶到这个贼岛上来干他们的勾当。

"'我相信，我所想要的所有恶事都会在这里发生。'东北风说，'用不了多久，就会长出果子可以被我摇下来的那种树木。'

"这里就竖立着那种树木。你们看到贼岛上竖着的这个绞架吗？绞架上用铁链吊着强盗和杀人犯，完全同当年的情景一样。夜风刮起时，那些骷髅被吹得嘎嘎作响。宁静的月光又把它们照亮，仿佛这里正举行着一场森林舞会。到了白天，太阳又尽兴地照射下来，把这些骸骨晒得散架碎裂。光的孩子们迎着阳光唱道：'我们知道，我们知道，在未来的岁月里，这块地方会变得更美丽，更悦目。'

"'像小鸡那样叽叽喳喳，真讨厌！'东北风骂道。"

"现在我们再往下翻一页。"教父说道。

"罗斯基勒城里的教堂钟声长鸣，这里住着大主教阿布萨隆。他既会念《圣经》，也会挥舞他的利剑；他既有权势，又有坚强的意志。阿布萨隆大主教要筑起屏障,保护那些在海港辛勤劳动的渔民们,使他们免遭掳掠之苦,因为昔日的小渔镇这时已发展成了繁华的商埠。他派人在这片不圣洁的土地上遍洒圣水,于是贼岛获得了荣耀的标志。泥瓦匠和木匠忙着干活,他们受大主教之命,着手兴建一座宏伟的建筑物。太阳的光芒亲吻着红色的墙壁,那座建筑物愈升愈高。

"这座被称为'阿克赛尔城堡'的建筑物终于屹立在地面上。

> 钟楼尖塔高入云霄,
> 这座城堡肃穆庄严,
> 台阶凸窗气派非凡。
> 呼呼呼,
> 哗哗哗。
> 东北风在狂暴肆虐,
> 鼓起腮帮用力猛吹,
> 这座城堡依然屹立。

"这座城堡的外面就是'海港',商人之港,也就是哥本哈根。

> 波光粼粼的大海边,
> 有着美人鱼的闺房,
> 它建造在绿色树丛旁。①

---

① 引自格隆德维格的诗。——原注

"外国人到这里来大量收购鱼类，兴建了店铺、棚屋和住房。这些房屋的窗子上绷的是牲畜的膀胱皮，因为玻璃的价钱太贵。还建起了有山墙和绞盘的仓库。你看，在店铺里坐着的那些老伙计，他们不敢娶妻成家。他们都是做姜和胡椒生意的，所以被人叫作'胡椒光棍'。

"东北风刮过大街小巷，吹得满天尘土飞扬，吹跑了一个个干草铺的屋顶。牛马在沿街的水沟里乱窜。

"'我非制服他们不可。'东北风说，'围着这些房屋使劲吹，围着阿克赛尔城堡使劲吹。我不会失败。他们把它叫作贼岛上的绞刑城堡。'"

教父又让我们看了一幅画，是他亲手画的。城堡的城墙上伸出一根根桩子，每根桩子上都挂着一个被俘虏的海盗的首级，那些脑袋全都龇着牙。

"这是曾经发生过的真事，"教父说，"值得知道，弄明白了大有好处。

"阿布萨隆大主教正在洗澡房里洗澡，他隔着薄薄的墙壁听到外面有动静，那是一艘海盗船驶来了。他立即从澡盆里跳了出来，奔到自己的船上，吹响了号角。他的手下人都来了。海盗们见势不妙，便转身就逃，利箭射进了他们的后背；海盗们拼命划船，利箭射穿了他们的手，他们连把箭拔出来的时间都没有。阿布萨隆大主教把海盗一个个全都活捉，砍下了他们的脑袋，把首级全都挂在城堡的围墙上示众。东北风鼓足了腮帮，把满嘴的恶风吹向人间，就像水手们常说的那样。

"'我要在这里舒展一下筋骨，'东北风说，'我要在这里看着

他们究竟是怎么捣鬼来着。'

"它休息了几个钟头,它要刮起来就会一连刮上几天几夜。时光就这样流逝,又是许多年过去了。"

"守塔人登上城堡的塔楼上去瞭望。他朝东看看,再朝西望望,然后又去看南方和北方。你可以在这张画上看到,"教父说道,并指给我们看,"他就在这里,那么他究竟看见了什么,不妨听我给你们讲。

"绞刑城堡的城墙面临着不冻的大海,它一直延伸到克厄湾,这儿有一条宽阔的航道直通西兰岛海岸。在有着许多大城镇的塞尔兹列夫平原和索尔伯格平原前面,一座新城发展起来,建起了许多有山墙的半露木①的房屋。有整条都是鞋匠铺和皮匠铺的街,也有整条开着调料铺和啤酒店的街。有贸易集市,也有行会的会所。紧靠着海边,早先是一座小岛,现在耸立起了宏伟壮观的圣尼古拉大教堂,有塔楼和尖顶,它们高得无法再高。每个塔尖的倒影都映现在澄澈的海面上,真是一大景观!离那里不远是圣母院,人们都来这里做弥撒、唱圣诗,这里烟雾氤氲,香气浓郁,烛火通明。商人之港哥本哈根如今已经成了主教城,由罗斯基勒的主教管辖和治理。

"埃兰德森主教居住在阿克赛尔城堡里,他的厨房里炉火正旺,烧得嗞嗞作响。麦芽烧酒和满盘满盘的美味佳肴都不断地送到厅堂上去,在那里,六弦琴和铜鼓的乐声不停地响着。灯火通明,把整个城堡照耀得一片辉煌,仿佛它就是照亮全国各地的一

---

① 一种以圆木为框,填入泥土、石块为房墙,房梁及框架均外露的房屋。

盏明灯。东北风围绕着塔楼和城墙呼啸，然而它们却岿然屹立。东北风猛吹着城市西面的防御工事，尽管那里只有古老的木板墙作为屏障，却也将风挡在了外面。丹麦国王克里斯托弗一世①就站立在外面。国王在斯凯尔群岛被叛军打得大败，只得逃到主教的城堡来寻求避难。

"风声呼呼，就像主教在说：'在外边待着吧，在外边待着吧！城门对你总是关着的。'"

"那是一个不太平的时代，是多难的日子，人人都我行我素。那座城堡的塔楼上居然还飘扬过荷尔斯泰因的旗帜②。那时候到处是萧条的景象，到处是饥馑，夜里充满了恐惧。全国各地都陷入了战火之中，黑死病如同黑色长夜一样在到处蔓延。可是接着又来了瓦尔德马·阿特达格③。

"主教城成了国王的京都，城里带有山墙的房屋栉比鳞次，街窄巷深。那时已经有了巡夜的看守和市政厅，在西城门还用砖石砌起了一座绞架，外地人是不许在这里受绞刑的，要吊在这里晃来荡去的必须是本城居民才有资格。他们吊得那么高，可以望得见克厄湾和克厄母鸡啦。

"'这座绞架倒真是不错！'东北风说，'一切都在成长，变得更美啦！'于是它便使劲地吼，猛烈地吹。这时从德国也刮过来

---

① 克里斯托弗一世，丹麦国王，1252年至1259年在位。
② 丹麦国王克里斯托弗二世于1329年将哥本哈根城"典当"给荷尔斯泰因公爵。
③ 瓦尔德马·阿特达格即丹麦国王瓦尔德马四世。

一阵风,那是灾难和饥馑。"

"汉萨同盟①的商人来了,"教父说,"他们从仓库和柜台里走了过来。那些来自罗斯托克、吕贝克和不来梅的巨商富贾,他们要捞到手的财富何止是瓦尔德马的塔顶上的那只金鹅②,他们要在这座丹麦国王的京城里拥有比丹麦国王本人更大的权势。他们乘坐着战船全副武装地闯了进来。人人都毫无戒备,连艾里克国王本人都无心同那些德国的亲戚打上一仗,他们兵强人多,于是艾里克国王和他的大臣们只得从西城门仓皇出逃,他们逃到了索勒城,再从那里逃向宁静的湖泊和碧绿的森林,沉湎在情歌和酒杯之中。

"不过有一个人留在了哥本哈根,一个有着一颗高贵的心和高贵的思想的人。你们看这张图画上的这位少妇,她是那么雍容华贵,那么娇嫩美丽,她长着一双海水般的蓝眼睛和一头金黄色的秀发。她就是昔日的英国公主,丹麦菲利芭王后。她没有逃走,仍旧留在那座混乱的恐怖的城市里。大街小巷到处都是很陡的楼梯、棚屋和灰泥砌起来的店铺,城里的居民惊恐万分地挤来挤去,却茫然不知所措。她有男人的勇气和心胸,她召集起市民和农夫,鼓动他们,指挥他们。于是船只修整如新,堡垒有人镇守,火炮擦拭干净,城墙四周都篝火熊熊、烟雾弥漫。民众们同仇敌忾,士气非常旺盛:上帝是不会抛弃丹麦的。阳光照进了每一

---

① 汉萨同盟系中世纪德意志北部一些城市结成的政治性商业同盟,以扩展在北欧的势力。

② 1367年汉萨同盟对丹麦宣战,丹麦国王瓦尔德马·阿特达格在沃丁堡的最高处竖起了一只金鹅,以示对汉萨同盟的蔑视。

个人的心田,每双眼睛里都露出了胜利的喜悦。祝福菲利芭王后吧!她在茅草棚里、在房屋里、在国王的宫殿里看护着伤病员。我剪了一个花环套在这张图画上。"教父说,"祝福菲利芭王后吧!"

"现在我们又往前跳过了许多年,"教父说,"哥本哈根也跟着一起往前跳。克里斯蒂安一世①到罗马去朝圣,他得到了教皇的祝福,在漫长的旅途上处处受到尊敬和欢迎。他在自己国内用砖头砌起了一座庄园②,在这里知识被传播开来,虽然使用的仍是拉丁文。犁杖旁或是作坊里的穷苦人家的孩子也可以前来求学,他们为了那件黑色长袍而到市民家门前去唱歌,以求得接济。

"在这座一切还使用拉丁语的知识庄园的旁边,有一栋小小的房子,那里是丹麦语的天下,人们嘴里说的是丹麦语,遵循的是丹麦生活习惯:早餐吃的是淡啤酒和面包,上午十点钟就吃正餐。太阳光从小窗格子里照进来,照到了食品柜和书柜上。书柜里收藏着手抄的书籍珍品,有米凯尔长老的《一串念珠》和《神圣的喜剧》、亨利克·哈帕斯特伦的医谱,还有索尔厄岛的尼尔斯兄弟以诗体形式写成的丹麦编年史。'每一个丹麦人都应该熟知这些书籍。'这栋房子的主人说。他自己就是传播这些书籍的人,他就是丹麦第一个书籍印刷者——荷兰人戈特弗雷德·冯·戈曼。他从事着这种造福于人类的技艺——印刷术。

"书籍进入了帝王的宫殿,也进入了平民的家里。谚语和诗歌

---

① 克里斯蒂安一世(1426—1481),丹麦国王,1448年至1481年在位。
② 指最初成立的哥本哈根大学,建立于1479年。

获得了永久的生命。人们不能用语言表达的痛苦和欢乐被民歌之鸟高唱出来,虽然往往用了隐喻,然而意思还是清楚明白的。民歌之鸟可以自由自在地飞翔,它飞进平民的家里,也飞进贵族的城堡。它像一只隼一样落在贵妇人的手上低声唱着,它像一只小老鼠那样钻进地牢里去为身陷囹圄的农夫们吱吱叫。

"'这一切全都是空话。'尖刻的东北风说道。

"'而这一切恰恰表明春天来了,'太阳的光芒说,'瞧,绿色的嫩芽已经悄悄地绽放了。'"

"好吧,我们再往前翻。"教父说道。

"哥本哈根多么光辉灿烂啊!这里有角力竞技,有各种游戏杂耍,有穿着盛装的游行。看看那些顶盔披甲的骑士,看看那浑身绫罗绸缎、金光闪闪的贵妇人。汉斯国王把女儿伊丽莎白许配给了勃兰登堡的选帝侯。她是多么年轻,多么快活呀。她正踩着丝绒的地毯往前走着,她心里在想着未来家庭生活的幸福。紧靠在她身边的是她的哥哥克里斯蒂安王子①,他的目光凝滞,心情沉重,但是热血沸腾。他深受平民大众的爱戴,因为他了解他们所受的压迫,他心里想着的是穷苦百姓的未来。

"'只有上帝才能赐给我们幸福!'"

"现在我们把我们的画册再往前翻过去。"教父说道,"疾风劲吹,它在歌唱锋利的长剑,歌唱艰难的时世和不太平的日子。

"这是四月中旬的冰冷的一天。为什么在王宫外面的老海关

---

① 即克里斯蒂安二世,1513年至1523年在位。"小鸽子"是他从荷兰带回的一个女子,因出身低贱而不能成为王后。

门前聚集着那么多人？为什么国王的船停泊在那里，船上挂起了王旗？人们拥挤在窗口和屋顶上观看，他们的样子都很悲伤痛苦，既满怀期望，又非常害怕。他们朝着王宫看去，早先在金色的大厅里举行火炬舞会时是多么热闹，可是现在那里却已空寂无声。他们举目仰望'御桥'，穿过狭窄的'御桥街'眺望他的'小鸽子'，那是他从卑尔根城带回来的那个荷兰姑娘。如今那里人已不见芳踪，连百叶窗都是紧闭着的。在百姓们凝视着王宫的时候，王宫的大门打开了，吊桥放了下来。克里斯蒂安国王和他忠贞的妻子伊丽莎白王后走了出来，她不情愿离开她当国王的丈夫，因为这时候他正处境险恶。

"他的热血里有一团火在燃烧，他的思想里也有一团火在燃烧。他要和旧时代决裂，他要砸碎农夫的枷锁，他要对市民阶层施以仁政，他要剪断'那些贪婪的鹰'的翅膀。可是对他来说，那些鹰实在太多了。他不得不从自己的王国出走，到国外去寻找朋友和亲人。他的妻子和忠心耿耿的部下跟随他一起亡命天涯。在这个生离死别的时刻，每个人的眼睛都湿润了。

"时代的歌声总是由许多音调混杂而成的，既有拥护他的人，也有反对他的人，那是一部三声部的大合唱，让我们来听听那些贵族是怎么说的吧。这些话都是有据可查，印在白纸上的。

"'你这个罪恶深重的克里斯蒂安，必将遭到灾难！洒满斯德哥尔摩广场的鲜血在大声将你诅咒，但愿你陷入万劫不复的境地！'

"僧侣们也咬牙切齿地诅咒他：'上帝和我们都将抛弃你！你把路德的教义引入这里。你还大开方便之门，让它占据了教堂和布道坛，听凭魔鬼的胡言乱语传播开来。你将遭到报应，邪恶的克

里斯蒂安!'

"但是农夫和市民们却在哭泣:'克里斯蒂安国王呀,你是受到百姓爱戴的君主。在你治理天下的日子里,农夫不再被当作牲口来买卖,不再被人拿去变一条猎狗。这项法律便是你品格的见证。'可是穷人的话只能像谷糠一样随风飘去。

"国王的船慢慢驶出王宫,百姓们奔上了护城河堤,好再看上一眼越驶越远的国王座艇。"

"这个时代是漫长的,这个时代是苦难的,切莫依赖朋友,也切莫依赖亲戚。

"住在基尔城堡里的王叔弗雷德里克[①]十分想当这个国家的国王。

"于是弗雷德里克乘船从德意志的基尔赶来,在哥本哈根下船上岸。看看这幅图画吧,《忠诚的哥本哈根》!漆黑的乌云一团团笼罩着它,上面是一幅又一幅的图画,要仔细观察每一幅图画!这是一幅掷地有声的画,时至今日它仍在传说中和诗歌中传诵。这个时代是艰辛而沉重的岁月,痛苦延续了许许多多个年头。

"那只漂泊的鸟儿,克里斯蒂安国王,他的境况又如何了呢?鸟儿曾经歌唱过他,可惜它们早已飞过陆地和海洋,飞到远处去了。来年春天,鹳鸟早早地从南方经过德国大地飞了回来,它看到下面这些情景:'我看见了那个流亡的国王克里斯蒂安,他在那里遇到了一辆只有一匹马拉的破马车,车上坐着一个女人,就是

---

① 弗雷德里克一世亦称腓德烈一世,1523年至1533年在位。

克里斯蒂安国王的妹妹——勃兰登堡选帝侯的夫人。她因为信仰路德的教义而被自己的丈夫赶出家门。在那阴暗的荒原上,这对落难的王室兄妹相遇了。艰难的时世,漫长的岁月,切莫信赖至爱亲朋。'鹳鸟说道,'啊,真是令人无法相信,一位像汉斯国王这样虔信上帝、温文尔雅的君主,他的子女竟然在世上遭受这么大的不幸。'①

"燕子从南边的松德尔堡飞来,它唱起了悲伤的歌:'克里斯蒂安国王遭人出卖,如今已被囚禁在像一口深井那样的高塔里,他沉重的脚步在石板地上磨出了痕迹,他的手指在坚硬的大理石上刻下了一道道记号。'

啊,什么样的悲哀

能用刻在磐石上的语言表达?②

"鱼鹰从波涛汹涌的大海上飞过来了。广袤无际的大海上有一条船在疾驶,船上载着英勇的菲茵岛人索伦·诺尔比③。他庆幸得以脱身,然而幸运就像天气和风一样变化无常。

"在日德兰和菲茵岛上,渡鸦和乌鸦在呱呱乱叫:'我们飞下来觅食!这里真是太好了!太好了!这里有的是马尸,还有人的尸体。'这是战乱的年代,是侯爵们作威作福的年代。农夫们举起了

---

① 引自阿瑞德·维特菲尔德的作品。——原注
② 引自弗·帕鲁纳的诗。——原注
③ 丹麦海军上将,1526年在抵抗汉萨同盟军时战败,逃至莱特兰岛。

棍棒，商人们挥舞起长刀，他们喊道：'我们要杀尽豺狼，连一只狼崽子都不留！'许多城镇毁于战火，滚滚浓烟遮天蔽日。

"克里斯蒂安国王被囚禁在松德尔堡的城堡里，他无法逃脱，因此也不曾看见哥本哈根遭受的厄运。在北费莱德，克里斯蒂安三世站出来了，就站在他父亲以前站立过的地方。而在这座京城里，到处是恐慌、饥馑和黑死病。

"一个骨瘦如柴、衣衫褴褛的女人倚在教堂的角落里，她已是一具死尸，而两个活着的婴儿还躺在她的膝上吃奶，吮吸出来的却是鲜血。

"士气已荡然无存，再也没有任何抵抗。唉，忠诚的哥本哈根！"

"号角嘹亮地吹响了，接着响起了鼓声和小喇叭声。

"高贵的老爷们身穿丝绸和天鹅绒衣服，头上的羽毛摇摇晃晃，他们骑在配着黄金鞍具的骏马上，策马来到老市场。那里是不是有什么游艺场开张，或者举行什么竞技比赛，能让他们大饱眼福呢？市民和农夫也穿上了最好的节日盛装，想方设法要进到那里去。那么他们究竟到那里去看什么呢？是不是篝火已经堆好，要焚烧天主教的教皇画像？是不是刽子手已经就位，如同当年站在烧死斯拉格霍克①的火堆旁边一样？原来是当时的那位国王②要皈依路德教派，成为其信徒，所以要让大家都知道、承认并拥护

---

① 斯拉格霍克大主教系克里斯蒂安二世的顾问，1522年因在瑞典制造血案被判刑烧死。

② 指丹麦国王克里斯蒂安三世，他于1534年至1559年在位。

这事。

"高贵优雅的小姐和夫人都穿着高领衣服,头上戴着饰有珍珠的帽子,坐在敞开的窗户后面观看这一盛大的场面。国王宝座下的地毯上坐着国家参事们,他们身穿古代服饰端坐在华盖底下。国王沉默不语。随后他的旨意——也就是国家参事们的旨意——用丹麦语宣读出来。平民和农夫都受到了严厉的谴责,他们竟敢犯上作乱,与贵族对抗,因此要受到严惩。平民沦为贱民,农夫变成了农奴。后来又宣布对全国的主教都予以惩治,他们的权力被剥夺得干干净净,所有的教堂和寺院的产业全都被没收,归国王和贵族所有。

"骄奢淫逸和深仇大恨并存,有人在享乐,有人在受苦。

> 贫穷的鸟儿低头哈腰,
> 走起路来一瘸又一拐。
> 富贵的鸟儿趾高气扬,
> 走起路来大摇又大摆。

"变更、动乱的时日大多是乌云密布的,不过太阳有时也会露脸,阳光正照耀在那座知识的庄园上,有些名字直到我们的时代还闪烁着光芒,汉斯·陶森①这个菲茵岛铁匠的儿子就是其中之一。

> 那个小男孩出生在比尔肯德城,
> 他的名字传遍丹麦,有口皆碑。

---

① 汉斯·陶森(1494—1561),担任过里勃主教,是教会改革家。

> 一个丹麦的马丁·路德,
>
> 他挥舞语言的利剑奋起拼搏,
>
> 在大众心中赢得了精神上的胜利。①

"彼得鲁斯·帕拉蒂乌斯这个名字也闪出异彩,这是个拉丁文名字,在丹麦语里就是彼得·普拉德。他是罗斯基勒主教,也是日德兰半岛的一个铁匠的儿子。在贵族中,汉斯·弗里兹这个名字也闪闪发光,他是国家的枢密大臣,可是他却把大学生请来,围坐在他的餐桌旁一起吟唱诗歌,抒发郁积在胸中的悲伤之情。有一个人他们念念不忘,常挂在嘴上怀念和歌唱。

> 在阿克塞尔的港口里,
>
> 只要有一个大学生写出一个字母,
>
> 克里斯蒂安国王的英名,
>
> 就会万世流芳。②

"是呀,在那个动荡不安的时代,乌云之间毕竟也露出了太阳的光芒。"

"让我们再翻过去一页。

"在大贝尔特海峡萨姆斯岛的海岸边,是什么东西在呼号歌唱?那是一条长着一头水草色头发的美人鱼从海里跃起身来,她

---

① 引自英格曼的诗。——原注
② 引自保尔·莫勒的诗。——原注

向农夫们预言说，有一个王子即将诞生，他会成为一个权势强大的国王①。

"他在田野上，在鲜花盛开的山楂树下诞生到人间来，他的名字如今仍旧在传说之中，在诗歌之中，在各地的骑士庄园和城堡里像鲜花一样盛开着。四周有塔楼和尖塔的交易所大楼建造起来了；玫瑰堡王宫建造起来了，在那儿可以望到护城河以外很远的地方。大学生们有了自己的宿舍，紧靠着宿舍的是那座高入云霄的圆塔②——乌伦尼亚圆柱，面朝着乌伦尼亚堡所在的汶岛。这座圆塔的金色穹顶在月光下闪闪发光，美人鱼歌唱着居住在里面的那个人，国王和圣贤们常来拜访这位有着贵族血统的智者——第谷·布拉赫，他把丹麦的名望提升得那么高，以至于丹麦和夜空的星辰一样为全世界开化的国家所熟知。然而丹麦却把他赶走了。

"在痛苦之中，他用这样的歌唱来安慰自己：

苍天到处都有，
何须再有所求？

"他的歌具有民歌的生命力，就像美人鱼歌唱克里斯蒂安四世那样。"

"现在的这幅画你们必须认真仔细地看才行，"教父说道，"画中有画，就像叙事体的英雄史诗一样，诗中有诗。这是一首以欢

---

① 指丹麦国王克里斯蒂安四世（1577—1648）。
② 即丹麦天文台。丹麦天文学家第谷·布拉赫于1576年至1580年在汶岛兴建。

乐开始却以悲伤结束的歌。

"一个国王的孩子在王宫里跳舞,这个公主长得是多么可爱呀!她坐到了克里斯蒂安四世的膝上,她是他最心爱的女儿埃莉昂诺拉。她在恪守妇道和贞洁的教育之中成长起来。权势冲天的贵族中的佼佼者科尔菲兹·乌尔费尔德当上了她的新郎。其实当时她还只是一个孩子,经常受到严厉的宫廷女侍卫长的鞭笞。她向她的丈夫倾诉委屈,那也是人之常情。她天生聪慧,既有教养又博学多才,甚至连拉丁语、希腊语都懂,还能弹着六弦琴用意大利语唱歌,讲起教皇和路德的事情也头头是道。

"克里斯蒂安国王已在罗斯基勒大教堂的墓地长眠。埃莉昂诺拉的哥哥登上了王位。哥本哈根的王宫里富丽堂皇,但人人都在钩心斗角。领头人是王后,从林纳堡来的苏菲亚·阿玛莉亚。谁能像她那样骑术精湛?谁能像她那样在舞会上仪态万方?谁又能像她那样谈笑风生?

"'埃莉昂诺拉·克里斯蒂娜·乌尔费尔德,'法国大使说出了这个名字,'无论在相貌还是心智上,她都超过了所有的人。'

"于是在舞池光滑的地方生长出了妒忌的牛蒡草,它不但牢牢地长在那里,而且还蔓延开来,钻到所有的地方。凡是它蔓延之处,都刮起了一股谩骂的旋风,骂她是'下贱的野种',并且说:'她的马车只许停在王宫的桥边,凡是王后经过的地方,这夫人只许步行通过。'一时间,流言蜚语如同狂风吹起漫天雪花,闹得满城风雨,沸沸扬扬。

"于是在一个月黑风高、万籁俱寂的深夜,乌尔费尔德扶着自己的妻子仓皇出走了。他用身上携带的城门钥匙打开一扇城门,骏马已在城外等候,他们沿着海滩疾驰而去,登船远航,逃到瑞典。"

"我们再翻过去一页。幸运似乎已经离他们而去。"教父说道。

"时已深秋,白天十分短促,而黑夜却很漫长,天气灰暗潮湿,寒风冰冷刺骨。风从护城河堤上树木的枝梢间呼啸而过,落叶纷飞,落在彼德·奥克瑟的庄园里。这座庄园已被它的主人抛弃了,所以满目荒芜。寒风吹过克里斯蒂安港,在凯伊·吕克的庄园四周盘旋。这座庄园那时候已经改成了一座罪犯教养院,吕克本人也已失势,被放逐到国外。他的族徽已经被砸毁,他的肖像被挂上高高的绞架,这是因为他居然敢对这个国家最为尊贵的王后说了一些轻薄、戏谑的话。他受到了惩罚。寒风从高高的天空刮下来,扫过宫廷侍卫长大人的庄园昔日所在的开阔地,那里如今剩下了一块石头。

"'那是我吹过来的浮冰上载着的一块顽石。'风儿说,'这块石头原先在曾遭我诅咒的贼岛的边上搁浅了,不知怎么竟会来到了这座庄园里。'如今乌尔费尔德夫妇在这里栖身,他的夫人在庄园上随着悦耳的六弦琴声唱起歌来,还诵读希腊语和拉丁语的作品。她仍然庄严地站着,可是那块石头上却刻上了这样的字:

叛国者科尔菲兹·乌尔费尔德
永受唾弃、鄙视和耻辱。

"那位高贵的夫人后来流落到何方去了呢?风儿呼呼地用嘶哑的声音号叫着。

"王宫背后的'蓝塔'里,她已经在那里被囚禁了许多年,海水不停地拍击着监狱的外墙,牢房里常年潮湿阴暗,浓烟弥漫,却没有一丝暖意,只有在牢房顶下的高处才开着一扇很小的窗户。克里斯蒂安四世心爱的女儿、那位娇美高雅的千金小姐和贵族夫人如今在遭受着饥寒交迫的困苦,她身陷囹圄,独自受着煎熬。在被浓烟熏黑的牢房墙壁上,她的回忆像一幅幅帷幔和壁毯,被挂了出来。她回想起自己美好的童年,她父亲神采奕奕的慈祥面容;她追忆起她的盛大而奢华的婚礼庆典,还有她的辉煌得意的日子;不过她也想起她在荷兰、英国和博恩霍尔姆岛上的艰难时日。

为了真诚的爱情,
没有忍受不了的痛苦。
忠贞不渝是高尚美德,
用不着遮掩和脸红。

"可是那时她是厮守在他身边的,如今她却是形单影只,而且要永远孤单下去。她甚至连他的坟墓在何处都不知道。

对丈夫的忠贞不渝
是她仅有的罪过。

"她在这里坐了许多年的牢,在牢房里度过了漫长的岁月,然而牢墙外面的生活却是在不停地变化着,从来没有停止过。不过

我们倒不妨暂停片刻,想想她,想想这首歌谣是怎么说来着:

> 我对我丈夫忠贞不渝,
> 哪怕在贫困和灾难中。"

"你看到这幅画了吗?"教父问道。

"那是隆冬季节,坚冰在隔海相望的洛兰岛和菲茵岛之间架起了一座桥梁,成了所向披靡的卡尔·古斯塔夫①跨越大海的踏板。当时全国各地都陷入洗劫和焚烧之中,到处是战火和饥荒。

"瑞典人攻过来了,已经兵临哥本哈根城下。严寒刺骨,大雪纷飞,但是忠于国王、恪尽职守的男男女女都严阵以待,准备决一死战。每个工匠、商店伙计、大学生和教师都站立在护城河的堤岸上,准备以死来捍卫这座城市。他们面对火红的炮弹,没有半点恐惧。弗雷德里克国王②立下誓言:宁肯死在这里,也决不弃家逃走。他骑马亲赴前线巡视,他的王后也跟随在他身边。人人同仇敌忾,个个勇气十足,他们严守纪律,具有高尚的爱国精神。让瑞典人披着白色大氅从冰天雪地里爬过来偷袭吧,让他们发起冲锋吧!守城者们把圆木和石块推下去砸在他们的身上。妇女们端起了热气腾腾的汤锅,把滚烫的油脂和沥青泼向蜂拥而来的敌人。

"那天晚上国王和市民结成了一股力量。他们得救了,打了一

---

① 即瑞典国王查理十世,他于1658年从冰上越海围攻哥本哈根,但未成功。
② 即丹麦国王弗雷德里克三世,他于1648年至1670年在位。

场大胜仗。教堂的钟声响起来了,谢恩的歌声萦绕回荡。市民啊,在这千钧一发的关头,是你们挺身而出,保卫了家园。"

"后来又怎么样了呢?看看这幅图画吧。

"斯汶纳主教的夫人乘坐着遮得严严实实的马车过来了,只有有权有势的贵族才敢如此狂妄,于是那些血气方刚的少爷们便把那辆马车砸烂了,主教的夫人只得徒步走到主教庄园上去。

"那么整个故事是不是到此为止了呢?不是的,下一步被砸烂的东西要重要得多,那就是贵族把持的政权。

"汉斯·南森市长和斯汶纳主教终于以上帝的名义携手合作,他们以精明而又诚恳的语言谈妥了这一切,在教堂里和市政厅里都听得到他们所谈论的事情。他们两个一携手便使得港口封锁了,城门关闭了,警钟也敲起来了。① 大权掌握在国王一个人手中——那个在最紧急的关头愿留下来为国献身的人。他君临天下,主宰着一切,因为这是一个专制的时代。"

"再翻过一页,又翻过去了一个时代。

"'快快追上,快快捉住!'犁杖被撂在地头,石楠丛到处蔓延,围猎真是一桩其乐无穷的开心事。'快跑、快追'的呼喊声、响亮的号角声和猎狗的叫声混成了一片。看看那些猎人们,再看看国王本人,克里斯蒂安五世,他是那么年少,一心只想寻欢作

---

① 1660年法国贵族谋划政变,想推翻王室,由奥托·克拉格为首的贵族来统治国家,但南森等在教会支持下召开四级会议,使这场政变流产。1661年初发布《国王文告》,增强了国王的实权。

乐。整个王宫和城里都在尽情享受:厅堂里烛光通明,庭院里火炬高照,城里的街道安装了鱼油路灯。所有这些都是那么新奇。还有新兴的贵族,从德国奉召而来的男爵和伯爵们,他们备受恩宠,得到许多赏赐。在这样的场合中,炙手可热的是头衔、官阶和德语。

"这时候也响起了一个声音,那么地道的丹麦语,这是一个织布匠儿子的声音,他当上了主教,他就是金戈①,他唱起了感人肺腑的赞美诗。

"还有一个市民的儿子,一个酒保的儿子,格里芬费尔德,他的思想闪耀着法律和公正的光芒。他的法律著作成为衬托国王英名的黄金基石,并且将流传于后代。这个市民的儿子,当时是全国最有权力的人。他得到了贵族的族徽,也树立了不少仇敌,结果刽子手的利刃架到了他的头上。在行刑前,他又受到了赦免,改为终身监禁。他被押送到挪威,囚禁在特隆海姆海岸外的一个礁石岛上:蒙克荷尔姆岛——丹麦的圣赫勒拿②。

"可是王宫的大厅里舞会照样轻松地进行,气派奢华,乐声悠扬,大臣们和贵妇人们翩翩起舞。"

"弗雷德里克四世③的时代来到了!

"看看那些桅杆上飘扬着胜利的旗帜、凯旋而归的战船吧!看

---

① 托马斯·金戈(1634—1703),神父和诗人,用丹麦语写出许多赞美诗,他的作品流传至今。
② 圣赫勒拿也译为圣海仑娜,系大西洋里的一个小岛,拿破仑兵败后被关押在这个小岛上。
③ 弗雷德里克四世,丹麦国王,1699年至1730年在位。

看那波涛翻滚的大海吧!是呀,它可以讲述那些为了丹麦的荣誉而建立的功勋伟业。我们还记得一些丹麦海军军官的名字:常胜不败的塞赫斯坦德和尤登洛弗;我们还记得那位维特费尔德,他为了拯救丹麦舰队而不惜炸掉自己的战船,他自己也和丹麦国旗一起飞上了天;我们还记得那个时代和当年的战斗,记得为了保卫丹麦而从挪威的高山上跳下来的那位英雄:彼得·托尔登舍尔德,他的名字就像雷鸣一般越过奔腾汹涌的大海,从那边的海岸传到了这边的海岸。

> 一道闪电穿过世间的尘埃,
> 一声雷鸣盖过时代的悄语,
> 一个裁缝的儿子跳下缝衣桌。
> 他驾着轻舟从挪威海岸驶来,
> 维京战士的精神重现在北海,
> 年轻而勇敢如钢铁铸成一般。①

"从格陵兰的海岸边吹来了一股清风,就像是从伯利恒大地上飘来的芳香,它传来了汉斯·埃格德夫妇在极地之巅传播基督教福音的成功之光。

"因此这一页上有半页是用金光灿灿的纸作衬底的,而另外半页却是用表示哀悼的深灰色来衬底,上面还缀着黑色斑点,既像大火迸溅出的火星,又像瘟疫和疾病。

---

① 引自卡尔·普洛格的诗。——原注

"瘟疫在哥本哈根大肆流行。街道上空空荡荡，家家户户大门紧闭，到处都用粉笔画上了十字，表示屋里有瘟疫传播。倘若画的十字是黑色的，那就表明屋里的人都死绝了。

"尸体在夜里被运走，也不敲一下丧钟，甚至把还奄奄一息的人也一起运走了。收尸车来回走着，车上堆满了尸体。小酒馆里却生意兴隆，传出了醉汉刺耳的歌声和凄厉的叫声。他们想借酒忘掉痛苦，他们想就此结束自己的生命，反正一切都会了结。这一页是以哥本哈根所经受的第二次艰难和考验来结束的。

"弗雷德里克四世当时还健在，随着岁月的流逝，他的头发已变得灰白。他从王宫的窗子里望出去，只见乌云翻滚，风雪满天，已时值岁暮了。

"西城的一栋小屋里有个小男孩在玩球。那只球飞上了顶棚，小男孩就手持一根点燃的蜡烛爬上去找球。蜡烛把小屋烧着了，接着整条街都陷入一片火海之中。熊熊燃烧的大火把天空映得通红，连乌云都被照亮了。火头愈蹿愈高，火势有增无减。可以点着的东西真是太多了：谷草、干草、咸肉、油脂，还有过冬用的一垛垛柴火。所有的东西都一起燃烧起来，到处是哭喊声和尖叫声，全城乱作一团。在闹哄哄的人群中，年老的国王骑马来到，他安抚大家，指挥救火。火药在爆炸，房屋在倒塌。大火烧到了北区，教堂也都着了火，圣彼得教堂、圣母教堂全都付诸一炬。听听，钟声和管风琴声是怎样奏出它们的临终哀歌：求您开恩，快快息怒吧，慈悲为怀的上帝啊！

"只有那座圆塔完好无损，王宫亦太平无事，周围全都成了一片浓烟弥漫的废墟。弗雷德里克四世对待百姓们十分仁慈，他安慰他们,并且送来了食物。他一直跟他们在一起,是无家可归的难民的朋友。祝福您,弗雷德里克四世!"

"现在来看这一页!

"且看从王宫里驶出来的那辆金色四轮大马车,它的四周都有仆人簇拥着,前后都有全副武装的侍卫。宫门前拉起了一道铁链,为了不让百姓们走得太靠近。每一个不是贵族的平民百姓走过广场的时候必须脱帽。一眼望去,广场上没有什么人,因为百姓们尽量避开那个地方。这时候迎面走过来一个人,他双目低垂,帽子拿在手里,这个人恰恰就是在那个时代我们可以高声说出他的名字的人。

> 他的话像横扫污垢的狂飙,
> 吹散满天阴霾,使阳光普照大地;
> 滥竽充数的音符像蹦跳的蚱蜢,
> 只好沿着原路逃回它原先待着的地方。①

"妙语如珠又诙谐幽默,这就是路德维格·霍尔堡。丹麦的舞台本来是以演出他的剧作而自豪的,现在却被查封了,好像这是伤风败俗的场所。所有的娱乐都受到了限制,跳舞、唱歌和音乐全都被明令禁止,轻松愉快的生活结束了,基督教的黑暗势力统治着一切。

"'丹麦王子。'他的母亲用德语这样称呼他。现在到了他的时代,阳光重新普照大地,鸟儿欢快地歌唱。王宫广场上的那道

---

① 引自克里斯蒂安·维尔斯特尔的诗。——原注

铁链也拆除了。丹麦的剧场又重新开放了。到处有了笑声和欢乐，人们的心情也舒畅起来。农夫们又在夏天赶着马车进城来。在经历了饥饿和饱受压迫的患难之后，终于迎来了欢乐的时代。美复活了，在乐声中、绘画中和一切造型艺术中都开出了鲜花，结出了硕果。听吧，格雷特里①的音乐！看吧，隆德曼②的戏剧！那位来自英国的丹麦王后路易丝美丽而温柔，她爱上了丹麦的各种美好的东西。上帝会在天上祝福你！阳光唱出悦耳的歌声来赞美丹麦国土上的诸位王后：菲利芭、伊丽莎白、路易丝！

"她们留在尘世的躯体早已入土，但是灵魂和名字却永远活着。从英格兰又有一位王室新娘远嫁到这里来：玛蒂尔德③。她是那么年轻，但很快就遭到了遗弃。诗人们在今后的岁月里会歌唱你，歌唱你那颗年轻的心和饱受磨难的日子。歌声是有力量的，有着一股无法形容的震撼力，可以世代相传，穿透人心。看，王宫失火了，克里斯蒂安国王的王宫成为一片火海。人们手忙脚乱地设法抢救最珍贵的财物。码头来的脚夫们搬出一筐筐银器和贵重物品，这是一笔巨大的财富。可是忽然之间他们从被烈焰映得通明的敞开的大门里看到了一尊青铜的半身塑像，那是克里斯蒂安四世国王，于是他们把抬着的金银财宝撂在一旁，先去抢救这尊塑像，他的塑像在他们的心目中远为重要得多，不管它抬起来

---

① 格雷特里（1741—1813），法国作曲家。
② 隆德曼（1718—1773），丹麦戏剧家。
③ 卡洛琳·玛蒂尔德（1751—1775），丹麦国王克里斯蒂安七世的王后，很早即遭遗弃。

有多么沉重。他们是从埃瓦尔德①的诗歌和哈特曼②的优美曲调里知道他的。

"语言和歌曲确实有一股力量,有朝一日,它会为可怜的玛蒂尔德王后放声呼号,一洗冤屈。"

"让我们再翻我们的画册。

"在乌尔费尔德广场上耸立着一座耻辱碑,在世界上还有什么地方竖着这样的碑石呢?在西城门耸立着一根圆柱③,世界上又有多少根这样的圆柱呢?

"阳光亲吻着'自由之柱'底下的圆形基石,所有的教堂都钟声长鸣,旗帜飘扬。百姓们齐声欢呼弗雷德里克王储。伯恩斯托弗、洛文特洛和科尔比约恩森的名字在男女老少的心里和嘴上流传着,他们都用闪着泪光的眼睛和感激的心灵诵读刻在圆柱上的福音碑文:

"'国王命令:农奴制应予废除。制定并实施土地法,以保障获得自由的农夫成为精神开化、勤劳善良的诚实公民。祷祝幸福!'

"这是一个阳光多么明媚的日子,城里一片夏日景象。

"光的精灵在歌唱:'真、善、美在成长!乌尔费尔德广场的那块耻辱碑不久就会被铲除,可是"自由之柱"将一直屹立在阳光下,受到上帝、国王和百姓的祝福。'

> 我们有一条古老的大道,
> 它通往世界的尽头。④

---

① 约翰内斯·埃瓦尔德(1743—1781),丹麦诗人。
② 约翰·哈特曼(1726—1779),德国作曲家。
③ 1792年,丹麦为纪念废除农奴制而筑起一圆柱形纪念碑。
④ 引自格隆维格的诗。——原注

"烟波浩渺的大海既对朋友也对敌人开放。如今敌人来啦!强大的英国舰队劈波斩浪闯了进来,一个强国来侵犯一个小国。战斗是坚苦卓绝的,而百姓大众却勇气十足:

　　人人都严阵以待,毫无畏惧,
　　站着战斗,直到拥抱死神。①

"他们的英勇顽强甚至赢得了敌人的尊敬,也使得丹麦的诗人们大受鼓舞。直到今天,我们仍然悬挂旗帜,纪念开仗的那一天——4月2日濯足节雷登港大海战。这是丹麦光荣的一天。

"许多年过去之后,在厄勒海峡又出现了一支舰队,它究竟驶向俄罗斯还是驶向丹麦?没有人知道,甚至连战舰上的人也不知道。

"在民间流传着这样一个故事:那天早晨,在厄勒海峡,一道密封着的命令被拆开和宣读了:偷袭丹麦舰队。一个年轻的舰长,一位言行高尚的不列颠之子,站在他的上级面前说:'我发誓,我愿为英国的旗帜战斗至死。我要正大光明地打上一仗,但不愿恃强凌弱、以势压人!'说罢他就纵身跳入海中。

　　舰队依然驶向哥本哈根,
　　然而在远离战场的地方,
　　这位无名的舰长却已长眠,
　　冰凉的尸体葬身在漆黑的海中。

---

① 引自阿勃拉罕姆森的诗。——原注

> 随着潮流他漂向远方的海岸,
> 瑞典渔夫们在星空下撒网,
> 发现了他,用船将他载到岸边,
> 他们掷骰子来争夺他的肩章。①

"敌军兵临哥本哈根城下,只见火光冲天,我们的舰队已全军覆没,但是浩气长存,大家并没有失去对上帝的信心。有人被击倒在地,但是又站立起来,如同英灵殿②里的阵亡将士那样治愈创伤,重返战场。哥本哈根的历史充满了值得欣慰的事。

> 民众总是有这样的信念:
> 丹麦有上帝作为朋友。
> 只要我们坚持,他就会保佑我们,
> 明朝的太阳依然光辉灿烂。

"不久之后,太阳就照耀着这座恢复了元气的城市,照耀在富饶的麦田里,也照耀在多才多艺的天才们身上。这是一个和平和幸福的夏天,诗坛上已经有了自己的莫甘娜女神,现出了五彩缤纷、美得令人赞叹不已的海市蜃楼,那就是诗人欧伦施莱厄。

"在科学上有一个重大发现,要远比发现古代的金号角重要得多。一座金桥被找到了:

---

① 引自卡尔·巴格尔的诗。——原注
② 北欧神话中传说,战死后的英灵都会被主神奥丁召至瓦尔哈拉神殿,在那儿疗伤。

一座金桥让思想的闪电通行无阻，

随时都可以同各国各民族沟通。

"汉斯·克里斯蒂安·奥斯特在桥上留下了他的名字。

"看哪，在靠近王宫的教堂旁边盖起了一个庄园，收藏多瓦尔生的雕塑。为了修建这座庄园，连最贫穷的男男女女都慷慨解囊，捐资出力。"

"你一定还记得，"教父说道，"在我们这本画册的开头，那些古老的大石头从挪威的高山上滚落下来，落在浮冰上，被载运到了这里。现在它们又按照多瓦尔生的吩咐，被人从大海深处的沙坝上挖掘上来，变成了美丽的大理石雕塑，真让人赏心悦目。

"记住我给你们看的画和我讲给你们听的故事。海底沙坝不断升高，露出了水面，形成了一道防波堤。它载着阿克赛尔城堡、主教的府邸和国王的王宫，现在它又载着美丽的神庙。诅咒的话语早已被风吹散，阳光的孩子们歌唱的未来时代已经到来。

"多少暴风雨已经过去了，它还会来的，但是又会烟消云散，真、善、美将获得胜利。"

"这本画册到此结束了，但是哥本哈根的历史却没有完结，有谁知道自己活在世上还会经历些什么！天空看起来似乎时常是漆黑的，也会刮起风暴，但是阳光是刮不走的，太阳是永远存在的。比明亮的太阳光更强大得多的是上帝。我们的上帝治理的不仅是哥本哈根一个地方。"

教父把那本画册给我的时候说了这一番话，他的眼睛奕奕有神，说话时显得胸有成竹。我接过这本画册，又高兴又自豪，非常小心，就像我第一次抱起我的小妹妹一样。

教父说："你可以把你的画册拿给大家看，你也可以告诉他们这本画册是我编的、画的、贴的，但是最要紧的是必须要让他们一下子就弄明白，我是从哪里得到了这个主意的。你是知道的，不妨就讲给大家听。我是从鱼油路灯最后点燃的那个夜晚受到了启发，从港口点亮第一盏鱼油路灯起，直到那天哥本哈根街头鱼油路灯和煤气路灯一起点明为止，这段时间里所发生的一切事情，就像莫甘娜仙女的海市蜃楼那样光怪陆离和变化无常。

"你可以把这本画册给你想要给的所有人看，给所有目光亲切和心情友善的人看，但是万一有匹地狱之马来了，那么你就赶快合上这本教父的画册。"

零碎布头

厂门外，从四面八方收集来的零碎布头堆成一个又一个高垛。每块零碎布头都有自己的来历，每块破烂的碎布都有自己的身世可以讲述，不过人们是听不见它们一个个都在讲些什么。有些布头是本国的，也有些是外国的。这边有一块地道的丹麦碎布，而一块地道的挪威碎布就紧挨在它的身边。真是太巧了，连两块破布都非要紧挨在一起不可，任何一个通情达理的丹麦人或者挪威人都会这样说。

它们现在从语言上可以相互沟通了，虽然那块挪威碎布一口咬定，这两种语言的差别之大不亚于法语和希伯来语。"我们退避到高山上去，就是为了要保持我们语言的纯正。哪像丹麦人，他们发音吐字含糊不清，还偏要引经据典，念起来拗口得很。"

它们两个就这么交谈起来。然而破烂毕竟是破烂，在世界各地都是如此，除了在这些碎布垛里，它们都被看成是废物。

"我是挪威的，"挪威碎布说，"我说了我是挪威的，我想这就足够了。我的每一根经线都是结结实实的，就像古老的挪威花岗岩一样。我们这个国家里有一部宪法，就像自由的美国一样！只要我想起自己的身份，我就会浑身激动，非得把我头脑里的花岗岩般的语言用青铜一般铿锵的声音表达出来。"

"可我们拥有文学,"丹麦碎布说,"你懂得那是什么吗?"

"懂得!"挪威碎布重复了一遍,"住在低地上的土包子!要我领你到高山之巅去见识见识北极光吗?你真是一个什么见识都没有的窝囊废!当坚冰被挪威的太阳晒得融化之后,丹麦运送水果的小船就装满了黄油和干酪驶到我们那里去了,应该说都是可口的食物!丹麦文学也运来了,那只是作为压舱货搭配的,我们并不需要那东西!在有清泉喷涌的地方,人们是不作兴喝走了气的陈啤酒来解渴的。我们那里就有一股这样的清泉,只不过还没有开发出来而已,也没有被报纸、交际场内的人士或是到外国去旅行的文人墨客们喋喋不休地向欧洲人大肆宣传。我向来都是直抒己见。你们丹麦人若想要让我们这个自豪的石山之国保持它同斯堪的纳维亚的合伙关系,那么你们就务必要习惯我们这种有话就说的特性。"

"这样的大话我们丹麦碎布是决计说不出口的!"丹麦碎布说,"那不是我们的品性。我了解自己,也了解和我一样的这些碎布。我们善良敦厚、谦虚礼让,我们有自知之明。虽说谦逊不见得会使我们得到多少好处,可是我却喜欢如此,因为谦虚是一种美好高尚的品德。顺便说一句,我可以向你保证,我充分了解我身上的那么多的优点,不过我不太愿意提到它们。没有人可以因此而对我横加指责,我素来温和、谦让,而且不妒忌任何人,逢人都只说好话,尽管别人实在没有多少好处值得一讲的,不过这就由它去吧。反正我总是见了谁都咧开嘴笑呵呵的,谁叫我有那么高的天赋呢?"

"别朝着我讲个不停,我讨厌这种软绵绵的语言,听得直恶心。"挪威碎布说道。这时候吹过来一阵风,把它刮到另一边去了。

说来也巧,它俩都变成了纸张。挪威碎布制成的那张纸被一个挪威男人写上了给一个丹麦姑娘的情书,而丹麦碎布制成的那张纸却写上了一个丹麦诗人赞美挪威宏伟壮丽山川的颂歌。

因此,即便是破布,在它们离开了破布堆之后也可以变真变美的,它们在为相互的增进和了解而尽力,这就是值得祝福的好事。

这个故事就是这样,既相当有趣,也不得罪哪个人,除了破烂碎布之外。

汶岛和格兰岛

从前,在西兰岛的海岸边,霍尔斯坦城堡外面,曾经有过两个草木葱茏的小岛——汶岛和格兰岛。岛上有建有教堂的村镇,也有庄园。这两个岛屿都离海岸很近,它们之间相距得也很近,不过现在只有其中的一个岛屿留了下来。

有一天晚上,狂风暴雨,天气坏得吓人,海水急剧上涨——在人们的记忆中从来不曾涨得这么高过。风暴越刮越猛,就好像世界末日来临了,那响声听起来像地球在崩裂。教堂里的大钟在急剧地摇摆,用不着人敲便响起来。

就在那天晚上,汶岛沉入了海底,仿佛这个岛屿从来就不曾存在过,但是在后来的许多个夏夜里,当海水退潮,风平浪静,渔夫们举着火把,驾舟出海去叉鳗鱼的时候,目光敏锐的人会看见汶岛就在自己身下的水底深处,岛上的白色教堂和高高的围墙都清晰可见。"汶岛在等候着格兰岛呢!"民间传说中都这么讲。而他亲眼看见了这个水底的小岛,非但如此,他还亲耳听到了从水底下传上来的教堂钟声。不过他搞错了,那是时常在这一带水面上栖息的成群的野天鹅发出的洪亮而凄厉的叫声,从远处听起来就像是教堂的钟声一样。

有一段时间里,格兰岛上还有不少老人,他们都很清楚地记得那个暴风雨之夜，还记得他们小时候在大海退潮的时候能够坐着马车往来于这两个岛屿之间，就像今天人们乘车从西兰岛上离霍尔斯坦城堡不远的地方去格兰岛一样，海水只没过了车轮的一半。"汶岛在等候着格兰岛呢！"人们就是这么说的，传说中也是这么说的，于是这就成了千真万确的事。

许多小男孩和小女孩在暴风雨的夜晚躺在床上想道：今夜汶岛要来把格兰岛接走啦。他们在恐惧之中念诵向上帝祈祷的赞美诗，念着念着就睡着了，还做了个好梦。到了第二天清早睁眼一看，格兰岛依然存在，岛上照样草木葱茏，长满谷物的田野、令人亲切的家舍，还有大片大片的蛇麻草都好端端地在那儿。鸟儿在歌唱，鹿儿在跳跃，鼹鼠尽力把洞挖深，可是不管挖得多深，也嗅不到海水的味道。

然而格兰岛的日子毕竟屈指可数了，我们说不出来究竟还有多少天，但是在某个早晨这个岛屿会消失得不见踪影。

也许直到昨天，他们在那边的海滩上还能看得见野天鹅游弋在西兰岛和格兰岛之间的海面上。一艘鼓着风帆的船从岛上的密林旁边驶过。你自己也曾经乘着马车在退潮时驶过原本无路可通的海面，海水在马车经过时飞溅起来。

你离开了那里，也许到外面的广阔天地去闯荡了一番，历经沧桑之后又重新回到了这里。你会看到这里林木葱郁，环绕着大片的草地，一栋栋美观、整齐的农舍门前堆着散发着清香的干草垛。那么你究竟在什么地方呢？霍尔斯坦城堡依然屹立着，它的金光灿灿的塔尖仍耀眼夺目，不过已不再靠近海峡了，它已经退到了陆地的高处。你必须穿过森林，走过田野，才能来到海岸边。

可是格兰岛在哪里呢？你的眼前见不到什么海岛，只看见一片大海。是不是汶岛已经来把格兰岛接走了呢？它已经等候了那么多时日。那么引起这场演变的那场暴风雨究竟发生在哪个晚上呢？究竟是什么时候山崩地裂，把霍尔斯坦城堡往后挪动了一大段路，搬到陆地高处去了呢？

　　没有什么暴风雨之夜，那一切都是发生在光天化日之下。人类施展聪明才智，在大海前面筑起了一道堤坝。人类又施展聪明才智，把留在堤坝里的海水抽干，于是格兰岛就同西兰岛牢牢地靠在一起了。那座老庄园仍旧在它原来待着的地方。格兰岛没有被汶岛接走，而是被西兰岛伸出长长的手臂——那一道堤坝——抱过去了。那抽水泵张大了嘴呼哧呼哧地吸气，念起了咒语，那是娶亲的话语。西兰岛迎娶了那个小岛屿，光是嫁妆就有大片的农田呢！这是一桩千真万确的事，是在大会上宣布过并记录在案的。你真的亲眼看到传说变成了事实，那就是格兰岛这个岛屿确实不见了。

谁是最幸福的

"多么美丽的玫瑰花呀!"阳光说,"每个蓓蕾都绽开得同样美丽。它们都是我的孩子,是我亲吻了它们,才使得它们有了生命。"

"它们是我的孩子,"露水说,"是我用我的泪水滋润它们,使它们长大的。"

"可是我以为我才是它们的母亲,"玫瑰树篱说,"你们都只是教父母,不过在命名的时候尽你们的能力和好意送点礼物罢了。"

"我们可爱的玫瑰花孩子。"它们三个一齐说道,并且祝愿每朵玫瑰花都得到最大的幸福。但是只能有一朵花是最幸福的,而有一朵不得不得到最少的幸福。那么该是谁呢?

"我会弄明白的。"风儿说,"我走南闯北,到处都去,连最细小的缝隙也钻得进去,什么事情我都能打听明白。"

每朵绽开的玫瑰花都听到了它的这番话,每朵正在含苞待放的蓓蕾也感觉到了它的意思。

正在这时候,一个伤心欲绝而又满怀爱心的母亲快步走来,她穿过花园,并摘了一朵玫瑰花。这朵玫瑰花还未完全开放,却新鲜饱满,她觉得这是玫瑰花里最美丽的一朵。她把花拿进了那间宁静的小屋。就在几天之前,她天真活泼的小女儿还在这里跌跌撞撞地走来走去,而现在她却已长眠在黑色棺材里,就像一尊大理石像那样安静地躺着。母亲吻了吻死去的女儿，又吻了吻那朵半开的玫瑰花，然后把它放在死去的女孩子的胸口上，似乎想让鲜花的清新和母亲的亲吻来使那个女孩的心重新跳动起来。

那朵玫瑰花似乎在长大，每一个花瓣都因为有了这个想法而快乐得颤抖不已。"我被带上了一条充满爱心的道路！我像一个人类的孩子一样被母亲亲吻，还得到了她的祝福。我将去到一个陌生的王国，像做梦一样躺在那个逝者的胸口上。很显然，我是众姐妹之中最幸福的。"

在花园里，在玫瑰树生长的地方，走来了一个除草的女佣，她凝视着玫瑰树，看着它花满枝梢的兴旺景象。她把眼光落在那朵已经盛开的最大的花朵上。再来一次露水，再挨一天日晒，它的花瓣便会掉落下来。老女佣看出了这点，明白这朵花马上就要凋谢了，不过可以拿来派点别的用场。于是她就把这朵花摘下来，裹在一张报纸里。它要被带回家里去，同其他脱落下来的玫瑰花瓣放在一起，制成百花香，然后同那种名叫薰衣草的紫色小男孩混在一起，再加点油脂和盐，这就成了只有国王去世后才涂在身体上的玫瑰香膏。

"我是最荣幸的啦！"这朵刚被老女佣拿在手上的玫瑰这样说，"我是最幸福的，我将变成芬芳的油膏。"

有两个年轻人来到了花园里，一个是画家，一个是诗人，他们每人摘了一朵鲜艳的玫瑰花。

画家在画布上画下了那朵盛开的玫瑰，那朵玫瑰以为那就是它在镜子里的影像。

"就这样啦！"画家说，"它将在一代又一代的人中间活下去，而在此期间，千百万朵玫瑰花将会凋谢。"

"我真是受到最大的恩宠了，"那朵玫瑰花说，"我得到了最大的幸福。"

诗人凝视着自己的那朵玫瑰花，写了一首赞美它的诗。那是一首极其美妙的诗，诗人把从花朵上每一个花瓣中所感受到的灵感全都在这首诗里抒发出来了。这首诗名为《爱的画册》，是一首世代传诵的不朽之作。

"我将随着这首诗而不朽，"这朵玫瑰花说，"我才是最幸福的。"

然而在这一片美不胜收的玫瑰丛中，还有一朵被别的花几乎完全遮盖了的小花，只是碰巧才存活下来。它有一个明显的缺陷，因为它是斜长在花茎上的，所以花瓣都长歪了，这边的花瓣同那边的花瓣不对称，而且在花心当中还长出了一些矮小粗壮的绿色花蕊。玫瑰花中有时会发生这样的异变的。

"可怜的孩子。"风儿说道。它在它的面颊上亲吻了一下。这朵玫瑰相信这是一种问候，一种赞美。它隐约地感觉到自己和别的玫瑰花不同，它觉得那些长在花心里的绿色花蕊正是它与众不同之处。有一只蝴蝶飞过来落在花上，吻了吻花瓣，这是一个求婚者，可是它无动于衷，让它飞走了。又来了一只粗野的大蚱蜢，它一下子趴在另外一朵玫瑰花上，满怀深情地搓揉自己皮包骨头的细长瘦腿，这是蚱蜢表示爱情的方式。可惜那朵玫瑰花却不懂得这点，倒是那朵有着绿色花蕊的花朵明白了其中的奥妙。只要看看那只蚱蜢的眼神就行了，那眼神分明在说："我爱你，所以我要吃掉你！"都爱到了要把另一个吞进肚里的程度，那真是再深切不过啦。不过玫瑰花却不肯成为这个纨绔子弟的腹中之食。

在满天星斗的夜里，夜莺在婉转歌唱。

"这是专门为我而唱的。"这朵天生有缺陷，或者说有某种独特之处的玫瑰花说，"为什么我有和别的姊妹大不相同的地方？为什么我有这样的特性？莫非我就是那朵最幸福的花？"

有两个抽着雪茄烟的先生走到花园里来，他们谈论着玫瑰，也谈论着烟草。玫瑰是经不起烟熏的，浓烟会使得它们变色，成了绿色的。这倒应该试一试。他们不忍心在最漂亮的玫瑰上试验，就在这朵有天生缺陷的花上试验。

"这是一种荣誉，"它说，"我真是分外有福气，是最幸福的。"

这朵玫瑰花在自我陶醉和烟气之中被熏成了绿色。

一朵含苞待放的玫瑰，大概也是这株玫瑰树上最美丽的，它在园丁亲手扎成的精美花束里占了一个显眼的位置，它被交到这家那个年轻而傲气十足的主人手里，跟着他坐进了马车，去参加一次盛大的宴会。它在别的鲜花和碧绿的叶子的衬托下显得分外艳丽。在千百盏灯火的照耀下，身穿华丽服饰的男男女女端坐在那儿尽情享受着人生的欢乐。音乐声骤起，舞台上忽然灯光大亮，那个名气最响的年轻女舞蹈家款款走上舞台，全场顿时掠过一阵暴风雨般的欢呼声，一束束鲜花飞上台来，像鲜花之雨一般落到了她的脚下。那朵像宝石一样缀在花束上的玫瑰花也随着花束飞到台上。这朵玫瑰花感到一种不可名状的幸福、荣耀和光彩，它刚一落到地上就舞了起来，又蹦又跳，一直滚到了舞台后面才停下来，但已经把花梗摔断了。它没有被送到那个受到欢呼的红角儿手里，而是滚落到了侧幕背后，被一个搬道具、布景的舞台技工捡了起来。他看看这朵花，它虽然艳丽夺目，却没有了花梗。他把它塞进自己的衣服口袋里，晚上回家之后就把它放进一只盛了水的酒杯里，让它在水里泡了一整夜。第二天早晨，它被带到了他的祖母身边。年迈的老奶奶有气无力地坐在一张摇椅上，她瞅着那朵没了花梗的玫瑰，闻着它的香味，心里有说不出的高兴。

"唉，你没有被放到一个阔小姐的漂亮桌子上，"她说，"而是来到了我这个穷老太婆跟前，不过你在这里就像是一整棵玫瑰树呀，你真是太美啦！"

她怀着孩童般的欢乐看着这朵玫瑰花，必定是想起了自己早已逝去的青春年华。

"窗玻璃上有个小洞，"风儿说，"所以我毫不费力地钻了进去，看到了那个老妇人眼睛里重新焕发出的青春，看到了酒杯里的那朵玫瑰花。它才是所有花朵之中最幸福的！我可以这么说。"

花园里的每一朵玫瑰花都有一段自己的故事，每一朵玫瑰花都以为自己是最幸福的，这种自信使得它们真的感到很幸福，然而最后的那朵玫瑰花才确实是最幸福的。它是这样想的：

"我比所有别的花朵都活得长久！我是最后一朵，唯一的一朵，母亲最疼爱的孩子。"

"我是她的母亲。"玫瑰树篱说道。

"我才是。"阳光说道。

"我才是。"露水说道。

"各人都有一份,"风儿说,"各人应该都有一份。"于是风儿便把玫瑰花的花瓣吹过树篱,吹到露水沾得上、阳光晒得着的地方。

"也有我自己的一份,"风儿说道,"我知道每一朵玫瑰花的故事,我要把它们的故事讲给全世界的人听。不妨告诉我吧,谁才是它们当中最幸福的。是呀,我已经说过了,现在该由你来说啦!"

特里亚德仙女

我们动身前往巴黎，去参观博览会①。

现在我们已经在那里了。这真是一次飞一般的快速旅行，却一点没有凭借什么魔法，我们是乘坐了蒸汽交通工具从水路和陆路抵达那里的。

我们的时代是童话的时代！

我们到了巴黎的市中心，住在一家大旅馆里，从进门的台阶到每层的楼梯上都摆着鲜花，甬道上还铺着柔软的地毯。

我们的房间十分舒适，阳台的门朝向一个大广场，那里已是春意盎然，春天正好和我们同一个时候来到巴黎。它的外形是一棵枝繁叶茂的大栗子树，枝丫上已长满了刚刚绽开的嫩叶。在广场上所有的树木中，它披上的春装是最漂亮、最夺目的！但有一棵树已经从活树的行列里出来了，它被连根拔起扔在地上，在它原来站立的地方，那棵新鲜的栗子树将被栽进去。

栗子树此刻仍旧高高地竖在那辆载重大货车上，今天早晨就是这辆车把它从几里路以外的乡间运到了巴黎。

这棵栗子树已经在乡间生长了许多个年头，它耸立在一棵橡

---

① 1867年春，世界博览会在巴黎举行。

树旁边。橡树底下常常坐着一个年老的牧师，他给那些侧耳凝神的孩子们讲着故事。这棵年轻的栗子树也跟着听了这些故事，要知道，住在这棵树里的树精——也就是特里亚德仙女——当时还只不过是个小孩子呢。她能回忆起这棵树小时候的情景：它出土的时候还很小，也就刚刚高出周围的青草和蕨菜一点点。后来这些青草都不再长高了，可是这棵树却愈长愈大，年年都在长高。它吮吸着空气和阳光，吸收着雨水和露珠，它也经受住了狂风的摇撼和抽打，学会了应付困境和危情的本领，这是它生存下来所必须学会的本事。

特里亚德仙女很喜欢她的生活环境，喜欢阳光和鸟儿歌唱，然而她最喜欢的还是人类的声音，她能像听懂鸟兽的语言一样听懂人类的讲话。

蝴蝶、蜻蜓、苍蝇……所有会飞的生灵都来了，它们向她讲述了内地的城镇、葡萄园、大森林，还有古老的带有大片园林的王宫。花园里有人工河和水坝，水里还居住着许多活的生灵，那些生灵能够在水底下从一个地方飞到另一个地方；那些生灵有知识、有思想，它们不会说话，可是却这么聪明。

那些去过水中的燕子向她讲述了美丽的金鱼和鲷鱼、肥胖的鲫鱼，还有身上长满青苔的老鲤鱼。燕子绘声绘色地说着这一切，可是特里亚德仙女说：那总不如亲眼看见好。然而她哪里有机会看到这些生灵呢！她只能满足于眼前的美丽风景并感受一下人类的辛勤和忙碌。

它们讲的这些都很好听，但是最好听的还是老牧师坐在橡树下讲述的法国以及那些万古流芳的法国人创立的伟大业绩。

特里亚德仙女听到过牧羊姑娘贞德和夏洛特·科黛的事迹。她听他讲述上古时代,讲述亨利四世和拿破仑一世的时代,一直讲到我们这个时代的成就和伟大的事迹,听到了许多在民众心里引起共鸣的人名。法国是一个世界大国,也是一块培育智慧和自由精神的沃土。

村里的孩子们都仔细地听,特里亚德仙女也和他们一样全神贯注。她和别的孩子一样,在当小学生呢!不过她能从天空中飘浮的云朵里看到她所听到的东西的图像。

浮云成了她的画册。

她觉得自己待在法兰西的大地上十分幸福,不过她仍然感觉到一种失落,她觉得那些鸟儿和所有会飞的生灵都得到了上苍的偏爱,连苍蝇都能到四处去观光,眼界远比自己开阔。

法国的土地那么辽阔,山河那么壮丽,可是她看到的只是它的一小部分。这个国家辽阔得像个大世界,葡萄园、森林和大城市星罗棋布,而在所有这一切中,巴黎是最辉煌、最宏伟的。鸟儿可以飞到那里去,而她自己却永远办不到。

在这些农村孩子里有一个小姑娘,她衣衫褴褛,模样却很俊俏,她总是一边歌唱一边笑眯眯地往自己的黑头发上插红色的鲜花。

"不要到巴黎去,"老牧师说,"可怜的孩子,你若是去了巴黎,会遭殃的!"

然而她仍然去了。

特里亚德仙女常常想起那个姑娘,要知道,她们俩对那座了不起的京都怀有同样的兴趣和渴望。

春夏过了，秋冬又至，一转眼两年过去了。

特里亚德仙女所在的那棵栗子树第一次开出了鲜花，鸟儿在明媚的阳光下围着它婉转歌唱。这时从大路上驶来了一辆华丽的马车，车里坐着一位雍容华贵的妇人，她亲自驾驭着那几匹神采飞扬的骏马，一个服饰鲜亮的小马夫坐在马车后座上。特里亚德仙女认出她来，老牧师也认出她来了。他摇摇头悲伤地说道：

"你终于到那边去啦，你要遭殃的，可怜的玛丽。"

"她难道可怜吗？"特里亚德仙女想，"不，她的变化有多么大啊！她现在的穿着打扮简直就是一位公爵夫人啦。这么说她已经去了那个魔幻的大都市啦。唉，要是我也能到那座豪华的大城市里去，该有多好啊！夜里，当我朝那边望过去时，但见天际一片亮光，连乌云也被城里的灯火照亮，所以我知道那座城市在什么方向。"

是呀，特里亚德仙女每天黄昏、每天深夜都要朝那个方向望去，她看到的是一片明亮的雾霭。在月光明亮的夜晚，她惦念着那座城市，常常情不自禁地想起天空中的浮云来，因为浮云可以为她显示出那座城市的历史画面。

孩子们都在看画册，而特里亚德仙女却盯住了夜空中的云层，那是她的思想之书。

在炎热的夏日里，天空晴朗无云。对她来说，那就是一张白纸。已经一连几天都是大晴天，而她看到的只是一片空白。

现在每天都是烈日当空，连丝毫微风都没有。每一片叶子、每一朵花儿都被晒得无精打采、蔫头耷脑的，连人都是如此。

白天过后，暮云升起，每天晚上乌云边沿上都镶着被灯火照耀得十分明亮的雾霭,仿佛提示人们:巴黎就在这里。

云层越积越厚,越升越高,形状就像绵延起伏的山脉,它们你追我逐地飘过天空,消失在天际。特里亚德仙女极目远眺,却再也看不见了。

堆积起来的云层如黛色的岩石,一层又一层地重叠起来,成了空中的重峦叠嶂。一道道闪电穿云而出。"它们也是上帝的仆人。"老牧师曾经说过。一道比太阳光还亮的蓝色弧光从云层中跃出,猛地砸了下来,把那棵巨大的老橡树连根劈成两半,树冠被掀掉了,树干被劈裂了,它摊开了身子,似乎要把这位光的使者拥抱在怀里。

没有一尊青铜火炮有如此大的威力,以至于它的响声能穿云裂石。即使是王子诞生日响彻云霄的礼炮声也比不上那棵老橡树被击倒时的响声。惊雷过去之后大雨倾盆而下。一阵清新的风吹过来了,暴风雨过去了,四周都恢复了往日的宁静。城里的人都聚集在这棵遭到雷击的老橡树周围,老牧师讲了几句赞美的话语,一个画家为它画了一幅画以示纪念。

"一切都过去啦,"特里亚德仙女说道,"如同过眼的浮云一般,再也不会回来啦!"

老牧师走了就不再回来了。小学的屋顶已坍塌下来,老师不来讲课,小学生们也就不来了。可是秋天却来了,冬天也来了,当然随后春天也来了。在这不断变换时令的日子里,特里亚德仙女依然遥望着那个方向。每天黄昏和深夜,巴黎的灯火透过浓雾,把远处照亮。

一个又一个火车头拉着一节节车厢从那里飞驰出来,每一列火车都轰隆轰隆响着向前奔去。每个黄昏、深夜、清晨和白天，火车都呼啸着驶来，从世界各个国家载着乘客来，每节车厢里都挤满了人。一个新的世界奇迹把他们召唤到巴黎来了。

这个奇迹是怎样出现的呢？

"一朵艺术和工业的瑰丽奇葩，"他们这样说道，"在马尔斯战神广场的寸草不长的沙地上绽开，像是一朵巨大的向日葵。从它的花瓣上，人们可以学到地理学、统计学的种种知识；可以学习到工艺师傅们的本事，并且把它提高到艺术和诗歌的境界；可以了解到各个国家的长处和成就。"

"一朵童话之花，"另一些人这样说道，"一朵色彩鲜艳的莲花，它把自己的绿色花瓣伸展开来，像一块铺在地上的丝绒地毯，在早春的季节里绽放。夏天，大家可以在它最光辉的日子里将它观赏。到了秋天，狂风会把它一股脑儿吹干净，连叶带根统统都不留。"

在"军事学校"的门外，摆开了和平时期的战场。一大片寸草不长的沙地，好像把莫甘娜仙女展示她空中楼阁和空中花园的非洲沙漠割下一块，运到这里来了。然而马尔斯战神广场上的亭台楼阁和花园却更加壮观、更加奇妙，因为天才的匠人们的鬼斧神工已经把幻景变成了现实。

"现代的阿拉丁①的宫殿已盖起来啦！"人们说。它每一天、每一时都显得更为壮丽。数不清的大厅都用五光十色的大理石装饰得金碧辉煌。"无血师傅"——也就是各种各样的机器——在机

---

① 阿拉丁系《一千零一夜》中《阿拉丁神灯》里的主人公。

械馆的圆形大厅里摆动着它们的钢铁肢体。金属的、石雕的、编织的种种手工艺品琳琅满目,展示了世界各地的精神风貌,把造型工艺大厅装扮得花团锦簇。凡是用智慧和双手能够在手工作坊里制造出来的东西都在这里露面了,就连从古墓和沼泽地里发掘出土的古代文物也在这里展出。

在这个五光十色的展览上,人们不得不将许多景物缩微复制,把它们做成玩具一样大小,才能使人看到它们的全貌。

马尔斯战神广场上仿佛摆开了圣诞宴席,桌上放着工业和艺术的阿拉丁宫殿,它的四周陈列着所有国家的展品,那都是名贵物品,每个民族都用展品来让大家了解自己的国家。

这里有埃及的王宫,有沙漠国家的商队和客栈,那些贝都因人①离开了阳光灿烂的土地,骑在骆驼背上颠簸着缓缓行进。这里搭起了一座俄罗斯马厩,厩里养着性情刚烈、体态俊美的草原骏马。挂着丹麦国旗的、用干草铺顶的丹麦农舍紧靠着瑞典古斯塔夫·瓦萨时代达拉那郡的精美木雕房屋。美国的农村茅舍,英国的乡间别墅,法国的水榭、凉亭、教堂和剧院巧妙地排列在一起,它们之间有着碧绿的草坪、潺潺的流水以及鲜花盛开的灌木丛和珍稀树木。在温室里,只要人一踏进去,就会以为自己来到了热带森林之中。从大马士革运来的整个玫瑰园在温室的顶棚下盛开着鲜花,那种色彩,那种芳香,真是令人叫绝!

人工建造的钟乳石岩洞里有淡水湖和咸水湖,这里是鱼的天下,人们仿佛站立在海底,置身于鱼类和水螅之间。

---

① 贝都因人是一个古老的游牧民族,他们主要生活在阿拉伯地区和北非沙漠。

"所有这些美景,"他们说,"在马尔斯战神广场都可以一饱眼福。"在这桌盛宴的周围,人群像蚂蚁似的蠕动着,挤得几乎水泄不通。有人步行而来,有人乘坐小型马车而来。所有人的腿都支撑不住如此让人感到疲劳的参观。

从天亮到暮色降临,人们络绎不绝地拥向这里,满载乘客的汽船一艘又一艘驶过塞纳河。马车的数量不断在增加,徒步和骑马而来的人也有增无减,有轨车和公共驿车上亦人满为患。所有这些人流都浩浩荡荡直奔一个目的地:巴黎博览会。所有的入口处都飘扬着法国国旗,各国的展厅门外则悬挂着本国的国旗。机械馆里传出了嗡嗡的声响,悠扬的钟声从教堂的钟楼上传来,教堂里还回响着管风琴的乐声。从东方国度的咖啡馆里传出来的带着浓重鼻音的嘶哑粗犷的歌声同管风琴声混成了一片。这是一个巴比伦人的王国,巴比伦人的语言众多①,这是一个世界的奇迹。

事情大概确实如此,有关的新闻报道也都是这么说的,有谁没有听说过呢?关于这座万城之城的新奇迹的种种消息都不胫而走,特里亚德仙女对所有一切全都知道。

"飞呀,你们这些小鸟!快飞到那边去看看,再回来讲给我听!"特里亚德仙女说,这是她的祈求。

憧憬变成了追求,又变成了毕生的目标。后来,在一个宁静的夜晚,月色溶溶,特里亚德仙女忽然看到从一轮满月里飞出一颗火星,它朝下坠落,亮得如同一颗流星。树上的叶子都像被狂

---

① 古代巴比伦人想建造一座通天塔进入天堂,上帝为了维护自己的尊严,遂改变他们的口音,使他们语言不通,以致相互猜疑、仇视,导致通天塔的工程半途而废。

风扫过那样瑟瑟地颤抖起来,一个明亮的形体站到了大树面前,它开口说话了,声音柔和而坚定,仿佛吹响了世界末日来临的号角。它唤醒生命,召唤人们去接受审判。

"你必须到那个魔力无边的城市里去,要在那里扎下根来,去感受那里的滔滔洪流,还有都市的气息和阳光。不过你的寿命也会因此而缩短,你在这片自由自在的天地里本来可以长寿,到了那里却缩成了短短的几年。可怜的特里亚德,你的一生就此毁灭。你的欲望在增长,你的抱负和追求越来越强烈,这棵树就成了囚禁你的监牢。你将会丢弃你的栖身之地,丧失你的本性,从树干里飞出去,混迹于人类之中,不过你的寿命也就缩短到只有蜉蝣的一半,也就是短短的一个夜晚。到时候你就会夭折,树叶全都枯萎飘落,永远不再回来。"

这个声音在天空中回荡着,如同歌声一样。那片亮光忽然消失了,可是特里亚德仙女的渴求和欲望并未因此而灰飞烟灭,她在期待之中浑身颤抖,如同发了高烧。

"我非去那座万城之城不可!"她欢天喜地地喊道,"生命就要开始了,它像云朵一样膨胀起来,谁也不知道它飞向何方。"

当曙色初露,月光失色,朝霞渐渐变红的时候,愿望实现的时刻终于来到了,所许下的那个诺言也变成了现实。

一群人手持铁铲和杠棒来到这里,他们围绕着树根朝着深处往下挖,一直挖到树根都露在外面。有一辆几匹马拉的大货车驶了过来。这棵树被连根带土地挖出来,树根用草苫紧紧裹住,就像放在保暖袋里一样。然后它又被搬到那辆大货车上,捆得结结实实。它要运到巴黎去，在法国的首都——那个万城之城生长，并一直待在那里。

在大货车车轮开始滚动的一刹那，这棵栗子树的树枝和树叶全都颤抖起来。特里亚德仙女在期待的快活之中也不禁浑身哆嗦起来。

"走啦，走啦！"这声音随着每一下脉搏的跳动在呐喊。"走啦，走啦！"这声音随着路途的颠簸在颤抖。特里亚德仙女忘记向她故乡的草坪说声再见，忘记向摇曳着的青草和天真无邪的春黄菊告别。它们都一起抬头望着她，在它们的心目中，她是上帝花园里的一位气质高雅的淑女，一位在荒山野地乔装成牧羊女的公主。

栗子树倚在大货车上，挥舞着枝叶，仿佛在说："再见啦！"或者在说："我走啦！"然而特里亚德仙女却浑然不知，她只是在想着，在梦想着那即将开始的了不起的新生活。它那么熟悉，那么神奇。她有一颗充满欢乐的童稚之心，她有一腔沸腾的热血，没有人会像她动身去巴黎这一路上那样浮想联翩。

"再见，再见"已不再说啦，后来就只说"走呀，走呀"。

车轮滚滚一直往前，远处变成了近处，又落到了身后，路边的风景也如同天上的云朵一样不断地变换交替。新的葡萄园、森林、乡镇、别墅和花园出现在眼前，又消失在身后。栗子树一个劲儿往前去，依附在树上的特里亚德仙女也随着往前去。一列列火车疾驶而过或者迎面开过，火车头喷出朵朵云雾，变成种种不同的形状，仿佛都在讲述着巴黎，它们就是从那里来的嘛。而特里亚德仙女正在赶路，直奔那里而去。

周围的一切全都知道——它们也应该知道——她正在朝着什么地方而去。她觉得在她经过的这一路上，每一棵树都向她伸出自己的树枝，央求说："带上我吧，带上我吧！"因为在每一棵树里都住着一个充满渴望的树精呢。

变化真是太大啦，速度像飞跃一样！一栋栋的房屋一下子从地底下冒了出来，而且越来越多，越来越密。烟囱林立，像是屋顶上摆着的花盆，不但一个挨着一个，而且还一排挨着一排。那些用巨大的字母拼写起来的文字，还有五花八门的图画，从房子的屋檐一直画到墙脚，全都闪闪发光。

"什么地方才算是巴黎的开头呢？我什么时候才算进了巴黎呢？"特里亚德仙女自己问自己。

街上的人越来越拥挤，车子一辆接着一辆，步行的人和骑马的人走在一起。店铺一家挨着一家。音乐声、歌唱声、叫喊声、讲话声混成一片，这就是闹市的声音。

特里亚德仙女依附在那棵树上进了巴黎市中心，那辆沉重的大货车在一个种着树木的小广场上停了下来，广场四周全都被很高的房子所包围，房屋的每扇窗户外面都有一个阳台。人们都站在阳台上往下看着这棵被运来的新鲜而年轻的栗子树，它将要栽种在这里，代替那棵倒在地上、已被连根拔起的枯树。伫立在广场上的人面带微笑，兴致勃勃地观赏着春天的嫩绿。那些花蕾刚刚绽开的老树摇摆着树枝表示欢迎。喷泉把水喷到空中，又让它落到宽阔的水池里，听凭风儿把水珠吹到树上，请它喝迎客之水。

特里亚德仙女感觉到她依附的那棵树被抬了下来，栽种在它以后要站立的位置上。树根深深地扎进泥土，树的四周还铺上了绿油油的草皮。鲜花盛开的灌木丛和许多盆花都栽种和摆放在它的周围，于是广场中央就成了一个花园。

那棵被煤气、炊烟以及所有让植物窒息的城市废气熏死了的、又被连根拔起的老树被抬上那辆大货车运走了。人们都围了过来，老人和孩子坐在绿荫下的长凳上，而我们这些讲故事的人则站在阳台上。望着这棵散发着新鲜的乡村气息的年轻绿树，我们也会情不自禁地像那位老牧师一样，说道："可怜的特里亚德仙女。"

"我是多么幸福，多么走运啊！"特里亚德仙女说，"可是我不太理解、无法表达我的感受。一切都如我所想象的那样，却又不完全是我所想象的那样。"

四周的房屋都太高了，又都靠得太近了，以至于太阳只能照到一堵墙上，而这堵墙壁又贴满了广告和海报，所以墙壁前常常站了不少人。他们站着不动，街上因此拥挤不堪。车辆真多，川流不息，一辆接着一辆，有的轻盈，有的沉重。公共马车就像一栋行驶着的房子，车上挤满了乘客，却仍然快速奔跑着。骑马的人也穿行其间。运货马车和观光马车也渴望自己有同样的权利，所以争先恐后地抢道行驶。

特里亚德仙女想：难道这些尽往高里长而且又挨得那么近的房子就不肯挪动地方吗？再不然就像天上的云朵那样改变一下形状，滑到一边去，这样她就可以望出去，把巴黎里里外外看个遍。圣母院、旺多姆圆柱将赫然在目，还有那些吸引了那么多外国游客前来观光的名胜古迹也将尽收眼底。

可惜那些高楼大厦却没有挪窝！

天色尚亮，这里却已华灯齐放，一盏盏路灯把大街小巷照得通明；家家商店里煤气灯大放光明，明亮的光芒穿过树木的枝叶之间透出来，耀眼得如同夏日的阳光。头顶上的夜空中出现了星星，特里亚德仙女觉得同在故乡看到的星星一模一样，其实就是同样的星星嘛。她顿时觉得有一股清爽新鲜的空气从那边吹了过来，那么纯净，那么柔和，她的精神为之一振，觉得自己身上力气大增，还感觉到每一片树叶都充满了活力，连树根的末端也是这样。她感到自己正融入这个生气勃勃的人类世界，被一双双温和的眼睛注视着。四周是一片喧嚣嘈杂的吵闹声和音乐声，光怪陆离的色彩更是令人眼花缭乱。

从一条斜巷里传来了吹奏乐器和手风琴演奏的舞曲。跳吧，舞吧，纵情欢乐吧，音乐声这样呼唤着。随着这样的音乐，不管是人也好，还是马和车辆、树和房屋，都应该翩翩起舞才是——若是它们能够跳舞的话。特里亚德仙女的心里荡漾起一阵令人陶醉的欢乐。

"多么幸福，多么美啊！"她欢呼道，"我终于到巴黎来啦！"

白天又来了，随之而来的又是一个夜晚，夜晚过后又是白天，天天都是同样的景物、同样的交通、同样的生活，周而复始，却总是同一个样子。

"现在我已经认识了广场上的每一棵树和每一朵花儿，我看熟了这里的每一栋房屋、每一个阳台和店铺。我怎么被安顿在这么一个与世相隔绝的角落里，一点也看不到这个宏伟的大都市？凯旋门、林荫道，还有那个世界奇迹究竟在什么地方呢？我怎么全都没有见过！我站在这些林立的高楼中间，就像被关在一个囚笼里。这些高楼上的招贴画和牌子上的字我全都背得出来了。所有那些油腻腻的食物一点也不合我的胃口。我过去听说和向往的那一切究竟在什么地方呢？我到底发现和得到了什么呢？我依旧抱有和过去一样的渴望，觉得必须过上一种我想要过的生活；我必须走上这条人生之路，在这条道路上奋勇前进；我要像鸟儿一样飞起来，飞上天空去观赏和感受这个世界的一切；我要变成一个完完全全的人，宁肯过上半天逍遥的日子而不愿长年累月地在疲惫和枯燥中生活，这种生活会使我沉沦下去，像草地上的露水一样消失。我要像云朵一样在生命的阳光下闪耀出光芒，像云朵一样俯视天下的一切，像云朵一样在天上飘浮飞行，没有人知道我的行踪和归宿。"

这是特里亚德仙女的叹息，叹息之后她又祈祷说：

"把我的余生统统收回去好了，只要给我蜉蝣的一半寿命就行！快把我从这牢房里释放出来吧，让我去过人类的生活，哪怕很短的时间！若必须如此，那么仅仅一个晚上也行，然后再为我这个大胆妄为的要求和对生命的渴望而给我惩罚！快放我出去吧，让我的这个栖身之所——这棵鲜嫩年轻的大树——枯萎、倒下，化为灰烬随风散去。"

这棵大树的树叶发出窸窸窣窣的响声，仿佛被人正好搔到痒处；每一片树叶都颤抖不已，仿佛生出或者从外面溅进了火花。树冠上陡然狂风大作，在风暴中出现了一个女人的形象，她就是树精——特里亚德仙女。她坐在被煤气灯光照亮的绿叶中，年轻而美丽，就像那个可怜的玛丽。当初人们曾经告诫她："那个大城市会毁了你。"

特里亚德仙女坐在树根上,坐在她自己家的门口。她已经把大门锁上,把钥匙扔掉了。她那么年轻,那么美貌!星星看着她,朝她眨着眼睛。煤气灯瞅着她,闪烁着光芒朝她挥手致意。她是那么纤弱,却又那么坚定。她既是一个孩子,又是一个成熟的姑娘。她的衣衫像丝绸般优美高雅,又像树冠上的尚未完全绽开的叶子那么嫩绿。她褐色的头发上插着一朵半开的栗子花。她真像春天女神呀!

她只静静地坐了一会儿,便跳起身来,像羚羊似的飞快地从那个地方跑开了。她拐过街角,一路上蹦蹦跳跳,就像镜子反射出来的太阳光那样不停地跳跃,一会儿跳到这里,一会儿又跳到那边。若有人仔细观看的话,那么就可以看到,无论在哪里,只要她逗留片刻,她的衣服和形状都会随着那个地方的特征、那里的房屋和映照在她身上的灯光而变化,真是奇妙极了!

她来到了林荫大道上,两旁的路灯、店铺里和咖啡馆里各种煤气灯的光芒异彩纷呈,汇成了一片光的海洋。这里的树木排列成行,棵棵都年轻挺拔,树干修长,每棵树里都隐藏着一个树精,它们都尽力避开这人工光线的照耀。那一眼望不到尽头的人行道就像是一个巨大的宴会厅,两旁铺着桌布的餐桌上陈列着各色各样的酒和饮料,从香槟酒、卡尔特荨麻酒到咖啡、啤酒,应有尽有。这里还陈列着鲜花、图片、雕塑、书籍和五颜六色的衣料。

她从高楼底下行走的人群中望过去,看到了树木中间的令人心悸的车水马龙的洪流,滚滚而来的有单马驾辕的篷式双轮轻便马车、四轮大轿车、公共马车、出租马车等等,还有骑马的绅士们和列队行进的士兵们,这一切都形成了波涛起伏的洪流。想要横穿这条洪流走到大街的对面去,岂不要冒送掉性命或者轧断肢体的风险吗?煤气灯上跳跃着蓝色的火焰,现在是煤气统治天下的时代嘛,可是忽然间有一支火箭蹿上了天空,究竟是从什么地方射来的,要射到什么地方去,谁也不知道。

毫无疑问,这里是世界大都会的主要通道。

这边传来了意大利歌曲柔和的曲调,那边在唱着西班牙民歌,响板敲得啪啪直响。不过最强烈的、最能够盖过一切的还是街头风琴奏出的流行音乐,也就是令人销魂的恰恰舞曲,这种音乐连奥菲欧也一无所知,美丽的海伦娜更是没有听过。可是如今连独轮手推车也被这曲调引得心动,恨不得伸出自己的那只独轮来舞蹈一番——要是它真会跳舞的话。特里亚德仙女跳起舞来,她不停地旋转着、跳跃着,像蜂鸟一样在阳光下变换着颜色,因为每栋房子和房子里的一切色彩都能在她的身上反映出来。

她就像一朵刚从花梗上摘下来的睡莲,随着漩涡漂去,愈漂愈远。每到一个地方,她都要停下来变换一下自己的模样,因此就没有人认出她来,也没有人盯住她看。

所有的景物都像云朵的幻象那样在她眼前飘过去,又好像一张又一张人的面孔,可是没有一张是她认识的,她没有见到过来自家乡的任何一个人。在她的脑海里浮现出了一双炯炯有神的眼睛,她想到了玛丽,那个可怜的玛丽!这个衣衫褴褛、黑头发里插着一朵红花的天真快乐的孩子就在这个大都市里,想必已是十分有钱,十分风光了,就像那天她乘坐马车驶过老牧师的家,经过特里亚德仙女待的那棵树和那棵老橡树一样。

她要在这震耳欲聋的喧嚣声中过日子,也许她刚刚从停在街边的一辆华丽的马车里走了出来。这些华丽马车的前后都簇拥着身穿镶着金边制服的马车夫和穿着长丝袜的仆人。从马车上下来的都是雍容华贵、打扮得花枝招展的贵妇人。她们款款地走进敞开着的花格子大门，登上宽大的台阶，走进有着许多大理石圆柱的华厦。难道这里就是"世界奇迹"吗？玛丽一定在这里。

"圣马利亚！"里面传出了这样的歌声。一阵阵浓郁的烟香从描金绘彩的大门和半明半暗的侧廊里飘出来。这里是抹大拉的马利亚教堂。①

巴黎上流社交界的女士们身穿用最贵重的衣料、按最时尚的款式缝制的黑色礼服走在锃亮的地板上。她们的族徽印在镶有银扣的、用天鹅绒装帧的祈祷书上，也绣在香水味浓烈的、缀有布鲁塞尔花边的手绢上。有几个女人跪在圣坛前默默祈祷，另外几个正走向忏悔室。

特里亚德仙女心里泛起一阵不安，觉得有一种恐惧感，因为她居然闯进了一个她本不该去的地方。这里寂静无声，大厅里显得非常神秘，所有的讲话声都是极低的，几乎听不见。

特里亚德仙女看到了自己身穿绸缎、披着丝巾的形象，就和别的高贵的妇人一样，可是难道她们也像她一样有着赤子般的情怀吗？

这时传来了一声长叹，痛苦而深沉，这是从忏悔室那个角落里还是从特里亚德仙女自己的胸中发出的呢？她把披纱拉起来紧紧地裹住自己。她吸进去的是教堂的烟气而不是大自然里的新鲜

---

① 来自抹大拉的马利亚原本是妓女，经耶稣启示后成为一个纯洁的女人。

空气。这里不是她所渴望的地方。

走开去吧,快走开去!一刻不停地飞吧。蜉蝣一直在飞,从不休息,它一生总在无止无休地飞翔。

她返身走了出来,回到了喷泉旁的枝形煤气灯下。

"所有的泉水都洗涤不掉惨死在这里的无辜者的鲜血。那真是血流成河呀!"有人这样说道。

这里站着许多外国人,他们在旁若无人地高谈阔论,而在那个特里亚德仙女方才走出来的神秘的大厅里,是没有人敢于这样说话的。

一块大石板被掀开,被抬了起来,特里亚德仙女不明白其中的原因。她看到一个敞开的入口,它将人从满天星斗的晴朗夜空,从耀眼的阳光般的煤气灯下,从一切生机勃勃的尘世生活中引向地下的深渊。

"我有点害怕这个地洞,"站在洞口的一个女士说,"我不敢走下去,我也不在乎那底下的美景,陪着我吧!"

"就这么回家去啦?"那个男人说,"这个最出色的现代奇迹是人类用意志和智慧创造出来的,难道连一眼都没有见着就要离开?"

"反正我不下去。"这是回答。

"真是当代的奇迹。"有人这么说道。特里亚德听了以后明白过来,她最渴望去的地方已经到了。这里是进入巴黎深处的入口处,她一直不曾想到过,现在她听到了。正好有两个外国人走了下去,她也跟着下去了。

楼梯是铁铸的，呈螺旋形，很宽阔，很好走。地下有一盏灯照明，再往下走又有一盏。

他们站立在一个迷宫里，里面有着无数窄长的拱顶通道，巴黎城里的大街小巷在这里都可以见到，就像在一面粗糙的镜子里看到它们的影像一样。在这里可以读到每条街的街名，每栋房子都标有自己的门牌号码，房子的宅基就建在那些空旷的、用碎石铺成的甬道上，紧靠在甬道旁边的是一条宽阔而淤积着许多污泥的人工运河，河中有往前流动着的浑浊的泥水。高处有一条引水渡槽，半圆形的水槽将清水源源不断地引入人工河。最上面则悬着一条条的煤气管和电话线，纵横交错，像一张巨大的蜘蛛网。

远处灯光闪烁，就像这世界大都市的倒影。时不时地能听到上面传来的隆隆声，这是载重车辆驶过地面上的桥梁时发出的响声。

那么特里亚德仙女究竟身在何处呢？

你大概听说过地下墓地吧！不过同这个现代奇迹——新的地下世界比起来，它就显得微不足道了。这里是巴黎的下水道。特里亚德仙女正站立在这里，而不在马尔斯战神广场的世界博览会上。

她听到了一声声的惊喜、羡慕和赞美。

"从这地下深处，"有人说，"地面上成千上万的人获得了健康和长寿。我们的时代是进步的时代，应该有这样的幸福！"

不过这是人类的看法，是人类的一家之言，而不是那些在这里筑窝安居的生灵的说法，老鼠就持不同的观点。它们躲在一堵旧墙背后吱吱叫着，声音清晰可闻，特里亚德仙女听得懂它们的话。

这是一只尾巴被咬断了的上了年岁的公老鼠，它尖声尖气地慷慨陈词，诉说自己的感受和愤懑，这是它唯一正确的看法。它说的每一个字都得到了它们全家的赞同。

"我对这些人类的喵喵乱叫腻烦透啦,那些人张嘴就胡说一通,可是说出来的全是愚昧无知的话。是呀,这里多么好啊,又有煤气又有煤油!可那些东西都不是我能吃的!这里多么干净,多么亮堂啊!可是待在这里就叫人自惭形秽,不过又说不出为什么会这样。生活在牛脂烛的时代是多么逍遥自在啊!那个时代离现在并不久远!那真是一个充满浪漫的时代,大家都这么说来着。"公老鼠说道。

"你尽讲些什么呀,"特里亚德仙女说,"我早先不曾见到过你。你究竟在讲些什么呢?"

"我是在讲美好的旧时光,"公老鼠说,"讲的是我们的曾祖父和曾祖母那辈子的大好时光。那时候要到地底下来真是一桩天大的事情。那时候这里全都是老鼠窝,同整个巴黎大小差不多。鼠疫妈妈就居住在这地底下,它把人类弄死,却从不杀害一只老鼠。强盗和走私贩子可以在这里自由地呼吸,这里是那些最有趣的人物的庇护所,那些人物如今只有在上面的喜剧舞台上才能见得到。浪漫时代一去不复返了,在我们老鼠窝里也是如此。我们这儿如今也有了新鲜空气和煤油。"

公老鼠就这样吱吱地抱怨着新时代,也赞美着那个有鼠疫妈妈的旧时代。

有一辆马车停了下来,那是一辆由矮小而健壮的马拉的敞篷公共驿车,观光的人们都坐了上去。马车顺着塞瓦斯托波尔林荫大道驶去,而它的上面就是那条闻名遐迩的人群拥挤、车辆川流不息的巴黎林荫大道,它笔直地朝前延伸着。

马车在昏暗的灯光里消失了踪影,特里亚德仙女也倏地不见了。她已经附身在煤气灯的光焰里飘摇直上,来到了地面上新鲜而自由的空气里,而不再在地底下那纵横交错的拱顶通道里闻着那令人窒息的气味了。她要尽她短促的一夜生命去寻找奇迹——那个世界的奇迹。它所发出的光芒要比这里所有的煤气灯的火焰还要耀眼,也比正在天空中滑行的那一轮明月还要明亮。

是的,一定能够找到。她看见它就在那里,就在她眼前闪闪发光。它闪着光向她频频致意,就好像夜空中的金星一样。

她看到一扇闪光的大门,大门开着,里面是一个小小的花园。花园里灯火辉煌,乐声悠扬。明亮的煤气灯围绕着水波平静的湖泊和水池,恍若一条明晃晃的曲径。水面上漂浮着各种用铅皮做成的五彩的人工花卉,在灯光的映照下显得分外娇艳。从花蕊里喷出一股高高的水柱。美丽的垂柳把自己鲜嫩的柳枝低垂下来,湖面上遮起了一层看似透明又朦胧不清的绿色轻纱,这才是真正的春天。灌木丛之间燃烧着一堆堆篝火,红彤彤的火焰映亮了掩映在绿枝青叶间的幽静小凉亭。感人的乐声不绝于耳。这声音有着勾魂摄魄的魅力,听了使人周身血液沸腾。

她看见许多年轻美貌的女人,她们穿着节日的盛装,脸上洋溢着迷人的微笑和青春的欢乐。一个"玛丽"头上插着玫瑰花,不过没有马车和马车夫。她们纵情歌舞,急剧地摇摆着,旋转着。那是什么样的舞蹈呀!就像被毒蜘蛛咬了一口。她们狂跳着,已经辨不清方向。她们笑容灿烂,幸福得要将整个世界拥抱。

特里亚德仙女觉得自己也被卷入了狂舞之中。她的那双小巧玲珑的脚上穿着栗色的丝绸靴子,同那条从她头发上垂下来、披在她裸露着的肩头上的丝巾颜色一样。她身上的绿色绸裙有许多宽大的褶子,裙子飘动着,然而并没有把她那美丽而精致的双腿和讨人喜欢的双脚遮掩掉。这双脚似乎要在那翩翩起舞的年轻男士的眼皮子底下画出一个魔圈来。

她难道是在阿尔米达的魔幻花园①里吗?这个地方叫什么名字呢?

这地方的名字就在大门外的煤气灯光里闪闪发光:玛比勒花园大饭店。

音乐声、鼓掌声、焰火声、叮叮咚咚的流水声和香槟酒杯的碰撞声混成一片,舞跳得愈来愈疯狂,就像是古罗马酒神节的狂欢场面。在这些欢乐的人们的头顶上,一轮明月缓缓地移过夜空。月色清朗,夜空中没有一丝云彩,只是月亮的脸变得扭曲起来,像气歪了鼻子。这就是从玛比勒花园大饭店望出去所见到的天空。

特里亚德仙女陶醉在一种令人销魂的愉悦中,浑身有一种吸过鸦片后的飘渺迷茫的感觉。

她的眼睛在说话,她的嘴唇在说话,可是她的说话声却淹没在笛声和琴声里。她的舞伴一边在她的耳边轻语,一边随着恰恰舞曲扭个不停。她听不懂这些私语,我们也听不懂。他伸出手去搂住了她,可是却抱到了那透明而带有煤气味的空气。

特里亚德仙女在气流中冉冉升起,如同一片玫瑰花瓣被风吹起。她从高空中俯视下去,只见一座高塔顶上有一道火焰直冲云

---

① 意大利诗人塔索(1544—1595)的叙事长诗中有位擅长魔法的魔女阿尔米达,她曾将骑士们囚于魔幻花园中,命他们去攻打耶路撒冷。

霄。这是一道闪动的火焰，是从她渴望着的那个地方照射过来的，那是马尔斯战神广场灯塔上的火光，这座红色的灯塔被人们称为"莫甘娜仙女"。春天的风儿把她吹到这里，在灯塔上方盘旋。那些在灯塔上干活的工人还以为这是一只蝴蝶，一只过早来到而又飘落下去的蝴蝶。

月亮把清辉洒遍大地，煤气灯和五光十色的彩灯映照着各个展览厅，映亮了星罗棋布的万国展馆，映亮了绿草覆盖的高坡和运用人类的智慧建成的湖中假山。号称"无血师傅"的机械施展威力，使道道瀑布从上飞落而下。底下是海底的洞穴、淡水河和湖泊的深处。鱼的王国完完全全地呈现在你的眼前。人们似乎已潜入海底，置身在一个深洞，躲在玻璃潜水罩里，听凭水流从四面八方挤压那层厚厚的玻璃墙壁。巨大的水螅如同鳗鱼一样，把它滑溜溜的身躯弯曲起来，抖动着它的内脏和灵活的触肢，像是在寻找什么似的蠕动着，升上去又沉下来，牢牢地贴在海底上。一条比目鱼若有所思地躺在海底，逍遥自在地把身体伸展开来。螃蟹像大蜘蛛一样从它身上爬过。虾连蹦带跳地游来游去，好像是海里的飞蛾和蝴蝶。

淡水湖中生长着睡莲、灯芯草和开花的芦苇，金鱼在它们底下成群结队地游着，好像是田野里的奶牛。它们的脑袋都朝着一个方向，好让水流进它们的嘴里。肥胖的鲤鱼呆呆地瞪着玻璃墙壁，它们知道自己是在巴黎的博览会上。它们被放在盛满水的木桶里，历尽千辛万苦才来到这里。它们在陆地旅行时乘上了疾驰的火车，就像人类在海上旅行时晕船一样，它们也晕过车。它们其实也是博览会的观众,从自己待着的淡水鱼缸或者咸水鱼缸里看到了博览会,也看到了从早到晚络绎不绝的参观的人流。要知道世界各国都把自己国家的人送到这里来展示了,好让梭鱼、鲫鱼、爱动的鲈鱼和浑身长满青苔的大鲤鱼都来见识见识这些生灵,并对这个种族加以评论。

"他们这些人类都是一些长鳞的动物,"一条浑身泥污的小鲤鱼说道,"他们每天还换两三回鳞呢。他们嘴里发出一种叽里咕噜的声音,他们把这叫作说话。我们却用不着换鳞,别的鱼要了解我们就简单、方便得多,只要牵动嘴角、瞪瞪眼珠子就行。我们要比人类先进得多。"

"可是他们毕竟把游泳的本事学到了手。"一条小淡水鱼说道,"我是从一个很大的内陆湖泊里来的,那边的人在天气炎热的时候都爱钻到水里来,不过他们先要把身上的那层鳞脱下来,然后才能到水里来游泳。他们的本事是青蛙教的,用后腿蹬水,再用前腿划水,不过他们支持不了多长时间。他们想要模仿我们,哪能学得会啊,可怜的人类!"

鱼儿都瞪大了眼睛,它们还以为在强烈的阳光里见到的那些拥挤的人群仍旧还在这里走动着。是的,它们相信眼前见到的人形就是第一次触动了它们视觉神经的那些人形。一条长有花纹的令人羡慕的肥脊小鲈鱼信誓旦旦地说,它看见的那个在水中潜泳的人形至今还在那里。

"我也看见了,还看得很清楚呢。"一条金黄色的鲤鱼说,"我清楚地看到了那个长得非常匀称的美人儿,可以叫她'长腿夫人',或者随便叫她什么。她长着和我们一样的嘴角和圆圆的大眼睛，背上背着两只大气囊，胸前有一把合拢着的伞，粗大的管子像水草那样挂在那把伞上。她其实应该把身上的那些东西全都甩掉，像我们这样摇头摆尾、逍遥自在地遨游水下。反正她已尽了她的能力把自己扮成一条真正的鲤鱼啦。"

"那个被人用绳子牵着走的男人呢？他到哪里去啦？"

"他仍旧坐在轮椅上来来去去，身边放着纸、笔和墨水，把所有的见闻全都写下来。他叫什么呢？他被人称为作家。"

"他仍旧在那里跑来跑去呢。"一条身上长着青苔的老姑娘模样的鲤鱼说道。它饱尝了世上的艰难和不幸，所以它的声音不免有些嘶哑，那是因为它曾经有一回吞咽了一个鱼钩，直到现在它还不得不喉咙里带着这个鱼钩忍气吞声地游来游去。

"作家，"它说，"拿我们鱼儿通俗易懂的话来说，无非就是人类中的墨斗鱼。"

那些鱼就用它们自己的方式这样聊天。不过在这瀑布飞泻的人工水帘洞里也传来了铁锤的敲击声和工人们的歌唱声。他们要彻夜加班干活，为的是要使一切都准时完工。他们的歌声打扰了特里亚德仙女的夏夜好梦，因为她正站在那里想着要赶快飞出去。

"这就是金鱼，"她说着就朝它们点头致意，"我终于见到你们啦！是呀，我早就听说过你们，知道你们啦。在老家的时候，燕子曾对我提起过你们。你们真好看呀！身上闪闪发亮，艳丽耀眼！我真想把你们每一条都亲吻一遍。别的鱼我也全都认识，这是肥胖的梭鱼，那是美味的鲫鱼，还有长满了青苔的大鲤鱼。我知道你们，你们却不认识我。"

那些鱼儿都瞪大了眼睛，它们连一个字都听不懂，只是朝着外面昏暗的光线望去。

特里亚德仙女已经不在那里了,她早已飞出去,站到了露天的空地上。世界各国的"奇迹之花"在这里散发出不同的芳香,它们有的来自黑面包国度,有的来自鳕鱼海岸,有的来自盛产皮革的俄罗斯,有的来自盛产科隆香水的莱茵河两岸,还有的来自盛产玫瑰香油的东方国度。

我们跳了一整夜的舞之后,半睡半醒、迷迷糊糊地乘坐马车回家。我们的耳际仍然萦绕着听到的那些乐曲,我们甚至可以顺口把它们哼出来。每个曲子都会唱,就像一个被谋杀者的眼睛,能把最后一瞬间所发生的事像照相一样地保留下来。这个晚上也是如此,白昼的喧嚣和亮光没有完全消失,特里亚德仙女觉察到并且知道明天白天这种喧闹还将继续下去。

特里亚德仙女站立在芬芳的玫瑰丛之间,她相信早在家乡的时候就已经认识它们了,这些玫瑰都是从宫廷园林里和牧师花园里运过来的。她在这里还看到了鲜红的石榴花,玛丽就在她漆黑的头发里插着这么一朵。

她的脑海中浮现出孩提时代的故乡家园。她用如饥似渴的眼光在四周的楼宇和房屋之间到处搜寻。狂躁不安的情绪像发烧一样纠缠着她,带着她穿过一座座充满奇迹的展馆大厅。

她觉得自己疲乏得很,这种劳累还在有增无减。她有一种渴望,那就是恨不得马上就躺下身去,躺在地上铺着的东方国家的柔软垫子和地毯上休息一阵子,或者和垂柳的细枝一起垂向清澈的湖水，再钻入水中嬉戏一番。

但是蜉蝣没有休息，再过几分钟，这一昼夜就要结束了。

她的思想在颤抖，她的肢体也颤抖起来，她倒在叮叮咚咚流着的泉水旁边的草地上。

"你是从地底下喷涌上来的泉水，有着永恒的生命。"她说，"润一下我的舌头，让我喝一口提提神吧！"

"我不是不老的清泉，"流水回答说，"我是靠了机器的力量才喷涌出来的。"

"你，碧绿的青草啊，把你们的清新分点给我吧！"特里亚德仙女央求道，"请给我一朵芬芳的鲜花吧！"

"倘若把我们摘下来的话，我们立即会死去的。"鲜花和青草回答说。

"快吻我一下吧，新鲜的空气呀，我只要一个能够起死回生的吻。"特里亚德仙女说道。

"再过一会儿太阳就会把满天的云层都吻得红彤彤的，"风儿说，"那时候你将会和死者在一起了。如同所有美好的东西都会消失一样，一年之后这里所有的美景全都不再存在，到那时候我就又可以同广场上的轻沙和尘土一起玩耍了，我会把它们从大地上刮起来，吹到空中去。尘土，一切都归于尘土。"

特里亚德仙女感到了一阵恐惧，她觉得自己就像一个女人在出浴时划破了血管，以致鲜血直流，尽管她失血过多，却仍然怀着求生的欲望。她站起身来，往前迈出了几步，却又跌倒在一座很小的教堂门前。教堂的大门敞开着，圣坛上烛光通明，管风琴声悠扬、婉转。

多么悦耳动听的音乐呀!特里亚德仙女从来不曾听到过这么美妙的乐曲,然而她从这里面听到了她久已熟悉的声音,这声音来自所有生灵的内心深处。她似乎又听到了老橡树的枝叶瑟瑟的响声,听到了老牧师在谈论高尚的品德,也听到了那些彪炳千古的英名,还听到了人们在议论:上帝创造的生灵必须做出应有的贡献才能赢得永恒的生命。

管风琴声悠扬、婉转,听起来荡气回肠,它在歌唱:

"你的渴望和欲念把你从上帝赐予你的容身之地连根拔起,这就成了你的毁灭。可怜的特里亚德仙女!"

管风琴声是那么缠绵悱恻,如哀伤的呜咽,如死亡的哭泣。

天色发亮,朝霞一片通红。风儿在长叹,它飕飕地唱着:

"归去吧,逝者消失吧!现在太阳已升起来了!"

当第一缕阳光照耀到特里亚德仙女身上的时候,她的形体就像一个肥皂泡那样发出了彩虹般的光辉,却马上就碎裂开来,化为一滴水珠、一滴眼泪,落到地上就不见了踪影。

可怜的特里亚德仙女!她化为一颗滚圆的露珠,一滴伤心的眼泪,就此消失了!

阳光照耀着马尔斯战神广场上莫甘娜仙女的海市蜃楼,照耀着气派宏伟的大都市巴黎,照耀着高楼大厦之间的那块喷着泉水的小广场。那棵栗子树还站立在那里,不过树枝低垂下来,树叶枯萎了。昨天它还像春天一样充满了生命的活力。

哎呀,这棵树死掉啦,因为树精特里亚德仙女离开了它,像云彩似的飞走啦。没有人知道她的去向。

地上有一朵被人采摘下来的栗树花朵，它已经枯萎了，教堂的圣水也不能再给它一次生命。人们川流不息的脚步很快就把它踩为尘土。

所有这一切都是已经发生并且为人们所经历过的真事。

我们都亲眼看到过这些事情。那是在1867年巴黎的博览会期间，就在我们这个时代，在童话般奇迹变成现实的伟大时代。

养鸡婆格丽思一家

养鸡婆格丽思是住在那新盖的、挺气派的棚屋里的唯一一人。那座棚屋是庄园上要养鸡和鸭才盖起来的,位置就在早年间骑士的古老城堡旁。那个城堡过去筑有塔楼、锯齿状的山墙、护庄的深壕和吊桥。紧挨着它有一片荒芜的院落,里面杂树、灌木丛生。这片荒地过去曾经是一座花园,一直伸展到一个大湖的湖边,如今这个大湖也已经干涸得成了一片沼泽。白嘴鸦、乌鸦和寒鸦在那些枯枝老树上呱呱乱叫,飞来窜去,这里的鸟儿多得密密麻麻,而且就不曾减少过,虽然人们在射杀它们,可是不用很久就又多了起来。人们坐在鸡棚里就可以听得见鸟儿的啼叫声。

那个坐在鸡棚里的人就是养鸡婆格丽思。她端坐在那里,听凭小鸭子从她的木鞋上跑来跑去。每一只小鸡、每一只小鸭刚钻出蛋壳,她就认识了。她为自己的鸡鸭而感到骄傲,也为那座盖给鸡鸭住的挺气派的棚屋而骄傲。她自己住的那间小房间窗明几净,一尘不染。这是庄园主的夫人要求的。这座养鸡棚就是那位夫人的,她常常陪着衣着讲究的贵宾们前来参观,向他们展示一下被她称为"鸡营鸭寨"的地方。

那间小房间里摆有衣柜和扶手椅,还有一个五斗柜,柜子上陈设着一个擦得锃亮的黄铜盘子,盘子上刻有"格鲁伯"的字样,这正是昔日在这骑士庄园里安身的那个古老而高贵的名门望族的姓氏。这个铜盘是从这里挖掘出土的。教区的本堂牧师说它充其量只是一个回忆往昔的古老纪念物,别无任何价值。本堂牧师对这一带的往事全都了如指掌,他博览群书,学问渊博,已经把他的知识笔录成许多手稿,藏在他书桌的抽屉里。他虽说对往日的事情知道得很多,然而年纪最老的乌鸦却知道得更多,它用它们的语言来讲述这些往事。可惜本堂牧师虽然聪明绝顶,却也听不懂它们在讲些什么。

炎热的夏日,沼泽经过一整天的日晒,就会有一层水汽笼罩着,于是从白嘴鸦、乌鸦和寒鸦飞来飞去的那些老树背后看去,那里似乎是一个烟波浩渺的巨大湖泊,就像格鲁伯骑士生前居住在这里的时候一样。想当初,那座四周有厚厚围墙环绕的古老庄园还存在的时候,人们都曾见到过这样的情景。那时候,拴看家狗的铁链子一直拖到宅邸的大门口,穿过塔楼就走进了一个石板铺地的甬道,再往前去就进入厅室了。屋里的窗户都很狭小,窗框也很单薄,就连常举行舞会的那间大厅也是如此。不过到了格鲁伯家族的最后一代,在人们的记忆之中,似乎连一次舞会都不曾举行过,尽管大厅里还遗留着一面古老的矮铜鼓,那是当初用来伴奏的一样乐器。这里还摆着一个精雕细刻的柜子,那是用来珍藏奇花异草的茎根的,因为格鲁伯夫人爱好园艺,对各种树木花草都喜欢得不得了。她的丈夫却更喜欢骑马打猎,朝着狼和野猪开枪射击。他每次出去打猎总要带着他的小女儿玛丽一起去。她才五岁,可是却神气活现地骑在自己的马上,用那一双乌黑的大眼睛环视四周。她喜欢朝着猎狗抽几下鞭子,而她的父亲却更乐意她朝那些赶来看热闹的小男孩头上挥舞鞭子。

在紧靠庄园旁边的一间小农舍里住着一个农夫,他有个儿子名叫索伦,年纪和那个贵族的千金小姐差不多。他会爬树,总是爬到树上去为她掏鸟窝。鸟儿吓得拼命乱叫,有一只最大的鸟儿还朝他眼睛那里啄了一口,鲜血直淌下来,大家都以为那只眼睛的眼球准被啄掉了,可是那只眼睛却完好无损,没有受到什么损伤。玛丽·格鲁伯小姐一直称他为她的索伦,不料这却给他的父亲——可怜的约恩——帮了一个大忙。有一天他犯了过错,要受到惩罚,被罚骑木马。那匹上刑用的木马就站立在院子里,用四根粗木柱做成马腿。受刑人要叉开双腿骑坐在马背上,而双脚上要吊挂几块笨重的大砖石。他受不了那份罪,便龇牙咧嘴,满脸苦相。小索伦不禁失声痛哭起来,向玛丽小姐哀哀求告。小玛丽就去向大人们说情,要他们把索伦的父亲放下来,可是没有人听她的,于是她便发起脾气来,双脚在石板地上乱蹬乱踢,双手扯住父亲衬衣的袖子,把袖子生生地撕了下来。这一下她的愿望得到了满足,索伦的父亲被放了下来。

格鲁伯夫人走了过来,抚摸着女儿的头发,目光温柔地看着她,小玛丽没有明白过来这是为什么。

小玛丽宁愿同猎犬待在一起,而不情愿陪着母亲走过花园去湖边散步。湖面上的睡莲已经含苞待放,香蒲草和灯芯草在芦苇丛中摇曳。母亲驻足伫立,放眼眺望,看着这一片万物滋润、欣欣向荣的景象。"多么令人赏心悦目呀!"她说道。花园里有一棵当时十分罕见的珍稀树木,是她亲手栽种的,它的名字叫"血山毛榉",可以说是长在树木之间的一株异树——就像我们中间来了一个皮肤墨黑的摩尔人一样。它叶子的颜色是深褐色的,还带有黑色。它需要十分强烈的阳光,若是长时间被遮在浓阴深处,它的颜色就会变淡泛绿,丧失它自己的特征,变得同别的树木没有什么两样。在高大的栗子树上,甚至在灌木丛里和碧绿的草坪上,到处有许多鸟巢,似乎鸟儿都知道它们在这里是受到保护的,没有人敢于在这里啪啪地放枪。

小玛丽带着索伦来到了花园里。我们知道他会爬树,于是他把树上鸟巢里的鸟蛋,还有浑身刚长出绒毛的雏鸟全都掏了出来。鸟儿吓得惊恐万分地朝向空中乱窜乱飞,大鸟小鸟全都逃命要紧!泥地上的凤头鸡,大树上的白嘴鸦、乌鸦和寒鸦全都拼命叫个不停,它们的叫声和我们今天听到的它们后代的叫声一样刺耳。

"你们这两个孩子在干些什么!"温和的夫人气冲冲地喝道,"这是背叛上帝的罪过!"

索伦低垂着脑袋,怯生生地站在那里。就是那位高贵无比的娇小姐此刻也有点畏缩起来,不过她稍稍犹豫了一下就满不在乎地讲出了一句话:"我在学着爷爷呢!"

"逃走吧,快逃走吧!"那些又黑又大的鸟儿喊道。可是第二天它们又回来了,因为它们的家还在这里。

那位安详而温柔的夫人在这里没有住上多久,就被召回到上帝身边去了。她和上帝在一起会比住在这座庄园上更有回家的感觉。她的遗体被运往教堂墓地的时候,教堂钟声长鸣,穷苦人的眼睛都湿润了,因为她生前待他们那么好。

她去世之后,没有人再来精心照料那些花卉草木,这座花园便颓败下来了。

大家都说：格鲁伯骑士是个严峻、冷漠的男子汉，可是那个女儿——哪怕她年纪很轻——却能管得住他。她若是如愿以偿，他就会笑眯眯的。玛丽小姐已经十二岁了，长得亭亭玉立，体态健美。她的那双漆黑的眼睛能一眼就把人从骨子里看透。她骑上马不亚于一个男子汉，打起枪来如同一个训练有素的猎手。

后来某一天，这个地区有贵客光临，那是年轻的国王和他同父异母的兄弟——也是他的亲信乌勃里克·弗雷德里克来了。尤尔登洛弗爵士一起前来。他们到这里来猎取野猪，要在格鲁伯骑士的庄园里住上一宿。

尤尔登洛弗爵士在餐桌上正好坐在玛丽·格鲁伯小姐身边，他便捧住她的头亲吻了她一下，好像他们是一家人那样。可是她却顺手掴了他一个耳光，说她忍受不了他的亲热，这一举动引起了哄堂大笑，大家都觉得十分开心。

也许这正是缘分，五年之后，玛丽刚满十七岁的时候，有人送来了一封信，说尤尔登洛弗爵士向高贵的玛丽小姐求婚来了。这真是一桩天大的喜事！

"他是这个国家里最高贵、最有风度的人，"格鲁伯骑士说，"这是绝对不能拒绝的。"

"我却对他一点也不在乎。"玛丽·格鲁伯小姐说道。话虽如此，她却也没有把这个坐在国王身边的、全国最优秀的高贵男人拒之门外。

银具、毛料和亚麻布料等大批嫁妆都用船运往哥本哈根，而新娘本人却从陆路前去，路上花了十天时间。可是运送嫁妆的那艘船却姗姗来迟，一路上不是遇到了顶头风就干脆什么风都没有，一直拖了四个月才抵达那里。然而等到嫁妆运到的时候，那位尤尔登洛弗夫人却已经不在那里了。

"我宁可躺在麻袋上，也不情愿睡在他丝绸铺的床上。"她说，"我宁可赤脚走路，也不情愿和他一起乘坐四轮大马车。"

十一月的某一个晚上，有两个妇女骑马来到奥胡斯城。她们就是尤尔登洛弗爵士的新婚夫人玛丽·格鲁伯和她的贴身女侍。她们是从维勒来的，是从哥本哈根乘船到维勒再转道过来的。她们径直来到格鲁伯骑士的石头城堡门前。格鲁伯骑士对她这次回来心里十分不乐意，数落了她几句，不过总算还给她精致的卧室居住，美味的饭菜吃喝，就是不给她半句好言好语。父亲对她的态度蛮横凶狠，这是她所不习惯的。她的脾气也不温柔，既然你恶声恶气地朝我高声叫骂，那么我非要回敬你一番不可。她讲起她新婚丈夫的时候便充满了怨恨和愤懑，她不情愿和他在一起生活，因为她太温顺、太谦让，所以不能和他同流合污。

就这样一年过去了，这一年过得非常难受。父女之间冷脸相对、恶语相向，这本来不会有的事情却偏偏发生了。恶言恶语必然结出恶果，那么结局又会怎样呢？

"我们父女俩实在无法在同一个屋顶下过日子，"有一天父亲这样说，"你搬到我们的旧庄园上去单过吧！不过你务必要做到：宁可把自己舌头咬下来，也不许到处去胡言乱语。"

于是他们父女俩就此分手。玛丽和她的侍女搬到旧庄园上去住了，那里是她出生和长大的地方。那位温柔而虔诚的夫人——她的母亲——就在那里的教堂墓地里长眠。庄园上还住着一个老牛倌，他是整个庄园里唯一的住户了。庄园的房屋里都挂满了蜘蛛网，到处积了一层厚厚的灰尘，显得昏暗得很。花园里草木都任意疯长，蛇麻子和旋花草藤在树木和灌木之间攀缘而上，织出一张张的网来。荨麻和毒芹长得又粗又壮。血山毛榉被别的树遮挡得见不到阳光，它的叶子已经又变成绿色，和别的普通树木没有什么两样，昔日的荣耀早就消失啦！数不清的白嘴鸦、乌鸦和寒鸦在高大的栗子树上飞来飞去，呱呱乱叫，好像相互在传递着至关紧要的信息：玛丽又回到这里来了，那个曾经指使别人去偷窃它们鸟蛋和雏鸟的小姑娘又回来啦！而那个亲手去掏鸟窝的小偷此刻却在一棵不长半片树叶的树上爬上爬下，他必须爬到桅杆顶上去瞭望。倘若他不守船上的规矩，那么他就会饱受一顿缆绳的毒打。

这些都是我们这个时代的牧师讲给我们听的。他浏览和收集各种书籍和日记，把它们笔录下来，整理成篇。他书桌的抽屉里藏着许许多多的手稿。

"世间之事无非是兴衰而已，"他说，"听起来似乎不可思议。"

我们就会听到玛丽·格鲁伯的结局，不过我们并不因此而把养鸡婆格丽思忘在脑后，要知道她还正坐在我们这个时代的很有气派的鸡棚里呢。玛丽·格鲁伯小姐是在她的那个时代坐在这里的，她的心思同养鸡婆格丽思老奶奶是大不一样的。

冬天过去了，春天和夏天也过去了，萧瑟的秋风一起，便把大海上的潮气和浓雾全都吹了过来。庄园上的日子就愈发沉闷，令人厌倦。

于是玛丽·格鲁伯小姐就拿起了她的毛瑟枪，跑到石楠花遍布的荒野上去猎取兔子和狐狸，遇到什么鸟儿就打什么鸟儿。在荒野上，她曾不止一次与诺尔贝克坡地来的贵族帕勒·杜尔先生相遇。他也带着枪支和猎狗。此人身材高大、魁梧强壮。他们在一起交谈时，他总是念念不忘要炫耀一番。他自夸可以同菲茵岛上伊斯科弗庄园已故的庄园主布洛肯胡斯先生比个高低，而这位布洛肯胡斯先生的神力在当时是非常出名的。帕勒·杜尔先生也步他的后尘，在大门上拴一根铁链，铁链上挂着一支打猎吹的号角。他打完猎骑马回家时总要拉住这根铁链，把自己连同胯下的骏马一起拉得直立起来，再吹起那个号角。

"你来亲眼看看吧，夫人。"他说，"再说诺尔贝克的空气新鲜得很！"

玛丽究竟是什么时候到他的庄园上去的，手稿上没有记载。不过在诺尔贝克教堂的烛台上却有着记载，蜡烛台上刻有"诺尔贝克大庄园的帕勒·杜尔和玛丽·格鲁伯敬赠"的字样。

帕勒·杜尔先生既有强壮魁梧的身材，又有一股子蛮劲。他喝起酒来如同海绵吸水一般，是一只永远装不满的无底桶。他睡觉时的鼾声像有一窝猪在吼叫，他的脸看起来总是又红又肿。

"他像猪一样愚蠢，却又工于心计。"那个如今是帕勒·杜尔夫人——早先的玛丽·格鲁伯小姐说道。她不久就腻烦了那种生活，然而腻烦却并不能使日子过得更好过一些。

有一天餐桌早已摆好，饭菜已经凉了，可是帕勒·杜尔先生却在外面猎狐狸，而那位夫人也不见了踪影。帕勒·杜尔先生直到下半夜才回到家里，可是杜尔夫人却彻夜未归，第二天早晨仍没有回来。她朝诺尔贝克背过脸去,既不打招呼,也不告别,干脆骑上马一走了之。

那天天色昏暗,潮湿阴冷,寒风阵阵,吹得透心彻骨。一大群黑色的鸟儿在她的头顶上盘旋、吵闹,可是它们同她不一样,不像她那样无家可归。

玛丽先往南走,一直走近德国的边界。她变卖了两只镶嵌宝石的金戒指,换来了一些盘缠,然后又往东去,接着又返身折回西边。她放眼望去,却看不到可以容身的地方,于是她怒火中烧,责怪所有的人,责怪她自己,甚至连仁慈的上帝也落了不是。她的脾气坏透了,她病倒了,浑身上下软弱得连迈步的力气都没有了,于是她便一头栽倒在荒野的土堆上。一只凤头鸡从土堆里探出头来,像平日一样朝着她喊道:"你这个贼,你这个贼!"她倒从来不曾偷过邻居的任何东西。不过当她还是个小姑娘的时候,她曾经指使别人掏过树上的鸟窝,这会儿她想起了这桩亏心事。

从她躺着的地方可以看得见海滩上的沙冈,那边必定有渔夫居住,可是她竟没有力气爬到那边去,她已经奄奄一息了。白色的大海鸥在她头顶上盘旋、啼叫,就像老家花园里的白嘴鸦、乌鸦和寒鸦。那些鸟儿飞得越来越近,到最后她似乎觉得那些鸟儿全都是黑色的了,她眼前一黑,什么也看不见了。这时已是黑夜了。

待到再睁开眼睛的时候,她已经被人抱了起来。一个身材高大、体格强健的男子汉用胳膊把她托了起来。她怔怔地看着他,只见他满脸的络腮胡子,一只眼睛上有道很深很长的伤疤,眉毛仿佛断成了两截。他把浑身瘫软的玛丽抱到船上,被船主训斥了一顿。

那艘船第二天就起航驶往远方。玛丽·格鲁伯小姐没有回到岸上,也就是说她随船一起走了。可是不知道她还会回来吗?若是回来的话,在什么时候和回到什么地方呢?

对于这些事情,那位本堂牧师也还能讲出个究竟来,那倒不是他自己生编硬造出来的故事,他是从一本可靠的古书里念到了这一段奇特的经历,我们自己也都可以去把这本书找来阅读一下。丹麦的历史学家路德维格·霍尔堡曾经写出了那么多值得一读的书籍和令人喷饭的喜剧,从这些书籍里,我们可以一目了然地看清他的那个时代和那个时代的人物。他在自己的信函里讲到了玛丽·格鲁伯,讲到了他在何时何地与她邂逅的。这真是值得我们洗耳恭听的,不过我们也不要因此把养鸡婆格丽思忘掉,尽管她坐在气派十足的鸡棚里,日子过得逍遥自在。

光阴荏苒,又是许多年过去了。

那是一七一一年,鼠疫在哥本哈根流行。丹麦的王后忙不迭地回她在德国的娘家去了,国王也离开了王国的京城。凡是能出城躲避的人全都逃走了。那些享受免费食宿的大学生也都逃出城去,他们之中坚持到最后的那一位也在当天清晨两点钟光景拔腿走了,离开了紧挨着雷根斯大学宿舍区的那栋"波克校舍"。他背起了鼓囊囊、沉甸甸的行囊,里面塞满了书籍和手稿,而衣服却穿得很少。城市上空笼罩着潮得发黏的浓雾。他走过整条大街,街上却空无一人,只见有些人家的房门上或者大门口画有十字,那就是说屋里有死人或者屋里的人全已死光了。甚至那条从"圆塔"通往王宫的宽阔而弯曲的大街——也就是被称为"商街"

的闹市区——也见不到人的踪影,只有一辆运尸的大马车辚辚驶过。马车夫挥舞着马鞭使劲赶车,驾辕的马匹都撒开四蹄飞奔,车上堆满了尸体。那个年轻的大学生用手捂住了自己的脸,拼命地嗅着他随身带着的一个小铜匣里吸饱了酒精的海绵。从街上的一个酒馆里传出一阵阵鬼哭狼嚎似的歌声,听了令人毛骨悚然。那是人们在通宵达旦地酗酒,以消磨长夜,想要忘却死神已经站在门口,就要动手把他扔上运尸车,让他同别的尸体为伍。大学生转身就朝着王宫前的大桥走去。在运河的水面上停泊着两三艘小船,其中有一艘正在起锚解缆,要驶离这个瘟疫肆虐的城市。

"倘若上帝想让我们活下去,并且开恩赐给我们一阵顺风的话,我们就能驶向法尔斯特岛的格里姆松德海峡。"船主人说,他还询问了一下这个想要搭乘便船的大学生的姓名。

"路德维格·霍尔堡。"大学生回答说。在当时,这个名字听起来同别的许多名字一样默默无闻,可是现在却成了丹麦人引以为豪的名字之一,而那时候霍尔堡还只是一个无人知晓的年轻大学生。

那艘船从王宫前面徐徐驶过,当它驶进开阔的海面时,天还没有大亮。一阵海风吹来,把船帆吹得鼓起来。而那个大学生竟把脸朝向清风,进入了梦乡。其实这样脸朝着风是最不可取的睡法。

到了第三天清早,这艘船已经停泊在法尔斯特岛外。

"你们在这个地方有没有个把认识的人可以让我花一点点钱就住下来?"霍尔堡向船主人打听道。

"我想你不妨到波尔胡斯渡口去找摆渡的女人。"船主人说,

"倘若你懂礼貌的话,就称呼她的全名索伦·索伦森·米勒妈妈。不过你若是对她过分殷勤的话,她倒反而会怒气冲冲。她的丈夫犯罪被捕了,只有她自己在撑摆渡船,她很有力气!"

大学生背起行囊来到渡口的小屋。屋门没有锁上,门闩也是打开的,他便进屋里去。他走进一间砖石铺地的房间,一条可以睡觉的宽长凳上拴着一只白色的母鸡,旁边还有几只小鸡。母鸡把水盆掀翻了,地板上到处淌着水。屋里没有人,隔壁房间也没有人,只有一个摇篮,摇篮里躺着一个婴儿。后来摆渡船终于回来了,船上坐着一个人,是男是女却很难分辨。那人身上裹着一件宽袖大氅,头上戴着高顶宽檐的风帽。那艘船靠岸了。

船上下来的是一个女人,她走进屋里。当她直起腰来的时候,她的模样依然体面,黑色的眉毛底下一双骄傲的眼睛炯炯有神。她就是索伦妈妈——撑摆渡船的女人。不过白嘴鸦、乌鸦和寒鸦会叫出她另外一个我们熟悉已久的名字。

她的脸色阴沉忧郁,不愿多说话,不过总算还好,他们谈定了:大学生可以无限期地吃住在这里,因为哥本哈根的疫情实在太厉害了。

常常有一两个老实巴交的市民从附近的集镇上到摆渡人的小屋来串门,有刀具匠弗朗兹和收税吏西弗特。他们在摆渡人的小屋里喝上一大杯啤酒,还同大学生谈天说地,讨论问题。大学生是个精明能干的年轻人,他熟悉自己的本行,正如他们所说的那样,他会读希腊文和拉丁文,还通晓许多高深的学问。

"懂得的东西愈少,所受的压力就愈小。"索伦妈妈说。

"你的日子太艰辛啦。"霍尔堡有一天对她说。那时她正忙着用很浓的碱水浸泡衣服,还自己挥舞着胳膊把树根劈成柴火。

"别管我的事情。"她回答道。

"你从小就这样忙碌个不停吗?"

"你看看我的双手就明白了。"她说着便伸出她的那双纤细、瘦小却又粗糙、有力的手来给他看,那双手的指甲都磨得光秃秃的了。"你不是挺有学问的,什么都能看得懂吗?"

圣诞节期间,下起了漫天大雪,寒气袭人,冷风刺骨,那寒风吹来时,人的脸上仿佛被泼了硝镪水似的,火辣辣的。可是索伦妈妈却照样撑船摆渡,毫不在乎。她用大氅把自己裹得严实一些,把风帽在头上扣得更低一些。到了下午,天色很早就黑下来了,她就往火塘里添些柴火和泥炭,坐下来缝补袜子,所有的事她都必须亲自动手去做才行,否则是没有人做的。到了傍晚,她对大学生讲的话比平日多了一些,讲到了她的男人。

"他在一场斗殴中失手打死了一个从特拉格群岛来的船主,结果被判了刑,要戴着镣铐在霍尔门岛船坞里服三年劳役。他只不过是个普通的水手,所以才受到法律的严惩。"

"法律对有权势的人也同样有效。"霍尔堡说。

"你当真相信?"索伦妈妈说话时双眼怔怔地瞅着火焰,接着她又说了起来,"你听说过凯伊·吕克吗?他派人把自己地盘上的一座教堂拆掉了,梅德斯牧师在布道坛上讲了几句痛责这一行径的话,他又派人去把梅德斯牧师用皮带捆住,还锁上了镣铐,然后组织一个法庭来审讯,结果把那个牧师送上了断头台,而那个牧师也只好乖乖地被砍掉了脑袋,这可不是什么失手伤人,而凯伊·吕克当时却啥事都没有,照样活得逍遥自在。"

"在他的那个时代,他享有特权,可以逍遥法外。"霍尔堡说,"如今我们早已超越那个时代啦。"

"这种弥天大谎只有你才信以为真呢。"索伦妈妈说道。她站起身来,走进里面的小房间,那个名叫"囡囡"的女婴就睡在里面。她抱起女婴来把了泡尿,又放回床上。然后她为大学生把宽条凳铺上被褥,把那条皮褥子让给他睡,因为他比她怕冷,虽然他是在挪威出生的。

新年的清晨是个阳光普照的大晴天,不过除夕之夜却冻得非常厉害,刚刚飘落下来的雪就冻得硬邦邦的,人踩在上面都几乎留不下脚印。教堂里的钟声敲响了,大学生霍尔堡穿上自己的呢子大衣进城去了。

大群的白嘴鸦、乌鸦和寒鸦在摆渡人小屋的房顶上飞来飞去,大声乱叫,害得人们几乎听不见教堂的钟声。索伦妈妈站在屋外忙碌着,她把黄铜水壶盛满了雪,要放到火上去烧成可供饮用的热水。她抬头看着鸟群,一边想着自己的心事。

大学生霍尔堡朝教堂走去,进城和回来的路上他都要走过住在城门旁边的收税吏西弗特的家门口。他被盛情邀请,进去喝了一杯加了糖浆和姜汁的热啤酒。他们谈起索伦妈妈,不过这个收税吏对她的身世却知道得不多,确实也没有什么人知道。他说她不是法尔斯特岛当地人,她大概曾经有过点钱。她的丈夫是个普通的水手,脾气十分暴躁,打死了一个从特拉格群岛来的船主。"他三天两头伸出拳头打老婆,而她却还护着他。"西弗特告诉霍尔堡。

"要是那样对待我,我可受不了。"收税吏的妻子说,"要知道我也是好人家出身，我父亲是王室的织袜工匠。"

"所以你才嫁了个国王的官吏。"霍尔堡说着便朝她和收税吏鞠躬致敬。

到了主显节①夜，索伦妈妈为霍尔堡点燃了主显节的蜡烛，也就是三支牛脂烛，是她亲手做的。

"每个男人一支蜡烛。"霍尔堡说。

"每个男人？"索伦妈妈说道，双眼直勾勾地盯住了他。

"东方来的三位圣贤，每人一支。"霍尔堡说道。

"哦，你说的是这层意思。"她说道，然后沉默了很长时间。不过在这个主显节之夜，他知道了比先前所了解的更多的事情。

"你对他真是一往情深呀，就是你嫁给他、和他一起过日子的那个男人。"霍尔堡说，"可是人家说他天天都打你。"

"那是我的事，同别人没有关系！"她回答说，"要是小时候我就挨了这些打，那对我才会有用。现在我挨打只是在赎我所犯下的罪孽。他对我有多么好，这些我全都明白。"她站起身来，又说下去，"当初我病倒在空旷的荒野上，没有人肯管我的死活，大概只有白嘴鸦和乌鸦会来啄我。正是他伸出双臂把我抱了起来。他由于把一个快要死去的病人带上船去而挨了一顿痛骂。我这个人生来不轻易生病，这次总算还是活过来了。每个人都有自己的个性，索伦有他自己的脾气。不过不能根据鞍辔的好坏来判断一匹马的优劣。我和他在一起的日子所得到的生活乐趣那是比他高贵的人无法给予的，尽管那些达官贵人被称为是国王的

---

① 一般每年的1月6日是基督教主显节，5日夜为主显节夜。

臣民之中最高贵和最有风度的。我曾经嫁给国王的枢密大臣尤尔登洛弗爵士,后来又嫁给了贵族世家的帕勒·杜尔,可是他们都是一伙纨绔子弟,而我有自己的脾气。这些往事说来话长,反正你如今已经知道了我的身世。"话音刚落,她便抽身走出了房间。

原来她就是玛丽·格鲁伯小姐!命运竟如此作弄人。不过她没能再过上几个主显节,根据霍尔堡的记载,她死于1716年,可是他却没有记载下来这么一桩事情,因为他也并不知道。

在被人称为索伦妈妈的那个撑摆渡船的女人去世之后,当尸体停在波尔胡斯渡口的小屋里的时候,空中飞来了大群的黑色鸟儿,鸟群在那里盘旋,却一声都不啼鸣,好像它们也知道葬礼上应该保持肃静。当她入土之后,那些鸟儿就忽然不见了。可是就在同一天晚上,在日德兰半岛的那座旧庄园的上空,飞来了不计其数的白嘴鸦、乌鸦和寒鸦,它们放开嗓门乱叫,一声比一声高,好像是在宣布什么重要的事情。也许是在讲那个小时候掏它们的鸟蛋和雏鸟的农夫家小男孩的遭遇,讲述他还戴着铸铁的镣铐在国王的小岛上服苦役,或者是在讲述那位贵族小姐最后竟然在格里姆松德海峡当摆渡船娘的故事。

"好呀,好呀!"它们都大声啼叫。

当这座古老的庄园被拆掉的时候,鸟儿家族的后代们也高声大叫:"好呀,好呀!"

"鸟儿们至今还在乱叫,不过已经没有什么事情可以值得它们大喊大叫的啦。"本堂牧师在讲述这段历史的时候这样说道,"这个贵族世家的整个家族已经都死光啦,那座庄园也都夷为平地了。就在那座庄园原来的遗址上盖起了这座气派十足的鸡棚和年老的养鸡婆格丽思住的那间漂亮的侧屋,她为自己能住上这样精美的房子而高兴不已。要不是住到这里来的话,那么她就该被人送进济贫院了。"本堂牧师又说了这么一句。

鸽子在她的头顶上咕咕叫,火鸡在她身边咯咯叫,鸭子嘎嘎地叫着在地上行走。

"没有人认识她,"它们都这么说,"她没有亲人。让她住到这里来是人们做的一桩善事。她既没有鸭爸爸,也没有鸡妈妈,更没有后代。"

然而她是有亲人的,只不过她自己并不认识而已。那位本堂牧师也并不知道,尽管他在书桌抽屉里留下了详细的记载。只有一只年老的乌鸦知道并讲得出这段经历。它是从它自己的母亲和外祖母那里听说养鸡婆格丽思的母亲和外祖母的事的。她的外祖母其实我们也认识。我们曾看到过,她还是个小姑娘的时候,骑马越过庄园的吊桥,骄傲地环视四周,似乎整个世界和世界上所有的鸟巢都归她所有;我们也曾经见到她躺在荒野里的沙丘上;我们最后一次见到她是在波尔胡斯渡口的小屋里。而她的外孙女——也是这个家族的最后一个人——如今又重新返回那座古老庄园的遗址,回到那一群群黑色的野鸟聒噪的地方来了。不过她现在坐在那一群群驯良的家禽中间,它们都认识她,她也认识它们。养鸡婆格丽思已经没有什么更多的渴求了,她但愿死去,她已经老得可以死去了。

"坟墓呀,坟墓呀!"乌鸦在啼叫。

养鸡婆格丽思果然得到了一座很好的坟墓。这坟墓没有什么人知道，就只有那只年老的乌鸦知道。等到那只乌鸦也死掉了，那就谁也不知道了。

现在我们已经知道了这座古老庄园的故事，知道了那个古老的家族和养鸡婆格丽思全家的故事。

蓟草的经历

富丽宏伟的庄园宅第毗连着一个受到人们精心照料的花园，花园里草木葱茏，长着许多珍稀的树木花卉。庄园的客人对花园的奇葩异草都赞不绝口。附近村子里和城里的人们在安息日和节假日都要来看看这个花园。是呀，甚至连学校的学生都全体出动前来参观。

在花园门外有一条通往田野的土路，靠近土路的栅栏旁，长着一株硕大茁壮的蓟草，它从根部分蘖出许多茎梗，所以也可以把它称为蓟草丛。没有人瞅上它一眼，只有拉着挤奶姑娘的牛奶车的那头年老驴子倒还对它挤眉弄眼。老驴把脖子伸长出去，想够到那株蓟草，它说道："你长得真美，我真想把你吃掉。"可惜拴它的绳子不够长，它吃不到那株蓟草。

庄园的宅第里举行盛大的宴会，从京城来了许多贵客，其中不乏年轻美貌的名媛淑女。有一个远道而来的小姐更是令人瞩目，她来自苏格兰，出身高贵，还有田地和钱财。这真是一个值得众人追求的待嫁新娘，不止一个年轻绅士这么说，连他们的母亲也都应声附和。

年轻人都在草坪上你推我搡地玩着追球游戏，他们在花卉丛中穿来绕去。每个年轻姑娘都摘了一朵花，把花插在年轻绅士的上衣扣眼里。可是那位苏格兰小姐朝四周顾盼良久，也没找着一朵，不是这朵花不合她的心意，就是那朵花没看上眼。于是她移步朝栅栏外面走去，那边长着的蓟草丛已经开出了大朵的紫色鲜花。她看着这些紫花高兴得笑了起来，她央求庄园主的儿子为她摘下一朵。

"这是苏格兰的国花，"她说，"它把这个国家的国徽点缀得光辉灿烂。快把它摘给我吧！"

他便挑了一朵最美丽的花摘了下来。他的手指被刺了一下，就好像被最尖的玫瑰刺戳了一下。

她把蓟草的花朵插在这个年轻绅士的上衣扣眼里，他感到无上荣耀。每个年轻绅士都宁愿把自己戴的漂亮鲜花取下来，换上这朵由苏格兰小姐亲手插上的鲜花。那么蓟草自己的感想又如何呢？它觉得雨露阳光渗进了它的身体里。"我大概比我自己想象的要好得多！"它暗自得意地想道，"我应该长在这道栅栏的里面，而不应该在外面。这世界上的事真是无奇不有，现在我的一朵花儿倒跳过栅栏去插在上衣扣眼里啦。"

蓟草对每朵含苞待放或者绽开的花儿都讲述一遍这个故事。没过几天，蓟草便听到了一个音信。这倒不是从人的嘴里听说的，也不是小鸟叽叽喳喳走漏了风声，它是从空气里听来的。空气捕风捉影，把四面八方的声音全部储藏起来，再扩散出去。不管是庄园树林的小径上的，还是庄园内门窗大开的房间里的声音，它都听了再传播出去。空气听说，有幸得到苏格兰小姐亲手在衣扣上插蓟花的那位年轻绅士现在也赢得了那位小姐的芳心。这真是天造地设的一双，是一门非常相配的美满婚姻。

"而这门亲事是我撮合的。"蓟草这样认为，它想起了被插到上衣扣眼里的那朵鲜花。每朵花都听到了这一段姻缘的由来。

"我一定会被移植到花园里去的，"蓟草想，"说不定会被栽种到花盆里去。虽说花盆里挤得难受，不过总算是最荣耀的了。"

蓟草越想越觉得就是这么回事，它深信不疑地说："我会住到花盆里去的。"

它向每一朵绽开的小花承诺，说它们将移到花盆里去，而且必将插到上衣的扣眼里去，这是能得到的最高荣耀了。可是却没有一朵花被移进花盆里，更不用说被插到上衣扣眼里去了。它们呼吸着空气，享受着光线，白天吸收阳光，晚上吮入露水，日复一日地开着花。蜜蜂和黄蜂都到这儿来寻找它们的嫁妆，它们采去了花中之蜜，却把花朵抛弃了。"这简直是强盗行径，"蓟草说，"我非狠狠地刺它们一下不可，可惜我做不到呀。"

花儿垂下了脑袋，枯萎了，不过又有新的花朵绽开了。

"你们都来了，来得正是时候，"蓟草说，"如今每一分钟我都等着越过栅栏。"

两株天真的春黄菊和一株细长的车前草站在那里满怀羡慕和敬意倾听着所有这一切，它们对蓟草讲的每一句话都深信不疑。

那头拉着牛奶车的老驴偷偷地朝这株鲜花盛开的蓟草望着，可惜绳子太短了，害得它够不着那株蓟草。

蓟草在久久地想念着苏格兰大蓟，它认定自己同它是同一个家族的。蓟草想着想着，不禁认定自己也是从苏格兰来的，画在那个国徽上的就是它的祖先。这真是一个伟大的想法。既然蓟草那么伟大，它也必定会有伟大的想法。

"常常有人出身于显贵的家庭，而自己却一无所知！"蓟草说道。

长在蓟草旁边的一株荨麻说，它也颇有同感，倘若它被好好抬举一下的话，它本来是能够织成细麻纱布的。

夏天过去了，秋天也过去了，树叶从树上飘落下来，花朵的颜色更深了，可是香味却淡下去了。园丁的学徒们站在花园里朝向栅栏外面唱道：

先是上坡后是下坡，
整整一本年历就翻完啦！

树林里年轻的枞树已经开始思念起圣诞节来了，可是离圣诞节还有很长一段日子。

"我至今还站在这里呢！"蓟草说，"怎么好像就没有人想得起我来呢？要知道，正是我才撮合了他们的姻缘。他们订了婚，又举行了婚礼，就在一个星期之前刚刚举行过嘛。我在这里一步都不曾挪动过，因为我不会走路。"

几个星期又过去了，蓟草仍然站在那里，只剩下最后一朵花了。那花朵又大又丰满，是从根部那里开出来的。寒风飕飕吹过花朵，它的颜色褪尽了，昔日的风貌荡然无存。它的花萼大得像蝴蝶花的花托，看起来像一朵镀成银色的向日葵。

正在这时候，那对年轻人——也就是那对新婚的丈夫和妻子——走进了花园。他们俩沿着栅栏信步走了过来。年轻的妻子抬头朝栅栏外面望过去。

"哦，那株大蓟竟然还站在那里！"她说，"可惜现在它已经没有花了。"

"有哇，那最后一朵花的幽灵还在那里。"丈夫说着指了指那朵银色的残花，不过它看上去仍然是一朵花。

"它有多美呀，"她说道，"这朵花应该刻在我们的画框上。"

年轻的丈夫跨过栅栏，把蓟花的花萼摘了下来，它却把他的手指刺了一下，也只怪他称呼它为幽灵。那朵花被带进了花园，带进了庄园，带进了房间。那间房里挂着一幅名叫《一对年轻夫妇》的图画，画上新郎的上衣扣眼里插着一朵蓟花。他们谈起了那桩往事，也讲到刚刚拿进房间里来的那最后一朵银色的蓟花，他们将把它刻在画框上。

空气把他们俩的这番话传了出去，传得很远很远。

"真想不到会有一番这样的经历！"蓟草说道，"我生出来的第一个孩子被插在上衣的扣眼里，我生出来的最后一个孩子被刻到了画框上！那么我自己的归宿又在何方？"

老驴站立在大路旁，朝着蓟草伸长了脖子。

"快到我这里来吧，亲爱的！我没法子凑到你那里，绳子不够长呀！"

可是蓟草没去理睬这头老驴，它站在那里陷入了深深的沉思中。它想啊想啊，一直想到圣诞节。这时候思想之花绽开了。

"唉，只要孩子们被带进去了，做母亲的就是站在栅栏外面也心满意足啦！"它想道。

"真是高尚的想法，"太阳光说，"你也应该有个好去处！"

"在花盆里还是在画框上呢？"蓟草问道。

"在一篇童话里。"太阳光说道。

这就是那篇童话。

你能想出什么主意来

从前有一个年轻人,他孜孜不倦地钻研,想要当个诗人。他想在复活节就成为一个诗人,然后再结婚,成家立业,靠卖文过日子。他知道写诗无非是脑筋一转,想出点东西来卖弄一番,可是他却偏偏动足脑筋也想不出可以下笔的题材。他出生未免太晚了些,在他降临人世之前,所有的题材都已被尝试过,世间万物都已经被写成文章,写成诗,或让人评论过了。

"出生在一千年之前的人该有多么幸运呀!"他说道,"他们可以轻而易举地成为永垂不朽的人物。就连在一百年之前出生的人也很走运,那时候毕竟还有点东西可以写一写。现在世界上还有什么没有被人写过呢?我还能找出什么东西来写呢?"

他煞费苦心钻研这桩事情,脑筋动得太多,以至于病倒了,病情非常糟糕,没有一个医生能有回天之力,不过说不定那个高明的巫婆有妙手回春的本事,能治好他的心病。她住在小路边栅栏门旁的一栋小房子里,遇到有乘坐马车和骑马的人从土路上来,她便去为他们打开小屋旁边的栅栏门。她的本事不光是开开栅栏门,她比那些纳税行医、坐着马车出诊的医生们还要高明得多呢!

"我一定要去找她。"那个年轻人说。

她住的屋子小巧而整洁,可是却令人厌烦,这里没有树木花卉，大门外只有一只蜂箱，虽不好看却很实用；还有一小片种着土豆的田地，那更实用；在水沟边上长着一棵黑刺李，花已开过，正在结果，在这些浆果尚未被霜打之前咬上一口，就会酸得连嘴巴都张不开。

"我在这里所见到的，正是这个没有诗的时代的真实写照。"那个年轻人想道。殊不知在这个高明的巫婆门前，人们总会蹦出一个想法，那是一颗金砂。

"快把它写下来，"她说道，"面包屑也是面包嘛。你为什么要找我，这我是知道的。你动足脑筋，可是却想不出东西来写，而你还一门心思要在复活节前当上诗人。"

"所有的题材全都已经写完了，"他说道，"我们的时代可不是古代啦。"

"不对，"那个巫婆说道，"在古代的时候，女巫是要被人烧死的，而诗人却总是饥肠辘辘，衣袖磨出了破洞，到处流浪。现在的时代是很好的，是从古到今最好的。不过你对它缺乏正确的看法，你眼神不济，听力也不灵敏，再加上你大概从不上教堂去做晚祷。这里有许许多多题材可以写成诗，可以当故事讲，你只要懂得怎样去讲述。你可以在大地的万物中找到，也可以从汩汩的流水和静止不动的湖泊中提取，不过你要懂得它们，学会怎样去做。你一定要懂得如何捕捉阳光。现在你试着戴上我的眼镜，把我听东西的听筒放到你的耳朵上，然后向上帝祈祷，不要总是想着你自己嘛。"

这最后一点是很难做到的，远远超过了一个巫婆应该提出的要求。

他戴上了眼镜，把听筒凑到耳朵上。巫婆把一个很大的土豆放到他的手里，那个土豆竟然朗朗地唱出一首歌来，是关于土豆的故事，很有意思。这是一个有关日常生活的故事，共分十个部分，其实十句话就可以讲清楚了。

那么土豆讲了些什么呢？

它唱起了自己和自己的家族：土豆是怎样来到欧洲的，在它尚未被公认为比一块黄金还珍贵之前，它们所遭到的误解和苦难。

"按照国王的旨意，我们被分发到全国各个市政厅和村公所，还大力宣传了我们的重大价值。可是人们却不大相信，更不知道如何把我们种植到田地里去。有的人挖了一个洞，把发给他的所有土豆一股脑儿都倒了进去；另外有人在这里种下一个，在那里再种下一个，稀稀拉拉的，一心指望它们都长成一棵棵参天大树，只消摇摇树干土豆就会一个个跌落下来。它倒确实长大了，开出花来，还结出水灵灵的果子，可是过不了多久，这些花果就全都枯萎了，却没有人去动脑筋想一想，它的根块会是什么样。那才是土豆，那才是宝贝哪！是呀，我们经受过考验和委屈，也就是说我们的祖先吃过不少苦头，它们和我们是一家子。这就是我们的故事，有多么感人呀！"

"是的，不过这就够了。"巫婆说道，"再来看看黑刺李吧！"

"我们也有一些近亲在土豆的老家，"黑刺李说，"比它们生长的地方还要靠北。有些挪威人从挪威乘船往西行，穿过浓雾和风暴，来到了一片无人知晓的荒野上。他们在那里的冰雪底下找到了一些绿色草木，那是长着蓝得发黑的、可以用来酿酒的莓果的树丛。那就是黑刺李。它们要经过霜打之后才能变得像葡萄那样有甜味。直到现在我们都是如此。那片荒野因此被命名为'文兰'①,也就是格陵兰,或是黑刺李的土地。"

"这真是一个完整的浪漫的故事。"那个年轻人说。

"是呀,来吧。"巫婆说着便领他来到蜂箱那里。他朝里张望,见里面全都是蜂窝,挤得满满的。每个蜂窝里都有蜜蜂爬进爬出,它们扇动翅膀,好让新鲜的空气在整个大工厂里流动。这就是要它们干的活。从外面又飞来了一些蜜蜂,它们生来腿上就长着小篮子,它们把花粉放在篮子里带回来。那些花粉被抖落下来,经过筛选,酿造成蜂蜜,做成蜂蜡。那些蜜蜂不停地飞进飞出,蜂后也想要飞出去,不过这样一来,整个蜂群就必须跟在后面一起飞出去,但现在还不到时候。不过她仍想飞走,于是大家不得不把女王陛下的翅膀咬断,所以她只好留了下来。

"现在走上沟沿去看看吧,"巫婆说,"去看看大路那一边的人吧!"

"那可是多得像一群群蚂蚁似的。"年轻人说道,"一个故事接着一个故事,耳朵里听得嗡嗡直响,我的眼前也乱糟糟的一片。我该往回走啦。"

"不行,而是要一直往前走。"巫婆说,"一直往前走,走到嘈杂纷乱的人群中去,睁大眼睛好好看看,竖起耳朵仔细听听,然后向他们敞开心扉,那么你很快就会找到可以写的东西了。不过在你走开之前,我要先把我的眼镜和听筒收回来。"说着她就把这两样东西都拿走了。

---

① "文兰"意为"葡萄酒的土地"。

"这一来我岂不是什么都看不见，"年轻人说，"什么也听不见了吗？"

"是啊，那你就休想在复活节之前当上诗人啦。"巫婆说。

"那么什么时候才能当上呢？"他问道。

"既不会在复活节，也不会在圣灵降临节。你不会动脑筋想出点什么来的。"

"那么我要靠写诗来谋生，该怎么办呢？"

"你不妨等到忏悔节再说，那时候就可以把诗人从藏身的大木桶里敲打出来。要狠狠地敲打他们的作品，那都是敲在他们的身上。你要毫不留情，敲得他们体无完肤，这样你就挣得到面包，可以用来养活你和你的妻子。"

"亏你想出这么个主意来。"年轻人说。于是他便去狠狠地敲打每一个诗人，都是因为他自己当不上诗人的缘故。

这就是我们从那个高明的女巫那里听来的故事，她知道一个人想得出什么主意来。

好运就在一根木签里

现在我要讲一个交上好运的故事。我们大家都晓得好运气：有的人年复一年都交好运；有的人只能在某年的某一天交好运；还有的人一辈子只交过一次好运。

其实用不着我来向大家多嘴多舌，因为你们人人都知道，上帝把婴儿送来，送到母亲的怀抱里——或许是在富丽堂皇的宫殿里，或许在有钱人家的房间里，也可能是在寒风呼啸的旷野里。然而有一桩事却并不是人人都知道的，而这桩事情又是千真万确的，那就是我们的上帝在把孩子送来的时候还恩赐给这个婴儿一件随身带着的幸运礼物。这件礼物并不是堂而皇之地放在婴儿身边的，而是放在世上最想不到的地方。这个婴儿却迟早会把这件礼物找出来的，这真是叫人惊喜不已。这件礼物也许藏在一只苹果里，那是送给一个名字叫作牛顿的大学问家的。苹果从树上掉下来，他也就交上了好运。你如果不晓得这个故事，那么你可以去找知道这个故事的人讲给你听。我要讲的是另外的一个故事，讲的不是苹果而是梨。

有一个可怜的人儿，他出生在赤贫之家，在清贫之中长大成人，到了结婚时还是一个穷光蛋。他是个工匠，会干旋工的活计，靠旋出伞杆和伞把来谋生，不过他所挣的钱仅够糊口。

"我从来不曾交过好运。"他说。这话一点不假。

这是一个真实的故事，可以说得出来它发生在哪个国家，当事人居住在哪个地方，等等，不过这无关紧要。

颜色鲜红而口味极酸的花楸果在这个工匠的房屋周围和院子里长得十分茂盛，成了那里最显眼的装饰品。园子里还长着一棵梨树，不过从不挂果，连一只梨子也不曾长出来过。岂知好运就藏在这株梨树上，藏在至今尚不露面的梨子里面。

有一天晚上，刮起了吓人的风暴。报纸上说，有一辆华丽的四轮大马车被飓风刮到半空中，又把它像一块破布那样吹落下来。梨树的一根粗壮的枝丫便遭了殃，被生生地折断了。

那根枝丫被拖进了作坊里。那个穷光蛋男人为了闹着玩，便动手用枝丫旋出一个大梨来，接着又是一个大的，后来就旋出一个小点儿的和几个更小的。

"这棵梨树总该挂一回果吧！"这个匠人说道，他把这些木梨送给孩子们去玩了。

在一个潮湿多雨的国家，雨伞是不可或缺的生活必需品。他的家里只有一把雨伞供大家使用。若是风力太大的时候，雨伞就会被吹翻过去，甚至连伞杆都被吹折过两回。幸好那个男人是个工匠，他马上就把它修好了。不过奇怪的是，在把雨伞收拢起来的时候，不是那个箍伞的圈碎成两半，就是那颗扣子掉了。

有一天，那颗扣子又掉了，那个男人趴在地上找了老半天，只找出来他送给孩子们玩的那些木梨当中最小的一个。

"扣子是找不到了，"那个男人说，"不过这小玩意儿也可以用来凑合一下。"于是他在木梨上钻了一个洞眼,穿上一根绳子。这个小木梨同样能把伞面扣得很紧,拿它来和碎成两半的箍圈配在一起使用,那真是最佳的搭档了。

第二年,这个穷工匠要把一批伞杆送到首都去。他在交货的时候,也送给批发商几个旋好了的小木梨,木梨上吊着分成两半的箍圈。他请他们试用一下,于是这一对搭档就被运到了美国。那边的人很快就发现小木梨比任何扣子都顶用,于是他们就要求雨伞批发商以后供应的雨伞都必须用一只小木梨箍住。

瞧,这下子有事做了,需要成千上万的小木梨,所有的雨伞上都需要,这个男人不得不使劲地干起来。他旋呀旋呀,整棵梨树都被旋成了小木梨。他挣来了许多钱,起先是铜板,后来就是银币了。

"梨树让我交了好运。"那个男人说。他盖起了一个大作坊,雇了许多伙计。他总是乐呵呵地说:"好运就在一根木签里呢。"

作为讲这个故事的人,我也这么说来着。

丹麦有句谚语:"嘴里含一根白木签子,你就会隐身不见。"其实那根木签必须是上帝恩赐的幸运礼物才行。我已经得到了这根木签,我也会像那个男人一样挣到叮当作响、金光灿灿的黄金。那是成色最纯正的黄金,它在孩子们的眼睛里闪烁,它在孩子们的嘴巴里回响,连他们的父母也都这样。他们在念这篇童话,而我就站在房间里待在他们的身边,不过没有人会看见我,因为我嘴里含着那根白木签子。我现在觉得,他们读我讲的故事时都很开心,所以我说:"好运就在一根木签里。"

彗 星

彗星来啦！像一团火球闪烁着光芒，拖着一条像扫帚一样的长尾巴飞了过来。从富丽的王宫，从穷人的陋屋，从街上熙熙攘攘的人群中都看得见它，连在无路通行的荒原上独行的人也看得见它。每个人对它都有各自的想法。

"快来看看天上的预兆吧！快来看看这难得见到的天空美景吧！"大家都这么说。于是所有的人都匆匆地抬起头来朝天上看。

不过在一栋屋子里，有一个小男孩和他的母亲却无动于衷，他们仍然待在房屋里面。蜡烛燃得通明，母亲觉得烛光里有一朵烛花。蜡烛油流淌下来，积成小小的尖堆，蜡烛却在渐渐弯曲下来。这就预兆着——至少她这么认为——小男孩活不了多久了，因为那朵烛花正朝着他卷了起来。

这是古代传下来的一种迷信，可是她却坚信不疑。

那个小男孩却偏偏要活下去！他还要在世上再活许多年，一直要活到亲眼看见那颗彗星在六十年后再次出现。

那个小男孩没有看见烛光里的那朵烛花，也没有去想在他的一生中第一次在天空中出现的那颗闪闪发光的彗星。他坐在那里，面前摆着一只补过的碗，碗里盛着肥皂水。他把一只黏土做的烟斗的把儿浸到肥皂水里，吹出了大大小小的肥皂泡。肥皂泡飘飘荡荡，变幻出五光十色的彩霓，从金黄变成赤红，从绛紫变成青蓝，阳光照透它时又变成了像树林里的树叶那样的翠绿色。

"愿上帝保佑你在世上多活几个年头，活的年头像你吹的肥皂泡那样多。"他的妈妈心里在祈祷。

"那么多，那么多，"小男孩说，"肥皂水是永远也吹不完的！"小男孩使劲地吹着，吹出了一个又一个肥皂泡。

"一年飞走啦，又是一年飞走啦，看看日子过得多么快呀！"他每吹出一个肥皂泡，看着它飞起来的时候，总要这样说。有两个肥皂泡飘进了他的眼睛里，他觉得眼睛像被灼了一下似的，害得他流下了眼泪。在每个肥皂泡里，他都看到了一幅未来的景象，那是何等光辉灿烂！

"现在可以看到彗星啦！"邻居呼喊道，"快出来吧，别老在屋里待着。"

母亲拉着小男孩的手走出屋子，他只好把黏土烟斗撂下，不再玩吹肥皂泡的游戏，毕竟彗星来了嘛。

小男孩看到了那团拖着像扫帚一样长尾巴的明亮耀眼的火球。有人说它的尾巴大概有好几尺长，有人却说它有好几百万尺长，这差别也实在太大了。

"彗星再次出现的时候，恐怕我们的儿子和孙子都早已死绝啦！"人们说道。

而当彗星再次出现的时候，说这句话的人大多确实已经死去了，可是那个小男孩却依然健在，尽管蜡烛上的那朵烛花朝着他卷起来，而且连他的母亲都相信"他活不长了"。他老了许多，满头白发。谚语说："华发乃高寿之花。"他倒有许许多多这样的花朵。现在他已经是一位年迈的小学校长了。

小学生们都说他非常聪明,知识渊博,通晓历史、地理,还懂得人类所了解的有关天体的所有学问。

"所有的事物都会重新再现的,"他说,"只要你们对人物和事情多加注意,你们就会觉察出来。这些人和事总是不断地再现,只是改头换面,挪了地方而已。"

老校长讲了威廉·退尔的故事:他不得不用箭去射那只摆在自己亲生儿子头顶上的苹果,而在他去射箭之前,他在怀里藏着另一支箭,准备要射杀暴君吉斯拉。这件事情发生在瑞士,可是在这件事发生之前几千年,丹麦的帕尔纳托克也遭遇过类似的事。他也不得不用箭去射一只放在他独生子头顶上的苹果,他也像威廉·退尔一样,身上暗藏了一支箭用来复仇。而在那以前一千多年,据文字记载,在埃及也发生过同样的事情。这样的事情就像彗星一样,匆匆而来,匆匆而去,再三地重新出现。

老校长讲到他在等待彗星再次出现。当他还是个小男孩的时候,他曾亲眼看见过这颗彗星。他精通天体,花了不少心血,但是他并没有因此而忽视了历史、地理。

他把自己的花园布置成一幅丹麦地图,种上了花卉草木。这些花木在丹麦哪个地方生长得最茂盛,他就把它们种在地图上相应的地方。"给我点豌豆。"他说,于是大家便走向那块像洛兰郡的花圃。"拿点荞麦来!"于是大家便走向朗格郡花坛。美丽的龙胆草和杨梅可以在北边的斯卡恩找到,而叶子发亮的冬青生长在锡尔克堡。各个城市都用雕像和圆柱来标明:圣克努德苦斗毒蟒的雕像表示奥登塞;手捧主教权杖的阿布萨隆表示索尔厄岛;一条带桨的小船表示奥胡斯。在校长的花园里，大家可以把丹麦地图了解得很透彻，不过他们先要向他讨教，讨教是一件令人高兴的事情。

现在那颗彗星又要出现了。他讲述了这颗彗星的情况，又讲起了这颗彗星上次出现的时候，人们是怎样议论它、评价它的。

"彗星年是收葡萄的年成，"他说，"用这年收的葡萄酿造的酒哪怕兑了水也照样味道醇厚，一点都喝不出来。所以葡萄酒商贩都非常喜欢彗星年。"

一连半个月，天空中总是乌云密布，人们看不到彗星，可是彗星却在天空中。

老校长端坐在教堂隔壁自己的小房间里。墙壁角落里摆着他父亲时代的波恩霍尔姆座钟，沉重的铅坠已经升不起来也降不下去了，钟摆也不晃动了，那只本来会跳出来咕咕咕叫着报时的杜鹃鸟在钟盖背后已毫无声息地躺了好几年，这只座钟早已又聋又哑，不再走了。可是座钟旁边的那架老钢琴也是他父亲时代的遗物，它却依然充满了活力。琴键仍敲得出铿锵的响声，虽然略有点嘶哑，不过还是可以用来弹奏整整一代人的乐曲。这位老人从这些乐曲声中回忆起许多美好和悲伤的往事，回忆起从他小时候看到彗星起到彗星再次出现的这中间的悠悠岁月。他记得母亲是怎么讲到蜡烛里的烛花来着。他记得他吹出的那些美丽的肥皂泡，每个肥皂泡都是人生的一年，他曾经那样说过。那是多么光辉灿烂，多么绚丽多彩呀。他的眼前看到了他一生之中最欢乐、最美好的时光：嬉戏玩耍的童年和风华正茂的少年，整个广阔的世界就展现在阳光下，呈现在他的面前，那些预示未来的肥皂泡变幻

着记忆中的五光十色。波恩霍尔姆座钟这样唱道:

> 织出第一双袜子的
> 当然不会是亚马孙①。

琴声铿锵,奏出了他小时候老女佣常给他唱的那首儿歌:

> 黄口小儿年纪轻,
> 懂的事情实在少,
> 闯荡世界到处跑,
> 吃点苦头免不了!

随后响起了他生平参加的第一个舞会的乐曲,一支小步舞曲和一支莫林纳斯基舞曲,后来又响起了悲哀的丧礼乐曲,老人不禁潸然泪下。接着又响起一首雄壮的战斗进行曲,然后又是一首赞美诗。最后响起欢乐的曲调。一个肥皂泡接着一个肥皂泡,就像他小时候用肥皂水吹出来的一样。

他举目凝视窗外,天空中乌云慢慢飘移过去,他在晴朗的夜空中竟然看见了彗星,它有一个明亮的核和拖在后面的如同轻雾一般的尾巴。

他觉得他似乎就在昨天傍晚刚刚见过它,然而从上次到这次却几乎是整整的一辈子啊!当年他还是个孩子,从肥皂泡里看到

---

① 指希腊神话里的亚马孙女战士。

的是"未来",而眼前的肥皂泡所显示的却全是"过去"。他重温了童年的心情和信念,他的双眼明亮起来,他的双手猛地落在钢琴的琴键上,钢琴发出了一声轰鸣,有一根琴弦被敲断了。

"快来看哪,彗星出现啦!"邻居们呼喊道,"天空一片晴朗,快来看个够吧!"

老校长已经回答不了啦,他已经走啦,到可以看得更为真切的浩瀚长空中去了。他的灵魂飞升起来,进入更远的轨道,去了比彗星运行的空间更远、更广阔的地方。

地上的人们仰望着天空中的彗星,从富丽的王宫,从穷人的陋屋,从街上熙熙攘攘的人群中,连在无路通行的荒原上独行的人都看到了。然而却没有人留意到老校长的灵魂。

但是他的灵魂被上帝看到了,被他所思念的先他而去的亲人们看到了。

一星期的每一天

一个星期的七天个个想要放松放松，聚在一起开怀畅饮一番。可惜他们都忙碌得很，一年到头竟然挤不出可以在一起碰头的时间来，因为那一天必须是比平日多出来的，而且必须是一整天才行。总算每四年就有那么一天，那就是加在二月份并且也不会打乱历法次序的闰日。

在闰日这一天，他们要凑在一起欢聚一番。二月是忏悔节所在的月份，他们可以按照自己的喜好和口味穿上狂欢的盛装，打扮得漂漂亮亮地前来大吃一顿，并发表一些言论，既说一些相互奉承的捧场话，也说一些不大中听的挖苦话，那种气氛是亲密无间的同伴中才有的。古代的武士在吃饭的时候常常把啃完的骨头朝别人头上扔去，一星期的每一天倒没有如此肆无忌惮，他们只是语带双关地说些在忏悔节期间也无伤大雅的俏皮话而已。

闰日那天来到了，他们聚集在一起。

星期日是一个星期七天中的头领，他身穿黑色丝绸大氅。虔诚的善男信女们会认定他是穿着牧师的长袍上教堂去的，不过老于世故的人一眼就能看出，他穿着化装舞会的杜米诺跳舞服饰，是来寻欢作乐的。他上衣扣眼上插着的那朵闪着亮光的康乃馨，就是剧院门前的那盏小红灯，它在说："票已售完，请君另行作乐。"

星期一跟着跑来了，他是个非常爱享受的年轻小伙子，是和星期日来自同一个家庭的。只要王宫卫队换岗的游行仪式一开始，他说他就按捺不住，非要从作坊里溜出来看热闹不可。

"我一定要出来听听奥芬巴赫的音乐才过瘾，它不会钻进我的脑袋和心灵里去，就是会使得我的两条腿肌肉发痒，想要跳舞。然后再痛痛快快喝个大半夜，熬得双眼的眼圈都成了乌黑的。第二天就这么昏昏沉沉地干活去，因为我是一个星期的开头嘛。"

星期二是提尔神①的日子，是个有力量的日子。

"是呀，这就是我。"星期二说，"我忙着去干活，要把墨丘利②那对翅膀捆绑到商人的靴子上去；要到工厂里去查看轮子是不是加过油，而且转动得很好；看看裁缝工匠是不是都坐在那里裁剪缝纫；看看铺路工人是不是都在铺路。每个人都应该恪尽自己的职守。我睁大眼睛盯住每一个人，因为我身上穿着这套警察的制服，人家还把我的这一天叫作'警察日'呢！倘若你们觉得这个称呼听起来不大顺耳的话，那么你们不妨想出一个更好听的来。"

"于是我就来啦。"星期三说，"我站在一个星期的中间，所以德语里干脆把我叫作'星期的一半'。我要是站在店铺里当伙计的话，那么就是在一个星期的众多日子里的一朵花。若是我们排队朝前走的话，那么我的身前身后都有三天日子像仪仗队一样地前呼后拥着，这是何等的风光。我相信我是一个星期里最体面的一天。"

星期四身穿铜匠的衣服，手上拿着锤子和铜壶，这是他出身高贵的标志。

---

① 提尔是北欧神话里的战神，传说他是契约的担保人。
② 墨丘利是罗马神话里主商业和技艺之神。

"我是我们之中出身最高贵的一个。"他说,"属于神圣的原始宗教!我在所有的北方国家里都是以托尔神①而得名,在南方国家里则以朱庇特②而得名,因为这两者都有打雷闪电的本事,这套本事是家族祖传的。"

话音刚落,他就敲起了他的铜壶,来显示一下他的高贵出身。

星期五像个年轻姑娘那样打扮得花枝招展,她自称是弗丽嘉神③,不过也会更名换姓,叫作维纳斯,这全要看那个国家用的是哪种语言了。她说她生性文静、羞怯,可是今天却任性和随便,因为今天是闰日。而根据约定俗成的老规矩,这一天给妇女以自由,她可以自己去向男人求婚,而不必等着男人来向她求婚。

星期六是管家婆的打扮,手里拿着一把扫帚和清洁用具。她最喜欢的菜肴就是面包泡啤酒,不过今天在这样的宴席上她并没有想要拿这道菜来和大家一同分享,她只是自己吃就是了,而她也就吃这道菜。

一个星期的每一天都入席了。

这下面就是他们七位的画像,可供全家人在一起玩"达勃罗"纸牌时用。你想让他们多么有趣,他们就会有多么有趣。这也算我们把二月份戏谑了一番,因为这是唯一的可以多出一天来的月份。

---

① 托尔在北欧神话里是雷神,他是主神奥丁的儿子,因此出身高贵,星期四即为"托尔之日"。
② 朱庇特是罗马神话里的主神。
③ 弗丽嘉是北欧神话里的天后,星期五为"弗丽嘉之日"。

阳光的故事

"现在我来讲个故事。"风儿说。

"不,请你原谅,"雨儿说,"现在该轮到我啦!你站在街角上大呼小喊,已经待得够长久了。"

"就这样来感谢我吗?"风儿说,"为了你的缘故,我才把许多雨伞吹得翻转过来,甚至把那些不情愿碰到你的人的雨伞伞把吹折。"

"我来讲吧,"太阳说,"保持肃静!"讲这句话的时候,她的光芒普照四方,有一股王者风范,于是风儿只好退避三舍,平息下来。可是雨儿却不买账,想把风儿激怒起来,说道:"难道我们非得咽下这口气吗!这个阳光夫人动不动就要钻出来同我们作对,我们才不听她讲的那一套呢!她的话根本就不值得听!"

可是阳光却自顾自讲了起来。

"在波涛汹涌的大海上,飞来了一只天鹅,它身上的每一根羽毛都像金子一样闪闪发光,有一根羽毛飘落到一艘鼓着风帆在大海上疾驶的大货船上。那根羽毛落在一个年轻船员的鬈发上,他是监管货物的,大家都叫他货物押运员。幸运之鸟的羽毛触摸了他的前额之后变成了他手上的一支笔,于是他很快就发家致富,成了一个非常有钱的商人。他舍得给自己买金马刺,又把手里捧着的黄金盘子换成了贵族的盾形族徽。我还曾经照耀过这个族徽呢。"阳光说。

"天鹅飞过碧绿的草原，草地上有个七岁的牧童仰面躺在这里唯一的一棵老树的树荫下。天鹅在飞过的时候，吻了一下老树上的一片树叶，那片树叶飘落到小男孩的手上。一片叶子变成了三片，然后又变成十片，最后变成了整整一本书。小男孩便从这本书上学到了大自然的奇迹，学到了自己的母语，学到了信仰和知识。到了夜里上床睡觉的时候，他就把这本书枕在自己的脑袋底下，他害怕把学到的东西又忘掉了。这本书把他托到了学校里的课桌椅上，也把他领到了知识的讲台上。我曾经在那些镌刻着学者名字的地方看到，那中间就有他的大名。"阳光说道。

"天鹅飞进了寂静的森林，栖息在纹丝不动的墨绿的湖面上，湖里长着睡莲，杜鹃和斑鸠在上面筑了巢。

"一个贫苦的女人在拾柴火，她把落在地上的树枝捡起来背在背上，又把孩子抱在自己的胸前，就这样蹒跚着走回家去。她看到了一只金色的天鹅——幸运的天鹅——从长满灯芯草的湖畔飞了起来。有什么东西金光灿灿？原来是一枚金蛋，还是热乎乎的。她把金蛋捡了起来，焐在自己怀里。那枚金蛋越焐越热，谅必里面有活东西。果然不假，从蛋壳里传出了啄壳的声音。她感觉到了这动静，起初还以为是她自己的心跳呢。

"她回到自己的陋屋里，就把金蛋拿出来。'笃、笃、笃。'蛋里发出这样的声音，然而这声音并不是价钱昂贵的金表的走动声，而是蛋里有着活的东西，一条活的生命。蛋壳终于出现了裂缝，一只天鹅幼雏伸出脑袋朝外张望，浑身的绒毛黄得就像最纯正的金子,脖子上还套着四枚金环。

"这个贫苦女人正好有四个儿子,三个都留在家里,第四个就是她抱在怀里走进森林里去的那一个。于是她明白过来:每个孩子可以得到一个金环。当她明白过来的时候,那只金黄色的雏鸟就飞走了。

"她把每个金环都吻了一下,然后叫每个孩子都吻一下那四枚金环当中的一个,把那枚金环放在各自的心口上,再戴在自己的手指上。"

"我全都看见了。我还看见了后来发生的事情。"阳光说道。

"第一个孩子跑到泥地里去,用手捧起一把黏土,再用手指捏呀揉呀,捏出了一个伊阿宋①的形象。这位雕塑家找到了自己的金羊毛。

"第二个孩子马上跑到草原上。草原上鲜花盛开,色彩缤纷。他摘了满满的一把花,他把这些花朵捏得太紧了,以至于花汁喷溅到他的眼睛里,把他手上的金环也弄湿了。他的思绪在起伏,他的手也随之移动着。许多年后,这个城市的人都在谈论着这个伟大的画家。

"第三个孩子把金环牢牢地含在嘴里。那金环发出了穿云裂石的响声,这是从心底里发出来的回声,他的感情和思想都随之而升华,变成了音乐,一会儿高昂激越,如同天鹅在歌唱;一会儿低缓深沉,仿佛天鹅潜入了深深的湖水之中。他成了音乐大师,每个国家现在都在想:'他是属于我的!'"

---

① 伊阿宋为希腊神话里历尽千辛万苦、终于找到金羊毛的英雄。

"第四个小不点儿,就是那个婴孩,他是个代人受过的替罪羊,大家都这么说。他们还说他应该像害了鸡瘟的小鸡那样去吃点黄油拌胡椒,不过他们在讲这话的时候重音并不放在黄油上,而是拖长了声音讲胡椒,而他得到的也果然只是胡椒。不过从我这里他总算得到了阳光之吻。"阳光说道,"别人只能得到我的一个吻,而我给了他十个吻。他具有诗人的气质,他虽然境遇坎坷,却也得到了许多吻,因为他毕竟还是得到过幸运之鸟金天鹅送的金环。他的思想像蝴蝶一样飞出,成为不朽的象征。"

"这个故事真是冗长。"风儿说道。

"而且枯燥乏味。"雨儿说道,"快吹吹我吧,好让我清醒过来。"

于是风儿吹起来了,阳光却自顾自讲下去:

"幸运的天鹅飞过了深深的海湾。渔民们在那里撒下了网。他们当中最贫苦的那个穷光蛋虽然娶不起亲,却一心想要成家,而他也真的结婚了。

"是天鹅给他送去了一块琥珀。琥珀有一种吸引力,能把新娘的心灵吸引到那个渔夫的屋子里来。琥珀是一种最好的香料,它发出的香味像是从教堂里发出来的,也就是从上帝那儿来的。那两口子享受到了家庭的幸福,对他们俩拥有的小天地非常满足,于是他们的生活就成了一个完整的阳光的故事。"

"让我们来打断它吧,"风儿说,"阳光唠叨得没完没了,我已经听腻了。"

"我也烦了。"雨儿说道。

我们这些听故事的人会怎么说呢?

我们说:"这个故事讲完了。"

曾祖父

曾祖父十分和蔼可亲，又聪明又善良，我们都很尊敬他。就我能回忆起来的，他本来叫作祖父和外公，可是自从我哥哥弗雷德里克的儿子刚刚诞生到我们这个家庭之后，他就升格为曾祖父了，不过更高的位置他也升不上去了。

他对我们所有的人都十分疼爱，不过他似乎一点也不喜欢我们这个时代。"昔日真是大好时光啊！"他说道，"那时候日子过得稳当、踏实，也很自在，哪像现如今什么都匆匆忙忙使劲赶，而且什么事情都颠倒着来。毛头小伙子敢于对国王说三道四，就好像国王是他们的平辈人似的。在街上，随便哪个人都可以把浸湿了的抹布朝着楼下路过的体面绅士头上拧脏水。"

曾祖父在讲这些话的时候气得脸红脖子粗的，但是过不了一会儿他又像平时一样笑容可掬，于是再加上几句："是呀，也许毛病在我自己身上。我是旧时代过来的人，所以在新时代就很难找到合适的落脚点啦！但愿上帝为我们指点迷津吧！"

当曾祖父娓娓讲述往事的时候，过去的事还真的回到我身边，在我的脑海里浮现出来：我乘坐着金光灿灿的马车，车后跟随着侍从。各个行会都抬着本行业的各类招牌，吹吹打打、彩旗飘扬地在大街上列队游行，那真是热闹非凡的盛况。我记起了曾经参加过的欢乐的圣诞晚会。晚会上大家都乔装打扮,玩起了罚物游戏。当然啰,在那时代里也发生过许多残酷暴虐的事情,有杖笞、轮碾等等血肉横飞的酷刑,不过这些可怕的事情也有发人深省之处。但我还是宁愿去注意那些美好的事情,我想起了丹麦贵族给农夫以自由,还有那位丹麦王储废除了奴隶买卖。①

听曾祖父讲述他年轻时的事真令人开心,然而在他以前的时代恐怕才是最美好的,那么强大,那么辉煌。

"那个时代非常野蛮,"弗雷德里克哥哥说,"感谢上帝,我们总算已经超越了那个时代!"他直截了当地对曾祖父说了这些话,这虽然不太成体统,可是我却十分尊敬弗雷德里克。他是我的长兄,按年龄他其实是可以做我父亲的,他就是这样喜爱说笑话。他以最优异的成绩从高中毕业后就在我父亲的办公室里工作,干得非常出色,所以父亲打算不久之后就让他参与生意上的管理。曾祖父喜欢同他聊天,却总是争论不休。全家的人都说他们爷孙俩彼此无法理解,是决计谈不拢的。可是尽管我还不太懂事,却很快就觉察出来,他们两人才合得来呢,哪个也离不开哪个。

曾祖父常常聚精会神地听弗雷德里克讲述或者朗读科学上的进步、自然界的新发现,还有我们时代里出现的种种奇迹。

"人类变得更加聪明了,却没有变得更好一些,"曾祖父这样叹息道,"他们发明了最可怕的武器来互相残杀。"

"这样战争才会更快地完结,"弗雷德里克说,"人们用不着打

---

① 弗雷德里克六世还是王储时,于1788年宣布废除农奴制,于1792年宣布禁止奴隶买卖。

上七年仗才迎来和平的福音。这个世界患上了多血症,过一段时间就要放放血,这是一种需要。"

有一天,弗雷德里克对曾祖父讲述了一桩发生在我们时代的一个小城市里的真人真事。市长的时钟——就是市政厅上的那只为全市居民报时的大钟——走得很不准了,不过大家仍旧按照它报出的时间来办事。后来火车通到了这个地方,而火车是和所有别的国家都相互连通的,因此人们把遵守时间视为头等大事,否则就会撞车。火车站里有一个走得绝对准确的时钟,而市长的时钟却依然故我,于是全市所有的人都按照火车站的时钟来办事了。

我笑了起来,觉得这是个挺有趣的故事,可是曾祖父却一点笑容也没有,他的神情变得严肃起来。

"你方才讲的这个故事包含着很多的道理呀,"曾祖父说道,"我也明白你讲给我听这个故事的良苦用心。这很有教益,我听着不禁想起了另外的一只时钟来,我父母亲的那只古老而简单的、挂着铅锤的波恩霍尔姆时钟。他们的一生还有我的童年时代都是用它来测定时间的。那只钟大概走得不大准,但它毕竟在走着。我们看着它的指针,我们相信它,而并不在意它里面的齿轮如何。当时的国家机器亦是如此,我们看着它觉得挺放心的,我们相信它的指针。而现在的国家机器却成了一只有玻璃壳子的时钟,一眼就可以看得见钟里的机器,看得见齿轮在转动,还听得见嗒嗒的响声,可是却不免令人对那些发条和齿轮不大放心。我总是在想,那报时的钟声究竟是从什么地方发出来的,我失去了童年时代的信心。这就是我们现在这个时代的脆弱之处。"

曾祖父讲到这里，又火冒三丈，发起脾气来。他同弗雷德里克谈不到一起去，却又分不开。"就像旧时代和新时代一样。"他们两人和全家人都这么说。那时候弗雷德里克要动身出门到很远的地方去，要到美国去。这趟差事为了家族生意上的利益是非去不可的，可是对于曾祖父来说，却是难过的离别，而且又是那么远的路，要越过大洋，到地球的另一边去。

"每隔两星期你就会收到我的一封家信，"弗雷德里克说，"甚至还有比信件更快的方法，你可以通过电报得知我的近况。如今一天缩短成一个小时，而一个小时就只像一分钟了。"

弗雷德里克到英国去登船的时候，就通过电报传回来他的问候，比寄一封信要快得多，即使让天上飞驰的浮云来当邮差的话，恐怕信也不会那么快就寄到。弗雷德里克到了美国，一上岸就打电报报个平安，他到美国之后才几个小时，我们就得到了他的消息。

"这真是上帝的关怀，是他对我们这个时代的恩赐。"曾祖父说，"是赐给人类的幸福。"

"而这种自然的威力首先是在我国发现和披露的。弗雷德里克哥哥告诉过我。"

"是呀，"曾祖父说着就吻了我一下，"是呀，我曾经注视过那双首先发现和了解这种自然威力的眼睛——温柔得像孩子的眼睛，就同你的一样。我还和那个人握过手呢。"他又吻了我一下。

过了一个多月，弗雷德里克在一封信里说，他已经和一个年轻美貌的姑娘结了婚，他断定我们全家人都会喜欢她的。她的照片也寄来了，大家起先睁大了眼睛看，后来就干脆用放大镜来看，越看越觉得和真人一样，任何一个画家都画不出那么逼真的画像来,哪怕是旧时代最伟大的画家也做不到。而照片却经得起用最精密的放大镜来细细观察。

"要是早年间有这样的发明就好啰!"曾祖父说道,"那我们就可以从照片上面对面地看到世界上那些造福于人类的伟大人物了。这个姑娘的模样有多么可爱,多么温柔呀!"曾祖父一边说,一边透过放大镜盯住了照片认真看,"她一踏进家门,我就会把她认出来的。"

不过这次见面险些儿没有如愿,幸运的是我们家里直到事后方才知道大祸已经过去。

原来这对新婚夫妇欢天喜地、平平安安地越过大海抵达英国,再从那里乘坐蒸汽轮船来哥本哈根。他们看到了丹麦的海岸,看到了西日德兰的白色沙滩。这时刮起了风暴,他们乘坐的那艘船搁了浅,在沙滩上动弹不得。波涛汹涌,眼看着就要把那艘船撞个粉碎,任何救生船只也起不了作用。黑夜降临了,在黑暗之中,一支明亮的火箭从岸上射向搁浅的船只,它把救生缆绳抛到了船上,于是船上的人和岸上的人取得了联系。过了不长时间,那位年轻美貌的新娘毫发无损地坐在救生篮里越过浪涛滚滚的海面,被拖到了岸上。过了片刻,当她年轻的丈夫也到了岸上站在她的身边时,她欣喜若狂,那份欢乐和幸福真是无法形容。船上所有的人都获救生还,而这时天还没有亮呢。

在那段时间里,我们在哥本哈根还睡得正香,既没有想到过悲伤,也没有想到过危险。第二天清晨,我们全家在一起喝咖啡的时候,一份电报带来了一艘英国蒸汽轮船在西海岸遇险沉没的消息,我们大家都惊骇至极。而就在同一个时间里,那些遇险得救的人也发来了报平安的电报，弗雷德里克和他年轻美貌的妻子正在归途上，很快就要和我们合家团聚了。

大家都不禁哭了起来，我也哭了起来，连曾祖父都老泪纵横。他一边哭一边把双手合拢起来，我可以断定他是在感谢新时代。

那天曾祖父为修建汉斯·克里斯蒂安·奥斯特的纪念碑捐献了二百枚银币。

弗雷德里克带着他年轻的妻子回到了家里。当他听说这些事情的时候，他说："做得对呀，曾祖父，现在我还要给你念念奥斯特在许多年以前写的关于过去的时代和我们的时代的文章。"

"他的看法大概和你的是一致的，是吗？"曾祖父说道。

"是的，你知道的，"弗雷德里克说，"和你的看法也一致的，你还为修纪念碑而慷慨解囊了呢。"

蜡 烛

从前有一支用纯蜡制成的大蜡烛，它十分明白自己的高贵出身。

"我是用纯蜡制成，再浇在模子里成形的。"它说道，"我发出来的光芒要比别的蜡烛更明亮，点的时间也长得多，所以我的位置应该是在枝形吊灯或者在银烛台上。"

"那样的日子过得才开心呢！"油脂烛说道，"可惜我只不过是用牛油脂做的，只不过是把油脂浇到一根签子上做成的，不过我也为自己感到欣慰，因为我总比细油烛要好一些，它们只浸浇两次，而我却要浸浇八次才能够有这样体面的身材，所以我很知足啦。当然喽，用纯蜡做的蜡烛和用油脂做的毕竟出身不同，蜡烛要比油脂烛高贵得多，也幸运得多。可是在这个世界上，出身是不能由自己决定的。我们有的可以进入厅堂，高踞于玻璃的枝形吊灯上，有的却只能待在厨房里，不过那里也是一个很好的地方，全家人的饭食都是从那里出来的。"

"可是还有比饭菜更重要的。"蜡烛说，"社交活动的大场面！你看那儿灯火辉煌，而我自己也光彩熠熠。今天晚上就有一个舞会，过不了一会儿，我和我的家族全都要去参加了。"

话刚说完，所有的蜡烛全都被拿走了，连油脂烛也一起拿去了。这栋房子里的女主人用她的纤细、娇嫩的手亲自拿着油脂烛，把它拿进了厨房里。那里站着一个小男孩，他提着一只篮子，里面盛满了土豆，还有几只苹果，这都是那位好心的夫人送给这个穷孩子的。

"再给你一支烛，我的小朋友。"她说道，"你的母亲要坐着干活直到深夜，她用得着的。"

这家人的小女儿也在一边站着，当她听到"直到深夜"这个字眼的时候不禁乐滋滋地说道："我也要待到深夜，我们要开舞会了，我会戴上红色大蝴蝶结。"

她的脸蛋上洋溢着光彩，那就是欢乐。任何一支蜡烛都发不出孩子眼睛里那样的光彩。

"看到她这样子真是令人高兴，"油脂烛想道，"我永远也忘记不了这样的笑靥，不过我大概再也见不到啦。"

那支油脂烛被塞进了篮子里，盖了起来，小男孩拎着走了。

"现在我在往哪里去呢？"油脂烛想道，"我是到贫苦人家去，那家里恐怕连一只铜烛台都没有，而纯蜡做的蜡烛却要插在银烛台里，看到的都是些最高贵的人。为那些最高贵的人照明，这该是一件多么好的差事呀。可惜我的命运不佳，天生就是油脂烛，而不是纯蜡做的蜡烛。"

油脂烛来到了这户穷人的家里。一个寡妇带着三个孩子，就住在富人家对面的一间低矮的陋屋里。

"上帝保佑那位好心的夫人，她送给我们这么多东西。"那个母亲说道，"这是一支很好的烛，可以一直点到深夜。"

那支油脂烛被点燃了。

"呸呸呸,"它说,"她拿来点燃我的那根火柴的气味太呛人啦。在富人家里是不会用这样劣质的火柴去点燃纯蜡做的蜡烛的。"

那边的蜡烛也点燃了,明亮的烛光从屋子里照射出来,把街道都映亮了。马车一辆辆辚辚地驶来,身着华贵服饰的参加舞会的宾客们纷至沓来。悠扬的音乐声也奏响起来。

"那边舞会开始啦,"油脂烛想道,它想起了那个富人家的小姑娘光彩洋溢的脸蛋,那是连所有纯蜡制的蜡烛都发不出来的光芒,"这种情景我是再也见不到啦。"

这时候那户穷人家的最小的那个孩子走进屋来,是一个小姑娘。她搂住哥哥和姐姐的脖子,她有一件顶要紧的事情要讲,所以必须悄悄地才行:"今天晚上我们要吃——想想看——今天晚上我们有热的土豆吃啦!"

她的脸上露出了幸福的光彩,烛光正好照到了她的脸上。她满脸欢乐和幸福,就像富人家的小姑娘一样,不过那边的小姑娘说的是:"我们要开舞会了,我会戴上红色大蝴蝶结。"

"吃点热土豆也那么重要吗?"油脂烛想道,"不过这边的小孩倒也同样地欢乐。"它打了个喷嚏,也就是说它啪地响了一声,再多的动作它就不会做了。

饭桌摆好了,热土豆全被吃掉了。哦,味道多好呀!真是一顿节日大餐。饭后每人还分到了一个苹果。那个最小的孩子念起了一首儿歌:

仁慈的上帝,谢谢你,

你又让我们吃饱了肚皮。

阿门!

"我说得好吗,妈妈?"那个小女孩嚷了一句。

"你用不着问,也用不着说,"母亲说,"你心中只要想着让你吃饱肚皮的上帝就行了。"

孩子们都上床了,每人都得到了一个吻,然后很快就睡着了。母亲却坐在那里缝纫衣服,一直干到深夜,为挣钱养活他们和她自己而忙碌着。富人家那边依然烛光通明,乐声悠扬。但是夜空中的星星却照耀着每一栋房屋,不管是富人家的还是穷人家的,同样明亮,同样仁慈。

"这真是一个十分美好的夜晚,"油脂烛暗自思忖道,"难道纯蜡制的蜡烛插在银烛台里就会有更美好的时光吗?我真想在我点完之前能够知道。"

它想到了那两个同样快乐的孩子,她们一个被纯蜡制成的蜡烛照着,一个被牛油做的油脂烛照着。

是呀,这就是整个故事。

最令人无法相信的事情

哪个人能够做出最令人无法相信的事情来,他就可以娶到国王的女儿,并且得到半个王国。

年轻人,是呀,还有老年人,都为此而绞尽脑汁,用足心思。有两个人吃得太饱胀死了,有一个人喝得太多醉死了,他们都是为了要做出最令人无法相信的事情来,但他们都不该这么做。街上的孩子们都练习朝自己背上吐唾沫,他们把这看成是最令人无法相信的事情。

到了指定的那天,每个人就该表演各自最令人无法相信的事情了。裁判已指派好,从三岁小孩到九十岁的老翁都有。大家都表演了各种各样的奇怪事情。然而过不多久,大家便一致认定,最令人无法相信的还是一座放在大厅中罩子里的立式大时钟。它从里到外全都制作得十分别致,每到正点敲响钟声的时候,就会有和真人一样会动的玩偶出来报时,一共有十二次这样的表演,每一场都有歌唱和讲演。

"这真令人无法相信。"大家说道。

钟敲一下的时候,摩西站立在山上,在法律板上写下了第一条圣谕:"上帝是唯一的真正的神。"

钟敲两下,出现了伊甸园。亚当和夏娃在园里相遇,他们两人过着非常幸福的日子。他们连衣柜都没有，不过也没有那个必要。

钟敲三下，三位圣王①出现了，其中有一位肤色黝黑，他对此毫无办法，因为太阳把他烤成这样。他们带来了乳香和贵重的物品。

钟敲四下，出现了一年的四个季节：春天手持一根新叶初绽的山毛榉树枝，树枝上栖息着一只杜鹃鸟；夏天带来了成熟的麦束，麦束上有一只蚂蚱；秋天带来的是一只鹳鸟的空巢，因为鹳鸟已经飞去；冬天带来一只老乌鸦，它常蹲在壁炉旁边讲故事，讲的都是对过去时光的回忆。

钟敲五下，出现了五种感官知觉：视觉是一个眼镜师傅，听觉是一个铜匠，嗅觉是一个卖紫罗兰和车叶草的卖花女，味觉是一个厨师，感觉是一个殡仪执事，他身上披着的丧礼黑纱一直垂到脚后跟。

钟敲六下，一个玩骰子的赌客坐在那里，他掷出的骰子都是最高点数，每只骰子朝上的那一面全都是六点。

接下来是一个星期的七天，或者是七宗罪孽②。大家说法并不相同，这也难怪，因为它们不分彼此，难以区别。

下面就轮到修道士唱诗班出来唱八点钟的晨祷赞美诗了。

钟敲九下，九位缪斯女神出现了，一位司天文，一位司历史档案，其余几位对戏剧等各司其事。

---

① 指按照伯利恒上空星光闪烁的启示，前来寻访圣婴的东方三博士。他们在基督诞生之处——伯利恒小客栈的马棚里见到了圣母马利亚和圣子基督，并向他们献上乳香、没药和黄金。
② 是指基督教所说的"七宗罪孽"或"七大罪"，即傲慢、贪婪、淫邪、嫉妒、暴食、愤怒及懒惰。

钟敲十下,摩西又出现了,他手持法律板,上面写着上帝的十条戒规,正好是"十戒"。

钟声再敲响时,一群小男孩、小女孩蹦蹦跳跳地出来了,他们玩着游戏,边跳边唱道:"桥,桥,路不通,时钟敲了十一下。"时钟果然敲响了十一下。

随后钟声敲响了十二下,巡夜人头戴裘皮帽,手持星辰棍,唱起了那支古老的《巡夜人之歌》。

>   到了午夜时分,
>   救世主就诞生。

随着他的歌声,玫瑰花长出来了,花朵变成了天使的脑袋,天使身上还长着七彩的翅膀。

真是好听,也真是好看,这座时钟就是一件举世无双的艺术品。真是令人难以相信呀,大家都这么说。

制造这座时钟的是一个年轻的艺术家,他心地善良,有孩子般的欢乐。他相信朋友,而且非常孝顺自己贫穷的父母。他要娶到公主,得到半个王国。

公布结果的日子到了,全城都张灯结彩,公主端坐在这个国家的宝座上,这宝座刚塞进了新的马鬃,可是坐上去却不会更舒适、惬意一些。裁判都站立在她周围,用会意的眼光瞅着那个胜券在握的年轻人,而他自己也掩饰不住满心欢喜。他站立在那里,他的幸运是确凿无疑的了,因为他做出了最令人无法相信的事。

"不，现在该由我来露一手啦，"一个身材高挑却很结实有力的汉子喊了起来，"我才是干得出最令人无法相信的事情来的那个人呢！"话音未落，他已向那件艺术品挥起了手里的一柄大斧头。

噼里啪啦，稀里哗啦。说时迟那时快，只见齿轮、弹簧四下横飞，狼藉遍地。那座时钟顿时化为一堆碎片。

"我干得出来，"那个汉子说，"我把他做出的东西砸了个稀巴烂，也把你们统统给镇住了。我做出的事情才是最令人无法相信的。"

"把这么一件艺术品砸得粉碎，"裁判们说道，"是呀，真是令人无法相信。"

所有人都异口同声地这么说，于是该由他娶到公主，并且该由他得到半个王国，因为诺言就是诺言，哪怕这是最令人无法接受的事情。

护城河堤上和城里所有的塔楼上都吹起了号角，宣布说："婚礼即将开始！"然而公主却一点也高兴不起来，不过她看起来依然那么美丽，衣着依然那么华贵。教堂里全都点上了蜡烛，入夜之后，灯火一片辉煌。全城高贵的姑娘们唱着歌簇拥着新娘前来，整个骑士团也唱着歌跟随在新郎身后。他挺胸凸肚、趾高气扬地往前走着，似乎没有任何东西可以把他打倒。

歌声戛然而止，四周一片寂静，静到连一枚针落到地上的声音都能听得见。不过就在这一片沉寂之中，教堂的大门发出一声巨响，突然打开了。嘭、嘭、嘭，那座时钟正步从教堂的甬道上走了进来，站立在新娘和新郎之间。我们都知道得很清楚，已经死去的人是无法再走路的，而艺术品却可以一直走下去，哪怕它的肢体全都被砸得稀巴烂，可是它的灵魂是不会灰飞烟灭的。艺术的幽灵是会显现的，这并不是一句玩笑话。

那件艺术品站立在那里，就同早先一样完好无损。钟声敲响了，一个钟点又一个钟点地报时，一直敲到十二点。那些同真人一样的玩偶又依次出现了，首先出来的是摩西，他的前额上像是在冒出火焰。他把法律板扔在新郎的脚上，把他的双脚压在教堂的地板上。

"我无法把石板搬起来啦，"摩西说，"你把我的手臂打断了。你就那么站着吧！"

亚当和夏娃来了，东方三圣和一年四个季节也都来了，他们全朝着那个汉子说出那句并不好听的真话："你真可耻！"

然而他并不觉得自己可耻。

所有的玩偶全都汇集在一起了，每当钟声敲响一次就出现的这些人全都走出那座时钟，他们越变越大，到了后来，那些真人反倒被挤得快要没有立足之处了。

钟敲十二下，巡夜人头戴裘皮帽、手持星辰棍出现了。这时候人群里出现了一阵骚动。他径直走到那个新郎面前，举起星辰棍朝着新郎的前额劈头盖脸地打了下去。

"你就躺在那里吧！"巡夜人说，"一报还一报，我们报仇了，也替那位艺术家报仇了！我们就此销声匿迹吧！"

话音刚落，整座时钟一下子不见了。教堂四周的烛光汇成一朵朵璀璨夺目的光的花朵，教堂天花板底下的金色星星发出了一道道明亮的光束，管风琴自己弹奏起来，所有的人都说这是他们亲身经历的最令人无法相信的事情。

"请你们把那个真正的新郎召唤回来吧,"公主说,"他就是那位创造出这件艺术品的人,他将成为我的丈夫和这个家的男主人。"

那个艺术家来到了教堂,所有的人都跟随在他的身后。大家都欢乐无比,人人都祝福他,没有一个人嫉妒他。

是呀,这真是一件最令人无法相信的事情。

全家人说了什么话

全家人都说了些什么话呢？不妨先听听小玛丽是怎么说的。这一天是小玛丽的生日，在她看来，这是所有日子里最美好的一天。她所有的男朋友和女朋友都来陪着她玩，她穿上了最漂亮的裙衫。这是她的祖母给她的，是祖母在回到仁慈的上帝身边之前亲手裁剪缝制的，如今祖母已经飞升到光辉美丽的天国里去了。在小玛丽房间里的桌子上，各种礼物闪闪发光，有最可爱的小锅碗杯盘，有眼睛能转动的、一撅肚皮就"哎哟，哎哟"直叫的娃娃。是呀，还有一本图画书，从书里可以读到许多最好听的故事——只要你肯去读的话。不过比所有的故事更美妙的还是过许多许多生日。

"是呀，生活真是快活。"小玛丽说。老祖父又加了一句：生活就是最美好的故事。

隔壁房间里住着两个哥哥，他们都已经是大男孩了，一个九岁，一个十一岁。他们也觉得生活过得很快活，那是要按照他们的方式过日子，而不是像小玛丽那样过着小孩子的生活，那可不行。要知道他们都是拔尖的学生，成绩单上门门功课都是"优秀"。不过他们也照样和小伙伴们一起尽情地游戏玩耍，冬天溜冰，夏天骑自行车。他们还从书上读到了骑士的城堡、吊桥和城堡里的地牢等等，也听到过发现非洲大陆的故事。他们之中有一个颇为多愁善感，生怕等到他们长大的时候所有地方都已经被发现了，所以他一心想要去探险。生活就是最美好的故事，祖父不是这么说过吗？所以他要去亲身经历一番。

这两个孩子住的那个房间的楼上，住着这一大家子里另立门户的一家人。他们家里也有孩子，不过都早就告别了童年时光，长大成人了。他们一个十七岁，另一个二十岁，还有一个用小玛丽的话来说，已经很老了，已经二十五岁，还订了婚。他们的日子都过得很幸福，有很好的父母亲，丰衣足食，受过良好的教育，智力也很发达。他们知道他们想要达到的目的是什么。"勇往直前，"他们说，"冲破一切旧的藩篱，让视野开阔到整个世界，这才是我们认为最美好的。老祖父的话一点不错，生活就是最美好的故事。"

他们的父母亲都已经上了年纪，他们当然要比他们的孩子年岁大得多。他们嘴角上挂着微笑，眼睛里和心底里都带着微笑。"他们有多年轻呀，这些毛头小伙子！世界并不按你们所想的那样发展，但是它在向前去。生活是无奇不有，是最美好的故事。"

最上面那一层离天堂更近一些，住在顶层阁楼里的人们都这么说的，老祖父就住在那里。祖父的年岁很大了，不过他的心智却那么年轻，心情又那么开朗。他会讲故事，会讲许许多多的故事，而且还都很长很长。他到过世界上的许多地方，他的房间里摆满了从世界各地带回来的漂亮东西。从天花板到地板，墙上贴满了图片。有好几扇窗子的玻璃是红色或者是金黄色的，从这些窗子里望出去，整个世界仿佛沐浴在阳光里，哪怕室外的天气再阴暗也是如此。一个大玻璃缸里长满了绿色的水草，而在缸的另一侧角落里，有几条金鱼在游来游去，它们瞪大了眼睛望着你，仿佛知道的事情太多了，多到不屑对你讲一言半句。这里总是飘着一股甜蜜的花香，即使在冬天也是如此。壁炉里燃烧着熊熊的火焰，坐在壁炉前烤火，看着火光，听着噼啪声响，是一件很惬意的事情。"它能让我回忆起许多往事。"祖父说道。那火焰也给小玛丽勾画出许多光怪陆离的图像来。

不过紧靠在旁边的大书柜里才排列着许多真正的书籍，其中有一本祖父念了又念，常常翻阅，他把它称作书中之书，那就是《圣经》。这本书用图画讲述了全世界和全人类的历史：创世记、大洪水，还有国王和万王之王的上帝。

"已经发生过的事情，以及将要发生的事情，全都在这本书里！"祖父说道，"一本书里包含了无穷无尽的内容。想想看，凡是人所祈求的东西，用短短几句祷词就可以包容了。我们的上帝呀！这是一滴慈悲的甘露，是上帝所恩赐的宽慰人心的珍珠。它作为一件礼物被摆在婴儿的摇篮里，放在婴儿的心坎上。小孩儿呀，所以你要好好地保存它，永远也不要丢失掉它。这样不管你长得多大，你都不会在变化莫测的人生道路上迷失方向。它会照亮你，你不会遭到抛弃。"

祖父讲到这里，眼睛里闪出了光彩，这是欢乐的光彩，这双眼睛在年轻的时候曾经流淌过不少眼泪。"那也很好嘛，"祖父说道，"那是经受考验的时期，人生显得灰暗渺茫。而现在我的四周，还有我的内心都充满了阳光。人的年纪越大，就越能在顺境和逆境中看得清楚：上帝总是和我们同在。生活就是最美好的故事,只有他才能够赐予我们,周而复始,直至永恒。"

"生活是美好的。"小玛丽说道。

小男孩和大男孩也都这么说,父亲母亲、全家人都这么说,不过最初是祖父说的。他是经验十足的过来人,他是所有人中年纪最大的长辈,他熟知所有的故事和童话,他发自内心地说:"生活就是最美好的故事。"

跳吧，跳吧，我的娃娃

"是的，这是一首唱给很小的孩子听的儿歌！"马勒婶婶一口咬定，"尽管我想方设法要听懂这首《跳吧，跳吧，我的娃娃》儿歌，可是怎么努力也还是听不出个名堂来。"可是小艾米莉却一下子就听懂了。她只有三岁，老是和娃娃们在一起玩，她要把这些娃娃都教得像马勒婶婶一样聪明。

有个大学生到这栋屋子里来，他是来教艾米莉的哥哥们的。他对小艾米莉和她的玩具娃娃讲了许多许多话。他讲的和别人讲的全不一样。小姑娘觉得他有趣极了，可是马勒婶婶却说他压根儿就不懂怎么同小孩子打交道，小孩子的那些小脑袋里可装不下他的那些乱说一通的傻话。可是小艾米莉却全都装了进去，非但如此，她还能把大学生教给她的这首儿歌《跳吧，跳吧，我的娃娃》全都背出来。她唱给她的三个玩具娃娃听。它们当中有两个是新来的，一个是小姐，一个是先生，不过第三个娃娃是个旧的，名字叫莉萨，她也能听懂这首儿歌，而且她自己就是这首歌里唱到的人。

跳吧，跳吧，我的娃娃！
啊，那位小姐有多么文雅，
骑士先生也一样潇洒，

戴着大礼帽又戴着手套,
雪白的裤子深蓝色上装,
他潇洒,她文雅。

跳吧,跳吧,我的娃娃!
这里是莉萨老妈妈!
她是去年就来的娃娃,
头发是新的,用麻绳做的,
额头要用黄油擦擦干净,
洗了一下她又变得年轻。
你也来跳吧,我的老朋友!
你们三个娃娃一起跳舞,
就是出钱来看也值得呀。

跳吧,跳吧,我的娃娃!
步子要迈对不要乱了套,
双脚往前移身体要挺直,
这样就显得你身材苗条又可爱。
先行屈膝礼再转过身来,
然后滴溜溜地旋转起来,
一圈又一圈旋转不停。
这样跳得浑身都痛快,
这样跳起来有多么好看,
你们三个全都那样可爱!

玩具娃娃听得懂这首儿歌，小艾米莉听得懂这首儿歌，大学生也听得懂这首儿歌。要知道这首儿歌就是他自己编的呢，他说这首儿歌真是棒极了。

只有马勒婶婶听不懂，她早已迈出了童年的栅栏。"胡说八道，莫名其妙！"她气鼓鼓地嘟囔道。可是小艾米莉却不这么说，她还唱这首儿歌呢。我们就是从她那里听来的。

去问阿玛奥妈妈

从前有一根年迈的胡萝卜,
他身粗体胖又长满了疙瘩。
可是他偏偏不自量力,
要娶一个年轻姑娘做妻子。
她娇小玲珑,年轻又美貌,
出身在最高贵的胡萝卜家族。
婚礼进行得热闹非凡,
宴席上的菜肴全不用掏钱。
宾客们吮吸月光喝着露水,
还品尝着花朵里的花粉茸毛,
这些花全都从田野上摘来。
老胡萝卜鞠个躬来致意,
他叽里咕噜讲了一通,
他的长篇大论谁也听不懂。
年轻的胡萝卜姑娘一声不吭,
坐在那里不笑也不叹息,
那么年轻又那么漂亮!
——你若是不相信,

去问问阿玛奥妈妈①。
他们的牧师是红色卷心菜,
大白萝卜当上了伴娘。
黄瓜和芦笋都是贵宾,
一堆土豆成了唱诗班,
老老少少全都跳起舞来。
——你若是不相信,
去问问阿玛奥妈妈。

老胡萝卜不穿鞋袜跳下来,
嗨,嗨,跳断了他的脊梁骨。
他一命呜呼就此完结,
再也长不出来啰。
年轻的胡萝卜姑娘眯眯笑,
命运来了这么一个大转折。
她当上了寡妇挺开心,
现在她想要干啥就干啥,
可以在汤盆里游来又游去,
自由得像个未出嫁的姑娘,
那么年轻又那么漂亮!
——你若是不相信,
去问问阿玛奥妈妈。

---

① 阿玛奥是一个岛屿,岛上居民以出售蔬菜为生,"阿玛奥妈妈"指蔬菜商贩。

大海蛇

从前有一条出身很好的小海鱼，它的名字我已记不起来了，让那些有学问的人告诉你吧。这条小海鱼有一千八百个兄弟姐妹，它们的年龄全都一样，都不认识自己的父亲或者母亲。它们从一生下来就必须自己养活自己，游来游去寻觅食物，不过这也很好玩。它们有足够的水喝，全世界海洋中的水全都让它们喝个够。食物也用不着它们发愁，吃完了就会再来的。每一条鱼都可以随心所欲地想干什么就干什么。每条小鱼都有自己的故事，但是却没有哪一条去想过这件事情。

太阳照进了水里，把这一带周围的海水照得明亮清澈。这是一个充满了奇形怪状生物的世界，有的生物大得吓人，那张血盆大口可以把这一千八百个兄弟姐妹一口全都吞下去。不过它们也没有费心思去想过这件事情，因为它们中间还没有一条被一口吞掉的。

小鱼儿都挨在一起游泳，一条靠着一条，就像鲱鱼和鲭鱼那样。正当它们自由自在、无忧无虑地在水中游玩时，忽然传来一声巨响，有一条又长又重的东西从上面落了下来。那东西一会儿也闲不住，它把身体越伸越长，越伸越远。它撞到那些小鱼身上便打得它们粉身碎骨，或是把它们撞成重伤，再也无法复原。所有的鱼儿，不管是大鱼小鱼，不管是海面上的还是海底里的，全都惊恐地逃到另一边去了。那条又重又可怕的东西越沉越深，越伸越长，长得要以公里来计数，它横穿整个海洋。

鱼儿和蜗牛，所有会游水、会在水里爬，或者会被水带得漂来漂去的东西都注意到了这条可怕的东西——这条无比巨大、来历不明、突然跌落下来的"大海鳗"。

那么这到底是什么东西呢？是呀，我们是知道的，那是长得不得了的电报电缆——人类铺设在欧洲和美洲之间的海底大电缆。

凡是那条电缆沉落下去的地方，在海里的合法居民中间就难免引起一阵惊恐和骚动。飞鱼一跃而起冲出海面，拼命往高处蹦。绿鳍鱼像一颗颗刚射出枪膛的子弹，飞速地掠过水面，它们就是有这样的能耐。其他的鱼儿纷纷朝海底钻去，它们游得飞快，在电缆落下去的时候，它们已经逃出去很远。它们乱窜乱逃，把鳕鱼和鲽鱼都吓坏了，这些鱼儿原本安然自得地在海底深水里游弋，靠吃自己同类果腹。

有几只海参吓得连肚肠都吐了出来，不过它们仍然活着，因为它们就是有这样的能耐。有不少龙虾和螃蟹逃命要紧，赶紧从自己的硬壳里爬了出来，连脚爪也只得舍弃在壳里了。

在这场惊恐混乱之中，那一千八百个兄弟姐妹都四散逃命，后来再也没有重新相聚，也不再相识。只有十来条还抱成团待在一起，它们静静地躲了一两个钟头之后，那场突如其来的骚动平静下去了，于是它们又好奇起来了。

它们朝四周张望，朝上看看，也朝下看看。在海底深处，它们似乎看到了那个东西，它们认定就是那个东西把它们吓得半死，把大鱼小鱼都吓得半死。那东西躺在海底，看起来似乎挺细的，却长得一眼望不见尽头。其实它本身是十分粗大的，不过鱼儿不知道就是了，它们也不知道它会长得多大，也不知道它的力气有多大。它纹丝不动地躺在那里，不过它们觉得说不定它是在玩花样。

"让它躺着，就躺在那里，它同我们不相干。"小鱼里面那条最谨慎的这么说道。但是那条最小的却不肯放弃，一定要弄个明白。既然它是从上面落下来的，因此到上面去才可以弄清楚它的来历，于是它们便游向海面。海面上十分平静，天气好极了。

在海面上，它们遇见一只海豚，这个漫游四方的浪荡公子，这个大海里能歌善舞的乐师，它会在海面上翻跟斗。它有很好的眼睛，能够看清东西，它谅必看见了那个东西，也知道一些它们想要打听的音信，可是它只想着自己怎么去翻跟斗，所以也不知道回答些什么才好，于是它就默不作声，保持着一副高傲的样子。

小鱼们就转身向一只海豹游过去，那只海豹刚刚才潜入水下，还算彬彬有礼，虽然它是要吃小鱼的，不过今天它已经吃饱了。它知道的事情要比海豚多一点。

"有许多个晚上，我都躺在一块潮湿的礁石上眺望着岸边。在离开这里几里远的地方，有好些个阴险奸诈的生灵，那些在他们自己的语言里被称为是'人类'的生灵。他们总是要追杀捕捞我们，不过我们通常都能脱险逃生，那条大海鳗也是如此。我明白，你们想要打听那条大海鳗的状况。那条大海鳗落在了他们手里，而且早已在陆地上了，在岸上的时间已经长得令人记不清了。那些人要把大海鳗从那里装到船上，再从海里运到另外一块很遥远的陆地上去。我看他们费了很大劲总算把它制服了,因为它在陆地上是没有一点力气的。他们把它卷成一团,我听到他们在卷它的时候发出了吱吱嘎嘎的可怕响声。不过那条大海鳗还是从他们手里逃脱了。他们用尽力气拉住它,可是它却仍然挣脱出来,钻到水里,沉入了海底。它现在就躺在那里,我想它会一直躺在那里的。"

"它很细嘛。"小鱼们说道。

"那是因为他们让它挨饿,"海豹说,"不过它很快就会恢复过来的,又会像原来那样又粗又大。我琢磨着,它就是人类怕得要命、老要说起的那条大海蛇。以往我从来不曾见过它,也从来不相信会有这东西。现在我相信了,它就是那东西。"一说完,海豹便潜到水里去了。

"它知道得真多,它说得也真多,"一条小鱼说,"我早先还不曾这样开过窍,但愿这些话不是谎言。"

"我们不妨游到水下去查个明白,"那条最小的说,"一路上我们还可听听别的鱼儿是怎么说的。"

"为了打听这么一点点小事,我都懒得摆动一下我的鳍。"别的鱼儿说着便纷纷摇头摆尾地游开去了。

"我愿意。"最小的那条鱼儿说道。它迅速地朝着海水深处游去,但是它离"那条沉下去的长东西"躺着的地方还很远很远。小鱼朝四处张望着、探索着,一个劲儿地朝深处游去。

它从来不曾觉察到自己的世界竟然这么广阔。鲱鱼在成群结队地游弋,周身鳞光,闪闪发亮,如同一艘银色的大战船。鲭鱼也尾随其后游了过来,更显得壮观。又游来了五花八门颜色形状各不相同的鱼儿。水母像是半透明的花朵，随波逐流地漂浮。海底里长着巨大的水生植物，有一米多高的水草，还有棕榈形状的树木。

小鱼终于看到下面有一条长长的黑色带子朝着它撞过来。那不是鱼，也不是缆绳，而是一艘巨大的沉船上的栏杆。它的最上面和最底下的甲板已经被海水的压力压得碎裂开来，小鱼便游进舱去。船只遇险时有许多罹难的人已经被水流冲走了，如今只剩下了两个人：一个年轻的女人直挺挺地躺在那里，怀抱着一个婴儿。海水把她们托了起来，她们仿佛就在睡梦中一样。小鱼儿不禁害怕起来，因为它不知道她们已经再也醒不过来了。海底的水生植物悬垂在栏杆上，像树荫似的遮掩着那一对母子的尸体。这里是那么寂静，那么凄惨。小鱼儿想尽快地离开这里，要游向海水更清澈明亮的地方，在那儿它能看得到其他的鱼类。它游了没有多远，迎面与一条小鲸鱼相遇了，那条鲸鱼年纪虽小，却已经是个十分吓人的庞然大物了。

"千万别把我一口吞掉，"小鱼儿说，"我还不够你吃一口的，可是对我来说，活着是一桩多么开心的事呀。"

"你游到这么深的海底里来干什么？你这类的浅水鱼是不该来到这个地方的。"小鲸鱼问道。于是小鱼儿就讲给它听那条又长又古怪的鳗鱼。不管它是什么东西，反正是从海面上沉下来的，把海里最胆大的生物都吓了个半死。

"嘿，嘿！"小鲸鱼说，它用足力气吸了一大口水。它喝得那么多，以至于不得不浮上水面去换口气，喷出一根粗大的水柱。"嘿，嘿，它给我的背脊搔痒痒，我本以为那是一根缆绳。不过那东西不在这里,而是躺在更远一点的地方。不过我倒可以去查看一番,反正我也没有什么别的事情要干。"

于是它朝前游去,小鱼儿在后面跟着,远远地离开一段距离,因为那条庞大的小鲸鱼往前加快速度的时候在水里卷起了一股涡流。

它们又遇到了一条鲨鱼和一条锯鳐。那两条鱼也听说了有条稀奇古怪的、又细又长的海鳗,它们虽然没有亲眼见过,却很想要见见它。

这时游来了一条狼鱼。

"我也一起去。"它说着就一起游去。

"那条大海蛇若是没有锚索粗的话,我一口就可以把它咬断,"狼鱼张开血盆大嘴,露出它的六排利齿来,"我甚至能把船上的铁锚都咬出牙印来。我用不着费力气就可以把那东西咬断的。"

"它就在那边,"庞大的小鲸鱼说道,"我看见它了!"它相信自己比别的鱼看得更远,"瞧,它在起伏;瞧,它在漂浮。它还会摇头摆尾和扭动身躯。"

不过那并不是它们所说的大海蛇,而是一条好几尺长的粗大无比的真正的大海鳗。

"这条鱼我曾经见过,"锯鳐说,"它从来没有在海里胡作非为过,也不曾吓唬过哪条大鱼。"

于是它们便对它讲起那条新来的鳗鱼,然后问它想不想一起去亲眼目睹一下。

"那条鳗鱼要是比我还长的话,那么不幸的灾祸就要来临啦!"

"就是如此,"别的鱼儿也纷纷说道,"我们一定容忍不了那家伙的!"它们说完又匆匆地朝前游去。

这时眼前有样东西挡住了它们的去路,一个奇异的怪物,比它们所有的鱼都要大得多。

它看上去就像一座浮动的岛屿,不过没有浮现在海面上。

原来那是一条年迈的老鲸鱼,它的脑袋上长满了海藻,背上爬满了贝类动物,所以它的黑色皮肤上全都是白色的斑点。

"跟我们一起去吧,老人家,"鱼儿们说道,"这里来了一条叫我们无法容忍的新鱼。"

"我还宁愿躺在我原来的地方,"老鲸鱼说,"让我安安生生待着吧,让我躺着不动吧。是呀,是呀,我生了很重很重的病。我只有浮到海面上,把背脊全都露在水面上,才会觉得舒服一些。那些可爱的大海鸟会飞来啄我,这样就会使我好受一些,只不过别啄得太深了。它们都快要啄进我的肉里去了,瞧,我的背上还卡着一只鸟的整副骨骼呢。那只鸟把嘴啄得太深,以至于我往海底沉下去的时候,它就拔不出来了。后来那些小鱼儿把它身上的肉全都叼走了。看看我的样子和它也差不多了。我生着病呢。"

"那只是你在想当然罢了,"鲨鱼说道,"我就从来不生病,鱼是不会生病的。"

"不见得吧,"老鲸鱼说道,"鳗鱼会生皮肤病,鲤鱼会出天花,再说我们的肚里都有寄生虫。"

"胡说八道!"鲨鱼说道,它觉得话不投机,便不再搭理它了。别的鱼儿也不想再听下去,它们还有重任在身哪。

它们终于游到了电报电缆躺着的地方。那根电报电缆长长地横在海底,从欧洲通到美洲。它越过海底的沙坝、泥潭、岩礁和海草丛生的地带。是呀,它甚至还穿越了如同茂密的森林一样的珊瑚丛。那里水流变化莫测,不断地打转,形成一个个漩涡。鱼儿成群结队地游弋,数目多得数不清,要比在候鸟迁移季节里人们所看到的鸟群要多得多。这里一片忙碌的景象,有水珠迸溅的声音,也有喧哗嘈杂的声音。当我们把空的海螺壳贴在耳朵上时,还会听见空壳发出的嗡嗡声。

现在它们总算来到了那块地方。

"那怪物就躺在那里。"大鱼说道,那条小鱼也应声附和。它们看到了那条像绳索一样的电报电缆,可是电报电缆的首尾却都超出了它们的视野。

海绵、水螅和柳珊瑚都在海底摇曳飘拂,有时升起,有时下降,有时覆盖在这条长家伙的上面,因而它也时隐时现。海胆、蜗牛和蚯蚓都围绕着它转悠,巨大的蜘蛛也顺着它爬行,它的背上驮着许多爬虫。深紫色的海参也躺在那里,这种爬行动物——姑且不管它叫什么名字——是可以用整个身体来吃食的。它这会儿就躺在电报电缆的身边,要闻出这个新来的动物的气味。鲽鱼和鳕鱼一直在水里游来游去,为的是从各个方向来听听动静。海星总把身体钻在烂泥里,只伸出两根长着眼睛的触手看着外面,这时它也躺在那里,瞪大了眼睛想观看这场骚动的结果如何。

电报电缆毫不动弹地躺着,但是在它的身体里却有生命,有思想。人类的思想不断地流经它的体内。

"那家伙十分狡诈。"鲸鱼说道,"它的位置正好可以击中我的肚皮,而那正是我最脆弱的地方。"

"让我们朝前摸索过去吧。"水螅说道,"我的手臂很长,又有很灵活的手指,我已经触摸到它了,现在我把它抓得紧一些。"

水螅把自己灵巧的长臂伸向电报电缆,抱住了它。

"它连一片鳞都没有,"水螅说,"它连皮都没有!我相信它是决计生不出活蹦乱跳的孩子来的。"

海鳗顺着电报电缆躺下,尽力把自己的身体伸得更长一些。

"这家伙比我还长得多呢,"海鳗说,"不过光是身体长算不了什么,还应该有鱼皮、肚子和机灵劲儿。"

鲸鱼——就是那条年轻力壮的小鲸鱼——朝着电报电缆低头行礼,要比平时行礼时头垂得更低一些。

"你究竟是鱼呢,还是植物呢?"小鲸鱼问道,"再不然你只是从海面上落下来的随便一件什么东西。你在我们之间待不下去了,是吗?"

可是那根电报电缆却没有回答,它没有这种能耐。它的本事在于让思想——也就是人类的思想——从它的身体里流过,在一秒钟内就传递到另外一个国家。

"你究竟是回答呢,还是宁愿被咬断?"性情凶残的鲨鱼问道。于是别的大鱼也都异口同声地问道:"你究竟是回答还是宁愿被咬断?"

电报电缆仍然一动不动,它有自己独特的想法,这种想法只有它才有,反正它身体里充满了思想。

"让它们把我咬断好啦!那样我就会被打捞上去修理好。这类事情我的同类在浅海里也曾经遇到过。"

因此它就是不回答。它有重任在身,要传递电报。它是到海底来执行合法公务的。

在海面上，太阳沉下去了，就像人类所说的那样，它变成了一团红彤彤的火焰。整个天空都像火烧一样通红，云彩一朵比一朵更为美丽壮观。

"现在有红色的霞光给我们照亮，"水螅说，"这样我们可以把那东西看得更清楚一些——如果有这个必要的话。"

"咬它！"狼鱼喊道，它露出了所有的牙齿。

"咬它，咬它！"箭鱼、鲸鱼和海鳗也助威道。

它们朝它猛冲过去，狼鱼冲在最前面。正当它张开血盆大口要咬着电缆的时候，锯鳐由于用力过猛，身上的尖刺一下子刺进了狼鱼的后半身。这真是一个天大的错误，狼鱼一下子泄了气，再也无力咬下去了。

于是烂泥潭里乱作一团。大鱼和小鱼，海参和蜗牛，都相撞在一起，相互撕扯和扭打。那根电缆却安安静静地置身事外，自顾自地干它必须要干的公务了。

黑夜把大海的上面部分笼罩住了，但是在海底下，无数的有生命的小生物都发出了磷光，哪怕还没有一个针头大的小虾也在发光。这真是海底奇观。

海里的生物都瞅着电缆。

"那家伙到底是什么呢？"

是呀，问题就在这里。

这时游来了一条上了年纪的海牛，人类把它们叫作人鱼或者美人鱼。这是一条美人鱼，她有尾巴和两只可用来划水的短短的手臂，胸脯往下垂着。她的头上覆盖着海藻和寄生物，她为此而洋洋得意。

"你们想不想长点知识，开开眼界？"她说，"那么我是唯一能够担当这个重任的智者。我固然会认真地教你们，不过我有一个要求，那就是作为回报，你们要允许我和我的家人自由自在地在海底草地上吃草。我和你们一样，也是鱼类，不过我还是爬行动物。我是大海里最聪明的智者，不但这海底里活动着的所有东西我全知道，就是连海面上落下来的东西我也无所不知。你们正在煞费苦心地琢磨的这件东西是从海面上铺设下来的，而凡是从海面上掉落下来的东西都是死的东西。所以让它躺在那里好啦，它只不过是人类异想天开的一个发明而已。"

"我以为它的奥妙还不止这些呢。"那条小海鱼说。

"闭嘴吧，小鲭鱼。"那条海牛说道。

"狗屎不如的小鱼儿。"别的鱼儿口气更加刻薄地辱骂道。

于是海牛解说给它们听：这个一言不发却引起了整个海里莫大惊恐的怪物，其实只不过是从陆地上来的一个新奇的发明而已。接着它对人类的狡猾奸诈作了一番简短明了的陈述。

"他们总是想要捕捉我们，"那条海牛说，"这是他们唯一的想法，他们就是靠这个生存的，所以他们想尽办法来捕捞我们。他们撒网，他们在鱼钩上放上诱饵来引我们上钩。而这东西是一条很长的钓鱼线，他们以为我们要去咬它。他们真是太愚蠢啦，我们偏偏就不上这个当。千万不要去碰那条毫无用处的废物，它会腐烂掉，变成一堆烂泥，一堆垃圾。从海面上掉落下来的东西全都是有毛病的、破损的，一点都不中用。"

"一点都不中用。"所有海里的生物都应声附和，它们都把海牛的看法当成自己的见解。

唯独那条小海鱼却保留着自己的想法："这条无比细长的海蛇说不定是大海里最奇妙的鱼儿呢，我有这样的感觉。"

"是最奇妙的。"我们人类也这么说，我们说这句话是凭了知识，是有说服力的。

这条大海蛇曾经在古代的诗歌和传说中被提到过，如今它凭着人类的智慧孕育和产生出来，并且铺设在海底上，从东方国家伸展到西方国家。它传递着信息，速度快得像阳光从太阳上射到我们地球上一样。它的威力在不断地增长，它的覆盖延伸长度也在一年年地增长。它穿越了全球的海洋，在浪涛汹涌的水下，也在清澈平静的水下。船长们在透明得像空气一般的海上行驶时，低头往下一看，就能看到如五彩缤纷的焰火那样的鱼儿成群结队地游弋着，却见不到这条大海蛇的踪影。

这条大海蛇在深深的海底里伸展着，它是米德加尔德①的大海蛇。它头尾相连环绕着地球。海里的鱼儿和爬行动物都用头去撞它，它们不明白这个从海面上放下来的究竟是什么东西。原来它是充满了人类的思想、用各种语言进行交流联系、却无声无息地传递着好事和坏事的知识大海蛇。它是海中最美妙神奇的景观，那就是我们时代的大海蛇。

---

① 北欧神话里的天堂与地狱之间的中庭，为人类聚居之处。

园丁和主人

离首都约莫一里多路的地方,坐落着一幢古老的贵族宅邸,房屋的墙壁十分厚实,筑有塔楼和尖耸的三角形山墙。

这幢宅邸里住着一对出身于贵族世家又非常富有的夫妇,不过他们只是到了夏天才到这里来居住。这座宅邸是他们拥有的所有庄园之中最好也是最美的一幢。从外观上看,它就像是刚落成的,而屋里设备齐全,非常惬意。大门的石头上刻着家族的族徽,族徽和凸窗的四周都有美丽的玫瑰环绕。宅邸前面是整整一大片草地,像一块大地毯。这里有红色的、白色的山楂树,有各种珍稀的花草,连暖棚外都长满了。

这户贵族之家雇了一个勤劳能干的园丁。看管这些奇花异草和果园、蔬菜园子真是一件令人开心的事。紧挨着这个园子的老花园还保持着原来的样子。老园子里有黄杨树篱,树冠都被修剪成王冠或是金字塔形状。在黄杨树篱背后,长着两棵参天古树,树干上几乎连一片树叶都没有,那光秃秃的样子令人不禁想到它们受过飓风或者骤雨的肆虐。大块大块的粪土烂泥抛在它们的身上,如今这一堆堆烂泥都成了一个个鸟巢。

记不清多少年之前,一大群呱呱乱叫的白嘴鸦和乌鸦就在这里筑起了窝,于是这地方简直就成了一座鸟城,鸟儿就是这里的主人，是这片房地产的拥有者，是庄园上最古老的家族，也就是说这贵族世家的真正主人是它们。它们并没有把住在它们底下的那些人类放在眼里，不过也能容忍这些在地面上走来走去的生灵，尽管他们有时候朝它们开枪射击，把它们的背脊震得麻木，把它们吓得都飞了起来，惊慌地呱呱乱叫。

那个园丁经常向主人夫妇建议说，应该把这两棵老树砍掉，它们一点都不好看，再说砍倒了它们，那些乱叫乱嚷的鸟儿也就会到别处栖身，大家也就顺理成章地摆脱了这一烦恼。可是主人夫妇既不情愿砍掉树木，也不想摆脱鸟儿的喧闹，那可是这座宅邸上不可缺少的景观，是老一辈人留下来的，是绝对不能动的。

"这两棵树是鸟儿继承的遗产，让它们留着吧，我的好拉森。"

那个园丁的名字叫拉森，不过这名字在这个故事里是无关紧要的。

"你干活的地方难道还不够大吗？整个花园、暖棚、果园还有菜园子！"他要照料这么多地方，他劲头十足、勤勤恳恳地管理着这些地方，把整个园子管得井井有条，主人夫妇也不得不承认。他们也并不对他隐瞒，说他们在别人家里吃到的水果、看到的鲜花比自己园子里的要好出一大截，这使得园丁很伤心，因为他总想要干得最好，总想他的花果是最出色的。他心眼儿很正，干起活来依然像往常一样勤快。

有一天，主人夫妇把他叫去，口气虽然十分温和，可是却摆出了主人的架子。他们告诉他：那天他们在一位极其显贵的朋友家里吃到了一种苹果，还有一种梨。那些果子的味道非常甘美，而且浆汁饱满。他们夫妇和所有的客人都对此赞不绝口。那些水果显然不是本国出产的,但是如果我们这里气候适宜的话,应该让它们在这里落户。他们知道这些水果是从城里最大的那家水果批发店里买来的,园丁应该马上就骑马进城去打听清楚,这些苹果和梨究竟是从哪里来的,再订购一些嫁接用的枝条来。

园丁认识那个水果商,因为园丁时常代表主人家把庄园上吃不了的水果卖给他。

园丁进城去向那个水果商打听,他究竟是从哪里弄到这些备受赞扬的苹果和梨的。

"就是从你们的园子里来的嘛。"水果商大惑不解地回答说,他还把那些苹果和梨拿出来让园丁看。园丁辨认出了这些水果。

哎哟,这个园丁有多么高兴啊!他匆忙赶回家来,告诉主人夫妇说,原来这些苹果和梨是他们自家园子里出产的。

主人夫妇压根儿就不相信他的话。"这是不可能的,拉森!你能从水果批发商那里要个书面证明来吗?"

他当然要得到的,园丁拿来了书面证明。

"这真是太不可思议了。"主人说道。

后来,主人夫妇的餐桌上每天都摆着一大盘从自己园子里出产的苹果和梨。他们还整桶整桶地送给城里城外的朋友们,并且送到了外国去。这真是一件令人开心的事!不过他们总是要补上一句:由于这两年夏天都有好得出奇的天气,很适于水果生长,因而全国都有好收成。

过了一段时日,主人夫妇到王宫里去赴了一次晚宴。第二天主人夫妇又把园丁叫去,说他们在宴会上吃到了一种味道非常甜美、浆汁非常多的西瓜,那是国王陛下的暖房里种出来的。

"你必须到宫廷园丁那里去跑一趟,好拉森,快去弄一些这种价格昂贵的西瓜种子回来。"

"可是宫廷园丁是从我们这里弄去的种子呀。"园丁美滋滋地说。

"这么说,那人懂得怎样培养和改良水果的品种。"主人说道,"那西瓜的味道真是美极了。"

"是呀,我为此而感到骄傲。"园丁说,"我要告诉高贵的主人:宫廷园丁那边今年的西瓜收成不好,他看到我们的西瓜长得很好,他就尝了尝,订下了三个送进王宫里去了。"

"拉森,千万不要以为那些西瓜就是我们园子里的!"

"我认为就是的。"园丁说道。他到宫廷园丁那里向他要来了书面证明,证实了王室宴会上的西瓜确实就是这个庄园出产的。

这使得主人夫妇大吃一惊,不过他们并没有对这桩出人意料的事情保持沉默,他们不但拿着那张证明到处去张扬,而且还把他们的西瓜种子送往远近各地,如同早先送苹果和梨的嫁接枝条一样。

他们后来听说,这些枝条都发芽生长,结出了非常出色的果子。这些果子都是以贵族夫妇的这座庄园来命名的,所以这座庄园的名字居然可以在英语、德语和法语中见到。

这真是谁都未想到过的事情。

"但愿那个园丁不要因此而自大起来!"主人夫妇说道。

可是园丁却另有想法,他要努力奋斗,使自己成为全国最好的园丁之一。每年他都尝试着培育出新的品种,他做到了这一点。然而他却常常听人家说他当初最早培育出来的那两种水果——就是苹果和梨——才是真正的优质品种，后来培育出来的都相差很远；西瓜的确非常好，不过那是另外一个种类；草莓堪称上乘，不过也不见得比别人培育出来的好。有一年，他培育的小红萝卜没有成功，于是人人只谈论他那些倒霉的小红萝卜，再也不讲他改良成功的那些好的品种了。

主人夫妇倒好像松了一口气。

"今年不行了，小拉森，"他们反倒挺高兴地说道，"今年不行啦。"

每个星期，园丁拉森总是要送两次鲜花到厅堂里去，每次都把那儿布置得美轮美奂，颜色搭配得十分和谐，显得分外典雅。

"你很有品位，拉森，"主人夫妇说道，"这是上帝送给你的一件礼物，并不是你生来就有的。"

有一天，园丁送进来一个很大的水晶盆，盆里放有一片睡莲的叶子，叶子上躺着一朵像向日葵那样大的鲜艳非凡的蓝色大花，那粗长的茎浸泡在水里。

"印度斯坦的莲花！"主人失声惊呼起来。

这样的花他们从来不曾亲眼见过，于是这朵花白天便摆放在阳光照得到的地方，晚上由烛光照耀着它。凡是看到过这朵花的人莫不觉得它出奇地美丽，高贵典雅得不同凡响，甚至连这个国家年轻淑女之中最高贵的那一位——也就是公主——都这么说。那位公主为人非常善良，而且聪慧过人。

主人夫妇非常荣幸地把这朵花献给公主，这朵花便由那位公主带进王宫去了。

主人夫妇亲自到园子里来,他们想要采摘一朵同样品种的花——倘若还能找得出那样的花儿。可是他们找遍了整个园子,却寻觅不到那种花,所以他们只得把园丁叫来盘问一番,要问清楚那朵蓝色的莲花究竟是从哪里来的。

"我们到处都找遍了,却没有找到。"他们说道,"我们到暖棚里去找过,也走遍了花园里的每个角落。"

"不在那儿,那朵花真的不在那里,"园丁说道,"那只是菜园子里的一朵微不足道的杂花而已。不过它的确很美丽,看起来就像是一朵蓝色的仙人掌花,其实却只是一朵洋蓟花!"

"你当初就应该对我们讲清楚才对,"主人夫妇说,"我们还一直以为那是一种外国来的奇花呢!你害得我们在年轻的公主面前出了丑!她在我们这里看见了那朵花,觉得它美得不得了,虽然她十分精通植物学,却认不出这是什么花。可是科学同菜园子里的蔬菜是毫不相干的。亏你想得出来,居然把这种杂花也堂而皇之地摆到了厅堂上来,这岂不是在耍弄我们吗?拉森!"

于是这种美丽的蓝色大花——也就是从菜园子里摘来的普通杂花——便不许放在主人夫妇的厅堂里了。哎呀,主人夫妇还去向公主道歉,说那只是一种菜花而已,是园丁一时异想天开摆出来的,他已为此而受到了严厉的训斥。

"这真是太遗憾啦,训斥他是不公平的。"公主说,"他使我们真正大开了眼界,让我们见识了一种平时根本不去注意却又娇美非凡的花朵。他向我们展示了一种我们平日里寻找不到的美。以后只要洋蓟花开着,我们王宫里的园丁就必须每天送一朵到我的客厅里来。"

她的吩咐必须照办。

主人夫妇无可奈何，只得告诉园丁说，他又可以每天送一朵这样的花到厅堂去了。

"说实话，它的确美丽，"他们说道，"真是稀奇！"

结果园丁受到了人们的赏识。

"拉森就是爱好虚荣，"主人夫妇说，"他成了一个被宠坏的孩子啦。"

到了秋天，刮起了风暴，夜里风吹得更加猛烈。森林边上的许多大树都被连根拔起。有一件事情给主人家带来巨大的悲哀，而对于园丁来说反倒是件高兴事，原来飓风把老园子里的那两棵参天大树连同树上的鸟巢统统掀倒在地上了。风暴之中，可以听到白嘴鸦和乌鸦的哀鸣，它们还用翅膀拍打玻璃窗呢，仆人们都这么说。

"现在你可高兴啦，拉森，"主人夫妇说，"暴风把大树刮倒了，鸟儿也都飞进森林里去了。这里早先原有的景观都荡然无存，这场浩劫使我们伤心至极。"

那个园丁嘴上没有说什么，但是心里却盘算起他一直想要做而迟迟无法动手的事情。他要把以前由不得他做主的这一块阳光充足而肥沃的土地好好利用起来，建成花园之中的骄傲和主人家的欢乐所在。

那两棵参天古树刮倒下来的时候，压塌了那些修剪出各种花样的树篱，把那些老掉牙的黄杨树压得枝丫断裂。他要在这里种上许多花卉草木，都是本地土生土长的，是从田野上和树林里移植过来的。

没有哪一个园丁敢于在贵族宅邸上种上那么多的野花杂草，可是他却偏偏独辟蹊径，种上了那么多。他按照它们喜欢朝阳或者背阴的习性，给每一种草木以适合的生长条件。在他的精心爱护照料下，这些草木长得十分繁茂。

来自日德兰荒原的杜松树从颜色到形状都和意大利柏树几乎一样；冬青树丛熠熠发亮而浑身多刺，无论在冬天的严寒或夏天的酷热里，总是碧绿常青，让人赏心悦目；在它们的前面长着许多品种不同的蕨类植物，有一些像是棕榈树的孩子，另一些像是被我们称为"维纳斯女神的头发"那种娟秀、纤细的铁线蕨的父母。这里有人们常常不屑一顾的牛蒡草，其实新鲜的牛蒡是很艳丽的，甚至可以扎在花束里。牛蒡是种在干燥的旱地上的，而在稍低一些的潮湿泥土上种着款冬树丛，这也是一种不被人看重的草木，它那细高纤秀的茎梗和宽阔的叶子却非常别致，简直可以入画。这里还种着从田野上移植过来的毛蕊花，足有齐腰高，花朵一朵又一朵排列着，俨然是一座有许多分叉的豪华枝形大烛台。这里还有车叶草、报春花、铃兰花、野马蹄莲，还有叶分三瓣、开着蝶形花的紫色苜蓿。这里真是花团锦簇，美不胜收啊！

在它们的前面，用铁丝架子支撑着，种下了一排排从法国移植过来的梨树苗。它们得到充分的阳光和精心的照料，过不了多久，便可以结出许多像在它们本土生长的味道甘美而浆汁饱满的硕果来。

在原来长着那两棵没有树叶光秃秃的参天古树的地方，竖起了一根高高的旗杆，旗杆顶端飘扬着红底白十字的丹麦国旗。在紧靠旗杆的地方还竖着另一根杆子,在夏天和收获的季节里,蛇麻草蔓带着香气扑鼻的花朵缠绕在这根竖杆上。但是到了冬天,人们却按照古老的风俗习惯在竖杆上系着一束燕麦,好让空中的飞鸟也能在欢乐的圣诞节饱餐一顿。

"哎哟,好拉森年纪越老就越多愁善感啦,"主人夫妇说道,"不过他对我们还是真心诚意的,值得我们信赖。"

到了新年,首都一家带有插图的报纸刊登出一幅这座古老宅邸的图画。在图画上可以见到那根旗杆和为鸟儿能过欢乐的圣诞节而系在竖杆上的燕麦束。这家报纸大声疾呼道:古老的习俗在这里得到了保持,并加以发扬光大,这真是一种美好的想法,这种想法是意义深远的,恰恰也正是古老宅邸所特有的风貌。

"那个拉森所做的一切,"主人夫妇无可奈何地说道,"总会得到人们敲着鼓喝彩的。他真是一个十分走运的人,我们也应该为我们雇用着他而感到骄傲!"

不过他们却一点也不为此而感到骄傲。他们觉得他们是主人家,他们可以辞退拉森。但是他们并没有这么做,因为他们毕竟都是好人嘛。其实像他们这类好人世上多的是,而对于每一个拉森来说也算是一件幸事吧。

是呀,这就是园丁和主人的故事。

现在你们不妨把这个故事再深思一遍吧。

跳蚤和教授

有一个飞艇驾驶员，他遭遇到了不幸，他的飞艇在空中爆炸了。这个驾驶员从空中摔下来，跌得粉身碎骨。就在失事之前两分钟，他的儿子被他用降落伞送了下来，这真是那个孩子不幸中的万幸。他非但得以逃生，而且毫发无损。他长大成人后，有渊博的知识，可以成为一名飞艇驾驶员，但是他没有钱去购买一只飞艇。

他必须过日子，于是他学会了变戏法。他的技艺十分娴熟，他能够闭着嘴让肚子来说话，这叫作腹语术。他年轻英俊，当他蓄起八字胡、穿上漂亮的衣服时，他甚至会被人看成是一位伯爵的子弟。女士们觉得他非常风流倜傥，甚至有一个千金小姐对他英俊的外表和精湛的技艺迷恋到无法自拔的地步，以至于心甘情愿地跟随他流浪到别的城市和外国去。他在那些地方都自称是教授，这对他来说已经是不能再低的头衔了。

他一门心思想要搞到一个飞艇，这样就可以带着他的娇妻到天空中去遨游，可惜他们却攒不下足够的钱来。

"钱是会有的。"他说道。

"只要你想要的话。"她说道。

"我们还年轻，现在我已经是堂堂的教授了。面包屑也毕竟是面包啊。"

她诚心地帮着他。她坐在门口为他的表演卖票,这在冬天可是个挨冻的苦差事。她还在一个节目里做他的助手。他把她塞进一张桌子的抽屉里——一个很大的抽屉,她从前面的抽屉爬到后面的抽屉里去,这样观众们就见不到她了。这其实是一种障眼法而已。

可是有天晚上,他把抽屉拉开,她却无影无踪了,他找不到她了。她既不在前抽屉里,也没有躲到后抽屉里去,整个房子里都见不到她的身影,也听不到她的娇语俏音。这本是她的拿手好戏,可是这一回却真的失踪了。她大概对这一套厌倦了,于是他也厌倦起来,丧失了惹人喜爱的好心情。他自己笑不出来,更不能逗得别人哈哈大笑,于是就没有什么人来看他的表演了。他的手头日见拮据,衣衫也越来越破旧。到了最后,他身无分文,只剩下了一只大跳蚤。那总算是妻子留下来的东西,所以他对这只跳蚤十分疼爱,教它变戏法,教它举枪敬礼,教它开炮射击,当然那尊炮是小得不能再小的。

教授为跳蚤而感到骄傲,跳蚤也为自己而感到自豪,因为它不仅学到了人的本事,而且肚子里还有吸来的人的血液,再说它又到过大城市,见过王子和公主们,赢得了他们的高度赞扬。报纸上和海报上都刊登过它。它知道自己很出名了,它甚至可以挣钱来养活一位教授。岂止如此,还养活了整整一家人呢。

它很骄傲自豪,它也出了名。可是当它和教授出门旅行的时候,坐的都是火车的四等座位,反正火车一开,四等席和头等席是跑得一样快的。他们之间有个默契,那就是他们不再分离,永远不结婚。跳蚤当一辈子光棍,教授以鳏夫的身份来过日子,反正两者都是一样。

"凡是获得最大幸运的地方,"教授说,"就不应该再去第二次。"他颇通人情世故,这本身也是一门学问。

到了最后,他已经周游列国,除了野人的国度。于是他便想到野人的国度去。那里的野人们要把真正的基督教徒吃掉,教授对这是一清二楚的,可是他并不是一个真正的基督教徒,而跳蚤也不是一个真正的人,所以他觉得不妨冒险去那里跑一趟,挣一大笔钱回来。

他们先乘蒸汽轮船,后来又乘坐帆船航海远行。一路上跳蚤都做了表演,因此他们不花分文便完成了这次旅行,来到了野人的国度。

那里是由一个小公主统治的,她只有八岁,但是已经掌管天下了。她是从她父母那里继承来这份权力的。她遇事都有自己的主见,长得非常美丽,却又非常任性。

跳蚤刚表演完举枪、致敬和开大炮这些节目,小公主就迷恋上它了。她甚至声称:只情愿嫁给它,别人一个不嫁!她真是由于爱而发狂了,不过她原来就是野人嘛。

"可爱的小公主,"她的爸爸说,"那可是要把它先变成一个人才行呀!"

"不许来管我的事情,老头儿。"她说道,这副腔调绝不是一个公主对自己父亲说话时应该有的,然而谁叫她是一个野人呢。

她把跳蚤放到自己的小手上。

"现在你就是人啦,跟我一起统治全国吧!不过你要按照我的旨意去做事，要不然我就把你活活打死，再把教授吃掉。"

教授住在一间很大的厅堂里，墙壁是甘蔗编成的，要是想吃就可以走过去啃它们，不过教授不爱啃甜的东西。他睡的是一张吊床，躺在上面简直像置身在一只气球里面，而气球这东西正是他梦寐以求、念念不忘的。

跳蚤被公主留住了，它坐在她的小手上，爬到她的娇嫩的颈脖上。她揪下了自己的一根头发，教授用这根头发拴住了跳蚤的后腿，于是小公主就把跳蚤系在自己的珊瑚耳坠上。

对公主来说，这真是一段非常美好的时光，对跳蚤来说也应该如此，这是她的想法。但是教授却不乐意了。他是一个漂泊不定、四海为家的人，喜欢从一个城市游荡到另一个城市，喜欢读到报纸上夸奖他的文章，称赞他以怎样坚不懈的努力和智慧教会了一只跳蚤做人类才有本事做出来的各种动作。如今他一天又一天地躺在吊床上，昏昏欲睡，大嚼各种美食：像新鲜的鸟蛋啦，大象的眼睛啦，以及烤长颈鹿腿肉啦，等等。要知道那些食人的生番并不是单靠吃人肉过活的，那只是一道美味佳肴而已。

"小孩子的肩胛肉蘸胡椒酱，"小公主的妈妈说，"真是最好吃的美味。"

教授腻烦透了，很想离开这个野人的国度，可是他必须把那只跳蚤带着一起走，那是他的珍贵之物和赖以生存的宝贝。那么他有什么法子才能把它弄回来呢？这真是不容易。

他费尽心思，动足脑筋，最后终于说道："我有法子啦！"

"公主的父王，赐给我点事情做做吧！请准许我训练这个国家的全国居民，让他们都学会敬礼吧！这在世界上最大的那些国家里称为'开化'。"教授央求道。

"那么你能教我学会点什么吗?"公主的父亲问道。

"我最拿手的戏法,"教授说,"就是开大炮。大炮一开,整个世界都地动山摇,连天上最美味的鸟儿都被烤得香喷喷的。这嘭的一声炮响可真是不得了哇!"

"那么就赶快把大炮推过来吧。"公主的父亲说道。

可是除了跳蚤带来的那尊炮之外,全国上下却没有一尊大炮。不过那尊大炮未免太小了点儿。

"我来铸造一尊大的,"教授说,"只要给我一些材料就行。我要点薄丝绸、针线和绳索,还要点药水用来灌注到球里,它会变成气体,让球膨胀起来,变得很轻,可以飞到空中去。它会在大炮的炮膛里发出轰然巨响。"

他要的所有东西都得到了。

全国上下都来看这尊大得不得了的大炮。教授一直没有叫他们来,等到气球完全做好了,只消充满了气就能升空,才把他们召集起来。

跳蚤坐在公主的手上凝视着这一切。气球充满了气,膨胀起来,越来越抓不住它了,它变得狂野无比。

"我必须让它升到空中去冷却下来,"教授说道,于是他坐进挂在气球底下的吊篮里,"我单独一个人无法驾驶它,必须要有一个懂行的伙伴来帮我的忙,这里除了跳蚤之外再也没有别人啦!"

"我不准许这个请求。"公主说道,不过她还是把跳蚤递给了教授。教授赶紧把跳蚤放到自己的手上。

"快解开绳索,"教授说道,"气球要飞起来啦!"

他们都以为他在说"大炮"呢。

气球升空了,越飞越高,穿过云层,从这个野人的国度消失了。

小公主、她的父母和全国的人都还站在那里等待着。他们直到如今还在等着呢。倘若你不相信的话,你可以动身到这个野人的国度去游览观光一番。那里的每个孩子都在谈论着跳蚤和教授,而且相信,当那尊大炮冷却下来的时候,他们俩会回来的。

可是他们俩却没有回去,他们俩现在和我们一起生活在这个国家里,他们是在自己的国度里。他们还乘坐火车旅行,不过是坐在头等席位上,而不再坐四等席位啦。他们挣了很多钱,还有一个大气球。没有人向他们打听这个气球是从哪里来的,还有他们是怎样弄到这个气球的。他们俩如今都是受人尊敬、体面荣耀的人物啦!

这就是跳蚤和教授的故事。

老约翰妮讲了些什么

风儿在老柳树间飕飕吹过。

人们仿佛就是在听一首歌。风儿唱出了它的曲调,大树讲述了它的故事。倘若你听不懂,那就不妨去问问济贫院的老约翰妮吧。她知道故事的前因后果,她是在这个教区里诞生的。

许多年前,当皇家大道还穿过这里的时候,这棵柳树已经长得很高大、很引人注目了。当时它就站在这个地方,在水塘旁边的那栋裁缝住的破败简陋的木屋外面。那时候水塘很大,人们都把牲畜赶到这里来喝水。在炎热的夏天里,农民的小孩光着身子四处乱跑,也常在池塘里戏水游玩。紧靠着柳树的树根有一块很大的路碑,现在它已倒塌了,上面长满了黑莓果的藤蔓。

新的皇家大道如今已改道,修筑在富有的农庄的另一侧了,那条旧路就变成了田野上的阡陌,水塘也成了一个小水坑,水面上长满了浮萍,要是有一只青蛙跳下去的话,浮萍朝两边散开,就可以见到黑乎乎的死水。水塘四周长满了香蒲草、芦苇和鸢尾草,这些野草还在疯长着。

裁缝的陋屋陈旧得破败不堪,而且七斜八歪。屋顶成了青苔和长生草生长的温床;鸽子棚早已倒塌了,欧椋鸟在那里筑起了窝巢;燕子把它们的窝一个又一个地挂在房子的山墙上和屋檐下,好像这是适于居住的福地。

这里过去曾经有过幸福生活,而现在却已孤独寂静、清冷寥落了,只有一个遇事没有主见的孤老头独自住在这里,大家都叫他"可怜的拉斯穆斯"。他出生在这里,小时候曾经在这里玩耍过,在田野上蹦来跳去,在水塘里戏过水;他曾爬过篱笆,也爬上过那棵老柳树。

这棵柳树枝叶非常茂盛,直到现在依旧十分茁壮。不过岁月沧桑,一次又一次的风暴把它刮得歪向一边,还在它的树干上刻下了一道裂缝。时间一长,风雨又把这条裂缝填满了泥土,泥土上又长出了野草和灌木,甚至还有一株小小的花楸树在这里生了根。

当春天来到的时候,燕子飞来了。它掠过树梢,飞过房顶,衔来了泥土修补自己的旧窝。可怜的拉斯穆斯却对自己居住的那个窝一点不管,听凭那栋陋屋倾斜坍塌。他既不动手去修葺,也不去找点东西来支撑。"那有什么用呢!"这是他的口头禅,也曾是他父亲的口头禅。

他就这样待在自己的家里。燕子从这里迁徙到了远方,又飞回来了;欧椋鸟也飞走又飞回来了,唱着自己的歌。拉斯穆斯也会用口哨吹出这首歌,可是如今他既不吹口哨也不唱歌了。

风儿还在老柳树间飕飕地吹着,它直到现在还在飕飕地吹着。人们仿佛在听一首歌,风儿唱出它的曲调,大树讲述它的故事。若是你听不懂的话,就不妨去问问济贫院的老约翰妮吧!她一定知道故事的前因后果,她对过去的事情无所不晓。她就像一本写满了字的记事本。

当初这栋房子还很新、很像样的时候,村里的裁缝伊伐尔·厄尔瑟带着他的妻子玛恩便搬进来了。他们俩都是手脚勤快、正直诚恳的人。老约翰妮那时候还是一个小女孩,她是一个木鞋匠的女儿,这个木鞋匠是这个教区里最穷的人了,她从玛恩手上得到过不少黄油面包,玛恩家从来不缺少吃的。玛恩和庄园主的夫人相处得十分融洽,她总是笑眯眯的,一副知足常乐的样子。她不但嘴巴讨人喜欢,双手也非常勤快,使用起缝衣针来就像她用嘴巴说话那么快捷。她在干好这些活儿之外,还要操持家务、照顾孩子。她差一点就生了一打的孩子,一共生了十一个,第十二个却始终没有出世。

"穷人家的窝里总是挤满了孩子。"庄园主抱怨道,"要是能把他像小猫崽那样只留下一两个最强壮的,其余的全都淹死了事,那就会太平得多,就会少掉好些不幸。"

"上帝垂怜我们吧,"裁缝的妻子说,"不管怎么说,孩子终究是上帝的恩赐,他们给家里带来了欢乐。每个孩子都是在天之父送来的一份礼物。要是家里吃饭的嘴巴太多、日子过得太紧的话,那么就拼命多干点活,想方设法把自己的浑身本事全都使出来。只要我们自己不松劲,上帝是不会不管我们的。"

庄园主夫人赞同她的话,友善地点着头,还拍拍玛恩的脸蛋。她常常这样做,有时还吻吻她,不过那时候庄园主夫人还是一个小女孩,玛恩是她的奶妈。她们俩十分亲热,这种深厚的感情一直没有变。

每年圣诞节的时候,庄园上总是要给裁缝送去许多过冬的吃食:一大桶面粉、一头猪、两只鹅、一小桶黄油,还有干奶酪和苹果。这对他们捉襟见肘的日子不无帮助。伊伐尔·厄尔瑟也确实会高兴一阵子。可是过不了多久,他又会说起那句口头禅:"唉,那有什么用呢!"

那栋屋子里收拾得干净整洁,窗上挂着窗帘,房里还摆着鲜花,不过只是康乃馨和凤仙花。墙壁上挂着一幅镶在镜框里的签着名字的刺绣,旁边还挂着一首押韵的情诗,那是玛恩·厄尔瑟自己写的诗,她懂得怎么押韵。她为自己夫家的姓氏而感到骄傲,因为在丹麦语里,只有这个姓氏才和香肠能押得上韵。"总要有点胜过别人的地方嘛。"她说着还粲然一笑。她总是保持着开朗快活的心情,从来不把她丈夫的口头禅挂到自己的嘴上,就是那句:"唉,那有什么用呢!"她有自己的口头禅,那就是:"自己不松劲,上帝才垂怜。"她自己就是这么身体力行来着,时时刻刻都不曾松过劲。

全家人都十分欢乐,孩子们都茁壮成长,长得那个窝里待不下了,要展翅飞出去闯闯世界啦。他们一个个离家到外面去做一番事业,都很有出息,就连最小的那个拉斯穆斯也是如此。他那时候是一个人见人爱的漂亮孩子,所以城里有一个画家把他借去做模特儿,他就像刚来到世上那样赤裸着身子被画上了油画。那张画如今仍然挂在王宫里,庄园主的夫人曾在那里见到过这幅油画,也认出了小拉斯穆斯,尽管他身上没有穿衣服。

但是艰辛的日子来了,裁缝的双手关节肿胀得很大,疼痛异常。没有哪个医生能治好这病,就连那个"包治疑难杂症"的女巫斯蒂妮也束手无策。

"千万不要泄气,"玛恩说道,"垂头丧气是不管用的。现在孩子他爹的双手没法使唤了,我的双手就必须更加勤快点。小拉斯穆斯也可以摆弄针线了。"

他已经坐到了裁缝案板面前,嘴里吹着口哨,哼着歌曲。他是一个活泼开心的孩子。

不能整天都这么坐着干活,他妈妈这么说道,这对孩子太不公平,他应该去玩耍玩耍,跳跳蹦蹦。

木鞋匠家的约翰妮是他最要好的玩伴,她家比拉斯穆斯家更穷。她的模样长得一点也不好看,总是光着脚四处走,身上衣衫破旧褴褛,也没有人帮她缝补,而她自己也不会缝补。她毕竟只是一个孩子,不过她总是开开心心的,就像阳光下的一只小鸟。

在那块大石头做的路碑旁边,在那棵粗大的柳树底下,拉斯穆斯和约翰妮常常在一起玩。

他抱有远大的志向,他想成为一个手艺高明的裁缝,迁到城里去住。在城里,有些裁缝开店铺当师傅,手下雇着十来个学徒坐在案板前干活。这是他从他父亲那里听来的。他想先去当学徒,再当上师傅,于是约翰妮就可以进城去看望他。到那时候她应该学会烧饭了,她可以为大家做饭了,她可以有一间她自己单独住的大房间。

约翰妮并不真正相信这些话,但是拉斯穆斯却深信,这些早晚都会变成事实的。

他们两个孩子就这样坐在老柳树的树荫下。风儿从老柳树间飕飕吹过,仿佛风儿在唱着歌,大树在讲着故事。

到了秋天,所有的树叶全都掉落了,连一片都不剩,雨水就从光秃秃的树枝上滴滴答答洒落下来。

"它们会再绿起来的。"厄尔瑟妈妈说。

"那又有什么用呢！"她的丈夫说，"新的一年会有新的伤心事来临的。"

"厨房里放吃食的柜子装得满满的了，"妻子说道，"我们要好好感谢好心的夫人，这些都是她送来的。再说我身子骨很硬朗，还很强壮嘛。我们若再抱怨，那就是罪过啦。"

庄园主一家在他们的乡间庄园上度过了圣诞节。在新年后的那个礼拜里，他们全家都进城去了，在城里过冬，日子过得舒适惬意。他们也真会寻欢作乐，还参加了国王亲自举行的舞会和酒宴。

夫人买到了两件从法国来的价值昂贵的裙袍，它们的料子、款式和做工都是裁缝的妻子玛恩前所未见的，她请求庄园主夫人让她把丈夫也带到庄园上来开开眼界，见识一下这两件裙袍。她说，那样贵重的衣服是一个乡间裁缝见不到的。

他看到了那两件裙袍。在回到家之前，他闷声不响，一句话都没有说。到了家里之后，他就讲了他平时总挂在嘴边的那句口头禅："那有什么用呢！"这回他的话倒是应验了。

庄园主夫妇又进城去了，在那里，舞会和狂欢接二连三地举行。就在一片欢乐之中，年迈的庄园主突然亡故。庄园主夫人不能再穿那两件华丽鲜艳的裙袍了。她非常悲哀，浑身从头到脚都裹着黑色的丧服，连一条白色的花边都见不到。所有的仆人也都穿上了丧服，就连那辆在城里用的四轮大马车也用精致的黑色细布罩了起来。

那是一个滴水成冰的寒夜，地面上积雪白皑皑的一片，夜空中星光闪烁不定，沉重的灵车载着灵柩从城里回到庄园上的教堂。庄园主就要在这里入土为安，埋葬到这个家族的墓地里去了。地方上的行政官员和教区的执事都骑着马、手持火把守候在教堂墓地的入口处。教堂里烛光通明,牧师站在敞开着的教堂大门口迎接灵柩。那口棺材被抬到了唱诗班的面前,全村的教徒们都跟随在灵柩后面。牧师致了悼词,赞美诗幽婉地唱了起来。庄园主的夫人也来到了教堂里,她是乘坐着那辆罩着黑布的四轮大马车来的,车里车外全都用黑布蒙住。这样的场面在这个教区以往从未见过。

那次葬礼的场面成了整个冬天里大家谈论的话题。是呀,那才是"贵族人家下葬的场面"呢!

"一看这场面就可以明白,这个人物不同凡响,"教区里的人说,"他出身于高贵门第,死后葬在高贵的地方。"

"那有什么用呢!"裁缝说道,"现在他既没有了生命,也没有了财产。我们起码还有其中的一样。"

"不要说这种话,"玛恩说道,"他在天国里获得了永生。"

"谁对你这么说来着,玛恩?"裁缝说道,"死人本来是很好的肥料。可是这个人似乎觉得自己太高贵了,犯不着去给泥土上肥,所以他就干脆躺进自己家的墓穴里去啦。"

"不许再讲这种亵渎神灵的话了。"玛恩说道,"我再对你说一遍:他是永生的。"

"这是谁告诉你的?"裁缝也再说了一遍。

玛恩赶紧把自己的围裙罩在小拉斯穆斯头上,因为他不该听到这样的言语。

她把他抱进了堆柴火的偏屋里,呜呜地哭了起来。

"小拉斯穆斯,你方才在那边听到的话不是你父亲讲的,而是魔鬼走过那个房间时用你父亲的声音讲的。快诵念你的祷文，来！我们一起来祈祷吧！"她说着就把孩子的双手合拢在一起。"现在我又心平气和了。"她念完之后说道，"自己不松劲，上帝才垂怜。"

居丧的一年终于结束了，如今庄园主夫人不用穿全部丧服了，只要戴点孝就可以了，而她的心里却充满了欢乐。

外面有风声说，这个遗孀已经有了求婚者，所以她正在盘算再嫁的事了。玛恩对这事情也有点觉察，而牧师就知道得更多一些。

在棕榈主日①的弥撒上，牧师布道结束之后，就要公布那位遗孀和求婚者的婚约②。原来那个男人是个木刻匠或者是雕塑家，他究竟从事什么行业，大家还弄不大明白。那时候，伟大的雕塑家多瓦尔生和他的艺术还没有让平民百姓挂在嘴上呢。反正新的庄园主并不是个出身显赫的贵族，但是仍不失为一个体面的绅士，大家都说他是一个让人感到莫名其妙的怪人。他擅长雕刻人像，技艺非常精湛，而且他年轻英俊。

"那有什么用呢！"裁缝厄尔瑟说道。

棕榈主日那天，牧师在布道坛上正式宣布了这门婚事，接着大家唱赞美诗，并走到圣坛前领受圣食。裁缝、他的妻子和小拉斯穆斯都在教堂里。父母亲都到圣坛前去领受圣食了，小拉斯穆斯坐在教堂的座椅上，因为他还没有领受过坚信礼。在那段日子里，裁缝家落到了没有衣服穿的地步，他们把那些旧衣服改了又

---

① 指复活节前的星期日，是纪念耶稣荣耀地进入耶路撒冷的日子。
② 当时结婚均由牧师在教堂宣布婚约，如有异议，可以推迟或宣告婚约无效。

改，补了又补。而这一回他们三个人全都穿上了新衣服，清一色的黑颜色布料，活像是参加葬礼一样。其实这些新衣服都是用那罩过四轮大马车的黑布做的。裁缝做了一件大礼服外套和一条裤子，他的妻子做了一袭高领的裙袍，小拉斯穆斯也做了一套足可以穿到参加领受坚信礼的套装。谁也用不着知道这些布料原先是派什么用场的，然而过不多久大家还是晓得了。女巫斯蒂妮还有别的两个虽然擅长巫术却并不以此谋生的女人都说，那些衣服会给这家人家带来晦气和灾祸。"除非驶往墓地，否则就不该同送灵柩的马车沾边。"她们说道。

木鞋匠家的约翰妮听到这些话就哭了起来。接下去事情便层出不穷。裁缝的身体一天天虚弱下去，大家都心知肚明，下一个该轮到谁熬不过去啦。

事情果然如此。

在三一节[①]过后的那个星期日，裁缝厄尔瑟便离开了尘世，现在只剩下玛恩独自一人来支撑这个家了，而她居然支撑住了。自己不松劲，上帝才垂怜。

转眼过来的那一年，拉斯穆斯领受了坚信礼。现在他要到城里去向一个裁缝师傅学手艺了，并不是有十来个学徒坐在案板前埋头干活的那个师傅，他只有一个学徒，那个学徒就是小拉斯穆斯，不过小拉斯穆斯充其量也只能算是半个而已。他很开心，看上去高高兴兴的。可是约翰妮却哭了，她喜欢他的程度远远超过

[①] 或称三一主日，敬拜圣父、圣子、圣灵三位一体的上帝的节日，日期为圣灵降临节后的第一个星期日。

了自己所意识到的。老裁缝的妻子还居住在那栋老屋里，仍旧干她的本行。

那时候，新的皇家大道开通了，那条绕过老柳树和裁缝家门口的老路变成了田间小路。水塘里剩下那一潭死水，水面上长满了浮萍。路碑倒在地上，它已经没有什么理由再竖立在那里了。不过那棵柳树仍然十分茁壮，也很好看。风儿在柳枝间飕飕吹过。

燕子飞走了，欧椋鸟飞走了，到了春天，它们又飞回来了。在它们第四次飞回来的时候，拉斯穆斯也回来了。他学徒期满了，他长成了一个英俊而瘦削的青年，现在他想要捆起行囊到国外去见识见识，他一直向往着这一天。但是他的母亲不肯放他出门，不管怎么说，家里总是最好的地方，况且所有的孩子都已各奔东西，只有他是最小的一个，这栋房子应该留给他。工作有的干，只要他肯留在这个地区。他可以当流动裁缝，在这个农庄干半个月，再到另一个农庄去干半个月。这也可以算是出门了嘛。拉斯穆斯听从了他母亲的劝告。

于是他又睡到了他出生的那栋房子的屋顶底下，又坐到了老柳树下，听着柳枝间的飕飕风声。

他模样长得十分英俊，吹起口哨来像一只鸟，既会唱新歌，也会唱古老的歌谣。他在各个农庄都受到欢迎，尤其在克劳斯·汉森的农庄上。他是这个教区里第二大富户。

克劳斯·汉森的女儿艾尔茜看上去像一朵最鲜艳、最美丽的花，她脸上总是挂着笑容，不过有些人总是别有用心地说，她这样笑嘻嘻的是为了要露出自己一口漂亮的牙齿给人看。她很容易被人逗得笑起来，而且心情总是很好，爱同别人开玩笑，这就更加讨人喜欢了。

她已爱上了拉斯穆斯,他也爱上了她,不过他们俩都没有直截了当地说出口来。

于是他的心情沉重起来了,他具有更多父亲的性格,而不是母亲的。只有艾尔茜来了,他才会有好心情,他们俩都会嘻嘻哈哈笑成一团。他们俩在一起说说笑笑、逗趣戏耍,他却从来不曾吐露过半句暗藏在心里的表示爱情的话。"那有什么用呢!"这就是他的想法,"她的父母亲会为她寻找一个富贵人家,而我却一无所有。最明智的办法就是离开这里。"可是他却离不开那个庄园,仿佛艾尔茜用一根绳子把他牢牢地拴住了。在她面前,他就像一只驯服的小鸟,乖乖地顺从她的心愿和喜好,为她唱歌、吹口哨。

木鞋匠的女儿约翰妮在那个庄园上当女佣,干的是最低贱的粗活。她把牛奶车赶到田野上去,和别的女佣一起在那里挤牛奶。她还要赶着车去送肥料。她是不到大厅里去的,所以不大看得见拉斯穆斯或者艾尔茜,但是却已听说他们两人要好得像一对情侣了。

"拉斯穆斯时来运转啦,"她说,"我真羡慕他。"她的眼睛湿润起来,可又没有什么理由要哭出来。

城里有个集市,克劳斯·汉森驾车去赶集,拉斯穆斯也跟着去了。他坐在艾尔茜的身边,出去和回来的时候都是如此。他已经坠入爱河而不能自拔,但是却说不出一个字来表白自己的感情。

"可是这件事情务必要他先开口才行哪。"那个孩子气的姑娘暗自思忖道,她这么想倒也是合乎情理的。"他若是讲不出口,我可以吓唬吓唬他,逼得他非开口说出来不可。"

不久之后农庄上就传出风声,说是这个教区最富有的庄园主向艾尔茜求婚了。那个人倒的确求婚了,可是究竟得到了什么回答,就不得而知了。

拉斯穆斯的万般思绪一齐涌上了心头。

有一天晚上,艾尔茜的手指戴上了一枚金戒指,拉斯穆斯问她这是什么意思。

"你订婚啦?"他说道。

"你猜是跟谁呢?"她问道。

"是不是跟那个有钱的庄园主?"他说道。

"你倒是说准啦。"她说着点点头就跑开去了。

他也跑开去了,回到母亲的那间陋屋里,像个掉了魂的狂人。他用绳索捆好了行囊,决心要到外面去闯荡广阔的世界。母亲痛哭流涕也无济于事,她劝不住他。

他用老柳树的枝条削了一根手杖,他不停地吹着口哨,就像心情好得不得了。他要到外面去看遍世上的美景。

"真是叫我伤心透顶,"母亲说道,"但是对你来说,离开这块是非之地大概是最正确、最聪明的好法子。但愿我能忍受得住。自己不松劲,上帝才垂怜。我一定还会再见到你,愿你能像当初那样开心地回到家里来。"

他顺着那条新的大路走去,在路上他看见约翰妮赶着车迎面过来了,车上堆着满满的一车肥料。她没有留神他,他也不情愿被她瞅见,所以他赶紧抽身躲进了水沟旁边的灌木丛背后。约翰妮赶着车辚辚地驶过去了。

他在茫茫的世界上漂泊流浪,没有人知道他的下落。他的母亲本以为他会在年底前回家来的,她想:"他新的东西也看过了,新的事情也想过了,然后又回到了过去,这些皱痕哪怕用裁缝的烙铁也是无法烫平的呀。他受他父亲的影响太深了,我倒宁可他多像我一点才好,可怜的孩子!不过他会回家来的,他不会扔下我和这栋房子不管的。"

母亲情愿年复一年地等待,而艾尔茜却只等待了一个月。她偷偷地去找女巫斯蒂妮·麦兹多蒂尔。她非但能"包治疑难杂症",而且擅长用咖啡和纸牌占卜,所以她肚里知道的东西比她嘴上说的"我们的上帝"要多得多。她当然也会知道拉斯穆斯的下落,她可以从咖啡的渣子里看出来的。他在外国一个城市里,那个城市的名字她念不出来,但是城里驻扎着许多士兵,而且美女如云。他正举棋不定,盘算着究竟该去扛步枪呢还是去找一个美女。

这些话对艾尔茜来说都是不中听的,她宁可掏出自己平时积攒下来的钱去把他赎回来,不过不能让人知道是她出的钱。

老斯蒂妮说他一定会回来的,她会一种魔法,虽说这种魔法对拉斯穆斯来说未免有点阴损,不过这是最后一招了。她要在火上支起一口锅来为他熬上一锅魔汤,这样他就会坐立不安,非得回到心上人身边和那口熬着魔汤的地方来,纵然他在天涯海角也会赶回来的。不过这大概要等上几个月,但是他一定会回来的,只要他还活着。

他会归心似箭,日日夜夜被乡愁折磨得无法安宁;他会不顾风吹雨淋,一路上翻山越岭、漂洋过海赶回来。哪怕他的双脚已经疲惫不堪,劳累得迈不开步了,他也要回家来。他务必要回到家里来。

当时正值上弦月夜,老斯蒂妮说这是施行法术的最佳时机。忽然天色晦暗,风雨交加,暴风雨吹折了老柳树的枝丫。斯蒂妮便砍下了一截枝丫,把它打上一个结捆起来,这样会有助于把拉斯穆斯拉回来,回到他母亲的那栋屋子里来。她又从屋顶上采下了青苔和长生草,放到那口锅里,再把锅放到火上。艾尔茜必须从赞美诗集上撕下一页来。她却顺手把最后一页,就是印着勘误表的那一页撕了下来。"算啦,同样会灵验的。"斯蒂妮说着就把那一页纸扔进了锅里。

擂进那口锅里的东西着实不少,而且要不停地熬着,一直熬到拉斯穆斯回到家里。老斯蒂妮屋里的那只大黑公鸡丢掉了它的大红鸡冠,那鸡冠被扔到锅里去了。艾尔茜的那枚粗大的金戒指也扔了进去,她再也不可以把它要回去了。斯蒂妮事先就向她打过招呼,而她又是一个聪明人。此外还有许多我们无法一一讲出名字来的东西全都被扔进锅里去了。那口锅总是放在火上,再不然就是放在还燃烧着的余火上或者是炽热的灰烬上。只有女巫和艾尔茜两个人知道这件事。

月亮圆了又缺,艾尔茜每次来都要问个明白:"你看见他回来了没有?"

"我知道的事情很多,"斯蒂妮说,"我看见的也很多,但是究竟他走了多长的路程,我看不出来。不过现在他正在翻越第一座大山;现在又在暴风雨的天气里横渡大海了;现在正穿过大森林。他走得双脚都起了水泡,身上发着高烧,但是他仍旧在往前走。"

"不要,不要,"艾尔茜说,"我真为他而难过。"

"现在他停不下来啦!我们若是要他停下来的话,他就会在大路上跌倒摔死的。"

一年又过去了。一轮又大又亮的圆月挂在天际。风儿在老柳树间飕飕吹过。仿佛有一道彩虹时隐时现在天际,被月光映亮。

"这就是征兆,"斯蒂妮说,"拉斯穆斯正在回家的路上。"

然而他还是没有回来。

"等待的日子会是很长的。"斯蒂妮说道。

"现在我已经等得不耐烦啦。"艾尔茜说道。她到斯蒂妮女巫那里去的次数越来越少,也不再送给她什么新的礼物了。

她的心情放松下来了,终于有一天早晨,教区里所有的人都知道艾尔茜已经答应了那个最有钱的庄园主的求婚。

她去看了一下那边的庄园和田地,又看了牲畜群和庄上的家当、财物,一切都挺合心意,于是不必再等下去,可以举行婚礼了。

婚礼的场面非常盛大,足足热闹了三天。来宾们还随着黑管和小提琴的音乐尽情地舞蹈。教区里所有的人都得到了邀请,一个也没有被忘记。厄尔瑟老妈妈也前去贺喜。待到隆重的庆典结束时,小喇叭高奏送客曲,招待来宾的司仪向贺客们逐一道谢、告别,厄尔瑟老妈妈这才带着剩余的菜肴返回家去。

她出门之前用一根木棍把大门闩上,如今这根木棍不翼而飞,大门敞开着。在屋里端坐着拉斯穆斯,原来是他回来啦!他竟在这个时候回到家来,唉,老天爷呀!他看起来瘦得皮包骨头,脸色焦黄,而且还泛着铁青色。

"拉斯穆斯,"母亲说道,"我眼前看到的果真是你吗?你的气色多么难看呀!但是你回到我的身边,我有多么高兴呀。"

她把从喜庆酒宴上带回来的佳肴递了过去,那是一块牛排和婚礼蛋糕。

他说,最近一段时间他时常思念着自己的母亲,想念着家乡和那棵老柳树。说来也奇怪,他时常在梦里见到那棵柳树和赤着脚的约翰妮。

至于艾尔茜,他压根儿就没有提到她。他在生着病,不得不躺到床上去。不过我们并不相信是那口大锅施展了什么魔力,只有老斯蒂妮和艾尔茜才相信它,只是她们闭口不提它。

拉斯穆斯躺在床上发着高烧,他患了传染病,所以除了木鞋匠的女儿约翰妮之外,再也没有人到裁缝的家里来了。约翰妮一看到拉斯穆斯那副悲惨相,就禁不住哭出声来。

医生来给他开了药方,药也从药店里买回来了,但是他却不肯吃药。"那有什么用呢!"他说道。

"会有用的,吃了药你就会好起来的。"母亲说,"自己不松劲,上帝才垂怜。要是我能看到你的身上长出肉来,听到你嘴里吹起口哨、唱起歌来,那么我舍得献出自己的生命。"

拉斯穆斯病情渐渐减轻了,但是他的母亲却传染上了。上帝召走了她,而不是他。

家里只剩下他一个人,而且越发地穷困了。"他已经完蛋啦,"教区里的人都这样说,"可怜的拉斯穆斯。"

他在外面闯荡的时候,过着一种艰辛而没有规律的生活,正是这种生活——而不是那口一直在火上熬着的黑色大锅——吸干了他的骨髓,使他浑身不安。他的头发稀稀拉拉,变得花白。他已经懒得去干什么正经活计。"那有什么用呢!"他说道。他宁可去小酒馆而不去教堂。

在一个秋天的傍晚,他在风雨之中摇摇晃晃地走出了小酒馆,沿着泥泞的小路朝自己的那栋屋子走去。他的母亲已经死去很长时间,她长眠在坟墓里了。燕子和欧椋鸟,这些忠贞不渝的鸟儿也飞走了。木鞋匠的女儿约翰妮却没有走掉,她在路上追赶上了他,她已经跟随在他的身后走了很长一段路。

"振作起来,拉斯穆斯。"

"那有什么用呢!"他说道。

"你那句口头禅真是令人讨厌。"她说,"记住你妈妈的话:'自己不松劲,上帝才垂怜。'可是你却没有这样做,拉斯穆斯。做人就应该这样,而且必须这样。再也不要把'那有什么用呢'这句口头禅挂在嘴上啦,这样你就会把你的坏毛病从根上治好。"

她陪着他一直走到他家的大门口,她在那里才离开了他。可是他并没有走进屋去,却一转身到了那棵老柳树底下,在那块倒在地下的路碑上坐定了。

风儿在柳树的树枝间飕飕吹过,像是在唱一首歌,又像是在讲些什么。拉斯穆斯回答了它,他大声地说着话。但是除了那棵老柳树和飕飕的风声之外,没有人听到他在说些什么。

"我浑身发冷,该上床睡觉去了。"他说,"睡觉吧,睡觉吧!"

他走了,不过并不是走向屋里,而是朝水塘走去。他脚下一个踉跄,摔倒在那里。大雨哗哗地下着,风儿吹过来,寒冷刺骨,可是他却一点都没有感觉出来。直到太阳升起,乌鸦飞过芦苇丛的时候,他才苏醒过来,而他的身体已经动弹不得了。若是他的脑袋倒在他的脚那边,那么他早就没命了。他将再也爬不起来,碧绿的浮萍会成为他的裹尸布。

天亮以后,约翰妮来到裁缝的屋子,这才救了他一命,她把他送到了医院。

"我们从小就相识,"她说,"你的母亲给过我那么多吃的东西,这是我永远也报答不了她的。你很快就会恢复元气的,你的身体会好起来,你会活下去的。"

上帝让他活了下来,可是他已被折腾得神魂颠倒,身体上和心灵上的元气再也无法恢复了。

燕子和欧椋鸟飞来了又飞走了,飞走了又飞来了。拉斯穆斯如今看起来要比他的年龄老出许多。他独自一人待在屋里,而这栋屋子也越来越破败了。他很穷,现在比约翰妮还要穷。

"你没有信仰,"约翰妮说,"如果我们不信仰上帝,那么我们还有什么呢?你应当到圣坛那里去领受圣餐。"她还说,"自从领了坚信礼以来,你大概一直没有上过教堂吧?"

"是呀,那有什么用呢!"他说道。

"你要是这么说也这么想的话,那么不去也罢!上帝是不情愿看到一个违心人坐到他的桌子上的。你好好想想你的母亲和你的童年时代,那时候你是个虔诚的乖孩子。我念一首赞美诗给你听吧!"

"那有什么用呢!"他说道。

"它总是给我安慰。"约翰妮回答道。

"约翰妮呀,你大概已经成了一位圣人啦!"他一边说一边用疲惫的眼睛看着她。

约翰妮自顾自念起赞美诗来,不过她并不是照着书本朗读,她手上没有书,是记在心里背诵出来的。

"这些都是很美好的话,"他说道,"不过我不能全都听懂,我的脑袋沉重得很!"

拉斯穆斯变成了一个老人,可是艾尔茜也不再年轻了——如果我们要提起她来的话。反正拉斯穆斯是决计不会再提到她的名字了。她已经当上了祖母,她的孙女是一个伶牙俐齿的小姑娘。有一回,那个小姑娘同别的孩子们一起在村子里玩,拉斯穆斯拄着一根棍子步履艰难地走了过来。他停了脚步,伫立在那里呆呆地望着孩子们嬉戏,他向她们咯咯地笑,往日的情景涌现在他的脑海中。艾尔茜的孙女用手指指他。

"可怜的拉斯穆斯!"她大声叫喊起来。别的小女孩也学着她的样子一齐呼叫起来:"可怜的拉斯穆斯!"她们追在那个老人身后尖声尖气地大呼小叫。

那是一个灰蒙蒙、阴沉沉的天气,以后一连许多天都是这样的天气。后来,竟然来了一个阳光普照的大晴天。

这是一个阳光明媚的圣灵降临节①的清晨,教堂里用碧绿的白桦树枝布置起来,所以能够闻得到一股树木的清香。阳光照在教堂的座椅上,宽大的圣坛上,高大的蜡烛燃得一片辉煌。牧师在分发着圣食。约翰妮也在跪着的善男信女中,然而拉斯穆斯却不在这儿,就在那天凌晨,他终于被上帝召去了。

上帝是仁慈的。

又是许多年过去了,裁缝的那栋房子仍旧在那里,不过已经无人居住了。只要夜里刮起一场风暴,它就会倒塌。水塘里长满了芦苇和浮萍,风儿依然在老柳树的树枝间飕飕吹过,听起来仿

---

① 圣灵降临节为复活节后的第五十日。

佛风儿在唱着一首歌,大树在讲着故事。若是你听不懂的话,不妨去问问济贫院的老约翰妮。

她住在那里,唱着赞美诗——就是她唱给拉斯穆斯听的那一首。她思念着他,为他向上帝祈祷。她这个有着虔诚信仰的有灵魂的人,会讲述往昔的时光,讲述在大树间飕飕响着的那些故事。

大门钥匙

每一把钥匙都有自己的故事,而钥匙又是五花八门的,有宫廷侍从的钥匙、开钟的钥匙、圣彼得把守天堂的钥匙等等。我们可以讲得出每把钥匙的故事,不过眼下我们只讲一讲王室参事的大门钥匙。

它出生在锁匠家里,那个锁匠把它又锤又锉的,只要拿起它来,摸到它平滑的表面,就可以相信它是由铁匠放在铁砧上敲出来的,而且还是出自专门做小件家什的铁匠之手。它的个头稍大了一点,裤子口袋里放不进去,只好装在上衣的衣兜里,于是它就躺在那四周漆黑一团的衣兜里。不过它在墙壁上也有自己的固定位置,那就是挂在王室参事童年时代的画像旁。他在画像上看起来活像是一个有皱褶的肉丸子。

据说每个人的性格和行为都是由自己出生时的星座所形成的,比方说金牛座、处女座、天蝎座等等,历书上都记载着呢。参事夫人对这些星座却全都不屑一顾,她说她丈夫是出生在"手推车星座"下的,因为他总是被人推着往前去。

他的父亲把他推进了一个衙门的办公室里,他的母亲又把他推进了一门攀权附贵的婚姻里,他的妻子又把他推上了王室参事的官位,不过最后这件事情她素来不愿提到。她是一个工于心计的好妻子,在不该说话时保持沉默,而到了适当时机便出来说上几句和推上一把。

现在他已经上了点年纪,就像他自己所说的那样"体态匀称"。他博览群书,脾气随和,而且"精通钥匙的奥秘",这件事情我们再过一会儿就会明白的。他的心情总是很快活,所有的人他都喜欢,都乐意与他们谈上几句。如果他在城里兜上一圈,那就很难回家了,倘若他的妻子不在他身边推上一把的话,他会同每一个碰到的熟人聊天闲谈。他的熟人又是那么多,以至于他回家吃晚饭的时间常常被耽搁。

参事夫人站在窗户旁边张望着。"他回来啦,"她吩咐女仆说,"快把锅子放到火上去……这会儿他又站住了,同一个人聊起天来,快把锅子从火上撤下来,要不然锅里的菜肴就要煮过头了……这会儿他真的来了,好吧,那就把锅子放到火上去吧。"

可是他却姗姗来迟,久久不曾露面。

他站在自己家的窗户底下朝上点点头,可是这时候有个熟人正好路过的话,他就非要和他聊上几句不可。倘若就在他同这个熟人聊天的当儿,又来了另一个熟人,那么他就会用手抓住第一个熟人的上衣纽扣,再伸出另一只手去同另一个握手,同时还要和从身边走过的第三个打招呼。

这对参事夫人是一个莫大的考验。"参事官!参事官!"她会不客气地呼喊起来,"是呀,这个人是在'手推车星座'下出生的,若不去推他一把,他是不会朝前走的。"

他很喜欢逛书店,喜欢翻阅书籍和杂志。他给书店老板一点酬报,这样他就可以把新书带回家来看,也就是说允许他把直边裁开来看，但是不可以把上端的横边裁开，因为那样一来，那本书就无法作为新书出售了。可以这么说，他是一份不会得罪任何人的活报纸，凡是有关订婚、丧葬、书籍上的杂谈，还有街头巷尾的闲言碎语，他都无所不知、无所不晓。是呀，他会故作神秘地抛出暗示，表明连无人知道的机密他都了如指掌。这样的本事他是从大门钥匙那儿学来的。

当他们还是年轻的新婚夫妇的时候，参事官两口子就住进了自己的宅邸。也就是从那时候起，他们一直使用这把大门钥匙，不过当时他们并不知道这把钥匙的神奇威力，那是他们到了后来才明白过来的。

在弗雷德里克六世的时代里，哥本哈根还没有用上煤气，家家点的都是鲸鱼油做的蜡烛。那时候还没有建造起蒂伐莉游乐场和卡西诺剧院，还没有有轨电车和火车。同现在比起来，那时候的娱乐场所真是少得可怜。到了星期天，大家都走出城门，到共济会教堂墓地去散散步，念念那些坟墓上的墓志铭，然后坐在草地上野餐，大吃一顿用食品篮子带来的美味佳肴，再喝上几杯烧酒。再不然就漫步到腓德烈堡去，在王宫前面有军乐队演奏音乐。许多人都围在那里观看王室的人在那条蜿蜒曲折的狭窄运河里划船。那艘小艇由老国王掌舵，他和王后朝着围观的所有人致意，不论高低贵贱。城里有钱的阔佬全家都到这里来喝下午茶，他们可以在公园外面的田野上的一户农舍里得到热水，不过茶具他们必须自己带来。

在一个阳光明媚的星期天下午，参事官一家也到那里去了。

女仆提着茶具、一篮子食物和一瓶斯本德鲁普烧酒。

"带上大门钥匙，"夫人说，"回来的时候可以自己开门进来。你要晓得这里天一黑就把大门锁上，而那根门铃的拉绳在今天早晨就被人拉断了。我们要到很晚才能回来，先去腓德烈堡，再到西大桥的卡索蒂剧院去看哑剧《打谷场上的包工头哈利》。他们会从云里飞下来。每张门票要两个马克呢！"

他们去了腓德烈堡，听了音乐，看到了旗帜飘扬的皇家划艇，看到了老国王和白天鹅，然后他们惬意地吃了茶点之后就离开了那个地方，然而他们却没有准时赶到剧院。

走钢丝已经演完，走高跷也已演完，哑剧早已开场了，而他们却像往常一样姗姗来迟。那都是王室参事的过错。他在路上不断地停下来同熟人寒暄闲聊，就是在剧院里，他还碰上了两个好朋友。等到剧院散场之后，他和他夫人还不得不跟着他的朋友到"桥那边"的家里去喝上一杯潘趣酒。他们本来只想待上十来分钟的，可是一坐下去便是整整一个钟头，没完没了地聊天闲谈。最逗人发噱的是一个不知是瑞典还是德国的男爵，反正王室参事已经记不清楚了，而那个人教给他的用钥匙玩的把戏他倒记得清清楚楚，一直不曾忘记。那真是有趣至极，那个男爵居然能让钥匙回答所有的问题，不管你问到什么，它都能回答上来，哪怕是最秘密的事情。

王室参事的大门钥匙尤其适于玩这种把戏。它的匙齿部分特别沉重，所以它的这一头总是往下垂着。那个男爵把钥匙挂在右手的食指上，它便随便地悬吊在那里。他指尖上的脉搏跳动一下，都会带动它跳一下。它就这样一跳一停地摆动起来。倘若这一招失灵了，男爵也有办法让它顺从自己的意志而又不使人察觉地摆动起来。每摆动一次就代表一个字母，从 A 一直顺着次序排下去，可以随心所欲地在哪一个字母上停下来。当一个单词的第一个字母被发现以后，钥匙就会朝相反的方向摆动，这样来找出下一个字母，就这么一直摆下去，便组成了一个个完整的单词，拼起来就成了一句完整的话，可以回答问题。这本来就是彻头彻尾的骗人把戏，不过玩起来却十分有趣。王室参事起初也是这么个想法，却不料等玩上瘾了就欲罢不能，他竟然完全被钥匙迷住了心窍。

"先生，先生，"参事夫人喊了起来，"西城门十二点要关闭。我们只剩下一刻钟赶到那里，要不然就回不去啦。"

他们赶紧抽身就走，一路上他们还见到好几个想要进城的行人从他们身边急匆匆地超了过去。最后他们总算走近了靠着城门的那个哨所。就在这时候，钟敲了十二下，城门砰的一声关上了，许多人被关在城外，其中就有王室参事一家，还有他们提着茶具和空食品篮子的女佣。有些人惊慌失措，有些人愤然发怒，究竟怎么办呢，各人自有各人的打算。

侥幸的是在最近那几天里刚好颁布了一则法令，说是全城留下一个城门整夜不关，就是北城门。那些来迟了的夜归人可以从那里通过哨所走进城来。

那段路可是一点也不近，亏得当天天气很好，夜空清朗，星斗满天，时而有流星划过。青蛙在水塘和沟渠里呱呱叫着。这一大群夜行人开始唱起歌来，一首接着一首。然而王室参事却没有唱歌，也不抬头看星星，甚至也不看看自己的脚下。他跌跌撞撞地往前走去，大家都以为他准是喝多了，其实那不是潘趣酒涌上了头脑,而是钥匙钻进了他的脑袋里,在那儿摆动个不停。

后来他们总算走到了北城门的哨所,过了桥,进到城里。

"这一下我可高兴了,"参事夫人说道,"总算到了大门口。"

"可是大门钥匙到哪里去了呢?"王室参事失声惊呼起来。它既不在背后的裤子口袋里,也不在上衣的两个衣兜里。

"老天爷啊,"参事夫人呼喊起来,"钥匙没有在你的身上吗?一定是你和男爵用钥匙玩把戏的时候丢在那里了,我们怎么进得去呀!门铃的拉绳又恰好在今天早晨被拉断了。你要知道,巡夜的看守是没有开大门的钥匙的,这真是毫无办法啦!"

女佣也哭了起来,王室参事是唯一一个还保持着镇定的人。

"我们不得不把杂货店老板的窗户玻璃砸碎一块啦!"他说道,"把他喊起来给我们开门,这样我们就可以进去了。"

他砸碎了窗上的一块玻璃,又砸碎了第二块玻璃。"彼德森!"他高声叫喊,还把雨伞的伞柄伸进窗户里去敲出声音来。这时住在地下室里的那户人家的女儿尖声叫了起来,于是地下室里的那个男人起来把店铺的店门打开,叫了一声:"守夜的!"等到他看清楚眼前站着的是王室参事一家后,他就把他们放了进去。在街上巡夜的看守吹响了自己的哨子,旁边一条街的巡夜看守也吹起了哨子。许多人都拥到窗前,一个劲儿地问:"哪里失火啦?""哪儿出事啦?"直到王室参事已经回到自己的屋里、脱下外套的时候,那些人还在追问。

王室参事在脱下大衣的时候,才发觉大门钥匙还在大衣里,不过不在口袋里,而在夹层里。它是从衣袋里一个本不该有的破洞里漏下去的。

从那天晚上起,大门钥匙便有了特殊的重大意义,不仅晚间出门时必须带上,而且坐在家里的时候也要带上,因为王室参事要卖弄自己的聪明,让钥匙回答他的问题。

他事先想好了最正确的答案,然后再让钥匙回答。久而久之,连他自己也信以为真,相信这是钥匙自己回答出来的。可是他的夫人有个近亲——一个年轻的药剂师——却毫不相信。

那个药剂师头脑十分精明,也善于吹毛求疵。在他还是个小学生的时候,就着手撰写书评和剧评,文章虽然没有署名,不过已经很了不起啦!他是大家常说的那种有灵气的才子,他不信精灵,更不相信藏在钥匙里的精灵了。

"是呀,我相信,我相信,"他说道,"有福的参事官先生,我相信大门钥匙精灵和所有的钥匙精灵,相信得如此虔诚,就像我相信那些在眼下正红得发紫的五花八门的新科学一样。什么桌子自己会跳舞啦,什么新老家具有灵魂啦,等等。你听说过吗?我倒听说过的。起初我曾经有过怀疑,因为我是个怀疑一切的人。但是在一份十分可信的外国报纸上念到了一篇非常骇人的故事之后,我的态度就彻底改变了。参事官先生,你能够想得出来吗?好吧,那么我就把我念到的那个故事原原本本地给你讲一遍吧。"

"话说有两个天资聪颖的孩子看到过他们的父母亲把一张大餐桌里的精灵叫醒了。有一天,只有两个孩子单独待在家里,他们也用同样的法子把一个古老的柜子激活了——也就是把它的精灵叫醒了。可是它却不堪忍受两个小孩子对它发号施令。它猛地站立起来,嘎巴一声把抽屉拉开,又用自己的木头柜脚把两个孩子推进了两只抽屉里,然后柜子就装着他们从敞开的大门跑了出去,跑下台阶，跑过街道，一口气跑到了运河边上，就纵身跳进了运河里去。那两个小孩都被淹死了，他们都到了基督的大地上去了，而柜子却被带上了法庭，以谋杀儿童的罪名被判在广场上活活烧死。我念到了这个故事，"药剂师说道，"是在一份外国报纸上念到的。这并不是我胡乱编造出来的，钥匙可以证实这是真的，我可以举起手来认认真真地发个誓。"

王室参事觉得他的这些奇谈怪论简直就是不登大雅之堂的插科打诨，他们两个人在钥匙这桩事情上总是说不到一块儿去。那个药剂师对钥匙一窍不通。

王室参事在钥匙上的知识在突飞猛进，钥匙成了他乐趣和智慧的源泉。

有一天晚上，王室参事准备上床睡觉去了，他已经脱了一半的衣服，这时候有人乒乒乓乓地敲响了通往走廊的门。原来就是住在地下室里的那个男人，他居然这么晚了还找上门来。他也是已经脱了半身衣服准备上床睡觉的，不过他忽然有了一个好主意，他害怕过了夜就忘掉了，他这么说道：

"我要说的是有关我女儿洛特·莱妮的事。她是个美丽的姑娘，已经领受过坚信礼，现在我想要看到她有一个好的归宿。"

"可惜我还不是一个鳏夫，"王室参事说着不禁粲然一笑，"再说我还没有可以娶她为妻的儿子呢。"

"这我全都知道，参事先生，"住在地下室的那个男人说，"我的女儿会弹钢琴，会唱歌，你住在这栋房子的楼上，谅必能听得见她的琴声和歌声。你不知道这个姑娘还有什么拿手好戏。她还会模仿各种人走路和讲话，她天生就是当喜剧演员的料子，那也是好人家的正经姑娘的一条出路,当演员的甚至还可以嫁给伯爵呢。不过我和洛特·莱妮都还没有动过这个念头。反正她会唱歌,她会弹钢琴。前两天我带她去了歌唱学校,她唱了,不过就是没有能把我称为'女人啤酒肚里的低音'唱出来,也没有能把金丝雀叽叽叫的那几个最高的音调唱上去,而这些都是如今的女歌唱家必须要有的本事,所以学校里的人都劝她不要走这条路。唉,我想既然此路不通,她无法成为一个女歌唱家,那么不妨就去当个演员吧,这总是能行的,只要会发音吐字就行。今天我去找了那个被大家称为导演的人。'她看书看得多吗?'他问道。'不多,'我回答说,'没有看过什么书。''大量阅读乃是当女演员的必备条件。'他说道。我想,这还来得及补救的嘛,于是我就回家了。我想她可以到一个出租书的图书馆去租几本来念,且不管那是什么书了。到了晚上,我坐在那里脱衣服正准备睡觉,忽然脑筋一动,我何必要去租书来看呢,反正我有能够借得到书的地方。参事先生家里到处都摆满了书,那么就借给她念念吧,反正念念就行,不过那必须是免费的。"

"洛特·莱妮是一个讨人喜欢的姑娘,"王室参事说,"而且是一个美丽的姑娘。她应该有书籍可念,但不知她有没有人们所说的那种灵气劲儿,也就是说天赋和才气,有没有呢?还有同样要紧的是,她有没有运气呢?"

"她中过两次实物彩票呢,"住在地下室的那个男人说,"有一回得到了一个衣柜,另一回得到了六床被单。我说那是运气,她是有运气的。"

"我要问问钥匙。"王室参事说道。

他先把钥匙挂在自己右手的食指上,随后又把钥匙挂在那个男人的右手食指上,让钥匙摆动起来,让字母一个接一个地显示出来。

钥匙说道:"胜利和好运。"这样一来,洛特·莱妮的未来就一下子敲定了。

王室参事马上给了她两本书:剧本《迪维克》①和克尼格撰写的《人际交往概论》。

从那天晚上起,洛特·莱妮便和王室参事一家有了颇为密切的交往,她常常上楼到他们家里来。王室参事发现原来她是一个聪明伶俐的姑娘,她相信他,也相信钥匙。参事夫人却只看到她活泼、天真的一面,觉得她非常无知,还有点孩子气。这对夫妇以不同的方式喜欢她,而她也喜欢他们。

"楼上的这股香味真是好闻。"洛特·莱妮说。

楼上的走廊里弥漫着一股香味,那是因为参事夫人在那里放了整整一木桶的"灰石"品种的苹果。这股浓郁的香味也来自所有房间里摆着的玫瑰花和薰衣草。

"真是优雅至极。"洛特·莱妮说道。她的双眼里闪现出了快活的光芒,她盯住了许多娇艳的鲜花。参事夫人总是在家里到处摆放着鲜花,甚至在隆冬腊月,这里的紫丁香和樱桃枝也盛开着

---

① 迪维克(1491—1517)原来是荷兰的贫家女子,1507年与丹麦国王克里斯蒂安二世在挪威相遇,遂成为他的情妇。克里斯蒂安二世于1515年大婚,他同迪维克的关系成为当时丹麦政坛上的一桩大事,掀起了一场风波。迪维克随即被毒死,案情错综复杂,是丹麦历史上的悬案之一。迪维克后来成为欧洲诗歌、音乐和歌剧的一个主题。剧本《迪维克》是丹麦剧作家奥勒·约翰·萨姆索所写的五幕悲剧。

鲜花。那些折下来的连一片叶子都没有的光秃枝条，浸泡到水里，在温暖的室内不消几天，就花朵嫩叶开满枝梢了。

"人们以为这些光秃秃的枯枝大概活不成了，可是你看，它们却起死回生啦。"

"我以前从来不曾想到过。"洛特·莱妮说，"大自然真是太奇妙啦！"

王室参事居然让她翻阅了他的《钥匙札记》，那里面记载着许多奇异的怪事，都是钥匙所讲的。比方说：食品柜里有半个苹果蛋糕失踪了，而恰恰就在当天晚上女佣的未婚夫曾经来看过她。

于是王室参事就去请教自己的钥匙："究竟是谁吃掉了苹果蛋糕，是猫还是那个未婚夫？"大门钥匙回答道："那个未婚夫！"王室参事本来就料定是他，于是他盘问了那个女佣，她只好承认了，还说那个该死的钥匙真是什么都知道哇。

"是呀，你说神奇不神奇，"王室参事说道，"这把钥匙，一点没错，就是这把钥匙。在问起洛特·莱妮的时候，它回答说：'胜利和好运！'我们等着瞧吧，我敢保证，必定如此。"

"那真是太好啦！"洛特·莱妮说道。

参事夫人却没有那样信心十足，在丈夫面前，她没有说出自己的怀疑。不过后来她对洛特·莱妮说：王室参事在年轻的时候对戏院简直是着了迷，要是那时候有人把他朝那边推过去一把，他必定会去当演员的，可是他的家庭却把他推开去了。他非常想登台演戏，为了要登台演戏，他甚至还写了一个喜剧剧本。

"这是一个天大的秘密，我只告诉你一个人，小洛特·莱妮。那个喜剧剧本写得并不差，皇家剧院接受了下来。上演的时候，却被观众喝倒彩轰下台来，从此就销声匿迹，再也无人提及了。我很高兴这一切就此收场了，因为我是他的妻子，对他很是了解。现在你要去走同样的路了，但愿你一切顺利。不过我不大相信真的就会那么一帆风顺。我是不相信那把大门钥匙的。"

洛特·莱妮偏偏却相信那把钥匙，在这一点上，她和王室参事是完全一致的。

他们的心终于相通了，既坦诚，又真挚。

这个孩子气的姑娘还真有几下拿手本事，让参事夫人不得不啧啧称奇。洛特·莱妮会用土豆做成淀粉，会用旧丝袜织成丝手套，还为自己的旧跳舞鞋蒙上新的丝鞋面，尽管她是买得起新衣服的。她的境况就像她的父亲——那个杂货铺老板——所吹嘘的那样：桌子抽屉里有着银币，钱柜里还存着有价证券。她倒真是可以给药剂师当妻子的，参事夫人这样想道，不过她没有说出来，也没有让钥匙说出来。药剂师很快就要到一个离得最近又是最大的外省城市里去安家落户了，他要到那个城市里去经营自己的药店了。

洛特·莱妮一直在阅读剧本《迪维克》和克尼格著的《人际交往概论》。这两本书她已经保存了两年，对其中的《迪维克》她是情有独钟。她能够把剧中人物的台词全都背诵下来，但是她只想演一个角色，那就是迪维克本人。她并不想在京城里演出，因为那里的人眼界高而心眼儿窄，往往嫉妒成性。而在这里人家也不会要她，所以她要在一个较大的外省城市里去开始她的艺术生涯，就像王室参事所说的那样。

说来也非常奇怪，那恰好是药剂师去的那个城市，那个年轻的药剂师在那里安家落户了,成为那里虽说不是唯一的却也是最年轻有为的药店老板。

那个等待已久的伟大夜晚终于来到了,洛特·莱妮要登台演出了,她将要获得大门钥匙所说的胜利和好运了。王室参事没有前去捧场,他正生着病躺在床上,他的夫人照料着他。他需要热的餐巾和菊花茶,用热餐巾敷在腰上,将菊花茶喝进肚里。

这对夫妇没有看到《迪维克》的演出,但是药剂师却在场看了。看完之后,就给他的亲戚——参事夫人写了信,告诉她演出的情况。

"整出戏里最精彩的只有迪维克的皱褶衣领,"他写道,"倘若王室参事的大门钥匙正好在我的口袋里的话,我一定要把它取出来嘘它几下。她也只配让人喝倒彩,被嘘下台来。那柄大门钥匙也只配落得如此下场,因为它恬不知耻地向她撒了个天大的谎:'胜利和好运!'"

王室参事念了这封信。"这纯属恶意中伤,"他说,"那家伙把对大门钥匙的满肚子怨恨发泄到了这个无辜的姑娘头上。"

他刚刚能够下床的时候,就立即给药剂师写了一封言简意赅、措辞尖刻的短信。药剂师岂肯善罢甘休,也立即写信作答。他在信里装模作样,似乎他从王室参事的信中除了只看出开玩笑和好心情之外别的什么也没有看明白。

药剂师在回信里先感谢了王室参事的来信,也感谢他在传播钥匙的无与伦比的价值和意义上所作的每一个高瞻远瞩、用心良苦的贡献。随后他又告诉王室参事说:在经营药店生意的空闲之时,他正在动笔写一本大部头的钥匙小说。"大门钥匙"则是当仁不让的主人公，而小说里所有的人物也全都是钥匙，一个个都是钥匙，也只写一个个钥匙。小说主人公"大门钥匙"的原型就是王室参事的那把大门钥匙，它有未卜先知的天赋，也有测算凶吉的本事，其他所有的钥匙都只跟随着摆动。这里有年迈的宫廷侍从的钥匙，它对宫廷的辉煌和盛宴都了如指掌；有五金杂货铺子里卖四个铜板一把的小巧玲珑的开钟用的钥匙；有教堂里开启栅栏门的钥匙，它自认为是教会人士，它曾经有一个晚上插在钥匙孔里没有被拔下来，所以在教堂里过了夜，并且因此而看到过精灵；有食品柜的钥匙、堆燃料的地窖钥匙、酒窖的钥匙等等。所有的钥匙都纷纷出场，围绕着大门钥匙行屈膝礼，并且款款摆动。阳光把它们映照得如同银子一样闪闪发亮，风儿这个横行世界的精灵吹过它们的身体，于是它们都嘘嘘地吹起口哨来。而所有钥匙的钥匙便是王室参事的那把大门钥匙，现在它已经是天国大门的钥匙了，是教皇的钥匙，它是从来不会做错事的。

"恶毒的中伤！"王室参事说，"天下最恶毒的中伤。"

从此以后，他和药剂师就再也不见面了。不过他们还是见了一面，那是在参事夫人的葬礼上。

她先去世了。

那栋房子里充满了悲伤和哀思，就连那些浸泡在水里抽芽开花的樱桃枝现在也由于悲哀而枯萎了，因为它们被遗忘了，她不再照料它们了。

王室参事和药剂师都是死者最亲近的人，所以并肩走在她的棺材后面，不过这不是唇枪舌剑的时候。

洛特·莱妮帮王室参事在大礼帽上围了一圈黑纱。她又住在这栋屋子里了,她很早就回来了,并没有得到在艺术道路上的"胜利和好运"。不过来日方长嘛,洛特·莱妮是前途无量的。大门钥匙这样说过,参事先生也这样说过。

她上楼去看望他。他们俩谈到逝者时都不禁哭了起来,洛特·莱妮心肠很软。可是当他们谈起艺术时,洛特·莱妮却十分坚强。

"戏剧生涯固然是美好的,"她说道,"却也有着不少钩心斗角和相互嫉妒的事。我宁愿走我自己的路。首先做一个好人,然后再是艺术。"

克尼格在论及演员这一章里讲的都是真话,她已经领悟出来了,而钥匙讲的却未必是真话。不过她没有在王室参事面前直言不讳,因为她喜欢上了他。

在独居的一年中,钥匙成了能使王室参事得到安慰和令他开心的东西。他向它提出问题,它一一作答。在那一年终于结束的时候,在一个柔情似水的夜晚,他和洛特·莱妮坐在一起。他问钥匙:

"我若结婚,该娶何人?"

现在已经没有人来推他了,所以他只好推了推钥匙。"洛特·莱妮。"钥匙说道。

话就这么说出来了,于是洛特·莱妮就当上了参事夫人。

"胜利和好运!"

这句话早就说过了,是大门钥匙说出来的。

跛脚孩子

在一座古老的庄园里，住着一对功成名就的年轻贵族夫妇，他们很富有，也很快乐。他们愿意自己享受，也乐善好施，做了不少好事，他们希望所有的人都和他们一样快活。

圣诞节前夜，在古老的骑士大厅里竖起了点缀得五光十色、华丽非凡的圣诞树，壁炉里燃烧着熊熊的火焰，古老的画框周围也悬挂着柏树枝条，主人和来宾们都聚集在大厅里唱歌跳舞，欢度节日。

傍晚时分，用人们的住房里已洋溢着庆祝圣诞节的欢乐气氛。这里也竖着一棵很大的枞树，树上点着红白两色的蜡烛，还挂着小巧的丹麦国旗、用彩色纸剪出来的天鹅和里面装着"最最好吃的甜食"的渔网。全教区所有的穷苦孩子都得到了邀请，由他们的妈妈陪着一起来。他们的妈妈并不朝着圣诞树上看，而是把目光瞟向圣诞大餐的餐桌上，那里摆着许多衣料，有呢子的，有麻布的，有做裙衫的，也有做裤子的。一点不错，那些妈妈们还有大孩子们都朝那边瞧，只有那些很小的孩子才朝着蜡烛、彩色剪纸和彩旗伸出手去。

这整整一大群人下午早早地就来了，他们吃了圣诞粥、烤鹅配红菜。在圣诞树上点燃蜡烛、分发完礼物之后，他们每人还可以得到一杯潘趣酒和一块苹果馅饼。

他们回到家里，回到自己贫寒简陋的房间里，还要谈论谈论过节的"享福日子"——也就是方才吃到的美味佳肴。他们又把那些礼物拿出来仔细观看。

在这些人当中有管园子的女人谢斯廷和管园子的奥勒，他们是一对夫妇，靠在庄园上刈草、锄地、照料园子来换取自己的房屋和每天的面包。每年去吃圣诞节大餐，他们都能得到很丰厚的礼物。他们有五个孩子，这五个孩子的衣服都是主人送的。

"我们的主人是乐善好施的人，"他们说，"不过他们也施舍得起呀，而且他们从中也得到了快乐。"

"四个孩子都有像样的衣服穿了，"管园子的奥勒说道，"这次却偏偏就没有给跛脚孩子。尽管他没有去参加节日聚餐，可是他们平日也总是想着他的呀。"

他说的是所有孩子里最大的那一个，他们把他叫作"跛脚孩子"，其实他的名字叫汉斯。

他从小就是一个最精明、最活泼的孩子，可是他忽然瘫痪了——他们都说是"瘫掉了"。他站立不起来，也不能走路，已经在床上躺了五年。

"礼物倒是有的，我得到一件他们送给他的礼物，"他的母亲说，"不过却不是什么了不得的东西，是一本书。他可以读一下。"

"唉，这东西又不能让他长肉。"父亲说道。

可是汉斯却非常喜欢这本书。他是一个天资非常聪颖的孩子，很爱读书。不过他还是用他的时间来干点活，尽量多干一点躺在床上的人所能做的活计，可以挣点钱贴补家用。他的一双手十分灵巧，于是他用自己的双手编织出了毛袜，是的，甚至编织出了整条的毛毯。庄园上的女主人连声称赞，便把它们都买了下来。

他得到的礼物是一本童话故事集，书里有许多童话故事，值得阅读，发人深思。

"这本书到了这栋屋子里可真是没有什么用处哇，"父母亲说道，"不过让他念念也好，可以消磨时间，他总不能一刻不停地织袜子吧。"

春天来了，鲜花和绿草都发芽生长，被人称为"荨麻"的野草也是一样，不过只有在赞美诗里才把它说得那么美好：

> 纵然所有的国王一起上阵，
> 使出他们的威力叱咤风云，
> 他们竟对付不了一株荨麻，
> 无法叫它长出一片叶子来。

园子里的活计真多得干不过来，不仅是花园的园艺师傅和他的学徒们拼死拼活地干，就连管园子的谢斯廷和奥勒也是如此。

"真是要把人折腾死啦！"他们说，"我们刚刚把路耙得平整一些，马上又给踩得乱七八糟。庄园上来的客人一大群又一大群，这要花多少钱呀！反正主人有钱请得起呗！"

"贫富不均得太厉害啦！"奥勒说道，"牧师说我们都是上帝的儿子，可是为什么会有这样的差别。"

"那是因为人堕落的缘故。"谢斯廷说。

到了傍晚时分，他们夫妻俩又谈起了这个话题，跛脚孩子汉斯正捧着那本童话故事集躺着。

难以忍受的清苦、笨重的活计不但折磨得他父母双手变得粗糙、僵直，而且也使得他们对事物的看法和判断变得冷酷和无理了。他们无法控制自己的情绪，更不要说如何去排遣烦恼了。他们愈谈论怨气就愈大，满肚子都充满了怒火。

"有的人富足，有的人贫穷。我们上一代人对上帝的亵渎和不敬为什么偏要怪罪到我们头上来呢？我们并没有像他们那样胡来。"

"不对，我们已经这样做啦！"跛脚孩子汉斯说，"所有的一切在这本书里都讲到了。"

"那么书里面是怎么说的呢？"他的父母亲问道。

于是他把书里那个描写樵夫和他妻子的古老童话念给他们听：那对夫妻也在责怪亚当和夏娃的好奇心，说这就是他们遭受不幸的祸根。他们在讲这些话的时候，那个国家的国王正好从那里经过。"跟我回去吧，"国王说，"这样你们就可以过上和我一样的好日子。每顿饭有七道菜，还有一道只是用来摆样子的。这道菜盛在一个用盖子盖着的大碗里，你们不可以去碰它，因为若是碰开了那个盖子，你们的享乐也就立刻化为乌有了。""那么碗里究竟盛的是什么东西呢？"妻子问道。"那与我们毫不相干。"樵夫说道。"是呀，我一点也不好奇，"妻子说，"我只是想知道，为什么不许我们揭开大碗的盖子。那只大碗里一定装着好吃的东西。""但愿碗里没有装着什么机关，"男人说，"比方说，放着一把手枪，一揭盖子就砰的一枪，把整栋房子的人都吓醒过来。""哎哟！"妻子喊道，她赶快缩回手，没有敢去碰那个碗盖。到了夜里，那个妻子做起梦来，她梦见大碗的盖子已经自己打开了,碗里冒出一阵阵令人垂涎欲滴的潘趣酒的香味——就是那种在婚礼上或是葬礼上才喝得到的潘趣酒的酒香。大碗里放着一枚很大的银币,银币上有一行铭文,写道:"如果喝下了这种潘趣酒,你们两人就会成为世间最富有的人,其他所有的人都只是叫花子。"妻子一下子就惊醒过来,她把自己的梦说给了男人听。"你对这件事想得太多了吧!""我们不妨轻轻地揭开盖子。"妻子说道。"轻轻地揭吧。"男人说道。于是妻子小心翼翼地揭开了大碗的盖子,刚一揭开,只见两只动作灵活的小老鼠蹿了出来,钻进了老鼠洞里不见了。"晚安,"国王说道,"现在你们可以回家去啦,到自己的床上去睡觉吧。不要再责骂亚当和夏娃,你们也一样地好奇和不知感恩。"

"这个故事是从哪里钻到这本书里去的呢?"管园子的奥勒问,"听起来似乎说的就是我们。倒很值得好好地想一想。"

第二天他们又去干活了。烈日当空炙烤着他们,大雨又把他们淋得浑身湿透。他们牢骚满腹,怨气冲天。然而他们没有发泄出来,而是反复思量着。

那天傍晚,他们吃过晚饭,也就是喝完了牛奶糊糊,天色还未完全黑下来。

"再给我们念一遍樵夫的故事。"管园子的奥勒说道。

"这本书里有许多好听的故事呢,"汉斯说道,"有许多是你们都不知道的。"

"我对那些故事倒不大在意,"管园子的奥勒说,"我就是想再听一遍那个我已经知道的故事。"

于是他和他的妻子又听了一遍那个童话。

一连好几个夜晚，他们都重新听了这个童话。

"我还没有把整个道理真正明白过来。"管园子的奥勒说，"人其实和甜牛奶一样，甜牛奶会发酵变酸，有的就成了上等的干奶酪，有的就成了稀薄的酸奶汁。人也是一样：你看，有的人做每件事都会交上好运，他们天天坐在豪华的餐桌旁，无忧无愁的，什么都不短缺。"

跛脚孩子汉斯听到了这些话，他虽说腿有残疾，头脑却不瘸也不拐。他给他们念了童话集里的故事，念给他们听《无忧无愁的人》的故事。是呀，在什么地方能找到这个人呢？但必须找到他。

有个国王病得很重，卧床不起，除非给他穿上一件必须是一个真正无忧无愁的人穿过的衬衫，他才能痊愈，否则就无药可救了，于是宫廷就向世界各国派出了征求衬衫的使臣。这些人去了所有的王宫和庄园，向所有富足、快乐的人征求衬衫。可是经过细细盘问发现，原来他们每个人都尝到过忧伤和愁闷的滋味。

"我倒是一点忧愁都没有。"坐在沟渠边的小猪倌笑嘻嘻地说。

"那么快把你的衬衫给我们吧，"派出去的使臣说，"你可以得到半个王国作为报酬。"

可是他却连一件衬衫都没有，但他却称自己是最幸福的人。

"这是一个出色的小伙子。"管园子的奥勒说道。他和他的妻子都哈哈大笑起来，要知道他们已经许多年没有这样放声大笑啦。

就在这时候，小学校长正好走过。

"嘿，你们一家人多么开心呀，"他说道，"这样的笑声在你们家里真是难得听见呀。是不是你们中了彩票？"

"不是的，不是那种快活。"管园子的奥勒说，"是汉斯在给我们念那本童话故事集,他念了《无忧无愁的人》的故事,那个无忧无愁的人却连一件衬衫都没有。听了书里的这个故事,真要让人掉下眼泪来,尽管这不过是个印在书上的故事。原来人人都要扛着一副重担,不单单是哪一个人如此。这总算是一种安慰吧。"

"你们这本书是从哪里来的呢?"校长问道。

"是一年以前汉斯在过圣诞节的时候得到的,是主人送给他的。你知道他非常喜欢看书,他是个跛脚孩子。那时候我们倒宁愿他能得到两件蓝布衬衫呢。不过这本书却很稀奇,它好歹能解答你搞不明白的问题。"

校长拿起书翻了开来。

"让我们再听听那个故事,"管园子的奥勒说,"我还没有真正明白过来。还有,再念念另一个讲樵夫的故事。"

这两个故事对奥勒来说就已经足够了,它们如同两道阳光照进了这间陋屋,照进了他们痛苦、烦恼的思想里。

汉斯把这整本书都念完了,并且读了许多遍。童话故事把他带到了外面的大千世界里。你们知道,那些地方他是去不了的,因为他的腿脚不听使唤。

校长坐在他的床旁边,他们聊起天来,这样的交谈使得他们两人都很愉快。

从那天起,汉斯的父母出去干活的时候,校长经常到他这里来。对于这个孩子来说,校长每来一回,都是一道盛宴。他如饥似渴地聆听那位老人给他讲世界的大小和世界各国的情况,他还讲到太阳几乎是地球的五十万倍大,而且它离地球非常遥远,一颗炮弹从太阳打到地球要花二十五年时间,而光线从太阳射到地球上只需要八分钟。

这些事情如今每个勤奋的小学生都知道，而对于汉斯来说，却是非常新鲜，要比童话故事集上讲的那些故事奇妙得多。

校长每年到庄园主家里去吃两次饭。有一回，他谈起那本童话故事集对那户穷苦人家意味着什么，仅仅其中的两个故事就使得他们有了信仰，并使他们感到幸福。那个体弱、残疾却又聪明透顶的小男孩每一回念故事都会使他们全家深思和快活。

当校长从庄园上告辞的时候，那位夫人把两枚锃亮的银币塞在他的手里，要他带给小汉斯。

"应该交给父亲和母亲。"当校长把那笔钱交给汉斯的时候，小汉斯这么说道。

管园子的奥勒和管园子的女人谢斯廷说："跛脚孩子汉斯也有出息了，他得到了祝福。"

过了一两天，汉斯的父母到庄园上去干活了，主人的马车却停在了他们家门口。走进来的是那位心地善良的夫人，她很高兴她送的圣诞节礼物给小男孩和他的父母带来这么多安慰和快乐。

她带来了精制的上等面包，还有水果和一瓶糖浆。不过更令人高兴的是，她给他带来了一只金光灿灿的鸟笼，笼子里有一只黑色的小鸟。那只小鸟婉转啼鸣，唱得非常动听。鸟笼子就放在那个旧衣柜上，离开汉斯还有一段距离，他可以看到鸟儿，听到它的歌声。是啊，连走在外面大路上的行人都老远就能听到它的歌声。

夫人乘车走了之后，管园子的奥勒和管园子的女人谢斯廷才回到家来。他们看到汉斯对夫人送给他的那件礼物非常满意，便马上想到,这迟早会惹麻烦的。

"有钱人是想不到那么多的,"他们说,"这下子要我们来侍候它啦,跛脚孩子汉斯是没有法子照料它的。这鸟儿迟早会被猫儿叼走的。"

一个星期过去了,又是一个星期过去了。猫儿在这段时间里已经进房间来了好几次,但它没有吓着小鸟,更没有去伤害小鸟。后来有一天终于发生了一件大事。

那是一天下午,父母和别的几个孩子都干活去了,只有汉斯独自一人待在家里。他手里捧着那本童话故事集,正在读着那个想要自己所有的欲望都得到满足的渔夫妻子的故事。她想当国王,就真的当上了国王;她想当皇帝,就真的当上了皇帝;可是后来她想当那个慈善的上帝了,这一下她又坐回了她原来就从那里来的泥泞不堪的水沟里。

这个故事本来同小鸟和猫儿都不相干,但是事情发生的时候,他正好在读这段故事,从此以后他就再也忘不了。

鸟笼放在衣柜上。猫蹲在地上,瞪着一双黄绿色的眼睛死死地盯住了小鸟。猫儿的脸上露出了邪气十足的神情,似乎在对小鸟说:"你那么肥美,我非一口气吃了你不可。"

汉斯看得很明白,他从猫的脸上看懂了它想做什么。

"快出去,贼猫!"他喝道,"你赶快离开这个房间!"

猫儿却弓起了身子,似乎马上就要一跃而起。

汉斯够不着它,他手上只有心爱的宝贝——那本童话故事集——可以扔过去砸它。他把书扔了过去,可是书却散架了,书的封面飞向一边,一页页的纸飞向另一边。猫儿慢吞吞地往后退

了几步,却仍旧待在房间里不肯出去,还盯住了汉斯,似乎在说:

"你别多管闲事,小汉斯!我能跳会跑,而你却什么都不能。"

汉斯睁大了眼睛盯住猫儿,心里忐忑不安,焦急极了。小鸟也惊慌起来。这里没有他可以呼喊求援的人,似乎连猫儿也明白这一点,它又摆出了跳跃的架势。汉斯只得挥动床罩,这是他用双手就可以做得到的。然而猫儿却并不买账,对床罩毫不在意。床罩倒是扔过去了,可惜一点用处都没有。猫儿纵身一蹿,跳上了椅子,又跳到了窗槛上,那里离小鸟更近了。

汉斯感到自己的热血在周身沸腾起来,不过他这时顾不上去想这些了,他只想着猫儿和小鸟。要知道这孩子没有人帮忙是起不了床的,他不能用双腿站立起来,更不要说用脚走路了。当他眼睁睁地看着猫儿从窗槛上一纵身跳到衣柜上把鸟笼推翻的时候,他的心好像也在他身体里打转转。小鸟在鸟笼里乱扑乱飞。

忽然间,汉斯大喝一声,他心头一震,连想都不曾想就噔地跳下床来,朝着衣柜直扑过去。他把猫儿赶了下去,把鸟笼紧紧护在胸前。那只小鸟已经吓了个半死。他拎着鸟笼跑出屋子,跑到了大路上。

这时候,眼泪像泉水一样从他双眼里流了下来。他惊喜极了,快活地高声叫喊:"我能走路啦,我能走路啦!"

他又恢复了健康。这种事情是可能发生的,而恰恰发生在他的身上了。

校长就住在附近。汉斯光着两只脚,身上只穿着衬衫和衬裤,手里拎着鸟笼朝校长家里跑去。

"我能走路啦,"他喊道,"上帝呀!"他高兴得涕泪俱下。

管园子的奥勒和管园子的女人谢斯廷的家里充满了欢乐。"我们再不会有比这更快活的日子啦!"他们夫妻俩都这么说。

汉斯被叫到庄园上去,那条路他已经有许多年不曾走过了。那些他曾经很熟悉的大树和灌木丛似乎在朝他点头致意,向他说道:"你好,汉斯,欢迎你到外面来!"阳光照亮了他的脸,一直照到他的心里。

主人们——就是庄园上那对年轻幸福的夫妇——让他和他们坐在一起,他们也非常高兴,好像他就是他们家里人一样。

最快活的是那个年轻的女主人,也就是送给他童话故事集和送给他那只会唱歌的鸟儿的人。那只小鸟现在已经死去了,是被吓死的,但是它使他恢复了健康;那本书也使他的父母重新有了信仰。那本书现在还在他那里,他要保存下去,时常阅读,即便到了年老的时候也是如此。现在他也可以挣钱来养家了。他想学一门手艺,最好是学装订书籍的手艺。"因为,"他说,"这样我就可以读到所有的书啦!"

下午,女主人把他的父母都叫去了,她和她的丈夫已经商量好了汉斯的出路。他是一个虔诚而聪颖的孩子,喜爱读书,而且天赋很高。上帝总会成全好事的。

那天晚上,汉斯的父母从庄园上回到家里的时候,真是高兴极了,尤其是谢斯廷。不过,一个星期之后,她又哭了,因为汉斯要出门去了。他穿上了新衣服,他是一个好孩子,他如今要漂洋过海,到很远的地方去上学,进的是普通初中。他们要过许多个年头才能和他重聚。

他没有把那本童话故事集带走,他的父母要把那本书留在身边作纪念。父亲还要时常阅读它,不过那两个故事是决计少不了的,他已经把那两个故事全都记熟了。

他的父母时常收到汉斯写来的家信,一封比一封更令人高兴。他和一些很好的人在一起,境况非常不错,最值得欣慰的是,他始终勤奋好学。在学校里,要学习和要了解的知识实在太多了,所以他现在只希望活到一百岁,并且日后能当个小学校长。

"但愿我们能够活到那一天就好了。"他的父母亲说道,同时紧紧地握着对方的手,神情就像在祭坛前领圣餐时一样。

"在汉斯身上发生了多么奇妙的事情呀!"奥勒说,"上帝是想着穷人家的孩子的!在这个跛脚孩子身上恰好体现了这一点。这难道不像汉斯给我们念过的那本童话故事集里所写的那样吗?"

牙痛姨妈

我们的这个故事是从哪里来的呢?

你们想知道吗?

我们是从大木桶里得来的,那里装着许多旧纸。

有许多好书和稀有的书籍都流落到了熟食店和五金杂货铺的老板手上,倒不是供人阅读,而是店铺里不可缺少的材料,用来包装淀粉、包装咖啡豆,还要用来裹鲭鱼、黄油和干奶酪。写过字的纸也是可用之材嘛。

不该扔进废纸篓里去的东西常常给扔了进去。

我认识一个五金杂货铺的学徒,他又是熟食店老板的儿子。他起先是在地下室的店铺里干活的,后来这家店生意兴旺起来,便有了临街的铺面。他阅读过许多东西,都是从杂货铺的那些用来包装的纸上看到的,那些纸张既有印刷成书的,也有手写的稿纸。他收藏了很有意思的纸张,其中有些是从那些忙忙碌碌却又漫不经心的政府官员的废纸篓里捡来的重要文件;有些是女友之间说悄悄话的私函;还有一些是本来就不该再张扬、再被人谈论的丑闻。他是一个活生生的抢救机构,有一批数量不少的文学作品和文件被他抢救下来了。他所收藏的纸张涉及的范围很广,既来自于他父母的熟食店,也来自于他受雇的那家杂货铺,所以他救出了不少值得一读的好书,或者是某本书里的若干页。

他给我看他从大木桶里收集来的印刷物和手抄稿,大部分是从熟食店里捡来的,其中有几页纸是从一本很大的笔记本里撕下来的,那清秀工整的手写字体马上就引起了我的注意。

"这是那个大学生写的,"他说,"就是住在对面的、一个月前死去的那个大学生。看得出来,他患着很厉害的牙病。他写的文章读起来十分有趣,这里只是他写的一小部分,原来是整整一本书还不止呢。我的父母用半磅绿肥皂把它们从大学生的房东手里换过来,这几页是我保存下来的。"

我把它们借来读了,现在我就把这篇文章叙述出来。

文章的标题是:牙痛姨妈。

一

小时候姨妈给我糖果吃,我的牙一点都没有事,既没有虫牙,也没有龋齿。现在我长大了,成了大学生,她还拿糖果来哄我,还说我是一个诗人呢。

我具有诗人的某些气质,却还是不够的。当我走在城里大街上的时候,我时常会浮想联翩,觉得自己仿佛是走在一个大图书馆里,那些房屋便是书架,每一层都是摆放书籍的格子,既摆着写有日常生活的小说,也有古老的喜剧,还有门类繁多、科目齐全的科学知识著作;既有淫秽读物,也有高雅的文学作品。这些书籍会引起我的幻想,让我思考其中包含的哲理。

我具有诗人的某些气质，却还是不够的。许多人具有和我同样的气质，却没有戴上标有诗人头衔的徽章和领结。

他们和我一样，都有上帝赐予的一份天赋，一份祝福。这份祝福对我自己来说是绰绰有余的，但若要分给别人共享，却又少了一些。它像一道阳光，充满人们的心灵和思想；它像一股浓郁的鲜花芳香；像一首耳熟能详却又记不清它的出处的乐曲。

不久之前的一个夜晚，我坐在自己的房间里，很想要阅读点什么，却没有书籍，也没有报纸。就在这时候，一片树叶——一片新鲜的绿叶——忽然从椴树上飘落下来，风儿又把它吹进窗里，吹到我的面前。

我凝视着绿叶上纵横交错的叶脉，发现一条小毛毛虫在叶子上缓缓爬行，似乎它也想要彻底把叶子观察研究一番。我不由得因此而联想到了人的智慧。其实我们也只是在一片叶子上爬来爬去，所知道的也只不过是这片叶子的布局，但是我们却毫不犹豫地大发议论，评价整棵大树、树根和树冠；这棵大树还包括上帝、世界和永恒。而我们所知道的一切却只不过是一片小小的叶子。

我正坐在那里沉思遐想的时候，朱莉姨妈上门来看望我了。

我把叶子和叶子上面的小毛虫指给她看，把我由此而产生的联想也告诉了她。她的眼睛顿时一亮。

"你是个诗人，"她说，"说不定是我们最伟大的一个诗人，倘若我真的能够活着看到这一天，那么我进坟墓时也就瞑目啦。自从酿酒人拉斯穆森的葬礼以来，你一直令我惊叹不已，因为你的想象力大有长进呀！"

朱莉姨妈说着就吻了我一下。

朱莉姨妈是谁呢？酿酒人拉斯穆森又是什么人呢？

二

我们这些孩子把妈妈的姨妈也叫成了姨妈，我们从来就不曾对她用过什么别的称呼。

她给我们吃果酱和糖，虽说这些东西是弄坏我们牙齿的大祸根，可是她说，她一见这些可爱的孩子心就软了，孩子们那么喜欢吃糖，若是一口拒绝给他们吃点甜甜嘴巴，那未免太狠心啦！

这就是我们那么喜欢姨妈的原因。

她是一个老小姐，从我记事的时候起她就很老啦！她的年岁好像一直静止不变的。

在早些年，她常常牙痛，总是要讲她怎么吃尽了牙痛的苦头，于是她的朋友、酿酒人拉斯穆森就很诙谐地把她叫作"牙痛姨妈"。

拉斯穆森在晚年不再酿酒了，而是靠红利过日子。他时常去看望姨妈，他比她年纪大，牙齿掉得一颗都不剩，只有几个黑色的窟窿。

他小时候糖吃得太多啦，这是他对我们这些孩子说的，还说我们将来也会和他一样。

姨妈小时候大概从来就不吃糖的，这叫人一眼可以看出来：她露出满口洁白的牙齿，十分漂亮。

她很爱惜她的牙齿，酿酒人拉斯穆森说晚上她倒向来不戴着牙齿睡觉的。

他讲的保准是坏话，连我们这些孩子都能听得出来，可是姨妈却说他只是随便说说，并不当真。

有一天早上在吃早饭的时候，她讲到她在头天夜里做了一个令人讨厌的梦：她的一颗牙齿掉了。

"这就是预兆，"她说，"我将要失去一个真正的朋友，不管是男的还是女的。"

"那只是一颗假牙，"酿酒人嘿嘿一笑说，"所以只能预兆你失去一个假朋友。"

"你真是一个毫无礼貌的老头子。"她怒气冲冲地说道。她那副生气的样子我以前不曾见过，以后也没再看到过。

后来她说，那只是他这个老朋友在逗弄她而已。他是人世间品德最高尚的人，他一旦去世了，就会到天国里去，成为上帝的一个小天使。

我对这种变化倒有很多的想法，我想，他若是变了那种新的面貌的话，我难道还能认出他来不成！

姨妈和他都还年轻的时候，他曾经向她求过婚。她迟疑不决，毫无动静，拖延得太久了，就把这门婚事给耽搁了。结果她就成了老小姐，但一直是他忠实可靠的朋友。

后来酿酒人拉斯穆森去世了。

他的遗体放在最昂贵的灵车上运到了墓地，车后面跟着浩浩荡荡的送葬队伍，人群中有一些佩戴着勋章和身着制服的人物。

姨妈穿着丧服，同我们这些孩子一起站立在窗口旁边。只有鹳鸟在一个星期前刚刚给我们送来的那个小弟弟没有来目睹这场风光的出殡。

灵车辚辚地驶了过去,送葬的人群也走了过去,街道上空荡荡的,姨妈也要走了,但是我却不肯走开,我要等着看酿酒人拉斯穆森变成的小天使呢。他既然变成了上帝的一个长着翅膀的小孩,那么他应该露脸呀。

"姨妈,"我说,"难道你不相信他这就会来吗?要不然鹳鸟下一趟再给我们送一个小弟弟来的时候,它就会把小天使拉斯穆森给送来啦。"

姨妈被我的想入非非惊呆了。她说:"这个孩子日后会成为一个大诗人的!"在我上小学的日子里,她曾翻来覆去地讲这句话。是呀,甚至在我领受坚信礼之后,直到我当了大学生的这些年里,她还在说这句话。

她过去是,现在仍然是我的最体贴入微的朋友——不管我犯"诗痛"症还是"牙痛"症的时候。这两种症候都时常会在我身上发作。

"你只管把你的想法都写下来,"她说,"然后塞进书桌的抽屉里。让·保尔就是这么做的,他成了一个大诗人。说老实话,我不大喜欢他的诗,他一点都不能令人激动。你一定要让人激动才行!你一定会让人激动的!"

在她说了这番话的那天晚上,我躺在床上,一心巴不得能成为那个姨妈从我身上看出来的伟大诗人,却又心事重重,焦虑不安。天哪,我患上了"诗痛"症啦。不过,更吓人的却是牙痛,它可以把我折磨得半死,我痛得死去活来,像一条毛毛虫似的在床上扭来滚去,我的腮帮上捂着一袋草药,还贴了一张膏药。

"这滋味我全都尝过。"姨妈说道。

她的嘴角上挂着一丝苦涩的微笑,却又露出了她满口雪白发亮的牙齿。

没想到我竟然会在姨妈的人生故事里开始一个新的篇章。

三

我搬到了一个新的寓所里去,已经在那里住了一个月。我同姨妈谈起了这件事:

"我借居在一个很安分守己的人的家里,有时我一口气拉了三次门铃他们都不来搭理我一下。除此之外,这栋房子本来就够喧闹的,屋里人声嘈杂,再加上风雨的响声,真是令人烦恼不堪。我就住在大门楼的上面,每当马车驶进驶出的时候,墙壁上挂的图画都被震得摇晃摆动。大门哐啷哐啷地撞击,整栋房子也随着颤抖起来,就像发生了地震一样。倘若那时我正好躺在床上,那种震动便会波及我的全身,不过这倒能够使我的神经更加坚强。逢到刮风的时候——这一带地方老是刮风——窗户外面的那些长窗钩便荡来荡去,啪啪地敲击着墙壁。每一阵风刮过去,邻居家园子的门铃就叮当叮当响个不停。

"我们房子里的房客是陆陆续续地回来的,从傍晚到深夜都有。住在我楼上的那个房客白天按小时授课,教人吹长号,夜里却回来得最晚。他回到房里总要先走几圈,不但步伐沉重,而且穿着钉了铁后跟的靴子。

"窗子都不是双层玻璃的,偏巧我的房间里有一扇窗户的玻璃是破的,房东太太用红纸把破裂处糊住了,可是却照样漏风。风从裂缝里吹进来,嘤嘤嗡嗡的,像有群马蝇在飞舞,那声音倒是可以当催眠曲。待到我终于睡着,不多久就又被公鸡喔喔的啼声叫醒了,那是从地下室住户的鸡笼里发出来的。公鸡喔喔地打鸣儿,母鸡咕咕地应声附和,宣告早晨马上就要来到。那里没有马厩,那些矮小的挪威马只好拴在楼梯底下堆沙子的储藏室里,它们身体一动,就免不了踢到门和墙板。

"天刚亮,睡在屋顶阁楼里的看门人和他的一家子都噌噌地走下楼来,木鞋噼里啪啦响个不停。大门哐啷啷一阵响,整栋房子被撞得剧烈地颤抖起来。等到这阵子骚乱过去之后,住在楼上的那个房客又开始做早操了。他每只手举着一个沉重的铁球,那球重得他无法举久,于是铁球就哐当哐当地一次又一次地落到地板上。而这时候楼里的孩子们都要上学去了,他们一路上哇哇地叫喊着跑出去。我走到窗前去打开窗子,想要呼吸点新鲜空气提提神,不过也只有当后面那栋房子里靠漂洗谋生的女人不在放了漂白粉的水里洗手套的时候才能够呼吸到。如果不去计较这些,那么这是一栋很可爱的房子,我借住在一个安分守己的人的家里。"

这就是我告诉姨妈的我寓所的概况,我讲得有声有色,口头上讲的总要比写成文字的生动得多。

"你真是诗人,"姨妈喊出声来,"你快把你刚才讲的都笔录下来,那么你就可以同狄更斯①一样啦。是呀,现在我对你的兴趣更大了。你在讲述的时候,如同画出了一幅幅图画,你描述的那栋

---

① 狄更斯(1812—1870),英国著名作家。

房子就像在我的眼前，令人不寒而栗。你把诗再写下去吧，不过要加一些活的东西进去，比方说人，一些讨人喜欢的人，最好是遭受不幸的人。"

后来，我果真把那栋房子用文字写了下来，将它有声有色地再现在稿纸上，各种嘈杂的响声全都描写到了，而文中提到的人却只有我自己，而且没有情节，故事情节是后来才有的。

四

那是隆冬季节，已经夜深人静，剧院散戏了。天气非常可怕，正在下着暴风雪，真是举步维艰呀！

姨妈在剧院里看戏，我是到剧院去接她回家的。可是一个人走路都非常困难，更何况要去搀扶着另一个人走呢。出租马车又都被别人抢着雇走了。姨妈住在城里另一边很远的地方，幸好我的寓所倒很靠近剧院。若没有这样的方便条件，我们就不得不在岗亭里一直等下去了。

我们踩着厚厚的积雪挣扎着向前走去，纷纷扬扬的鹅毛大雪旋风般在我们身边打转。我搀扶着她，我紧抱着她，或架着她跌跌撞撞往前走。一路上，我们只摔倒两次，不过摔得都很轻。

我们终于走到了大门口，在那里我们抖了抖雪，等走上台阶，我们又抖了抖雪，可是我们走进门廊里时，身上的积雪依然落得满地都是。

我们脱掉外套和长靴，把所有能脱的湿衣服全都脱了下来。

房东太太借给姨妈一双干袜子和一件晨袍。房东太太说这是很有用的,她还说姨妈当晚是回不去了——这话千真万确——所以只得委屈她,让她在自己的客厅里过夜。姨妈可以在沙发上安个铺睡觉,那张沙发就摆在通往我房间的那个一直上着锁的门前。

于是就这样安排停当了。

我房间的壁炉里火烧得很旺,桌子上摆着茶具。这间房间虽说很小,却还能将就,当然比不上姨妈家那样舒服惬意。姨妈家里到了冬天,门前都挂着厚实的门帘,窗户前也挂着厚厚的窗帘;地板上铺着双层地毯,地毯下还垫了三层厚纸。人坐在那间房间里,就像待在一个装满了热空气的、瓶口塞得严严实实的瓶子里。不过正如我已经讲过的那样,我的房间里也很舒服,尽管风儿在外面飕飕地刮着。

姨妈话匣子一打开就收不住了,她讲起了青春年少的时光,讲起了酿酒人,讲起了以往的事情。

她还记得,我长出第一颗牙齿的时候,全家人都欣喜异常。

第一颗牙齿!这颗稚嫩的牙齿,像一滴亮晶晶的牛奶,它就叫乳齿。

一颗长出来了,又长出好几颗来,整整的一排,一颗挨着一颗,上下各有一排。这些可爱的乳齿还只是先头部队,还不是那些厮守终身的真正的牙齿。

后来真正的牙齿长出来了,连智齿也长齐了,它们长在两排牙齿的尽头处,是在疼痛和苦楚中诞生的。

它们又掉了,一颗又一颗,掉得一颗不剩!还没有服完役就不辞而别,连最后一颗也不肯留下来相伴。这不是什么令人开心的节日，而是令人苦恼的日子。

于是人就老啦，哪怕心情还是年轻的。

这些想法谈起来并不令人愉快，可是我们还是谈到了这一切。我们又回到了童年时代，谈了又谈，聊个不休。姨妈到隔壁房间去休息的时候，已经十二点钟了。

"晚安，我亲爱的孩子，"姨妈喊道，"现在我要好好地睡上一觉，就像躺在自己家里的衣柜抽屉里一样。"

她安静地入睡了，但是屋里屋外却没有安静下来。大风吹打着窗子，把那长长的窗钩刮得啪啪乱响，邻居家的门铃也被吹得叮当叮当响个不停。楼上的房客回到家里来了，他在我的头顶上方来回走了几圈，待到散完了步，就把靴子往地板上一扔，上床就睡着了。他鼾声如雷，耳朵尖一些的人隔着天花板也听得一清二楚。

我却休息不了，我安静不下来。大风也安静不下来，不肯休息，刮得一阵紧过一阵，它无比活跃。风声呼呼，它用自己的方式在放声歌唱。这冷风吹得我牙齿没命地疼起来。

风从窗户里直灌进来，月光照在地板上，时明时暗，如暴风雨里的乌云一样时隐时现，阴暗和光亮中都隐藏着一种不安。到了后来，地板上的阴影形成了各种图案，我看着这个会动的东西，感觉到一阵寒风陡然袭来。

地板上坐着一个身影，瘦削、细长，如同孩子用石笔在石板上勾画出来的人形。一道细线就是身躯，一道再一道就是手臂，两条腿也各是一条线，而脑袋却是多边形的。

这个人形很快就变得清晰起来，它穿着一件裙衫，非常薄，却很精致，看样子像一个女性。

我听到了一阵嘤嘤嗡嗡的声音，不知道是她的呜咽声还是窗户漏风时那种好像马蝇飞舞的声音。

天哪，竟然是她，牙痛太太！该死的恶魔！露着一脸狰狞！上帝保佑，不要让她来作祟吧！

"这里真是一个不错的住所。"她幽幽地说道，"这真是个好地方。这里有阴冷潮湿的泥地、长满青苔的沼泽。这里有长着毒刺的蚊子出没，它们会嗡嗡地歌唱。我就长着尖刺，我要在人的牙齿上把它磨得更加锋利。躺在床上睡觉的这个人长着一口白牙，它们抗住了酸甜冷热，既不怕干果壳，也咬得开梅子核。那么好吧，我来把它们摇摇松，把它们拔起来，让冷风直吹到它们的牙根上去，让每一颗牙齿都患上寒腿病。"

这些话真是令人胆战心惊，她真是一个可怕的不速之客。

"哼，原来你是一个诗人，"她说，"那么我就让你多尝点疼痛的滋味，让你学会使用所有疼痛的语言来写诗。我要把钢和铁灌进你的身体里去，把你的每根神经都用铁丝拴住。"

话音刚落，仿佛有一根火红的锥刺钻进了我的牙床骨里，我痛得抽搐翻滚起来。

"一口挺出色的牙齿嘛，"她说道，"就像一架管风琴，等着人去演奏。我们不妨就举行一个口琴音乐会吧！规模盛大，阵容整齐！有铜鼓和小号、短笛，智齿里还有长号。伟大的诗人，伟大的音乐！"

哎呀，她动手演奏起来了。她的样子看起来真是可怕，尽管看到的只是她的手，而见不到其他部分。她那灰暗、冰凉的手上有着细长的手指,每个指头都是一件刑具。大拇指和食指是一把钳子和一把镊子,中指是一把改锥,无名指是一把钻子,而小指头是蚊子喷射毒汁的尖刺。

"我来教你诗的韵律吧。"她说,"伟大的诗人应该有大牙痛,而小诗人只有小牙痛。"

"哦,让我做小诗人吧,"我哀求道,"我干脆什么诗人都不当吧。我不是什么诗人,我只不过有时候诗痛发作而已,就像牙痛一样。你快走开吧,快走开吧!"

"那么你敢不承认,我比诗歌、哲学、数学和所有的音乐都更强大、更威风吗?"她说,"我难道不比所有画出来的或者用大理石刻出来的形象更强大、更威风吗?我比它们都古老,我出生在天国的伊甸园,不过不是在园子里面,而是在园子外面,紧靠着园子。大风就是从这里刮起来的,毒蘑菇就是在这里开始生长的。我让夏娃在寒冷的天气中穿上衣服,也让亚当这么做了。你可以相信,最初的牙痛是威力巨大的。"

"我什么都信。"我说道,"你快走开,快走开吧!"

"好吧,不过你必须要放弃当诗人的念头,永远不再在纸上、石板上或者任何可以写字的东西上写诗,那么我可以放过你。但是你只要一写诗,我就会再来的。"

"我发誓,"我说道,"只要别让我再见到你或者感觉到你就行。"

"你还会见到我的,不过比现在的更丰满、更亲切。你将会看到我变成朱莉姨妈,她会对你说:写诗吧,可爱的孩子,你是一个伟大的诗人,说不定是我们最伟大的一个诗人。但是你如果相信了,动手写起诗来,那么我就要把你的诗配上音乐,在你嘴巴里用口琴演奏出来。你这个可爱的孩子,当你看见朱莉姨妈的时候,就会想起我来。"

说完她就倏地不见了。

在分手的时候,我的牙床骨仿佛又被火热的锥子锥了一下,好在那痛楚很快就消失了。我如同一下子滑进了温和的水里,我看见了白色的睡莲和绿色的叶子在我身底下弯曲起来,又沉了下去。它们枯萎了,溶解开来,于是我也随着它们沉了下去,在平静中溶解开来。

"去死吧,像雪融化成水一样。"有一个声音在水里这样呢喃着,用柔和的声音唱道,"水珠会蒸发上天变成云朵,云朵会在天上飞走……"

闪闪发光的伟大而光辉的名字、猎猎飘扬的胜利旗帜上的字、写在蜉蝣翅膀上的不朽的专著,如今都沉入水里,送到我的面前。

那一觉真是睡得很沉,连梦都不曾做一个。我既没有听见呼呼的风声、哐啷哐啷的大门撞击声、邻居叮当不休的门铃声,也没有听到楼上那个房客费劲的早操声。

真是幸福极了。

忽然间一阵大风刮过,把通向姨妈那边的本该锁着的房门吹开了。姨妈跳起身来,穿好衣服,套上鞋子,进屋来到我跟前。

她说我睡得像一个上帝的天使那样,所以她不忍心把我叫醒。

我自己醒了过来,睁开了眼睛。我已经完全忘记了姨妈是在这栋屋子里过的夜,不过我很快就记起来了,也记起了我牙痛的时候见到的情景。梦境和现实相互交叠在一起了。

"昨天晚上,我们相互道了晚安之后,你大概没有再写什么吧?"姨妈问道,"我倒宁愿你写的,你是我的诗人,你将永远是我的诗人。"

我觉得她的笑声中似乎有某种诡谲,一时间我竟无法弄清她到底是爱着我的温文尔雅的朱莉姨妈呢,还是昨夜我向她发誓的那个吓人的影子。

"你写诗了吗?我亲爱的孩子。"

"没有,没有,"我叫喊起来,"你真的是朱莉姨妈?"

"那还会是谁呢?"她说道。倒真的是朱莉姨妈。

我写下了这些东西,没有写成诗,也永远不会印刷出来。

是呀,手稿到这里就中断了。

我的那个年轻的朋友——那个可敬的杂货铺的学徒——再也找不到所缺的部分了,它们早已被当作腌鲱鱼、黄油和绿色肥皂的包装纸而散落到世界各地去了,它们已经完成了它们的使命。

酿酒人去世了,姨妈去世了,大学生也去世了,他刚刚露出的天才的火花也被扔进了垃圾桶里。

这就是故事的结尾——这个牙痛姨妈的故事的结尾。

汉译文学名著

第一辑书目（30种）

伊索寓言	〔古希腊〕伊索著　王焕生译
一千零一夜	李唯中译
托尔梅斯河的拉撒路	〔西〕佚名著　盛力译
培根随笔全集	〔英〕弗朗西斯·培根著　李家真译注
伯爵家书	〔英〕切斯特菲尔德著　杨士虎译
弃儿汤姆·琼斯史	〔英〕亨利·菲尔丁著　张谷若译
少年维特的烦恼	〔德〕歌德著　杨武能译
傲慢与偏见	〔英〕简·奥斯丁著　张玲、张扬译
红与黑	〔法〕斯当达著　罗新璋译
欧也妮·葛朗台 高老头	〔法〕巴尔扎克著　傅雷译
普希金诗选	〔俄〕普希金著　刘文飞译
巴黎圣母院	〔法〕雨果著　潘丽珍译
大卫·考坡菲	〔英〕查尔斯·狄更斯著　张谷若译
双城记	〔英〕查尔斯·狄更斯著　张玲、张扬译
呼啸山庄	〔英〕爱米丽·勃朗特著　张玲、张扬译
猎人笔记	〔俄〕屠格涅夫著　力冈译
恶之花	〔法〕夏尔·波德莱尔著　郭宏安译
茶花女	〔法〕小仲马著　郑克鲁译
战争与和平	〔俄〕列夫·托尔斯泰著　张捷译
德伯家的苔丝	〔英〕托马斯·哈代著　张谷若译
伤心之家	〔爱尔兰〕萧伯纳著　张谷若译
尼尔斯骑鹅旅行记	〔瑞典〕塞尔玛·拉格洛夫著　石琴娥译
泰戈尔诗集：新月集·飞鸟集	〔印〕泰戈尔著　郑振铎译
生命与希望之歌	〔尼加拉瓜〕鲁文·达里奥著　赵振江译
孤寂深渊	〔英〕拉德克利夫·霍尔著　张玲、张扬译
泪与笑	〔黎巴嫩〕纪伯伦著　李唯中译
血的婚礼——加西亚·洛尔迦戏剧选	〔西〕费德里科·加西亚·洛尔迦著　赵振江译
小王子	〔法〕圣埃克苏佩里著　郑克鲁译
鼠疫	〔法〕阿尔贝·加缪著　李玉民译
局外人	〔法〕阿尔贝·加缪著　李玉民译

汉译文学名著

第二辑书目（30种）

枕草子	〔日〕清少纳言著	周作人译
尼伯龙人之歌	佚名著	安书祉译
萨迦选集		石琴娥等译
亚瑟王之死	〔英〕托马斯·马洛礼著	黄素封译
呆厮国志	〔英〕亚历山大·蒲柏著	李家真译注
波斯人信札	〔法〕孟德斯鸠著	梁守锵译
东方来信——蒙太古夫人书信集	〔英〕蒙太古夫人著	冯环译
忏悔录	〔法〕卢梭著	李平沤译
阴谋与爱情	〔德〕席勒著	杨武能译
雪莱抒情诗选	〔英〕雪莱著	杨熙龄译
幻灭	〔法〕巴尔扎克著	傅雷译
雨果诗选	〔法〕雨果著	程曾厚译
爱伦·坡短篇小说全集	〔美〕爱伦·坡著	曹明伦译
名利场	〔英〕萨克雷著	杨必译
游美札记	〔英〕查尔斯·狄更斯著	张谷若译
巴黎的忧郁	〔法〕夏尔·波德莱尔著	郭宏安译
卡拉马佐夫兄弟	〔俄〕陀思妥耶夫斯基著	徐振亚、冯增义译
安娜·卡列尼娜	〔俄〕列夫·托尔斯泰著	力冈译
还乡	〔英〕托马斯·哈代著	张谷若译
无名的裘德	〔英〕托马斯·哈代著	张谷若译
快乐王子——王尔德童话全集	〔英〕奥斯卡·王尔德著	李家真译
理想丈夫	〔英〕奥斯卡·王尔德著	许渊冲译
莎乐美 文德美夫人的扇子	〔英〕奥斯卡·王尔德著	许渊冲译
原来如此的故事	〔英〕吉卜林著	曹明伦译
缎子鞋	〔法〕保尔·克洛岱尔著	余中先译
昨日世界：一个欧洲人的回忆	〔奥〕斯蒂芬·茨威格著	史行果译
先知 沙与沫	〔黎巴嫩〕纪伯伦著	李唯中译
诉讼	〔奥〕弗兰茨·卡夫卡著	章国锋译
老人与海	〔美〕欧内斯特·海明威著	吴钧燮译
烦恼的冬天	〔美〕约翰·斯坦贝克著	吴钧燮译

汉译文学名著

第三辑书目（40种）

埃达	〔冰岛〕佚名著	石琴娥、斯文译
徒然草	〔日〕吉田兼好著	王以铸译
乌托邦	〔英〕托马斯·莫尔著	戴镏龄译
罗密欧与朱丽叶	〔英〕莎士比亚著	朱生豪译
李尔王	〔英〕莎士比亚著	朱生豪译
大洋国	〔英〕哈林顿著	何新译
论批评 云鬈劫	〔英〕亚历山大·蒲柏著	李家真译注
论人	〔英〕亚历山大·蒲柏著	李家真译注
亲和力	〔德〕歌德著	高中甫译
大尉的女儿	〔俄〕普希金著	刘文飞译
悲惨世界	〔法〕雨果著	潘丽珍译
安徒生童话与故事全集	〔丹麦〕安徒生著	石琴娥译
死魂灵	〔俄〕果戈理著	郑海凌译
瓦尔登湖	〔美〕亨利·大卫·梭罗著	李家真译注
罪与罚	〔俄〕陀思妥耶夫斯基著	力冈、袁亚楠译
生活之路	〔俄〕列夫·托尔斯泰著	王志耕译
小妇人	〔美〕路易莎·梅·奥尔科特著	贾辉丰译
生命之用	〔英〕约翰·卢伯克著	曹明伦译
哈代中短篇小说选	〔英〕托马斯·哈代著	张玲、张扬译
卡斯特桥市长	〔英〕托马斯·哈代著	张玲、张扬译
一生	〔法〕莫泊桑著	盛澄华译
莫泊桑短篇小说选	〔法〕莫泊桑著	柳鸣九译
多利安·格雷的画像	〔英〕奥斯卡·王尔德著	李家真译注
苹果车——政治狂想曲	〔英〕萧伯纳著	老舍译
伊坦·弗洛美	〔美〕伊迪斯·华尔顿著	吕叔湘译
施尼茨勒中短篇小说选	〔奥〕阿图尔·施尼茨勒著	高中甫译
约翰·克利斯朵夫	〔法〕罗曼·罗兰著	傅雷译
童年	〔苏联〕高尔基著	郭家申译
在人间	〔苏联〕高尔基著	郭家申译
我的大学	〔苏联〕高尔基著	郭家申译

地粮	〔法〕安德烈·纪德著	盛澄华译
在底层的人们	〔墨〕马里亚诺·阿苏埃拉著	吴广孝译
啊,拓荒者	〔美〕薇拉·凯瑟著	曹明伦译
云雀之歌	〔美〕薇拉·凯瑟著	曹明伦译
我的安东妮亚	〔美〕薇拉·凯瑟著	曹明伦译
绿山墙的安妮	〔加〕露西·莫德·蒙哥马利著	马爱农译
远方的花园——希梅内斯诗选	〔西〕胡安·拉蒙·希梅内斯著	赵振江译
城堡	〔奥〕弗兰茨·卡夫卡著	赵蓉恒译
飘	〔美〕玛格丽特·米切尔著	傅东华译
愤怒的葡萄	〔美〕约翰·斯坦贝克著	胡仲持译

图书在版编目(CIP)数据

安徒生童话与故事全集/(丹)安徒生著;石琴娥译.—北京:商务印书馆,2022
(汉译世界文学名著丛书)
ISBN 978-7-100-21365-3

Ⅰ.①安… Ⅱ.①安…②石… Ⅲ.①童话—作品集—丹麦—近代 Ⅳ.①I534.88

中国版本图书馆 CIP 数据核字(2022)第 115599 号

权利保留,侵权必究。

汉译世界文学名著丛书
安徒生童话与故事全集
(全三册)
〔丹麦〕安徒生 著
石琴娥 译

商 务 印 书 馆 出 版
(北京王府井大街36号 邮政编码100710)
商 务 印 书 馆 发 行
北京中科印刷有限公司印刷
ISBN 978-7-100-21365-3

| 2022年10月第1版 | 开本 850×1168 1/32 |
| 2022年10月北京第1次印刷 | 印张 50¼ |

定价:198.00元